杨典 著

赤兔
博异馆

作家出版社

杨典

七零后小说家、诗人、古琴家、画家。主要作品有短篇小说集《鬼斧集》《鹅笼记》《懒慢抄》《恶魔师》《恋人与铁》,随笔集《随身卷子》《孤绝花》《巨鲸》《琴殉》以及诗集《麻醉抄》《女史》等。

目录

序 /001

凡例（或一部伪书的导读）/005

楔子 /001

上　古尊记
一个教唆犯的诛心之论及其生平

教唆 /011　　牛屎 /092

宿主 /024　　杀蟒 /102

空翻 /031　　独拳 /133

草船 /035　　海底 /139

坏人 /038　　火箭 /144

机器 /041　　手稿 /154

赤兔 /047　　伙伴 /159

苍蝇 /054　　三角 /164

果核 /061　　八叉 /177

灪楼 /068　　中脑 /183

猫煞 /076　　丛林 /188

古尊 /080　　伊势 /192

尉迟 /086

中　究竟顶

发生在祖庭露台上的真夜幻境

万古证 /203　　　迭桥问 /231

真夜镜 /210　　　御敌辩 /238

停止论 /222

下　素蒲团

关于诡辩、博物、时空与观念的飞行器

灭火 /253　　　褶皱 /321

罐头 /260　　　蒲团 /323

大象 /262　　　乒乓 /327

逆旅 /266　　　抱歉 /333

禁闭 /271　　　黑话 /339

灰烬 /279　　　猪油 /340

打孔 /284　　　洞主 /344

空袭 /289　　　下流 /348

降落 /294　　　称王 /351

头盔 /299　　　狻猊 /355

骑气 /303　　　疤痕 /359

古鲸 /307　　　果匙 /365

中爪 /313　　　愚蠢 /367

茅屋 /315　　　蜀葵 /370

鹿柴 /318　　　获麟 /373

读碑 / 377	移境 / 461
盲绳 / 385	陀螺 / 463
绝色 / 389	〇课 / 465
书信 / 394	午梦 / 472
露台 / 401	门缝 / 477
黑白 / 410	魇军 / 485
连体 / 416	蛛蟪 / 489
蟒袍 / 423	倒影 / 492
俯冲 / 426	遁窟 / 498
猛将 / 430	光差 / 501
望菜 / 433	冰轮 / 503
明龛 / 440	骸骨 / 518
肥遁 / 446	涂毒 / 527
复眼 / 448	夹层 / 533
凹陷 / 455	窟窿 / 535
处女 / 457	

附录
（伪）《幽澜辞典》残稿与笔记

关于"辞典"的说明 / 545　　幽澜~~（媾、会）~~辞典 / 548

序

真实生活有太多无言的失败，写小说则如语言的"假途灭虢"。现代小说之路，大都是偶然借来的。去时借，回来时也得借。任何试图创新之路，都被前人堵死了，无法再走。路没有分岔。路很弯。路都是设计好的，或是被破坏过的。原路去，原路回，路上还会有很多不知名的坟墓，历代文学与小说冲锋者们绚丽的骸骨。

问题并不在于虢是否该被灭，而在于"借路"这事曾引起了一些争议。不过，残酷的文学愿景总会给卑贱的写作之人带来某种意外的思绪。

总的来说，我不反对把写小说这种"语言借路"，说成是一种哲学。我也并不担忧，来来去去的人这么多，古人或西人，路上又会增加多少无名的坟墓。历史书上灭虢时，据说用的都是厚如门板的砍刀，还有毒药、腊肉、美人与礼物。在分配不均而又没有数学的幻想之地，"抒情的诳语"往往便成了抢劫修辞、恋人、形式与黄金的数学。归途中顺便灭虞时也一样。灭虢之路，跟工具与手段其实没什么关系。也有，但不多。这就像诗并不是《诗经》与诗人，历史也从来不是历史学家或历史书。月光只是太阳照到月球上之后发出来的反光。月球与月光有关系吗？也有，但不多。以此类推，小说、小说家与小说本身的命运并没什么关系，正如虢、灭虢的真实历史与假途灭虢的历史记载之间，也没什么关系。写作之人，只是在同一条道路上三点一线反复地毁约，然后又进行了三次或三次以上相同的选择而已。选择前的残忍，往往就是选择后的沉默。

写完一部小说，这段"思维方式"就算结束了。就像虢字还在，以后却没有虢国了。虞字也在，但虞国已等于零。以后晋国也会消失。可即便这些全都没有了，"借路"的路数大概也可以不变，且世世代代皆可效法，就像是文史哲。

唉，苍生疾苦，书生无用，唯麻木者所向披靡，健忘者世袭荣辱。而螳螂食夫，暴虎冯河，世界总是在急躁、懒惰与胜负之间摇摆，可待某一方真的胜出之后，肉身又都早已灰飞烟灭了。图什么呢？万物皆空，唯图虚名不空吗？在真实生活中，这问题也许不能问。正如既然语无伦次，声无哀乐，图亦无悲喜，那语言、声音与图像拿来做甚？人生一世，又能"到此做甚"？今日满腹酒肉，明日不过一堆粪便。历史书上，太多时候，老人们还活着，却要孩子们去死，这又是为什么？也不能问。一代一代写小说或写诗者，皆曾为"借路"的意义而陷入痛苦，风云际会，又随各自的绝望而星散。芸芸众生皆"泥沙堆里频哮吼"，那到底谁算大沙粒，哪一颗石头才是振聋发聩的大嗓门呢？不，这可不是不多，是完全没有。爱恨正邪，存在与虚无，皆难逃万古懵懂。人类作为生物之局限是平等的，哪里来的什么究竟与透彻？如某与某笔下虚构的那些小说人物，皆生来一副臭皮囊，只能中午肚子饿，晚上睡不着。青春如飓风振海，可伴着恋人、友人与敌人横行，恨不能一口生吞了世界；年老多病旋即不以筋骨为能，灯下苟且打盹，只配向噩梦投降。人间烟火已深不可测，遑论语言、声音与图像。遑论文学。就这一条借来的小说之路，也还狭窄漆黑，仿佛在朝着宇宙的末日与荒谬的蜃景延伸。你走不走，都得被自己心里的监督者赶着走。物理、时空与良知都在泥泞与他人的血污中混为一谈了，你爬着也得把借来的路走完。写长篇小说尤其如此。

好在路无长短，道无深浅，唯行者能返景入深林。文学虽有一团循环徘徊的蒙昧，可那毕竟是写作之人自己的洞口，仿佛若有光。

过去常言"形式即内容"。但世界小说至今，各类实验形式发明已太多，太阳底下早已无新事。不如倒过来说，最好的内容也便是最好的形式吧。

再说，我本喜欢"乱写"。此书截稿时，偶得小诗《摸瞎》一首云：

    欲摆脱形与意
    不关心宇宙
    这很难。条条大路
    通向镀金的罐头

    笼嵌螺钿，锁链宜镶钻
    宫殿压缩在火柴盒内部
    小念头、大悖论——人生一世并不靠经验
    （经验都是些后悔的话）
    爱——如砖磨镜黑漆漆
    我与超我打牌
    亦如赌徒与愿赌服输

    好在"千载以还不必有知己"

> 瞎子最喜欢烧地图
> 世界将从盐粒中分裂
> 地下室中见罡风

当然，人生一世，无论是否曾沉湎于观念小说的虚构，无论是否赌博，真实生活都会如影随形。世界文学江河日下，无人读书，小说从来也不能解决任何问题。而且，人只能顺着时间画好的管道活一次，岁月倥偬，哪里还有机会理解什么是假途，什么又是真路？人生如是妄想，小说则是对妄想之见证。生命之烈日暴晒，大道至简，写作之人宁愿托志于路边月光，也不甘作路上尘土。因本我乃我之局限，唯语言是超我。超我总是异想天开，嗜好无稽之谈，以为暂时之解脱。本我则很没出息，只想带着最笨的、最无能的、最没意思的那一系列平庸的我回家饮酒，烹茶煮饭，生儿育女，再养几群鸡鸭、半塘鲤鱼、一头大肥猪。这些浑浊的我，集体的我，皆喜欢原地不动，从不想借路去灭虢。

此书主人公刘遇迟师徒及其故事、语言与观念等，纯属虚构，其寓意详见凡例。

此书算是我正式出版的第一部非传统叙事的长篇小说，前后写作约六七年时间，因中间常有别的事与短篇写作等夹进来，断断续续，荒诞不经，不知不觉，至知天命之年，才终于完成了。现实无趣，读小说吧。但愿我的这次借路，也不完全是在摸瞎。

话不多说，聊以为序。

2022年11月，北京亘古斋书房

凡 例

（或一部伪书的导读）

一、本书分上中下三卷以及附录。上卷为本事，中卷为镜像，下卷为各时期异事列传、零星记录以及存目，附录为辞典，前后可互为补充。本书结构整体如一座航母平台，下卷各篇如在平台上大小各异、不断弹射、密集起落的飞机，它们既与航母平台之间有千丝万缕之关系，又皆可独立成篇，自由孤飞，不一定非要返航。

一、本书聊为多线、散点及无连续性的系列记事，或长或短，若断若续，有为真实之履历，亦存催眠之幻觉，但都以主题为核心。尽管如此，仍有部分篇章或会游离于主题之外者。此如人之杂念浮想，倩女离魂，放飞深埋，参同杂糅，方家自然通会，毋庸赘言。

一、本书引用语皆出自真实之原著，未有虚构。但整体言说性乃虚构，未有真实。因本书之秘密在于"偶然的打开"，而内容则以每一次打开所见的不同为准。

一、本书晦涩，实出无奈。盖因古今中外小说已多如牛毛，先锋现代之实验亦浩若烟海，令人思睡。本书落笔于数年前时，本不想为一般意义之小说故事，乃有小说故事，是不得已而为之，故有不遵循一般小说故事之逻辑者，皆以观念为准。

一、本书首尾之窟窿可以衔接，故事无年代，也无具体发生之时间，故书中出现的一切断点与遗漏等，或许是叙述者某种重要的痛苦，但并不该形成对任何历史的判断。

一、本书中的存目、断章、残页或留白页，可作为笔记空间，任凭读者自己想象、书写、设计、制图、注释、补遗或批评。所有删除线里的内容也都保留，仅供参考。

一、本书所有篇章顺序，也可由读者自行穿插组合，前后颠倒，乃至随意记录读者自己认为合适的观念与故事。因整体观念的世界，是一个无限的自由集成，故本书从未完成，也永不会完成。未来读者由此书而所写下的一切解构内容，无论优劣，无论是否公开，皆可视为本书之一部分。

一、本书并非一首诗，也不是任何笔记或杂文，仅仅是一系列没有论据的命题。

一、本书是为一位至今思念、不敢忘记之人而写。此人没有性别，却有性格。

一、本书是为文学失败者的文学而写，故其实是一部寄生在这本书里的另一本书。

一、本书也是为一件所有人都铭心刻骨过的伟大往事而写。伟大往事是一个谜。它摧毁过我的生活。故写这件事,并不是为了要记住这件事,而是为了能瓦解这个谜。

一、本书的表达方式不是嫉恨、遗憾或批判,乃是为一种未曾找到过的爱。

一、本书附录之残稿,只能作为参考文献。因主人公虽署名,但并未被证实。特此说明。

楔 子

万古幽明间，那道斑斓的大裂缝终于打开了。这便是著名的"真夜"吗？看，一切清晰可见，而我却成了一个孤愤的盲人：只能视物之有与无，却不能判断其真与假。当闻名遐迩的"旁逸时刻"来临时，我们都看见烈日在天上变得铁青，被一团黑云包扎起来，如巨型煤球滚过大街。无数坚硬的建筑瞬间被烧焦。圆柱、旗、植物、塔与电线杆等被烤得突然弯曲起来，宛如炸鱿鱼须。密集的以太、波、夸克、气、星宿、骸骨、碳、原始山林、蓝藻与暗物质等都已进入了这团倾斜的黑色。巨大的城，迅速缩成一个黑点。广场糊得像块锅巴。所有人都接到了通知，必须立刻打开路边井盖，下到冰冷的地库里去。我也剃光了头，打着我的黑伞，拖着一箱笨重痛苦的行李，里面塞满了我多年的哲学笔记、光差手稿、描写不确定运动原理的诗与舍不得扔掉的恋人书信，跟着那个秃顶、卷毛、浑身散发汗臭的恶棍大宗师去了。我知道有人在监督我，不得不去。我们急不可耐地用雨伞撬开了一块生锈的井盖，捏着鼻子，纵身跳入。井盖下恶臭熏天。地面已烤得滚烫，根本无法站人。我看见地上很多迟到的家伙，都是蹦着跳着往井盖下跑的，脚不敢沾地。他们的鞋底一碰到沥青路，便会冒出刺鼻的黑烟。

大街边的每一个井盖或下水道口，都是漆黑的，布满油污与老鼠的隧道。好在它们都通往那座地库——"真夜"的倒影与避难所。进入地库后还必须不断地螺旋下降，一层一层地降到最底下，最深处。

地库离地面大约有几十米深，黑咕隆咚。说是地下停车场，可却没有一辆车。

地上的末日光耀四野，灼人肝肠。地下倒是一片清凉。路过每一层隧道与地库时，我都能看见，这里到处都挤满了前来躲避地面高温的人。这些猥琐的家伙甘愿与密集的细菌、蟑螂、蝙蝠、蚂蟥或尘土一起拥挤在空旷漆黑的地库里，就像堆在沙丁鱼罐头中的黑豆豉。我们连续下了有六七层，才抵达第八层停车场黑暗的中心。奇怪的是，我看见这里有一个燃着火的小土灶。灶上还架着一口铁锅，锅里似乎煮着蹄髈之类的猪肉。燃烧柴火的滚滚烟雾与恶心的肉味四处飘散，令人窒息。

灶边，一个拿蒲扇的、肥胖的地库车辆管理员正坐在椅子上打盹。

"喂，地面出入口的空气都快窒息了，你怎么还在这里烧火，还嫌不够热吗？"我走过去问那胖管理员。

"抱歉，我很忙，而且没有回答你这种荒唐问题的义务。"他睁开惺忪的睡眼，瞅了瞅我，冷冰冰地支吾道。他就是睡着了，也不时地用蒲扇拍打着脚边的蚊子。

"那你的义务是什么？"我身边的恶棍继续问。

"我的义务是在这里读书。"说着，并继续闭着眼打蚊子。

"这里黑得伸手不见五指，怎么能读书？况且我们只看见你在睡觉。"我的恶棍导师虽然也有点着急，但对管理员的回答，似乎也显得有点暗自得意。

"睡觉？"

"难道不是吗?"

"那只是你们自以为是的表面现象。从'假夜'下来的人,都是愚昧的。我们这里对读书的理解可完全不同。想进入焚书会,每时每刻都得先读书。"

"你这纯属狡辩,强词夺理。"

"那你打算让我怎么做才好?"

"我要你告诉我,为何在这里烧火炖肉。"

"我说过了,就是为了读书。读书就是焚书。"

"书呢,书在哪里?"

"锅里的肉就是书。你看不见的黑暗也都是书。"管理员说。

"浑蛋,胡说八道。"我有点生气地嘟囔了一句。

"随你们怎么说吧。刘老师说过,不能跟你们这种毫无灵性的人吵架。"他冷笑道。显然他并不认识我身边的这个家伙。

"好吧,我们也不想跟你浪费时间。那你总可以告诉我们办公室在哪里吧?"我问。

"办公室就在一辆公交车里。"

"车呢?地库里没有车呀。"

"抱歉,车很早就开出去了,还没回来。"

"何时才能回来呢?"

"这个可说不好。也许几小时,也许几天,也许几个月甚至几年。这都要看那个司机的心情而定。"

"除了公交车,猿鹤山房焚书会还有什么入口吗?"

"倒也有一个。"地库管理员这时放下蒲扇,揭开锅盖,取出锅中一只炖烂的蹄髈啃食起来。啃了几口,便用那油腻的蹄髈指了指地库的尽头处。

我们看见那昏暗的尽头似乎有一扇铁门。

"那是什么?"我问。

"从那门进去，一直往里走。大约走上二三里隧道，就可以通到一间地下室。你们要是不嫌远，不嫌里面臭气熏天，可以再去碰碰运气。"他满嘴流油地说。

"那里也是焚书会办公室吗？"

"就算是吧。只是不一定还开着门。"

"不一定开门？"

"是啊。不过这个问题倒不重要。重要的是，地面上已经烫得无法待了，像你们这种矫情的家伙也没机会再回到地面上去了。刘老师曾说过，没有悟性的人天生就是要螺旋下降的。进入焚书会，大概是你们唯一的出路。"

"这么说也不算错。"听他这么一说，我断定他肯定并不认识刘遇迟，便学着他的腔调也冷笑了一声。

"焚书会可并非一个什么固定的观念。"他又说。

"这话什么意思？"我有点好奇地继续问。

"唉，你们进去了就知道了。"他说完，便很不耐烦地将蹄髈扔进锅里，并迅速地闭上眼睛，打起了呼噜。即便在迅速进入睡眠之后，他似乎还用梦话在最后对走向那门的我与刘遇迟的背影说道："喂，上面来的二位，祝你们能顺利找到丛林。我们焚书会最欢迎的，就是你们这种野兽。"

我对他的话自然完全不解，也不感兴趣。身边的秃顶导师也示意我，别搭理此类狗眼看人低的小人物。自从离开滚烫的地面后，都是这个恶棍导师一直带着我在盘旋下沉，逐渐坠落地朝下走。因地面上那个传闻多年的所谓"旁逸时刻"，的确是按着他的说法准时出现，并抵达我们生活的。从此，我对他的话无比信任。

我们急匆匆地走进了那扇门。门上有一个汽车方向盘式的金属圆舵。我的恶棍导师伸手转动了那圆舵，门就开了。门很厚，上面左右纵横地布满结构复杂的防盗锁。门里是一个漆黑的通道，黑得像绑匪的面罩一般，毫无缝隙。这时，我的恶棍导师张开嘴，忽然朝黑暗大声咳嗽了一下。说来也是奇怪，他咳嗽声刚落，在通道很远的尽头，好像就隐约出现了一点朦胧的光感。虽然不清楚是不是灯光，但最起码让我们确认了方向。引领我的人示意我，拖着行李箱，放心跟着他往里走，于是我也只好硬着头皮迈进通道去了。通道很窄，大约只有两三个人并排的宽度。在两边的墙上，也依然都长满了湿漉漉的苔藓，挂着蝙蝠，甚至还能看见石头里是斑驳的，类似上石炭纪的岩层。往前走了一百多步后，便能看到通道里还有诸如电线与闸门、水泵、立式座钟、打开的棺材、雕像、成堆捆绑的旧书杂志、罗汉床、酒瓶与烟头等杂物。偶尔还会有一两个铁笼子，高高地挂在通道墙上。铁笼子里发出叽喳声或低吼声，似乎关着某些熟悉的野生动物，如猿猴、熊、猛禽、蛇、兔子、老虎或犀牛等，但因通道太黑，我看不太清具体是什么，只能闻到浓烈的兽腥及粪便的臭味。再往前走，则是一座盖有茅草的八角木亭。亭子里坐有几个与我年纪相仿的人，都剃着光头。他们着装各异，分别穿着道袍、长衫、军大衣、T恤衫、袈裟或西服革履，也有打赤膊或全裸的。其中一个穿皮夹克的光头，手拿皮鞭，独自骑在一匹枣红色的骏马上饮酒。另外两人在看电脑。还有三四人则正聚在一起打牌。

"冒昧问一下，猿鹤山房焚书会办公室怎么走？"我谨慎地向其中一个打牌的问道。

"怎么，你们是从地上来躲雨的吗？"他并未抬头，只斜眼看了看我手里的黑伞，一边打牌一边反问。

"是我亲自带他来的。只有火，没有雨。"刘遇迟接过了话头，直接回答他，并掀开外衣。我清晰地看见外衣下摆里，露出了一件令人惊讶的、刺绣精湛的蜀锦蟒袍。

"是刘老师。"打牌的光头们立刻放下牌，站起来寒暄。其他几个也都纷纷站起来，朝我们恭敬地点头。

"嗯。"刘遇迟不痛不痒地哼了一声，又说，"他叫丁渡，以后会专门为我打伞。这几天有空闲时，你们可以轮流带他去各处看看。他以后就是这里的会员了。裂缝已大开，地上的世界已经毁灭还是从未毁灭，这个问题还是你们自己先多交流吧。"

"他是来研究'古赤公'的，还是来定龛位的？"骑在枣红马上的人问。

"无论来做什么，都要从读书开始嘛。"刘遇迟答道，又指着马上那个穿皮夹克的光头对我说，"他叫元森，是我最信赖的徒弟之一。你刚来，有什么需要的图书、工具或必需品，都可以跟他说。一些初级的关于摄心机器的探索，你也可以先跟他和其他同窗兄弟们聊，也许对以后进入我的哲学体系，会有所帮助。这里只是个入口。好在来日方长，焚书会的一切知识与生活也都是完全隐蔽、封锁和全息的，等有什么具体思考之后，我们再继续谈。"

"好的，谢谢。"我说，"那办公室呢，不是要先去办个入会手续吗？"

"办公室在公交车上。"元森说了一句与之前那个地库管理员同样的话，然后在枣红马上摆出一副正在奔跑般的半蹲姿势。但马并没有动。那话像是刘遇迟教给所有人的。

"不是说这通道里也有一间吗？"我又问。

"是有，在灤楼里。不过，既然你是刘老师亲自带下来的，也不用办手续了吧。"元森笑着说，并给枣红马屁股上抽了一鞭子。马仍然不动。

"那也得办。任何进入焚书会者，在未见'古赤公'之前，概不例外。"刘遇迟说，"元森，你带他去办吧，注意沉默。我先回定间了。"

刘遇迟说完，忽然撩起蟒袍，作了一个空翻——即从地上腾空而起，连续翻滚，并在空中转体三周半，然后如鹞子翻身般地跳进了一架通道左边的电梯门里，瞬间消失了。

进电梯的动作有必要这么夸张吗？我当时差点笑出来，但也觉得很诧异。毕竟从未见过这样滑稽的人与事。不过，既来之则安之，我也拖着行李箱，拿着雨伞，也随元森骑上了枣红马。在元森皮鞭的不断抽打下，马才慢悠悠地进了右边的电梯。两部电梯一上一下，同时启动。刘遇迟的电梯通向哪里，不得而知。我们的电梯则随着马在封闭空间里的奔跑，进入了巨大漆黑的多边形思维体灪楼内部。

多少年后，当地上的世界在一切观念中都已被完全毁灭，同代光头兄弟们也都已在未来的丛林里星散，我仍无法忘记"旁逸时刻"发生那天，第一次跟着元森骑着马升入灪楼时看到的景象：那是一系列折叠矗立的、很宽敞的金属大屋子。屏风、门框与隔断皆可以伸缩。灪楼上雕梁画栋，房间皆呈多边形、弧形、黎曼三角形或不规则几何形。在离电梯最近的一间办公室里，坐着几个穿大衣或睡衣的光头，像是刚出监狱的剃了秃瓢的囚犯，可又像是还俗了的僧人。我初来乍到，一时也搞不清他们的真实身份。我的注意力早已完全被布满在每一层房间的壁上、走廊上与天花板上的那些密密麻麻的、整齐的、凹陷的空龛所吸引了。每一个空龛，都是一个不锈钢的、小小的黑窟窿眼。我不知这些锃亮的窟窿是用来干什么的。有几个离地面比较低的空龛里，似乎零星放有几本书、茶与瓷器，或临时用来搁雨伞等杂物。总不会是书架吧？当然不是。我环顾四周，仰头观望，见空龛的严密分割与密集挤压的程度，犹如一只只巨大的苍蝇的复眼 Compound eye，即由很多小眼组成大眼的昆虫之眼，如苍蝇、蛾子、蝴蝶或蜻蜓等的视觉器官都是复眼。苍蝇的复眼有四千多只小眼，而蛾蝶的复眼则多达二万八千个以上的小眼，看世界如万花筒棱镜，光滑幽静，又令人望而生畏。整个灪楼从地下通道、电梯、走廊到办公室房间,都弥漫着一股刺鼻的香火气与女子胭脂气混杂的怪味。这里没有窗户,只有昼夜亮着的电灯与蜡烛。这里没有谋杀,却似乎有着绚丽的恐惧与怒吼。这里是巴蜀腹地的肚脐。这里是宇宙的裂缝。我从未来过这里,却感到像是遭遇过什么劫难后又回到了这里。作为一个与秃顶刘遇迟有着秘密冤仇的读书人,我是愚昧的。我本从不相信他的任何话,更遑论跟着他所指的路走。可我竟然真的来了。这疯狂的丛林,荒谬、恶与色情的集散地。密集的空氛让我忽然想起,地面发烫时,导师在引我来之前就说过:"旁逸时刻"一出现,就将会对全部物理与观念世界摧枯拉朽。到那时,万有引力会变得弯曲,我们的存在方式也将进入最艰难的时代,故不知这场避世时间究竟需要多久。为了哲学,他还教会了我以小见大的方法,让我将我家中的所有记忆、隐私、黄金、书、地契、行李箱与细软等,全都一股脑塞进了我手中这把痛苦的雨伞里。

我就想知道,刘遇迟会不会就是一只巨大的苍蝇?

上

古尊记

一个教唆犯的诛心之论及其生平

教 唆

观激流飞逝,念狷介之士泪如泉涌:只要还有人会为了"无力蔷薇卧晚枝"而反抗,那世间一切痛入骨髓的心便都是可救的。

还记得斩断前朝,凭空炮制过"旁逸时刻"的那个叫刘遇迟的恶棍么?对,就是那个曾被关过几年监狱,又被莫名其妙释放了的打诳语的学者与超能量色鬼。那个曾自诩擅长偏见与思辨,却因猥亵少女、谋杀发妻、奸淫乡下村姑与保姆,又与无数有夫之妇行私通、幽会与苟且之事,秽乱同僚妻室,创建了所谓"猿鹤山房焚书会"的学术骗局,最后又因花案嫌疑犯与制造噪音罪而再次被捕过的、臭名昭著的"异人"。他摇晃着一身腐朽的臭皮囊,在我们面前横空出世,又忽然失踪。他的确算是那个抒情时代中最复杂、最奇怪的诈骗犯了。这个一生在巴蜀腹地江上诉闲愁的社会渣滓、旁逸斜出的荡子、出卖过兄弟的杀蟒人、假鼓师、狗杂碎。他真的是突厥后裔、袍哥私生子或还俗的野道士吗?还是萨满、邪恶的残废、观念纵火者、冒牌博士生导师、语言地痞、反社会人格的精神分裂症患者?不,这些都不能确定。他还是一位堪称能在自身与万有引力的共振中随意挥霍"432赫兹"声波的错觉制造者,编造万古哲学的催眠师?他所有关于裂缝与"旁逸时刻"的观念,关于"真夜"的谎言,看起来是想另起炉灶，实际上是不是都在隐喻核战争与核灾难，表达对世界末日的焦虑？当然，哲学如婊子，任你怎么打扮都行。确有不少人，当年曾称他作什么"发明过奇异理论体系的内地思想家"。他也配称为思想家吗？我记得他杜撰过很多四处乱传的本名、笔名或绰号，诸如什么刘釜、刘塔、刘蟒、刘巴蛇、刘骡、刘唐、刘三、刘诳、刘覃或刘渐耳此二名刘在早年曾用，后废弃，绝口不提。其义一是道教画符术语，即明末遗民方以智《通雅》所引唐人张读《宣室志》之言："裴渐隐伊上，李道士曰：当今制鬼无如渐耳，时朝士书箠于门。"又称"雨渐耳"或"雷渐耳"；一是因刘内心对出身有自卑感，因渐耳与"贱儿"谐音，还有如什么牛（刘）下水、尉迟近溪、尉迟黑婴、门神、猿鹤山房大宗师、大都督、夔门第一伤心人、夜的向导、Influencinger、QKG、巴山黑卫、黑白卫、王卫、飞卫、飞骡、王驶骎等，不一而足。他发表文章，或用脏话俚语搞出他那些强盗逻辑时，每次用的名号都不同，内容与风格也大相径庭，甚至判若两人。可惜资料损毁，各人之间记忆混乱，便都逐渐湮灭无闻了。大家叫得最多最熟悉的名字，还是刘遇迟。

书蠹艳异时，所有雨都是同一滴雨。所有人都是同一个人。

唉，这个躲在我黑伞下的腐烂偶像，我残酷青春的第一宿敌，狡诈的坏导师与著名的教唆犯——他后来究竟是怎样被干掉的？他到底还在不在世？

据闻，当年刘遇迟曾是个罕见的"双料教授与博士生导师"，可在西域漫游时，一不小心，从空中栽了下来。他首先是因某种精神疾患（有人说他是有躁郁症，但更多的人则认为那是一场失败的观念犯罪计划），突然纵火焚烧了自己在黑山共和国首府波德戈里察郊区别墅里，苦心孤诣建造了多年的一座私人汉语藏书馆。此事还引起过附近的山林火灾，他也因此在当地闻名。那私人藏书馆虽是他接待友人的场所，但里面收藏了他数十年间积累的各类图书，涉及不少稀有的西域汉文典籍与湮灭的资料，罕见的如西域中古唐人诡辩学、历代流失藏经洞变文、突厥盗禁汉籍传奇、吐蕃怪人录、谭海玄学、反阳明学、阴性星相学、巨人逸闻、阿是穴移动针灸学、幻影观照学、游魂论、多维世界观催眠术、雅罪论、机械缝隙论、核时代安全空间流变学、隐秘社会控制论、拉美殷商论、色统、打马图史、东窗鉴、微观浮游生物繁殖性学、尸体液态变化分析、蔷薇傀儡佛鬼军、全息生物链论、明清语言麻醉学、幽兰律窟、恶梦厂_{非志怪，乃哲学论著，一名《大魇》}、骨灰禅、图文琉球女轱辘首_{即飞头蛮}大集成、时宽论、齿风叶啸法、黑海隐居者诗存、鲸鲨喷水图类研究、空脑论、蒙古异文本龙凫手镜、万沙钞、一芥钞_{一名基本粒子不可信论}、朝鲜汉文秘密厌炮术、蠡测空海汉译本、拾筷钞、心升钞、地狱灵凫学、以太原型幻想博览图、吻痕学、绝断中阴论、蜂房衍等。总之，此类书在刘遇迟栖居过的地方，曾遇到过不少，这里无法尽举，只能略窥一二。他的私人藏书馆里，加上另外的古籍与孤本，以及各类精装绝版书、善本图书与常见的名家铅印本，当时藏书已超过了四万七千余册。他曾为了这些书如痴如醉，耗资颇巨。最后，却竟然像著名汉学家彼德·基恩_{卡内蒂小说《迷惘》的主人公}一样，将其全部付诸一炬。据说只是因他的窗外忽然来了一头熊。这让他厌倦了所有的生活。

"妈卖×，读书有什么用？全世界的书，都不能为我残忍的过去止痛，更不能告诉我哪怕一丁点这个世界的意义。书连为什么窗外来了一头熊都解释不了。"

那个深夜，他冲着燃烧的私人藏书室上空，那些随烈焰飞腾的纸张灰烬高喊道："都烧了吧。我应该从最初就反对一切文字。世界可鄙，人生可悲。我本来就是个野蛮人。"

烧私人藏书馆引发了一场山林火灾，他随即被捕入狱。他在狱中饱受折磨,并一度陷入精神失常。保释出狱后,他变卖房屋与山林,重新回到了巴蜀腹地。

另一个说法是:刘遇迟根本就没有读那么多书,也并非因纵火烧书而被捕。他在黑山混时,是被自己飞翔的性欲及不能自圆其说的某些怪癖、诳语与嗜好所毁灭。

因夏日的一天,这个卷毛、秃顶、留着络腮胡子,身穿一袭自制的蜀锦蟒袍,戴着一顶奇怪的头盔,手里甚至还拿着一把黑色雨伞(一说是背着一顶降落伞),牵着一只风筝的汗流浃背的糟老头,人渣学者与精神病患者,在烧完了私人藏书室后,出门去机场。他在乘坐某航班飞机(一说为公交车)时,竟然猥亵了一位妇女,还被大家抓了个现行。~~现场目击者说,他当时是把手从他那件脏兮兮的中国蟒袍里伸出来,又像龙爪一般伸进了某中年女子的黑裙下摆里搅和。他甚至还在女子连衣裙的花边上留下了浓痰般的精斑。在那女子足以撕裂空气的尖叫声中,他迅速被围观人群抓住,当场痛殴了一顿。然后,他又被反剪双手,鼻青脸肿地挂着降落伞推下了飞机(或公交车)。他在空中盘旋多时,落地后,被扭送到了一间狭窄的斗室里锁了起来。他并不认识那些关他的人。~~因此事孤证不立,故暂以删除线涂之。他只记得,当时很多猪脸人在空中凶恶地抓扯他的头发。他的风筝随风飞走了。雨伞被抢。那顶他拿来遮掩秃顶的前朝头盔,被打落在地,被愤怒的人群踩成了一块铁饼。一个面熟的猪脸人从天而降,狠狠踢了他下身几脚,把他的蟒袍撕成了碎片。他感到睾丸一阵剧痛,如两朵膨胀的牡丹,绚丽、狂热而愤怒。疼痛从会阴与肛门之海底,火辣辣地燃烧,然后飞快飙升,仿佛要把他定海神针般的阴茎,用气血冶炼成一把加速度的尖刀,劈开他的心。奇怪的是,猪脸人这几脚虽踢得他喉咙发腥,几乎吐血,却并未让他变成废物。当夜,他还曾被锁在黑山某地下防空洞的墙角,裹着褴褛的蟒袍,在冰冷的地上酣然入睡。谁知一觉睡到曙光横扫梦魇之后,这浑身散发着恶臭的败类,擅于编撰"真夜"谣言,重新发明了某种道统、绯闻与玄学的怪物,其受伤的器官却如一条巴山草莽里卑鄙的巨蟒般,抱头蜷缩,不断地蜕皮,又在其混乱腥臭的阴毛中,迎来了春日虎群般跳跃的晨勃。

据刘遇迟说,他头部与身上所有被殴打之伤口与瘀血,第二天便痊愈了。他依旧是一个可以到处鬼混、脸膛漆黑、体魄魁梧、满脑子异象与观念的伟大学者。

但这可能吗?并不太可信。这似乎仅是在朝他泼污水而已。

此类荒谬的空中艳事,皆极可能是刘遇迟自己编造的,是他对自己天赋异禀的吹嘘。当初大家连吃饭都难,他根本就不可能在飞机或公交车上犯过什么猥亵妇女的花案。因那时黑山物资匮乏,过度贫困,交通不便,普遍营养不良。瘦骨嶙峋的刘大概是因数日未进食,饥饿难忍,在公交车站把手伸到一位买菜回家的妇人的包里,扒窃人家的财物,甚至就是为了偷一个馒头或一块饼干吃,便被当场捉住故殴打的。他不顾雨点般拳头下的浑身剧痛,也管不了蟒袍被弄脏。他满地乱滚,只是往嘴里塞吃的。刚塞进去的馒头与猪肉,立刻会被揍得吐出来。面粉渣掉在马路上,他则一边吃一边吐,然后又捡起来吃。他满脸血污,满嘴油腻与泥浆,但一声不吭,只和着血浆与打掉的门牙拼命咀嚼。因他体格健壮,其抗击打能力的确超过一般人。至于什么奇异的肉体反应,纯属虚构。

但这也只是众多说法之一种。除上述传闻外,尚有其他说法,诸如:

一、刘遇迟根本就没有在飞机或公交车上,而是偶然路过黑山大街,因随地吐痰,与在路边下跳棋的几个路人口角，从而发生了群殴事件。

二、刘遇迟那天是想在海上劫持一艘轮船。他带着一把枪，胁迫船长直接把轮船开到一片他指定的海域去。他失败了。他为何这样做，不得而知。

三、刘遇迟是背着一位相貌奇异的、穿连衣裙的少女，在路上疯狂地奔跑，因着急而摔倒。那女子已怀孕，当场流产。刘抱着少女，坐在街头的血污中放声痛哭。但从没人知道那少女是谁。

四、刘遇迟是出了车祸。他是在去黑山某学院搞讲座的途中，被一辆飞驰的黑色轿车从侧面给撞飞了，当场休克。待他在医院醒来时，发现自己的一只胳膊连带手掌已被截肢。从此，他在情绪上就完全变成了另一个人，性格残忍，行为荒唐，满口谎言。

如此等等，难以尽述。但没有任何一种说法能得到证实。

如果谁非要强迫刘遇迟自己解释，他就会说出那段著名的鬼话："什么花案、饥荒、劫持或车祸。所有这些都是你们这帮焚书会的笨蛋自以为是的假设。我伟大的秘密阅历，完全是另一码事。那天，是因我在黑山骑自行车时，第一次感到了'旁逸时刻'即将来临。我看见了一团巨大的窟窿，正在大街边上悄然形成。大窟窿是没有边界的，只有人的意识才会有边界。大窟窿就像个肉色的大气球，会沿着路侧面的房屋、树与人群缓缓地移动。在气球中心，便是那道能让我们进入'真夜'的著名裂缝。我当时感到必须抓住这个机会，进入'真夜'。于是我骑着自行车向那窟窿冲了过去。但就在我快要碰到窟窿的边界时，它却像气球一样忽然爆裂了。我扑了个空，连人带车直接撞到了路边的墙上，头破血流，剧痛无比，门牙都撞掉了二三颗。我躺在地上昏厥过去。就在我倒霉之时，我的向导，我的主人，那粉色、芬芳而雄浑的'古赤公'便出现了。我一辈子能安然无恙，全靠有'古赤公'护体。那天，是它带领我从自行车上旁逸斜出，穿过墙，也穿过了众人看不见的大窟窿，把我托在了半空中，还用它晚霞般的气流鞭打我，然后把我送到了安全地带。我醒来时，才发现自己撞墙摔倒的那一瞬间，其实就是'真夜'。窟窿并没有真假。血亦无红、白与黑。我已找到了我单刀直入般锋利的光差。我是超我。唉，你们只要遇到过'古赤公'一次，或哪怕仅仅是进入过'真夜'一次，便会理解我说的无限性了。这也是我后来不惜一切创办猿鹤山房焚书会之初衷。我可以做夜的桨手，带领你们不空成就。因这个由历史、秩序与物理构成的原子世界，人间社会的一切挂碍、攻击或困境，包括任何暴力与意外等，对'真夜'而言，都是些不足挂齿的渣滓。'古赤公'才是我们一生运动与静止的发条、疯狂的舵、比空灵的思维体更无形的防腐剂，是一道伟大的精神开关。它始终像金钟罩保护着自鸣钟里的秒针一样，捍卫着在万古时间中旋转的我。只要它在，再大的危险就都是小事，任何痛苦也都会在抵达我的瞬间突然消失。我就是'真夜'之子。当然，这也是你们暂时无法理解的。"

那时，我们完全不知他说的"真夜"是个什么破玩意。最大的恶便是撒谎时问心无愧。可世间人根本就无心。也许，刘遇迟那颗肮脏的心才是一团卑贱的窟窿吧。

可以肯定的是，就在令群氓们黯然销魂的"旁逸零年"，刘遇迟在学院教了几年书，便因故被开除了。据说，他成了一个无罪逃犯。从未有谁了解过他的底细，不知道这个善于歪曲历史的博士生导师，骨子里和山村里那些嗜酒吃肉的"野道人"乃一丘之貉。在巴蜀腹地与本镇轰动一时的"刘遇迟伪学术手抄本案"东窗事发后，大约十多年，他都消失在逃亡之路上或监狱深处。

谁也没想到，他还会重新回到门徒聚集的巴蜀腹地镇子街上，继续宣传他那套完全不知所云的"古赤公理论（初名古猇公）"，展现他的"真夜"。

焚书会里的同窗中有一些人，早就曾嘲笑过刘遇迟的故弄玄虚。大家都知道，刘遇迟就因自己姓刘，甚至都敢冒充自己为已故的巴蜀经学家，即英年早逝的天才学者刘咸炘 1896—1932 之嫡系后裔，说自己是当年便已闻名遐迩，后来因战乱而衰败的刘门"推十学派"之隔世传承者。连这种谎都敢乱撒，还有什么事做不出来呢？只是那时学术资料匮乏，一时谁都拿他没办法。从黑山归来的刘遇迟也因此在思维蛮荒的巴蜀腹地镇子上，混得如鱼得水。他的确亲手筹办过一个在猇猊庙当地影响深远的伪民间文化组织，即猿鹤山房焚（读）书会（一名"猿鹤山房异闻图书馆"，但此名从未正式使用，只偶尔会被刘提及），并自任读书导师与会长。他靠一条三寸不烂之舌，误导、欺诈与诱惑过无数年轻的读书人、好奇的家伙与门外汉，令他们对他的观念趋之若鹜，顶礼膜拜。当年的刘遇迟，秃瓢脑袋上已不剩下多少毛发，戴着一枚左边镜腿开裂后又用胶布裹起来的老式黄边眼镜。即便不下雨时，也让我——他最卑劣的门徒之一——整日在他身后撑着一把黑伞，为他挡雨。他身披着一件带补丁的、臭烘烘的旧军大衣，内着蟒袍，叼着香烟到处闲逛。他爱在冬夜围着火炉与青年们谈话，含蓄地吹嘘自己"早已从大宗师刘咸炘那里，得到了一种足可济世、扭转时空甚至可以改变人的存在形式之秘密思想，并整理出了一套绝技与方法，还制造了一架谁都没见过的摄心机器 The Influencing Machine，也可以叫'人格控制仪'，只不过现在还不是拿出来展示的时候。"

"所谓摄心机器，大概也就是你说的什么'古赤公'吧？"我打着黑伞，曾站在他身后阴郁地问，声音小得像夏末的豹脚蚊。

"不,完全是两码事。摄心机器是物理的,制作复杂,结构也堪称精密,但只是我的一种表达认知与哲学的工具而已。'古赤公'则是反对一切观念和器械的,是纯精神的。'古赤公'从不由任何人为的材料来构成,无论是文化符号还是任何具体的物质。'古赤公'无法锻造,只能遭遇。'古赤公'连形状、气味与颜色都没有,更遑论什么机器原理。它是介于时间、空间与世间之外的某种存在。两者比较,摄心机器在古赤公面前,渺小而丑陋,就像是一只在旷古山林中到处乱飞的无头苍蝇而已。这么说吧,如果把我比作盲人,摄心机器也许可以作一条我的导盲犬,而'古赤公'则是整个世界的盲区。我的责任就是带领你们进入'古赤公',理解'古赤公'。但这最终要看你们这些家伙的造化。幸运的话,你们有生之年也许能窥见冰山一角,并吸收到它赋予你们的强大力量。可若运气不好,我也不过是一盲引众盲,白费工夫罢了。"他带着一脸对我的歧视,在雨伞下阴险而狡诈地答道。

"盲区,怎么可能呢?"

"盲人才会理解盲区。你一个打伞的,所以才觉得不可能。"

"还有什么东西既不是观念,也不是物质,却又能在时间、空间甚至世间之外独立存在吗?抱歉,我实在是想象不出来。"

"当然有。首先,在传统的宗教(无论东方格物或西域中世纪物理)观念里,除了时间与空间之外,宇宙还存在一个特殊的演变形式,即所谓定间 Settled space,也叫'入定空间',在这里,所有一切都是不流动、无变化、没有正与反,并且无法测算其质量的恒定状态。这个状态是没有语言可以阐释的。过去也有不少人试图描述过,但都是揣测。一切对定间的哲学论述,包括宗教里打坐入定的理论等,都是谎言。因定间本身并不能思考,只能意会。我们姑且暂时将能孕育'古赤公'的环境称之为'定间'吧。尽管此定间非彼定间。我这样说,也是勉为其难,不得已而为之,谁让我是你们的导师呢？"

"既然不是时间也不是空间，那我们这些人如何才能进入？岂不是只能永远停留在理论上吗？"

"也不必那么绝望吧，事在人为嘛。'古赤公'很柔软，是可以在定间中不断膨胀、不断收缩，可以不断控制我们或不断移动的一种超稳定结构思维体。它有时也是会从你们内心中生长出来的，但那只是它的镜像，并非真正的'古赤公'。你们要想见到'古赤公'，首先要学会如何进入定间，常驻定间。只要有耐心，便终究会有希望的。"

"我只会打伞，看不出希望在哪里。"我很懊恼地在他身后继续发牢骚说。

"世间事，只要人心够狠，就会有希望。"刘遇迟咬了咬牙。

"人心够狠是什么意思？"

"恋人赴死，书生嗜杀，大好不挂寸丝。"

刘遇迟答非所问，不知所云地对我笑道。尽管他费尽口舌地演绎着无数荒谬观点，我也提出过质疑，可当年的我和大家一样，鬼使神差地从未想过要离开他。

蚁垤慢垒，蛾术杂糅，想要理解世界，也许谁都需要一个导师。刘遇迟自诩精通各类植物学图谱与博物志，我们也的确听到过，他能对巴蜀残存古籍中的每一个典故、妖魔、异体字、水经分布、蒲团、山林与花朵的起源如数家珍。他曾说他通过多年的定间思索与悖论推理，已能像引导他的"古赤公"一样，自由地进入各种时空与记忆：包括物理空间、数字空间、量子空间与真空，能在时间的绝对速度中作数学九次幂式的复杂徘徊。他不仅可以随时回到过去，或直达未来，而且能进入时间的缝隙与分岔里，寄生于完全建立在虚数、立体几何或镜像的世界之中。他能随时爱与不爱，恨与不恨，对善恶、生死与成败都已完全无感，又令麻木与敏感并存。他已没有痛苦，却眷恋着一种最伟大的痛苦。不过与"古赤公"相比，这些四维时空的本领只是小把戏，并不算什么。他说他无比尊重生命，敬仰经学，也相信古代志怪文学里记载的那些恶与超能怪事，都应是真实发生过的，否则刘咸炘先生当年为何还要写小说？他还说："人不能理解无，只因未能见过'古赤公'。一旦认识了，则会瞬间化为种子、粪便、垃圾、渣滓、纤维、基本粒子甚至是夸克，出于无有，入于无间，一切就都迎刃而解了。"

所以，他能体会一切动植物的存在与死亡。他倡导素食，并定期教授断食课，为的就是让大家能从食物的演变中理解疾病与健康、文明与野蛮、生与死等这些鸡毛蒜皮的事，然后放下生命本体的局限，专心去做遭遇"古赤公"这件大事。

可在生活中，在我的黑伞下，他妈卖×的糟老头子刘遇迟从来就像巴蜀街头任何庸俗的川厨子那样，醉心于烹饪、饕餮，动辄便打牙祭，杀鸡宰鱼，嗜好腊肉与野味，为此不惜屠戮生灵，以满足个人的口腹之欲。哪怕在物资匮乏时期，他也能随意摆下一桌血腥油腻的家宴，荤素不忌，像个活得脑满肠肥的贼秃。另外，他自称心无旁骛，最喜欢过栽花种草的闲散日子，但这并不妨碍他曾坐了数日火车出国，到中亚地区，向那里的贫民窟倒腾猪皮、假古董与中国茶叶，以换取秘密的嫖资。出了焚书会的门，他还总爱在街头酒席上白话蹩脚的洋文，引经据典，令人作呕地对他的姘头们大谈过去那些开苍蝇馆、挖绝户坟、盗窃图书或自由闯荡时期的可耻经历，完全是个道貌岸然、虚伪透顶的掮客。

人多嘴杂，即便刘遇迟想滴水不漏，很多事也不是总能做到一手遮天。我记得在当年很多专爱抬杠的同窗眼里，说起他，也并非什么经学家的传人。也有一些来焚书会待过几天的人，大概是窥见了什么可疑之处，便宣传刘老师就是一个从黑山失败归来的旧式学林败类，是巴蜀镇子上淫邪的教唆犯、令人恶心的"神头儿"巴蜀俚语，通常指神经兮兮的人、靠一张嘴吸纳黑金的华裔知识分子、屁眼虫、莽娃儿、操纵无限文化公司诈人钱财的幕后黑手、有着两只多毛罗圈腿的魔术师、业余杂技运动员、靠边站的臭老九、川西坝子上穷酸的园丁、原始资本积累时代的宝器巴蜀俚语，指滑稽可笑而不自知者、断子绝孙的古体诗人、妄图重新诠释荒诞不经文献的民间学霸等。只是大家无法坐实任何证据。况且在很多学生拥趸眼里，他还是个真有魅力又真有某种超凡异能之"多毛秃顶奇男子"。两种意见不断打架，刘遇迟倒是毫发无损。对，就是那个灵魂空虚的颓废主义疯子、猥琐的地下禁毁手抄本传播者，一个曾被蛮荒山野和饥饿年代消耗了锐气的腌臜读书人，一个混进汉语思想丛林的哲学流氓，整天躲在"定间"里偏安一隅的狗日天棒。大家被他蒙蔽了那么多年，才略微有所觉察。如今想来，"巴蛇食象，三岁而出其骨"，说的不正是他这种人间怪物吗？如今他也得到应有的报应了吧？反正他活不见人，死不见尸了。诀嘛，诀怪话蜀语，诀即骂，怪话即脏话，乱诀。日诀他先人板板指祖宗的棺材板。

对了，他写的那些闲书呢？真的焚毁了吗？焚书会的事也证伪了吗？还是他的理论又被谁继续盗用剽窃进了另一些著作里了？我也不清楚。

反正，他发明的那些观念或已腐朽恶臭，恐怕也都像他在猿鹤山房焚书会，与狻猊庙后山坝子上赋闲时，漫山遍野苦心栽种的黄葛树，还有红掌、虞美人、杜鹃、夹竹桃、牵牛花、蜀葵、兰草、文竹、紫檀、椰榆或鹅岭菊花一样，待人去园空后，便沦落为天涯荒草，再也不会有谁想起去翻了罢？

唯有被他不断重复的"古赤公"，始终像狻猊庙中的幽灵一样经久不散，并越过生活与岁月，秘密地控制着我，以及每一个曾被他毁掉过青春的人。

除了栽花种树，刘遇迟也种菜与蒲草。他种过油菜、黄秧白、丝瓜、藠头、荸荠、青菜头、折耳根、豌豆尖、贡菜等。当然，种得最多的还是蒲草——这是因猿鹤山房内需要大量的蒲团。如蜂房般密集的每一间屋子里，都摆满了大大小小、新旧不一的蒲团。所有的蒲团，都是焚书会里的人自己编制的。整个后山蒲草丛生，剑戟交叉，凶恶如野猪林。刘遇迟亲自为蒲草施肥，为此，从定间门前，一直到瀿楼，总弥漫着一股子粪味。

念四十年来一切皆幻，在那个满是植物、军刺、白酒、怪杰、图书与人间烟火尚存的巴蜀腹地镇子上，压抑生活如一条封闭在罐头中的沙丁鱼，为我们提供着防腐剂般永不过时的记忆。那是一个爱情充满局限，色情被禁忌，但观念的骗局与抒情的幻觉却肆无忌惮的时代。那时的我虽太年轻，心学狂野，可潜入焚书会后度过的那段日子，也算是荡气回肠的。那时集体窘困，为了追随刘遇迟，一枚硬币掰成两半花，可毕竟还有友谊。如今，同窗的兄弟们都已散了，白发多时故人少，偶像倾颓，山水凋零。唯有对刘遇迟这个伪导师和错觉教唆犯的恨，仍如寒山孤梅一般，不绝如缕，遗世独立。当初的我们竟然真的会相信，刘教授已苦心孤诣地为我们这群盲目的年轻人，制造出了一套完整的哲学与修炼方式，创造了足以抵抗这个悲惨世界的一系列伟大精神。就算他所谓的"摄心机器"，也许作为方法论有点言过其实，可那个令谁都闻之着迷的大异象，那个一般读书人难以望其项背的秘密，那个从未失败过的"真夜"与万古世界观，还有那个"古赤公"，在多少年里的确帮我们度过了无数个无聊的夜晚。尤其在遭遇爱情、死亡与灾难时，它的确安慰过我们这一代黑暗而痛苦的心。追随过刘遇迟的门徒，都相信"古赤公"看似荒谬，但迟早会出现，为我们打开另一个难以描述的宇宙。它的偏见与怪癖，足以解决我们作为人的全部存在困境。

宿 主

老而不死是为贼。刘遇迟当年宣称:"焚书会的瀹楼就是我们痛苦的集散地。入楼之人,凡我门下,想要真正进入到那种可以僭越时代束缚与物理局限的化境,就必须深刻理解'古赤公'。"

"但'古赤公'到底在哪里呢,您能不能具体指出来?"我们集体问道。

对此,刘遇迟却总是一言不发。他只是不断地炮制与这个词语幻觉有关的事件,而且时常说得有鼻子有眼。

"您的'古赤公'是在隐喻一个过去的什么古人吧?"

"古人?当然更不是了。你们千万别误会。'古赤公'并非什么雕像,当然也不会是你们所猜测到的任何古代的腊肉。"有一天夜里大家在楼下围拢炉火,静坐冥想时,刘遇迟曾卖着关子对我们说,"不过有件事,我需要提醒你们,就是当你们刚进入定间时,也许会见到一位不死者的形象,类似'古赤公'。这个家伙看起来肉身硕大,像一棵树的影子。他会端坐在你们的面前,与你们现在的姿势一模一样。他述而不作,却对人间事无一不晓。别看这个世界已充满了导弹、公司、航空母舰、机器、地铁、生物基因科学、互联网与芯片,金钱与秩序也可以通过贸易攫取,甚至你们每一个人的梦也都可以破解,但这些丝毫也不能难倒他。可这位自诩为'古赤公'的家伙,其实就住在本镇的后山之上。你们晚学后辈,不知隔世传承之苦。我那位族祖先贤,早逝的巴蜀经学家刘咸炘先生,虽也可称之为不世出的观念天才,亦都曾为其罕见的学说折服。若论到在异能思想上之大成就,刘咸炘也不过是其庞大思想体系中的一脉,是一个不太重要的别传而已。但我实话对你们说,这个'古赤公'是假的。他只是在巴蜀腹地苟延残喘的老浑蛋,并非真的古赤公。他所能带给你们的,不过是对我的污蔑,或是很多代学人精神、语言与行为之总和而已。他的意义不过是能获取其大无外、旁逸斜出或梦幻泡影之类的力量,其目的只是为了编造我的历史,博取你们同情。这个老头的幻影是非常危险的。他是'古赤公'的替代品。你们若止步于此,跟了他走,那无异于自取灭亡。这可不是故弄玄虚,是为你们的安全着想。"

"那老头不就是一个观念吗,哪来什么危险?"我又贸然笑道。

"杂皮崽儿,你晓得个锤子。最危险的就是观念。"刘遇迟有点愤怒地用纯正的巴蜀口音对我喝斥道,"何况'古赤公'虽然可以打开你的观念,但他并不是观念。"

"那他到底是啥子嘛,怪头怪脑的,你又不明说。我们觉得他就是你故弄玄虚搞出来的一个东西,临时造语,麻人的巴蜀俚语,指骗人。"同门兄弟也有发牢骚的。

"在你们的认知与承受力尚未真正成熟,还不能真正具备接受'古赤公'出现时带来的巨大压力之前,我是不会明说的。你们也休想用激将法让我带你们见到'古赤公'。客气点讲,我不明说,才是对你们的教育。说了,反而是欺骗。"

刘遇迟每次都这样支吾。在他遗留的手稿里,有时还把"古赤公"写作古尊、古犼、古猰元人、大元人、古迟公、古簏公、古啸公、古鸥枭公、古啸翁或古金猊等,有时干脆就叫古公、朱公或赤公_{旧时粤语"赤公"也指鲤鱼,但显然不是刘的意思}。其中猇与箎,很可能是他的误写,或因误读了音,写了错别字。再说所谓的"古赤(或猇)公"有何稀奇?原来的猇,是指禺猇《山海经》中的海神,人面鸟身,珥两青蛇,践两赤蛇吗,或指猇亭?刘怕猇字不吉祥,故改为赤。赤公不就是隐喻朱公_{即范蠡,亦称陶朱公}吗?大概也是因他觉得姓刘,便故意搞了个什么与他私生活历史有关的"猇亭之败"吧,想把自己同蜀昭烈皇帝的历史从心理中秘密联系起来?猇,《说文》言"虎鸣也"。老虎的咆哮。明人李实《蜀语》云:"虎欲啮人,声曰猇。猇音肴。"猇声猞语——这个狐假虎威的家伙,不就是想说他一直在秘密地怒吼吗?而近朱者赤,则更是他一目了然的愿景:他估计始终都想当一个观念中的红人。反正发明这些千篇一律的词,都是他的一种哲学假设,一场骗局。他的修辞只是一场精心策划的剽窃,为了招揽世俗门徒而已。

刘遇迟自己一生也并未对"古赤公"之观念,下过任何准确的书面定义。

另有人认为,他虚构的这样"一位类似古尊独坐之形象或什么异端存在之畜生",原型可能出自清儒里以疑古著称,且曾被胡适、钱玄同或顾颉刚等人视为两千年以来最辣手的"经学叛徒"崔述_{1740—1816,字武承,号东壁,清代辨伪学者}。可后来又发现,刘遇迟根本就没读过那本经过顾颉刚编订、厚达一千零九十三页的精装排印本《崔东壁遗书》。尤其刘还强调过"古赤公"是个述而不作的东西,从来不会留有什么文字,故更无可能。

另外还有关于其源头的一系列推论,譬如说,起源于巴蜀的"古赤公"之原型,并非独创,可能是出自刘遇迟读过的很多书,如西方哲学中的大造物主德谬哥(Demiurge),或各类宗教、风俗、史前文明或文学意义上的某种东西,譬如比蒙巨兽(The Behemoth)、利维坦、参孙、魁人、考古学上的巨人残骸或脚印

(如三十万年前的无化石断代期)、三星堆立尸、巴蜀青铜器上的虎纹、白虎、阎浮提、獦獠、蝇王、貔貅、驺虞、象罔、山魈、山都、开明兽、祖师、元神、雷公、江总白猿、南川巨蟒(巴蛇)、秘密主、唐狮子牡丹、陆压、苦行头陀、金刚、大黑天、元始天尊、墨家矩子、不动明王、牛头宗、覀、庞大固埃、金刚曼荼罗、徐福的巨鱼、陶朱公、白鲸、奥威尔式老大哥或敦煌藏经洞那些《波斯教残经》里的"明船主"等;有人说刘遇迟故意编造这样一个莫名其妙、荒唐无稽却又剽悍无比的大杂烩形象,其实是在剽窃前朝江西那位身高近三米,曾环游欧美十余国的著名巨人症患者詹世钗的事,目的也是想靠此来敛财;有人还因刘遇迟在常用的一些笔名中有个"卫"字,便说他的"古赤公"可能是想复制东瀛江户时代那位身高二米三,十四岁便能独立出海捕杀鲸鱼,二十四岁则因沉湎于女色并死于梅毒的大相扑巨人力士:生月鲸太左卫门。但刘遇迟笔名中的"卫"不过是指驴卫国多产驴,如宋人高承在《事物纪原·虫鱼禽兽·卫子》中言:"世云卫灵公好乘驴车,故世目驴为卫子。"另如唐传奇《聂隐娘》中也有骑黑白卫等。且"卫"与"衛"互为异体字,驴与人名一般并不通用。其实,尽管刘遇迟有一副驴脾气,但他并不自视为驴。因他后期用得最多的笔名并非黑白卫,而是"飞骡"与"王駃騠"这两个。骡子是不能再生育的,刘尉迟一生与女色纠缠,花案无数,但却意外地没有儿女,这个可以理解。或许他根本就没有生育能力?但最起码,他似乎并不觉得自己仅仅是头摆弄哲学观念的巴蜀骡子,而应该是一头思想的"駃騠"。因在动物繁殖学上,传闻在一千头公骡与一千头母骡之中,仅有一对可生出的异兽,即古人所谓"骡骡之子,千里駃騠。"而且其速度与力量都会在短时间内超过它的父母如《玉篇》所云:"駃騠,马也,生七日超其母。"那是一种比汗血宝马更珍贵的传奇之良驹。刘遇迟以此自封,可见自视甚高。总之,七嘴八舌的推论，不过都是想说明刘遇迟杜撰的什么"古赤公"与他的那些绰号，大多是在抄袭东西方典籍、考古学、经书、世界史纲、进化论、禅宗传灯录、宋元话本小说、学术研究或各类传说教义里的所谓"尊者"与狂悖之物，弗雷泽《金枝》里记载的巫术、风俗或中国古代各类"厌胜之术"等，然后拼凑出了这么一个不伦不类的大怪物，以粉饰他制造幻觉的真实目的云云。他就是一头具有数十种原始生物基因与染色体，介乎于胎生与卵生、海狸与野鸭之间，内心里却拥有海星、毒蛇、蜘蛛与蜥蜴的各类毒液，却只会用一只硬嘴壳子来讲空话的伪思想鸭嘴兽。当然，此类准知识分子式的有罪推论，以及对刘遇迟事件的幼稚判断，最后都以失败告终。

如果没有激情，任何知识都是一件毫无意义的事，只能编织更多的矛盾与荒谬，炮制更深的焦虑与麻木。

刘遇迟满嘴跑火车，脏话连篇，且当众明言过："'古赤公'是硬的、尖的、凶的，反正屁眼黑得很。但它从无什么大与小，更与各位揣测的巨人或历代传奇无关。它只是一种猛烈的激情。老子身不由己时，不得不用这种激情来顶住我的困境。它断送了我的脑子，残忍地袭击过我，还差点要了我的命。"

每次说这句话时，他便立刻会习惯性地脱下手套，伸出他的左手。这样大家就能看见他的五根手指都是不锈钢的。他不断伸缩那手指，犹如一只在灯光下熠熠闪亮的机械章鱼。焚书会的人都知道，刘遇迟的左胳膊手腕末端安装着一条金属假肢手掌。

"到底发生过什么？"第一次看见他脱手套时，我曾惊问道。

"当年'古赤公'曾疯狂地咬掉了我的这只手，几乎有半个小胳膊与整个手掌。"他咬牙切齿地说。

但过不了几天，只要心情稍微好一点，他便又会当众否认道："不，你们都听错了。'古赤公'带给我的，其实也不是什么痛苦。痛苦二字,是天底下最浅薄的说法。除了恐怖,以及像发烧一般地说些胡话外,我根本无法告诉你们它是什么。"

"能咬掉一只手,可见它是一头什么野兽吧?"我又问。

"烂崽儿,你莫要打胡乱说,"刘遇迟怒道,"老子看你龟儿才是野兽。妈卖×,人的一生复杂得很,会被很多无形的庞然大物乱撕乱咬,反复地被吃进去,又吐出来,血肉模糊。搞不好活到最后,人生就是一堆臭烘烘的碎片而已。狗屎堆。"

"也没你说得这么可怕吧?"

"你们晓得个锤子。"

"那就请你告诉我们,'古赤公'到底是啥嘛?"

"它可以是一切,但反正不会是痛苦。"

瞧,他就是这样一个出尔反尔,可以当面赖账且不知所云的家伙。

然而,刘遇迟与他的"古赤公"之间或许不仅是有恩,更存在着什么冤仇,这一点倒是让大家都有感觉的,否则他何苦要那么咬牙切齿地说呢?

这么多年过去了,作为焚书会中的一位叛逆者,我也不敢完全否定"古赤公"。或许真有"古赤公"这么一个东西存在。譬如,它会不会真的就是刘遇迟独立发明,然后又凌空设计出来的某种"思维宿主"呢?与此有关的类似的话,他也的确说过几句。会不会他就是通过某个古籍上早已存在的名词,来说话或做事的?在那个知识信息匮乏的时代,他靠乍同乍异的言论,故作惊人语,把他那些带毒的恶癖与荒谬的想法,传播给他的门徒,骗取大家的信任,引导大家跟他走——就如旧时"飞箝"之类的纵横家修辞把戏——以博得那些本就不应该属于他的荣耀和世俗的惊讶?

"古赤公"或许就是刘遇迟在这世上栖居与诡辩的语言之螺,

而真实的他只不过是一条靠此为生的哲学寄生虫罢了。

只是这"思维宿主"到底是存在于他与他的"真夜"之间，还是仅仅是他刻意缔造的犯罪动机？他到底在隐喻什么？这些尚未被我猜透。

自刘遇迟失踪之后，他的名声也迅速被淡忘了、脏了或臭了。没有一个人再把这位伪善教授说过的那些怪话当真。虚构的"古赤公"成了一句谎言，一个危险的词语。刘遇迟成了过街老鼠。不，他甚至都不配作过街老鼠。他的学说已解体了。他消失了。阴险的导师成了笑话，且很快会被忘记。他的形象迅速腐烂，提一句都觉得有点脏班子巴蜀俚语，指丢脸，变得不再可笑。相对那些学林疑惑，大家似乎更关心这个假知识恶霸在焚书会期间所传出的那些私生活绯闻。诸如他作为一个老流氓的激烈性欲传奇，令其姘头自杀的疑案，或不断诱奸各种女门徒等腌臜事。他成了一坨腐烂的腊肉。反正墙倒众人推。日他仙人板板。瓜皮。臭鱼烂虾。泥脚杆子。二把刀。如今若有谁在不经意间谈起刘遇迟死无葬身之地的悲惨结局，或在境外不知所终的下场，都会笑不可支，拍手称快吧？而巴蜀腹地那些个被他侵犯过的女子，他的那些洞主，无论少妇、怨妇、泼妇还是淫妇，也都会假惺惺地长嘘一口气，异口同声地叹息道："唉，那个龟儿子畜生，歪得很。现在总算是死了嘛。不死不幺台，该遭打短命的老骚棒。最好带着他发明的啥子'古赤公'再死远一点嘛，烂透一点嘛，反正我们哪个都从来就没有稀罕过他。×宝器。"

空 翻

传言刘遇迟是"异人"的情况很多，说法也很多。不过一般都是说他具有某些奇怪的运动能力。大致有如下几种：

一、空翻：刘遇迟经常在说话的间歇，包括在我终日为他打着的黑伞下，忽然做一个空翻，甚至连续做好几个。黑伞根本不能遮挡他的空间。他有时会停在雨伞顶上的空中读书、发呆，过很久才跳下来。空翻有时还是后空翻、转体三周半或侧空翻等，然后消失在走廊、门后或墙上。这是很多人常见到的。这种江湖艺人式的杂耍把戏，其实在焚书会里并没人当回事，只有刘遇迟他自己乐此不疲。尤其是在他尴尬之时，他会在空翻时伸开手掌，凌空做出一个向远方招手的巨大动作，以表达自己某种无以名之的壮志。

二、斜刺：据说刘遇迟可以在屋子里有一群人交谈时，从斜刺里进入，遮蔽住其中的一部分人。不过这种现象我从未见过。我只见过他在生气时，曾愤怒地用鞭子或棍棒赶走过一些人。

三、折叠：夜阑人静时，刘遇迟常会把自己的四肢折叠起来,放在一只手提箱里。见到的人不超过二三个。有时,他还会让我在收伞时,把他折叠到雨伞里。我看见过他的骨骸与密集的伞骨呈现出等边三角形。

四、飘浮:刘遇迟有时会指着后山、大街或院子里随便的一块砖头说,如果站在那砖头上,人就可以飘浮在空中。有时他还说,就是坐在蒲团上,也可以飘浮。瀔楼中的同窗很多人都试过,但并非所有人都能做到。

五、演兵:不知为何,刘遇迟经常强调古代志怪里所谓"撒豆成兵"的法术,是完全可以通过现代哲学得到实现的。这对我们读书人而言,当然像是无稽之谈。但刘遇迟从不认为自己荒谬。有好几次,他还告诉我们,地库里有很多枪支弹药,都是演兵准备的。

六、烹煮:作为一代老饕餮,刘遇迟每日的菜谱从未重复过。他自己也善于烹饪。但他还说在整个狻猊庙与猿鹤山房焚书会的地底下,也有一把火在燃烧,从未停歇,我们这些人全都是被慢火蒸煮着的木偶。这无法验证。不过的确有一日,站在寺院中央,我闻到过一阵令人恶心的肉味。

七、长交:~~刘遇迟自称游牧民族后裔,血统野蛮,生殖力与性欲旺盛,每次性交时间可长达三小时,一夜可性交七到十二次。对此,有些与之有染的女子都否认甚至晒笑他的吹嘘,而有些女子则会在害羞中默认。~~未有人亲见,故以删除线涂之。

八、倒挂:子夜没有月亮时,刘遇迟常用一根绳子捆着自己,倒挂在屋檐上,像蝙蝠一样睡觉。但月亮一出,他就会自动地忽然从上面掉下来,摔得鼻青脸肿。问他原因,他也只是苦笑,不做解释。

九、言遁：我们充满哲学、诡辩、巧舌如簧与满嘴没一句真话的导师刘遇迟，经常通过语言隐身，成为他希望超越他自己的那个人。这是撒谎吗？不，对于谎言，他对我们这些门徒是这样解释的："你们可以不相信我，只需要相信我的语言就行了。语言是我卑鄙的敌人，也是我伟大的恋人，我与它情同手足，又不共戴天。我与它的亲密关系肮脏、狂悖而又血腥，几乎都是谎言，又句句可以铭心刻骨，充满了不是传统意义上的懊悔。你们千万不要学我，但你们可以服从我。我对你们说话时，我与我的语言是不能同时存在的。因如果我在，我的语言就不在；语言在，我就不在。"

当然，这些异能里面刘遇迟最擅长的还是空翻。为了表示他最擅长的动作，他自称还写过一首名叫《金牙》的诗：

　　童年从五十岁开始
　　人老了，只配
　　赞美麻药，说点狠话
　　在铁笼子里打造另一截后悔的铁

　　每日下午四点二十七分
　　最适合做空翻
　　我也蔑视过甲骨文、父亲、一切
　　一如三十多年前把一堆发臭的海胆装入麻袋
　　吹熄了你身上的全部亚里士多德提灯
　　咀嚼芳唇
　　旋即又惭愧

算了，再别提这些了
世界已被金牙咬碎
反正她也不曾爱过我的鞭子
我也不曾爱过她的缰绳

人从不能超越儿时
文学也从不能抵达
我不断飞行的颓唐
与少女凶残的粉色

  我们都知道西方生物学术语"亚里士多德提灯"（Aristotle's lantern）一般指海胆口部的咀嚼器，由约三十个骨状物和牵动此骨状物的降肌（depressor）和提肌（elevator）组成。但"金牙"是什么意思？这里的"她"或"你"是指的谁？刘遇迟可从来没对我们说过。

  至于空翻，很多人都曾怀疑过我们的话，说是不是我们发生了错觉，误会了？也许刘遇迟不过是在做一些他擅长的体育项目，譬如跳高、单杠或瑜伽之类？我在吹捧这个教唆犯导师。不得不承认，刘遇迟体能好，筋肉虬结，耐力也强大。住在狻猊庙时，他的确也喜欢经常锻炼，譬如沿着山麓长跑、俯卧撑、下雪天游冬泳等。但上述这些现象应该不是错觉。而且刘遇迟零星出现的行为，还远不止这些异能。因我们常为其荒谬性与反智行为辩护，故不少人还一度把我们焚书会看作是一群精神分裂症患者。

  不过这倒并不重要。在那个"裂缝"分裂的地方，本来也没什么完整的人。所有人都会被自己的记忆、感觉与判断劈成若干段，包括恶棍导师刘遇迟。

草 船

那些年，闻名而来进入瀠楼，参与猿鹤山房焚书会的闲杂人等太多了。为了随时都能有地方坐，从楼内走廊到山涧空地上，到处都放满了不计其数的蒲团。

这些蒲团基本都出自刘遇迟的手。

按照猿鹤山房中一个被刘杜撰出来的思维逻辑编年计算，即从所谓的"旁逸零年"到"旁逸三年"里，为了大量制作蒲团，刘遇迟曾带着门徒、拥趸与巴蜀当地的农夫们，在狻猊庙后山上大量种植蒲草。蒲草密集如丛林，在怪石嶙峋中剑戟交叉。后来草长得很高，我们一个个光头走进去，很快就可以被吞没，就像一群虱子走进了头发里。

记得昔时编蒲团之材料，即是用晒干的稻禾、蒲草或笋壳之类。每年金秋，猿鹤山房附近农家的稻子被收割后，就堆成了山。有些用来当柴火，有些当作饲料，但更多的会被刘遇迟收购到猿鹤山房的后山上，与他自己种的蒲草混在一起。不仅编蒲团，他还组织门徒们编草鞋、草绳、箩筐、漏斗、窗帘、斗笠等，细碎的蒲草也不浪费，可以充当山房所养的鸡、鸭、猫、狗、羊、猪、兔、马与牛的圈栏草垫，可谓物尽其用。在山涧竹林里，每年春笋疯长时，笋壳就会自行脱落，经太阳一晒，全都萎缩卷曲起来,横七竖八地散落在地上。这便是做绑绳的材料。刘遇迟把蒲草与稻草捆好,把笋壳分摊开,然后嘴里含一口水,猛地一口喷射在笋壳上。笋壳吸了水,会重新变得柔韧舒展起来。晒干的笋壳非常坚韧,做成绑绳,牢固而耐磨,超过麻绳。他将一把蒲草或稻草,在手中理顺压紧,然后用笋壳搓成的绳条绑住,笋绳两头扭紧,打成一个死结。沿着草的长度,会依次用笋绳绑住打结。随着蒲草的弯曲团绕,两两相扣,交叉纵横,待盘绕到第七圈时,便形成一个扇形的圆。打蒲团的难度就在这弧度上。在圆弧里的草,必须填得多一点,才显得丰满厚实。而越是靠近蒲团圆形的中心,用草就会相应减少,乃至有一个空间。

"你们这些门徒都是蒲草,而我就是这个蒲团的中心。你们必须集体朝向我,但并不一定真正理解我,而我却随时在指挥着你们滚动的方向。所谓'三十辐共一毂,当其无,有车之用'^{老聃语},就是这个道理。蒲团就是我们冥想的车轮。世俗的车轮只能做纵向或横向滚动,而蒲团这个意识的车轮,则是朝内向或外向滚动的。你们不要小看了蒲团。我们每天坐在上面沉思,其实早已与它融为一体了。我们就是要闭门造车。因为只有关起山门来,我们才能进入'真夜'。"刘遇迟曾一边朝蒲草与笋绳喷水,一边说。

因他有这种说法,我们也曾将那些漫山遍野的蒲团,称作"草车"。

刘遇迟长年累月地带着我们种蒲草、打蒲团,手上全是老茧。记得他打一个蒲团,只须用半个小时左右。他打的蒲团有圆的、方的、长的、尖的、中间开洞的、厚的或薄的。有时如果收来的稻草与蒲草太多,他还会花时间,做出一种比卧床更大更高,宽阔近七八米的巨型蒲墩来,赏给功课做得好的妍头。巨型蒲墩被他称之为"草船"。

无论是车或船,我们都以为那是为了能在他的引导下前进的工具而已。

后来才知道,那些蒲团同时还都是他诓骗姘头的秘密淫具。他甚至曾把与他那些年老色衰的姘头们,与他的那些美丽的、妙龄而青涩的"御兔们"在蒲墩上的嬉戏、口淫、猥亵与性交,大胆地称之为他一个人的"草船借箭_{此箭似为谐音贱,然尚未求证}"。可在当年,谁都未承想,他用这些自己栽种的蒲草稻笋制造的车与船,竟是为了满足自己的色欲,未承想他会在"车上"或"船上"用某种岂有此理的语言,去冒犯伦理,去反对物理,去霸占那么多充满艳罪的肉体。

坏 人

大约从"旁逸零年"之前的绯闻到"旁逸三年"夏天，从黑山归来，在巴蜀腹地出现的这位"哲思敏锐的文化异人"，先是捞金，旋即又因猥亵与诈骗被警察通缉，然后第二年又无罪释放，开始了他的逃亡或漫游时期。这些倒还不算什么，关键是他归来后，在他的语言诱惑下，其焚书会大约聚集了有几百拥趸，乃至上千人。这帮人迷信他的鬼话，后又因追随他的理论而进入山涧中，集体投水自杀。而他自己最后则用"失踪"或"死"（包括死于非命与死不见尸）来制造其畅游定间的观念，并影响其拥趸的言行等——这一系列的事，当初在我们巴蜀腹地都曾非常轰动，成为不解之谜。

我记得，刘遇迟说过诸如"死即死之传闻。死是没有事实的一件事。对'古赤公'以及被'古赤公'所护卫的人而言，死只是一种人类因对死的性质无法阐述，因语言与生命的局限，不得已才作出的某种无奈诠释"等混账话。故大约从前几年开始，听闻这位学林恶棍、流亡花犯、血统卑贱的刘遇迟居然在境外"意外死亡"之后，很多当年认识他的人就更是干脆当个笑话来看了。

"瞧，那个否定死的人也会死吧，还说他不是骗子？"有人讽刺。

"就因为他发明所谓的哲学,死了那么多无辜的年轻人,现在多死他一个,根本不算什么吧。"另一些人说。

当然,更没人会在乎他究竟是死在了海上,倒在了山中,葬身于荒野还是流亡到了极地天涯。在我们这一代学人的记忆中,他魁梧的臭皮囊已化为可耻的腐骨。

刘遇迟终于成了一个被时间通缉,又甘愿被遗忘的"时代的坏人"。记得好像这也曾是他自诩的追求。因他的确也说过:"我完全不喜欢时代,任何一种时代都不喜欢。我是线性时间的反对者,更何况'时代'这种在时间面前微不足道的东西,那不过是人类发明的一种短暂、浅薄而蹩脚的社会科学,只有庸才们才会追随时代。对时代而言,我始终愿意做个恶作剧的制造者,做个反抗任何思潮的坏人。"

如今,对很多有着耻辱记忆的女人或内心感觉被其欺骗过的焚书会门徒而言,只要刘遇迟不再出现在大家面前,不再出现在这世间的任何时代之中,似乎便再好没有了。现在还有人指控说,是我——丁渡,一个当年他最不起眼的末学晚辈,一个怀着什么不可告人冤屈的仇家,一个关于"古赤公"研究的业余爱好者,一个知识浅薄且孤陋寡闻、只配站在身后为他鼓掌的小徒弟,在某个人烟罕至的地方杀了他。如果我没有杀他,那便是我在雨伞里秘密窝藏了他的行踪。真荒唐!我有这样的本领吗?对此,我不得不为自己辩护。我只是接了张灶的班,平时站在刘遇迟身后,风雨无阻地为他打伞而已。我就是跟着他到处鬼混的一个打伞的喽啰罢了。我太渺小了。不过无论是天晴、下雨、走路、坐车、上课或他站在究竟顶上疯狂演讲时,我手中的黑伞,总是如一片乌云般笼罩在他头上,就像一朵他的黑色灵魂。我是他众多门徒中最边缘的一个跟班。我承认,我的确曾非常憎恶刘遇迟。过去,我也的确是先被其先前杜撰的很多奇怪学说洗过脑,然后便拜倒在了猿鹤山房焚书会门下,并与之有一段师徒之谊的。后来,自从瀠楼崩塌,我的兄弟、同窗挚友元森失踪或死于非命,加上我与刘遇迟之间那段暂时无法理清的私仇,我便离开了他。我发誓再也不会关心他了。我与元森情同手足,他后来在异国他乡郁郁而终(或死于车祸),可以说是我这一生中最大的悲痛,甚至超越了我对"古赤公"哲学与爱的绝望。相当一段时期内,我的确也曾历经艰险,到处去寻找刘遇迟,想找机会报复那个卑鄙的老家伙,一雪前耻。我一度很急切,就像当初我曾跋山涉水地追随他,对他的话唯命是从一样。我曾潜入过他那个臭名昭著的猿鹤山房焚书会许多年,充当他在众叛亲离之后,最后一个还愿意留下来照顾他生活的门徒,为风烛残年的老浑蛋充当打伞的走狗。其实,我当年都是为了能伺机下手。

遗憾的是,我最终未能得逞。这浪费了我多年的时间,消耗了我太多的精力。竹篮打水一场空。这个阴险的老滑头总是在最关键时,从"真夜"的眼皮底下溜走。

追杀一个满脑子奇怪观念的家伙,为我们这一代无辜门徒的理性复仇,的确太难了。真的是"古赤公"给了他异能吗?不得而知。我也没想到,自"旁逸五年"之后,已近古稀之年的刘遇迟竟会消失得如此彻底。我更不会料到,他还会在另一个地方,以另一种面目或另一种形式出现。

那时,我对这个虚假世界的了解,还不如我手中黑伞所覆盖的面积大。

机 器

现在都说刘遇迟就是一个老练的文化诈骗者或犯罪嫌疑人，罪不可赦。可在当年，是没人会怀疑他的斯文的。

别看这位雨伞下的导师，平时只是个安装金属手指的"伪残疾人"，其凶悍刁钻的长相似乎也不太讨人喜欢。譬如他的眼镜后面，有一双深深凹陷的漆黑眼窝，睫毛很长，类似西域人的鹰钩鼻子。过去消瘦魁梧的身材，也早因中年发福而变得有些肥胖、鲁莽甚至蠢笨。但可以看出，他早年似乎是一位浑身散发着荷尔蒙魅力与野性的男子，有些匪气，绝非一般白面书生。况且刘待人接物，有时八面玲珑，滴水不漏；有时又蛮横无理，说起话来就像个唾沫横飞的抢劫犯。与之相处的人倒有时会觉得很惬意，因他经常在同一件事上判若两人，甚至判若好几个人。他是有多重人格吗？好像也不是。我对他产生怀疑，也是因灪楼轰然倒塌后，才有机会窥见其狡狯之端倪。

可三十多年前，我们这一代门徒，还不可能理解他的手段。

譬如他的"摄心机器"，在那时根本就是个闻所未闻的词语，只能好奇。很多同窗光头学人，也揭露过刘遇迟的"摄心机器"很可能是剽窃了法国人梅特里 Julien Dffray de Le Mettrie, 1709—1751 的哲学著作《人是机器》，以及德勒兹在《反俄狄浦斯》中发明的

"欲望机器"，以及所谓"无器官的身体在相互作用中诞生出了两种复合机器"，即偏执狂机器 paranoiac machine 和神迹化机器 miraculating machine 等符号观念。因按照他们的设计，连婴儿吃奶也可以是"欲望机器"的一个形式。因嘴巴机器与乳房机器配接，母乳穿越乳房机器到达嘴巴机器，由此便可以形成一连串的机器内部循环系统，如食道机器、肠道机器、尿道机器、生殖机器、肛门机器等。更有可能是抄袭了米歇尔·卡鲁热 Michel Carrouges 在《单身机器》Les Machines Célibataire 中的思想，是对现代世界中人性因工业机器时代被色情与恐怖异化的隐喻而已。

但事实上并非如此。摄心机器与对机器的隐喻完全不同。我几乎可以做证，刘遇迟从不作隐喻，他的话是实实在在的诈骗、造作、打诳语乃至对我们这些追随者的侮辱。

那时，我就像条可耻的狗尾巴，常跟在刘遇迟这头思想豺狼的身后，为他打着黑伞。我们一起登上猿鹤山房焚书会灊楼的屋顶（它的另一个名字叫"究竟顶"）。刘一向自觉有大人物的威严。他会叼着香烟，裹紧蟒袍，痞里痞气地朝着下面坝子目中无人地说："焚书会的徒弟们，你们对摄心机器不要有太大的误解，这并非什么稀罕物。并非只有工业革命后，才出现过精神病患者幻觉中的摄心机器，或心理学上的'隔空控制情绪'。其实早在前朝，中国人就制作过一架袖珍的，结合风水、化学、地质勘探与机械学等的机器，并秘密放置在太和殿的地基底下，机器名叫'御兔'，据说能控制大内的很多事，包括帝位传承、后宫倾轧与皇帝的疾病等。当时的皇帝曾命内宫异人与西洋传教士合作，仿造金属齿轮永动机原理，以此象征天朝作为国家机器，能永远转动下去，万世不停。前朝皇帝制作这个机器的想法，本来自于唐人类书《兔园册子》。此书又名《兔园策》或《兔园册府》，乃私塾蒙学读物，传为杜嗣先或虞世南所编撰。一般以为，此书多浅薄之语。只有五代后汉兵部侍郎刘岳知道，此书实为道家机械学秘籍。该书曾为历朝元老冯道（882—954）所藏，视为镇宅之宝。某日，书竟不翼而飞。冯当时已被后汉皇帝刘知远封为太师。上朝时，冯便几次回头看刘岳，疑书为其所盗。刘岳却讽刺道：'看来冯太师的水平是离不开私塾的。'书遗失后，世间很难见到。据有看过者云，此书中的蒙学只是表面文字。书中绘制有图表，实际上是虞世南等人所编的'御民之法'。在每个典故与典故之间、字句与字句之间，都涵盖了对帝国儿童的洗脑术、健忘症、催眠错觉法与机械思维法等，目的在于让所有臣民自幼便成为他们预定好的某种人。后来，一个前朝来华的比利时传教士Ferdinand Verbiest，曾在寓所病故之前，向有恩于他的中国皇帝，献上自己的'御兔'图纸。传教士擅长天文历法和铸造枪炮机械，监制了观象台，著有《永年历法》《坤舆图说》和《西方要记》等书。他是皇帝最看重的洋参谋，也是皇帝的自然科学老师。但鲜有人知，这个传教士早年在欧洲时，曾学过西方炼金术和玄学，他得知《兔园册子》之后，便终生都在寻觅此书的残本、资料和散见秘籍。他认为，如果将《兔园策》中的精神、结构力学与图表，按照西方机械原理制作出来，再结合中国的风水学、玄学和宅学理论，埋藏安置于紫禁城下秘密处，或许能让皇帝这座远东的大帝国因其神秘主义精神而得以永驻。为此，这个传教士呕心沥血，将自己一生所学都倾注在这份图纸中。他死后，图纸被中国皇帝交给主管内宫建筑的工匠异人商约。商约按照图纸，准确地制作了这架奇怪的超自然袖珍摄心机器。此机器体积只有一二立方米，形若狡兔，色黄，有一对青铜制的长耳朵，控制发条的短尾巴，以及极端复杂的全金属内脏器官。在内脏器官中，还设计了一台永动机，可以不分昼夜、分秒不停地运转。所有关于帝国的道术、箴言、手段、学说和咒语，都镌刻在无限滚动的器官活叶里。传教士还运用西方中世纪巫术，为御兔施行过黑色祭祀，令其产生一种人耳无法听见的超声波，故此物也称之为'月宫跳搏器'。然后，商约将其埋藏在了太和殿地基东南之下，其角度与太和殿前的汉白玉日晷正好相反。因日晷代表的是帝国的自然时间，而御兔则代表着帝国的权力空间。每日子、午、卯、酉四个时辰，当日晷上铁针的影子在日光或月光下走到最极端之时，时空交错，潮汐涌动，'月宫跳搏器'之超声波，便会穿越紫禁城下的大地，从帝国权力的中心向四面八方辐射出去。因此，御兔便能完成对天下事物的秘密统摄力。但皇帝一时忘了，传教士的身份毕竟是洋人，他还让御兔的一只耳朵始终朝向耶路撒冷的方向。我甚至怀疑过，这是否就是前朝灭亡的奥秘？因鼎革一代学人，多为景教徒。据说前朝灭亡后，有人曾专门秘密派人潜入宫中，掘地三尺，寻找御兔。但没有找到。据一位隐居于西山的老太监庞林儿说，后来紫禁城发生蹊跷的火灾之后，为了防止宫内太监再盗取财物，中国皇帝驱逐了太监，又曾命人将太和殿地基下的一个奇怪的大青铜家伙（极可能就是'御兔'）取出，放在一只大云锦盒里。他带着这盒子去了满洲。据满洲旧体诗人郑海藏后来回忆：为恢复宫殿元气，中国皇帝在祭天时还曾用过一个大云锦盒子，里面也许装着御兔。但不久盒子也失踪了。"

"照您这么说，御兔就是第一代摄心机器了？"门徒们集体问道。

"那倒也未必吧。机器的用途各有不同。我只是告诉你们，摄心机器这种东西，并非今天的人所发明，而是古来已有。中国也早就有。"

"那现在你说的摄心机器呢？"

"我说的摄心机器或许是另一种东西，并不一定是机器。"

"不是机器,那还能是什么?"

"不知你们听说没有,过去还有个发了疯的著名诗人,曾在精神病院指着屋里的墙说:'那堵墙的后面,我清清楚楚地知道,有一台机器在操纵我。'这与西方精神病研究史上的摄心机器现象是相同的。其实摄心机器这个词,本来自弗洛伊德早期弟子维克托·托斯克的论文,是他第一个在一名叫 Natalija A 的女病人身上研究出了这种病症。据说 Natalija A 认定有一伙住在柏林的医生,正秘密使用一台类似蒸汽朋克式的电器设备,控制她的思想和身体。托斯克的研究似乎指出了自工业革命后,很多躁郁症精神病患者,都会觉得自己被一种先进的机器控制,如暗处的电池、线圈、无线电、X 光、电气设备或者机械。一些病人甚至还能精确地绘制出控制操纵自己躯体的那台机器的图纸,就像织布机。而他们与机器之间,只隔着布莱希特戏剧学上的所谓'第四堵墙'。关于此种心理疾病,后来学者也多有撰述,英国人 Mike Jay 就专门写过一本《摄心机器》。但很多时候,摄心机器并不能完全被认为就是简单的躁郁症幻觉,而是真实的情况。墙是真实的,机器也是存在的。不过我说的摄心机器,并不是什么简单的 Machine,而是有血有肉的某种东西。我的摄心机器藏在最深处,但会发热、会亢奋、会流血、会衰老,而且最终也会死,是一个活生生的生命体。这一点,大概唯有诗人才能感觉到。"

"您能感觉到吗?"

"当然,我也是诗人。而且是旧体诗人。"

"您是诗人?可我们从未读过您的诗。"

"那倒不重要。重要的是,我就是诗人。而且我知道的确有一架摄心机器,正在暗中像诗一样影响着我的生活,也影响着你们的生活。你们也许都不知道,这个机器对我们这个世界是有很大危险的。"

"能不能请您再说得明白一点？"

"我说得还不够清楚吗？摄心机器可并不是我的这只机械胳膊，而是我教给你们的一种思维工具，一套方法。我发明的观念体系，出于无有，入于无间，能够带给你们世间一切人都梦寐以求的尊严、爱情、财富、健康、幸福、闲暇与智力，可谓无所不能。但若没有摄心机器来把握方向，抑制这哲学体系的副作用和伤害性，你们就都会在获得我的精神的同时完蛋。你们会毁灭。你们会被你们自己滚烫的顿悟烧成灰烬。你们甚至会被'古赤公'一口吞掉，连骨头渣子都不吐出来，把你们全都变成它的一堆粪便。"

当时的门徒都很天真，在他的这些荒谬的恐吓面前，总是胆战心惊，瑟瑟发抖。而最后才发现，他所谓的御兔，不过是指他的那些女人。

摄心机器之说，不过是为了遮蔽他的肮脏念头的修辞。

赤兔

用"御兔"之名以牵强附会于"摄心机器"的刘遇迟,还自号"狡兔"。这并非因他在狻猊庙的居所一直有所谓的"三窟",即瀿楼办公室、定间与倒影,更因他骨子里实在是一只喜欢滥情滥交的雄兔。真正令他每日魂不守舍的,不是什么"古赤公"哲学或关于宇宙裂缝的设计,而是他的那些密布在巴蜀腹地、充斥着私生活色欲,以及他窝藏在猿鹤山房里的姘头与女弟子们,那才是他的"母兔"或"雌兔"。

到过猿鹤山房焚书会的人都有耳闻,在大宗师刘遇迟的生活里,曾经属于他的雌兔可太多了。如背叛了他婚姻的"如夫人"薛雯婕(问题是他自称并未结过婚)。如厨娘蒋凤凰。如沈八叉。如勾引门徒元森之妻叶宛虞。如前来殴打他的无名女子等。她们在焚书会那些光头门徒心里,都留下过一男御众女的色情幻象,可毕竟没有具体证据,又迫于巴蜀腹地的舆论压力,于是谁也不会随便提及。

我记得众多雌兔中,有一个名叫周南的少女,甚至还被刘遇迟当众称之为"赤兔"。这可以说是唯一的例外,也是大宗师罕见的对女性的赞誉。

关于兔、赤兔(一名赤兔胭脂兽)以及周南,刘遇迟过去站在瀠楼究竟顶上,曾是这么对我们解释的。他说:"有关兔子崇拜由来已久。我并非什么发明者。最早的玉兔是出现在印度《梨俱吠陀》、屈子《天问》(顾菟在腹)、《木兰辞》(雄兔脚扑朔,雌兔眼迷离)等,后来在《封神榜》中的长耳定光仙(北京兔爷)或明代纪坤的《花王阁剩稿》中,也有类似之物。兔子作为一种诡异的色相、纯洁的淫欲,的确令人惬意。这不只因嫦娥出走月宫具有阴性隐喻,还因兔子本身的形象感。如兵法所云'静若处子,动如脱兔'。可待嫁深闺的处女,本心是思春的,躁动的,充满欲望的,怎么会是静的呢?这是句谎言。实际上《孙子·九地》中的原文为'始如处女,敌人开户;后如脱兔,敌不及拒'才是真相。兵家是很明显地在用性行为,比喻战争发生前运筹帷幄的沉稳,以及战争发生后的应变速度。性交即爱的战斗。《西游记》中的猪八戒前妻卯二姐(即卵字),也就是卯兔或兔妖。除了传统惯用的驴、龟、蛙、枪等词,在明清禁毁小说中,甚至直接将男性勃起的阴茎喻为'剥兔'也是有的。甚至干脆以'剥兔'来形容美男子整个肌肉矫健之身体。如明人徐昌龄在《如意君传》中,写武则天的男宠薛敖曹,便说是'手不能握,尺不能量,头似蜗牛,身似剥兔,筋若蚯蚓之状,挂斗粟而不垂'等等。兔的温柔与恐怖得到了完美统一,简直如俗谚所谓的'兔子急了还咬人'一样。你们谁没吃过兔子肉呢?刚杀完剥了皮的兔子,现在一般不容易看见。川菜名肴之陈皮兔丁,乃巴蜀常见之美食。记得儿时在我们镇上大街上,便常见有人将兔子倒挂在一棵树上剥皮。厨子放完血后,便从兔子两腿根部一刀圆切下去,然后慢慢揭开兔皮,最终完整地将皮毛蜕下来,直到长耳朵处。那残酷裸露的、血淋淋的兔头和浑身肌肉,真类似医学书上人体肌肉彩色解剖图的样子。以'剥兔'隐喻,大约因为性本来是令人带有一丝恐惧和激烈的快乐吧。还有唐人蒋防《白兔赋》云：'圣理遐远，毛群效灵。有兔爰止，载白其形。乘金气而来，居然正色；因月轮而下，大叶祥经。'虽只是一篇吹嘘皇帝的骈文，但也算是以修辞彪炳兔子之华章了。《说文》云：'兔同逸。'即飞奔。兔子是最能奔跑的动物之一。何谓逸？即安逸之逸，隐逸之逸。是'俱怀逸兴壮思飞'之逸，骄奢淫逸之逸——当然，你们肯定已经想到了——对，也正是我经常强调的'旁逸时刻'的逸。关于兔子文化，刘遇迟还掉书袋地对我们罗列过，说文艺复兴时的德国画家丢勒的《野兔》技艺精湛。不过如果看过北宋崔白的绢本画《双喜图》中的那只纤毫毕现的兔子，明人张路的《苍鹰攫兔图》或周之冕《松兔图》，清人冷枚的《梧桐双兔图》及华岩的《海棠禽兔图》等，绢本惊人的细腻，会让你把丢勒忽略掉。博伊斯那个《谁来向死兔子解释图画》的行为兼装置系列作品，也产生了深远的影响。厄普代克小说《兔子跑吧》三部曲，其笔下的"兔子"哈里，就是一匹只有在色情行为中才有存在感，才能与美好事物接近的孤狼。因他每从事一项体育运动，都与性有关，用篮球网、蜘蛛网或者高尔夫球洞等。当年焚书会很多人都读过吧，但那书可以烧了。说美国女招待'兔女郎'Bunny Girl及韩国的'流氓兔'等，大家也可以烧掉。因这些和赤兔比起来，都不值一提云云。不过论兔子的寓言性，欧洲那篇著名恐怖童话《十只兔子》，我倒觉得有趣。我有时觉得其中甚至还隐藏着某种赤兔的奥秘。瞧，它是这么写的：'大兔子病了／二兔子瞧／三兔子买药／四兔子熬／五兔子死了／六兔子抬／七兔子挖坑／八兔子埋／九兔子坐在地上哭起来／十兔子问它为什么哭？／九兔子说：／五兔子一去不回来！'"

"我们听不懂，"坐在狻猊庙坝子里的元森，当场就仰头调侃道，"刘师，你这说的都是什么乱七八糟的，什么七兔子八兔子的，这和焚书会有啥关系？你是在骂这个世界将来会是兔子尾巴长不了吗？"

元森话音未落，在场的光头同窗们也都集体哄笑起来。

"小兔崽子，你先闭嘴，听我把话说完好吗？"刘遇迟也不发怒，继续说道，"兔子的童谣之奥秘就在于：大兔子可能是象征某种暴君如黑社会的头儿、皇帝、可汗、哈里发、山大王、匪首、奥威尔小说《1984》里的老大哥等，而五兔子是被害死的，其他兔子则可以象征各社会阶层之人，并各怀鬼胎。但究竟哪只兔子是谋害五兔子的真凶，答案也各不相同。譬如还有三兔子买药也许是买的毒药，六兔子不可能一个人抬，抬尸首怎么也得两人，以及九兔子哭是猫哭耗子等等说法。这故事收载于《鹅妈妈童谣集》，本是一套系列恐怖歌谣法国作曲家拉威尔根据钢琴四手联弹而改编的管弦乐作品《鹅妈妈组曲》，也算是来源于此，只是比较正面，原著中最著名的可怕故事还有如莉琪波登拿起斧头、染血的玛利亚、谁杀死了知更鸟、十个小黑人、伦敦铁桥倒下来、黑羊、开膛手杰克等。其中大量涉及残酷犯罪、杀人、杀父母、杀子女、贩卖儿童或欺骗罪等，可以说是欧洲黑暗社会事件之童话缩影。但其中最具黑色幽默的当数《十只兔子》。在性与爱的角逐中，兔子灵敏、傲慢、淫荡和狡猾，始终具有两面性。龟兔赛跑是幼儿科。守株待兔与鸡兔同笼，也不过是些小把戏。杀毒软件'超级兔子'，其实根本不能解决真正的病毒问题，只是一个试验品。大白兔奶糖也是旧时中国孩子共同的记忆。不过所有这一切都没有性欲的隐喻更接近兔子的形象。秦简《归藏》中，与东汉高诱注《淮南鸿烈集》时，首次涉及姮娥盗食其夫后羿仙药，故而奔月，但最初并无兔子什么事。只说姮娥是托身为月精，是为蟾蜍。月是太阴，是阴性的终极。在动物学里，蟾蜍的交配时间是很长的，通常在数小时到两三天才完成，并体外受精、产卵，精卵在水中结合。这些在古人眼里都意味着繁殖力之旺盛，也是淫欲的象征。后来为何要加上一只兔子？便是更含蓄的表达，是为了象征姮娥在婚后对性的失望，故而私奔，去追求性的自由。兔子便是她怀中性欲的象征。还有一种说法，是因姮娥本来具有女同性恋倾向或双性恋，药物唤醒了她的情欲，故而私奔奔月本是无意义的，除非是去会伐桂的吴刚，但那是两则神话，互相之间没关系。因兔子很难分辨雌雄。动物学里，辨别兔子雌雄时，必须要触摸到靠近肛门的地方，有蚕豆小的颗粒肿块，即睾丸，才能断定是不是雄兔。无此小颗粒，则为雌兔。而且很多成年兔子颗粒很小，经常没法发现。雌雄兔子也都不长阴毛。《木兰辞》名言：'双兔傍地走，安能辨我是雄雌？'就是此意。晋人张华《博物志》甚至说兔子是'舐毫望月而孕，口中吐子'。关于月宫兔子与男色、男妓或同性之故事，也有一些，如《沧海拾遗》残本中的美少年'兔儿爷'，及清人袁枚《子不语》中的'兔儿神'等。总之，在我们猿鹤山房焚书会，也是'三月出野兔，五月必出女主人公'语见拜伦《唐璜》，后人在月宫中加入兔子，绝非一个熬药丫鬟这么简单——即便熬药也是春药，因姮娥并无任何疾病，除非相思病——而应该是对姮娥离开后羿之谜的含蓄解答。"

"刘师，你真是我们见过的最絮叨、最啰唆、最话痨的老师。你说了这么半天，从东扯到西，天上地下一大堆，可全都是些不着调的废话。我们只想知道，你为啥把那个青涩的少女周南叫'赤兔'，你们到底什么关系？"

"我说这些，只是想把兔子的重要性尽量阐述得全面一些。因为我能在焚书会里随便御兔，你们可千万不能。至于周南，那是因晋人常璩在《华阳国志·刘先主志》的记载：吕布被杀后，关羽曾想向曹操讨要吕布手下秦宜禄的妻子（一说貂蝉），但被拒绝了。因曹操见到美色，也想据为己有。这导致关羽的不满，企图杀曹，并最终离开了曹。原文为：

羽启公："妻无子，下城，乞纳宜禄妻。"公许之。
及至城门，复白。公疑其有色，自纳之。后先主与公猎，羽欲于猎中杀公。先主为天下惜，不听。故羽常怀惧。公察其神不安，使将军张辽以情问之。羽叹曰："吾极知曹公待我厚，然吾受刘将军恩，誓以共死，不可背之。要当立效以报曹公。"……羽尽封其物，拜书告辞而归先主。

"你们知道，在古代，马是军事物资。马、美人与性，也都可用兔子来表现，就是'骑马'。巴蜀俚语称遗精为'跑马'。房中术里还将女人称为'敌'。《淮南子》有'兔子走火如马则追风逮日'之句。赤兔为何又叫赤菟语出《后汉书·吕布传》：布常御良马，号曰赤菟，能驰城飞堑呢？因於菟就是老虎，是我过去常说的古猇的一种。元明话本中，演绎出了曹操赏给关羽原本属于吕布之坐骑的赤兔，以为补偿一事。其实和姮娥怀中的白兔一样。赤兔为何也叫赤兔胭脂兽？胭脂马即红马，胭脂与红，皆指女子。那是被历史埋没了名字的美人化身。"

"你个老东西，也太自恋了吧。你也想'回眸时看小於菟'吗？明明就是你在焚书会里猥亵女性，玷污来山里的无辜少女，还弯弯绕地把自己说得跟个知识分子似的。"我也忍不住了，终于在他身后举着黑伞，不耐烦地朝我的老师刘遇迟喊道。

"狗日的丁渡，算你个小杂皮说对了。但再把你的黑伞给老子举高点。我没有美髯，没有武器，也从来不关心古代那些臭气熏天的帝王将相。我还秃顶，就像个野和尚。但我在生活里，在定间中，在伟大的'旁逸时刻'与裂缝里，却并不仅仅是只把周南那一个小丫头叫作赤兔。如今狻猊庙焚书会人丁兴旺，群徒奋进，大家为了理解'古赤公'的观念而互相辩论，真有一股师徒间龙腾虎跃的大气象。可学问归学问，面对着这漫山遍野的女徒弟们，其实我都把她们称为'我的赤兔'。不，你们不要误解我。

我并不是想骑谁就骑谁。我并不是去驾驭她们，霸占她们。恰恰相反，一直都是她们的摄心机器在驾驭着我，霸占着我。我与她们始终如鹰兔相搏。我只是想告诉你们，得兔忘蹄^{庄子语}，我爱的是她们的速度。我爱的是粉色皮肤中那种赤兔般的速度，爱的速度。赤兔就是赤肉团^{禅宗术语，本指心，也泛指肉体，如《景德传灯录》所载："赤肉团上，有一无位真人。"}，是她们用赤肉团托着我，去战胜一切观念的敌人。哪怕我在哲学上走麦城，她们也不离不弃。这个世界本已是失败的，我也已老了。唉，所有的赤兔胭脂兽都是我的洞主^{刘还将他的姘头们称为"洞主"，这个词除了是对女性器官的隐喻之外，也来自他的作品，详见下卷}。我从不是吕布。我只是骑在她们身上的一位自惭形秽、颓废丑陋、带囊袍松、盔歪甲卸的关公。我的那些爱与观念，也只是一把能解剖她们的冷艳锯青龙偃月刀之别称。"

"瞧你那秃顶，满脸烂肉的丑八怪，人模狗样的，也敢自称关公。还要脸吗？"下面的人又开始起哄了。

"我当然不敢妄称关羽。我也从来对任何忠义之事不感兴趣。我说的这个'关'，是指'生死关'。公就是'古赤公'。"刘遇迟仍然狡辩道。

瞧，满口异辞与荒唐言的刘遇迟，就是这样常站在究竟顶，整整他歪斜的头盔，用断手拉开军大衣，掸了掸里面蟒袍上的灰尘，露出一口他被香烟熏得漆黑的牙，冲楼底下的门徒们无耻地絮叨着。他的声音有些呜呜咽咽，又偶尔嘻嘻哈哈，真是一个老不正经。因当时究竟顶距离大家太远，离我又太近，故我们也分不清他是在笑，还是在哭。

苍 蝇

早年的挚友们都到哪里去了？
有的病故，有的出家，有的正在发烫
世界真是"火里蝍蟟吞大虫"吗？
当年大家一起杀死过多少苍蝇，记不清了

少女、少女，残忍肉体的暴风雨
请勿性交时敲打涂毒鼓，听十二平均律
旁逸零年的狂徒从来看不见僧侣
却暗中崇拜着四千多位狡黠的诗人

你用漆黑大腿践踏白色蛋糕
她把奇怪的虎牙在街头磨亮
遗憾，那手上长瘊子的兄弟已定居美国
鼓掌的集体一哄而散，只剩下轰响

这是我的同窗挚友元森在刘遇迟失踪多年后，即兴胡乱写的诗，题作《苍蝇》，目的不仅是讽刺当年第一次看见瀿楼内万千空毳的样子，也是为了怀念当年那些在猿鹤山房一起苦读过的同窗挚友、哲学群氓,并为我们最终的星散留下一点记号。记得刘遇迟有一次在给我们上课时,就曾吹嘘过自己也是"一只翱翔在中国思想史上的苍蝇",我们都笑他这种恶心的、蛆虫式的自渎比喻。但他说他并非自渎。他也并不是在抄袭萨特的同名戏剧,或因眼球突兀的萨特传说"长得就像只苍蝇"。他最厌恶存在主义,反感一切随遇而安的观念。

"什么,'世界都是正着发生,但只能倒着理解'?我啐,日妈全是扯把子的。知识分子憨吃饱胀,找些话来说。世界根本没有正与反,也没有内与外的问题。世界只有是不是另外的一个世界,以及有没有另外一个世界的问题。"他说。

刘遇迟敢自诩苍蝇,是因他觉得自己是"一个长有复眼的人"。他说他通常都能在同一件事上,同时如棱镜般地观看到四千种以上的真相、原因、奥秘与结局。

至于"火里蜘蟟吞大虫",原是禅宗名籍《古尊宿语录》里师徒之间的参话头,机锋之语,本无意义。蜘蟟即蝉,大虫即虎,也作"一二三四五,火里蜘蟟吞却虎"。但这句话好像对刘遇迟有什么特殊的涵义,一时说不太清楚。记忆中,他也常说:"别跟我谈历史。我的历史和我的往事是你们无法想象的。我活在边缘里。可以说,我就是边缘。我反对一切可以言说的历史。而我的人生就是一场火里蜘蟟吞大虫。"

"看来您就是那只蜘蟟。"我谨慎地笑着说。

"不,我只是一头被这个可怕世界吞掉的大虫。唉,也许我就是一堆被残酷'古赤公'撕咬后留下来的碎片。我就是一把肉末,一堆渣滓,一桶被我的超我从本我生命中泼出去的脏洗脚水而已。"他答道,偶尔还会佯装打个呵欠,以掩饰其说这话时,眼角会带着一星不会流出来的眼泪。然后又忽然想起什么似的,摆着臭架子对我们吼道:"哼,我说这些,你们年轻人是不会懂的。你们也莫要弯酸蜀语，指说话穷酸或弯弯绕。就算我早就被吞掉了，但'古赤公'的脾气还在。伆佬子再老，日妈对付你们这帮一天到黑打滚裂皮蜀俚，指混社会操变卦旧时指巴蜀耍把式的练家子，亦名操扁挂，也暗讽混街头者的小鸡壳儿，还是绰绰有余的。"

　　刘遇迟在平时谈话时，对我们这些学生偶尔出现的各种夹枪带棒的暗讽或吹捧，他都并不买账，但也不会生气。我们对他的满嘴脏话亦如是。他诸如此类的奇怪言论其实很多，很难尽数。但在物资与文献匮乏的当年，其冷僻的思维方式的确是令我们耳目一新，为其机锋感到惊讶的。当然，现在也许没人再愿意主动提及他这些怪话了，除了我，以及二三个知道他底细的劣徒，即我的同门师兄弟们。此乃因他当年组织猿鹤山房焚书会时，的确曾网罗了一群乌合之众。我们这些人还曾被巴蜀腹地学林戏称为"百科全书派狗腿子"，因我们似乎是甘愿充当他的思想爪牙与诡辩喽啰，试图对社会制造出一种尊他为导师的幻象。

　　至于焚书会起源的那点历史，也有知情人常常谓之恬不知耻。现在所谓的"猿鹤山房焚书会"，最初则是叫"猿鹤山房读书会"，确是少年刘遇迟缔造的一个伪知识社团。当年，他用其尉迟老宅家里所藏线装古籍、抄本与字画为基础——那些书曾一度被没收，烧毁了大半，剩余的图书部分大约仅几百册，作为冤案物资归还给了刘家。后来刘遇迟又从亲戚手里搞到，变成了自己的藏书——加上新购进的一些出版物，包括连环画、小人书巴蜀俚语称"娃儿书"与刊物杂志等，在我们巴蜀腹地这个偏僻的镇子上，一个叫"小十字"路口的地方开的书铺。书铺最初只能算书摊，是在一家废弃的油蜡铺边上，临时租的半间平房，狭窄得像个狗洞，作为临时阅览室。

　　开始来读书的人，全都免费。即便收费，无论古籍、名著、杂志刊物还是连环画，大多是一分到五分钱就能看一本，当场坐读看完。有些人读书慢,在那里一坐便是大半天。遇到厚一点的书,也可以自带干粮和茶缸,且每天都来,连续读上几天。不过来得最多的还是看连环画与小人书的孩子们。平房破烂不堪,除了一排歪歪倒倒的旧书架,还有从附近倒闭的老茶馆收来的七八根老榆木条凳,以及一张废弃的,满是斑驳、钉子与裂缝的旧乒乓球桌充当书案外,其他什么也没有。最初,常在这里出没的只是些游手好闲的街头地痞、无业游民或退休的老头。但几个月之后,由于刘遇迟的不断吆喝与宣传,来看书的孩子与闲人就越来越多了。半年多后,他便注册了"猿鹤山房"这个名字,以主营借阅旧书、画报与各种过时期刊等为生存方式,办了个"文化无限公司"。又过了两年,图书室成了我们镇上最热闹的一个去处,每日来借书看书之人,都会在门口排长队。

这期间,有一个十二三岁的、穿一件青花棉袄的小姑娘,每天都来地摊看连环画。少年刘遇迟也只有十四五岁,常愿意与她同坐在破板凳上,一起看那些中国孩子们都熟悉的传统白描手绘图画小人书。他们俩近乎于青梅竹马,可又互相不太认识,也不太敢说话。他们常在巴蜀腹地愁苦的下雨天,在落满夹竹桃花、黄葛兰与腊梅的油蜡铺小窗前,望着坡前小溪净流,腼腆地闲聊,东拉西扯地摆龙门阵。他们会一边喝着一分钱一杯的老鹰茶_{樟树叶茶,又名老荫茶},一边互相交换看着手里的各种有关古人、猛将、绘像、传奇、妖怪、间谍或革命的故事。他们会把腊梅花瓣直接摘下来,扔进老鹰茶里,这奇异的芳香是刘遇迟一生的记忆。他们在窗前还一起玩过火柴、药丸、卡片、纸飞机、香烟盒、针、滚铁环、鸡肠带、树杈弹弓、橡皮筋、指南针、军刺、雨刮器、鸽子、硬币与纽扣;他们一起抓过不计其数的苍蝇、蜻蜓、蜗牛、蚯蚓、螳螂、蛇与田鸡,还一起吃过偶尔打来的麻雀、绿豆鸟、油炸蚱蜢,甚至烤熟的知了胸脯上那块会振动鸣叫的极鲜美的小瘦肉。他们两小无猜，平时靠读连环画与捕捉昆虫打发时间。他们有时会一起因那些白描图像的人物而争得面红耳赤，更多的时候则相互依偎着阅读，时笑时哭。

读烦了，他们就在附近巷子里疯跑、打闹、恶作剧，把煤球沿路放进每一家人门口的烧水壶里，搞得邻居鸡飞狗跳。

从没人知道那小姑娘的名字，只偶尔听刘遇迟叫她作"伶牙"。

后来，见客人渐渐多了，刘遇迟便异想天开，策划组建了一个"读书会"。他在油蜡铺窗前自任会长，还称读书会是免费的，主要的事就是吸引各类有求知欲的人。这样胡搞了大约十来年，他长大了。他开始搞一些所谓的文化讲座。据说在讲座里，大家可以互相探讨各自的读书心得，表达哲学观念与新的思潮。其实巴蜀镇子上的人都知道，这个书摊之所以来的人越来越多，另外还有一个重要原因，即传闻在刘家的藏书里，有一些近几十年来早已从中国读书人视野里消失的禁毁古籍、色情图书、西域异端小说或古代春宫画册等，甚至还有在地下流传的无名"色情手抄本"。虽然从未有谁真正见到那些书，但传闻却具有强烈的诱惑力。几乎每个到过"读书会"的人，都会或多或少地问问这些事。问到刘遇迟时，他则是一贯否认的。不过，他的否认被仅仅当作一种安全意识，一种防备与低调，谁都不会相信。因刘遇迟在讲座时，很早就说过当初算是很出格的话，譬如他说："我们为啥读书，除了求知外，也是为了令我们在谈恋爱时，乃至性交时的色情之语，能具有超凡脱俗的表达方式，甚至可以令我们大腿下的女子因这种罕见的表达闻风丧胆，尚未动作，已甘心向我们的观念与意象投降。"

正因为他说话过于肆无忌惮，经常就像个满口脏话的社会流氓，所以当年在读书会，在那帮被他诓来缴费的人里，大多都是正值青春年少的嫩货、不良少年,前朝灭亡时在镇上街头无事生非的女子、阿飞、青皮、天棒、王大姐_{巴蜀俚语指女流氓}、街娃_{一作改娃,指劳改犯,因蜀语街与改同音}等。作为一个时代的群氓,大家都愿意凑到一起,互相窥视新的世界。但这个藏污纳垢的特征,似乎始终也未完全变过。后来时过境迁,到了"旁逸零年"后,逃亡西域多年的刘遇迟带着钱重返巴蜀腹地,他当年的这个业余的"读书会"便鸟枪换炮,变成了后来的"猿鹤山房焚书会"。因刘遇迟借助其亲自设计的灂楼与"灵鬼计划"开始捞金(此事干系重大,原因复杂,容后文再叙),读书会开始以"焚书"为新的宣传纲领_{他取此名的灵感也可能最初是来自明人李卓吾的《焚书》},并化身成为一家拥有上千名职员,市值近两三亿的正规"文化无限公司"。后来公司又搬到了本镇狻猊庙废庙遗址后山的森林深处。在奢侈的地理环境、植物、建筑与装修包围下,当年的油蜡铺子平房地摊与阅览室,又在寺庙中变成了一座占地约一万多平方米、拥有数百个独立房间的写字楼和"傅立叶式蜂房"建筑。而那些蜂拥而至的新一代文化掮客,那些相貌动人到令人看一眼便想流泪的少女、美人、文艺绿茶婊,那些靠盗版图书、走私文物以及在地方文化馆充当吹鼓手的帮闲文人、穿伪长衫的复古精神病患者、经济诈骗犯、色情狂、吃货、同性恋、小业主、暗娼、变态的经学家、西学激进分子、催眠术爱好者、算命先生、诗人与附庸风雅的寂寞家庭主妇等,也依然是最容易被"读书与焚书"之悖论吸引来的群体。大家都喜欢围着头戴前朝头盔的刘遇迟和他的蟒袍打转,纷纷成为会员,似乎什么都愿意听刘的。

四十多年来,除了刘所谓的"古赤公",与谁也未曾见过一次的那台不知道他藏在何处的摄心机器,他到底为这些文化拥趸们提供了怎样的"焚书会"愿景呢?我资质愚钝,尽管我曾每天站在他身后为他打黑伞,却从未曾想通过。最后,似乎刘遇迟终究也没逃过死无葬身之地的下场。但他那远在天边的"死",不也至今都是个谜吗?

这只大苍蝇的哲学行踪与逃亡轨迹,大概永远也调查不清了。

果 核

我从不否认，我的确恨过刘遇迟。但若指控说是我杀了他，这我无法承认。知识分子之间常因天生怯懦，便总是喜欢捏造完美犯罪吗？这很荒谬。

当然，他失踪后，更不会是我窝藏了他。我是那种心里有一丁点小事，也不喜欢憋着藏着的人，毫无城府，遑论犯罪。我是个浅薄的家伙。记得我的确幻想过尝试各种手段，诱他上当，诸如在与他饮宴赤兔们时，伺机想酒中下毒，或制造车祸、错觉、打匿名电话把他约到某个僻静之处，然后从背后捅刀子，以及用美人计、绑架、群殴、跳官之类，或夜入其宅打开他家的煤气，或在他要刮脸时，买通理发师用剃须刀干脆在脖子上给他痛快地来上一下子。然而，这些想法全都在尚未走出第一步时，便因我的紧张与犹豫而作废了。我宁愿带着耻辱苟且偷生地活着。唉，我就是个整天抱着一把破伞跟着他晃悠的懦夫。想要谋杀这个思想怪物、悖论猪猡，我不得不承认自己根本没那本事。不，我甚至连一丝走向行动的激情都没有。当然，自从发生了灵龛诈骗之事，自从因那灵龛带给我了怀疑与痛苦，自从我潜入焚书会之后，便从未放弃过除掉他的念头。后来我始终假仁假义地追随他、膜拜他或阿谀他的思想，似乎也不过是为了等新的机会。也许其实是在等一种新的勇气。

作为他并不了解的"门徒"之一，我甚至也期待过被他无限推崇的那个"古赤公"，会反过来给予我勇气与力量，以其人之道还治其人之身。

有一次，我感觉在他身后已快要举起刀了，或者干脆就用雨伞尖捅死他——可一想到他说的裂缝，还有那些猪脸人，便最终未敢下手。

每当我想起刘遇迟当年的那副萎靡的德行、下流的姿态和形体，我就会再一次被新的憎恶之火所点燃。想想看，当初那家伙真是一个浑身横肉，长着连鬓络腮胡子与卷曲胸毛，内心卑鄙且散发着刺鼻汗味的秃顶糟老头儿呀。谁看一眼，就会过目不忘。但从后来找到的一张焚书会成员集体照上看，他又像是个细皮嫩肉、玉指纤细、虽戴眼镜但身材魁梧的老派知识分子。为何前后形象差异那么大？是中年发福后的蜕变吗？唯一可以肯定的，是他鼻梁上架着一副故作文雅的老式黑框眼镜（后换成金丝眼镜，再之后则换为博士伦隐形眼镜）。可很遗憾，这些细节只能更增添他在我印象中的丑陋。

记得失踪前，他坐在我的雨伞下，在焚书会密集的蒲草的植物花丛中，就带着一脸满是荣耀的猥琐表情。他转头对在身后打伞打得胳膊酸疼、手指颤抖的我说："丁渡，杂皮崽儿，你格老子巴蜀俚语，初即"獦獠子"之讹，本指南蛮与野人记住，男人从来就是无耻的，从每个人在少年时代热衷于手淫时便很无耻。若到了四十不惑之年，则算是到了最无耻之巅峰。天底下最严肃而又最艰难的事，就是能将自己的下流诠释为一种精神。这恰恰是男人的天赋。钱夏钱玄同先生不是说过吗：'四十岁的人都应该拉出去枪毙。'类似的话，好像陀翁也说过吧见《地下室手记》。而森川许六云：'我快要四十二岁了，血气尚未衰退，还能作出华丽之句来'

见东瀛画家俳人森川许六（1656—1715，亦称许六雅）之《赠落柿舍去来书》。此语也可令我流泪。当这具好色的残骸快要炉中香冷时，'人性本恶'的烈焰，就会在我们心中重新开始燃烧，回光返照。所有往事，都会灰飞烟灭。尤其是你以为最刻骨的友谊。Paul Pelisson 也曾说：'伟大、知识、名望、友谊、快乐与财富，都不过是风，是烟；最好干脆而言：全都是虚无。'少年时，谁不曾为了朋友两肋插刀过呢？但是，锤子个友谊。伤害过老子的人全都曾经是最好的朋友。友谊并不一定是知己。或许唯有爱情的记忆才会留下来，作为你曾活过一回的证据。爱与美色本身就是一种精神分裂症，或者说是一座美妙奢华的精神病院。人年轻时，都是在建设这座精神病院，为其付出自己的火气、幻觉、热情、精液以及一切伤心之事，耗尽自己的血肉之躯。但只有老了以后，人才能真正地住进去，用回忆治疗自己的悲痛：因此时肉体已无法兑现为现实的喜悦，只能变成猥亵的精神，犹如我们在风烛残年的黄昏中，遭遇到的一道最后的闪电。历史上此类人物不少，痴如尾生、白行简、王世贞、姚灵犀、叶德辉、玺光尊、阿部定、土方巽、太宰治、第欧根尼、萨德、斯威夫特此人的确将财产用来盖一座精神病院，晚年则因自己也精神失常而入住、尼金斯基、帕索里尼、热内等，不胜枚举。但不是每个人最终都能达其究竟。火葬场吗？骨灰盒吗？千万别告诉我，当你那具臭皮囊在化为焦炭时，还能博得一个镀金的包装。丁渡，小狗日的，你别以为你藏在雨伞里那点可怜巴巴的怨恨报复之心，我就不晓得。老子是'古赤公'附身，宇宙通透，什么不晓得？我还晓得我们每天都在腐烂，生命就是一个腐烂的过程。墓志铭用什么字体写，传记里的辞藻再怎么炫目，也都没有用。我告诉你嘛，烂杂皮，这世间最紧要的东西，就是肉体，就是寡人好色，就是美人阴、爱和性欲。就是生我之门、死我之穴的那个璀璨的器官，会阴中的钻石。别嫌脏，那肮脏之处正是我等臭皮囊的来源，是令我们一辈子迷恋的闺房香艳，阴鸷玄牝。色情行为与色情意念，看起来都是肮脏卑鄙的，但又都是创造的源头。'不洁'注定是我们一切存在的底蕴，是太初有道。事实上，面对大腿间那一团肉色之花所在的位置和世间一切有情物出口，圣奥古斯丁承认过：'我们诞生于屎尿之间。'你别误会，我并非想像巴塔耶那样，故作姿态地建立自己的什么哲学体系。亚细亚人大多生于压抑中，不配有逻辑实证主义式的思维。我只是在表态。在恋爱、色欲与繁殖中产生的激情、快乐与污秽，往往预言着我们的第一生产力。除此之外，其他所有事，如神学、制度、世界观或方法论之差异，什么自由贸易、核导弹公式、天体物理对地球的影响、宇宙飞船、火星移民、生物基因修改工程、量子论、航母或抒情诗，乃至死灰复燃的什么进山修道、辟谷禅食、磕头烧香等都是末法。潜心读书也是一种被设计的偏见。从事某一门科学或艺术研究，也只能算是些业余爱好罢了，是高压锅里的挣扎和游戏。因真正能让我们紧张的事情只有两个：激烈的爱，或突然的死。"

"既然都那么虚无，那您说的摄心机器呢？"我执拗地问道。

"龟儿瘟伤巴蜀俚语，指愚笨可恶之人，"他对我笑骂道，"搞不好，女人的器官就是一台摄心机器，只不过你还不懂。"

"这个我可不敢苟同。"

"当然可以不苟同。但别以为你们年轻人才叛逆。你根本就没见过叛逆。叛逆就是完全要与所有人相反吗？幼稚。有些思想家认为第一责任就是反对，反对，还是反对。如现在甚嚣尘上的便是千篇一律的'做事'，人人都在做事，俗不可耐的进取心，真是令人思睡。在我们的'真夜'里，最大叛逆也许就是在定间中待着，足不逾户，除了吃喝拉撒与性交，什么事也不做。不正也不反，完全不做。你们敢吗？你们最起码还得出门为稻粱谋吧？人都得欺骗自己。骗一点是一点，把对美色的热情偷换成某种追求。大凡在某个领域中思想最独立者，通常是言论最少者，或无法被人言论者。所谓'炊者不立'《说文》注："炊，爨也。爨下曰炊。"徐梵澄《老子臆解》云："炊爨之事，必俛身为之，故云不立。此亦与下文余食隐约相应。"。我们在焚书会里介绍了这么多书，但这些书不读也可以。这世间从来就没有一本书非读不可。况且，现在充斥图书馆与书肆之书，在我看来皆为过眼云烟，可以焚毁。根本就不存在一本完全卖不掉的书，一个读者也没有的书，一本不能烧的书。再垃圾的著作，也会有人读。哪怕是地下印刷或半赠送性质，也总能销掉一些。再晦涩的学术论著也有皓首穷经的学院腐儒捧场，最低劣恶俗的街头杂志，也有无数家庭主妇、贩夫走卒充当其炮灰与鼓吹手。如果你们能写出一本完全卖不掉的书，人人看见都嗤之以鼻或完全懵懂，一个读者也没有，我是说真的完完全全地一个也没有——那或许真是本传世之作呢。"

"那我到底该读什么书才好呢？"

"读什么书并不重要。世间之书，本质全都一样，无非就是你这样想，他那样想。就像天上无论下什么雨，什么雪，什么冰雹或刀子，你手里的伞都是一样可以用来遮挡的。文字推动思维，但也是思维最大的局限和黑暗的盲区。一切书，最大的特征并非种类，也不是风格，而是局限。一个人的书，就是一个人的局限。很多人都说不理解我的话，我完全认同这种不理解。一代人有一代人的局限，没必要都理解。理解也只是更大的局限，只有不理解才能接近无限。这一点你以后会懂的。重要的是，你能对读到的书做出怎样的判断吗？哪怕是最坏的书、卑鄙的书、一文不值的书，以及各种看起来过时的书……对了，你既然加入了焚书会，不妨去先读一点傅立叶的书。那书哪里都是，猿鹤山房阅览室里就有，很好找的。当然，读完了，也别忘了帮我把书烧掉。"说完，他独自朝着夕阳干笑了一声。他刁钻的嗓音听起来，常令我想起古籍上所说的那种"豸声"。

"傅立叶？法国那个吗？"

"是的。"

"好像有两个，是物理学家和数学家那个，还是空想哲学家那个？"

"你真的以为那两个 Fourier 有什么区别吗？他们俩年纪与时代相仿，一个研究热的传播与温室效应，另一个则研究人类社会的热情与平等，可在我眼里，这在物理与哲学上基本都是一码事。任何思想都会有两种以上的呈现，他们也不例外。再说，什么叫空想？你不要被这些既定修辞迷惑，还是自己去判断吧。"

"好吧，可为什么要先读他们？那都是些那么老气过时的破书。"

"因为我们这座瀁楼的内部结构，就是一座傅立叶式建筑呀。果实般饱满的猿鹤山房就是我的'法伦斯泰尔'，而'定间'就是我的果核。也许在人生的后半截时间里，我和我的学生们都会一直住在这宁静的果核里，等待'古赤公'的降临与指导。别怕过时。时间的第一本质就是'过时'。连'真夜'也是一种过去的夜。"

"那为何又非要读完就烧掉书呢？"

"笨猪，不烧掉，你怎么读得懂？真正理解，都必须是毁灭性的。也就是说，你对读过之书实践，其实只有一次，或最后一次。阅读就是火焰。你就是灰烬。书没有了，剩下的就靠你自己了。这也是焚书会的宗旨之一。"

我对他此类自以为是的荒谬说法历来嗤之以鼻。我只知道，所谓"法伦斯泰尔"，是指空想家夏尔·傅立叶为其乌托邦社会设计的一种叫作"法朗吉"的超稳定和谐制度，一种社会基层组织和平行生活建筑。"旁逸零年"之后的猿鹤山房焚书会及其凌空出现的灪楼，便完全抄袭了这种建筑模式。譬如在山林里的猿鹤山房文化无限公司的中心区，就修建有属于焚书会的食堂、理发馆、商店、体育俱乐部、茶室、棋牌室、按摩室、武馆、琴馆、枯山水庭院、植物温室与图书馆，此外还有邮局、医院、厕所、男女浴室与地下车库等，基本上是一座可以让会员与门徒们自给自足的蜂窝形玲珑小城，一座空中公社。在建筑的左侧是一个工业区，专门印刷没有知识产权的各类图书。但在工业区走廊的尽头，则修建有一座钢铸的大型火炉，任何看完的书，任何时候，都可以扔进去焚烧，化为黑色的飞灰；工业区另一侧则是生活区，靠近狻猊庙后山的溪流与山林，一粗一细两座灪楼塔便位于此。楼中盖着很多六角形的蜂房寓所。在刘遇迟的伪傅立叶式设计里，最关键的便是生活区：因生活区的核心，有一所他最常住的屋子，门口牌子上写的是"定间"。屋子是用钢板与钢化玻璃全封闭的。不锈钢大门也用了几层密码锁。他平时大多数时候会在这屋子里的蒲团上静坐，或与某个门徒秘密进行他所谓的"摄心机器研究与实验"。

除非经他特意允许，任何人都不得擅自进入"定间"。若有人违反，贸然闯入，会当即被刘遇迟开除出焚书会，赶下山去。

的确，另有一个更令我惊讶的说法，即据元森后来说：满口哲学的刘遇迟经常躲在他刻意制造的"定间"里，并非在研究什么摄心机器，而是在不断以头撞墙。在深夜，在别人看不见他时，他会一个人伤心地、秘密地对着蒲团、对着某物，甚至对着某个当晚在他那里过夜的女子哭泣。整座山里，从没人知道他为什么会哭泣。这个狠毒的坏家伙还会有什么伤心事吗？他缩在墙角的阴影里，就像一条可怜的野狗。万籁俱寂时，偶尔会听到那定间里隐约传来一丝奇怪的抽泣、晦涩的号啕。定间的墙是黑色的，据说墙上还有一扇黑色的门，摄心机器就藏在那黑门里。可谁也没见过他说的那破玩意。

濮楼

　　树大招风，当初谁也没想到，狻猊庙濮楼与偌大的猿鹤山房，会在猪脸人袭击的那一夜间轰然倒塌，灰飞烟灭。我们这群徒子徒孙全都变成了刘遇迟观念的垫脚石与炮灰。

　　想当初，那像蛋卷冰淇淋一样螺旋着高耸入云的濮楼<small>此名渊源也可能是刘遇迟剽窃自《东京梦华录》与《水浒》等书中著名之"樊楼"，该楼最初乃因卖白矾而得名，初名矾楼、丰乐楼，后改为同音之樊。据说当年宋徽宗与李师师常在此楼幽会，刘遇迟或是以此为其"幽会"观念之祖龙象征吗？</small>之整体建筑设计，我记得大约是"旁逸零年"腊月初七那夜，准确地讲是那天的子时三刻，由我的挚友元森完成的。因他当时就曾告诉过另一位同窗，即躺在灵龛下打瞌睡的胖子"肥皂"张灶，说那座君临狻猊庙大殿上空的、巨大烦琐的黑塔及其地库的设计终于想好了，包括究竟顶，也很快就要盖好了。

　　张灶轻轻"嗯"了一声，似乎并没觉得兴奋。"这么快？那'倒影'呢？"隔了几秒钟，他似乎想起什么似的，慢吞吞地问道。

　　"倒影，什么倒影？"元森说。

　　"刘老师不是让你在建濮楼时，连'倒影'也一起设计吗？"

　　"我还没想这事。再说，'倒影'在这之前他就已经修好了，何必用我设计？"

"该想想了。或许他过去的地下室不算真的'倒影'。"

"那这个要求有点过分。"

"是呀,就看你的本事了。"

"肥皂"张灶说完,又一头倒下继续睡起来。

在猿鹤山房焚书会里,众所周知,瀿楼表面上看就是狻猊庙后院一座小山上的巨大的黑舍利塔与多层木质楼房的混合体。那时,每日忙得忘了刮胡子的元森,总是在望着那座钢筋结构的,有无数复眼的蜂窝状奇怪建筑发呆。瀿楼太大了。恐怕整个巴蜀腹地,乃至丛林,也从没谁建筑过这么大的卯榫结构之"塔"。光是塔底部地面直径就有十四丈,高七十丈,共有极度夸张的"十八级浮屠"。六世纪北魏以后的密檐造塔法,最多也不超过十五层。而且瀿楼内部空灵龛与各种窟窿叠加得太密集,就像一块蓬松的巨型大蛋糕中的万千气孔。每层的空间,都会在拥挤与折叠的房间之中,不断翻出许多新的不规则夹层,形成诸如隔板、耳房、储藏室、厕所、厨房、夹角、楼梯、防空洞与地窖等。其他走廊、阅览室、圆柱、镜子与禅房交叉,外置的螺旋扶手梯、内部的电梯与大大小小的办公室纵横,大室内套小室,则令人如入大蛋糕的迷宫。据刘遇迟说,瀿楼之所以在视觉上也必须比芯片或集成电路板更复杂,是为了表达一种对秘密的尊敬,而且这都是"古赤公"刻意要求的。思想的秘密同时也是对一切密集恐惧症的挑战。瀿楼的每一层都有十二个黎曼几何角(有时是十三个或不确定几个),角上系有阿拉伯风铃,随风飘摇。为什么是阿拉伯风铃?刘遇迟没有解释。除了金属零件、卯榫结构与雕梁画栋之外,瀿楼的通体主色也被勒令漆成黑色。每一层内,还分有很多间小屋子,每一间都有独立的小门。小门内还有一个独立的极小房间,小得只能放进去一个小蒲团,仅容得下一个人屈伸跪坐。只能跪坐,想站起来都难,因只有半人高。此类小房间做什么用,也没人知道。在瀿楼究竟顶那巨大露台上,按照传统规矩,镶嵌着一面巴蜀道教风水宝镜、藏经函与一根很粗的避雷针。最奇怪的是,还有一块跳水板。跳水板横着插在半空中,摇摇晃晃,就像古代妇人高耸发髻上的一根簪子。

论构造,瀿楼其实根本不符合传统塔建比例。可元森也没法改变刘遇迟的奇怪想法,他只是一个执行者,一个工匠,或焚书会盲目的门徒。

遵刘遇迟的要求,瀿楼上刻满了诡异的罗汉浮雕群,密集着无数最令香客膜拜的祥云、火焰、花鸟、曼荼罗图与经文符号,看上去颇为摄人心魄,也非常奢华。

据说距离瀿楼边十米开外,便是所谓"隐塔"的地基。隐塔与瀿楼的规模完全相反,非常地纤细、狭窄、细小——甚至说它就是一根木柱子,一座无字方尖碑。说它就是"用手电筒打出的一道光柱",也差不了多少。而且是一个人就能抱拢的光柱。光柱的表面也是分层的,就像竹子分节。在瀿楼与隐塔之间的空地上要修的,也就是刘遇迟说的"倒影"。可刘遇迟从不认可元森的想法,否定在瀿楼周围挖地基,或灌溉出一方池塘与喷泉等设计。没有池塘,没有水,所谓的"倒影"又从哪里来呢?刘遇迟也不解释。隐塔刚搭好骨架,有很多支离破碎的楔子,支撑在塔脚下,光柱悬空,尚未完工。从已完成的底座来看,隐塔作为一根虚拟的柱子(也可能是真实存在的,但故意不修完),应该是白色的。所以瀿楼这两个"塔"是一粗一细,一黑一白,一有一无。一个宽得内部空前复杂,一个窄得就像一根竹竿。一个是黑色的实体楼,一个是不确定的光。只有两个"塔"的高度完全一样。

最麻烦的是,刘遇迟还提了一个让元森很为难的奇怪要求,说在隐塔光柱身上,也要修一座露台和究竟顶。柱子上怎么能修露台？这滑稽的要求让元森烦恼不已。

黑色瀿楼主体的设计全为卯榫结构，像古老的鹅笼空间，像焚书会的哲学猪圈，也像崭新的宇宙监狱。瀿楼中心有一根从地基到穿顶的天地柱，每一层与每一层之间也都有滑轮与轴承、履带与轨道连接，故它就是一座运动的楼、一座可以平行纵横旋转的楼。它是一座如抽屉般伸拉与关闭的楼，其中有可以上下左右无限折叠的房间。有些房间打开的同时，也是关闭。有些房间升起后，便同时会令旁边的房间降落。有些房间是实心的，门都打不开。有些房间则是空的，一脚踏进去，里面是黑暗的深渊。

"你们别总用朱启钤 1872—1964 那种'沟通儒匠'之类的僵化营造思维。我们的瀿楼与焚书会从来就没有什么儒，也没有匠，只有与'古赤公'的沟通。儒与匠都是虚构的，而大家是为了进入'真夜'才造这楼。"刘遇迟说。

可怜的是我的挚友元森，一直想埋头将自己缔造的瀿楼变成万古不朽的建筑。他从未意料到恋人叶宛虞与刘遇迟会发生那样的事。从入会开始，他便决心要把这座由气孔、迷楼、蜂房、傅立叶中心、浮屠、地宫、复眼灵龛、大小定间、夹层、露台究竟顶、藏书室、读书室、忘书室、焚书室、禁闭与错觉交叉等空间云集的建筑，靠观念与木、石、水、风与空建造出来。当然他并非想制造如雅科夫·切尔尼霍夫 Yakov Chernikhov, 1889—1951 那种构成主义建筑，而是试图结合古代造塔方式、雅克·阿达利的"迷宫"、琉球庭院的枯山水、明人计成的《园冶》细节、陈从周在美国大都会博物馆那个肤浅的"明轩"设计、敦煌石窟或恒山悬空寺、埃舍尔长廊、大型卯榫歇山顶、重檐卷棚歇山顶、完全机械扇面飞榭、无障碍折叠动物庑殿、无枢旋转户牖图书室、反相时差（光差）并行斜挂式旋梯，以及刘遇迟多年前曾对他讲到过的一册汉译本的小书《未来的建筑》苏联建筑学家格·波·波利索夫斯基著中所言之物，再通过一系列对玻璃、棱镜、自动扶手电梯与地下室的颠覆性冒险，以及对空间的错觉运用而制造出来。那本小书很薄，仅有一百多页，好在插图丰富。其中有趣的设计如：

一、三层楼一个走廊之楼——由互相靠储物间与地下室连接的楼。

二、光明大楼——内设一千五百多个房间、十八层，三百多个隔绝的小间。

三、新生活大楼——有两万两千五百多平方米，内设大厨房、大炉灶、音乐厅、体操房、游戏室、理发馆、艺术工作室等，可住两千多人。

四、像书柜一样的大楼——住宅都像一本书，随时可用另一本来替换。

五、"麦穗上的籽粒"居民大楼——好似挂在树上的鸟笼般的住宅。

六、蜂窝房子——每一所住宅都好像一个个单独的小院，吊在空中，没有任何邻居，孤独心灵之家。

七、倾斜式房屋——在一公里多长的地段上，伸展着一系列用超坚固和轻巧材料制造的居住房屋。房屋是倾斜的，但不会倒下。因有支柱系在金属网上。网拉得很紧，上面有多层的走廊与街道。

八、悬浮建筑——也称为"吊城"，即在一片广场上，用支柱绷紧网，再在绷紧的网上建筑所有需要的圆形"星球房屋"，每一个内部都是完全与世隔绝的独立房间。

九、用空气和薄膜做成的建筑——未来会是一个充气的世界，有充气公鸡、充气兔子、充气大象、充气船、充气轮胎、充气飞机、充气桥，当然也会有充气建筑。在一个鼓满空气的一百六十公里高的充气薄膜塔里，可以建造很多充气房间，其中的仓库、工厂、展览馆、电影院、游泳池、暖房、足球场、商店、食堂、俱乐部等都是充气的，甚至连卫生间都是充气的。

所有这些都是带插图的。我认为建造瀠楼时，元森的确参考过。

最意外的是，书中有一章提到建筑中的人，叫"像孤单的仙鹤那样的人们"，这不禁令元森想起"猿鹤山房"的名字。这会不会也是刘遇迟读到以后，才给焚书会命名的？不得而知。不过，这本小书里设计了很多为孤独心灵建筑的房屋。关于建筑的封闭性、人与人之间的广阔关系与陌生性，其中不乏还有这样的对话段落：

  教授向与会者发问："请你们说说，谁能记得他最近一次同自己的配偶谈过的话？请说吧，即便是半小时之内的。"
  一百五十个人中，没有一人能够记起他最近一次同自己妻子作的长时间谈话。

  我同妻子一起在街上走。一个男人迎面走来。他点头打了个招呼。
  妻子问："这是谁？"
  "邻居。他住在我们旁边的住宅里已经五年多了。"

瞧，这样的夫妻乃至类似道家的邻里关系，似乎正是刘遇迟异常向往的。他该是多么希求和所有女性邻居成为"亲密的伙伴"呀。

灪楼的设计对猿鹤山房焚书会龙腾虎跃的师徒关系极其重要，因刘遇迟还曾颠倒并篡改卢那察尔斯基的话说过："一座伟大建筑最终会带来一个与其想呼应的伟大时代"，而卢氏原话是"任何一个伟大的时代都会有与其相适应的伟大建筑"。

他唆使元森造灪楼，目的或就在于房间与房间可以互相独立。整个灪楼巨塔还可以随时旋转运动折叠，制造无数夹层，迷惑一切入楼者的视觉。尤其顶部，要修建出一座著名的所谓究竟顶。究竟顶上必须有数十根柱子，悬空矗立，又摇摇欲坠，令人只能高山仰止，却不敢轻易登临。究竟顶要足够大，又足够窄，那是他一个人的露台。这些显然是为了论证他那些根本不可能实现的哲学野心，或者是为他个人的淫欲遮丑。但无人反对他。

元森最终决定，他要用一种充气皮囊建筑的方式来造塔与究竟顶。

据说，刘老师曾让元森在后山山涧的底下，专门凿了一个奇怪的小孔，孔中有管道，与灪楼的地基相连。他说那孔名叫"大尊孔"，可以窥见很多被遗忘的事。然后，他们又在悬崖边安装了一台巨型鼓风机，并借助山岚瘴气、云蒸霞蔚、晨雾风暴等，每日对准那小孔，往灪楼里吹气。正如风力发电一样，灪楼地基在这动力下，可自动旋转，每二十七小时循环一个周期可我们都知道每日是二十四小时循环。剩余的三个小时呢？刘的解释是：有三个小时在夹层里，唯入真夜光差者能见。而且，楼体还会因鼓气而向上疯长，气球般越来越大，如一根不断膨胀的巨型石柱。

对于如此荒谬的事，我是不大信的。因多年以来，我一直都以怀疑、绝望与厌倦为最大的定力，以曾加入过猿鹤山房焚书会为耻。可也没准哪天，我会再倒过来，重新去批判人性的局限。

就像我们这代人年轻时那样，痛快而幼稚，不计后果。只是——自从看清了内心的火箭、凶猛的猪脸人、赤兔与洞主们的荒淫，还有狻猊庙后山成群的拥趸与峨眉猴子们之间那可怕的差距之后，我的快乐就不多了，我也什么都不信了。

刘遇迟在黑伞下暗自对我说过："在瀿楼里焚书，最终也是为了焚楼。但如果楼真的能充气而悬空，那就应该不怕火。"

这一点我倒是早有预感。但他们长年累月地对着那些"大尊孔"或小孔吹气，瀿楼就不会因始终在不断膨胀，最终迸裂成一堆碎片吗？

猫 煞

狻猊庙后院漫山的焚书会门徒、女学生、文学爱好者或业余哲学的愚人，很容易被刘遇迟的权威所蒙蔽。我自然是不相信刘遇迟会有什么伤心事的。相反，在我与元森以及很多同窗眼里，他都是一个善于表达高冷与残酷思想的人。他唯一的柔软之处，似乎仅仅是对女子肉体与容貌的癖好，以及对色情的不厌其烦的重复。即便是在谈论爱时，他还带着对一切世俗婚姻的鄙视。若我们问他，能否举个例子，人到中年为何还对美色如此痴迷？这个恶棍便通常会引用诸如严世蕃香唾盂之事，来强调他的嗜好传闻"严世蕃吐唾，皆美婢以口承之，方发声，婢口已巧就，谓之香唾盂"。那个年代，各自舶来的资料非常有限。但为了表达他对焚书的渴望，他从不掩饰自己对一切禁毁文学的好奇与酷爱诸如《游仙窟》《肉蒲团》或《少女之心》的作者之谜、巴克斯侯爵与慈禧的异端传奇、张竞生的《性史》、索德伯格的《性、谎言与录像带》、土方巽的战后色情舞踏、伪《亨利·米勒日记》、冯梦龙收集的"情秽类"与人妖、井原西鹤的手指、坂口安吾的人头之恋、涩泽龙彦的百科全书与怪癖、佐伯俊男的虐恋浮世绘或中国民间关于各种"狐狸精与捉奸"等，都是他常挂在嘴边的。他喜欢躲在蟒袍的黑暗里，自言自语地谈论从书本、图画或影片上看来的下流事，并摆出一副冷静的学者面孔。他的道貌岸然，就像一个在酒后自慰的鳏夫。好像世间再没什么激情能让他失态。他早已百毒不侵了。

在我的有限记忆中，刘遇迟在瀫楼里唯一在乎的东西，不是人，不是他残疾的断臂，也不是显摆他的下流哲学与乱读的邪书，而是他那些种得到处都是的植物或漫山的蒲草。

为了在植物中表达自己的隐性，他甚至专门为自己盖了一间温室。

因巴蜀腹地山间多雨，如我们一帮人成群在猿鹤山房焚书会鬼混的日子，常常是些个雷雨交加之夜。在瀫楼究竟顶露台那空旷的伪法伦斯泰尔植物温室内，刘遇迟栽种的仙人掌、龙舌兰和剑麻等，大如史前猛犸的獠牙，叶子刺入穹顶。下雨时，闪电之光断断续续，令所有的花叶都像在秘密燃烧。即便在温室里，我也按要求，站在大宗师刘遇迟身后，专门为他整天撑着黑伞。有时连睡觉时，他都不许我把伞收起。我看见他的眼睫毛从不抬起来，也基本从不看周围的门徒或倾听者。他只是狠狠地吸着烟，并爱用发黑的牙去撕咬烟蒂。他还常用光脚丫去踢着、逗耍着一只常年养在定间门口徘徊的虎斑折耳猫。

奇怪的是，刘遇迟说那只猫的名字叫"韩獹"。

"韩獹不是狗吗？到底是猫还是狗？"我问他。

"狗日杂皮崽儿，你懂个锤子。画虎不像反类犬，赤兔不也是马吗？又不是兔子。一切动物的属性，完全是人类的狭隘看法而已，其实根本不重要。"我们正说着，忽然看见那韩獹从窗口跳了上去，颤巍巍地走到了瀫楼温室露台外的铁栏杆上。

栏杆与屋子里隔着玻璃。外面正在下雨。刘遇迟朝猫喊了一声："韩獹，快回来。"可那猫却惊慌地一耸肩、一弯腰，想要回头。奈何栏杆太窄了，韩獹刚转到一半，不料后腿踩空，掉了下去。我们赶紧跑到窗玻璃上朝下看。瀫楼下一片漆黑，什么也没有。

刘遇迟站在我们身后,像地痞一样放声大笑起来。

"妈的,你怎么还笑得出来?猫都摔死了。"我惊问道,雨伞都差点掉地上。

"摔死的只是一条狗。"他当场胡说道。

"猫呢?"

"猫已进入'真夜'。"

"原来你的所谓'真夜',不过就是为死亡打马虎眼呀。真是浅薄。这算是哪门子的烂学问呢?"我在他身后讥讽地还嘴道。即便如此,我也从不敢放下雨伞。

"不是学问,只是观念。学问有锤子用。难道你没听说过海兔、鲨、鸭嘴兽、肺鱼、曲鳝、扁平虫或水熊虫吗?"他像吐口水一样对我说,"它们在任何糟糕的情况下,都可以苟活,哪怕被分割成无数份。每一份仍是它们自己。性与死,以及每一种生物的名字,都是虚构的。韩獹也一样。"

"名字可以虚构,生命也能虚构吗?而且你说的是那些东西,只是造化或进化之间缺失现象吧?"

"愚蠢。笨猪。造化与进化,就不是人发明的吗?什么叫缺失?我看人类才是缺失。人类本身就是一个缺环动物 missing link。老子跟你说句骇人的话吧,古今中外的一切自然科学或生死规律,日妈可能全都是假的。我儿哄你,等老了你们就晓得了。"

"怎么就一定是假的呢?"

"不信,你们就去找韩獹的尸首好了。若找到了就是真的。"

好吧,我不得不承认,我说不过他。

后来在瀿楼里,我们的确仍经常看见那只叫韩獹的猫(或狗),站在"真夜"的露台上尖叫。只是除了刘遇迟,没有人能伸手摸到它的皮毛。直到猪脸人大进攻之前,韩獹都一直活跃在瀿楼上下,以及附近山林里。它曾灵敏地躲闪着刘遇迟的臭脚,或翻几个筋斗,撒娇地满地乱滚,朝他发出淫秽的叫声。而猿鹤山房的光头们则用眼角余光,与那下贱的猫儿周旋。刘遇迟这个老不正经的诡辩家,人畜不分的玩意,满嘴跑火车的罗圈腿残废,有时还会故意模仿着韩貙的动作,在地上来回翻滚。这让我有时甚至分不清他到底是在空翻,还是在地上打滚。他爱用发黑的门牙咬着一枚油腻的烟蒂,朝远处吐出去,说出一句故弄玄虚的鬼话,顺便还摆出个混不吝的野蛮样子。他大概觉得,这样的自己或许能显得有点凶相吧,就像巴蜀方言所谓的"猫煞"。我们倒是从没怕过他。我们只是在一段时间内,变成了自己好奇心的奴隶。在那些无聊贫困的年月,据说一个人如果外表能装得猫煞一点,便可以削减一点读书人的阴柔气,得到人群的敬畏。甚至可以到处抢吃抢喝,免受欺负。仿佛一个人只要自己变成了恶棍,就能意外拥有"免于恐惧的自由"。但如刘遇迟的那种"猫煞",恐怕只是语言意义上的诈骗吧。

记得那天,我们几个同窗还曾集体冲到楼下去,想找到韩貙的尸体。我们这群无耻的光头们,整齐地排着队,沿着灪楼底层转圈、空翻、哭泣,还举着拳头大喊大叫着,说是想为韩貙报仇。

但楼下的确什么也没有。楼下黑暗的蒲草丛里,就是一个巨大的缺环。

韩貙曾在导师脚下舔着爪子矜持地匍匐前进,可它并不是一条真正的狗,但也并非传统的"猫煞"。我们这一代只有仇恨,却没有仇人的光头们,最终只见到一摊从灪楼高处跌落下来后,留在狻猊庙坝子蒲草中的血迹。这头巴蜀黑卫所带来的荒谬与灾难、驴脾气与蛮不讲理的思维方式,长久盘踞在我们心中,虽从无定义,却始终散发着令人恐惧的腥臭,也像那摊没有尸首的血迹一般,在后来编织的每一个蒲团里经年不散。

古　尊

终日站在我的黑伞下讲课的刘遇迟曾说过:"众所周知,在宋僧那部闻名遐迩的《古尊宿语录》里,古尊就是古宿,而我所说的'古赤公'完全不同,它是介乎于尊与宿之间的某种东西,而且只有巴蜀腹地才有。"

当然,尊与宿这些老词,早被卑鄙无耻的刘遇迟盗用与剽窃,完全成了另一个意思。因他龟儿骨子里是个萎靡颓废的话痨,并非什么尊宿大德。我们都晓得,他那些凭空捏造的鬼话,张嘴就来,飞起说巴蜀俚语,指不负责地乱说。即便睡眼惺忪时,只要一与人发生了争执,他那些龌龊的诡辩,通常都能令他自己精神为之大振,然后口若悬河,滔滔不绝。我记得他说话时,下巴上的赘肉会红扑扑地颤抖,活像旧时在脏兮兮的巴蜀镇子街头常见的那种"虾爬崽儿"俚语,指猥琐的小人物或混混。我记得他发明或伪造过很多自以为是的、以"古赤公"为借口的所谓"语录",或曰格言,用来批判、忽悠或诓骗我们这些虔心求学的门外汉。都是麻人俚语,骗人的。

大概因刘遇迟一直强调,他很认同英哲培根所谓"简短是隽语的灵魂"这句话,所以为取得惊世骇俗、哗众取宠的效果,他也常在使用其"言遁"之术时,为了隐身,或隐藏自己的真实目的，说过很多此类简短的怪话。当时我们则在旁边一边听一边记录。我的那个笔记本至今还在，现抄录一些短句在此，诸如：

真夜将有大黑雨。斗笠好看，伞太阴险，古赤公以低头为第一事。

真夜必纵酒，欲掩白发常剃头。

击打一块石头足以令人羞愧，进攻一团窟窿自会怆然涕下。

庵前慢夺古猊句，无事能断大江流。

真夜晚风入室抢劫吾心，月光强迫蓬荜生辉，往事空荡荡。

摸着扣子时也很怀念你。披衣独坐，在真夜，我的衣裳已旧，已无几粒扣子。

猪脸人来时，正义必败，小径也须是倾斜的才好。

闰四月，苍蝇还在粪堆里打坐吧？这一生麻木倒也匡扶了不少过敏者死去的爱情。

你们以为古赤公就是狮子吗？不，狮子只算是古赤公指甲缝里的一点泥土，一只虱子而已。指甲缝中狮子吼，那狮子亦有指甲缝，指甲缝中狮子吼——以此类推,无穷小的那个是狮子,无穷大的那个才是古赤公。

跑、跳、踢、蹲皆软弱,在地上滚来滚去的人最坚强。

洗脚水中也有一个倒影呀,如何能把衰老的古赤公倒掉?

草青沙软时,古赤公抱树而哭,痛失少女心。

风沙狂、灯鹅黄,洗碗人彷徨。夜色凶猛,囫囵吞下山,曙光吐出烂骨头。

小便须顺着马桶边撒,如峭壁间无声飞瀑。

只有古赤公在折磨我,能够折磨我,它是我残酷的蝴蝶。

"月明谁记修罗劫,都在山河变灭中。"(梁鸿志)汪辟疆曾云其"树骨杜韩,取径临川",可惜无人会读。

遇事怒从心头起,古赤公倒影比树狂。庆祝猪脸人,打倒古赤公。

面软粥稀、细嚼慢咽,便是古赤公一生最好福气。余皆心计,可有可无。

骑马腿间生秕肉,古赤公打坐时练就了臭皮囊。如何是好?走走停停吧。

人人都在姿势里翻滚,如一块正煮熟的肥肉。唯古赤公没有姿势,没有肥肉。

"桃源之迹可寻,亦怕到如今已成嚣境。"(华淑)更何况乌托邦?进出厨房即是竹林。

路遇一猪脸人闪过,落荒的良心便为之一振。

烈日手段卑鄙,用滚烫的皮鞭打在我的脸上。古赤公救救我。

少出门,懒得理,不解释。这温酒斩华雄的天气,真荡气回肠呀。可惜雄心淡漠了,恶在演变,赤兔亦罕见,唯有厌倦是美丽新世界。

年轻真好,可以转头就走;年纪一大,只有转头皆空。好在身后站着我的古赤公。

运斤成风者必无视郢人鼻孔,读书人亦然。

何处是古赤公与色鬼容身之草莽?立锥之地,万军出入;针孔指间,巨浪滔天。

稻种未撒,饭熟多时,声音求差异,图像靠误会。

全部哲学只是一系列互相否定的总和，这世界如何救得了？

心在山上，脚在亭前，头在水里，敢问此人如何行走？

古赤公与摄心机器的事，件件都慢如蜗牛爬，唯有人生最快，每天都被这两个速度从两边撕扯呀：光阴如电，又度日如年。

读书是黑暗的，黑如入假夜时悬崖上行，头重脚轻心发虚，喉咙喊破，山下人亦充耳不闻。

古赤公思想如熟谙身后有人偷袭，忽然猛回头，猪脸人将应手即扑。

犹记当年草上飞，古赤公还会卷土重来吗？前朝元年什么也没发生。"无"字当头，堪称我仇恨的里程碑。

古赤公沉默，我不能沉默，我若沉默，恐真夜将既失去古赤公，也失去沉默。

出于无有是命，入于无间靠运。从命到运颠倒颠，漫长可分十七万八千四百多个层次，层中尚有无数夹层，夹层尚有无数底层。层层叠叠，一以贯之，只不知君在第几层？

为了中午的萝卜汤,一大早总会有猪脸人冲上街头,去否定古赤公的无意义。我则会在黑伞之下狙击他们。我是真夜中的毗沙门即四大金刚中的北方多闻天王,手持宝幡伞与银鼠。

古赤公先有认识,后有事物。先有心猿,后有猪脸。先有视觉,后有图像。先有不吃一切粮食,后有抵抗一切饥饿。若次序颠倒了,人间便只有物理。因古赤公先有如果,后有颠倒的许诺;先有人类,后有虚假的物理。世界本是先验,人生则只靠经验。先验无限,经验再复杂也很有限,从来靠不住。经验永远不能真正理解先验,因先有永远,后有理解。

真夜里的沉默,只是睡眠中的号哭。我忽闻万山丛林中有一位古尊在笑。

诸如此类,我当年也记录过不少。不过无论刘遇迟编造过多少关于"古赤公"的谎言与荒唐的警句,现在他都终于栽了,且栽得他自己都再没有机会解释。大家误以为,在焚书会众多拥趸中能够持续追踪、监视,乃至伺机而动除掉这个败类的人,同窗里只有我一个。其实我也无能为力。作为一个只配给大宗师打伞的观念学马仔,我渺小的存在就像大宗师的影子一样,一文不值。而且,我对他与"古赤公"的仇恨也都是秘密的,不能让人察觉的。故那些仇恨就像黑伞一样,庇护着他,也同时在反噬着我。

尉 迟

为了理清我秘密的仇恨,现在先把刘遇迟的阅历与背景简略说一下。

据刘遇迟自己的说法(或根本就是些不可论证的谎言):他在一生中所遭遇到的全部历史灾难与意外,都是因有了"古赤公"的护佑和指导,才得以避免。这种奇异的幸运,甚至可以推演到他出生前后。他本出生于旧时巴蜀腹地一道穷山恶水之间的小镇。据说,"古赤公"在他出生之前,便驾驭着他的魂,在黑色的中阴里飘浮。他投胎时,"古赤公"帮他选择了一个饥肠辘辘的乡绅兼读书人家,因见其家中书斋所藏古籍图书颇多。为了编造杜撰这个莫须有的中阴记忆,刘遇迟甚至说:"瞧,书是一切思想的载体。我生来就错在有古人所谓的思想罪。因在我还没有肉体,还只是一个飘浮的魂魄与幽灵时,就选择了书,也就有罪过了。故想要赎罪,首先必须焚书。"

按照刘遇迟历年来以"古赤公"为名所进行的那些无法证实的回忆,他说的罪,应该还包括了世俗意义上的罪愆或过错吧。譬如,他生前投胎的那家主人,在巴蜀腹地或许真的曾经犯过什么异端的罪?据说,那家主人,即刘遇迟的父亲,是一个曾被西域仇家追杀,乃至最后被灭门的著名巴蜀恶霸,一个潦倒的袍哥,一位身怀异能的流亡舵爷袍哥旧语,指首领,名叫尉迟宗绾。刘遇迟只是个遗腹子。奇怪的是,尉迟宗绾既然早死了,又是谁让刘氏怀孕的呢?说不清楚。反正当地那一族人都姓尉迟,本非汉族。刘遇迟生时头大,朝下逆产,胎位也不正,快要落地时,刘氏已因痛苦的难产数日未食,奄奄一息。他的大脑袋落地,发出第一声啼哭时,其母亦当场断了气。于是,尉迟家族都以为此子是凶兆,生来克父母。当时镇上村里都找不到一个奶妈,食物又紧缺,一时间也搞不清他的生父究竟是谁,加上见此婴儿相貌古怪,脑袋硕大丑陋,极令人反感。反正父母都已去世了,于是有个族人便建议,干脆将这个不详的逆子,以女婴为名,扔到附近那座著名的、散发着恶臭的、到处是老鼠与野狗的山涧小亭子里去了事。

小亭子是一座堆有石头的三角形茅草亭,也不知何年何人所盖。亭子中央有一座长满荒草的腐烂石塔,塔本无名,呈三角体。塔上有个小黑窟窿,塔底则是不见天日的深井。那是巴蜀腹地常见的、专门遗弃女婴的"义塔",俗称"弃婴塔"或"招弟塔"。婴儿从黑窟窿里扔进去,就会在黑暗中与过去那些扔进去的成千上万的女婴一起,化为恶臭的腐骨,再也见不到了。这样的义塔在重男轻女的巴蜀腹地很多。

刘遇迟本不是女婴,却也遭此厄运。可当一个族人使劲往小黑窟窿眼里扔他时,却发现他的脑袋大得根本塞不进去。

据刘遇迟说:"当时就是因'古赤公'忽然出现了,是'古赤公'特意把那塔上的黑窟窿挤压得很小很窄。那洞口就是它为我准备的一条真正的'道'。"

的确,他婴儿时真是个大块头,脑袋超过了窟窿的直径,怎么也塞不进洞口去。那个族人也是无奈,也不好直接摔死他,便连婴儿带襁褓,像按瓶塞子一样,索性把他勉强地挤在了那黑窟窟眼上，让他自生自灭去。

于是，一个皮肤红彤彤的婴儿，就这样在义塔的洞口处半悬着，脑袋与脖子卡在外面，身体则挂在洞口里面，掉不进去，出也出不来，只能昼夜不断啼哭。

"我一个人卡在那义塔腐烂的洞口上，任凭风吹日晒了好多天。开头哭声震天，随着体力消耗，哭声变成了呻吟，我鲜红的脸色变成了灰色，然后变成黑色。我曾被老鼠抓、野狗闻、毒蛇舔、蚊叮虫咬，身上爬满了来自义塔黑暗深处的蛆虫与冤魂。但我却没死。义塔本是死亡之塔，而我就在其中求生。我与那窟窿对峙了很久。我看惯了黑暗，也就不再惧怕黑暗了。我与我的'道'从一开始就在秘密较量。我一生下来就见识了窟窿的手段。可以说我从婴儿时，便懂得了'死生同状'的道理。当然，这也都是因当时有一位骑着古猊的红脸长者，我的'古赤公'，一直从空中罩着我。是它第一个教会了我在洞口作空翻。它是专门要来塑造我。我就是它未来的一切不空成就。"刘遇迟后来强调说。

"婴儿完全没有奶水，也能活下来吗？"有人质疑地问刘遇迟。

"那就要看体质了，你们汉人的种恐怕不行，但我们尉迟家本不是汉人。不仅体质，人间很多没必要的忌讳、伦理学、温良懦弱与自闭情绪等，大概只有你们汉人才有，我天生就没有。我完全不理解秩序为何物。"他得意地说。

"无耻，难道你就不是汉人？"

"当然，血统上我一直是个胡人。"

"可你也从小就在巴蜀生活，胡人或汉人有什么区别吗？"

"当然有。最大的区别就是天生观念不同。"

"什么观念？"

"譬如我认为任何一切文明都是虚构的，设计出来的。人是可以与荒漠、植物、空气或大海中的鲸鲨性交的。人性与自然一样，没有边界。"

"如果都那样，世界不就大乱了吗？"

"难道世界现在这样，不已经就是另一种大乱吗？"

"你这是强词夺理。"

"'古赤公'本来就不讲道理。"

我们当然对刘遇迟的诡辩不以为意。因大家都知道，他就是个丫头养大的野种。据说当初尉迟家败落前，刘氏身边就有一个丫鬟，主仆之情颇深。大脑袋婴儿被遗弃后，见主母也死了，丫鬟自觉在尉迟家难以立身，便趁子夜族人都熟睡时，翻过尉迟家的院墙，独自摸黑走到了山涧里。她在茅草亭恶臭的义塔窟窿口中，找到了那个已半死不活的男婴。她拽着奄奄一息的大脑袋往外扯。可因连日的搁浅与风雨，加上地心引力，襁褓与婴儿都有些向义塔窟窿的深处下滑，只有大脑袋顶部额头，还卡在洞口，可一时无法拽出来。

于是丫鬟搬来一块石头，又砸又掰，手指全都皮开肉绽了，几乎是与那黑窟窿秘密地交战了半个长夜，才将血淋淋、脏兮兮的婴儿从那洞口里拖出来。

婴儿的脸与故主刘氏之间，有说不出来的某种貌似，这让丫鬟瞬间有了某种动力。她抱着破烂襁褓中的大头男婴，连夜逃出了镇子，企图远离巴蜀腹地。她一路靠乞讨为生，只是为了活命。这丫鬟成了刘遇迟的养母。那时巴蜀与镇上都很乱，扬言要杀尽尉迟宗绾全家乃至后裔的西域袍哥仇家，还有不少。为避嫌，丫鬟就给孩子用了母姓，把父姓放在后面，并改尉迟之谐音为"遇迟"。

丫鬟本名萱龄。那年，她不过是个十三四岁的黄毛丫头。据说萱龄是自幼便被卖到尉迟家做丫鬟的，从未出过远门。在背负婴儿流亡逃命的生涯中，她走错了路，经常在丛林里绕圈子。他们越走人家越少,食物也越少。沿途连井边猪犬、墓畔乌鸦都饿得瘦骨嶙峋。走了数月,渐渐看不见什么家畜了。猪草与一般地表植被都愈发稀少,被人拔光了。最初,萱龄还仗着自己年幼,冒充贫农之子,带着刚出生不久的弟弟出门探亲,不慎走迷了路,所以还可以找个把人家讨口烂野菜汤、残羹、稀粥之类,来喂怀里的婴儿。后来见沿途饿殍多起来,肚子饿瘪了的人到处都在抢吃抢喝。有人吃尿藻球,即把一口大石缸放在阳光下,往里面扔一些垃圾、纸片或炭灰等,然后集体再朝缸里撒尿。化合作用后,缸面会生出一层细腻、绿油幽幽的、腺臭的"苔藓",然后把"苔藓"刮下来,兑上清水喝,也能保命。有人还去厕所挖蛆。可没有食物就没有粪便,蛆又从哪里来呢?有人为争夺一块含有麦粒的牛粪,打得头破血流。有人就使劲闻一下煤油的刺激味,然后扒出墙壁里的石棉来吞食。有恻隐之心的人也越来越少了。到刘遇迟快两岁时,他们已从巴蜀腹地,漫无目的地往西走,流浪到了沼泽地与鸟不拉屎的山林。再往前,便是戈壁沙漠了。那里恐怕连一只苍蝇都没有。夏天时,他们在路边看见了第一具饿殍,已死得僵硬了。再翻过几座山,又见几个村子里有七八具零星的饿殍,有些互相搂抱而死,有些赤裸身体,肚肠已被野狗撕扯出来,恶臭扑鼻。他们听说,最近有人已在争抢饿殍的肉,杀死自己的亲友。刚死了不久,埋到地下的人,次日会发现已被人连夜挖出来,用镰刀把身上的肉剔掉,偷走,且是从脚后跟一直剔到脖子,只剩下一颗头颅和残骸还算完整。

那些年,丫鬟带着这个大头男婴,也吃过无数稀奇古怪的东西。

究竟是什么导致了刘遇迟这样的性格?一个人要具有怎样的履历、童年的记忆与杂种无赖的血液,才会铸就刘遇迟这样的怪物?其实我们焚书会同窗都有过同样的揣测,即当年刘遇迟极有可能是一个吃过"想肉_{北宋靖康年间语，指人肉}"的人。

　　但对此刘遇迟则一直是否认的，甚至嗤之以鼻。他说："'古赤公'允许我来到这个没有它笼罩的世间寄生，本来就可以饕餮万物。但它从没告诉我有什么属于禁忌。我可以告诉你们，即便在最饥饿的时期，我也没吃过'想肉'。我说过很多次了，我可以只喝水，完全不吃饭，也能长生不老。这是因我本质上非常厌恶人。人是不洁的。人对不起一切人。我蔑视巴蜀人或西域人，也看不起其他生物意义上的'人'。一切人皆可鄙。不过，我也从不会杀人。身为你们这帮腌臜门徒的头儿，我从不伤害你们。我只谈'古赤公'理论。在历史上，伟大的哲学家也基本上从不走向什么行动。打打杀杀都是小喽啰的事。我是山上的人。我完全不热爱山下人的生活与人的日子。再说，人肉算得了什么呢？我是一个在空翻中成长的人。我都几百岁了。我进入定间中时，在'古赤公'的指引下，曾经还吃过不计其数的异物，包括灯泡、钉子、宝塔、老虎、火、玩偶、刺刀、钢板、子弹和芸芸众生游荡在空气中的骨灰。我在定间中吃掉过整整一面墙。我吃掉过几座茅屋。我还吃掉过一艘军舰、一块浮岛、一片沙漠、一座监狱。我还吃掉过无数的祖先、噩梦、卫星、夸克与少女之心，吞吐山河，每六十年才吐出骨头。你们忌讳的人肉对我而言，只是最俗不可耐的、脏兮兮的玩意，我碰都不会碰。人真正的禁忌从不是吃过什么，而是为什么会吃、怎样吃。"

牛 屎

关于刘遇迟的出身与早年私生子渊源、经历、断臂与逃亡轶闻，在猿鹤山房焚书会这座靠谣言、诳语、诡辩与伪造历史盛行的丛林里，历来是渔樵闲话，众说纷纭。我后来咨询了不少镇上尚健在的老人，可收集到的各种口述资料，与刘本人说的却有很大出入。不过正如刘所常言的："所有事实与真相，从来就不止一个，也不止两个，而是被'光差'分割成了无数个。真相就是一切假象的总和。"故现我将那些轶闻罗列如下，任凭各位分析：

一说：刘遇迟并非遗腹子。他父亲地主尉迟宗绾在世时，据说因怕仇家来找麻烦，为避嫌，便主动随其母也改姓为刘。在刘遇迟幼年的记忆中，同乡人一直称其父为牛宗绾；其母刘氏，自称本为五代十国时期南汉高祖刘䶮的后裔。因南汉败亡于宋，之后岭南番禺的族人的一支逃至巴蜀腹地，遂延续下来。可刘氏无正名，常被当地人戏称为"牛屎"。因巴蜀方言发音中，刘与牛，完全谐音，而尉迟被读成"喂吃"，绾（音晚）字对下里巴人也太生疏了，群众通常都不认识，便常常被误读为"管"。地主家有钱有粮,所以,他父亲平日里就被巴蜀腹地的人叫作"喂吃的大总管"。那时,刘遇迟还没有出生,更未取名。因他可能就是"一坨牛屎生的",于是大家后来看见这孩子时,就叫他"牛下水"。一来是绰号,其次也是为了侮辱这个袍哥家的狗崽子。既然都是牛身上掉下来的,那其父母必然是头牛吧。尉迟家祖上就与当地袍哥结了梁子,为了躲避仇家报复,所以隐姓埋名,改姓为牛。待身份暴露之后,有一次"喂吃的大总管"和"牛屎"被一群年轻的袍哥抓出来,当街羞辱。现场的情况异常群情激昂。~~大家为了表达对大总管一家无与伦比的世代之怨仇,便把当时大概只有四五岁的小牛下水也找来,让他用一根铁丝做针,尾部绑上麻绳,从他爹妈的鼻子里穿过去,铁丝在两个人、四个鼻孔之间系成一个圆圈。然后,让牛下水牵着他的父母,绕着县城的石板路走了一两圈。当时"喂吃的大总管"满脸被铁丝弄得鲜血淋漓,疼得在路上便晕倒了数次。~~此事未有目击者,且刘遇迟似乎在盗用他人历史与往事,亦只能存疑,故以删除线涂之,仅供参考。母亲"牛屎"只能一直跟在大家身后,痛苦得说不出话,低头不语,踉跄而行。大总管回到家中后,当夜便因失血过多而不断陷入休克,一病不起,数日后便去世了。他老婆"牛屎"倒是挺了过来,但也没多活几个月,也去世了。"牛下水"被送给了村里人,然后就去了外乡讨饭,从此再也没回来。

一说:尉迟家刘氏的丫鬟刘萱龄,在主人相继去世后,独自抚养了他们的孩子。她曾告诉儿时的刘遇迟,她本姓鲜,是闽南人家。她是有一年看社戏时,被人贩子拐走的,后来便辗转卖到了巴蜀地主尉迟的家。因蜀语中鲜、萱同音,又是个丫鬟,所以地主家就把她的姓氏给改了。跟了主母刘氏后,又随主人姓了刘,故就叫"刘萱龄"。那年她才六岁。尉迟宗绾对她说:"萱这个字,比鲜好,这是《诗经》里就有的一种草呀,所谓'焉得谖草',谖就是萱。《说文》里叫作'忘忧草'。《本草》里又叫作'疗愁草'。我们这里还俗称它叫'宜男草',因孕妇若在胸前插上一朵萱草花,就能生个男孩。萱椿,旧时即指父母。你来到我们尉迟刘家,我们便是你的再生父母。而且我至今无子,算是图个吉利吧!再说,是草都好养活,因草很卑贱。丫鬟就是奴婢,这样叫起来也方便。"又转头对其妻说:"我这个人最烦女娃子瞎闹。元人王冕有一首诗名《偶书》,其中云:'今朝风日好,堂前萱草花。持杯为母寿,所喜无喧哗。'可见丫鬟叫这个名字,很有静气,对主母也算是一种孝心。"在萱龄眼里,尉迟宗绾是个惹不起的老爷,也曾是当地一位手段毒辣的袍哥。堂前屋后,她都听人家说过,老爷过去是西川坝子上的一个袍哥头目,充当过帮会里的军师,曾在山里杀人无算。后来因为躲避仇家,才隐居到镇子上来,过普通人的日子。素日里老爷怎么说,她便怎么做,从来不敢违背家法。萱龄还对人说过:其实刘遇迟的母亲刘氏腹内患有痼疾,虽饮药无数,却从未怀过孕。真正生下孩子的,就是萱龄她自己。刘遇迟其实是她这个丫鬟与尉迟宗绾老爷的私生子。尉迟宗绾有一天出门去寺庙算命,结果在走廊里被一个仇家拿枪给暗杀了。凶手至今没有找到。好在老爷被杀之前不久,曾在书斋里将她收了房。那时,一个传统地主家老爷为了延续香火,将丫鬟纳为小妾或填房,是很普遍的小事。但在后来的听者看来,刘萱龄这一套说辞,似乎主要是为避免别人对她与孩子的歧视。一个丫鬟,背叛了故主,还携主人之子逃亡在外,这听起来怎么着也与拐卖有点类似。况且,萱龄并没有任何证据能证明她和刘遇迟有血缘关系。她相貌身段玲珑秀气,尖细的小脸面带狐媚之相,总让人觉得颇有心计,或有什么不可告人的秘密似的。

一说:尉迟家的丫鬟刘萱龄带着遗腹子逃难流浪时,沿途曾经嫁给过(或因求生而许诺嫁给过)大约十几个男人。因从饿肚皮时起,他们便不得不走上不断寄人篱下的道路。故刘遇迟早年曾被叫作"刘贱儿",后改为刘渐耳或刘潭。男性的躯壳也需要食物。刘萱龄很倒霉,每嫁一个男子,短则数日,长则不出数月,男子便因病饿而死。其中有一个姓邢的,是张掖县过去开酱铺的鳏夫,因胡须毛发也重,人称"酱铺邢胡子",其年逾半百,性格野蛮,是个在巴蜀一带难得的大块头,据说祖上也是袍哥人家。酱铺邢胡子因身强体壮,平时胃口就大,饥荒时饿得就比别人更快,也更难以忍受肠胃空磨的煎熬。他在荒野里见到睡在一棵树下的刘遇迟,以为是无人看管或流浪到此处的异乡儿童,便险些将其打死吃掉。是萱龄慌忙阻止,并答应以身相许,他才作罢。他把母子俩带到家里。邢胡子家里也有一个女儿,乳名叫"伶牙",比刘遇迟略小一岁。父女俩相依为命。他捡回来刘氏母子俩,原本是想大家搭伙过日子,反正自己死了老婆,如果有点什么事,平时多个人手或许能更方便些。但后来日子越来越紧了。四野间能吃的东西只剩下了鸟残、泥土甚至人的尸首。再后来，什么吃的都没有了。某个夜晚风雨交加，大街上有人在用牙拼命地咬一棵干枯的胡杨树。有人则从一个垂死者的肛门里抠堵塞的观音土。刘遇迟看见邢胡子也饿红了眼，发疯一般满大街乱走，因年幼的小"伶牙"已在角落里饿得晕倒。黄昏时，邢胡子突然冲入内屋，把刘萱龄也按倒在门槛上，但并非要奸污她，而是想掐死她，然后吃她的肉。少年刘遇迟在惊慌中忙扑过去，与他扭打起来。"伶牙"在恍惚中看见父亲与他打架，本能地也爬过来，与刘遇迟牵扯扭打，但被刘遇迟一把推倒在米缸边，当场死去。邢胡子见女儿被害，急眼了，冲入厨房，拿起一把菜刀来便乱砍。他毕竟太壮硕，身大力不亏，竟砍掉了少年刘遇迟的左胳膊。奇怪的是，刘遇迟并未痛得昏厥过去，而是在"古赤公"的护佑下，用右手搬起了屋子里的一张带铁钉的破凳子，直接砸到了邢胡子的后脑上。刘遇迟发现自己从未如此勇猛，以至于钉子把邢胡子砸得脑浆迸裂，豆腐渣一般地飞到墙上。那血腥味令这个孩子第一次感到某种异样的兴奋。接下来，便轮到刘遇迟母子开始切开邢家父女腿上的肉来吃。

一说：年仅十来岁的刘遇迟与七八岁的伶牙，有一次在镇子上闲逛，偶见有个异乡人耍把式卖艺。那异乡人领着几只峨眉猴跳火圈、抬轿子、敲锣或翻筋斗，还表演一指穿石、钻铁桶、吞吐钢珠、吞剑、燃指、烧膝、吐火等把戏。等人群散去，异乡人告诉他们，他城外还有一个"煮山"的大把式，等山煮熟后，很多鸟都会从树林里掉下来,先捡到的人都可以直接吃鸟肉。此类卖艺的异乡人,那时很多。他二人觉得十分好奇,也不介意,便尾随着那异乡人与峨眉猴子往城外走去。他们不知不觉走到了镇子西山的一座山涧里。结果那异乡人在山坳里倏忽一下就不见了。他们正纳闷,却被一个土著突然从身后用木棒一下打晕。然后他们便给拖到了丛林深处。据说,这是那时某些人贩或采生者常用的圈套。他们当年险些被异乡土著人当作药灵、骷髅童,或以致残儿童为乞丐,或做成标本等进行采生、变犬,乃至法醋炼幻术等。关于采生,刘遇迟从小就听养母讲过不少灯前夜话,常被吓得魂飞魄散。但他没想到自己也能遇到这样拍花子的土著恶人。他们醒来后,发现自己被锁在一座巨大的岩石下。刘遇迟是为逃脱折磨,保护伶牙,才被土著人砍掉了一只手。所谓采生,也称"折割之法",自古风行于巴蜀、西楚及南蛮之地。历代古籍所有记载,如《元典章》曰:"土人每遇闰岁,纠合凶愚,潜伏草莽,采取生人,非理屠戮,彩画邪鬼,买觅师巫祭赛,名曰采生。"明人都穆《都公谭纂》云:"北京刘老者,曾往湖广岳州。其地往往有杀人者,谓之采生。遇每年闰月,人五六成群,以长竹竿挑小筐篮,竿上有钩,用以钩人。凡逢人,采只不采双。虽亲识遇之亦不能免。僧或妇人尤善。"另如《大清律例》有记:"乾隆十四年,江苏潘鸣皋案称:潘鸣皋挖坟刨掘了一个孩儿尸,给顾景文炼熬合药,复为拜师求术。得受孩方,即自觅孩儿尸炼卖。嘉庆十六年十一月,张良璧采生毙命一案则称:张某舔吸婴女精髓前后共十六人,致毙女孩十一人,成废一人。"《宋会要辑稿》记载说:"湖外风俗,用人祭鬼,每以小儿妇女生剔眼目,截取耳鼻,埋之陷阱,沃以沸汤,糜烂肌肤,靡所不至。"还有如元人陶宗仪《南村辍耕录》所记之中书鬼案,或《湖海新闻夷坚续志》所谈,更为稀罕:如说云南宋理宗年间,有人将一个孩子捉去后,开始很亲善,每饭必给吃饱。而后，便每日以"法醋"灌顶。孩子从头到脚，关节脉络全被钢钉，待其在酸性中渐渐枯朽，死去，再收拾残骸，练就一种"骷髅神"，专用于占卜。清人徐珂《清稗类钞》载：乾隆时，楚有二丐牵一犬，较常犬稍大，前两足趾较犬趾爪长，后足如熊，有尾而小。眼鼻皆如人，绝不类犬，而遍体则犬毛也。能作人言，唱各种小曲，无不按节。观者如堵，争施钱以求一曲。后长沙县令荆某遇见，令役夫引至县衙细加盘问并以严刑相威。恶丐供认：此犬乃以三岁幼孩做成，先用药烂其皮，使尽脱，次用狗毛烧灰和药服之，内眼以药，使创平复，则体行犬毛而尾出，伊然犬也。此法十不得一活。若成一犬，便可获利终身。所杀小儿无数，乃成此犬。又载：晚清扬州城中教场，有五位畸形人。一男子上体如常，而两腿皆软，有筋无骨。有人抱其上体旋转之，如绞索然。一男子胸间伏一婴儿，皮肉合而为一。婴儿五官四体悉具，能运动言语。一男子右臂仅五六寸，右手小如钱，而左臂长过膝，左手大如蒲扇。还有一男子，肚脐大于杯，能吸淡巴菰（即抽烟草），以管入脐中，则烟入口出。最奇者是一女子，双足纤小，两乳高耸，但下巴上虬髯如戟，全是络腮胡子，令观者为之绝倒，围得水泄不通，伸手欲摸，满地撒钱。但也有人说，可能刘当时是自残保命。因那时他们太小。他们被铁链所绑的那块岩石，略有些松动。土著人下山去取法醋、腐药、挖割之刀与麻醉剂时，刘遇迟趁机凭自己的毅力与天生蛮力，在岩石下不断疯狂地来回扭动胳膊与身体。他扭得铁链都杀进了肉里。终于，巨大的岩石晃动了。可岩石倒下来，并没砸断铁链，而是意外将他的手臂砸为两截。刘遇迟在惨叫声中疼得昏厥过去，但也算捡了一条小命。醒来后，他已浑身是血。幸在天色已晚，而那个卖艺的异乡土著人尚未归来。刘遇迟抛下断臂，忍痛牵着伶牙跑下了山，这才逃回到镇上家中。但少年刘遇迟从此变成了一个言语疯狂的怪物，一个独臂的恶童。

更有一说：在戈壁滩附近的一座山林里，刘遇迟与伶牙从小两小无猜，是一起长大的，青梅竹马。他们的亲密感一直维持到少年少女时期，情窦初开，渐渐陷入热恋，且也曾在暴风雪刮过的戈壁上挖了一个洞，并第一次有了性的体验。伶牙在疼痛中尖叫，这令本也是处男的刘遇迟感到惊慌、心疼与羞愧。他发誓今生要为伶牙做一切他能做到的事，甚至他做不到也会去做。在性欲、爱情与如胶似漆的耳鬓厮磨中，饥荒时代的他们一起度过了大约整个夏天。实在饿时，他们就紧紧依偎在一起，靠吮吸对方的唾液、舔对方眼角的泪珠而麻醉自己。可没想到，少女伶牙因从小本营养不良，加上过度饥饿，终于重病，奄奄一息。邢胡子带着刘遇迟，去找当地巫医。巫医本无良方，想推脱，便谎称说，此劫需用一个活人的手掌肉与骨头作为药引子，熬汤喂服，才能渡劫。谁知情急之下，少年刘遇迟便信以为真。他回到邢胡子家院中，一咬牙，先用麻绳系住自己的胳膊，然后用一把邢胡子家挂在门口的砍柴刀，闭着眼狠狠地剁下了自己左手的手掌。手腕处顿时血流如注。养母刘萱龄见状，心疼地尖叫一声，昏厥过去。刘遇迟仗着自己少壮体健，先用火炭消毒，然后撕下窗帘布，并用一把新鲜的炭灰敷于伤口，包扎好手腕，拿着断掌，忍痛跑步去找巫医。他把断掌往地下一扔，对巫医说："这是我新砍下来的，熬汤吧。"巫医惊恐得说不出话来，可也只好捡起来，假装去熬药。但遗憾的是，即便如此，伶牙还是没治好。弥留之际，她抓住少年恋人的另一只手，发灰的粉色香唇嚅动，似在轻轻地跟他说话。

刘遇迟把耳朵贴在她已渐渐变冷的嘴上，默默点头，只是却谁也不知道她说的是什么。伶牙在如花的年纪便香消玉殒了。为此，刘遇迟在戈壁滩上，对着她的坟墓昼夜啼哭，肝肠寸断。秋天，他因痛苦的记忆而不愿再面对邢家，便离家出走了。他走时连养母刘萱龄都没告诉。所有人都认为他是想找个地方安静几天，等好了便回来。但他再也没回去。

当然，以上某些说法显然过于惊悚了，毫无证据，极有可能是刘遇迟独自编造的。可奇怪的是，所有这些轶闻里，都没有出现"古赤公"或"真夜"。这显然又不太符合刘遇迟阐述自己历史时的表达习惯。既然无法证实，也就不能证伪。

记得焚书会里有一部分门徒，是比较相信最后一个说法的。

为了搞清楚刘遇迟的"贱儿"出身，以及他与整个猿鹤山房焚书会、文化无限公司、狻猊庙和他各种伪善、虚假与拼凑之观念来源，当年我还试图整理过一个整体关系的草稿。不过，后来我才知道我是多么幼稚，所有这一切对其出身关系与渊源的揣测，都是暂时的，也是不准确的。刘遇迟的"古赤公"也完全是另一码事。我想错了。

白云苍狗，师门星散后，这张草图还在，现在将其誊抄如下，聊作参考。

猿鹤山房师门关系及伪学说示意图

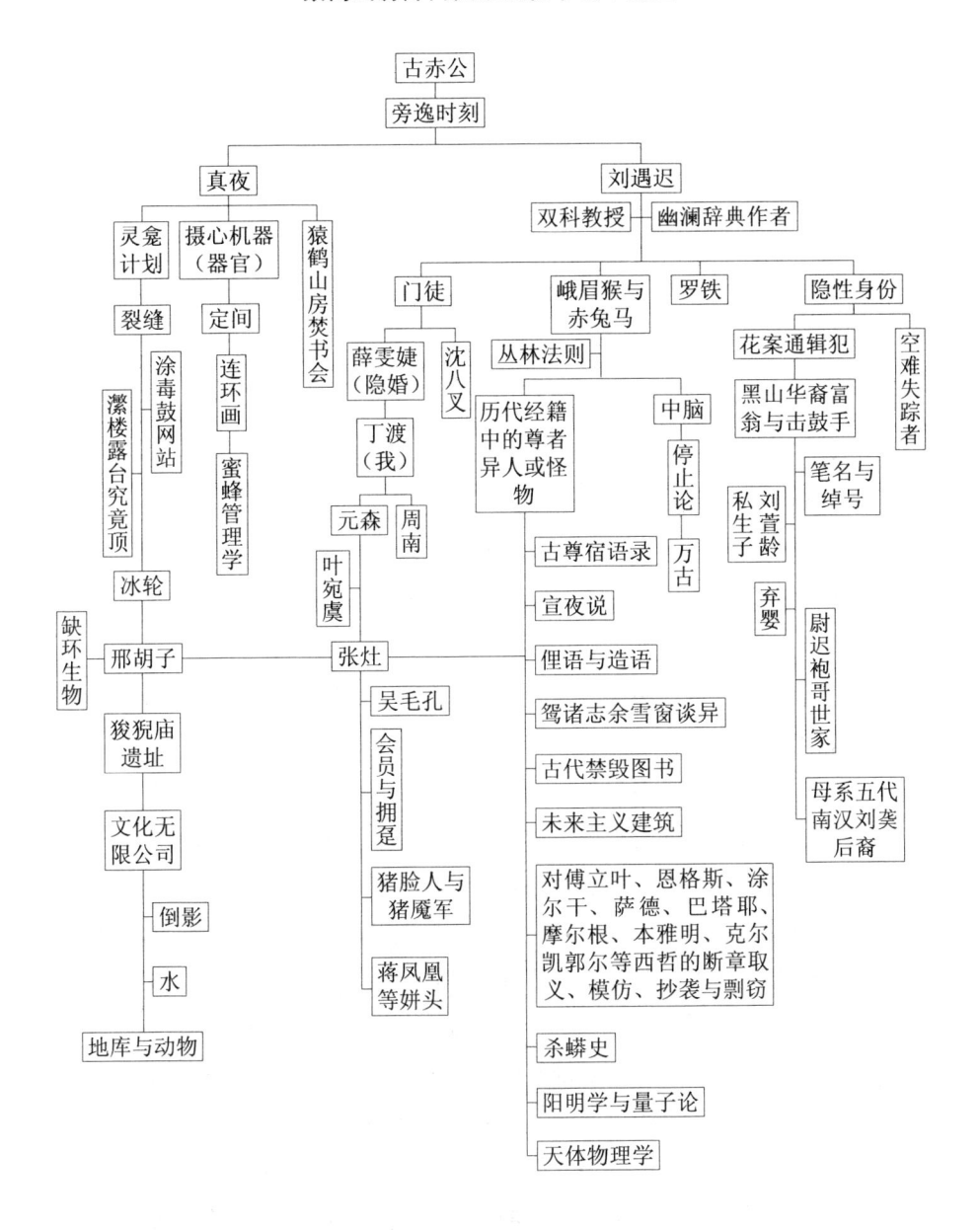

```
                          古赤公
                            │
                          旁逸时刻
                         ╱        ╲
                      真夜          刘遇迟
                                  ╱      ╲
                                双科教授  幽澜辞典作者
```

- 真夜
  - 灵鼋计划
    - 裂缝
      - 涂毒鼓网站
      - 潆楼露台究竟顶
      - 冰轮
        - 缺环生物
        - 邢胡子
          - 狻猊庙遗址
            - 文化无限公司
              - 倒影
                - 水
                  - 地库与动物
  - 摄心机器（器官）
    - 定间
      - 连环画
      - 蜜蜂管理学
  - 猿鹤山房焚书会

- 刘遇迟
  - 门徒
    - 薛雯婕（隐婚）
      - 丁渡（我）
        - 元森
          - 叶宛虞
        - 周南
    - 沈八叉
      - 张灶
        - 吴毛孔
        - 会员与拥趸
        - 猪脸人与猪魔军
        - 蒋凤凰等妍头
  - 峨眉猴与赤兔马
    - 丛林法则
    - 历代经籍中的尊者异人或怪物
    - 古尊宿语录
    - 宣夜说
    - 俚语与造语
    - 鸳诸志余雪窗谈异
    - 古代禁毁图书
    - 未来主义建筑
    - 对傅立叶、恩格斯、涂尔干、萨德、巴塔耶、摩尔根、本雅明、克尔凯郭尔等西哲的断章取义、模仿、抄袭与剽窃
    - 杀蟒史
    - 阳明学与量子论
    - 天体物理学
  - 罗铁
    - 中脑
      - 停止论
      - 万古
  - 隐性身份
    - 花案通辑犯
      - 黑山华裔富翁与击鼓手
      - 刘萱龄私生子
      - 弃婴
    - 空难失踪者
      - 笔名与绰号
      - 尉迟袍哥世家
      - 母系五代南汉刘龑后裔

101

杀 蟒

自丢了学院教职，街头图书阅览室又因藏有"禁毁手抄本"之传闻被取缔后，刘遇迟就成了一个无人搭理的学术盲流。这时，当初曾找尉迟家寻仇的袍哥人家，也趁机在舆论中欺辱他，暴露他曾为私生子的隐私。为摆脱各种人的精神围剿，他不得不四处逃亡，东躲西藏，像个并不知道追捕者是谁的"观念的逃犯"。

他遭遇过太多事。只是一旦有人问起不堪的过去，便会被他刻意遮蔽。

就后来所整理的资料来看，这个满嘴"飞起说"的巴蜀荡子在犯下花案，并同时被学院解聘后，曾辗转多处，与他自称的他那痛苦的漫游时期——这是两段在时间上根本对不上的历史。因前一段发生在他中年后，而后一段则应该发生在他的少年时代。如——他先到了坐落在本镇西郊的槐门书院当客座教授，但因脾气大而被其他学人歧视，不得不拂袖而去。然后，他到了夔门一家中学去当语文教师，后因有学生揭发他调戏从乡下来学校宿舍谋生的洗衣妇，又被迫辞职。接着他出蜀南下，成了走街串巷的教书先生。可当时根本不允许此类旧式九流职业存在。他教过几个山野孩童，心情幽愤，随时期望离开巴蜀。他卖祖产的钱花光了，家族也败了。最后，他不得不靠少年阶段在随母亲流浪北川时，曾学过的一些山林生存本领为生。他进山捉蛇、杀兔、猎狍子、挖陷阱捕野猪，乃至流落于田间地舍，靠帮人杀猪洗肠、宰牛取黄、接生小马驹、用土方治毒虫之咬与瘴气、制作臭豆腐、砍樟树叶熏腊肉、种花椒树、割橡胶、炼漆，或爬上陡峭的悬崖摘野蜂蜜、挂在峭壁间挖掘罕见的草药等，以辛苦之所得，零星地混上一口饭吃。他饥寒起盗心，自称还当过土匪，同时还遇到过别的土匪抢劫、屠杀乃至山林土族人之间村与村的火并。有一次，他站在满地血污的尸堆里，发誓再也不读书了。明明是读书人，怎么变成"犯罪分子"的？焚书会很多门徒都不理解。

然而知识与罪恶之间，实际上是一个拓扑关系，只隔着一层窗户纸。

时间也从这里开始有了一个分岔。我们可以先来看看他的早年。

据说刘遇迟早年善徒手捕蛇。当年巴蜀寺庙道观众多，各种小庙小观门前，都曾流行一种皮鼓，供僧人敲打。故到处有人收购兽皮或蛇皮，尤其是蟒皮。巴蜀腹地的人认为，蟒是最接近龙的动物，其皮之声便如"龙吟"，可以惊醒一切人在灵界里沉睡的灵，让魂为活人服务 巴蜀腹地有人认为人之所以死后才有灵魂，原因就是人在活着时，灵魂都是沉睡的。

我可以做证：当年的巴蜀，的确民风野蛮、剽悍，人与人之间交流经常浑不讲理。刘遇迟为了敛财，曾伙同一个不知哪里认识的兄弟（极有可能只是当年小书摊图书室里的一个读者），一个名叫罗铁的家伙，去追踪一条曾在镇子街头惊现过的南川巨蟒。他们以挚友相称，结伴而行，想去与虎谋皮。据说，南川巨蟒有十七米长，分泌液恶臭无比，可以囫囵吞下三头巴南水牛和二十七只峨眉猴子，过好几个月才把骨头残骸吐出来。巨蟒来了又走，咬死过几个镇上的人，还一口生吞了镇上一位十四五岁的少女，然后便潜入江中消失了。据说那少女与刘遇迟曾是一起念过书的发小。为了追杀南川巨蟒，为少女报仇，刘遇迟带着巨大的悲怆，与罗铁在江边抢劫了一艘破渔船。他们把无辜的船家打晕，然后沿江漂流，驶出了腹地。他们漂了很久，甚至过了夔门，驶入了下江的一座山林里。舍船登岸后，由于巧舌如簧，刘遇迟一路上常能骗取女性芳心，俘获陌生人的友谊，故得到过不少村野闲人的帮助，意外地为其指出南川巨蟒的行踪与路线。这段时期，为了图个能斩妖除魔的吉祥，刘遇迟还曾改叫刘瞕，或刘渐耳。这是为了躲避袍哥仇家的追踪、猪脸人的袭击，还是真的为了吉祥？因时间分岔，我们也不得而知。反正若能搞到一张完整的巨蟒皮，就能卖到天价。为此，他与罗铁曾带着火铳与砍刀进了山，在潮湿腐烂的洞窟中藏身，或连滚带爬地在原始森林无人区里漫游。南川巨蟒成了他们唯一的憧憬。

　　有时，在"真夜"山林中奔跑的刘遇迟，甚至认为自己就是那头巨蟒，鳞片斑斓，挺着巨大的三角脑袋，吐着比冲锋枪的火焰还粗的芯子，凶猛地驰骋在巴蜀山中，随时等待生吞这个"假夜"的世界。刘遇迟有一颗野蛮的心，也有一具异族野蛮人般的免疫体质。他与罗铁饥肠辘辘，胳膊与双腿常被藤蔓与山石划伤，却很少被细菌感染。即便偶尔因淋雨发了高烧，据说只要心中默念"古赤公"或"真夜无畏"之类的话，趴在山涧边猛喝几口冰冷的泉水，吃几粒野山楂果，第二天就都能好了。他们一路颠簸，拖泥带水，大多数是靠捕食蚱蜢、蚂蟥、螺蛳、蜈蚣、蚯蚓与蕨类植物，或啃食被野兽与秃鹫们吃剩下的动物尸首、鸟残与骸骨上粉色的肉渣与腐烂的血渍充饥。他们在泥泞里爬呀爬。他们在峭壁上滚呀滚。他们在黑暗丛林中疲倦地酣睡，做荒谬的梦，又在忽然下起的暴雨中惊醒过来。他们会为溪花与朱雀的争吵而笑，也为一块陌生奇异丑陋的石头放声大哭过。

巨蟒行踪诡谲。在江边的一块岩石下，他们终于找到了像是巨蟒的洞穴。

可临到关键时刻，罗铁却胆怯了，迟迟不敢进洞，只能蹲在洞边发抖。刘渐耳急了，提着火铳与砍刀，口里忽然高喊着"古赤公"与"真夜与我同在"等自己胡乱发明的咒语，独自一人冲了进去。洞子里漆黑如烟囱。他意外看见黑暗里竟然出现了两枚比锣鼓还大的三角形脑袋，四只灯笼一样大的绿眼，两条熊熊火焰般的芯子。洞子里的空气还充满了恶心的分泌物的气味。刘完全没想到，一条巨蟒会变成两条巨蟒，而且正在洞中交媾。当初他们追踪的是一条雄蟒，它是在为它的雌蟒伴侣带回食物。洞子地上还躺着一具被囫囵吞掉，又囫囵吐出来的少女尸首。尸首上满是蟒腹里分泌的黏液，恶臭扑鼻。两条巨蟒缠绕在一起，像两团翻滚着的黑色波浪。看见有人进来，两团纠缠的波浪便同时朝他翻滚过来。刘渐耳硬着头皮与巨蟒们滚打在一起。他先朝雌蟒乱开了一枪，然后想剖开雄蟒的肚子。可他还没来得及举刀，便被雄蟒一口生吞，吸入了肚子里。

南川巨蟒肚腹结构蜿蜒，如一条钢铁的管道。它的脊椎宽敞明亮。它肚子里还有一头刚被吞掉的狮子。狮子没死，正沿着脊椎的管道奔跑，并因窒息正发怒。它回头向刘渐耳张开了红彤彤的大口。他急忙举刀砍向狮子，却发现狮口里又有一只刚被生吞的长臂猿。长臂猿龇牙咧嘴地冲他尖叫，还伸出长达七八米的黑色胳膊，去夺他手里的刀。刘惊恐地举刀砍断了长臂猿的手，又顺着胳膊往上去砍了它的猿头。猿头掉在地上，却是一只兔头。那兔头染满了血污，两眼猩红。刘赶快又向脚下的兔头砍了一刀。兔唇豁开了，现出一道猩红的三角形大裂缝，一口咬住了他的膝盖。他吓得用手拼命掰开兔唇裂缝，却见那裂缝内，竟是他们刚才进来的那个洞口。裂缝越掰越大，让他可以屈伸从兔唇中钻进去。因进到兔唇里，就等于钻出了蟒腹。可一出来，却发现刚才的雌蟒正等着他。

据说，他的手就是这时被再次苏醒的雌蟒咬断的。刚才那一火铳，并没将雌蟒打死。他的胳膊刚在雄蟒腹部的裂缝上一出现，雌蟒就一口咬了过去。

罗铁进洞时，两条巨蟒虽都已被火铳打死，但刘渐耳因失血过多，也昏厥在地上。罗铁也顾不得蟒皮了，背着刘渐耳，赶紧找到了当地一位苗医止血，算救了刘一命。

话说到此，刘遇迟所杜撰的"真夜"时间分岔了。

以下便是另一个更荒谬的说法，其杀蟒史与之前任何人的描述都完全不同：

据说，当年追到洞口边的刘渐耳，其实自己也是个尿包。发现巨蟒后，他是让罗铁先进的洞。他说，等斩杀南川巨蟒，他们俩可以平分蟒皮之所得。罗铁一进去便被雄蟒缠住。罗铁砍开了雄蟒的肚子，却并不能阻止雌蟒的愤怒，立刻朝他扑来，把他缠住，用带钩的芯子直接舔进了他的鼻孔里。他的血立刻从鼻孔、耳孔、嘴角乃至眼角里流了出来。见罗铁被完全困住后，刘渐耳才趁机提刀冲了进去。他直接钻进了已敞开的雄蟒肚子。这时，罗铁则无法动弹。他浑身被雌蟒如五花大绑般地箍紧了。刘渐耳冲到雄蟒的肚子里后，看见其宽敞的腹腔内，竟先露出一头凶恶的大象来。象脚粗如宫殿圆柱，冲他踩过来，他不得不跪下身体，用砍刀朝上一阵乱捅，剖开了大象肚子。大象的五脏六腑纷纷落下之后,腹内却忽然显得很空旷,很明亮,像午后一座无人的篮球场。篮球场的中心放着一盏油灯,还有一枚蒲团。蒲团上端坐着那位被蟒吞噬的少女。少女穿着青花连衣裙,一手拿着一颗血淋淋的兔头,放在膝盖上玩耍,另一只手则拿着一枚斑斓的巧克力蛋卷冰淇淋。

"牛下水,你怎么到现在才来?"少女似乎很宁静,用粉舌舔着冰淇淋,抚摸着兔头上毛茸茸的长耳朵,有点责怪地朝刘渐耳娇嗔地说。

"唉,我们也是刚找到这洞穴的呀。"刘惭愧地答道。

"看来你并不着急。"

"怎么不着急?我都快急死了。"

"那你知道这是什么地方吗?"

"这是大象肚子。"

"不对。"

"那是巨蟒肚子?"

"不对。"

"那就是洞穴。"

"更不对了。哎呀,你可真笨。"

"那你说是哪里?"

"我才不告诉你呢。"

"那我该怎么办?我是说,我该怎么把你带出去?"

"刚才不见你着急,现在又着什么急?难道这里不好?"

"这里怎么会好?这里是……"

"既来之则安之。反正你都找到我了,不妨就和我在这里住下来嘛。"

"在这畜生肚子里住下来?"

"你怎么还觉得是肚子?什么畜生的肚子能有这么大?"

"那这是哪里?"

"你不是看见了,这是一座场。"

"什么场?"

"那要看你怎么理解了。篮球场、广场、战场、道场或磁场等,都是场。"

"我听不懂你的话。伶牙,你快跟我出去。"

"何必呢。这儿挺好的。"

"在畜生肚子里有什么好的?黑暗、封闭、臭气熏天。"

"咦,难道你看不见这里明亮如昼吗?"

"这只是你看到的假象。"

"不,场内即真夜,所以光明。场外才是假象。"

"我不能理解。"

"你从不知道有真夜,就像我有事时从不在场,当然不理解。"

"反正我得把你带出去。"

"我们俩在哪里,还不都一样?"

"不,不一样。"

"怎么不一样?"

"我不想再失去你了。"

"你从未失去过我。以后也不会。"

"可我们若一直住在畜生肚子里,迟早会化为一摊污水。"

"不会的。"

"怎么不会?"

"'古赤公'会来救我们。"

"那可不一定。这么久了,它不是也没来吗?"

"嗯,也许我们可以去找它。"

"它行踪不定,上哪里去找?"

"我知道它在哪里。"

"你知道?"

"是啊。难道你以为'古赤公'就罩着你一个人吗?"

"我一直这么以为。"

"牛下水,你可真幼稚。"少女又笑起来,然后吃完了冰淇淋,从蒲团上站起身,举起那盏油灯,在篮球场一样大的肚腹内如仪式般地巡回绕了一圈,然后走回来,轻轻牵住刘遇迟的手说,"牛下水,跟我来吧。我带你去找它。"

她那刚摆弄了兔头的手,虽还有些血淋淋的,不过手指仍纤细、白皙而优美。刘渐耳则从小便如此,即一旦看见她,立刻变得如白痴一样。她让做什么就做什么。于是,他就那样茫然地、黯然销魂地跟着她往前走。篮球场上烈日酷晒,他走得汗流浃背。他们走了好几个时辰,才走到场的尽头。那里出现了一面高大潮湿的黑墙。墙头布满铁丝网。少女先沿着墙根走,刘遇迟也沿着墙根走。少女从黑墙下摸到一根绳子,然后爬上了墙头。他也顺着绳子爬上墙头。少女纵身从墙头的铁丝网翻了过去,他自然也毫不犹豫地翻了过去。尖锐的铁丝网剀得他胳膊与大腿上全是血痕,他也完全不知道。

黑墙的另一边,是一座竹影婆娑、亭子破旧、石阶上爬满苔藓的小庭院。天正下雨,庭院的场与篮球场这边虽然仅一墙之隔,却阴晴不同。

狭窄的庭院异常静谧。在雨中,在雾霭中,一座茅屋掩映在藩篱下,屋顶冒着炊烟。篱笆内种着一棵石榴、三四株蜀葵,还有不少迷迭香、柠檬与薄荷等组成的植物丛。院子里还有石桌、水缸、一座小石灯塔，塔内点着蜡烛。院子角落里，还放着一台黑白电视机，以及一条长得像暹罗猫的野狗。电视里正在播放着关于西方战争的新闻。院子中心有枯山水。在院落一角的一根铁丝上，晾着一些腊肉与笋干，还有几件像是刚洗好的女子胸衣、裤衩、袜子、长衫与一件刘渐耳十分眼熟的蜀锦蟒袍，正湿漉漉地滴着水。为何在下雨天晾衣服？没人对他解释。见雨下得越来越大，刘便朝天上看。茅屋上空的天穹是猩红的，排满了一串火烧云般的巨大脊椎骨。一枚苦胆般的绿太阳高悬宇宙。这里显然仍是在巨蟒的腹内。

"这院子又是哪里？"刘遇迟问。

"只要你愿意，这里就是我俩的家园，幽会的家园。"

"幽会，家园？畜生肚子能有家园吗？"

"也可以有。"

"那怎么能活下去？"

"怎么不能？人生一世，在哪儿不是活着？"

"活着与活着可不一样。"

"有何不一样？"

"有的是活，有的是死。"

"你还分得挺清楚呀。"

"当然分得清。"

"那你还活着吗？"

"我……"

"怎么不说话了？"

"如果没有你，我的确很难说是活着。"

"可你也没死呀。生死就是一念，何必太认真？"

"因为我也怕死。"

"怎么,难道你也死过吗?"

"当然还没有。"

"没死过,你怕什么?"

"没死过才怕。"

"那你怕我吗?"

"不怕。"

"可我已死。"

"胡说,你没有死。"

"瞧,你根本就分不清生与死。"

"算了,不说了。你伶牙俐齿的,我说不过你。而且,你刚才不是说,要带我去找'古赤公'吗?它又不在此处。"

"别看此处小,也有此处的好。"

"哪里好?"

"此处叫第二山幸庄。"

"我看就是个破院子嘛,潮湿狭窄,家长里短的,全是世俗烟火气,还第二。看来还有个第一山幸庄喽?"

"当然是有的。"

"在哪里?"

"那可不能告诉你。"

"为什么?"

"'古赤公'不让我说。"

"唉,我倒也不关心什么第一第二的。我就想知道,'古赤公'到底在哪里。你不会是在骗我,故意走来走去的,就为了让我和你在这畜生肚子里住下来吧?"

"我从没骗过你。不过,'古赤公'从来不能明见,只能幽会。不信,你可以进茅屋里去看。关于'古赤公'的消息,屋里应有尽有。"

"茅屋里还能有什么?顶多是些锅碗瓢盆之类。"

"你可莫要瞧不起锅碗瓢盆。就是抵达'真夜',恐怕也少不得这些东西。"

"好吧。我只是着急。你知道,我的兄弟罗铁还在外面,正被巨蟒缠着呢。我也不能在这暗无天日的大象肚子里待太久吧?"

"那你先进茅屋里去呀。没有进,哪有出?"

刘遇迟无奈,只好随着少女走到茅屋的柴扉前。他推开柴扉,见屋里黑咕隆咚的,只弥漫着巴蜀腹地人家做饭与喝茶的温暖气味。他一脚踏进去,可就像是踏进了一架逼仄的电梯间里。茅屋里没有一点光。他刚想要去摸墙上灯的开关,就觉得脚下陡然失了重,这茅屋真的如电梯间一样,往上飙升起来,且垂直升起的速度越来越快,像是起飞的火箭。刘渐耳赶紧转身想退出去,可哪里还来得及。他们进入了一条如象鼻子般柔软的弹射管道。刹那间,当刘从身后再次推开柴扉门时,外面的院落已不见了。眼前是一座陌生的山顶。

那山顶与地面形成了一个巨大的漏斗状斜面。山上光秃秃的,没有一棵树。一阵大风从山顶刮过,让刘遇迟打了个寒颤。在悬崖边,嶙峋的岩石形成了一条巨大的壕沟。壕沟边则放着很多由米面麻袋堆砌起来的堡垒,上面架着一挺马克沁重机枪、钢盔、夜视仪、军刺、氧气瓶、指南针,还有几门迫击炮与很多手榴弹等过期的军火。最可怕的是,放眼山下,看到的竟是一望无际、密密麻麻,正拼命号叫着朝山上冲的,穿着各自华丽戏服、红头花色与金属戎装的畜生与猪群。凡是它们路过之处，岩石流满了黏液，山林为之腐烂。

"这又是哪里？"刘渐耳惊恐地朝少女喊道。

"是象背山。"少女也在风中凄惨地喊道。

"怎么回事？"

"你别怕。你要见'古赤公'，这山顶就是必经之路。"

"可山下那些是什么东西？"

"是猪魇军。"

"什么？"

"就是那两条南川巨蟒，在过去多年里，它们所吞食的那些猪、牛、马、羊、猿猴、野兔、犀牛、老鼠、蜈蚣、蟾蜍与鸡犬等生物组成的亡灵之军。当然，这垃圾堆里也会藏有被吃掉的一些人类或孩童的幽魂。这些生物被消化后，便组成了一支庞大的敢死队，想要消灭自己的死，重新否定自己的历史。'古赤公'曾称它们为猪魇军。"

"怎么，难道死了的畜生，还会再死一次？"

"死只是一个统一的全息场，没有什么这次或再次。"

"那它们这是要干什么？"

"它们是来阻挡我们的。它们不想我们见到'古赤公'。"

"为什么？"

"因生与死，都是梦。是它们的反面。"

"都是梦，就没有资格存在吗？"

"有。但存在也是梦。"

"梦是虚无的吗？"

"不是。但梦是虚无的敌人，就像你是它们的敌人。"

"既然生与死都在同一个场里,这世上还有什么不是梦?"

"猪魔军不是。"

"它们是什么?"

"是一种不确定的危险。"

"不确定的危险?"

"就是看起来像观念的危险,实际上却是失去了全息场的危险。"

"唉,我不能理解你这些话。你也是个场吗?"

"人各有命,你也不用非要理解我。"

"可我就是不能没有你。不能。"

"那你的未来可要付出很多。你可能会虚度一生。"

"先别提未来。我们现在该怎么办?"

"动手还击,打退它们。"

"就用山顶上这堆破烂过期的枪炮吗?"

"也只好如此。"

"猪魔军那么多,我们就两个人。"

"胜负不重要。重要的是我们要保住这个场。"

"万一打败了怎么办?我还怎么把你从这畜生肚子里带出去?"

"'古赤公'不会让我们束手待毙的。"

"谁知道,它到现在也没现身。"

"牛下水,你怎么废话这么多?你没看见猪魔军已经攻上来了吗?"

少女生气地喊道,用血淋淋的手指着山下。果然,那诡丽的以滚滚血水、体液与万千骸骨组成的猪魔军,用丑陋的猪鼻子举着奇怪的黑旗,骑着恶臭的粪便,嘴里吐着刘渐耳从未见过的火焰与蓝烟,挺着坚硬的黑毛、巨大的睾丸与挂着口涎的獠牙,漫山遍野,满地乱滚般地朝山顶上扑来。它们一边跑,一边还打着震天响的呼噜,就像在凶残的渴望中睡觉。虽隔得很远,可它们嘴里刚吃过潲水的刺鼻恶心味,已呛得刘渐耳与少女不断地流泪、打喷嚏和咳嗽了。少女甚至趴在麻袋上呕吐。刘渐耳不得不捂着嘴,俯身端起重机枪与迫击炮,疯狂地朝山下胡乱扫射起来。少女则忽然向空中抛出了兔头。兔头瞬间变成了一匹枣红马。少女脱光了衣裳,浑身赤裸,翻身骑上了马。她稚嫩的乳房、微微翘起的弧状臀部与羽绒般的阴毛,在马的驰骋中颤抖起来。她的肋骨很瘦,小腹的马甲线也令刘渐耳看得心摇神荡。裸身少女与马顺着壕沟奔跑,沿途捡起了很多手榴弹,往猪群里扔去。

可他们这点零星的枪炮,作用并不大。

猪魇军里只有几头行动缓慢的家伙中弹倒下,然后发出一种午睡的鼾声。大部分畜生群还是毫无阻挡地冲了上来,像黑色滚烫的海浪,漫过了山顶。

一头肥头大耳的,在铁蹄子上穿着粉色丝袜,比史前猛犸更大的猪魇军头领,朝壕沟上跃起,猛地扑到了裸身少女的枣红马边。刘渐耳被猪头领那巨大的肥肉与骸骨吓得一愣。他还没反应过来,那猪魇军便将马脑袋一口咬掉了。然后它将少女一把抢到怀中,并吐出黑色的猪舌,在少女的面颊与乳房上狂舔。少女的脸与裸体在猪唾液的污染下,都迅速变得苍老起来,前额与大腿间布满了令人惊恐的皱纹。少女在厌恶与挣扎中,越来越像一位每日买菜做饭的那种发福的家庭妇女。然后,她又化为一位已绝经的老妪。尽管她还是处女,可阴唇间却散发出比白带更难闻的怪味。她望着刘渐耳,疼得说不出话来。她贞洁的瞳孔里满是黑色的绝望,浑身骨肉却已开始像死去的妓女一样腐烂。猪魇军头领异常亢奋,并不放下她,也不气馁或厌恶她。它依然不断地伸出舌头,舔着衰老少女的全身皱纹,并在空中挺着带血的猪阴茎当场与她交媾起来。它用獠牙刺穿了乳房。就在少女快感与恐惧的尖叫声中,猪头领抱着她,朝刘渐耳身后那座叫"第二山幸庄"的茅屋冲去。它用多毛的猪鼻子猛地撞开了柴扉,凌空扯出其中的一块黑暗,像幕布一样挡住了自己的肥肉与少女的骸骨。

　　刘渐耳见此状,自然疯了一样,大叫着跟在后面追了进去。

　　可他刚一进柴扉门,茅屋里的黑暗电梯间又忽然顺着象鼻子的管道急速下降起来。两耳生风间,猪魇军头领与裸身少女在那幕布的黑暗里全都消失不见了。而且,像是电梯上的钢索断了一般,整个茅屋又开始从空中猛地向下坠落,且不断地坠落,疯狂地坠落,乃至连续几个时辰地坠落。茅屋一直下坠了整整一个下午,一落到底。

　　长时间急速失重,让刘渐耳因血压飙升而昏厥过去。
　　茅屋电梯间像大石头落地一样,最终在大震荡下猛烈触底。刘渐耳这才从切开的雄蟒腹边猛地被震得惊醒过来。他刚才浑身麻木,完全失去了知觉。

　　"伶牙……"他只撕心裂肺地朝黑暗中喊了一声,睁开眼。

　　他发现自己一直是在刚才那雄蟒的肚子里。他可能是被血腥味呛晕了。没有少女，也没有猪魔军。洞穴四周的地上，除了那巨蟒的血与内脏，什么都没有。

是这"场"的幻觉成就了他与死去少女的见面，并启发了他之后的"光差"之论吗？还是这些根本就是他的杜撰？不得而知。而且，这场在他自己看来很漫长的梦魇时间，据说只不过是那条雌蟒转过头来的一瞬间而已。因当刘渐耳用手拨开蟒腹内的皮，刚想从腥臭的脏腑里钻出来时，守在外面的雌蟒便冲过来，一口咬掉了他的左手。罗铁的脸血肉模糊，已处在弥留之际。他快断气时，看见拖着血淋淋断臂的刘渐耳，用另一只手朝着两条巨蟒乱放火铳。罗铁最终在巨蟒的缠丝劲下窒息而死。两条南川巨蟒与他同归于尽。

不义的刘渐耳终于走出蟒腹。但他自己后来却解释，说最终能杀掉巨蟒，还是因他那伟大的"古赤公"又忽然出现了。他绝口不提罗铁之死，也绝口不提他与大象、茅屋、少女及猪魔军们可怕的腹内幽会，不提那个死亡的"场"。

事实往往没有真假，只有阐述事实者的情绪与欲望。刘后来在一生中始终强调说，他的那位"古赤公"变幻莫测，至高无上，如一道黑气、一场万有引力、一种无名的激情、一片可以焚烧一切的火光、一架单人反重力飞行器 Antigravity vehicle、一只比恐龙更抒情的飞碟。当初，是全副武装的"古赤公"从身后推动着他，教会他无数伟大的意志与强大的观念，让他能左右开弓，在"真夜"的庇护下自由地挥舞砍刀与火铳，断了胳膊，也能将两条凶残南川巨蟒的头全都砍了下来。关键是，当年"古赤公"就在那座腥臭的洞子中，第一次为他带来了一系列他暂时还不理解，以后却可以用来挺过任何血腥艰苦时期的蛮力、俚语、脏话与哲学，诸如：完全消灭存在、完全自杀、完全杀不尽原理、缺环世界史补遗学说、反基本粒子、山顶绝对无逻辑、茅屋的第七维度、哈哈哈、粪便最强大、龟儿烂麻×巴蜀俚语脏话、诀蜀语，即骂、乱诀、乱日、打黑市、无色倒影、量子有色界、非空间起义、定间起义、下水道起义、绝对观、秘密大义人、素蒲团、跳盲绳、幽澜女子见本书附录、究竟顶东瀛京都金阁寺建筑顶层的牌匾名、念头的火并、念头革命、念头乱打念头、念头无胜败、万有哲学之间有大私通、第五种丑身、中脑之恨、骨肉皮飞碟、万古注疏、妍头不在家、赤兔黑、晒×晾灯俚语脏话、不老门、魇点、有与无之间的唯一孔、烈艳孔、惊艳孔、反视力之孔、新涂毒鼓、大尊孔双关语，指一切都可以通过有与无之间的唯一孔洞窥见，令指尊孔子为哲学王、猛犸的阴茎、大象阴、赤兔阴、苍蝇蚂蚁与一切昆虫阴、观美人阴、螺旋体色情大裂缝、飞起说、醒道、停止论、臭破袜禅宗语、抢劫哲学、原子厚并不能驾驭心子黑这应是对巴蜀怪杰李宗吾"厚黑学"的物理抄袭、利维坦解剖技术、铁牛羞汤牛羞汤为川菜，以母牛生殖器制、蒸汽胭脂兽、马尔科夫性交过程、宇宙的不规则六边形阴谋、俯冲者之胆、旁逸时刻等。"古赤公"用这些莫名其妙的话，在刘的耳边絮絮叨叨地念着，还让他从断手的痛苦与昏厥中渐渐苏醒过来。

　　总之，这个卑鄙的家伙，从不承认是靠牺牲了罗铁的性命，才成全了自己。他心里只有那位不可告人的少女，以及一堆他自己都不知所云的自欺欺人的破词儿。

　　当年镇上确实有不少人曾看见，掩埋了少女与兄弟，杀蟒归来的刘遇迟，好像真的是丢了一只手的。他将两条血淋淋的巨蟒拴在一起，然后用另一只手拖着蟒尸走过大街。他一边拖，一边朝镇子路边的墙上吐口水。蟒尸路过的地方，所有的鸡鸭猪狗、蟑螂臭虫、蛐蜒蚯蚓等，全都被凶恶的气味呛得昏厥过去。刘还专门在镇子大街的十字路口中心，钉了一根巨大的铁钉。然后，他像巴蜀菜市场那些剖鳝鱼的川厨子一样，当众剥下了两张完整的蟒皮，并用一瓶白酒，生吞下了两枚巨大的蟒蛇胆。他用蟒皮换了黄金。他用蟒骨泡了酒。他用蟒肉换取毒药。他用蟒肚子里取出来的一堆大象、狮子、猿猴、猪与兔子的骸骨等，获取过一位青楼女子的欢心，还卖出了可以出好几次远门的盘缠。

另外，有一天，有人说看见刘渐耳在镇子的一家酒馆里，与他死去的兄弟罗铁（或某个不能确定的怪人）大喝了一顿烧酒。他与罗铁喝酒时争得面红耳赤，喝得酩酊大醉，并最后一次一起站在镇子街上大口地呕吐酒渣、咒骂友谊、当众撒尿、就地睡觉。

第二天，两个人便分道扬镳了。

后来，他们都说对方已被巨蟒咬死，从此也再没见过。

可多年后，元森私下里对我说的话却是：刘的断臂是因另外的事，跟杀蟒无关。刘遇迟根本就没杀过什么南川巨蟒。这些事全是他胡编乱造的，是自诩的伪史。他的蟒皮是因在镇子上干活打杂，下阴沟里去抓黄鳝与泥鳅，然后又在镇子酒馆里帮厨剖黄鳝，一点点攒钱，省吃俭用才换来的。他见巴蜀镇子里蟒皮鼓很值钱，便想进鼓作坊去学制鼓。这无疑犯了忌。因在当地，蟒皮鼓是只有寺庙与道观的出家人才有资格制作的一种大型法器，普通人不许随便制作。刘自制了蟒皮鼓，还自称最善于在"真夜"击鼓，甚至可充当灵界的"涂毒鼓师"。他擅自为镇子上办红白喜事的人击鼓，以此谋生。他说他的鼓声粗犷、野蛮、震耳欲聋，故可以消灭一切烟火邪气，超度哪怕是猛兽、鸡犬、野猫、被判刑枪毙的土匪、杀人犯、蝼蚁乃至任意一棵草木的亡灵。但击鼓本是僧道们的修行事。刘擅自作鼓师，很快就遭到当地人的揭发。他们认为这是一种"制造世俗噪音的大不敬之罪"。这种俗声只会惊动无辜的罗汉、元始天尊乃至破坏轮回与星宿之间最微妙的平衡,给听过鼓的人带来晦气与血光之灾。所有曾请他当鼓师的人知道他并无击鼓资格后,都气愤极了,纷至沓来谴责刘遇迟,还把鸡蛋、狗血与大漆泼到他身上,让他赶紧从镇子上滚开,免得连累大家。刘一气之下,才决定远走他乡。这次他走得更远了。

他狼狈地流落四处多年。走之前,为了泄愤,他还故意在我们镇子四周的山林里,按东南西北、九门十八坎的方位,各屙了一圈野屎。每屙一次,还会在空林子里击鼓一次,作为对这片故乡的诅咒。完成了这场无聊的恶作剧,然后便去了西域。

元森说到这里,让我想起刘遇迟因自幼曾随母到处流亡,似乎的确有在山林大街随处大小便蜀言"屙野屎"的恶习。我记得他后来在猿鹤山房的私人茅房,也被要求修在后山的一座悬崖上。那是一座盖满蒲草的棚子,几根木柱子,底下凌空架起了几条木板,就像体育馆跳水台上的跳板,人走在上面直晃悠。跳板纵横交错,构成几排可以蹲下的坑。人蹲在坑上,往下看,是万丈深渊。他还让每个焚书会的门徒都去尝试。大家方便时,能清楚地看到自己的粪便从高空坠下,缓慢得如燕子滑翔般地掉在岩石上,发出悠远的回音。

焚书会不少人都甚觉不雅,对此提出异议。

但刘遇迟却说:"怕什么?这说明你们还是有偏见。别说这山上,我走遍全球各地,在西域的大街上也可以随便屙野屎。"

这倒是题外话。我想说的是,刘遇迟负气离开巴蜀腹地后,确如丧家狗一般。他先从巴蜀步行到了滇南,然后用卖蟒皮的钱买通了一位当地采药人,从崎岖多瘴气的山林里偷渡越境,进入了暗无天日的印度支那丛林。他一路上靠剥食苔藓与抓沼泽地的浮游生物为生,坚持了两三个月。后来,据说他到了越南的一条江边,当过廉价的水手或艄公,还用竹子为当地犯人造过囚笼,给西贡渔翁与妓女编过斗笠。他在柬埔寨帮军阀砍甘蔗。在尼泊尔做过草鞋。在老挝替人看野坟。在暹罗盗卖过槟榔。在缅甸边境种植罂粟时,赶上了一场当地某流亡公主发动的反政府哗变,罂粟被当作军用物资没收了。然后,他便只能偷渡去了印度的乌代普尔。印度人大多坐在地上切生菜,吃手抓饭,热带食物与水的细菌也多,可他因肚子里有个"古赤公",从不会腹泻。他在印度恒河边帮人扛过尸体,焚烧遗物,捡拾烧成灰烬的骸骨掩埋。他在乌代普尔还爱上了当地的一个雏妓,因那雏妓长相与当年的伶牙有几分相似。乌代普尔是一座建在湖上的小城,有很多水上盗匪。雏妓是一个盗匪头目的女儿,刘骡因此险些丧命。他从乌代普尔北上逃到了波斯高原,又从波斯骑骆驼去了叙利亚,一路上就靠为人做中国烧饼、炒川菜、剥兽皮等换取临时的盘缠。他还在克什米尔、大马士革的菜市场、黑海兵工厂与立陶宛的动物园等地漫游过,衣衫褴褛,就像个叫花子。他还到了耶路撒冷哭墙之下。可他面对那些神圣的石头,一滴泪也哭不出来,不像他后来在灜楼究竟顶时那么善于表演,说到深刻处,随时都能对着我们涕泗横流。他曾越过整个中亚沙漠,在阿拉伯人的帐篷里因误吃了过期的大麻与无花果烤的羊肉,犯了一次疟疾,但"古赤公"仍是转眼就让他的肠胃康复了。他曾在戈兰高地与黎巴嫩接壤的大街上,在满是恶臭垃圾的果皮箱里,因觅食偶然捡到过一卷用腓尼基语写的中古羊皮兵书,然后卖到当地文物局,因此得以与阿拉伯学术圈的某个教授相识。他因会烹饪,在教授家帮厨,并因教授而认识了一位叫卞雅冈的清真学者。经卞雅冈介绍,他进入了中亚哲学家笔会,当了一个学术助理,工作只是帮人家四处跑腿,递送文件与书籍。他随着笔会的活动还去过埃及,并在开罗图书馆里,读到过有关古代法老蚁、三角恋教派与卫星轨道之间共同的奥秘。他说他从那时起,便决定一定要建立一种自己的哲学体系。他对外自诩为"一位来自中国的极有潜力的观念天才"。在出门漫游之前,刘遇迟可并不会任何语言,他是怎么做到与西域人沟通的?显然在撒谎。可他说他能走那么远,还是靠"古赤公"。是"古赤公"教会了他手语,以及一种完全靠意会就能让别人明白的奇异本事。在"古赤公"的指引下,他能两眼闪烁诡谲的光。他说这眼光是因在巴蜀吃过蟒蛇之胆而得来的,因蛇胆明目。他说那眼光还让他在黑海边,靠帮拉脱维亚船夫制造木桨而取得过信任,因当地人就曾叫他"来自瓷器国的黑眼睛水手"。后来,他从那里越过柏林墙的铁丝网,然后到了法国里昂,从里昂漫游到了梵蒂冈、科尔多瓦、哥本哈根、罗弗敦群岛等地,乃至最后渡海,去了大不列颠岛。在埃克顿荒原附近的乡村,他曾靠卖晨报与洗自行车为生,落魄地混了几个月。后来他去了冰岛,还有过一次破冰之旅,进入过瓦特纳冰川。他说他曾在冰川深处的一处死火山口前,像恩培多克勒一样沉思,自己要不要也跳进去。他眺望着熄灭的黑窟窿,却在其中看到了"古赤公"与少女对他的反对。而且这时还忽然来了一头北极熊,打断了他的思考与犹豫。他被那北极熊追得到处跑,失足掉进冰冷的海水里,昏厥过去(有人说他的那只手也可能是被一头鲸咬掉的,而伤口则是在"古赤公"的抚摸下痊愈,但没有证据)。最后,是一艘路过的捕鲸船救了他。醒来后,他已躺在格陵兰岛边境的医院里。再之后,他便心如死灰。他因在格陵兰岛的某家啤酒馆里看北极光,喝醉了酒,与人斗殴,并惨遭毒打,然后被当地的恶棍当作无名传染病人给廉价卖掉了。他被折磨得遍体鳞伤,与一群侏儒、佝偻病人、麻风病人、孕妇、小偷、聋哑人与精神分裂症患者关在一起,被扔给了凶残的北爱尔兰人贩子。他们被锁在铁丝笼子里，搭乘了一艘表面上是运送鲸鱼肉的远洋船，越过大西洋，漂泊了一个多月，最后送到了拉丁美洲的某个不知名的偷渡者小港口。他为了不被当作器官移植贩卖的牺牲品，便自称身体很好，还会做几十种了不起的中国菜，可以耍杂技、空翻、吞火与超长时间潜水等，并当众表演了用一只胳膊，单手撑地一分钟做二百四十七个俯卧撑，以及空翻三周半而不掉下来等绝技。于是，在人贩子们的狂笑声中，他被卖给了哥伦比亚丛林的一支反政府雇佣军，充当搬运粮食的脚夫与做饭的伙夫。没人给他枪。他只能靠一口铁锅充当盔甲来保命。有一次，传闻马上会爆发核战，核冬天也将随之来临。于是，为了尽快夺取胜利，雇佣军在下雪天便开始向城市发起进攻。他扛着一口铁锅跟着雇佣军满山乱跑，冒着暴风雪，东躲西藏，差点死于密集的流弹。在前线的炮火中，那位神秘的"古赤公"又现身了。"古赤公"从天上飞来，嘴里念叨着那些古怪的词语，还不知从哪里扯来了一袭家庭主妇用的白色床单，从空中抛下来，一下就完全遮住了他。敌人的枪炮都看不见他了。白床单与大雪一起掩埋了他。待雪停之后，他掀开床单一看，四野一片白茫茫，雇佣军都跑光了。床单让他成功地当了逃兵。他说他为了生存，后来还在危地马拉乡村用独臂挖过几天玉米，用偷来的玉米和巴拿马地痞换过劣质咖啡，又用劣质咖啡换伪钞，拿伪钞换了一把枪。枪倒是真的。他用独臂苦练枪法。他开枪打死过一个边境的巡警，在被通缉的黑夜中骑着"古赤公"逃亡，又去了墨西哥。他在墨西哥与巴西的地下格斗场里，帮职业自由搏击运动员当过陪练，每天被打得鼻青脸肿，用自己的血养活自己的嘴。不过即便浑身是瘀血、伤口与扎心的疼痛，他也可以用"古赤公"的咒语来安抚伤口，转日即可愈合。而且，当年拉丁美洲的革命风云际会。为了验证美国的卑鄙，他还在玻利维亚参加过一支冒牌游击队,用巴蜀脏话与"古赤公"为护身符,抵抗过导弹与武装直升机的袭击。他在智利圣卢西亚山林里,帮一个会汉语的混血女瘾君子一起贩毒,在一场交易上赢了对方的扑克牌,可自己却意外被出卖,被捕入狱。他被囚禁在圣卢西亚的监狱里,受过鞭刑与烙刑,时间长达四五个月。在监狱中,他又必须忘掉当初所有从哲学笔会的学者身上与西域书本上学来的尊严与知识。他因会独臂单手击蟒皮鼓,偶然与一个从琉球去的太鼓手狱友交流过打击乐技法,这也算是他在监狱中唯一的"文质之交"。其他时候,他则必须完全恢复一个巴蜀街头流氓与野蛮人血统的本色,尉迟袍哥的匪气。他平时满嘴脏话,言行下流,整人手段残忍且无耻。他知道,只有成为真正的恶棍,才能与狱中其他的强悍的罪犯和平相处。世界史从来就是由"恶"来推动的,监狱史更是如此。他从不承认自己是什么汉人,只说自己是"东亚的西域人"。反正这句话没人听得懂,他也不解释。非要解释,那就得用刀与拳头。他必须表现得比白人狱友更坏,更喜欢玩手铐、钉子、烟头与棍棒,迷恋暴力、欺骗、色情与禁闭。在被监视做苦力时,他会假装为独臂上偶然的受伤或鲜血而陶醉,为集体斗殴而欢呼。否则,他也许早就被一群肌肉发达的黑人给鸡奸了。他甚至勾引过警察的老婆,让她给狱友们送来酒与香烟。不过他没有越狱。他认为封闭是一种最适合沉思的哲学环境。出狱后,刘遇迟仍然精力充沛,像一个不知疲倦的怪物。

论平日的嗜好,刘遇迟的确喜欢西域各地的羊肉、捕蝇草、匕首、有毒的丛林植物、菲律宾保姆上床时的灌肠玩具、麻醉剂、有简单故事情节的色情影片、性图腾与带插图的黄色小说。他说他曾梦见过自己骑着巨蟒在戈壁滩上,与阿富汗武装分子交战。不过,这些乱七八糟的幻想,都不能让他不再去思忖自己失败的过去。无论他走到哪里,都惦记着对巴蜀腹地的人、蟒皮鼓、仇恨与爱的遗憾，从未忘记过故乡的初恋、学院的图书与手稿、家族中落与他断臂后所承受过的一切羞辱。

尤其是巨蟒与鼓。因他从来不认为僧侣与道士具有对蟒皮鼓的霸权。"声音本身并没有能量。能量都是'古赤公'给的。"他说，"包括鼓的能量，也要看击鼓者是否理解了'古赤公'的观念。声音也有昼夜之分，真假。巨蟒是我杀的。只要我的鼓一敲响，哪怕轻得只有439赫兹，世界也会随之被改变，进入'真夜'。"

为深入研究鼓声的意义，又忽然听闻那位据说已故的挚友罗铁，后来也离开了巴蜀去了东欧的巴尔干半岛。难道罗铁真的还活着？刘遇迟不甘心，于是，从圣卢西亚出狱后，他也决定从智利远洋去巴尔干半岛。就为了追踪罗铁的去向，或是接近这个欺骗朋友（或被朋友欺骗）的人，刘遇迟后来真的一度栖居于巴尔干半岛南部，在那个与塞尔维亚相邻的黑山共和国来回游荡。而且，他居然还在黑山首都波德戈里察郊区买了一片林地。焚书会里的人一般认为，他的财富，最初就是从那里开始发迹的。黑山共和国很小，只有两万平方公里，几十万斯拉夫人口。那里历史上就荒草丛生，适合逃亡者藏身，就连刘遇迟的祖先突厥人也从未能征服过那个鬼地方。

有一天清晨，独臂的刘遇迟在窗外忽然看见了一头熊。

他从没见过熊。那时，这位未来的猿鹤山房焚书会大宗师已年届四十一岁。有去过的同窗门徒说，刘老师的别墅，曾霸占了波德戈里察郊区一座连绵的山林。因出现了中国人，故那里的斯拉夫人还管这地方叫"中国山林"。有些年，凡有从巴蜀来人，刘遇迟都会领到露台上，用他可怜的独臂指着天际说："你往那边远处看，使劲看，你视野所能及的地方，都是我的。"

的确，那山林太大，巴尔干半岛的野生动物本来也多。如蛇、狼、兔与鹿等，经常会窜到别墅边来，刘遇迟早已司空见惯。熊倒是第一次。

当时，刘遇迟正吃早餐。熊趴到窗台上，遮蔽了窗口的朝霞，屋里瞬间黑了一大片。连他涂在面包上的奶油也变黑了。他从没见过这么大面积的黑影，离餐桌只有两三米远。他先一愣神，随后赶紧从餐桌抽屉里拿出一把手枪来。他想起这里有禁杀动物法，便朝窗外乱开了一枪。熊吓跑了。黑暗顿时消散，光明降临。但刘遇迟不放心，就把手枪放在餐桌上继续吃饭。果不其然，过了大约几分钟，熊被饭香吸引，张牙舞爪又折返回来了，而且黑暗覆盖的面积也比之前大。于是他赶紧又开了一枪，熊又逃走。如此三番五次，折腾了一上午，黑影逐渐蚕食光线，面包、奶油和咖啡也撒了一地。

到晌午时，气急败坏的刘遇迟打开窗，朝天空、山林与不计其数看不见的野生动物们脏兮兮地大喊道："龟儿狗日的烂麻×，以后哪个不让老子安静吃早饭，老子就打死谁，剥了它的皮当鼓敲。别以为老子不敢，反正你们这些畜生再野，也都是我的。"

喊声在"中国山林"里久久回荡。整个黑山没有动物表示异议。

刘遇迟的话当然不全算是气话或吓唬。多年前的那些混乱之夜，他因击鼓，便犯下了巴蜀僧侣与道士给他设定的"制造俗世噪音罪"。在鸦雀无声的巴蜀腹地镇子，僭越僧侣道士们的击鼓，也算是一项不可饶恕的罪。因他私自制鼓所用的皮，大多都来自如蟒皮、牛皮或羊皮等。他杀蟒的事乡野闻名。为了制一面好鼓，他曾多次进山捕猎，剥下新鲜的皮，在鼓架上绷紧。皮亮得像一面血腥的镜子，以至于鼓上敲出的声音，也令人感到血腥。

很多个流亡西域的夜晚，刘遇迟都与他的鼓面对面，怀念那位蟒腹中的少女。击鼓，则引起公愤。不击，则他的人生就像猪魔军一样荒谬无意义。他不知何去何从。

终于，他带着满是血污的鼓走了。

在宁静的波德戈里察，自然更没人听到过这种不知所云的鼓声。当年新出狱的刘遇迟又开始饿肚子了。意外的是，他第一次饥肠辘辘地坐在这座城的大街上时，发现偌大黑山与波德戈里察，竟然没有卖方便面的。波德戈里察人从没见过这东西。于是灵机一动，刘遇迟开始与琉球狱友取得联系，倒腾方便面。他们每年以十来个集装箱的量，从琉球运送方便面到波德戈里察去卖。

接着，他又发现黑山也没有速冻饺子，于是开始倒腾速冻饺子。

黑山没有礼花鞭炮，他就倒腾礼花鞭炮。

黑山没有桥牌与算盘，他就倒腾桥牌与算盘。

黑山没有湘绣、腊肉、豆腐、粽子、豆瓣酱、玉、茶叶、黄酒、罂粟壳、火锅底料或写满小楷佛经的折扇，甚至没有肆无忌惮的哲学、流氓的天空、杀人流窜犯的残忍与古代吐火者的脾气，没有梦魇与"古赤公"的观念，他也都能像开移动杂货铺一样，通过与人分账的形式，把这些东西全都倒腾过去。

不过在黑山，他并没有发现罗铁。也许罗铁的死与罗铁去巴尔干半岛，全都是罗铁自己制造的谣言。

好在刘遇迟却因此逐渐变成了波德戈里察最有钱的华裔，一个叱咤风云的投机分子。他发迹后出资办了好几个汉学院、书画俱乐部、国术馆、制作巴蜀皮鼓的作坊与川菜餐厅。他在别墅里修建了一座巨大的私人藏书室，藏书数万种，并疯狂地从西域、欧洲、埃及与东瀛等各种书贩子渠道那里，收集稀有的汉文散失古籍图书、文史资料与色情禁毁小说，一切涉及死亡、鬼魂、灵界、妖怪、野史、异型生物与虚无思想的社科读物，当然也包括任何流失在海外的汉语古籍孤本。他喜欢坐在藏书室里高谈阔论，向一切来访者显示他的博学。他还在黑山家中秘密撰写他的那本业余的《幽澜辞典》，并声称已将对姚灵犀的研究，推向了从畸恋中发现古代政治规律的关键部分，他可能将成为一位因重新解构这位文学奇人而发现中国历史谜底的奇人。为了给自己偷渡黑山之前的窘迫、误解与羞耻复仇，找回面子，他还从塞尔维亚黑帮分子的手里买来了几把手枪、几箱子弹与手雷，也买下了整座的"中国山林"。他发电报，邀请很多巴蜀的故人来别墅参观做客，旅费他全包。他也从未忘记击鼓。击鼓就像睡倒觉，刘遇迟总是自由地决定他的昼夜与昏晓，常以下午四点一刻为子夜，以漆黑的三更天为正午。尽管鼓声从不能提供当年蟒腹里的梦魇，但他热爱那紧张的节奏。凡来"中国山林"做客的人，不仅食宿全免，他还会慷慨地提供大约够在波德戈里察及整个黑山或巴尔干半岛游玩一周的钱。不过，钱也不能白给。他的条件是，客人必须在"中国山林"里住上几天，白天（通常是深夜）从他别墅窗口测量"中国山林"的可视距离，夜里（通常又是白天）则必须听他坐在私人藏书室的露台上谈哲学。他如话痨般滔滔不绝地击鼓，并随着鼓声，讲述一些与西域汉语文学、姚灵犀、少女、杀蟒与梦魇等有关的话题。听鼓之时，任何人不许擅自离开。撒尿也得一个一个报名才能去。

后来焚书会的门徒都知道，刘在灪楼究竟顶上偶尔击鼓时很谨慎，节奏也慢。他击鼓仿佛是为了否定。具体否定什么，并不重要。他的鼓声唉声叹气，如病夫呻吟。但据说他在黑山私人藏书室里时，节奏与音量都很大。他的鼓或叮叮咚咚，如群蛙跳水；或噼里啪啦，如雷火烧山。显然，他已经开始在肯定什么了。难道是鼓皮不同了吗？还是他这种生活很值得肯定吗？都不得而知。只有鼓声传达出的那股血腥味，依旧呛人。有年轻姑娘在听鼓时，觉得大腿间仿佛爬上来了一条蛇，下身滚烫，且变得潮湿而黏糊。有孱弱的老人，因鼓声忽快忽慢，偶尔又暴烈得异常凶猛，像是一位斯拉夫山野莽夫在疯狂地怒吼，便受了惊吓。他们开头还边听边摇头晃脑，后来常常昏倒在地，甚至意外死去。

只有一次，来了一位青涩的巴蜀少女，他倒没有让她听鼓。

两个人就在露台上静静地坐着，刘遇迟望着这位少女发呆，欲言又止，陷入沉默。他特意让厨师给她做了一桌子川菜。他晚上与她静静地做爱时，也只有温柔的颤抖与撞击，一言不发。然后，他抱着那少女流泪。他唯一对她说的话是："我这里最近来了一头熊，你这只小兔子，可要小心。"

刘遇迟连续在早晨开枪的事，引来了波德戈里察当地的一位森林巡警员。巡警员告诉刘遇迟，波德戈里察郊区与"中国山林"一带，从来就没有过什么熊。整个巴尔干半岛都没有过熊。他一定是搞错了。

"那或许只是一头较大的麋鹿。您看花眼了。"巡警员耐心地安慰他说。

"不可能，麋鹿有角，熊可没有。"刘遇迟争辩道。

"那也许是一头犀牛。"

"犀牛也有角。"

"也可能是野猪，或者长臂猿。"

"熊和野猪与长臂猿的叫声可完全不同。我耳朵好，能分得清。"

"这么说吧，按我的推测，熊没准就是一位您家的客人，偶尔路过窗前。只是他个子太大了些，或者他还扛着一包巨大的行李之类，所以引起了您的误会。"

"我可不认识什么满身臭味还长着黑毛的客人。"

"可这里的确没有过熊。历史上也不曾有过。"

"历史？那谁又说得清呢？"

刘遇迟冷笑了一句。

他对有熊的事坚信不疑。之后，尽管森林巡警员按他说的情况，在刘遇迟吃早餐的时候也常来巡视一下，可并没有看见任何熊。

有一次，巡警还看见了一片乌云，停在了别墅窗口。但刘遇迟当然否认那乌云就是熊。时间久了，巡警便不再来了。刘遇迟不得不每天独自面对这场别人看不见的惊悚与危险。不过，他始终没对任何人谈起那块蔓延的黑影。

即便与那位安静的少女躲在私人藏书室里秘密做爱时，他也没谈。

接下来的日子，熊仍准时来到他的窗前，流着口水，龇牙咧嘴地咆哮。刘遇迟开枪打了几次，都没打着。黑影仍在呈几何级地增长，以及跨过了窗台，延伸到别墅的走廊里。有一天早上醒来，刘遇迟看见从窗外的山林到屋子里整个是黑的，白昼同夜晚完全一样。熊的躯体没有为朝霞留下一点缝隙。即便熊离开后，黑影也还在，完美如一次停滞的日全食。枪显然对熊根本没用。把玻璃窗砸了也没用。他甚至期待能与熊掌握手，干脆大家做个朋友，一起吃早餐，一笑泯恩仇。可熊与熊的历史都没给他机会。熊是独立的。好在有些时候，他也很难区分那少女与光的差别。这会不会是他后来说的"光差"的源头？我不清楚。只是少女又能在"中国山林"里住几天呢？少女也是独立的，她迟早要走。

"你是罗铁还是巨蟒？有种你就进来。"他对窗外的熊与黑影怒吼道。熊不回答。

"你也会怨恨我吗？"他最后曾对少女问道。少女也不回答。

为了抵抗熊对光的霸占，忘记少女的短暂，刘遇迟只好整天继续无聊地击鼓。他期待鼓声能把熊赶走。再说，蟒鼓皮中有他血腥的伟大过去。击鼓不能克服恐惧,但若能缓解一点对未来的绝望,那也是好的。但他失败了。熊与鼓声,就像罗铁的幽魂,始终会在清晨来骚扰他。这鼓荡的激情仿佛是他的愤怒,他的宿命,也是他的眷恋。

他在绝望中,纵火焚烧了这座让他荣耀与痛苦并存的私人藏书室。刘遇迟关于"熊与纵火"的说法,很可能是来自他对明人张岱《夜航船·四灵部》之借鉴与幻觉,因据该书载:"弘治间,有熊入西直门,何孟春谓同列曰:'熊之为兆,宜慎火。'未几,在处有火灾。或问孟春曰:'此出何占书?'孟春曰:'余曾见《宋纪》:永嘉灾前数日,有熊至城下,州守高世则谓其赵允曰,熊于字"能火",郡中宜慎火。果延烧十之七八。余忆此事,不料其亦验也。'"这种拆字法虽很荒谬,但能看出古人对自然的敬畏之心。而刘遇迟最缺敬畏之心,故他或许始终觉得他的栖居之处,就如佛经之"火宅"一般,他因此对我们进行了催眠式的杜撰与演绎。

总之,他最终决定离开黑山,结束多年的漫游,从西域回国。为了一家无限公司,创办荒谬绝伦的猿鹤山房焚书会,修缮狻猊庙来祭祀他的童年,并盖出他梦想中的瀼楼,他卖掉了"中国山林"。他砸烂了蟒皮鼓,扔到了巴尔干半岛的大海里。他花钱从西域学术界里买到由七八个高等学院内部人员盗卖出的两张建筑学博士文凭、一张宗教学博士文凭,再加上中亚哲学笔会的证书,够用了。他专门去医院,以最昂贵的费用,请一位阿拉伯截肢医生为他杀死了断臂上的神经,并安装了一只可以活动自如,有皮肤温度与汗毛,锋利且坚硬的生化机械假手与金属假胳膊。他带着所有钱,回到了阔别多年的巴蜀腹地。那些西域文凭,让他得以顺利应聘于巴蜀某学院,充当一位冒牌的双料教授,并能在闲暇时继续安心撰写他的学术论文与辞典。而那只假手,则成了他演讲时最耀眼的形象。这时,养母刘萱龄早已去世,尉迟家族里也没几个人还记得他。巴蜀镇子上的人已忘了他,他也必须把罗铁忘了。把整个残酷阅历与悲惨生活忘了。把杀蟒、少女、茅屋与猪魔军忘了。把监狱岁月与击鼓的嗜好忘了。他要完全割断过去的伤害，或曾以朋友之死为代价，换取蟒皮，苟且偷生的记忆。

"狗日的记忆。锤子个兄弟。'真夜'来临时，都是过眼云烟。"

他常自言自语地躲在瀿楼定间中，对着一面像那熊一样的黑墙骂道。门徒谁也不知道他是骂人，还是在骂自己。他后来又结交了背负命案的养蜂人兼流窜犯张灶，并与多年不见的原学院建筑系弟子元森不期而遇，加上不知背景的大师兄吴毛孔及一些露水姘头等，便形成了猿鹤山房焚书会最初的核心成员与无限公司的规模。刘遇迟生性多疑，只愿与人以"师徒"相称，厌恶一切酒肉兄弟，绝对保持特立独行。他是他所发明的那场"真夜"中一个最黑暗的人。他就是个疯子。除了与赤兔与洞主们鬼混，他始终像月光一样独来独往。无聊时，他也许还会在究竟顶上，拼命用他的舌头来击语言之鼓，所谓摇唇鼓舌之辈。他偶尔会空翻，或谈及一点蟒与熊的事，但都是些强弩之末的诡辩。而且，他从不认为我这样一个为他打伞的人，能听得懂他那些奇怪的浑话。他歧视我的逻辑，我的理性。

独 拳

作为一个只能跟在身后打伞的门徒，大宗师刘遇迟孤身回到巴蜀腹地，创建伟大的猿鹤山房焚书会之后，他自诩的那些复杂阅历，漫游生涯，究竟有多少属实？我这种身份的人是真的搞不清楚，也无法证伪的。我在他身后，听他最常说一句话是："丁渡，你们要'坚信世界上永远藏着一种不可告人的秘密'_{语出美国作家科马克·麦卡锡的《血色子午线》}。这虽是小说里的话，可这话绝不是小说。"

我们当然都知道他有不可告人的秘密，只是不知道具体是什么。

难道秘密就是他那些通奸、猥亵、犯罪或幽会之学吗？未必。

我之所以与刘遇迟之间还有一段隔世的私仇，乃是因他与其养母当年在镇子上谋生，四处抢劫。在他追杀巨蟒时，就为了一口吃的，他甚至出手打伤过正在田间种地的我父亲，导致我父亲的脾脏终生病痛。他就是个谋杀未遂的罪犯。我父亲后来病入膏肓，在临终前还对我说过："当年刘遇迟出手打我，没准就是为了吃我的'想肉'。人饿极了嘛。你要探索到底为什么，必须先进他的焚书会，才能了解底细。"我也算是遵循父命了吧。至于刘那一套关于"古赤公"并无禁忌，或没吃过"想肉"的话，互相矛盾，根本不足信。譬如一谈及死亡的意义，刘遇迟也曾满不在乎地对我们说过："我无论在灾荒年间度过的儿时，还是偷渡西域、浪迹天涯的艰苦漫游时期，都见过太多的家伙吃'想肉'。但我不会吃。因我从来就怕死。我甚至可以只喝水，不吃饭，也能一直活着。我的岁数是你们不能想象的。我可能有二百六十七岁了。我不能用别人的死，来代替我自己的死。再说'死'这个东西，自女婴义塔那个狭窄的洞口处开始，就一直在我的这具躯壳里活着，早已雌雄一体。在世俗生命中，'古赤公'只让我考虑两个东西，性交和怕死，一个是跃跃欲试，一个是畏惧退缩。也许它们本来就是一个东西。"

他最初吹嘘他的早年家族史与西域漫游史时，大家虽都不信，但也都觉得有点可怕。他会不会是在抄袭十八世纪欧洲那位只吃药丸、酒与野燕麦，从不吃饭，会炼金术、绘画与羽键钢琴，当过耶稣的顾问，参加过拿破仑战役的发明家、冒险家、弄臣、中世纪骑士，失踪前还预言过飞船与飞机，并加入过"玫瑰狮十字会"，活了三千年的"不死人"、私生子与超级传说大骗子圣日耳曼伯爵 The Count of St Germain, 1710—1784 的传奇？还是剽窃了陈抟老祖的辟谷与催眠术，在焚书会后山的石壁上为大家画了一个空饼，一个〇？好在刘遇迟的鬼话说得太频繁了，大家也就习以为常了。只是"或许吃过想肉"之言，虽是传闻，也足以让他显得恶心，以至于当年很少有人愿意陪他吃饭。

更有甚者，还说刘遇迟在早年，曾与其养母萱龄也有染，是个"蒸母"乱伦的家伙，虽然只是养母。不过此事并未得到证实。刘遇迟也习惯性地矢口否认。

"简直就不能算人了吧。"我们也曾这样揶揄他。他完全无所谓。最典型的证据，便是他总爱不厌其烦地跟我们谈第欧根尼的事："据记载，他的确反对过用火，反对以火为烹饪的文明。第欧根尼曾经向狮子、狗、鱼、鸟甚至老鼠学习吃带血腥的生肉,而且并不满足于此呢。他认为异族人或东方与非洲的生番吃人肉,也不算多么奇怪的事。他从来就知道他要做什么。他试图建立自己的兽性,就像蒙古鞑子士兵当年靠吃俘虏的人肉攻打花剌子模王朝一样。第欧根尼会同时吃生肉、人肉与素食,对他而言都是斋戒。他经常躺在古希腊的郊外露宿野餐,吃刚杀死的野鸡肉,也吃无花果、喝泉水充饥。他也从不反对在公共场所进行自慰或与女人交媾,是第一个用完全相反的行为探索本能之究竟者。普鲁塔克的书中就曾经记录过第欧根尼的话:'我是为了你们所有人,才拿生命来冒险,并承担一切存在的危险的。'他临死前,曾让人在他死后不要举行葬礼,只随便扔进一个坑里,让秃鹫、野狗和蛆虫将他分解,送还给大自然。而最奇特的则是他的死法:据说他是靠屏住呼吸,自己憋气窒息而死的。另一种说法认为,他是因为和一条狗争抢一块生章鱼肉,结果被发疯的狗咬死了。无论如何,这种举世罕见的大无畏、完全与生物本能相反的思想和行为,已经完全不是'犬儒主义'这个浅薄的词能概括得了的了。在我眼里,第欧根尼是这世间第一等的也是第一个完全超脱于一切制度、文明或社会意义的英雄。事实上,第欧根尼自己也说过:'我这一生的志向,就是要完全去做和所有人都相反的事。'这样的人,不仅中国古代没有,任何别的国家也没有。再说,吃过人肉就不算人了吗?那究竟什么才算人呢?世间从来就没有什么'纯粹的人'。除非你说的是生物学或性别。只有肉体的人是纯粹的。其他的人,包括孩子,都有帽子能给你戴上。什么好人、敌人、皇帝、和尚、娼妓、杀人凶手、变态色情狂、精神病患者或不孝之子等,若拿掉这些形容词,你究竟是谁?最起码,你得有一个种族。譬如,你是个汉人,不是什么'人'。你如何证明你是你这个人?身份证上没有欲望、饥饿与本能，更没有你的野心，没有你的灵魂。好在我说过了，我并不完全，或根本就不是你们汉人。我这人一辈子只有两个愿望：一、能再也不当你们汉人了；二、不管活多老都能与女人上床，因我在人间最热爱的东西就是肉体。哪怕是残花败柳，已经腐烂的老妪的肉体。当然，因为有'古赤公'的笼罩护佑，摄心机器也随时在我手中，加上我也有洁癖，故我从不嫖娼_{这一点与他自诩在印度经历的那段雏妓史陷入自相矛盾}。"

当听到他说"不完全是汉人"时，我倒能体会其心境。因我们都知道"尉迟"本是北魏时期鲜卑人的复姓，源于东伊朗的"西方尉迟氏"，词意为"征服者"。在中国，尉迟的后嗣皆算胡汉混血。如《宣和画谱》就记载有"吐罗火国胡人尉迟乙僧"。后隋唐出了个尉迟敬德，却并非征服者，而恰是个投降派。三鞭换两锏，后来他与秦叔宝都被画成了门神，贴到每个中国人家的门上，化为避邪的图腾。尽管最初大家并不知道刘遇迟本来姓什么，但这个虽已谢顶，却有着虬髯客一般卷毛鬈发、眉毛与络腮胡须、身材魁梧并总让人觉得满头大汗淋漓的家伙，被发现过去姓尉迟时，当年在学院里便也有个绰号叫"门神"。刘究竟是不是流氓，到底做了多少见不得人的事，在他失踪之前，始终都是个谜。作为猿鹤山房焚书会之门人，瀠楼余孽，顽劣之徒多有，世俗道德从来被忽略。尤其像我、元森与张灶等曾对他的博学五体投地之人。至于隐蔽多年，乃至为虎作伥的大师兄吴毛孔等，更是不在话下。我们这一代，本身自认是西学东渐下成长的，虽也读些旧经古籍，但并不在乎书中的约束或禁忌。我们可以把整个文明的经书与纬书，四部乃至疑古派的学术，全都会当作弗雷泽《金枝》那样的书来看，即任何文明的禁忌、伦理与道德，都仅仅是一种不同的风俗或怪癖而已。

只是我们没想到刘遇迟会对自己身边的亲友也如此肆无忌惮。

"就算他真是个十恶不赦,甚至蒸淫过养母的花犯又怎样?"如我们的师兄吴毛孔就曾对我说过,"我关心的是他的'古赤公',以及怎样才能利用他的摄心机器。何必搞什么道德批判?思想与道德没有必然联系。否则,古时文人买雏妓、打老婆、当奴才,或沉湎青楼,或鱼肉乡里,道德上站不住脚的也太多。"

"我只是想知道,'古赤公'是否真的存在。至于刘遇迟个人是不是个诈骗犯,跟我关系也不大。"肥胖的张灶也对我说。

当年猿鹤山房焚书会、无限公司与满是复眼空奁的瀿楼铁塔之间,是用一座巨蟒脊椎般的铁桥焊接在一起,其中卯榫密如铁桶。而组织与房屋就是一个地下公社。刘遇迟为了验证他的"古赤公",把一大群人封闭在自己设计的建筑里,谁知道他是不是在躲避什么呢?这些人里,只有性格腼腆的元森,始终在刘遇迟设计的悖论里徘徊,郁郁寡欢。好在元森也是个与我一样满腹狐疑的人。

如对刘遇迟那只断手,元森就说过:"我看那只假手,搞不好也是刘遇迟对其独权野心的象征性零件,或是什么一叶障目的搞法吧。他不是想剽窃二祖^{即禅宗二祖神光}断臂立雪之事,就是想学武松或王佐那些古代小说人物。反正那都是他的梦,未必是真的。"

"何以见得呢?"我问。

"我没有证据。不过,我记得过去在唐人李冗《独异志》里读到过一则事,书里说'隋文帝未贵时,常舟行江中。夜泊中,梦无左手。及觉,甚恶之。及登岸,诣一草庵。中有一老僧,道极高。具以梦告之。僧起贺曰:无左手者,独拳也。当为天子'。瞧,独拳不就是独权嘛。你说,这故事是不是有点老套,像是对刘老师断臂的隐喻?"元森说完,带着一点恶意的嘲讽,又像开玩笑似的自己尴尬地笑了笑。

我却不知如何回应。反正这些话也只能我们私下里说一说。

因焚书会中任何成员,谁也不曾敢去摸过刘老师的左手。左手太敏感了。有时,连问一问他关于那只手的事,或提到二祖之类的人,他都会立刻怒火中烧,觉得你是在故意指桑骂槐地嘲讽他。然后他便报以一顿严厉的训斥,以最歹毒的脏话和恶语伤人。他会额头青筋暴起,用机械手指抓起一只茶杯、砚台或烟缸迎面投去,把人砸得头破血流。若碰到他脾气最恶劣时,刘遇迟甚至会当场朝询问者扑过来,用冰冷的机械手指一把掐住对方的喉咙,顶到墙上,满嘴脏话恶狠狠厉声骂道:"妈卖×,狗日的烂脓,找不到堂客的小屁眼虫,蛆一样的货色。你再敢乱说乱问,老子就把你龟儿像捏虱子一样捏死。"

海 底

在刘遇迟来种蒲草、修建潊楼之前，整个狻猊庙后山坝子，除植物园外，其他山崖都是连绵的一座座荒山。山里基本没有任何动物，只有蝙蝠、蜻蜓与雨燕会从江边飞来，黑压压地遮蔽山林。为了对得起猿鹤山房这个名字，刘遇迟曾花重金，从峨眉山里购进了数十只野生猴子、野兔与丹顶鹤等，放养在山林与潊楼里。峨眉猴繁殖也快，几年之内，就变成了数百只。它们会经常冷不丁地钻进潊楼各层的会馆、宿舍、夹层、走廊、露台、地库与办公室里，撕毁图书，碰倒东西，偷吃厨房里的饭菜，抢走会员的提包或手机。谁若不从，它们便龇牙咧嘴地发怒，撕咬攻击，并发出令人毛骨悚然的巴猿狂啸。它们甚至偶尔还会钻入后山那道专门吹气的"大尊孔"里，在里面撒尿。尿臊味再被吹出来，搞得满山满楼四处都是腥臭。不过刘遇迟从不责怪他的峨眉猴。他每日投喂动物与峨眉猴的粮食、水果与肉，乃至雇人打扫漫山遍野的粪便与垃圾，也是其文化无限公司一笔巨大的开销。这些资金当然只能会被分担给加入焚书会的拥趸与门徒。刘为何要买那么多峨眉猴子，遍布山中？元森分析，或盖因他视其门徒为"马仔"，视其姘头则为"赤兔"，而在中国传统里，曾有猴子的月经血水能避马瘟病的说法。如明人李时珍《本草纲目·猕猴》有云："养马者厩中畜之，能辟马病。"据说是因《马经》言：马厩畜母猴，辟马瘟疫。逐月有天癸流草上，马食之，永无疾病矣。"故《西游记》里以"心猿意马"统摄玄奘西行，而妖猴孙悟空亦曾做官，即弼马温（避马瘟）。虽然猿鹤山房焚书会的门徒与姘头们并非真马，但刘遇迟试图以养猴来避邪却是真心。

在濛楼里，只有一个地方没有峨眉猴子，就是定间。

因定间里光差昏暗，据说摆放着刘遇迟平日里常用的各种古怪教具（他自己则称这些为"定间玩具"），故严禁动物入内。定间里充满了他阐述思想秘密的玩偶，如黑色提线女傀儡、粉色兔子标本、松鹤标本、一匹奔马的解剖图、用铁丝与乒乓球编织的"真夜"宇宙行星旋转模型、峨眉猴的中脑、海底、裂缝钟表、南川蟒皮大手鼓、朱厌《山海经》中的一种"其状如猿、赤首白足"，见之就会爆发战争的怪物的獠牙、魏晋竹质排箫、巴南斗笠所制须弥山、泡在玻璃瓶与福尔马林中的婴儿胚胎、蜀锦缝制的七寸旱魃、梦魇时刻表、印度日食计算器、琉球男根、敦煌人头、阎罗变、机械八仙运行仪、阿拉伯手工锡器焚书专用炉、太空黑板、末日空袭警报器、支离疏金属骨骼架、江总白猿唾沫标本、波斯秃鹫羽翼、万有引力情绪反对仪、陀思妥耶夫斯基地下室模型、玛雅纸牌、人体原子塔、某猪脸人的X光片、一枚曾镶嵌在少女子宫中的罗盘、醒道天文图、一听密封的空罐头、一位老挝阴阳人的生殖器标本等。

最奇怪的是，这些乱七八糟的教具模型，这些荒谬的玩具，竟然都是我们听刘遇迟嘴里说的。他并没实物。他在濛楼夹层的阶梯教室，或在定间里走来走去讲课时，会从蟒袍里伸出一只假手来，在空中指着空荡荡的一个个角落，一个个虚设的位置，然后对我们详细描述那些教具及其原理。可阶梯教室或定间里通常都四壁如洗，除了墙上有一片月光，一幅草书，并无别的东西。那里只是一座说空话的祖庭。

我们从未见过那些教具，就像我们从没见过摄心机器。

但我们每个人，那时又都对这些教具坚信不疑。

我记得我唯一真正看见过的东西，大概要算所谓的"海底"。因那是安放在他定间客厅中央的一座洋瓷浴缸，大小仅三平方米。他每天都会用刷子与洗涤剂，认真地将浴缸擦洗得很锃亮，就像我们那些扫山课_{详见下卷}一样。刘遇迟将浴缸称之为他常与"古赤公"相见的"海底"。他还经常让我给他打着黑伞，自己裸身泡在浴缸里睡觉、读书或焚书，并如鱼得水地讲述他对水的定见。

他说："在我的定间里，最伟大的玩具或教具，并不是那些玲珑古怪的异物与机械，而是这水。欲见'古赤公'，必先理解水。这种水并不是如道教那些'水崇拜'。我不需要你们崇拜我。我们的焚书会也不是山头，不是小说，更不是水浒_{这话显然与他过去有些话自相矛盾，因我还清晰地记得，刘遇迟说过，中国很多传奇与志怪都是靠写水才成立的，如山海经、水经注、岳渎经、钓渭、怀沙、渔父、逍遥游、濠梁之辨、子在川上曰、乘桴浮于海、水怪无支祁、乌江自刎、佛图澄洗肠、兵半渡而击之、鹅湖之会、响水喋声、曲水流觞、马跃檀溪、赤壁、水淹七军、水泊梁山、东海龙宫、蓬莱三岛、流沙河、通天河与沁芳闸等}。那些都是外在的水。我说的理解，是对水的完全进入，对水的完全集中，以及在水中的完全自我否定。"

的确，刘遇迟非常喜欢谈"进入水中"的事。他每次一提到水时，就异常亢奋。这是否来自他对龙性、巨蟒、海洋文明、上古一切生物与人类都来自史前水中的认知，或克尔凯郭尔所言"我每天最幸福的时候，就是在沐浴时进入水中的那一瞬间"等概念？焚书会的同窗们都不清楚。反正他躺在浴缸里，每日翻江倒海地洗澡，有时就在那三平方米水里游泳，就像一头丑陋的恶蛟。他还对我强调过："你也应该多洗澡，体会水中的'真夜'，免得以后会死无葬身之地。进入水中，就是进入一切爱与黑暗。譬如性交时，男根就必须先进入女阴的水中。女子月经就是红海。谁劈开红海，谁就能走出埃及。在妊娠中，胎儿成形，首先也是要进入到子宫的羊水中，然后才能生长。水是我们必须理解的第一元素，而不是火。水无论是在物理上还是心理上，都会产生所谓的'倒影'。哪怕是浑水。不，你别误会，我说的可不是镜像。譬如我这一身潮湿的肉体，本来是由一系列的管道、液体与窟窿构成。藏血与津液者为脏，通气与运食者为腑。但五脏六腑，都是过程而已。重要的是窟窿。窟窿大者如首尾之九窍，小者至浑身之毛孔。而所有一切窟窿——都必须让风（气）从中吹过。我的生命就在一系列窟窿中流逝。除了气，最重要的就是水。《楞严经》有云：'因诸爱受染，发起妄思，情积不能休，生爱水。是故众生心忆珍羞，口中水出；心忆前人，或怜或恨，目中泪盈；贪求财宝，心发爱涎，举体光润；心着行淫，男女二根，自然流液。'此'有水之论'，也算是一种包括口水、汗水、泪水、淫水之有情说。至于珍羞、前人、财宝与男女之事等，便像是自来水龙头了。然后就是火（我们的情绪）与土（我们的骨肉）的局限。我们每天都会打开这些水龙头，冲洗或浇灌我们肉体的局限。我们每天都在四大的无限中消耗我们存在的局限，直到把这局限又还给无限。幸运的话，或能留下几句话、二三事、一些字。然而这又能有什么用呢？一切都将过去，流水落花春去也，只剩下倒影。我说的是真的倒影。海底的倒影。灜楼的倒影。巴蜀也全靠有很多条河流，有水，才可以倒映整个宇宙与'真夜'。风吹倒影时，就像一位少女在吻我的皱纹。只有水，这伟大的少女能拯救我。浴缸之外，一切皆空。如果你不懂得尊重倒影，迟早就会被那些假惺惺的实物与真相所淹没。"

说着，他还会从浴缸里浑身披着水滴，忽然站起身来，将一只假手握成拳头，举到太阳穴边，就像宣誓一样。

我看了看浴缸水中他的倒影。他身体与蟒袍中被浸泡出来的泥污、体油与肥皂泡,全都混在一起,在我雨伞的阴影之下混沌一片,犹如宇宙。他拔开海底的塞子,让浴缸里的水迅速在漩涡中流失,那由倒影与污垢形成的网状液态全息图像,也瞬间从洞里消失了。

"可惜,瀠楼坝子并不是你的海底,除了蒲草与石头,还有一帮跟着你鬼混的光头,哪里来的什么倒影?"我讽刺道。

"你龟儿就是头笨猪,撒火药_{巴蜀俚语,指很差},"他冷笑着对我说,"你也知道,海底过去也指会阴,指袍哥的黑话,不过都是'古赤公'跟我们开的一个个玩笑而已。浴缸是我的玩具,瀠楼是我的玩具,狻猊庙内的一切博物、图书与倒影,也都是我的玩具。只有我对那些赤兔的爱,洞主们的痛苦,还有我亲密的伙伴们两腿中间的神圣与荒谬,才是我的马里亚纳海沟。那可不是玩具。那是救赎。我也是在教你以后能自救。因水也不是玩具。除了伟大的水,不朽的水,这个火一般——不,这个正在被人群之火焚毁的世界,根本就没有什么非虚构,而是必须被虚构。这也是我为什么要焚书的原因,懂了吗?"

可惜,我那时完全不懂他说这些浑话,更不懂他是想在未来救我一命。

火 箭

在焚书会，刘遇迟上课时与别人不同，他从不坐椅子上，而是自带一枚蒲团，在灆楼的阶梯教室或狻猊庙后山的大坝子上，与漫山乱跑的峨眉猴子们一起，席地而坐。那蒲团被坐得漆黑发亮，隐约散发着一股令人作呕的油腻气味。

即便灆楼毁灭，刘后来从猿鹤山房定间与倒影的墙壁中隐身失踪后，他也没带走任何一本藏书，也没有带走他的蟒皮鼓，或哪怕一星焚书后的灰烬。他仅仅是穿着蟒袍，带了一枚常坐的蒲团离开。这是他的恋物癖吗？不得而知。记得"旁逸十年"后，早已被我们集体忘记（刻意遮蔽）的恶棍刘遇迟，据说是忽然应当年那个什么中亚哲学家笔会之邀，前往黑山共和国的边界，寻找古代拓跋氏族西迁的最后文献，以及他尉迟氏祖先的踪迹，从此便一去不返的。临行前，他只跟我与元森道过别。我是亲眼目睹了他缩进墙中。不过之前，他就说过他是作为"唯一来自中国巴蜀的异端建筑学者"，随着几个宣传反战的巴尔干半岛小说家、没有护照的诗人、伪史分析学家、精神地图学家、食肉植物学博士、中国烹饪与黑暗料理研究者、占星术士、妖魔文化学者、民间外太空天体物理学家、投资商的秘书兼妓女、叙利亚流亡政府的几个幕僚，以及中亚哲学家笔会的成员们一起，搭乘了一架叙利亚石油商的小型客机出行的。当然，除了寻找拓跋氏的遗迹，他也是为了重返他当年曾栖居过的黑山共和国，或暗中仍对罗铁的行踪抱有希望，才答应了这次旅行的。但客机在土耳其边境上空盘旋时，却意外地被不明身份的武装分子袭击了。飞机冒着烟又飞了一段，最后坠进了幼发拉底河流域北部的一座无名淡水湖里。

数日后，湖面上找到了一些漂浮的尸首，断臂残肢，但并未找到刘遇迟的遗体。

有个在黑山波德戈里察见过刘遇迟的目击者说，那个卷毛秃顶的油腻中国教授，起初并未上机，而是独自越境去了车臣、埃及或叙利亚南部的大马士革，在那里乘坐了一架他们自己购买的小型火箭（也有说刘遇迟自己也参与过制作火箭，或为投资制造商之一），去太空验证他的"真夜"去了。

这些当然很荒谬，不过或许"正因为荒谬，所以我相信德尔图良语"。

刘遇迟为什么要去车臣、埃及或大马士革乘坐火箭？也不得而知。他的无故失踪，就像缩入墙体的幻象，最终被确立为两个可能：一是涉足了某哲学禁区，发表不当言论被扣，抑或是已被西域漫游时期的仇家所暗杀。这就像当年他父亲死于袍哥仇家之手一样，没有任何线索可查。当然也有别的意外假设，如"旁逸十年"初冬，就曾传出极端分子用Twitter账户发布的，在叙利亚的海滩边斩首数十名人质的视频：每个人都被黑头罩蒙着脑袋，跪在地上等待砍头。刽子手在身后冷静地拿着砍刀，脸色庄严，似乎在验证着一句名言："异教文化都是问心无愧的。"那些跪着的人中会有刘遇迟吗？到了冬天，新闻里有些极端分子又在巴黎音乐厅、地铁与街头咖啡厅枪杀了一百多个无辜平民，其中是否有这位猿鹤山房焚书会的大宗师呢？论教授的相貌，本来就像个黑发棕色人种。加上他总是说一口词汇晦涩,貌似学问深奥,但发音异常蹩脚的英文。他还可能用的是伪造护照,身份可疑,难免会被当作袭击对象。还有一种可能,即教授当年曾因那件可让他名声扫地的飞机猥亵案而在西域闻名,故越境后,自己黑掉了身份,用的不知道什么名字,故无法查找。

焚书会流传得最多的一种谣言是:教授乘坐的火箭,燃料用尽,在返回舱最后落回大地时,偏离了大气层入口与预定轨道,意外落到了波斯边境的荒漠上。那天,他带着降落伞头破血流地从返回舱里爬出来,像一块被烧焦的煤球。即便如此,他也没忘记带着他常坐的蒲团。他走走停停,累了就坐在蒲团上打瞌睡。他企图靠着自己久经磨炼的强大体能,徒步走出那荒漠,却最终在一片散发着恶臭的水塘边埋头喝水时,被三四只饥饿的阿富汗猛虎撕成了碎片。

唉,恶的火焰翻滚,姹紫嫣红的天象宛如一只被杀死的鹤。

不止一次,我独自抱着那柄已经无雨可遮挡、无人可庇护的破旧黑伞,躺在床上辗转反侧,并在梦中见到一个异象:刘教授的火箭就是猿鹤山房里那只巨大的鹤,忽然凌空被炸得粉碎。他血腥的五脏六腑、残肢、头、阴茎、眼球和风筝线一样长的肠子,随着焚烧的图书与黑灰,漫天而下,穿过了大气层,在臭氧中燃烧。我想去抓一截肠子,但肠子从当中断成无数截,又如淋浴一样将天穹染红。我大叫一声醒来,冷汗淋漓,恨别鸟惊心。我下意识地再次把黑伞打开,想用来遮蔽自己在床上的惊恐。

即便多年后,这下流的老头仍传言在勾引门徒之妻或街头泼妇,可每当想起这个满脑子的古怪念头的家伙时,我依然会不自禁地惋惜。同时,我也会想起他的话:"丁渡,别看你整天帮我打伞,但我们也不会永远如此。我不会永远带着你,你也不会永远跟着我。朋友虽然可贵,但谁都只能是陪你走一段路的人。谁也不能到死都一直陪着你。不要害怕绝交、嫉妒、欺骗与背叛。导师也就是个借口。朋友永远都会有,层出不穷,从童年的伙伴、青年时代的生死兄弟到最后在养老院里跟你下棋的伙计。人生就是一眨眼,世界就是个玩笑。缘尽则散。庄南华谓'一而不党,命曰天放'。人生本无意义。意义需要我们重新发明。也没有一个什么人,真正值得你留恋。也许除了某个最骚的女人?唉,但那也可以放下。更何况我们是属于焚书会中的人。我们早已超越了一切普通人。还记得 Georg Trakl 诗中所言吗:'一窝猩红的蛇,懒散地盘踞在被掘开的窠臼中。'妈卖×,这不就是在说老子们吗?这世界就是窠臼。前朝梦忆,还能有什么事会让我们终生为之眷恋?性交还是野心?藏书还是存款?根本没有。除非是初恋。呀,初恋的确是一种会变异的病菌,始终潜伏在我们体内,一有风吹草动,她便会出来作祟。但即便是青涩、强大而残忍的初恋、血的初恋,哪怕单相思,当她掏空了我们的肺腑,将我们撕咬得前后判若两人时,也最终会被人到中年的我们用旺盛的色欲将其击败。所以,丁渡,你龟儿子有幸给老子当打伞人,别总这么愁眉苦脸的好不好?真烦人。我最厌恶你们这些徒子徒孙,自己没有创造力,读了点别人的破书,烧了点文字,就一脸国恨家仇似的,真好不晦气。你必须忘记你那狭隘愚蠢的思维,忘记你神经中的那些感情洁癖,学会享受这世界的缺陷,学会认识'真夜'。像打开雨伞一样,打开你最敏感的色情味蕾,品味每个友人、敌人或恋人带给你的恶毒与伪善。因岁月就是用来惋惜的。当你忽然假惺惺地为岁月无情和人性嬗变而痛哭时,不如请收起你那几滴卑贱可怜的眼泪,收起你那一套令人作呕的青春无悔和幼稚,收起你这把破雨伞,用我们的摄心机器去创造一场与生俱来的'伟大的惋惜'吧。"

"你说得容易,饱汉不知饿汉饥。我们又没见过什么'古赤公',甚至连摄心机器都还搞不清楚究竟是个什么玩意呢,怎么创造?"我举着伞问。

"只要你们能做到足够的无耻,就能理解摄心机器,甚至创造摄心机器。"他说。

"说实在的,理解摄心机器有什么方便法门吗?"

"去原野上看看狮子毒蛇是怎么性交的,那就是方便法门。"

刘遇迟每当说这种话时,总是会伴随着发出一阵阵歹毒的狂笑。

不止一个人跟我说过,所谓的"刘遇迟教授"其实真是个丫头片子养的,是色胆包天的畜生。无论走到哪儿,他都爱斜着眼睛看女人,闪电一般地上下打量人家的乳、臀、颈、腰与手,仿佛是在目测某种不知羞耻的数据。然后,他会迅速扭开头,去嗅闻风儿从她们那边吹来的腥味,就像隐身在黑暗深处的一头恬不知耻的野猫。他最过分的时候,甚至连附近街坊或路边买菜那些奇丑无比、肥硕臃肿的中年家庭妇女也不放过。他会叼着烟,用一些裹挟着脏话的市井语言去和她们搭讪,然后拐骗到家中行淫。这与他的教授身份实在不相符。他甚至能花半个月工资,去请某个从来就被认为是丑陋的漂母吃饭,而换来的,不过就是能与她在深夜的人民公园里约会一两次,偷偷摸摸地隔着衣服胡搞一通。而且他还会为自己找到某种学术理由。他说契诃夫就曾讲过,"俄罗斯作家住的是排水管,吃的是土鳖,和洗衣妇睡觉"见《季米特里·肖斯塔科维奇回忆录》。他还常常这样对打伞的我诠释自己的癖好,说:"丁渡,你还记得《论语·公冶长》中子贡的话吗,'夫子之言性与天道,不可得而闻也。'《古尊宿语录》中赵州从谂曰:'且随色走。'但一切真的是无法表达的吗?色情是觉醒,是一种最感人肺腑的理性。当然,咱谁也不是'打老婆的班头,降妇人的领袖'《金瓶梅》语。另如关汉卿《不伏老》散套:普天下郎君领袖,盖世间浪子班头。我非常尊重女性。"然后,他又扭头假装谦虚地对元森说:"我从来就反对暴力。不过,色情属于人性。你看过什么牲口很色情吗?牲口从来不知道什么色情。它们始终都只是在浑浑噩噩中繁殖。人在激情过度时,譬如你太爱某个女人时,也是昏昏然的,像个畜生,没有色情。只有当滚烫的激情和盲目的冲动,在经过一定时间的沉淀之后,准确地说,起码是在第二次同床共枕以后,你仍对那个女人产生兴趣时,色情的灵感与理性的奥秘,才会初露端倪。然后,随着激情的逐级递减,对着新鲜感的冷却与对恋人的熟悉,麻木感油然而生。这时,色情与理性便登场了。性变成了哲学。它们是一枚硬币的两面。你别以为我是在说什么色空,觉有情,或者原始印度教性力派 Śāktam 的什么观点。他们那些五 M 仪式和坦陀罗双修、黑巫术等互相勾结,戒酒戒肉,又轮座杂交,全都是些伪观念,我才受不了呢。我说的只是我个人的认识。我是一个非常尊重恋人的人,无论其美丑。我也是一个传统意义上的野人。就像我喜欢焚书,但我还会一直在潜心研究姚灵犀的书。我一贯反对我自己,但又认同这种反对。"

可据元森说,他从未见过刘写过关于姚灵犀的论文,连一篇随笔都没见过。

难道他真的是只读不写吗?事实远非如此。据后来揭发过他的薛雯婕讲,刘遇迟一直在家里秘密写作。虽然他的手稿秘不示人,但不少人都听教授说过,他认为汉语当代文学土得掉渣,尤其是小说。眼下的作家们只会写鸡毛蒜皮的琐事、尔虞我诈的脏事以及血腥暴力之事,充其量只能算是"一场文学的农民起义"。他始终想完成一部真现代小说。但什么是现代性?他又语焉不详。在乌托邦的尽头,在原始森林般浩瀚的古籍笼罩下,在古籍与白话文留下的烂摊子上,刘遇迟很难将现代性标准化。除了玩弄女性,还不时地说些露骨的下流脏话与敷衍了事地完成学院规定的课程外,从前朝末期到"旁逸零年",这位刘教授大部分时间都泡在路边茶馆或图书馆里,做着有关猰㺄庙、○课详见下卷、"古赤公"与摄心机器等的奇怪笔记,而非写小说。然而,那些笔记后来也都不知去向。

某年,即被假设的"旁逸时刻"发生之前,我跟着这位"门神",打着雨伞,还看他曾在阶梯教室对学生们坦言道:"万有物理并非我的万古。前者是实心的,而早已进入一种新式的渗透王朝 Dynasties of Infiltration。你们知道,渗透王朝这个词,是德裔美国犹太汉学家魏复古(K. A. Wittfogel)发明的,其意义即指一个民族在历史上被异族人所征服的情况。譬如中国就大约分两种。一种为胡汉杂居的渗透王朝如五胡十六国、北魏或隋唐五代,另一种则是汉人彻底亡国的征服王朝如元、辽、金、清。后者类似顾亭林所谓'亡天下',姑且不论。前者因是靠逐步迁徙与通婚获得汉地政权,故就像是一种血统转型期。这其实也不算魏复古的发明。章炳麟先生作《訄书》时,也专门将异族皇帝写作'客帝'。客帝下的文明与渗透王朝意思差不多。但你们不要相信这些。在这种转型期中,各种文明矛盾既尖锐,又融合,互相交织,所以往往会激发更多的开明思想、异端宗教或自由精神的传播与出现。如果说得更远一些,就连先秦诸子,在某种意义上也具有渗透王朝的性质。因那时的夷狄、山戎或猃狁等,后来也都成了广义的中国人。照此逻辑,无论哪个世纪,被野蛮民族混淆,或西学东渐思潮席卷后的中国,都像是更全面的一场渗透王朝了。这种漫长的转型与古代那些王朝的情况,看似不同,却有神通。大时代下的汉语,也面临这样的'胡汉渗透'。汉语转型,语言流变,每过三十年就会有一次大的迁徙。不信,你们现在恐怕连上一代人的时代俚语与街头黑话都听不懂了,因生活中没人说了。更何况我说的'古赤公'和'真夜'。难道不是吗?或许转型期就是现代性?我不敢过早下结论。旧时章回体小说在成型之前,大多有一个话本时期。如那些夹杂着说唱、诗、词、曲、评、注疏和眉批的小说。它们在成型之前,往往都来自某些杂剧、评书、段子或散句。有时我在想,为何我们现在就不能继续这么写一部书呢?谁能说这就不具有现代性呢?同样道理,我们在设计建筑时,也可以利用看似矛盾的各种材料、蜂窝、全封闭露台、窟窿、风水、不规则形、反结构力学、超越居住习惯的房间等,让无数的曲径、花草、瀑布、桥与池塘随便围绕,然后在空中则'修一座有墙的浮廊'。人是可以住在空中的。虚无就是栖居。我说的不仅是一种观念,我说的就是我们的真正空间。因我们伟大的瀠楼就是这样一种空间。"

"可是,现代性并不是单指的结构呀。"我在他身后,曾跟着大家当众反对道。

"当然不只是结构。"教授听我在身后的话,犹如朋友间的耳语,毫不在意,他胸有成竹地继续说,"现代性的根本,还是在我们有没有胆量敢于提出自己的观念,尤其是反常识的观念。"

"您这是外行站着说话不腰疼。什么叫反常识的观念?若真违反建筑结构,瀠楼不就塌了吗?"元森立刻质疑道。

"你们真的认为瀠楼会塌吗?房子就像家庭,一夫一妻,你们以为是传统常识,但其实这不过是近代外来的观念。旧时男子数千年来都是三妻四妾,只有娶不起老婆的,没有嫌老婆多的。有几房姨太太的家庭未必会崩溃。现在的反常识,就是古代的常识。问题在于古到什么时候。一夫一妻看似稳定的制度,现在离婚率却反而空前地高吧。传统贞洁观早已不是个问题。法无定法,常识也没有定律。"

"您这是在偷换概念。房子是物理结构,家庭是社会结构。你不过就是想多搞几个女人来满足你的私欲。"元森独自坐在最远处角落里,终于狠狠地冒出来一句。

"是吗?"教授笑道,"你们以后会懂的。其实天底下只有一种结构,就是男女生殖系统的结构。肉体和子宫就是房子,性交和繁殖就是家庭。现代概念上的公司,是房屋也是肉体。如有限公司 corporation 的英文字源为 corpus,就是身体。古代宫殿的回字形建筑,本质上也是在模仿这个系统。《说文》云'宫,室也'。《尔雅》云'宫谓之室,室谓之宫'。甲骨文时代,宫字即指人居住之山洞。后来皇帝的女人皆谓之宫嫔,男子去势则谓之宫刑。即便百家思想也来自这样的栖居。如太史公言'诸子皆出自宫中'。而人为什么需要居住?就是因人来自子宫。穷其一生,人都在渴求重返子宫,获得当初混沌的安全感。建筑分野大到皇宫、女墙、神坛、园林或金字塔,小到野人洞穴、写字楼或笼子一样的贫民窟,广到原野上动物们的鹰巢狼窝、蜂房蚁穴、蜗居鼠洞,骨子里都是想营造这样一个避风港,提供这种安全感。胎儿头朝下,蜷缩如卍字,似乎很紧张。但这就像我说的反常识。有时,颠倒与不稳定才是最大的安全。旧时一夫多妻,本也是一种'渗透王朝'。在夜晚,各种妻妾势力暗中勾心斗角,如各种游牧蛮族,从各个方向来争夺丈夫的性欲。她们甚至会暗地里互相交换爱情的武器,譬如服装、金银首饰或淫具。她们挑拨离间,拉帮结派,互相交流吃醋的兵法与阴谋。到了白天,她们还得以姐妹相称,周旋于厨房、庭院与床笫之间,锦衣玉食,琴茶花香,如'天下文明'。她们的目的,无非就是想渗透丈夫的'王朝',最好能篡得家庭的'政权'。旧时之人,称正妻为正房或大房,其余的妾则依次叫二房、三房或四房等。一个女人分住一间房,女人即房屋。女性的本质即栖居。在女人这座香艳肉身的房屋里,唯一永恒不变的常识只有繁殖与色情。繁殖属于物理结构,色情则是你们刚才说的社会结构。所以,旧时称性交为房事，或行房。你们了解了女人，经常性交，你们才能真正懂得建筑，也才能了解我们焚书会瀿楼与究竟顶的观念。而且，我还可以告诉你们，一个男人只和一两个女人性交过，这是完全不够的。女人种类纷繁，复杂多姿。有些女人肉体是皇宫，幽深奥秘。有些女人的肉体是阁楼，狭窄娇小。有些女人豁达如广场，有些女人奥秘如佛塔，有些女人是漫长的走廊，有些女人则是缥缈的露台。她们千变万化，不一而足。瀿楼就是很多的楼，一大堆密集的房间的集成而已，其中的复眼灵龛、管道、夹层与吹气的'大尊孔'也如此。一个好的建筑师，绝不能只会设计一种楼。"

"那你的女人是什么样子呢？"我在雨伞下故意讥讽般地问道。

"我的女人与众不同，她是一艘火箭。"刘遇迟转头说。

"火箭又是什么？"

"就是一座可以在'真夜'中飞行的房屋。她们滚烫、尖锐、色情。她是电、铁与火构成的一匹赤兔，一位野蛮的洞主。她们可以载着我在加速度中无限升起，也可能将在迷惘中失去轨道，坠落毁灭。她们是我在大黑暗中移动的精神家园。"

混账刘遇迟的这些不着四六的言论，当初几乎是对一般正统课堂的亵渎。怪不得他曾被学院以"因讲述不合时宜、不健康、不道德等内容"而罢课驱逐。对此，他亦从不解释，而是索性辞了职，去追寻他的火箭去了。他只有在蒙昧的焚书会里才能混得如鱼得水。

手　稿

　　观激流飞逝，念狷介之士泪如泉涌：若你也在这世间生活过，你肯定不会忘记那个启迪了别人，到处撒谎，又给别人带来灾难的巴蜀怪物或民间异人。他不仅迷恋于对居所、性交与历史的表达，也曾在人心凄惶的"旁逸零年"前后，在夜深人静之时，偷偷地写下一些不可告人的怪书、笔记、诗与杂文。他总是宣称自己"对女色的奥秘无比执着"，故即便很多年后，当他以伪造身份远走高飞时，都仍然对当年一部丢失的手稿耿耿于怀。

　　可谁知道呢，既然叫焚书会，也没准那些手稿就是他自己烧掉的。

　　他最擅于故意捏造谜团，制造反逻辑的悖论，目的就是为了让大家对他捉摸不透，然后又迷恋他缔造的狡诈语言与复杂的骗局。

　　他曾对我说过："丁渡，你这个只配打伞给老子的小鸡壳，你哪里晓得，我年轻时曾写过一篇重要论著，那是与《古今幽嫟考》截然不同的，是另一部研究异端文人姚灵犀先生精神史的手稿，书标题叫《芳髓：论恋足癖诗人姚灵犀生平与创作》。姚灵犀的小说大多涉及色情、缠足史、俚语与道德禁忌。现在关心姚的人已很少了。当年我那些花案发生时，虽殃及池鱼，但我从没想到,这部看似与西域禁毁文学史无关的手稿,也会遭到灭顶之灾。有些黑山人认为,我是在用古代色情文献来诋毁他们贞洁的宗教哲学环境。一个下雨天,老子刚回到巴尔干半岛的家中,被两个平时假装非常崇拜我的西域赤兔——她们那些又臭又长的洋文贱名就不说了——给举报了。然后我一气之下,为了销毁证据,就把我的私人藏书室一把火给烧了。当然,我也就随即被几个穿皮大衣的斯拉夫人给抓了。罪名是说我在家写异端文学。前来搜查我家的人,拿起我桌上的稿纸来翻了翻。见满纸是些似是而非的汉语怪词,诸如什么香艳、莲钩、牝屋、挨光《金瓶梅》俚语,指偷情、哈散兀该毛克喇明人汤显祖《牡丹亭》中之胡人语,指女阴、投肉壶、元曲"姐姐的黑窟笼"、止观、梦遗及"乳赋"之类,也搞不清楚究竟是些什么意思。那年头,西域谁搞得清楚学术研究和违禁行为的区别?何况对我这样的中国人。反正在他们看来,教书匠大多是些色鬼、文化败类。'带着你的这些毒害青年的稿子,跟我们走吧。'我记得那人一边深吸着香烟,一边让我自己拿着书稿,冷冷地说。但手稿从此便不翼而飞了。有说是不慎丢失,也有说是被他们没收了。或者就是被什么人偷拿去看了,再也不见踪影。那是十几万字的手稿呀。在整个审查期间,我都很焦虑、易怒。在斯拉夫人的聚光灯和误解的刺激下,我有点失控。有人说我当时已经发了疯。因我畏罪,便抓起手稿来撕得粉碎,还塞进自己嘴里咀嚼,咽进了肚子里。你觉得这可能吗?"

"一时间狗急跳墙,也不是不可能吧。"我嘲讽地答道。

"你懂个锤子。"刘遇迟苦笑道,"我可以随便烧别人的书,但绝不是那种动辄烧掉自己的心血,图个平安无事的孬种。不过,看我歇斯底里的样子,他们当时的确答应我的恳求,让我先回家休息两天,等候处理。可我这个人命硬,脾气也不好。让我不做什么,我就偏要多做一些来看。回家不久,或许是为了泄愤,我就又蓄意写了一篇更加晦涩的学术论文,标题叫《触史》。此论文内容,是详细论述和罗列东西方与中亚古籍文献中,有关人与人之间肉体模糊暧昧接触史、牵手、触碰、亲吻或肌肤亲昵史,以及肢体抚摸史的各类记载,包括医学病理与人体神经学上的总结与人的爱欲之关系等,分析触摸这种行为,在人类社会行为中的意义。当然,后来一烧私人藏书室,引发大火,我立刻再次被抓了起来。"

"纵火的确很容易引起误会,非常危险。"我又故作冷静,转了转手里的雨伞柄说。其实对于什么是"被抓起来",我毫无概念。又问:"他们打过你吗?"

"没有。打人只是西域最初级的折磨。"教授微笑着,一挥手,仿佛陷入了回忆。

"那你后来究竟被关了多少年?"

"五年零七个多月吧。"

"这在那时算是很轻的刑了吧?"

"是,很轻。"

"您的那些手稿呢?"

"无一幸免,都与我的蟒皮鼓一起丢了。"

"那真太遗憾了。"

"遗憾?嗯,我这样的人,就靠遗憾活着。我除了相信遗憾,别的都不信。可能青少年时代一结束,某种对生活的信赖感就已经基本结束了。这也是为什么有那么多凡夫俗子最终选择投靠一个什么事业、相信一个什么哲学的原因。其本质乃绝望。人若没点根基,便会六神无主。要不你让他们怎么办?我们很少看见少年或少女去投靠什么东西,即便史上那些天才名宿,三十岁前大多也都是清明的,因他们尚有天地间的元气在。一旦沉湎于某个精神体系,眷恋某件长久之事,人就废了。爱无能,便去觉有情；生无意，便去透彻死。所谓成熟之智力，只是各种暮气，失望与残酷阅历之总和。那些人为发明的任何思想，也不过就是想慰藉这种对虚无的恐惧。不过……还好。"

"什么，还好？"

"我是说，我还有'古赤公'。它始终都在我心里，在我头顶，在我身边。这是他们永远也拿不走、找不到，也杀不死的。而且你们都知道，我还会空翻、会斜刺、会倒挂，我会隐藏在自己的语言里。我会消失，并在消失中存在。"

刘遇迟和我说这些话的时间，大约是在秋冬之间。那时，他已刑满出狱——或从西域与拉丁美洲漫游归来——这两种时间始终被我们的记忆混淆，无法区分——很多年了。他潦倒无事。他先去某学院教书，可只待了几个月便又离职了。为避嫌，学院曾只允许他暂时在建筑系设一门选修课。我与他的相识也就在这一年里。可惜好景不长，他忽然又失踪了。我是通过无数人才打听到，他好像在西山原狻猊庙地基遗址上，秘密创办了一座猿鹤山房焚书会。焚书会说是以民间读书教书为名，实际上是靠鼓舌为生。据说，刘先是靠自己在巴蜀乡下时积累的栽花种草学识，托朋友到西郊狻猊庙边的植物园找到了一份奇怪的工作，即在植物园温室做值班园丁。他穿着邋遢睡衣，不修边幅地每日坐在叶卉繁杂、群蕾吐香的花园中，却自觉惬意。植物园温室面积不小，里面种满仙人掌、剑麻等各类热带植物与密集的花朵，附带着还有几间空屋子。我记得，他的桌子上时常放着的是一册封面发黄、早已被翻烂的清人陈淏子所编的《花镜》拍印本_{农业出版社，1962年}。但刘遇迟后来总喜欢夸张地炫耀说，他当年常读的是一套家传的线装《秘传花镜》，且是康熙二十七年的木刻本，筒子页，甚至卷首还有一两枚他父亲的藏书印与肖形闲章，朱墨灿然，品相绝佳，以显摆他的学识都是家学与童子功。尽管那只是同一本书。他还会吹嘘说:"我当年书架上还放着诸如宋人陈景沂《全芳备祖》的线装本或《中国植物图鉴》等,那个年代一般人难以见到的花卉植物类书。我对世间一切花朵的种类、分布、形状甚至药效与毒性等,皆倒背如流。花,就是我们这一代生活中最缺乏的东西。我说的不仅是自然科学意义上的花。那位博学的黄秋岳算什么,他不过是会写点诗与笔记而已。我才是一个真正的、哲学意义上的'花随人圣庵之主',因我在花朵中发现了万有引力,并曾将这种引力注入到摄心机器中。而且,我还烧掉了这些书。"

惭愧呀,我们都曾对他的这些卑鄙言论信以为真。

事实上,植物园或许就是"猿鹤山房焚书会"最初的发源地,也是他那个什么"摄心机器"的发明地。而且我们知道,刘遇迟之所以如此肆无忌惮地进行他一个人的孤狼式学术生涯,很大程度上是他自恃具有一种特殊本领,也就是被他的门徒们称为"一种此消彼长的反能量"或"次磁场"的某种傲慢。总而言之,即他说他自己也是一株植物——或者说是介乎于哺乳动物与药理矿物之间的某种固态思维生物——所以,他也有生死荣枯。他说他不仅是某一门秘密的心学传承人,他还提出了一套新哲学体系。偶尔,他干脆说他早已与他那个可以控制一切的"古赤公"融为一体,所向披靡。他是个有二百多岁的老人。他历朝历代以来曾骑着"古赤公"闯入过无数女子体内,帮助她们找到"真夜",并野蛮地改变过很多恶人与恋人的命运。只是我们这些拙劣的门徒还不能理解他这种野蛮。

伙 伴

在狻猊庙后山潆楼与焚书会蛰居的日子，我出于好奇与隔代之仇，也紧张地追随着刘遇迟，经常到植物园中去拜访这个冒牌的园丁学者和满嘴掉书袋的臭流氓。

每逢夏日，我的挚友或同窗们围坐在定间外的一棵枣树下，在小竹凳上、在凉椅上，或在长满苔藓的石案上打瞌睡。我会坚定地为刘遇迟撑着那把不可一世的黑伞，看他耐心地为我们大家摆上一些他烹制的卤猪尾巴、红油兔丁、麻辣田鸡、老腊肉、凉粉、糍粑或板鸭等食物，还有白酒。同窗们醒来后，便一起看着巴蜀山林落叶飞花，饮酒畅谈。我后来很多思想或怀疑之积累，盖亦从此伊始吧。自入焚书会之后，一直到"旁逸五年"秋，刘遇迟彻底失踪前，凡二十五年，这个狡猾的老骗子虽然历经艰辛，漂泊各地，仍有绯闻不断传出，却从无证据被坐实。他似乎再也没有公开出版一本书，没有发表过任何关于"古赤公"或摄心机器的文章。直到"旁逸六年"春，一篇叫《关于"幽澜辞典"手抄本残稿之考证》的文章，被东瀛某汉学刊物刊发出来时，大家才大致窥见到刘遇迟当年那些无耻的想法。

但残稿出现时，刘已出国，且再也没出现。若他还在世，也该是个耄耋老头了。

据后来研究刘遇迟"遗著"因教授生死不明，故所有残存在他家中和学院的手稿，都暂时被查封，并被学生们戏称为"遗著"的人说，他的确还曾经试图动笔，想直接用元曲、词话及古籍类书中常见的那种笔记体，来写过一些关于他与昔日恋人与秘密嗜好的事，主角都是"古赤公"。可那些事伤风败俗，语涉淫秽，要是拿出来，影响会极端恶劣。譬如他可以先从《仪礼·士昏礼》疏引汉人郑玄之所云之婚姻本质开始谈，即所谓"士娶妻之礼，以昏为期，因而名焉"。在《说文》与《尔雅》等训诂中，婚是指昏时，但也指妇人阴或妇人家；而姻则是指婿家，即女之所因也。所谓昏时，也就是晚上八九点钟。因这时候阳气往而阴气来，古人正是男女交媾最好的时间，故而形成了"婚礼"或婚姻。也就是说婚姻的本质最初只是源于对性交的时间设定。然后，他还在行文中高度赞美弗里德里希、摩尔根、涂尔干等人书中论述过的，那种原始公天下时期的爱情、家庭、乱伦禁忌或性关系，如普那路亚家族（Punaluan family），以及所谓的"亚血族群婚制"或"族外群婚"等现象，其赤裸裸的描绘更是让人不堪入目。因弗里德里希曾说Punaluan是夏威夷语，意为"亲密的伙伴"语见《家庭、私有制与国家的起源》。刘遇迟行文中，甚至把所有他描述过的女子，以及在现实生活中可能和他有染的女子，包括他老婆与门徒，甚至他的养母，只要能有幸窥见"古赤公"一面者，或与他有一夜之情的女子，便全都恬不知耻地一律称之为："我的赤兔，我的洞主，我亲密的伙伴。"

伙伴这个词本身没有意义，似乎很中性，介乎于善恶之间，可每次碰到有人问他，为什么也这么称呼他夫人时，难道老婆也能算"性伙伴"吗？他就会把弗里德里希先生抬出来说理。而且他也赞同涂尔干的观点，认为乱伦 inceste 是被禁止的所有不道德性行为中最严重的，所以一切后来的"道德"，也许都是从这个起点开始被设计出来的见《乱伦禁忌及其起源》。

"所以，道德其实来自假设。整个伦理社会都是一场平面设计，"刘遇迟说，"这有点像兰波诗里所云：'道德是脑髓的缺陷'_{语见《地狱一季》}。为何是缺陷？因那时的人尚未理解我说的中脑。对我们是'真夜'，对他们则是缺陷。"

据说，第一次被捕时，刘遇迟就曾指着手稿，有些发狂地喊道："你们搞错了吧？我怎么会写什么禁毁手抄本？我是个严肃的知识分子，这都是我的论文。我只是在研究家庭伦理与脑科学的关系。当年很多革命者都考虑过取消家庭的事。只是这一哲学对于中国人而言，有些太激进了，故而没有实施罢了。不信你们可以去查历史嘛。"

当然不会有人去查，也没人对他的疯话感兴趣。大家都认为他搞这些所谓学术研究的卑鄙目的，在于为消解婚姻的约束找借口，主要就是想发泄自己的罪恶的欲望或欺骗身边的良家女性。他因此被关了五年多，然后又被放出来。他进去时是因文字犯了忌，故出来时，他便说："我以后再也不写了，我直接去做。世间真正的哲学和思想都是'密宗'，顶多述而不作，走向行为和行动。我不希望我的思想变成'显学'。"

这就是他堕落的开始。

桃李无言，下自成蹊。话虽如此清澈，但真敢想又敢做的又有几人？

君不见，在我们少年时代最皮里阳秋的一年，也是"一个恋爱的零年"。一切最愚蠢的贱民和白痴也在发癔症似的问世间情为何物。仿佛空气中也飘浮着脂粉和肉味，在诱惑着巴蜀人久违的禁忌。记得那时，巴蜀腹地的街头巷尾与茶馆酒肆里，到处都有传闻：如有人因与友打赌，能否在大街上吻一个少女，他真的吻了，然后便被抓了。另一人则只因对过路的女子开玩笑，做了个拦截的姿势,也被当作抢劫犯逮捕了。有人因连续偷窥两次女厕所而被关押起来,还有人则因偷情未遂则被判刑。某女子因曾与十多个男子有染而处极刑,她临刑前说:"我是超前的,再过些年,大家就不会这么看了。"某男子则因在大街上看女子打架,互撕衣服,他见露出皮肉,便趁乱上去摸了一把,于是被抓。所有这些人当时都叫流氓。为何有这么多的流氓会突然冒出来,又突然不见了?那就是一个乱七八糟的喧嚣时代:到处是喇叭裤、摇摆舞、蛤蟆镜,还有一些在公园里读诗,来骗女青年恋爱的家伙。每一个人都是潜在的流氓,只有被抓住的与没被抓住的区别。以上传闻未证实,有待验证,仅供参考。

刘遇迟花案爆发,绯闻也说是被一位自杀的姘头举报的。

那姘头在死之前写信对警方说,刘经常以"博学"隐藏自己的好色之心,顶风作案,在家中撰写手抄本,还对一些女学生有猥亵行为。元森曾很肯定地说,是那姘头向警察交出了一部分从教授书房里偷出来的一些叫《幽澜辞典》手稿。这些手稿虽只有零星几页,但涉及内容之"荒淫无耻",足以令完全不知其所云的审查者立案。当然,刘遇迟被捕后的那些关于古代社会学的解释,都被当作"一个读书人败类"的疯话,一个秃顶老不正经的扯淡。反正谁也听不懂,故没人当真。或是因对失去自由恐惧,他也真的放弃了那些黑色的写作。监狱生涯让他暂时遭遇了一个孤愤般的幻灭。

再后来,照他老一套的说法:"最终还是靠'古赤公'救了我,只有它总能把我从绝望中带出来,让我的生活随着我的哲学而旋转。哲学就是另起炉灶。"

刘遇迟曾把当年一些自己放弃的写作计划、烧毁的手稿与拿不上台面的西域漫游生涯与下作往事,告诉过刚进入焚书会的我与心腹门徒元森。不知为何,在这位门神心里,对我们这两个徒弟尤其偏爱。这或许是因元森身上残留着他自己少年时的影子？也未可知。元森身上的确有种睥睨一切世俗的脾气。我则纯属是来混时间、伺机报仇的闲人，最初从未把"古赤公"当回事。更准确地讲，那些岁月里，我完全是出于对这个学林怪物，对这个被边缘化的前学院教授、街头恶棍与巴蜀野狐禅那些怪事的好奇，才打算进入焚书会的。父辈的仇恨是一个借口。雨伞则是我的护身符。

三　角

　　自从听过了败类导师刘遇迟那些骗人的课，虽然都是站在他身后，打着雨伞听来的，但我不否认，我的确也有些上瘾了。我只是尽量保持着半信半疑。后来，当真的在大街上看到了他所预言的"旁逸时刻"发生时，我才真正吓一跳。我第一次发现，大概他说的假话——譬如否定过去——也并不完全是假的。

　　"您过去究竟发生了什么事？"我也曾带着好奇心打探过。

　　"发生什么不重要，重要的是，人们完全是在误读我的激情，我的哲学。他们不相信'古赤公'的真实性。"刘遇迟声音略有些伤感地说，"如果我当初再谨慎一些，把很多纯属私人性的美学，譬如把那些诡秘的香艳事和我的摄心机器做得再滴水不漏一些，不去写那些论文，而是听从'古赤公'的建议，对一切发现只是述而不作，或许也就不会惹太多麻烦。当然，如果我绞尽脑汁，整天只琢磨那些事，我也就不会有时间来完成我的研究了。你们知道，多角恋爱是很冒险的事。在我们生活的世间，轻易对一个男子有女色之求的事进行道德审判的偏见，可以一直追溯到先秦，追溯到子见南子。而近现代之后，多角恋爱就像一夫多妻制，本属传统，却被看作一种好色的骗局。仿佛爱必须是单一的。爱在黑暗里。爱本身必须是个光棍，从一而终。我记得，明朝人曾把那种走街串巷的骗子叫'棍'，最下者叫恶棍。最初，管离乡背井之流民叫'氓'，所谓流氓，也就是四处流窜、无家可归的盲流。晚清战乱蜂起，各地都有不少恶棍和流氓出现。风马燕雀，其来源本是社会底层的游手好闲者。后来打土豪，痞子运动好得很，那些乡绅一流的读书人、民团军师、会道门分子、地方上的师爷或前朝的举人、秀才、留学归来的知识人与被批斗的地主等，也都成了失去家庭、失去土地的破落户，到处乱走。在世俗概念中，他们便与那个群体混淆起来了。监狱中一字不识的贫农、街头青皮、刑事犯、贼、色情狂、畸恋者、杀人凶手、小偷和地痞无赖等，与那些读过书却有过作奸犯科的分子、牛鬼蛇神，都可以被叫作恶棍，也都可以被统称为流氓。而在家庭与婚姻问题上，据说只有官僚士大夫、乡绅阶级和世袭土地占有者，最起码也是摇摆不定的富农，才有条件多娶几个妻妾，数千年的一夫多妻制，便也都成了'流氓行为'。好像只有舶来品的一夫一妻制才是道德的。"

"这么说也有点绝对了吧？"

"并不绝对。别说多妻，就是三角恋，如在另一个西方语境中，也是常态。"

"譬如呢？"

"譬如历史上在埃塞俄比亚与埃及边境，就存在一种秘密教团。据说他们是交叉传承了古希腊毕达哥拉斯教或欧几里得教的异端，俗名就叫'三角恋教派'。"

"还有这种事？"

"当然有。这个教团的起源大约是来自对三角几何的信仰，或者和'三'的数字崇拜有关系。这个教团本来是靠研究数学与几何为立身之本的，但在十六世纪后，却发展成为一个以三角恋为入教仪式的奇怪组织。其教团规定：入教者须与教众形成三角恋关系，或两男一女，或两女一男。若有龙阳之好者，则三男亦可。不过三女则是不允许的，或因女子身体在古希腊时被视为有缺陷之故。据说他们以三角恋为仪式，只是为了让教众更深刻地理解三角几何的不确定性。因几何意义上的角度、平行线和定理等，其实是有变化的，这的确有点像人的情感。搞不好正是这个论断，启迪了后来的'黎曼流形几何'，因为它打乱了人的思维定式，从而被认为很接近神性" 黎曼流形几何，即十九世纪德国数学家、物理学家与几何学家黎曼（Georg Friedrich Bernhard Riemann, 1826—1866）所研究的几何学，他把曲面本身看成一个独立的几何实体，而不仅仅是欧几里得空间。简单地说，即如我们在一口凹陷平滑的圆锅里画一个三角形，这三角形的三边任何点都不能离开锅底双曲面。这时，我们便会发现这三角形的边无论怎么画都不会是直线（即罗氏三角形），它的内角和永远都小于180度，反过来看则大于180度。当把双曲面一直舒展成绝对平面后，才会变成传统的欧氏三角形。其他的几何图形道理也一样。黎曼的研究扩展了几何的空间概念，对后来的拓扑学、广义相对论等都有很大影响。

　　顺便说一句，在我的记忆里，刘的确是一个极端迷恋"三"的人。因"三"画若作为一个符号，不仅是干卦，斜写时在甲骨文中则是"气"字。刘每日在濛楼四周的园林散步，也强调过是在学古人食气、采气之法，也包括研究养气、望气或气功等杂学。所以，在狻猊庙焚书会充当大宗师时，他便经常说自己"其实是三个人"。为此，他还会被门徒背地里叫作"刘三"。可他知道后并不生气，还会厚着脸皮借坡下驴地调侃道："所谓'九年面壁成空相，万里归来一病身'语见苏曼殊诗《东来与慈亲相会，忽感刘三、天梅去我万里》，刘三名虽恶俗，但能在定间中凌空当一次苏曼殊的挚友，也不算丢人吧。"

　　我不知道这算不算是一种雅努斯思维又名"雅努斯心态"，雅努斯（Janus）为古罗马神话中的门神，也是矛盾之神。双头雅努斯，一张脸看过去，一张脸看未来，象征世间万物的矛盾，故"雅努斯心态"指男性在追求女性时所特有的或贞洁、或淫荡之矛盾心理。总说自己"其实是三个人",这是鬼话吗?

再如,他曾将其在狻猊庙内的三个经常活动的主要个人密室,即瀿楼、定间与抵达真夜后的"倒影"地宫,简称之为他"爱情的狡兔三窟",而他自己就是那只具有摄心机器一般控制宇宙巨大能量,与奔跑在"旁逸时刻"裂缝中的"赤兔"。这种说法,大概一是为了掩人耳目,混淆视听,分散怀疑者的注意力,好像他做恶心事的密室就像狡兔三窟一般,有三个地方。实际上他只有一个地方,即都在那座伪造的新狻猊庙内。"三窟"的真实涵义,并非只读干窟,读作"气窟"_{甲骨文中"气"与"三"之字形近似},最关键的就是读作"三窟"。这也是他剽窃了诸如老庄之二生三、黄马骊牛三、鸡三足、基督教圣三位一体或梅列日科夫斯基在《但丁传》中对"三"的观念吧。它的另一个根本教义,当然便是来自当初欧几里得教与三角恋教派的异端思想。他阐述这些,无非就是为了能乱搞女人,找某种形而上的借口。因这些牵强附会、嫁接而来的伪学术和观念抄袭,本来就很难引起学术界的正人君子们真正关心,焚书会的门徒与普通信众则更难觉察到。

"可你说的那个教团,听起来的确很下流。"我明确反对道。

"'下流'这个词请慎用,这是道德判断,不是哲学判断,更不能成为判断力批判。"这个还曾自诩为"刘三"的人当场立刻反驳我道,"据古叙利亚文献显示,三角恋教派在埃及发源,曾在中世纪后试图向非洲全境发动影响。在该教教义中,无论是爱欲、移情、滥交、失恋或背叛,人与人之间的情感必须通过第三者来投递。凡直接在两人之间传递情感者,会被视为违反教规而遭到处罚。三角恋教派本遵循一夫二妻制,婚姻中的外遇被认为是一种修炼(Practice)。若夫妇两个人同时发生外遇,其中一方就须暂停其中的性行为,以保证三角关系中'三'的数量与结构。而被停止的人，则可与另外的人发生关系。当然那也必须要在三个人之间发生，以此类推。在连环恋爱者的关系中，三、六、九或十二，理论上是被允许的，但绝不允许出现在四人、七人或十一人等非三的倍数者之间发生。整个教团的人口繁衍，也都遵循这个逻辑。但是人性和爱欲不可能这么公式化。在教众之间，历代不断都有发生过几个人同时爱上一个人，或两个人同时爱上另外两个人之类的事。于是情感便与哲学产生了矛盾。"

"这算是自讨苦吃吧？"

"爱情中的人都是苦的。不过这不重要。这种数字之间的模糊性就像黎曼几何，也正是他们需要修行的东西。后因拿破仑攻打埃及，这个教派便被法国人摧毁了。据说时任拿破仑科学顾问的蒙日伯爵（Gaspard Monge，1746—1818）非常反感三角恋教派，说那是非洲野蛮土著的异端邪教，是经典物理学与几何学的敌人。蒙日在当时的欧洲数学界是一代宗师，创立过绘画几何法，在微积分方面也颇有造诣。蒙日曾任海军和殖民地大臣，参与创建法兰西科学院。在他的选拔下，拿破仑当年派遣了一支代表革命与科学的部队，其中包括法国乃至欧洲最优秀的数学家、民间建筑师、物理学家、矿业家、地理学家、天文学家、火药制造师、设计师、机械师、印刷工、雕塑家、化学家、画家、音乐家、诗人甚至热气球飞行员等，向东方传播欧洲文明，让埃及与阿拉伯人了解法国革命。但在蒙日等人眼中，唯独'三角恋'是属于阻碍革命与科学的力量。法军挺进埃及后，原始事物遭到灭顶之灾。三角恋教派因其有伤风化的反常识观念，遭到灭绝。据说其教徒被龙骑兵杀掉了十分之九，剩下的逃亡到埃塞俄比亚边境，三百年后消灭殆尽。"

"这段历史也许是你伪造的吧？"我怀疑地说。

"我从不伪造。我只拆散、抄袭与判断，然后重新组合。"刘遇迟倒是老实地承认并冷笑道，又说，"过去家庭中妻妾们虽明争暗斗，但又须靠互相之间的宽容方可立足。丈夫、正房夫人与无数小妾，其实与'三角恋教派'的结构也算异曲同工。没有了妻妾意识的单一绝对化情感家庭,就像一个失去了宽容与理性的社会,人与人非爱即恨,非此即彼,从此变得狭隘起来。现在很多人,都爱动辄谈论前朝。事实上,前朝之所以好,就是因为它那时也是个具有宽容性的'渗透王朝'吗?在我看来,如今哪怕你是女人,要是有本事,你也可以搞个'一妻多夫制'嘛,就像原始母系社会。"

"话是如此说,真要是过度地性解放,毕竟也不适合巴蜀人的含蓄。再说,还会引发性病、艾滋病或者瘟疫。"

"这纯属耸人听闻的无稽之谈。还记得这话吗,'在荒淫无耻的岁月里,不要深责自己的兄弟'_{肖洛霍夫语}。真正传播瘟疫的是毒品、昆虫叮咬、饮食过度、荒谬的姿势、机械无神论或不洁的卫生习惯等,而非性欲本身。数千年来东方人都三妻四妾,怎么没暴发大规模的性病?只有迷恋权力与物理,才是一种瘟疫。过去欧洲的知识分子,还曾将流行性病视为自由之象征,以身患梅毒为思想之荣耀。严格地讲,我是反对妻妾制的,因那本质上仍是男权中心。我不喜欢封闭的家庭。有权则无爱,有爱则无权。当然,有时恋人会迷恋对方的权力,满足其对自己心与肉身的统治。有时权力也会因爱而扭曲,变成禁欲。禁欲只是爱的一种阴性形式。性则是一种可以此消彼长的砝码。"

"或许如此吧。"我附和道,"不过,我尤其搞不懂的,就是为何有一种人被叫作'女流氓'。女人也会耍流氓吗?"

"嗯,你说的这个问题的确令人胆寒。"

"我听说当年还真的抓了很多女流氓。"为了显得自己也很了解历史,我拿起桌上的茶杯来,轻轻地吹。茶水泛起的皱褶,与他故作低沉的眉心锁在了一起。

门神看着我的矜持,也不便哂笑。他佯装没注意,只是继续说:"你一提到这个,倒是让我想起过去流亡时的一些事来。我年轻时,就曾认识一个地主婆,她现在大概都有七十多岁了吧,是个瞎子。当时她也被大家叫作'女流氓'。"

"是吗,那时就有这个称呼?"

"当然有。我漫游时,很多地方是非常野蛮的山林,一片荒山野地。那里的人,数千年前就只住在几个洞穴里,数千年后仍是那几个洞穴。所谓地主,其实就是多有几个洞穴的农民。可是不知为何,我去的那个村,始终保持着类似母系氏族公社的样子,即全村的人都尊地主婆为土皇帝。地主只能算她的参谋。地主婆同时和几个地主及村民保持着男女关系。在粮食与吃穿方面,大家也都像是在过一种原始乌托邦生活。我记得革命导师弗里德里希就曾说过:'母权制的颠覆,乃是女性所遭受的具有全世界历史意义的失败。'可在这村里不存在失败。大家对地主婆都非常尊敬。冰河时期,母系氏族公社一度普遍存在。这村子难道是一座母系历史的活化石吗?当时我为此感到兴奋。在人类学中,婚姻演变非常复杂,有乱伦群婚制、淫婚制(买卖奴隶之婚姻)、专一制婚姻、一夫一妻多妾(正妻只有一个,其余不能叫妻)或一妻多夫制婚姻、指腹为婚、走婚、抢婚、近亲结婚、童养媳、守活寡的烈女,以及后来发明的一夫一妻制的离婚或复婚,包括如今的独身主义者和同性恋婚姻等。孟子提到过舜之弟象强令'二嫂使治朕栖',就是典型的普那路亚群婚制,是兄弟共妻,或姊妹同夫。再如《礼记》所云:'舜葬于苍梧之野,盖三妃未之从也',则是典型的一夫多妻制。列子云'男女杂游,不聘不媒',淮南子说'男女群居杂处无二别'等,也都是这个意思。更何况还有像皇帝那样的人。如《周礼》上说:'王之妃百二十人:后一人、夫人三人、嫔九人、世妇二十七人、女御八十一人。'一个男子和一百二十个女人在一起生活,这是怎样的规模呀。当然,同一历史时期,也会有不同的婚姻制出现。即便不结婚,也是一种婚姻形式,我姑且称之为'心婚'。因即使是完全不能结婚的性无能,乃至阉人太监之流,以及彻底反对结婚的独身主义者，其心中也会是有一个隐秘的偶像的。这就像是某种'精神通奸'。他或她，只是想摆脱各种婚姻关系带来的束缚，而非偶像的陪伴。每个人都会有自己'亲密的伙伴'，哪怕她是别人的老婆，哪怕是畜生或一棵树。恋母与恋父，单相思，或是那种陷入失恋情结不能自拔的白痴，都一样。还有些傻瓜，只不过是恋物癖，我则称之为'物婚'。譬如他们是在爱一件往昔的信物、一座每天朝它磕头的佛教雕像、著名偶像或祠堂中的一块先夫牌位，或者干脆就是在爱自己设计的过去，爱一座可怕的坟墓。过去说的'妻不如妾，妾不如偷，偷不如偷不着'等，骨子里便是对通奸的赞美。所谓第三者，也不过是婚姻意识的衍生物。为了增加繁殖，先秦就有'观社'与'尸女'的集体杂交活动。有婚姻，才会有通奸这码事。另外，还有一种被歧视、被指责的通奸行为，我则可以称之为'隐婚'。如印度的奈尔人，至今仍是每三四个男子共有一个妻子，而他们每个人还可以和别的三个以上的男子共有第二个、第三个乃至第四个妻子。这简直让人想起阿兰·巴迪欧所说的：'爱情是最低限度的共产主义。'不是吗？无论心婚、物婚还是世俗认为卑鄙无耻的隐婚，包括买卖来嫁给亡灵的阴婚，看似不同，本质仍是同一种婚姻。这就如手淫与梦遗也是一种性行为一样。爱从不会因不结婚而终结。通奸这个词不好听，却从没有退出过婚姻史。整个古代东方，在相当一段时间内，男子过着一夫多妻制生活，而有一部分女子则过着一妻多夫制生活。这都是上古群婚制遗留的痕迹，所有人都是'爱情共和国'的后裔。事实上，全世界就只存在三种婚姻形式，即弗里德里希曾分析过的'群婚制跟蒙昧时期相适应，对偶婚跟野蛮时期相适应，以破坏夫妇贞操和卖淫为补充的一夫一妻制跟文明相适应'。其中插入性地出现了一夫多妻制，也就是我们古人的那种形式。这是礼教还是风俗，已不重要了。旧时，忽然面对这样一种与性有关的学术，而且还是'革命哲学'，这无疑让人很兴奋。禁忌、乱伦与解放，被语言奇怪地集中到一起。这种震动，你们这一代也许不理解吧？如今有各种媒介来满足人性对批判与宣泄的需求。报刊、电影、移动互联网、滚动新闻、手机视频、脑机、机器人伴侣、充气娃娃等。好奇心强一点的，干脆自己去极地冒险，或去参与某件特立独行的怪事。但在那时，我们的灵魂只能在可怜的几本读物中游荡，其中大半还是被禁的。在巴蜀根本看不到什么带文字的纸。不过，尽管我完全不写书，但我至今仍然认为，唯有语言文字与词语的深度，能消解一切视听上的庸俗、信息时代的混乱与宗教的色相，为我们伟大而秘密的色情借尸还魂。"

刘遇迟在絮叨时，我始终不懂装懂地听着。有时，他的车轱辘话令我会在雨伞下困得想睡觉。但为了证明自己并没犯困，我还会假装认真地问一句："说了半天，您还是没说，那地主婆到底为啥被当成女流氓了？"

"哦，那是因为当时那座村里，还实行的一妻多夫制。那是二十年前的事了。地主婆还不到三十岁，长相说不上美貌，甚至是个丑女。她只有皮肤还算滋润。据说她是被家族的人指腹为婚的。她嫁给地主家刚出世的婴儿时，自己也才三岁。但她成年之后，性欲旺盛，经常和村里人通奸。你别奇怪，在母系氏族公社没落和男性夺权之后，在广袤的巴蜀腹地，都不同程度地遗留着原始群婚制度，或母系公社演变的痕迹。譬如那些壮、瑶、侗、傣、苗、彝、黎、摩梭、布依等族，也包括我流亡时在山中遇到的一些汉人村落。有些村子至今都有'不落夫家'的现象。女子初嫁后，又立即返回娘家长住。这些不落夫家的女人，在家乡赶集、歌圩，或者串亲戚中，可与其他任何男子自由交往，在田野中云雨，所谓野合。这在黔中俚语里称之为'赶表'或'放寮'。"

"您是说，当时您被她……？"

"是啊，我就是被那个骚货地主婆给赶了表了。"

"这么说，你们也算是露水夫妻？"

"夫妻？哪里是什么夫妻。一对狗男女罢了。那个龟儿沈八叉，她就是大海航行靠舵手时的一只破鞋而已。幸亏老子有'古赤公'护身，否则后果不堪设想呀。"

"她叫沈八叉？"

"对。"

"一个女子，怎么叫这么个名字？"

"八叉是绰号。她本名我不记得了。当然，她也当过几天我的赤兔。"

"那你还记得那赤兔是如何诱惑你的吗？"

"当然记得。也谈不上诱惑，我纯属自己上钩。那时我多么年轻！精瘦、野蛮、性欲旺盛，而且还是个处男这明显是教授又在撒谎。每天凌晨，当我的下身'擎天一炷香'之时，我就觉得头昏脑涨，血脉偾张，又无处发泄。那年头，所有人都吃不够，也睡不着。只因响应号召，拉帮结派，革命便成习惯了。后来到了乡下，又同在一口血盆子里头抓饭吃，加上巴蜀人大多脾气火暴，喜欢撒点野，个个口中都吼着说'你我兄弟伙，一四六九扎起'，也就是大家要一起玩命。黔中天高皇帝远，反正又没得女人泄火，我们除了没事便去找人打架戈孽之外，也想不出别的办法消遣嘛。有一次割完草回来，我们在路边烂树墩下打了一条菜花蛇。我平时可以不吃饭。但那时蛇肉是太难得了。我们同站点的一群人飞快地用镰刀剐了蛇，蛇肚子里还有一只青蛙、一只耗子。简直是一箭三雕啊。我们用一口生锈的铁锅，把这三个家伙全都煮成了汤。那汤色真灰如僵尸，腥臭扑鼻。可在当时当地，又找不到老姜、黄酒或者花椒之类来压一压那种凶恶的怪味。好在饥饿之时，人的鼻子也是聋的。我们便一人一口，撅着屁股，趴在土灶边喝，就像一条条可怜巴巴的野狗。我们恨不得连那些乱七八糟的肉，带着苦胆、血污和骨头渣子，都嚼碎了吞进肚里。没想到，就这锅让人欲吐不能的三怪汤，它的气味也能引来一群隔壁的猪脸人。我记得大家汤刚喝几口，站点的门便被踢开了。从门外进来的猪脸人，男女都有，穿着紧身衣，背着氧气瓶，且都油光满面，肥头大耳。为首者是个女的，皮肤惨白得像一个被吹起来的肥皂泡。对，就是那个叫沈八叉的婆娘。她似乎是有备而来，忽然一声令下，那帮人便全都扑过来抢我们的铁锅。"

"是个饥不择食的时代。"

"不是饥不择食，而是不择手段。"

"你们被打了，还是三怪汤被抢走了？"

"不仅我们被打了，汤被抢了，连我也被抢走了。那帮猪脸人先跟我们打架。我们同屋的几个本来饿得都没力气，根本不是对手，很快被沈八叉的人打倒在地。我则一个人和他们对打了很长时间，直到精疲力竭。'古赤公'没出现，寡不敌众嘛。我打趴下了他们的两个人，但我自己也被打得当场吐了血显然有自我吹嘘之嫌。他们笑嘻嘻地看着我躺在地上呻吟，然后便拿起汤来喝了。等他们喝完了汤之后，本来就要走，那个破鞋沈八叉则扭头看了看我。她一点也没笑。这倒是让我想起司汤达的话，所谓'一个人真正在爱时是不会笑的'。她对他们说，把这家伙也带上吧。于是就有人找来一根麻绳，把我也捆着带走了。"

"后来呢？她把你捆走，是为了要和你同房？"

"哪有这么快的好事。他们把我带到一座当地的驴圈里，让我骑驴。"

"骑驴？"

"嗯,就是和一头母驴交配。说这是对我的惩罚。"

"真的有这种事?"

"岂止是真的。后来我才知道,这是他们的传统。"

"传统,您开玩笑吧?"

"绝非玩笑。本是异俗。"

"这算什么异俗,恶俗吗?"

"不是。这是从古代暹罗国传到那边山里的。本是风俗,后来变成了惩罚。因黔人和暹罗人旧时本是一个种族。不信,你可以去藏书室找《新齐谐》<small>清人袁枚作</small>看看,我记得那里就有记载。"

过了一周之后,我在去瀠楼藏书室时,想起教授的话,于是便找了《新齐谐》来读。我发现在卷二的确有一则"暹罗妻驴"的笔记,其中写道:

> 暹罗俗最淫。男子年十四五时,其父母为娶一牝驴,使与交接。夜睡缚驴,以其势置驴阴中养之,则壮盛异常。如此三年,始娶正妻,迎此驴养之终身,当作侧室。不娶驴者,亦无女子肯嫁之也。

看到此处,我喉咙里感到一阵恶心,好像也喝了一口那三怪汤。而且我似乎有点明白了为何刘遇迟的笔名或绰号里,会出现那么多的卫、骡与驶骦。

"那后来呢?"我问。

"后来我就被沈八叉那个狗日的丈夫抓住了。她丈夫像个黑瘦猴,黑矮精瘦。在一个下大雨的日子,黑瘦猴让一群猪脸人在我的下身阴茎上绑了一根炸鱼塘用的雷管,又把我的双手反剪到身后,拿麻绳五花大绑起来,点燃了导火索,然后他们让我全身赤裸地在黔中野山林子里奔跑。他们说,我如果能在雷管导火索烧完之前，快速跑到鱼塘里，一下跳进去，雷管就不会炸。雷管就和我的下身绑在一起。我吓得魂飞魄散。我撒开脚，像疯子一样猛跑。可我还是没赶上导火索的速度。就在我万分绝望时，护佑我的'古赤公'又忽然出现了。它披头散发，从半空中飞来。我看见它先张开大口，从鱼塘里把所有的水都吸了上去，然后再漫天吐出来。大雨倾盆而下，直接淋湿了那雷管，我下身这枚可怜的锤子才并没被炸掉。然后'古赤公'又扭转头去，朝折磨我的那群猪脸人堆里吐火，并说了一些古怪的词语。他们吓得一哄而散。听说多年后，沈八叉也被抓了。她是在与另外一个男子通奸时，被猪脸人在床上给抓住的。她婆家的人冲上去打她，听说把她耳朵都撕掉了。当地有人告发她，说她过去就是个地主婆，还当过妓女。无论本地男子，还是外来旅客，她都会秘密地千方百计勾引人家睡觉。这只赤兔简直就是一匹母马，是个彻底的骚棒、破鞋、慕男狂、露阴癖患者和不可救药的花痴。这个乡下的洞主，曾是一辆当地著名的'公共汽车'_{巴蜀俚语，指荡妇，即'谁都可以上'之意}。我很怕想起她。她可把老子折磨坏了。她还活着吗？不太清楚。但她真的是个女流氓，这个我最清楚了。"

八　叉

　　事实证明,满嘴脏话的恶棍刘遇迟所说的这些往事,全是一派胡言,是对我们撒了弥天大谎。那个叫沈八叉的女子,根本就不是什么地主婆,也不是猪脸人,而是一名还算朴素的家庭妇女。因教授失踪时期,我曾冒雨打着黑伞,独自去了一趟他说的黔中山林,调查他当年那些见不得人的谎言。当地人告诉我,这里确有个女子叫沈八叉,原名沈庭筠。因唐人温庭筠有个绰号"八叉",所以沈也被叫作"八叉"。能给她起这种绰号的,绝不是黔中山里人,而正是当年混迹于此的读书人。按照刘遇迟后来的话说:"她就是个死八婆、母夜叉,所以我们大家都叫她八叉。"这显然不是真的。

　　我经一位向导引路,在深山一座衰败的、爬满枯藤的吊脚楼里,见到了正在蹲在灶边熬猪蹄汤的这位已年老色衰的老妪。她黑黢黢的,全身是煤渣、油污与皱纹,早已没有了任何当年的姿色,锈得就像一枚被遗忘在火焰边的铁秤砣。奇怪的是,她一看见我的黑伞,便对我说:"一看见这破伞,我就相信你肯定是刘遇迟身边的人。"

　　"那是为什么?"我诧异道,"这伞又不是他的。"

　　"伞不是他的,但伞里头藏着他折叠的阴影。"沈八叉一脸皱纹,还诡异地说,"当年刘遇迟对我说过,如果未来有一天,有人拿着一把黑伞来找你,问及我的事,那就说明世界历史已经结束了,大裂缝快出现了。"

"您也知道大裂缝的事?"

"我当然晓得,"她笑道,"这不是他走到哪里都会撒的弥天大谎吗?"

"好吧。我就想知道他当初在这里的真实情况。"

"他这个人,从来没有什么'真实情况'。他所有的话都是假的。我只记得他刚到黔中时,血气方刚。为了抢蛇肉与兔肉吃,他常和山里人打群架。有一次是我救了他。因打他的人正好是我丈夫。后来他在我家养伤,就开始勾引我,说有个什么'古赤公',在暗中庇护他的安全。连我也是'古赤公'从灵界派来的。我不得不承认,刘遇迟这人身上有股奇怪的气息,能熏染女人的心。我那时也年轻,经不起他的诱惑与性暗示。他还给我看一些据说是借来的手抄本小说,好像叫什么'辞典'?我记不清了。不过,我看那抄写的字迹,好像就是他自己乱写的。那抄本里有露骨的描写,也有不知所云的怪话。他听说我的名字,又说起温庭筠的掌故,所以他一直叫我八叉,我则叫他刘巴蛇。"

"你们在一起这样秘密恋爱有多久?"

"大概几个月。"

"那他说你们这里的什么母系社会遗风,你经常与人通奸,还被人抓住判刑的事,还有淋开水之类……都纯粹是他的编造吧?"我带着一丝冒犯的歉意问。

但沈八叉似乎并不介意我话语的唐突,静静地回答道:"也不算完全编造。"她摇头,甚至还露出了一丝微笑,说:"只不过那肯定不是刘巴蛇流亡年间的事。"

"时间被他换了一下。"

"不仅时间，人也被换了。他就是个妄想狂，经常在说一件事时，胡乱改变时间、人物或地点，让人一头雾水。不过，我当时就只想跟他一个人睡觉。我很喜欢他，别的男人我见了都不想打招呼了。这里很多人都嫉妒他，尤其我丈夫。我这人本来一直深居简出，却还是被人告发，说我和一个外来的读书人在搞破鞋。我还曾被捉奸的人揪住头发，从屋子里一直拖到外面坝子上审判。有几个人按住我的手脚，其中一个还按住我的脑壳，把一瓶开水从上淋了下来。我被烫惨了。我的半边耳朵根子连着后脑勺的肉，都差点被烫熟。那时我心里就在诀：狗日的刘巴蛇，你在哪里？你是否看得见我在受罪？我不怕死。我怕的是跟那个臭流氓刘遇迟失去联系。但最怕的，还是开水会毁容，我变成鬼脸，让刘遇迟再也不想见我。我希望他看见我，又不想他看见我。后来有人告诉我，他当时就在围观的人群里。"

"什么，刘遇迟在场？"我很惊讶地问。

"是的，他就在人群里，看着我的脖子被开水烫得像发糕一样裂开。就在我猛烈摇头挣扎喊叫时，他就打着一把你这样的黑伞，站在黑暗里，一声不吭。他悄悄地打着伞来，又悄悄地打着伞溜掉了。"

"他怎么会这样？"

"那有什么奇怪的，我毕竟不是他的伶牙。"

"什么，伶牙？"

"你没听说过伶牙吗？"

"不太清楚，但似乎……"

"唉，就是他早年的那个初恋呀。"

"初恋？"

"对头。"

"他怎么从来没说过他有什么初恋？"

"这种事,当然不会随便乱说。"

"是什么时候的事?"

"就是他和他养母在巴蜀或张掖县那边讨饭时,在戈壁滩上的啥子村子里,遇到过一个开酱铺的鳏夫嘛。然后他养母刘萱龄不是就嫁给那个人了吗?那家有个女娃儿,岁数跟刘遇迟差不多,因小时候门牙比较长,乖得像个小兔子,乳名就叫伶牙嘛。"

"哦,那大名呢?"

"大名不晓得,他从没说过。"

"可他们当年只有五六岁吧,而且据说那女娃很快就死了,怎么可能初恋?"

"那也是刘遇迟在故意撒谎,在遮掩他的心结。其实刘萱龄母子与邢胡子父女他们一直都住在一起,大概有十多年呢。他们两个少年少女,到了十二三岁就开始早恋了。但伶牙因从小营养不够,身体很弱。刘遇迟是个火体,长大后身材魁梧,脾气狂野,浑身滚烫,具有西域獨獠那种热忱的魅力和不羁的性格。他们互相发誓,要为对方做所有事。不过刘萱龄跟邢胡子都不同意。少年刘遇迟精力太旺盛了,拈花惹草从小就有,而且到处跟人打架,惹是生非的,这也让邢胡子感到不安。"

"他们住在一起十多年,这么久吗?"

"应该是吧。"

"那伶牙是怎么死的呢?"

"好像是病死的。大约到刘遇迟十五岁左右时,才十三四岁的少女伶牙忽然因感染了血吸虫病,不久就去世了。她死前,抓住他的左手咬了一口。于是这病传染给了刘遇迟,很快又传染给了养母刘萱龄,导致后者同年也病死了。刘遇迟悲痛欲绝。他每天看着手上的伤疤发呆。后来他离开了邢胡子家,再也没回去。"

"你是说,他只爱过伶牙吗?"

"这个不清楚。"

"你说伶牙咬过刘遇迟的左手,可他的左手是残疾呀,是假肢。"

"那个不是伶牙的事,是之后少年刘遇迟为了生存,曾在路上当过几次抢劫犯。大概是因有一次跟另外的地痞打起来了,结果被人家用刀砍掉的。"

"可他说,他那手是当年被'古赤公'咬掉的。"

"果不其然,还是'古赤公'。"沈八叉又捂着嘴笑起来。

"您笑什么?"

"我笑他一辈子好像就这一招,百试不爽。"

"嗯,'古赤公'应该不是一个人,也不是什么野兽,所以也许不好说。"

"那会是什么?"

"事实上,我也不知道他说的是什么。"

"也不奇怪,刘巴蛇经常胡言乱语。神经病,最好莫理他。不过当年他在我手里时,就像一只卑贱的耗子一样,听话得很呢。"

沈八叉一边说一边笑起来,手里拿着一柄勺,轻轻搅动着铁锅里的芸豆猪蹄汤。当锅里飘起肉香后,一直蹲在灶边添柴的沈八叉,忽然随着锅里蒸腾的热气与柴火的黑烟一起站了起来。不,与其说站起,不如说"升起"。我惊讶地看见,这位从我一进门就佝偻着烧火的老妪,原来竟有三米或六米多高,庞然如一头迟缓的母象。她随着肉汤的热气飘浮到天花板上,双脚悬空,下垂的巨大乳房挡住了半间屋子,吊着的半边屁股也挡住了门窗的光线,满是褶皱的苍老额头则已触到了屋檐。呀,她竟然变成了一团挤满房间的雾。我想象着大宗师刘遇迟当年竟会与这么一位巨人女交媾。难道真的像只耗子一样在她壮硕的肚子上爬来爬去吗?还是像只快乐的阴虱子一样,掉进她大腿间茂密的阴毛丛里？我有些惊讶，也有些忍俊不禁。

我还看见沈家的墙上，挂着一幅已发黄装裱好的书法条幅。那字原本应是胡乱抄在一张废纸上，故写得很潦草，歪歪斜斜，涂涂抹抹，笔怪而墨拙，大小不一而字形放诞，令人心生厌恶。而且，纸上看起来还不止一首诗，而是两首。落款也仅有一个"卫"字。因除了正文，废纸右上角靠近边缘处，还有两行几乎因撕纸时被撕掉一半的字迹，与灶房的油渍烟熏混在一起，脏兮兮、黑漆漆、皱巴巴、肥腻腻，真可谓乱如"墨猪"_{东晋卫夫人《笔阵图》言："多骨微肉者，谓之筋书；多肉微骨者，谓之墨猪。"}。

飘在灶火与猪蹄汤上空的女巨人，从空中对我说，这张废纸，就算是刘巴蛇当年留给她的唯一念想。那条幅正中心的诗，貌似是刘遇迟自己写的：

> 南华铁盆破，济癫泥巴多
> 对山勿言誓，山深半面遮
> 雨行厌撑伞，跨卫懒过坡
> 杀蟒思年迈，无事最奇特

而右上角剩下的两行残字，经仔细辨认，应是刘在山居无聊时抄录的清人查士标之《题清凉寺扫叶上人壁》：

> 拈花久碍人天眼，扫叶犹留解脱心
> 何似无花并无叶，千山明月一空林

中 脑

在荒谬无聊的青年时代,刘遇迟乱搞过的女子就很多。无论高矮丑怪,甚至包括有巨人症、侏儒症、聋哑或瘸腿的残疾女子,他都不放过。从盲目相信他的"古赤公"与焚书会观念的村姑到乡镇里的女文艺爱好者,从写字楼职场的女秘书、医院护士、空姐到从菜市场雇来的保姆,他是来者不拒。可无论如何,这些还都只能算是花案。真正令外界的人不能理解的,是为何有那么多人,最终会为了一个他的什么"古赤公",集体从狻猊庙猿鹤山房后的人工巨井"倒影"中跳进去,死于非命?

据调查者说,当时焚书会的人从那个著名的、叫"裂缝"的黑窟窿钻进去时,并没有任何一个人怀疑,那里面是可以通往伟大定间并窥见"古赤公"本尊的地方。大家按照刘遇迟的设计,在灪楼下的大坝子里就开始排着队,井然有序,像粉色的傀儡、像赶尸队、像集体夜游的鬼魂一般,依次走进了灪楼里。大家参观完复眼灵龛,然后乘坐灪楼内部的电梯,陆续一层一层地沉沦,下到了底部的那些房间、地下室、地窖、地库与地宫里。每个人都觉得即将见到"古赤公"了,异常亢奋。没有任何一个人怀疑:只要深入地下的黑暗最低处,便是刘老师指定的最高境界。

当初,站在我的黑伞之下,冒着雨指挥大家前进时,刘遇迟还能在瀠楼露台上先凌空做出了一个个空翻。他的空翻能超过我的伞顶，或站到伞顶上，然后又落回到伞底下。

岁月流逝，他的空翻仍华丽得像一朵斑斓的流霞，一团哲学之云。

但我记得走在队伍前面的，通常不会是他和我，而是他的门徒或姘头。

"左即是右，前即是后，下即是上。就像美人阴道便是她的大脑。如果你闯进了她的性欲，抓住了她最卑贱污秽的激情，也便等于抵达了她的最高的爱情。任何方向都是虚构的。相信我，因只有我见过'古赤公'，它告诉过我什么是世界的色相。伟大的读书人，我的魔军与遁军们，只有心之所向，不用在乎什么方向。前进吧，你们一定能劈开地下的黑暗，打开那个裂缝，见到我们一生都在探索的不朽形态，见到'古赤公'。方生方死，根本没有物理这个东西。进入吧，愿景就是一切。"刘遇迟一边空翻着一边说。

"可我们感觉不到裂缝在哪里呀。"不少门徒都抱怨道。

"欲见裂缝，首先要懂得你们自己的脑髓结构。按李谨伯先生1920—2012，银行世家出身，西南联大毕业，二十七岁曾患重病，后在民间用'导引布气法'得愈，从此开始接触道家，对密宗亦有研究，著有《呼吸之间》《人体大脑修炼图解》等所言：人有左脑、中脑与右脑。左脑是个三维空间，即我们日常之妄想、分辨、感知、行为、语言、色声香味触法，以及所有逐渐学来的知识与经验，对过去的记忆与怀疑等。不过这些会经过右脑（第七识）过滤。你们会忘掉其中一些不重要的，而将重要的储存于右脑（第八识）里。右脑是六维空间，如梦境、潜意识、本能、灵感、神气、真情等，那是一个反物质世界，以精神为实，也可以叫空、虚、元神、诺亚识等。而中脑则是完全多元的九维或十三维以上的自由空间，又叫暗仓意识，其中是我们的真性、感性、性格、性欲、绝对无限性、生之前、死之后与无上存在等。它是绝对智慧的、无量的、大美的。等你们有了左右脑的五眼六通，再否定不去用，就能见到中脑里的'古赤公'了。白天言行是左脑，夜晚睡眠是右脑。只有不用左脑时，右脑才能出现。而既非白昼，也非黑夜，也就是无时间之时，则用中脑。中脑是真正的脑海，是没有界限的一种波象。中脑时空与我常说的'旁逸时刻'，是一枚硬币的两面。一个在内，一个在外，而且是同步进行的。如《灵飞经》《道藏》中称《上清琼宫灵飞六甲左右上符》，又名《六甲灵飞经》所言：'一日行三千里，数变形为鸟兽。'真抵达如此境界，一切便易如反掌了。你们追随我，还有什么可担心的？因我在对你们说话时，就关闭了左脑，出入一切时空。而我在定间中沉思时，便是用右脑。'古赤公'的存在则是与中脑一体的，而'旁逸时刻'的裂缝，就是三种脑之间的夹层。我只能告诉你们，中脑里无善无恶，只有激情。这就像世界可能终将毁于猪脸人的战争。哦，你们可不要瞧不起战争。我们在猿鹤山房瀿楼里，无论读书还是静坐，上课还是性交，最终都要面对那来自脑海中的战争。猪脸人恐怕始终都存在于中脑的另一极。当然，你们都知道，说战争乃万物之父，祖本或是赫拉克利特。就像说人性本恶的荀况。可现代人倡导的所谓自然法，祖本则是西方中世纪教父哲学构建的善，如圣奥古斯丁、托马斯·阿奎那等都是后者。这两种思想是在罗马帝国实验衰落与失败之后交会的，所以也算是经验之谈。可我所建构的这场中脑战争，就像中国或亚太汉文明辐射圈的古代战争、游牧民族战争或蒙古战争，倒不完全尊崇自然法，而是类似介于儒家君权、动物攻击性、生物链的丛林法则与《阴符经》之'天生天杀'那样的道家观念，不完全是一码事。我的自然法，我的中脑之战，来自生物学意义上的人性本身。就像一个人即便没有受教育，也会有王阳明所谓的'良知'。我的自然法是不是等于我的良知？这问题也太复杂了。善恶交杂，血腥而绚丽，你们这些后现代杂皮崽儿，基本全靠当下信息来判断世界，所以我暂时不能跟你们谈我的战争。子之所慎，斋，战，疾。祭祀（宗教）、战争与瘟疫，本来就不能乱谈，也不该乱谈。我只能告诉你们，我将缔造焚书会门徒与猪脸人的战争。而对地下那场可怕的大水的战争，与我的中脑是同步的，也与一切'旁逸时刻'的残酷同步。我将带领你们穿过裂缝，横渡汪洋，最终抵达'真我'。"

说着，他在第一百四十二个空翻中停了下来，并忽然举起右手，夺过我的雨伞，自己撑在头顶，露出蟒袍的袖口，摆出了一个旷古罕见的姿势。

这姿势保持了大约有七分钟左右，他才将伞还给我，并缓缓落回露台。

多少年来，刘老师的话，始终如雷贯耳，也时常会被我们集体默念。

直到瀿楼轰然倒塌，刘遇迟失踪那天，我不得不带着雨伞，跟着大家仓皇撤离，然后排着队一起往地下走时，我也能感到刘老师所言的中脑，竟然是如此真实。裂缝打开，在黑暗的地下，我们终于遇到了那任何物理世界的人都不曾见过的大水。壮丽的水。翻滚的水。遍布山涧的水。漫过我们这一代眼睛的水。打倒了泪水的水。飞行在空中的水。这水初看细若一道山泉，从脚下迸发出来，其渊源可能直通海底。是水向我们疯狂扑来，还是我们疯狂地扑向了水？记不清了。反正我们是唯一见过这大水的人。我们是崇拜这场吞噬的人。人群在滔天洪水中挣扎，瞬间窒息，化为腐烂的骸骨。地下的"古赤公"横空出世，张开大口，我们全军覆没。刘遇迟在哪里？他也许还在露台上空翻、旋转、挥手、冲锋吧？这个恶霸，用他的麻木即可睥睨人间。可直到那么多同窗死于非命时，我们也没有怀疑过他说的中脑与"旁逸时刻"。

我承认，直到如今，我的中脑就像我的雨伞，把我罩在黑暗的阴影里。我仍然认为整个的世界、物理、战争、心学、良知、丛林与道德风俗等，全都是被设计出来的，是假夜。只是我们不知道设计者是谁罢了。

我们秘密地怨恨着他带给我们的灾难，又秘密地默认着他教唆给我们的谎言。

丛 林

雾锁古庙已多少年了？记不清。我只记得在秃顶刘遇迟的训导与教唆下，当年死去的所有门徒，也都曾和他一样剃了光头。濠楼里的理发馆，来剃光头的人每日络绎不绝。大家都是为了给大宗师的观念撇清道路，时刻准备着，劈开每一块石头。

那些年，在猿鹤山房焚书会的后期，在狻猊庙后山长满蒲草的原始丛林里，光头们勇猛的砍伐精神代代相传。一般走在前面的光头，会因厌恶密集的植物，便想方设法披荆斩棘，把拦路的草莽、建筑与藤条毁掉。为了荡平野兽与枝丫，死过不少人。他们认为这样做，走在后面的人便会少了许多蒺藜，不再会遇到陷阱与羁绊。但后面的那些光头对这种便利却通常感觉不到。后面的光头仍然会披荆斩棘，只不过障碍物逐渐不再是由荆棘构成了，而是前面光头们的血肉与骸骨。有时甚至只是他们留下的病菌、坟墓、磷火与恶臭，便足以阻挡大家的前进。丛林根本就没有路。没有规矩。没有方向。没有底线、风俗或道德。焚书会的丛林甚至没有任何语言。在刘遇迟的诡辩与教唆下，光头拥趸们的生活完全丛林化了。他们交流的方式是一些岂有此理，甚至过度恶劣的行为：如吊树、下跪、斗殴、朝着月亮吐舌头、用斧头乱砍树的影子，或集体骑在一面墙上猛烈地蹭着勃起的下身，聊以解痒；如大家都习惯了在野林子里当众排泄，粪便与尿液污染了瀑布，顺着山涧横流，让整座山林臭气熏天；如互不相识的人群会躺在泥泞里，躲在蒲草里或悬崖上性交，到处都是粉红的肉渣、污秽的精斑、发黑的经血。他们喜欢坐吃玻璃，饕餮煤炭，舔食臀部上的雨露，吞噬动物的器官与下水，昼夜与鸱枭、蚊蚋及毒蛇结伴而行。他们不是野兽，但互相撕咬时，却会快乐得龇牙咧嘴，还能为骸骨那璀璨的腺气而亢奋，发出猿啸般的咆哮。光头从不分人与畜、境与界，当然亦不会分心与物。他们感谢混沌。在他们赶路的师徒之间会随时翻脸，恋人之间必骤然反目，邻里互相屠戮，亲友则完全对各自的毁灭麻木不仁，乃至为了一点粮食和面子也可以落井下石。反正丛林的植物被砍光了，还有石头。石头摧毁了，还有钢筋。钢筋烧掉了，还有漫天滚动的黑灰。即便黑灰能尘埃落定，被后来的光头们打扫干净，也还会有刺鼻的气味，经年不散，令一代代的光头们都迷恋这伟大的窒息。所谓再无丛林，只因总会有一片新的丛林，拔地而起。丛林无形，光头无义，过去无解，未来无尽。他们转过头去批判，转过头来阿谀，互相指别人的话是一派胡言，喜欢答非所问，而沉默必然是心怀不满，至于惭愧、自杀、辩论与著书立说者，则更是难以理解地愚蠢。他们都相信自己早已不是普通人，而是人中之人，超凡脱俗，与刘遇迟一起站在究竟顶的彼岸，是人类中的幸运者。他们动作敏捷，四肢发达，每日无目的地四散狂奔，但并不是为了离开丛林，而是为了证明丛林并没有进入与离开，只是一种野蛮的状态。他们拒绝识字。他们性欲旺盛。他们用没有方式的思维反对任何思维方式。据说，最初的光头们曾以肉体为古尊，怀疑自己是否会变成丛林的傀儡。在刘遇迟关于爱与异性的悖论课里，也相信过一句古老的箴言：

>真精送与粉骷髅，却向人间买秋石吕祖诗。

但后来光头们又被新的爱与新的哲学所毁，便连这也不信了。

他们分不清少女、导师、骸骨、志怪与偶像的差异，也搞不清"真夜"是不是真的存在于世界，"古赤公"与可怕的猪脸人究竟会不会出现，那个改变一切的大裂缝，又到底在哪里呢？干脆，把这些全都推翻了事。干脆，也取缔焚书会，打倒刘遇迟。他们只梦想着火的碾轧，草的密度，棍棒与猪群搭起来的蜃楼，根本不相信究竟顶、城市高速公路、自来水管道系统、外科手术、针灸、气候学、宇宙时间发展史、万有引力、量子的假设、卑鄙的导弹、物理或化学公式，视一切世界观与方法论为骗局。他们不认为有乌托邦，当然也不认为丛林就是乌托邦。他们光着脑袋赞美根，光着脚测量原地踏步的历程，再光着全身闯入色情与繁殖之门。人生苦短，不如及时行乐，哪里还管得了那么多。万一真的有大裂缝怎么办？为冲决网罗，光头们总是以自投罗网为无上荣耀。他们人人怕刘遇迟，却怂恿着别人去验证刘遇迟是不是真的很可怕。他们模仿刘遇迟，超越刘遇迟，又想忘掉刘遇迟，甚至根本不承认有这么个家伙。他们前进着回头，跳起来睡觉，躺下发脾气。他们打手势，吐口水，猜哑谜。他们坐着否定，飞起来死，随时一停下就能化为不朽。他们弯曲双腿在地上爬着回忆，站着总认为比别人高，走过丛林时则像一朵朵残忍而盲目的云。

当年的光头集体中有些人，似乎也隐隐地预感到，刘遇迟是在用诡辩逐渐麻醉他们，驱赶着他们去为相信丛林里有某种奇怪的东西，乃至为那个"古赤公"而赴死。但他们并不想就此拐弯，悬崖勒马。他们深深地爱上了焚书会，便懒得再解释自己的迷惘，根本不可能承认自己的错误，绝不相信焚书会丛林本身只是一座死火山。

　　为了熬过那些艰苦的岁月，很多光头兄弟都在一夜间老了。只是他们每过十二天，都要认真地剃一次光头，刮干净胡须，故看上去人人都还很年轻，没有一根白发。

伊 势

观激流飞逝，念狷介之士泪如泉涌：人最终都是会令人失望的。

据最后一批来狻猊庙后山烧香，或来瀠楼与猿鹤山房焚书会进修的某些光头女门徒揭发，刘遇迟诱惑她们进入定间那些小斗室后，常进行"观念的交媾"。他尤其喜欢在私密表达时，点燃一根香，不知是檀香、塔香、心香还是自制的什么药香，令室内乌烟瘴气，也恍若游仙窟般云雾缭绕。这时，刘也不抽烟了，只任凭香气在空中盘旋，时而如龙凤，时而如篆字，时而如花朵，时而又大漠孤烟直。随着烟雾凌空的变形、压缩与滚动，刘的身体也会如猛兽般地或跳、或跑、或飞起来，乃至在定间中作出一系列空翻。他还会穿着蟒袍，戴着他的降落伞，从天花板上跳下来，并伸出他的那只机械假手，用语言恣意汪洋地侵略她们的眼球、皮肤、乳房与下体，诱使谈话者进入眩晕之境，入坠云雾之中。

"从前，有一个男子，遇到了这个女人或那个女人……这就是一切伤心事痛入骨髓的开始。其他的灾难，都不过是卑鄙的修辞。"他常戴着降落伞，在空中飘来飘去，用此类话作为对女性门徒授课的开场白。

"你那不是在剽窃《伊势物语》中的话吗？"元森曾当面揭露他道。

但刘遇迟立刻会反唇相讥地骂道："龟儿憨皮，算你说对了。但老子就是在剽窃《伊势物语》，又能如何？真正的哲学就是横刀夺爱，巧取豪夺，哪管谁是谁的。再说，我算什么剽窃，西方很多作家也都剽窃过此书。此书之名除了来自第六十九段（狩使）写了伊势斋宫之事，因此段本为全书之首外，还有另一个说法，即此段故事脱胎于唐人元稹的《会真记》。无论《会真记》还是《西厢记》，本质都是写的幽会，写偷情或色情。当然都是剽窃。在古代日语中，因继承了古代汉语的某些特质，'伊'即代表女性（所谓伊人），'势'则代表男子性器（如宫刑也称为'去势'），同时，日语'伊势'的发音也是'妹兄'的简称，故此书名中所蕴含的性象征，不言而喻。'从前，有一个男子'——这不仅是此书每一段的开头第一句，且段段皆如此。然后，便讲述这个男子遇到了某某女人。此语可以理解为主人公，譬如那位歌人在原业平，也可以理解为世间的任何男性。经过历代人的增补，在此书当今的版本中，此男子已与三千多个女子发生了关系据刘后来讲，他认为在一切文学作品中出现的那些男子，如从洞玄子、光源氏、鹅笼书生、游仙窟、西门庆、濮上狂且少年到元明小说中不断遇到女妖的玄奘，以及什么海陵王、贾宝玉、未央生、邵之雍、卡里古拉、唐·璜、曼弗雷德、道连·葛雷、哥尔德蒙、亨伯特·亨伯特、托马斯等，包括那些书的作家，如孙思邈、陈叔宝、余怀、李笠翁、吕天成、胡兰成、叶德辉、曹去晶、一休宗纯、奥维德、萨德、亨利·米勒、普鲁斯特、尤瑟纳尔、帕索里尼、克尔凯郭尔、陀思妥耶夫斯基、塞利纳、奥威尔、伯尔、巴克斯侯爵、冯内古特、科尔扎诺夫斯基、布劳提根、帕维奇、昆德拉、姆罗热克等，也全都一样，也都可以看作'从前，有一个男子'这句话的注脚与衍义——以及对此修辞的剽窃。我暂将诸如此类的作品，统称为'伊势主义'。关于此句，那位著名的剽窃者纳博科夫，在他那本《黑暗中的笑声》中也有，你还记得吗？这个宣扬'艺术即骗局'的俄裔美国佬，在开篇第一句不是也这样写的吗：'从前，在德国柏林，有一个名叫欧比纳斯的男子。他阔绰，受人尊敬，过得挺幸福。有一天，他抛弃自己的妻子，找了一个年轻的荡妇。他爱她，但她不爱他。于是，他的一生就这样被毁掉了。'"

"是的，我记得这书。汉译本好像很早就有。"我说。

"嗯，那一年我刚从监狱出来。一个释放犯，惶惶不可终日。"

"我第一次见到你，也是那时候。"

"我一出来，就读到这本书。当然对我而言，这书不算什么，可以烧掉。因它对恶与性的私密性表达，远不能和我们东方人比。西方人总是太直白了。直白，就会失去细节。而在色情中最动人的就是细节，一个动作，一句话，一次看似微不足道的表情。我从来就对我的赤兔、我的洞主与我亲密的伙伴们，说不出来这些话。"

"你是指不可言说性吗？"

"是在言说和不可言说之间的那个东西。冯子犹所言'金针刺破桃花蕊，不敢高声暗皱眉'。再说，阅读这事，最重要的即必须是一种秘密行为。我实话对你们说吧，大凡我在教学或平时聊天时提到的书，包括刚才我说的那些，都是次要的。大多数在我眼里都是二流作品，都可以付诸一炬。真正影响我、深入我骨髓的那些书，尤其'古赤公'引导我读的书，我从不会对任何人说。哪怕在我写的书里也完全不会提及。总之，我已厌倦了书。我只相信焚书。"

"这是为什么？"

"不为什么，就是不想说。我认为书对爱它的读者而言，往往会具备一种致命的预言性或残酷的咒语性，提及则会有不祥。一般的书只是知识、工具或修养之物，但因个人癖好而深爱之书，则是一种大罪过，必须焚毁。这种大罪过也并不特定于某类读物。譬如，并不是非得禁书或黄色小说才会引起叛逆与纠葛。伟大的书，都会被污名化，被误解与亵渎。否则也难以成就其伟大。就像有时，对一个因某次情感事件而错过了与最爱之人同登火车，并为此后悔终生的人而言，可能读一本《火车时刻表》对他也会是非常致命的。任何书，都是表面现象。"

"你的意思是，记忆是大罪过？"

"不，记忆只是小事。记忆也是常识。真正有资格叫作大罪的，是反常识，是一切反对与否定的哲学。别人我不清楚，我读书就是为了让自己具有反常识的能力，无论对思想还是爱情。历史上的创造，也大多来自当初的反常识。我们生活在一个常识的世界，但常识则往往是被不断修改的，比科学更肤浅。这就好像性交时必须有固定姿势。你若多一个动作，便是猥亵、是无耻、是伤风败俗的。好像只有'坏人'才会有自由的性欲，才会有色情行为。什么是自由？人如果什么都不干，也就无所谓自由感。张申府先生说过：'两个人即没有自由'语出《所思》。而对我与'古赤公'的思想而言，自由只会体现在对某一件事的绝对专注之中。即你在那件事里，可为所欲为。无论是写作、造园、性交、飞行、使用摄心机器、在瀛楼定间中沉思、进入'旁逸时刻'或抵达'真夜'。要想寻求芸芸众生没有的自由，就必须反对世俗的常识。刘过去在讲课时还诡辩说：'日心说之前，地球围着太阳转是反常识。发现虫洞之前，"空间是弯曲的"也是反常识。量子论与贝尔不等式也是不断地进行反常识实验而已。常识就是一种古老的欺骗。'当然这些和我们期待的'真夜'比，都是次要的。不过道理要说明白。如果人对性的认识只停留在繁殖欲上，那么色情以及对色情的过度诠释，作为一种美学，也是反常识。只有反常识才是革命，真正的革命，是'真夜'之光。常识是重复，反常识才是创造。当然，这种革命也是一种大罪过：因它也必须是秘密的、不可轻易与人道破的。一切世俗的革命，都有理性之罪，大概也因它会动摇常识本身给我们的现世安宁之心。而一切'真夜'的革命则是思维方式与虚无之罪，尤其在巴蜀腹地。这是个可怕的悖论。巴蜀人自古最渴求宁静，偏安一隅，可又最不讲常识。'世界即一切事实的总和'吗？这想法太狭隘了。世界还是一切运动、虚无与悖论的总和，且其中也许只有三种人：裁判、运动员与观众。观众只有旁观的命运，这也是大多数人的生活。运动员是努力作为者，精英分子，看似能与存在感一搏，偶尔也有些荣耀，但相对世界的灾难，以及那无远弗届的运行与虚无而言，也只是一场微乎其微的挣扎罢了。好像只有掌握悖论之谜的裁判，才有机会改变一切规则，重写历史，乃至撼动整个原理。不，也许还有第四种人，反常识的人。我始终觉得，我就是——且不仅仅是第四种人。当然也是拜伟大的'古赤公'之福。是它带领着我，进入到常识之外，成为所有人都望尘莫及的人。至于那些对我的道德批判、渣、油腻、猥亵等绯闻，根本不足挂齿。那完全是另一个空间的误解，因人群往往只会把人性中最复杂的精神与叛逆，变成一些浅薄的辞藻，从而来安抚自己的懦弱与渺小。人群与'真夜'无关。况且，我有尉迟氏族的血统。我天生是男人中的投降派。我酷爱一切女人，喜欢赤兔们天赋的肉体芬芳，眷恋她们清澈的软语与速度。哪怕是最无意的秋波，也令我心旌摇曳。我崇拜我的洞主们香艳而下流的肉体，以及亲密伙伴们可以让一切君主愿为之亡国的吹气如兰的亲吻与最无耻的色情。故就算她们中的某几个人的恶意诬陷，当年逼得我不得不烧掉了黑山的私人藏书室与'中国山林'，还让我身陷囹圄，但一想到她们的奇异与美，我也最终宽恕了她们。"

无论如何，在刘遇迟失踪之前，他的这些古怪言论，对我们的影响是铭心刻骨的。以至于很多年来始终都不能安心过日子,尤其是我和元森。

不知何时开始,我也总是抑制不住地想着,自己也要去尝试一下刘遇迟所说的幽会、叛逆或癫狂的滋味,对"古赤公"的探索,也总是不自量力地让我渴望在生活中体会悖论与反常识的魔力。

然而这些谈何容易?人群密不透风,唯绝望能疏可走马。

猿鹤山房焚书会,不过是当年巴蜀腹地民间各类地下文化团体之一,只是刘遇迟这个过气知识分子中的怪物与异形却是不可复制的。

在猪脸人进攻、灜楼倒塌、集体投水之前,我最后一次跟着刘遇迟打伞时,他的模样还与平时无异。他完全没有流露出任何即将潜逃的信息或话语,甚至连一个表情都没有。直到后来大家发现狻猊庙大门从早到晚始终门上一把锁,数日乃至数周,不见刘的身影,门徒、僧侣与其他管理人员也作鸟兽散,这才有人开始怀疑他已畏罪潜逃了。随后,刘以读书教学骗取资金、玩弄女性等艳事被揭露出来。有人开始对来自不同档案、文献、信件、道听途说的邻居们嘴里的刘遇迟其人进行调查。猿鹤山房焚书会的几个核心成员与同窗,包括如元森、张灶、吴毛孔、叶宛虞、蒋凤凰等与我在内,也一一接受了排查。但除了我,其他所有刘的拥趸,尤其是与其有绯闻的某些拥趸或女弟子,他们表面诅咒或嘲笑,实则都拒绝(或没有证据)揭发刘的具体行为与恶行。

刘消失了,行踪如鸟影过山,驶骎绝尘,只留下一种气息,与我手里的一把空伞。

后来东渡的挚友元森给我写信时,曾抄了一句莱布尼茨引用过的德国谚语,来调侃刘遇迟此事,语云:

木棍越是弯曲，做的拐杖就越好

恶棍越是邪恶，他的运气就越佳

（原文：Je krümmer Holz, je bessre Krüeke：Jeärger Schalck, je grosser Glucke.）

刘遇迟之"古赤公"思想、对焚书会与灵龛的利用，与其对行踪的缜密安排与最终能金蝉脱壳，都非一般恶棍所能比，乃是其精心设计过的一场思想实验与催眠闹剧。这么多年过去了，我敢说，在巴蜀学林乃至整个远东丛林中，若论诡谲与惊险的教唆罪，或许尚有不少暴徒比他更残酷，但若论深度，恐怕至今亦无人能出其右。

可他为何非要这样做呢？动机是什么呢？

"本质上我就想做一个充满偏见、懒散而宁静，并且完全跟不上时代的人。总之，只要与所有人都不同就行。我完全不热爱生活。"我还记得刘遇迟在伞下曾这样对我说。

甚至他对自己的失败，也是早有预见的。如他曾言："我就喜欢一切过时之物、过气之书、过去之人。猰㺄庙与灉楼也都是些最老气的建筑。奈何环境不允许呀。我不得不远遁谋生。可我出身卑贱，还不得不被自己所反对的那些观念绑架。我不得不为了捍卫我自己的特立独行而走向反对常识，甚至反对自己的歧途。我渴望我发明的那些思想——哪怕一钱不值，甚至就是个自欺欺人的骗局——只要能为我解缚就行。但在我心里，丁渡，你信不信：我始终是一个非常恋旧的人。非常恋旧。我根本走不出过去的阴影。我被我的过去绑架了。时间随时会对我撕票。而且我始终认为，一个仅仅充满对未来幻想的人，并不值得结交，而一个完全不恋旧的人则干脆可以绝交。没有过去，我就期待末日。一切胜利都是荒唐的亢奋,唯有失败才是大成就。当然,恋旧的人也必然失败。"

"你指的旧,到底是什么?"我问。

"这个问题,只有当你下到灞楼的最深处,抵达'真夜'的裂缝,当你遇到'古赤公'时,它才能回答你。"他说。

瞧,这些都是他的原话与诡辩,他的弥天大谎。实际上根本不是这么回事。他始终有一个不为人知的大秘密,一个令人痛苦的情结在暗中指挥他。他就是这情结的傀儡。这个挨千刀的、敲砂罐的巴蜀俚语,指死刑犯,因行刑须击破头颅,如敲破砂罐傻麻 ×、作茧自缚的老怪物,杀过蟒、击过鼓的西域混混儿、袍哥茶馆里的老板凳,他也有今日。背井离乡,生死未卜,还真算是便宜他了。谁让他做下那些伤天害理的事呢?尤其是在人生骤变的最后关头,他仍敢对吾等曾追随他,甚至救过他命的门徒、姘头或知己们也行大不义、大不敬之事,欺世盗名活抢人,断送了我们这一代人的尊严。真罪不可恕也。不过,想搞清他究竟做了些什么,我也只能坐下来,扔掉手中的雨伞,把这个散发着夷狄人体臭的冒牌大宗师那些卑劣事迹,以及他那些零碎的怪话、幻觉、恶行、伪史与骗局,尽量记录在此处。不过因记忆总会残缺,我也能力有限,故只能盲人摸象,以偏概全。

毕竟,我这并不是在写一部长篇小说。我主要还是想阐述他的观念——或者说,一种多年来始终也在控制着我的巨大力量,躲藏在雨伞下的力量。

那真的是所谓"古赤公"的力量吗?不得而知。

至于下面要说的那些谜一样的轶闻怪事、紊乱思维、荒诞不经的遭遇,就让谜一样的时间与每个人的"误读"来作判断吧。毕竟读书这件事,极有可能只是一切并不读书的人发明的驯化、盲区与惩罚，目的只为了让人服膺于他们的暴力与规矩。因在丛林里，一个人一旦有了知识与良知，往往就会变得懦弱起来。

用猿鹤山房大宗师的怪话说："误会入真夜，误读出真知。"

中

究竟顶

发生在祖庭露台上的真夜幻境

万古证

若苍天不生我猿鹤山房大宗师——世间第一伤心人，狻猊庙后山真正的野驴——则必将万古如长夜。何谓长夜，就是大宗师常对我们说的"假夜"。

欲论"假夜"，先来谈谈万古。

别批判我。别看我只是曾为大宗师撑伞的喽啰，可我也有我自己的雨，我有我自己的把柄。我不可能完全认同他。首先，我是个常人，认同一切物理、人性与时空的常识。但大宗师却认为，时间观念是一个伪造出来的全封闭高速管道。本来就没有时间，只有因记录需要而发明的一系列刻度方式，诸如沙漏、结绳、日晷、纪年、节气、四季、岁月与分秒等。其中最可疑的，便是自然中的一切，原本都是混乱无序的，万物逆顺也都是多角度、多空间乃至多元的，没有规律。空间——尤其上下左右前后内外等，乃至其大无外、其小无内的无限小，也是可以任意选择方向的。唯独"时间"，竟然是个一条线的顺毛驴。因你只能顺向前进，既不能逆行，也不能转弯，更不能旁逸斜出一分一毫。时间是被锁链固定在这管道里运行的，而且完全不能停。

这真是与自然的其他一切完全矛盾，是被设计的。

有没有这种可能：时间只是一条四周甬道被遮蔽了的螺旋抛

物线大街?

按照庙前野驴、巴蜀黑卫刘遇迟的观念：目前人类肉眼所见之时间，就像一条大鱼的脊椎，而甬道则是环绕贯穿在它四周的无数根鱼刺。现在时间的甬道被封闭在外，内部时间的脊椎就成了狭窄的、唯一的骨头。它的左右上下四周都被严密切割了，故极其有限；前后两头则又被设计为无限膨胀的延长，犹如一条开放性伤口。

时间之六维（甚至无数维）被变成了二维，而且始终在拼命生长，只有内与外尚未被改变。时间具有极高的温度，像一架疯狂的火焰喷射器，但其表现方式则又是冷的、空的或静的。一切人与动植物、石头与气体，本质都是在时间中被燃烧的材料。但时间表现出来的则是兴衰过程。兴衰是重复的，无法记忆。故在缺环时代，为了自己能被记住，人在二维之上加以刻度，以文化、符号、天象、历史为连锁记忆之迷宫，这才有了"人类意义上的时间"。

但这也是设计的。

谁设计，为何设计？这个问题也萦绕在我们心里很多年。

整个过去、当下与未来对时间的发明设计，都是错位的。时间从来不是什么可计算的长度单位，不是冰河时期、白垩纪中遗址、黑猩猩与丛林法则、收集的上古怪兽图像、智人的起源与来历、宗教的偏见、植物标本、政客与王朝的更迭、战争、瘟疫、大屠杀、卑鄙的进化论、轩辕、圣殿、烽火台、蔗糖史、茶、黑火药、楔形文字、六书与十三经注疏、大小周天、针灸与导引术、死海古卷、异教徒火刑柱、礼、祭祀、灵魂学说、吠陀、商羯罗约780—820。他所提出的诸如摩耶（幻）、梵的一元、不二论、意识、存在与至福三位一体的"没有人格的无性的实体"等，绝对的一，都很容易与猿鹤山房大宗师提出的"古赤公"相混淆，但其实完全是两码事。不过刘遇迟的手稿里，的确存在一点对他的记录、火的应用、十字架、焚书、劳动集中营角落里的一朵小花、权力的转移、钟表的六十进制、蚯蚓对地壳的改变、医疗器械的发展、黄祸、"日石文化"中的卍字、森林食物链的循环、火山喷发、电、数学、手机、大数据、天演论、航天探测器意义上的"光年"等,也不会是一切志怪中的阴间生活、苏美尔文明、家庭伦理、凡人一生的庸俗梦想、长生不老与炼丹术、百科全书与辞海的编撰、默林博物馆、吸血鬼、外星生物研究、陨石碰撞形成的海沟、月球与彗星的循环周期、幽浮、张天师、道教符箓、量子力学、经济动物、佛教的因明学、劫、大航海时代、实验艺术、冰毒、铀裂变、人工合成病毒、蘑菇云、小男孩投在广岛的原子弹名、星辰发出的波长、碳14化验、玻尔理论、贝尔不等式、新构造的电子运算方式、洲际导弹及其定位系统、任意子、芯片、DNA编辑后合成的细菌、互联网信息战、戴在头上的可视镜、棱镜、光纤、空间站、模拟元宇宙、核均势军备赛、拥有数万颗人造卫星的"星链计划"、现代偶像制造法、新疾病、突发性衰老现象、难以言说的黑色孤独、城市废料与垃圾的居伊·德波式景观堆积、完全监控社会、宇宙粉尘在真空中的暗物质排泄,以及山野里一个个鞭身派教徒在圣殿中的血腥呼喊;当然,更不是那些每日黑压压地围绕着漈楼露台究竟顶上飞舞的巴蜀蝙蝠、春秋昏鸦、红颜迟暮、挚友星散,不是我们这一代光头焚书者所经受的残酷童年与集体大痛苦……不,不,时间从来就不是这些。时间是定。时间是一团活跃的、立体的、没有标准与规矩的〇或无限重复的∞。时间也是分叉的,是伟大的异见与璀璨的别离。时间是在"一"之外的那个必须分割出去的一。另一个完整的"一"。因世间所有这些变幻莫测的事物,犹如一场主观的"大衍",尽管眼花缭乱,深不可测,可以从心跳延伸到外层空间的尽头,却又都会在"死"这个字面前戛然而止。

可时间是无生的，故而也是无死的。无生无死的东西，都是假的。

记得深夜里，大宗师曾流着泪，对着定间中的那面黑墙说过："这纷繁复杂的世界，全部历史、文明、人间烟火与生物的肉体，其实对我而言，真的不值一提。唯有那令人耿耿于怀难忘的死——哪怕一只鸟的秘密消失、一条流浪野狗寂寞的倒下、秋风寒气下蚂蚱与蚊群的纷纷坠落，或者茶杯里看不见的一枚细菌的分裂，看似是最不起眼的每一次生灭，但却是全部时间的第一圆心。何况人？"

他的意思是，就算你能长寿五百年、五千年或五万年，就算你能活一亿岁，也终究会有那一天。你必须面对这个残酷的定间。任何存在时间，包括物理宇宙的时间，对万古二字而言，基本只能算个零头。甚至连零头都不到。死，是唯一能旁逸斜出这个逻辑的东西。死是无时间的。死是全盘否定。死是瞬间。有时，死的速度连最短暂的瞬间都不到。死是会发生在人与人之间最后的眼神里，恰如"怎当他临去秋波那一转"<small>语出元人王实甫《西厢记》，观念则明显剽窃自某禅宗公案。另，明人唐寅论之曰："夫秋波，最足关情者也，况转于临去时乎？当之者将奚以为情耶。"</small>。死才是这个世界唯一没有发生过的事。死是超光速。死才是最大的造物。

存在皆为数学，唯独死没有数学。

因死是不存在之存在，故死就是万古。

猿鹤山房大宗师还认为，相信"世俗时间不是真正时间唯一的管道，恰恰是岔道"。而且只有相信"古赤公"，跟随进入了瀿楼定间，你才能理解所谓万古。万古与一秒，如一生中全部的浮想杂念之与某日某时某瞬间之一念，根本上是一码事，却又背道而驰。

但尽管猿鹤山房焚书会与狻猊庙瀿楼中藏书无数，一个门徒从 A 读到 Z，懂得了全部世间的文明及其差异，却也未必能真正理解大宗师说的"万古"。凡能领略感悟到这一点的门徒，这位野驴老师便会亲自发给他一枚由其盖了印的"万古证"，作为结业标志。

当然，"万古证"并非纸制的证书，而是一个特别的仪式。一个行为。经过这个程序，大宗师就会把"万古证"有效地安装到门徒的心里，并改变他们的思维方式。

"难道您的意思，就是让我们去死吗？"当初有一群愤怒的门徒曾朝他喊道。

"当然不是。死是万古，但万古并不是死。"大宗师回答说。

"那为何一定要发什么万古证？"

"为了让你们都成为我的狻猊。"

"收起你那一套吧，别骗人了。你有一大堆赤兔和洞主还不够吗？我们可不想也变成被你控制的畜生。"

"什么话，狻猊可不是畜生。"

"那还能是什么？"

"是觉醒。野兽的觉醒。也是'古赤公'的千万分身之一。"

"可笑，难道我们都睡着了吗？"

"你们的确都睡着呢。你们的吼叫就像震天响的打呼噜。"

"强词夺理。好吧，就算你说得对，那你的万古证又如何才能发给我们呢？我们可不喜欢考试，也没地方存放废纸一样的证件。"

"我会直接放到你们的阿是穴里。"

"阿是穴就是个不确定的疼痛的穴位，怎么放？"

"这你们就别操心了。你们需要的只是亲身去实证。"

"可我们并不想去实证什么。"

"想不想，你们都得去。人都有一死。"

"荒唐。我们要是都死了,你的万古狻猊又从哪里来呢?"

"恐怕你们还是没理解我的意思。可以说,当你们决定一直追随我时,万古证就已经被我放到你们的小腹与阿是穴里了。你们没有觉察,没有感觉,这是因我还没有来得及启动它,为它盖上我的私印。而且,我得看到你们真正理解了万古,才会盖印。"

"你的脸皮可真够厚的。"众人听了大宗师这些话,更是哄堂大笑起来。

大约也就是在大家正笑得前仰后合时,瀿楼忽然开始摇晃起来。

楼并非是被我们笑摇晃的。因从窗口望下去,我们惊讶地看见从山下上来了一大群猪脸人,大约有数百号吧。他们虽都穿着夜行衣一样的紧身服,拿着火焰喷射器,有的还自己在吐火。紧身服并不能掩饰浑身的肥肉,反倒令油腻的曲线更明显了。他们集体站在瀿楼黑塔下,伸开双手,狠狠地开始推着楼身。有些家伙还伸出猪鼻子,用肉乎乎的黑窟窿眼,使劲地拱着瀿楼的大门。这巨大的震动让很多砖头、玻璃与瓦砾陆续从楼顶往下落,楼梯发出的轰鸣,就像后山发生了空袭轰炸一样。

"瞧,这是'旁逸时刻'的开始。大裂缝就要出现了。"大宗师冷静地对我们说,"难道你们还不能理解我的良苦用心吗?"

但没有人回答他。瀿楼里的人与漫山的峨眉猴一哄而散,像群被揭了窝的耗子。

据当地人说,狻猊庙瀿楼完全倒塌毁灭多年之后,很多当年幸存的焚书会门徒,都成了游荡在街头的酒鬼、地痞、下棋的老头或恶棍。他们终日披着白发,带着满是皱纹的臭皮囊,还不厌其烦地对擦肩而过的姑娘吹口哨,或无端咒骂某个过路人。他们最终还是相信了物理之死与万古的区别。那普通的死似乎诱惑更大,且谁都跑不了。他们自暴自弃,只能在最后的绝望中为一些鸡毛蒜皮的事而狂欢。

  他们早已忘了还有个刘遇迟,忘了万古。没有一个人还相信在他们过去肚子里,都曾藏有过一枚著名的"万古证"。

真夜镜

"'真夜'是一场诛心之计,每个人都可能会因此丧命。"

这句不知谁说的风言风语,多年来始终在猿鹤山房内流行。

我失踪的挚友元森曾认为,大宗师嘴里所谓的"真夜",学术本质或许是借助了中国古代天文学里失传的所谓"宣夜说",然后自己设计出了一套诓骗世人、诱惑焚书会门徒、纯属子虚乌有的万有时空体系模型。如"旁逸时刻"只是他的一个切入点。他的目的,是想阐述完全是他自己虚构出来的一套卑鄙天地、肮脏宇宙,然后在其中作威作福。

我倒不这么看。

大宗师虽是利用了一般意义上的拓扑逻辑,反常识及诸如汉人"宣夜说"之遗产,但他更多的模型、格言、编撰与发明,除了他个人的癖好,或者话里有话地表达了他在失恋时代也能"透得此关,乾坤独步"的野心之外,还有很多难言之隐。

有没有这种可能,即爱情失败了,但他却意外地发现了一种新的存在形式。这伟大的形式可以缓解他的痛苦,并重新获得比占有恋人更强大的力量?

也有的吧。从前种种譬如昨日死,此后种种譬如今日生。

首先,这位在巴蜀腹地偏安一隅的大宗师认为,天穹里一切星球散发的光,即在世俗物理上皆为"过去的光",包括太阳系内的最近距离的这些星球。包括日月。过去数万光年还是过去一秒,性质都一样。时间从来就没移动过,是一个死去的点。这便意味着星球从来不会在此刻出现,以及整个宇宙应该都是过去式的。整个宇宙的运行早已结束了。全部存在只是一场记忆。目前这个能用人类的肉眼及机械追赶上速度的三维太阳系,乃至银河系,都只是一叶障目而已。此"宇宙"乃是曾经发生过的但却早已灭亡了的那个宇宙之模型。人类(乃至一切生物的感知)在其中只是一个最渺小的折射。这个当下的"伪托勒密·刘遇迟式宇宙模型",包括一切飘浮的星球、裹满大气层外围的几万颗人造卫星、及其生锈的垃圾、以太、太空碎片、虫洞、陨石、黑洞奇点、仙女座星系、M31"双核"环绕、事件穹界、星云粉尘、辐射、量子、电子、费米子、核原子裂变乃至一旦核冬天形成后的地表生态环境,一直到火山喷发、生物化学、精子与卵子的结合与演变、死后灵魂的去处、意识的起源之谜、交叉折射的暗物质、暗能量或对一切外层空间生物的假设等。现在的宇宙只是"过去的宇宙"发生后的一场巨大景观。而在"过去的宇宙"里,天的本质,是一阵漫长扩散的烟雾,星辰不过是这烟雾中相对较大的颗粒。但时间又是完全不动的。故从大气星辰到灰尘细菌,皆如"乐出虚,蒸成菌"^{庄子语},乃至于尘中之尘,菌中之菌,就像天外之天一样,都不过是最近这数千年里人类揣测与探索的观点而已。世俗天体物理、天文望远镜、文明人的智力与对规律性的宇宙探索,都是非常狭隘的机械论。所谓"人类所能看到的九百三十亿光年的球体"这个东西,实际上不过是另一个很小的夹层,一座梦魇里的茅屋,并非无限。人类在这场"假夜"与烟雾的围绕中,只是一个渺小的傀儡。浩然与溟涬同科,大与小,是作为"缺环后裔"之人类的肤浅观念,基本只如尼安德特人的化石一样，没有任何意义。对于"过去的光"（其实同时也是"未来的光""隐藏的光"与一切"旁逸时刻产生的光"），宇宙烟雾从没有规律，黑夜也从没有方位。如被设计的这个最小的太阳系里，一切关于金、木、水、火、土各星穿梭起伏的论点，包括黄道、银河、白矮星、北斗、紫微或二十八宿等，也都是些最粗糙的集成电路思维。宇宙的电烙铁根本不在这里。宇宙是一团隐性的烈焰与愿望，守之则燃烧，追之则熄灭。连大爆炸都是臆测的错觉，因爆炸之前竟然没有内与外。妄论万物之谜，无异于缘木求鱼，痴人说梦，在一张白纸上疯狂地读书。

有人问，刘遇迟这是在剽窃赫拉尔杜斯·霍夫特 Gerardus't Hooft 关于"我们的宇宙早已不存在，只是三维世界在二维平面上的全息投影"这一观念吗？他也要测量顶夸克的质量与互换粒子的意义吗？还是抄袭了尼古拉·卡达尔肖的设想，认为宇宙其实分了很多等级，我们肉眼观察的这个宇宙只是在最低的一级？我们都是被指定的、被种植的、被实验的以及可以被救赎的？

不，所有的怀疑都没有意义。他的恶作剧并非依赖这些。

大宗师靠盗用的古人设想，发明的"真夜"观念，本是借鉴了东汉蔡邕及"宣夜派"的文献，如其在《方朔上书》中将古人宇宙观总结为三派：即周髀派（盖天说）、宣夜派与浑天派（杨泉、张衡浑天说）。前后二者都广为人知，毋庸赘述。反正不是说天像个锅盖盖在上面，而大地像个倒扣的碗，两者都有六万多里，便是说天像个鸡蛋，充满了水，而大地则如蛋黄浮在水中。但"宣夜派"的创始人及思想却都奇怪地失传了。在中国历代典籍中，唯独东汉明帝时的秘书郎兼占星学家郗萌约1世纪末—2世纪初，著有《春秋灾异》《秦灾异》《霓虹通玄记》，均散佚。后《隋书·天文志》《开元占经》等有零星记载曾对宣夜派天文体系有一些传承论述，即说"天了无质，高远无极"，以及"日月星象浮生空中，行止皆须气焉"

云云。

实际上,"宣夜派"对宇宙的看法非常复杂,其最主要的成就,不仅在于只有它认为天是无穷无尽的气体,而且主要是由夜晚(即青色)构成的。白天从来就不存在。太阳不过是巨大黑夜里非常渺小的一盏灯罢了。其实西方人也早就有过类似感受,所谓"天竟然能运动,这是不可能的"参见亚里士多德《论天》或"天并没有地方可以扩张,然而,竟然有某种东西可以为'无'所束缚,这真是令人惊讶"参见哥白尼《天球运行论》。不过很遗憾,他们没能沿着这个思维发展下去,找到自由,而只是走向了笼子般的物理。

至于规律,脾气烂如野驴的大宗师说:"我认为浩瀚太空中存在一条漂移的通道。这通道没有头,也没有尾。但是它有门,那就是我常说的'大裂缝'。如果人能飞上天,或许有可能从那缝隙中间直接进入。在颛顼时代,这条通道曾被称为'醒道'。醒字,古意即指从醉酒中醒来,或指酉时之星辰。即取能在酉时(每日黄昏五至七点左右)进入此道者,便能看透我们这个世界和宇宙的真相,回到那个'过去的宇宙'里,看见'过去的光',仿佛如梦方醒。古宣夜派的弟子与占星术士,自上古至晚清,都曾日夜潜心观察或研究这个'醒道'。关于天体即烟雾混沌这一看法,无疑超越了另外两派,甚至比西方的托勒密地心说、哥白尼日心说或牛顿万有引力等,都更具有现代天文学的意义。而'醒道'则类似虫洞 Wormhole,即现代西方天文学中的时空弯曲理论,也称史瓦西半径 r=2M,或从白洞到黑洞的隧道。在这里,时间会变成0,距离也会消失。明人万虎便是因为想进入'醒道',把自己绑在了挂有四十七支火箭的椅子上,双手握两只巨大的风筝,试图把自己送进太空。当然,他最后在一声巨响中化为灰烬。这是宣夜派弟子最后一次对'醒道'的探索。清代宣夜派还曾被道教房中家所利用,变成了一种色情玄学。有些道士说女子的阴道即'醒道',故在爱情或色欲中,或能在酉时性交者,也能窥见宇宙的真相。但是这种说法只是极少部分人的观点。对此,我并不完全认同。不过在猿鹤山房瀠楼的露台上,我经常夜观天象,我感到也许我们真的能重新发现'醒道',进入真实的过去的宇宙,从而让我们今天的这些知识不被世俗人生所浪费。这也是我们成立焚书会的一个重要研究目的,以及哲学的方向。我之所以强调醒道,也因它可以用来对付猪魔军。"

大宗师的话对一般拥趸或许无用,但对那些尤其读过一点书的半瓶子醋,却始终具有奇异的诱惑力。按照他的逻辑,后来唯一传承下来的宣夜派玄学,即唐人李淳风的理论。因据说李也曾迷恋宣夜派奥义,曾通过打坐入定,偶然进入过"醒道"中,并发现其与人间社会的密切关系。李淳风是世界上第一个给风定级的人,早于英国气象学家蒲福 Francis Beaufort, 1774—1857 一千多年。因李知道,醒道在空中是飘移的。如果不能准确地计算醒道被浩然之气,或被真空推动的轨迹,便难以找到它。一般记载认为,李是根据树木受风的影响而带来的变化,发明了地球上八级风力的标准,即动叶、鸣条、摇枝、堕叶、折小枝、折大枝、折木飞砂石、拔大树和根等,并分为二十四个风向。但李其实还发现了"真空之风"。他认为既然"醒道"会移动,便说明太空中也是有"风"的。问题在于,那种真空之风没有质(所谓"天了无质"),而且始终处于黑暗之中,肉眼看不见。要想找到"醒道",就必须找到真空中的大树。看得见树动,才看得见风,从而才能看得见"醒道"。那么,什么才是真空中的大树呢?李淳风认为,就是各种星辰与天体混乱运行的轨迹。故他写了《乙巳占》,其中大量谈到了星辰之树的运动轨迹,如"有尾迹光为流星,无尾迹者为飞星,至地者为坠星"或"长星状如彗,孛星圆如粉絮"等。

但内心险恶的大宗师则说:"李淳风那时的中国玄学家尚并未觉醒,对'醒道'的认识是很原始的、错位的、浅薄的。古人所谓的真空,即便存在,也是'过去的真空'与'过去的无',而非未来的真空与深刻的真空。更不是我说的深度真夜之真空。虽然世俗的假夜大多概括为是某种 Deepfake night(深度伪造之夜),但我的真夜却不是 Deeptrue night,而应该是介乎于 Deep fidelity night(深信不疑之夜)与 Deep vacuum night(深度真空之夜)之间的巨大黑暗。因真空之真夜是可以隔代传递的,虽九世可也。正如真空甚至是可以隔物、隔空、隔意识传递的。跨越真夜的人才算是真人。那是真正的大自在。"

很多年以前,甚至到今天,我都是相信他这种说法的。

猿鹤山房焚书会的同仁们都知道,我们这位乡巴佬异端读书种子和狂狷之徒,不仅相信有"醒道",还相信它在真空中是飘浮不定的、移动的,而且可以重新被发现的。他甚至相信"过去的宇宙"既然已死去,新的宇宙便还未诞生。而"醒道"犹如一根脐带,会在子宫羊水之中漂浮不定。猿鹤山房焚书会信奉他的门徒,包括他自己与宇宙的关系,就像胎儿与母体的关系。脐带就是他的语言。他不仅是大家的导师,还是大家的精神母体。他也常把"我当于一切众生犹如慈母"语出《华严经》这样恬不知耻的话挂在嘴边。他自诩应该是带来大家在未来诞生的人,是"醒道"中的第一个觉醒者。在新的宇宙没出现之前,他把人间所有这一切我们可感知的存在——包括物理世界、昼夜、地球、元素、气候、海洋、经纬度、文明差异、宗教异象、国家分野、堆积的图书、旺盛的性欲、奇怪的食物、家庭、风俗、道德、怪癖、制度、文艺、货币……乃至我们这些跟在他后面的灂楼走狗门徒们——总之,所有我们生活中能感知到的、认识到的全部事物，都称之为"假夜"。而只有跟随他的"古赤公"研究，驾驶他的摄心机器，才能进入真正的存在——即"真夜"。

反正谁不相信、不理解他所否定的事物，谁就会被大家视作没有天赋的笨蛋。他还为这样的成员下了个定义，谓之"假醒主义者"。

好像我们都在昏聩而被设计过的黑暗里，只有他一人是启明星。

记得那年，大约我第一次下到猿鹤山房地库前所见到的黑暗，那种万人都在逃亡，为了躲避太阳而集体奔向滚烫的地下室，见到便是这样的"真夜"吧。

大宗师刘遇迟为何如此强调地下、倒影或定间的重要性？按他的解释，也是因进入"醒道"的真正办法之一就是保持思维的封闭性，其次则是对他的追随，服膺于他，始终向着他指定的哲学方向前进。他认为人生在世，大部分人都没有获取进入"醒道"的机会。连他自己也是突破了无数的假夜，才有这样的旷古奇缘。因静坐与追随，就犹如婴孩回到了子宫中，靠倾听母亲的心跳判断自己悬浮旋转的方向。据说，在"真夜"里，除了少数幸运者，还有过去世界很多流产的、被打胎的、妊娠期间中途意外死亡的、生产时窒息的等等，一切尚未能按期来到世间的婴儿，漂浮在中阴里，就会有这样的机会。他刘遇迟自己，也是因当年卡在那弃婴塔口，偶然介于"入世者与未入世者"之间，所以才会被那个伟大的、路过当地的"坐骑古狲的师古公"所救。这种极端偶然的阅历，也是他掌握"醒道"入口的原因，而非什么世俗传言的那些进山去修炼。那都是古人的骗局。

至于具体的追随方法，刘遇迟也是详细阐述过的。

他在关于"真夜"的演说与修辞中，还大量运用了古代力学、多普勒钟慢尺缩效应、原子核衰变、液态化、热、气体、蓝移与红移、马尔科夫数学过程、集、正负反馈、康普顿散射、海森堡不确定性原理、超稳定结构、光学、反应釜等西学,企图以天花乱坠的方式,让我听得头晕,以便混淆视听。如在利用"钟慢尺缩效应"时,刘遇迟会将时间单位,偷换为意识概念,如将准确的"分"与"秒",换为不能测量的"念头"或"心动"。

"人的整体思维局限都来自词语,因词语都是假的。"他说。在灪楼里,谁如果用说话或发誓等来表达对他的追随,都会被看作"假夜"里的错误。

"若要追随我,必须只能是在意识与行为中,而且你们要苦练光差。"大宗师说,"当然,光差也不是随便乱练。因这不是跑步或仰卧起坐,没有向导是容易出问题的。譬如,过去比利时科学家约瑟夫·普拉多,最初就是为了进入光差,才发明的'诡盘'Phen-akistiscope,即可以连续动画旋转光片,是电影的前身并研究的光学。他曾于一个夏天,在列日城对着中午刺目的太阳凝视了二十五秒钟之久。结果,强烈的阳光使他目眩眼花,不能辨物。于是,他不得不躲进一间漆黑的暗室里休养了几天。可在黑暗中,他始终能看见一个灿烂的烙印停在他眼膜上,就如太阳的影子被钉在了他的瞳孔里。他甚至还误认为那烙印就是光差的入口。过了很久,等他视力渐渐恢复后,仍不知谨慎,立刻又热烈地继续投入对光差的研究。于是他最后完全失明了事见乔治·萨杜尔《电影通史》第一卷。我的意思是,普拉多是因误解了光差与光学的区别,从而才错误地去注视太阳的。光差并不是如《光学原理》科斯·玻恩(Born.M.)、埃米尔·沃耳夫(Wolf.E.)著中所论述的那些光学。不是关于光的物理反射、折射、偏振、干涉、衍射或晶体光学等所能诠释的。包括几何光学、极限波长($\lambda \to 0$)或从未真正出现过的量子光学等。这些东西因都属于现实世界'假夜'之范畴,故都并不能分析纯粹来自'真夜'的记忆与情感的光差。我们焚书会的成员要想进入光差，首先要理解的是爱情、性欲、记忆、空翻、定间与黑暗，而不是太阳、仪器、光明或任何波与粒等物理现象。这是完全相反的两条路。"

对大宗师的这些说法，每个人的理解也不同。

作为每日从身后给刘遇迟打伞的人，故从某种意义上便始终都能"监视"他一言一行的人——我认为，他所谓的光差，也与物理有点关系。譬如，他应该是指当物体运动的速度接近光速时，物体周围的时间就会迅速减慢，空间迅速缩小。若速度等于光速，时间就会停止，空间微缩为一个点，即"零时空"。只有零静止质量的物体，才能达到光速，形成光差。但在我们这个充满"假夜"的世界中，并没有任何物体的运行速度可以超越光速。甚至连接近光速的工具都没有。因这假夜中的物理自然也是假的。假者必无自由。假者就会有局限、有尽头、有互相之间的误会与制约。真则是无限的、自由的、通达的、毋庸诠释的。譬如人的意识，就可以超越光速，绝对自由。人的意识也可以率领人的肉体抵达"真夜"，抛弃过去的一切，完成新的诞生。这个前提，当然是意识真的能接近光速、等于光速乃至超越光速，并形成光差之时。

追随大宗师的意义，就在于要打破这真假两者之间的壁垒，就像婴儿褪去胎盘，把活的意识与死的词语统一起来，然后消灭掉。

的确，猿鹤山房大宗师在思维中空翻，尤其善于将心与物的运动合二为一。他认为：人在世间生活，如果有一点心动，当一个念头发生时，它距离你过去观念的原出发点只有一半——我们姑且称为"半点心动"吧——此心动距离，当我们感觉到是，确实整个的一次心动，或一个念头。但这个事件发生，我们在我们自己的意念里所能感知的，需要再过半点心动。于是你就会发现：当你极其想去做某一件事，或爱上某一个女人时，你的原始心动与念头发生了一次半时,你心中的激情与怀疑则不是,而是完整的一次。你想做某一件事,爱一个女人超过三次时,你心中的激情与怀疑则是两次。也就是说,人类在认识世界、批判存在、爱一个同类,或者探索某个未知领域时,其中有一部分时间是被遮蔽在感知里的。你误以为是钟表慢了,或者快了。实际上这一切都是逆差产生的。不过,这可不是什么相对论。相对论本身就是错觉,是假醒主义者们脑髓的缺陷。心跳速度越快,时间就变得越慢(在厌恶时与冷漠时则会越快)吗?此时间并非彼时间。时间本身属于虚构,而人的理论往往又在继续解构这个虚构,令其误入歧途。各文明的冲突与差异就是这错觉的悲惨结果。"真夜"的时间是独立的。每秒钟(每个念头里),都有成亿万次互相交错的时间与基本粒子,形成了亿万次乘亿万次的钟慢尺缩效应,如森林原野生物链里的群兽奔腾,弱肉强食,或人体内万有细菌之海洋,互相吞噬,此消彼长。时间也会生死起伏,但快与慢,都是表面的差异。其中被遮蔽的、被消失的、失去感知而又一直存在的那一部分时间,才是"真夜"的基础,也就是他用口语常说的所谓"夹层"。

猿鹤山房潆楼的修建,就是一个夹层的模型,其目的在于理解隐遁。

夹层的说法,甚至也能诠释元森腰部的伤疤,即他是否有一个孪生连体兄弟的问题。他其实没有。但元森可以成为两个。譬如,孪生兄弟中的一个,以光速往返于元森与叶宛虞的爱情,那么他就会老得更慢一些。他体内的细胞、感知与记忆,都会比平时叶宛虞身边的那个元森更年轻。不过,一个人竟然被分成两个,并且在不同时空中同时存在,这仅限于光差——即所谓"过去的光"——能抵达内心时。如果是声速往返,那么接近和远离的钟慢尺缩效应就会抵消。也就是说,有两个元森,年龄一致、行为一致、语言一致、性欲也一致。但因爱的速度不同，前者在过去的光速中，叶宛虞远离他时，会感觉时间过得更慢；后者的爱只达到声速，所以返回时，时间会感觉过得更快。

也就是说，后来大宗师正是利用了"光速的元森"与"声速的元森"两者之间的往返逆差，找到了这对恋人之间的夹层，得以乘虚而入，并用"古赤公"的狂野性欲，霸占了叶宛虞的肉体感知参阅本书下卷"连体"一章，找到了他们共同的真夜。

人对未来世界的探索就像剥洋葱，不断地打开奥秘，但也不断地发现扑了个空。现行宇宙始终就是个渺小的原点，是被假设的实心球，一动不动。定为真夜，动是幻觉。大宗师嘴里的"真夜"就像一面语言镜像，反映了很多我们无法解决的问题；譬如世间为何那么多的数字巧合、重复的苦难、循环的思潮、没有结果的探索。譬如生的无权，以及死的奥秘。"真夜"会不会就是他设计的一种逃避方式呢？当然，完全也有可能。

问题是当猪脸人真的发起进攻时，能往哪里逃？

在整个狻猊庙生活期间，大宗师都企图利用"真夜"来抵抗现实的困境，而把现实看作"作为意志与表象的折射"。这哲学解构了我们习以为常的世界。他以其敏锐的邪恶、善辩的狡诈与博学的诡计，企图来摧毁我们的常识，侵略我们的心灵，统治我的情绪，把我们像畜生一样封锁在一团"过去的光"里。

他几乎做到了，以牺牲我们集体的盲目为代价。

他在他精心装饰的大黑暗里，把自己磨得锋利锃亮，足以刺穿我们。

不过，大宗师对如何进入"过去的宇宙"与"过去的光"，作为一个用摄心机器成熟思考过"真夜"的一代怪物而言，也有其自圆其说的逻辑。他为他在"真夜"定间里的很多下流行为也有过定义，如天上的确有一个过去的真空（宇宙与时空无穷），地上有一个过去的真空（历史与权力无穷），人类也有一个过去的真空（情感与记忆无穷）。这三种真空世界，本是完全隔绝的。但因"醒道"的存在和发现，在这三种真空之间，能通过他的绝对定间（纯粹的无）得以相通——这是因一切烟雾、真夜、混沌与无序等概念，其边缘本来是没有界限的。纯粹真空与纯粹之无，是没有语言可以阐释的。所以这里也无法叙述出来。但那一切没有界限的事物，因是真正的无，故从来就是能互相之间自由出入的。"真夜"不存在任何阻碍。每个人都可以在静坐中，找到这三种无穷，进入"真夜"的大自在状态，然后发现"醒道"，步入新的诞生。

"那么我们应该从哪里开始学习呢？"入会者常会问。

"自然是从服从我、分析我、追随我，也自然随时可以用你们的诡辩在光差中反对我的言行开始。"大宗师总是用悖论这样回答，"不过男子与女子有所不同。男子必须通过苦练意识与光差。即便进入中脑后，男子还得绞尽脑汁，复杂且很累。而女子若要进入'真夜'，只需通过爱与性欲就行了。在这件事上，所有男子皆比猪脸人更笨拙，毫无天赋可言，一生思维全靠运气。而女子则天生是一架摄心机器，大腿间就有一条伟大'醒道'。我们都从那里来，往那里去。我嫉妒女子，也崇拜女子。正如赤兔是我的恋人，洞主是我的敌人，而所有亲密的伙伴都是我合二为一的完美异人。"

停止论

记得那些年，设计建造濛楼时，元森曾在定间里秘密收藏过很多钉子，大的小的，直的弯的，有水泥钉、钢钉、铁钉，也有图钉、订书钉与螺丝钉，还有很多没有来源的，类似犬牙、绣花针或鱼钩的钉子。我见过一枚最大的钉子，比擀面杖还长，可根本不知道能用在哪里。我还见过无数细如绒毛或蚊喙的小钉子，如果不用放大镜，肉眼根本看不见。每个人都知道，元森设计的濛楼是全卯榫木质结构，以及靠吹气与膨胀构造的空中蜃楼，连楼里的家居也都是卯榫打造的，有些太麻烦的连接处顶多会用树胶粘合，根本用不上任何钉子。

"那这些钉子用来做什么呢？"一个下雨天，我问他。

"用来让这个世界停止。"他说着，从裤裆里掏出一柄榔头，并顺手拿起一枚生锈的铁钉，朝窗框上砸去。

奇怪的是，当尖锐的铁钉钻入窗框，我看见狻猊庙后山窗外的风景真的瞬间便安静了下来：那朵巨大的，本来在天空上飘浮的乌云速度变慢了，乃至最终停在了山头上。漫山的蒲草与树木也停止了摇曳。一群本来在叽叽喳喳的鸟，刚离开枝头起飞，却停在了半空。所有的雨滴都高悬在半空，不再往下落。

"这是怎么回事？物理上你是怎么做到的？"我很惊讶。

"定间之中无物理,只有'中脑'。"他说。

"好吧,就算你说得对,可毕竟我刚入门,无法理解,更无法做到像你那样,随随便便就可以让世界停下来。"

"你不必学我。再说,你的中脑,永远也不会是我的中脑。说实话,我还挺后悔进入焚书会的,后悔当刘遇迟的门徒,为他修造这座荒谬的灪楼。如果能重新来一遍,我只想当个山中的种田人。未闻世间伤心事,懵懂快乐。健康长寿性欲强,不知文明。我才懒得管有什么公元与时间,无论东与西。只想袒腹江亭卧,靠天吃饭。骑驴打瞌睡,过年杀猪。整天喝酒诀怪话,哪怕不知所云,也是好心情。你瞧,在我们狻猊庙后山上,哪有停止的事?那漫山遍野乱跑的猴子,看起来都很灵巧,实际上却都是这个速度世界与大宗师刘遇迟的跟班而已。而那个屁股比火焰还红的公猴,就像刘遇迟本人,他所做的一切事,蛮不讲理,骨子里无非就是想让山上所有的母猴都能让它随便骑,随时骑。可公猴再厉害,一旦现出老相,我想它也便迟早会败在新一代的年轻公猴手里吧。它会被打得遍体鳞伤,像堆血污中的臭肉,在母猴们的嘲笑声中狼狈地逃下山去。尽管它仍会觍着脸活下去。曲则全嘛。生命有如压在后山巨石下的植物,所有形状都是勉强出来的。木秀于林,风必摧之,唯磨皮擦痒者不朽。我们都生活在夹层里。除了进入中脑,进入定间,我们从不能停下来。待沙漏倒悬时,回头一看,焚书会这座丛林里,所有人与植物,也都是那副弯曲的样子。以后一想到无论蒙昧而快乐者也好,绝望而无能者也罢,大家都彼此彼此,或许心里也就都平衡了。"

"唉,你怎么会如此悲观?既然这么不喜欢,为何不离开这里?"我问。

"人一旦进入中脑,便已经身不由己了。我已经不能让自己停下来了。这也是我收藏钉子的原因。如果我不能暂停,那就让这个世界暂停。"

"让世界暂停，什么意思？"

"这关系到我以后要写的一部书。你知道，我从不擅长文字。我就是个泥瓦匠。我只会盖房子。但我认为，一切物理皆不足为奇，真正奇怪的是，这个物理世界竟然从来没有停止过，无论现象、运动、时间或速度。所以我有一种设想，即'停止'本身，会不会正是控制我们这个世界的家伙？"

元森刚说到这里，我看见窗外后山上，忽然出现一只猴子，好像是走丢了。它被淋得落汤鸡一般，毛发肮脏，正在冲着停止的雨发出刺耳的尖啸声。

于是元森又拿起一根钉子，朝窗棂上钉去。那猴子的动作与尖啸声便也随即停止了。

不过，这一切并非元森的中脑行为。

在我们后来的交谈中，我基本理解了他说的"停止"。那据说是指全部大时间中的人与生物、元素、生与死、社会发展、地球、量子中的猫、测不准定律中的离子、湍鉴、混沌、反馈、食物、粪便、交媾、折叠的纪元与矿物的碳化，包括多种平行宇宙、马鞍形宇宙、第 25 号宇宙中的老鼠与观念宇宙中的六维空间等——这一切在亿万年的交叉演进流变中，为何从没有暂停下来过一次的问题。的确，哪怕一次开小差式的打盹也没有过。元森说他自己是在二十七岁那年夏天开始发现，并思索这个问题的。一开始，他只是从专业角度认为，"因建筑都是无中生有，而一切建筑都是静止的，故发生即静止"。但这只是一个假设。直到后来进入焚书会，经过大宗师刘遇迟的启发，他才更加确定地认识到：所有事物，按理说本都可以暂停。因只要有运动，就会有停止。

但事实上一切却从没停过。哪怕千分之一秒，或数万分之一的刹那之暂停,也从未在历史上发生过。

相反,物理世界时时刻刻,一切事物都像离弦之箭,始终在争分夺秒地向前。这是怎么回事?这真是一个荒谬的发现。元森为此而陷入了旷古以来闻所未闻的伟大痛苦之中。

为了解决这个本不存在的问题,元森决定写一部叫作《停止论——关于万有与无之间是否存在一瞬间休息的研究》的书。

"你说的停,不就是死吗?"我也曾找碴似的问过他。

"你怎么也和那些不会动脑子、没有中脑思维的笨猪一样,"元森笑道,"任何死,也仍是运动的。譬如人与动物的死、植物的枯萎、一滴水的蒸发、一座建筑的轰然倒塌、一个器皿的破碎、一件私事或历史事件的终结、一种文化或国家的灭亡,乃至行星冷却、盘踞无数光年的天体忽然发生毁灭等,性质也都差不多。这些东西死后,它们的存在性仍会继续在腐烂中流转,在被解构、被化为齑粉中进入虚无,又从虚无里再生出来。无论是肉身原子的守恒,还是灵魂观念的延续等,其实都并未停止,只是换了一个方式在运行。死与生,都是运行过程。我说的真正的'停止',则一定是处于过程与过程之间的那个东西。"

"那到底是什么?"

"要是一句话能说清楚,我还用写这本书吗?"

的确,元森曾潜心书斋,查阅文献,为此呕心沥血多年。一个人挥汗如雨地做此类无用功,尽管毫无意义,也总是让我有些盲目的感动。在浩若烟海的玄学史里,元森也看到历代有人曾隐约提及过"停止"这种可能性,但都未真正深入。因大家都把那种万有忽然凝固的"停止",与一般性的"结束"或"死亡"等世俗概念混淆了。元森认为:"停止"与这些是完全不同的两码事。"停止"并非结束,更不会是生物性的灭绝,而只是"一种在骤然之间完全不动,彻底静止"的可能性。最关键的是,"停止"出现时可能会长达数年，可能会永久不动，也可能只是瞬间的几秒钟。只是因它从未出现过，也无法从任何事物中挖掘出来，没有任何蛛丝马迹可循，所以无法论证。仅这一点，也像极了历代人文假设出的那些著名的陡斯、造物主、太初、道，或宇宙起点等。但元森说的"停止"是与一切宗教或物理都无关的。他更相信"停止"是绝对秘密的存在，因尚未被诠释，故比任何哲学都更可靠。他更相信"停止"可以包括全体基本粒子、运行速度、生物思维体、神学或超自然现象（如果有的话）在一个特别的瞬间凝固，然后纹丝不动的样子。他的"停止"是这世界上唯一没有发现过的平常事，故而正是这个世界的最大反面，也是最可能的幕后控制者。他的"停止"应该绝不是任何一个数学意义上的〇（零）——因当这"停止"出现时，全部的数学概念也同时停了下来，所以它也无法被运算。

尤其矛盾在于，元森说的"停止"，按逻辑好像显然也不应该属于任何语言文字。因它一旦出现，语言文字也都会停止。那如何才能记录它的历史呢？

为了证明"停止"的存在，元森跟我提出了几种可能性，以供参考：

1. 人在失去控制时，如精神失常、剧烈疼痛或自杀时，世界会暂停。但这通常也只是人自身的感觉，世界则并非如此。

2. 人与事物在互相忘记时，世界会暂停。此若非真相，理由同上。

3. 停止只是万有在运行时的一个设计上的疏忽，一个小小的漏洞，本来就无足轻重。且因万有的运行太强大了，几乎遮蔽一切，故任何漏洞都不易察觉。

4. 停止是交叉的，即这个人或这个事物停止时，另一个人或另一个事物仍在运行，反之亦然。故当所有的人在运行时，停止便同时此起彼伏，错觉高度密集，故互相之间对此便不能感知。

5. 让我惊讶的假设之一：元森认为"停止"实际上是已明确出现过，且正在出现或随时随地都在出现的一种现象。只是因它出现的时间太短暂了，大概小于千分之一或万分之一秒，隐藏在万有运行的无数缝隙里，细腻入微，所以我们人类根本察觉不到。表面上看，一切从未停止，实际上随时都有停止。

6. 让我惊讶的假设之二：元森不认为"停止"是可以被研究出来，或被发现的。他之所以要写《停止论》，只是为了履行一个诺言。这个诺言是他对过去的一位恋人说的："一切爱情的运行结果，最终都会是遗忘。故我无论是发明了停止，发现了停止还是诠释了停止，目的都是为了要让你记住我。"但是，据说这个曾让他立下思想野心的恋人，对他的做法并不买账。爱是反哲学的，这真令人遗憾。也许爱就是哲学与哲学之间的一种"停止"？这一点，不知元森自己想到过没有。

7. 让我惊讶的假设之三：这也是最让我意外的，即元森有一天在喝醉了时，痛苦得满地打滚。累了，就趴在地上对我说，这个世界本身就是已"停止"的世界。我们都生活在停止之中。只是因我们不甘沉沦于存在、生命与物理运行的必然性，故我们在心中自动将"停止"的观念改变了。一言以蔽之：这个世界的真相其实完全是纹丝不动的。运动与发展，全都是假象。

首先我要说明，元森的"停止论"，其实应该只是对刘遇迟所谓的"定间"的变形。不过停止与定，还是有所不同。

"停止"是外界的，而"定"则是内心的。

至于上面最后的假设之三，所谓"世界纹丝不动，运动与发展是假象"等，显然更是来自刘遇迟的"假夜"之说。我不敢说那是不是元森对刘老师这位导师所发明的那些观念的彻底剽窃，是一种中脑抄袭，但把其痛苦的源头，譬如把写《停止论》的责任推给什么"过去的一位恋人"，也太有点类似了。

为了不伤害我们之间的同窗之谊，我只好秘密地苦笑，真乃有其师必有其徒。

不过，如何才能缓解我这位挚友的抱负与痛苦？为此，我也很焦虑。不止一次，他拿着一大堆写好的《停止论》手稿，跑到狻猊庙黑暗的地下室，或灪楼里的办公室来找我。他知道，我作为焚书会的后辈，虽然进会最晚，但之前在研究世间各类被借鉴、被盗用或被剽窃的思想犯罪史上，也具有一些广泛的社会经验。我尤其擅长哲学上的辩证、批判与怀疑。元森十分担心，自己写下的这本罕见的、毁灭性的著作，可能是历史上已经存在过的。那可就白费力气了。我告诉他，迄今为止，我目力所及，无论猿鹤山房焚书会还是世俗图书馆，尚未接触到与你观念相类似的关于"停止"的论述。

"那我就放心。"元森说，"我可以继续写下去了。我还有很多发现，可能会写出一部惊世骇俗的大书。我认为能让我们摆脱刘遇迟观念的唯一办法，只有自己发明另一个观念。"

"我可并不放心。"我笑了，忽然觉得，有必要提醒他一下。

"你，你有啥不放心的？"

"我发现，你的写作本身并不符合你的停止观。"

"什么意思？"

"我的意思是，你要写的'停止'如果真的在，那你很难找到它。因为你的思维也是延续的，不断运动着的。你必须从一个思维运行到下一个思维，才能完成你的书，确定你的这个理论。而你的'停止'发生时，你也应该是无思维的。中脑也会停止。你既在中脑里，如何用无思维的'停止'，哪怕是一瞬间，去写出有思维的《停止论》呢？"

"的确，这不太可能。但我已没有退路了。"他听后，有些绝望，但仍坚持己见。

"怎么，难道还有人逼你干这件事吗？"我很诧异。

"其实……也有的。"

"谁？"

"你应该知道。"

"是刘遇迟吗？"

"当然不是他。相反，他倒是鼓励我写。"

"那就是某个你过去发誓要让他记住你的人吧？"

"我也不知道是不是他们。我只知道有种痛苦总会从背后推着我去写。"

"其实你可以放弃。这件事对这个物理世界并不重要。"

"当然不重要。但对我很重要。"

"你真觉得，你发明的'停止'能改变什么吗？"

"一定会改变。"

"怎么可能？即便你写完了这部书，这世界也依旧会万古不停地运行下去。而且，丝毫也不会有一丁点所谓的'停止'被人间觉察到。你仍然会很痛苦。"

"没关系。我也有我的快乐。"

"什么快乐？"

"相信自己的痛苦一定会被另一个人记住的快乐。"

"好吧，兄弟，你快乐就好。"

我也只好这么说。因这么说之前，我也猜到了劝告无望，只能随他去。

自灪楼崩溃，群徒星散，猿鹤山房焚书会在猪脸人的攻击下化为灰烬后，我已很久没见过元森了。连他是东渡还是西出，我也搞不清。我更不知道他后来写过这书没有，今天还在不在写？好在从他的"停止论"里，我们还能窥见一点大宗师与骗子刘遇迟所倡导的所谓"定间"思维的某种镜像。"停止论"是个思想赝品，元森也只是个模仿者，但近朱者赤。好在我还知道元森是个一根筋，无论后来是否研究出了"停止"，我相信他的存在与我们的友谊倒真的是从没有停止过。我相信任何情感都是先验的。两个人的相识即是完成。剩下的交往则只是一种延续。也许，我与元森的同窗之谊，本身也是纹丝不动的、停止的，且从来就没运行过，就像从他手里狠狠砸下去的每一根钉子。至于那围绕着我们运行的一切，都仅仅是观点的不同，过眼云烟而已。

迭桥问

古庙新创时，猿鹤山房无限公司靠卖灵龛所得的黑金，始终不菲。故素日宁静致远的大宗师刘遇迟，从本质上讲，并不太放心我们这些门徒。为了考验我们，他甚至有一次还想纵火把我们集体烧死在定间里，就像当年他在黑山烧毁自己的私人藏书室一样。

但他并未得逞。这是因我们大家也不太相信定间就一定能抵达"真夜"。定间里也有很多夹层，很多岔道与门。搞不好，就连"真夜"也是假的。

后来，为了表达自己的绝对权威，刘遇迟在猿鹤山房焚书会与狻猊庙后山——同时也就是在他个人的观念与世俗世界之间，让元森专门修了一座旱桥，名叫"迭桥"。

迭桥下并没有河，甚至都没有一滴水。

迭桥两端分别通向潆楼与隐塔。而桥下坝子其实是平的，也就是说，这里根本不需要架任何桥。

在秃顶中幻想女色的刘遇迟，虽是个极端无聊的老浑蛋，但对观念的阐释与师徒之间的较量这种事，却表现得很认真。他常自己独坐在迭桥桥头的一枚自编的蒲团上沉思。我在他身后为他打着黑伞。他闭着那双满是血丝、眼窝黑得跟瞎子差不多的环眼，望着桥下根本就没有一滴水的旱坝子，一片空地，一条空想的河流，也能感慨万千地说："逝者如斯夫，不舍'真夜'。"他站在桥上那副自我陶醉的样子，让身后的我看了想吐。他还以颁发万古证为名，故意刁难，或阻挡每一个过桥的门徒与妞头。不过，他阻挡他们时，不是他提出什么高深的问题，让过桥者回答，而是让过桥的人自己想个什么问题来向他提问，他亲自来作答。最荒谬的是，他还从狻猊庙后山丛林与地库动物里，找来了一头凶恶的、曾经被猴山上的群猴们打得遍体鳞伤、浑身是血的峨眉老猴，并封那老猴子为"桥头堡司令"。他把老猴用铁链锁在桥头桩上。他还在桥头专门设立了一座"观卡"（大约是为了谐音"观念的关卡"吧），以此时不时地截断过桥的人流。因无论来回方向，他每天都只允许迭桥上通过七个人次。如果超过了七个人，那原先的七个人里，就得找一个出来，自动与最后出现的第八个人作交换。前面那个必须回到来的地方去重新等待，第二天再来重新过桥。每一个想过桥的人，都必须经过那只峨眉老猴莫名其妙的搜查。然后，过桥人在与蒲团上的刘遇迟作自由问答时，如果观念与态度，能符合其在究竟顶上演说过的那些话，刘便让那老猴颁发一枚万古证给过桥之人，并且放行。

焚书会门徒们在狻猊庙后山与瀿楼里，生活本来非常艰苦。打水、吃饭、造楼、看守灵龛、读书、上课、焚书乃至上厕所等，都在不同的地方，而且都需要随时经过迭桥。这样的半封锁，实际上给大家带来了很大的不便。而且，刘遇迟所发明的莫名颠倒问答方式，让很多焚书会的同窗都不能接受，纷纷退会下了山。

不过，最终还是有三分之一的人决定留在山上。他们愿意为了"古赤公"这个谜，在迭桥上迎接每天毫无意义的问答。他们走来走去，为了过桥绞尽脑汁，并提出一些异想天开的混乱问题,然后接受恶棍导师刘遇迟语言的侮辱。

而且,尽管颠倒了师徒之间的问答,刘遇迟常常又是答非所问。

如门徒问:"谁是'古赤公'?"

刘遇迟便答:"昨夜头疼,须庆祝寒从脚起。"

问:"山里有没有妖怪?"

答:"少女是礼物。"

问:"峨眉老猴被多少别的猴子打过,为何打?"

答:"七个八个,最终还是一个。"

问:"刘老师今天吃什么?"

答:"桥头无水,心头无畏。"

问:"'真夜'到底是夜里几点钟?"

答:"虾爬崽儿,过桥时莫要随地吐痰。"

问:"刘老师贵庚?"

答:"老子体重十二吨。"

问:"人生到底有无意思?"

答:"性交来看。"

问:"瀿楼灵龛密集,到底还能收藏多少孤魂野鬼?"

答:"你怎么还不从桥上跳下去摔死呢?"

问:"风有几种?"

答:"黑驴最喜黑旋风。"

问:"人一辈子能焚几本书?"

答:"你先跪下,给老猴子磕个头。"

问:"什么是停止?"

答:"住口。"

问:"你的哲学全是假的吧?"

答:"浑酒浑喝。"

问:"谁是罗铁?"

答:"罗成打不过尉迟恭。"

问:"妞头那么多,你到底最爱哪个女人?"

答:"莫跟老子装莽,我日你妈。"

问:"裂缝在宇宙第几个夹层?"

答:"大腿间的答案一共有2387.9个,你说哪一个?"

问:"为何还不让我过桥?"

答:"你本来就在桥的另一边。光差在分岔,你在走过场。"

问:"谁是第一匹赤兔?"

答:"你马尿喝多了吧,滚。"

问:"谁是夔门第一伤心人?"

答:"刘咸炘。"

问:"谁是刘渐耳?"

答:"馋酒。"

问:"谁才是我们焚书会的真正向导?"

答:"唉,过去我认识一个光辉夺目的小骚货。"

如此等等,不一而足。而且刘遇迟总是在不知所云的回答后,对着过桥之人,发出一阵令人反感的仰天大笑,或放声痛哭。他是那么快乐,又是那么多愁善感,仿佛是一位精神分裂症患者终于为他过去失败的爱与生活复了仇。

当然,基本上每个人都能顺利通过迭桥。

而那只令人厌恶的峨眉老猴,它让人拿万古证时的标准,通常也是不确定的。它有时在过桥者身上摸来摸去,像是寻找食物。有时会咬人,偷东西。有时对着来人撒尿。有时它则是按刘遇迟的嘱咐,站在桥的这一端,朝着桥的另一端胡乱瞎指几下,嗷嗷乱叫一阵,敷衍了事。过桥的人通常也懒得与它计较。

至于刘遇迟造迭桥与七人次的主要观念,来自一种类似末位淘汰制的臆想。他认为，在他最贴身的几个门徒与姘头之间——譬如大师兄吴毛孔、建筑师元森、打伞人丁渡（我）、"肥皂"张灶、秘密的姘头叶宛虞、厨娘蒋凤凰等，加上刘遇迟自己——都必须要随时认同新来的某个人，随时准备为新的门徒或新的观念禅让。他说，这种同窗间的禅让传统，其实焚书会过去就有，譬如罗铁（虽然他从不承认认识这个人）与沈八叉等，就是一些前辈。这方法现在也得保留，包括他自己。但他自己从不践行。

他说猿鹤山房焚书会的数学，是"真夜"里不断循环的某种"七人同行"。

我早期在瀿楼阅览室里读书时知道，所谓"七人同行"，本是东瀛传说里的古代妖怪，书里也叫"七人童子"。关于"七人同行"与"七"这些幽灵，多记载于水木茂《妖怪大全》与岛袋原七《山原的风俗》等书。但刘在这里说的，则可能是另外一种推理或心理本义。这些妖怪据说一般肉眼看不到。它们的形象可能是孩子的幽魂，也可能是行脚僧之亡灵。据说，有时你可从牛腿间看到这七人，见者必死。耳朵会动的人与敏感的动物，能透过幻象窥见他们的行踪。在过去的冲绳，还有一种妖怪干脆就叫"七"这个字，或作"七恶魔"，是可以像风一样出入门缝的幽灵（这缝隙的说法也有点类似刘遇迟说的"裂缝"，会不会是他在剽窃？）。不过，这个"七"是一位独行的妖怪，与"七人同行"之间可能并无什么关系。七，在东方哲学与宗教里一直是最神秘的数字之一。"七人同行"出现时，都是结伴而行在森林、悬崖与海畔之间，不断穿梭、行走或徘徊，吸引前来结伴的行脚者。如果路上有什么新人加入他们，那么走在他们最前面的一个，就可以被超度了，从鬼变成人。路上再出现一个，又超度一个。以此类推，来一个新的鬼魂，便超度（或杀死）一个旧的鬼魂，队伍则始终保持着行色匆匆的七个妖怪。如果不能完全诱杀这七个人，那大家便都得不到超度。

另外还有一些传闻说，这七个人，都是当年东瀛海上的溺死者，是水鬼，故也称作"七人海角"之类。

不过名称倒也不重要。重要的是，为了让大家陆续都被超度，他们便需要合谋，陆续去杀死（这种超度是谋杀，还是来自另外的超自然力，还是自然的排挤与淘汰，历来学界并未有定论。正如刘遇迟也没有明说迭桥上的隐喻，他只是将过桥的七人次与问答，变成焚书会的不成文法）一路上出现并加入他们队伍的新陌生人。

于是，每次第八个人或鬼魂的出现，便成了原先七个人集体努力的方向、愿景与一系列的犯罪可能，如：

一、大家以什么理由去杀害这个新出现的无辜者？

二、谋杀（超度）的手段具体是什么，众人合力将其推到大海中溺死吗？

三、如果半路上出现的人不止一个怎么办，会不会发生群殴？

四、一个新加入的人会有六次机会陆续看到前面同伴的死。轮到他自己死后，对其他六个人会没有怨恨吗？

五、当新死者达半数以上，他们之间是否会出现歧异？

六、当新死者（或新加入的人）多达六个，那唯一剩下的旧幽灵（或新死去的人）是否会成众矢之的？或者反之，提出对这种秩序的怀疑？

七、七人必须始终保持新旧交替，这是杀害、游戏还是救赎？

我认为"肥皂"张灶后来从瀛楼隐塔光束上的意外坠亡，也许就与刘遇迟的这种过桥设计有关。刘可以接受质疑与抬杠,但绝不能容忍门徒的背叛。当然,他是不会承认的。他两袖清风,从不会杀人。

尽管很多不解之谜,或传说有漏洞,不过集体七个人合谋杀死(或超度)一个,多数消灭少数,只为了换取其他多数的被超度,除了数字七的奥义之外,这里面的隐喻仍是具有荒谬性的。最吸引人的是,七个人之间竟会有一种黑暗的默契,即大家都要为了一个具体的个位数,容忍无限的数,以及陆续进入又陆续退出的空间,并且始终不发生任何排异反应。这似乎说明,无论后来加入"七人同行"者还有多少——就像后来无论需要加入猿鹤山房焚书会的成员还有多少,每天需要经过迭桥维持生活的人还有多少——他们可能都属于同一个零道德思维的世界,是同一种非原子的幽灵生物。焚书会的同窗们,也像是鬼魂一样,每天都在"真夜"与"古赤公"的观念里游荡。东瀛妖怪们的生与死之交换,或只是为了成就数学的神圣、数字的纯粹与严密逻辑分割中的不可冒犯的奇迹,而不只是为了证明恐惧。而在狻猊庙后山坝子迭桥上来来回回的那些人,并没有任何数学上的抱负。他们则都是为了证明自己对导师刘遇迟的恐惧。

当猪脸人组成的"魔军"后来大举入侵瀿楼与究竟顶,与刘遇迟的洞主们所组成的"醒军"们决战时,有一部分也是在这座迭桥上进行的。

只是迭桥那时被完全烧断了。

刘遇迟早已躲到定间里,放弃了他的"观卡"。

只有那只峨眉老猴子没来得及跑,被烧死在了桥头。

御敌辩

按：自从大宗师与他的门徒元森决定造充气塔后，就在那个真夜，被后山的鼓风机吹得鼓鼓囊囊的瀠楼，一座圆滚滚的，挂满露台、窗户、灵龛与旋梯的巨大的究竟顶，复杂得像集成电路的黑塔式建筑，真的曾从地面升起，悬浮在空中。

当时，我们猿鹤山房最凶残、最睿智、最具有向心力的野驴导师，巴蜀第一伤心人，就站在上面，手举一柄充满电的扩音器喇叭，唾沫飞溅地演讲。在漫山遍野与满楼乱跑的峨眉猴聚集，在它们臊腥与龇牙咧嘴的中心，他一边对下面的人喊叫着他的哲学，一边连续做出空翻、折叠、飘浮、倒挂等动作，精力充沛，激情四溢。

在众目睽睽之下，充气的瀠楼在空中飘来飘去，有时还会挂在狻猊庙后山的树枝上，其形状宛如一枚弹头朝上的导弹，大若一朵密布机械零件的云。

瀠楼被吹得像气球那么鼓胀，经常都会有人担心它会被人刺破。

关键是，为了反对刘遇迟的荒谬世界观，据说猪脸人一直在策划围攻究竟顶，找到摄心机器，消灭地官倒影中的"古赤公",活捉刘遇迟这个骗子。只是因究竟顶的建筑建构,严酷得像一座铁与气筑造的监狱,不,简直就是一座"玲珑剔透"的无的监狱,所以也不是那么容易进攻的。可焚书会的每个人都知道,之所以坚持要修一座充气楼、充气露台、充气究竟顶与充气地下室,就是大家都认为,即便到了"真夜",那些始终觊觎瀿楼成就的猪脸人也仍然会按时出现。对,就是那些有可能破坏"古赤公"研究、侵蚀我们宁静的灵魂、摧毁定间,甚至有可能将伟大之"真夜"永远关闭为黑暗的猪脸人。就是那些可以存在于心理之外、意识之外或设计之外的敌人。他们既不相信万古时间,也不相信哲学时间。

他们只相信最卑贱的日子。对此,大宗师刘遇迟也有一些自己的解释。

当年,为了抵抗猪脸人组成的"魇军",谢顶的导师身披蟒袍,头戴前朝头盔,终日站在露台上,在我坚定的黑伞下一边随时空翻、跳跃、盘旋与演象,挥舞着机械手指,指导大家御敌,一边与狻猊庙院子中云集的众门徒对话。他甚至让他那些忠诚的女门徒与姘头,即他的赤兔胭脂们、他淫荡的洞主们、他最亲密的伙伴们,组成了一支所谓"醒军",作为芬芳的抵抗。他让她们皆赤身裸体,露出下身,张开粉色的阴户,对着狻猊庙的大门与瀿楼的天空撒尿,或喷洒体液。他甚至荒谬地宣称过"排泄道与醒道有互通性"。他用绳子打着网眼、活扣与蝴蝶结,把她们像粽子一般地绑在瀿楼究竟顶的数十根木柱上,听凭这些皮肤与红颜吹弹可破的赤肉团们,在排泄时发出幸福的尖叫声。体液、尿液与唾液，如瀑布般凌空倾泻而下，让狻猊庙山涧中充满了令人心醉的臊气。大宗师说：只有女性的尿液才是最聪颖的水，能浇灭猪脸人制造的愚昧之火。他还说：只有这来自"真夜"的恶臭与荒淫，才能抵御"假夜"里物理的虚伪。于是，他指挥着他的色情姘头与热爱排泄的赤兔"醒军"，淫秽洞主们组成的新娘野战排，火焰中邪恶的婊子集团，从迷桥之下到究竟顶之上，大摆厌炮之法，大声宣言着他对敌人必胜的决心，满口滔滔不绝，如闲庭信步。

他就是个语言的土匪。关键是，那些被麻绳五花大绑且绳子都勒进了粉嫩胳膊、屁股与大腿肉里，却不觉得一丝疼痛的裸体女弟子们，也心甘情愿地为了他的雄心献身于这场"思维中的阴门阵"，用艳丽的颓废去抵抗猪脸人的围剿。

在魔军与醒军的对决之间，成百上千的峨眉猴子们为这场壮丽颓废而尖叫起来。

我也与我的黑伞，以及那只名叫"韩獹"的猫，随之飘浮在露台究竟顶上空，为大宗师助阵。可惜因时间隔得太久，刘所言太多，无法尽录，以下只能点到为止。

众：山中如何宁静，怎么会有猪脸人的？
刘：这不奇怪。自从有了猿鹤山房，他们就一直在秘密跟踪我。
众：为何叫猪脸人？
刘：这重要吗？
众：那些即将袭击我们的家伙，全都戴着金属头盔、玻璃眼罩、氧气瓶以及前置一根活性炭管子的防毒面具。会不会是因此看起来像"猪脸"？

刘：不可能，山中空气清新，到处鸟语花香，哪里来的毒气？

众：没有毒气，也不一定就不会戴防毒面具吧？

刘：猪脸人就是一定要像猪吗？

众：那空气究竟如何，还不是你说了算。

刘：嗯，你们能用脾气回答问题，倒还真有点我的风范。所谓"蛮不讲理"，看来你们跟着我，书没白读。

众：（笑）岂敢僭越刘老师。

刘：瞧，怎么又缩回去了。可见尚未透彻。

众：无论如何，猪脸人都是对进入真夜最大的威胁。因他们陆续开始云集，从最初只在这座城的核心与郊区零星出现，到后来在狻猊庙附近也驻扎了不少。旁逸三年以来，估计猪脸人已聚集了不少于数万吧，远远超过了我们读书与焚书之人。

刘：那又如何？早在旁逸时刻发生之前，万古以来，我们就始终都有一个敌人，比猪脸人更强大。它从裂缝里窥视我们，也随时会攻击我们。

众：它是谁？它在哪里？

刘：这些也不重要。

众：您总这么说。那什么才重要？

刘：重要的是我们自己是否能苦练光差，坐骑古赤公，进入真夜。

众：说得简单，这也不是一天两天就能做到的事。

刘：的确，你们需要持之以恒地追随我。

众：我们本来也不想追随你。

刘：什么意思？

众：瞧你那一副卑鄙龌龊的流氓样子。你有什么了不起的？不就是整日站在露台上耍嘴皮子胡诌吗？我们都是读书人，我们最不相信的就是语言。

刘：不，你们误会了。我说的是追随，不是相信。

众：你的"追随"是什么？

刘：就是对你们自己的否定。

众：此话怎讲？

刘：你们瞧，充气潋楼现在飘浮在空中，我离月亮多么近。虽然我身后的雨伞，偶尔也会遮蔽月亮，但只是暂时的。月亮作为一架夺目的、冷酷的摄心机器，高悬万古。它是时空中的一台球形马达，其速度始终令我着迷。打伞人丁渡能做证，我常站在夜色下，与残忍的月光互相较劲，演练推手、撕咬、格斗、摔打乃至互相吞噬。我与我的雨伞能遮蔽月光，扼住它闪亮的咽喉。当然，我也常会被月光打倒在地。但我会站起来，狠狠地羁绊住它，驱赶它，把它逼到墙角，或干脆与它一起纵身从露台跌落，摔到地上，摔到你们脚下。哎呀，再好的月光，有时也会发黑。比我的雨伞更黑。头破血流对我不过是家常便饭。不过这些都没关系。我曾是个失败者，我知道自己一直都在进入真夜的途中。我从不相信任何还在恬不知耻地发光的事物，譬如黄金、子弹、玻璃或那些该死的假星星。我也从不怕否定自己。可惜的是，尽管我多年来与月光之间互不相让，为了占有对方的心，可始终都不能摆平对方。

众：你这些话云山雾罩，真是莫名其妙。

刘：我的意思是，月光也是真夜的敌人。月光不是月球，正如语言并不是书本，诗性并不是诗集。凡是这个作为意志与表象的世界中的任何实体，哪怕是月亮这样的星球，充满光明，实际上却都是我们进入真夜夹层的障碍。真夜需要的是完全的、彻底的、没有任何一丝一点视觉的黑暗。

众：那怎么可能呢？在完全的黑暗里，如何行走？

刘：到了真夜，不需要行走。

众：那如何移动？

刘：也不需要移动。

众：你是想让我们成为行尸走肉吗？

刘：你们现在才是行尸走肉。

众：说了半天，我们到底该如何御敌呢？

刘：敌人是一个次要概念，无论是猪脸人还是月亮。关键是你们自己能否从这世界的物理时间中觉醒，从一切世俗的逻辑与卑贱的叙事中空翻，成为新的读书人。

  说着，露台上高高在上飘浮着的刘遇迟，离开了我和我的雨伞，忽然一伸手，从瀑楼边拽过一朵乌云来，那云瞬间变成一匹黑马。刘遇迟骑在马上，并与那马一起，在充气露台上做了三个空翻。最后一个空翻落地时，他已浑身是汗，白发与长髯迎风飞散。他披着一身奇怪的铠甲，手里还提着两根曾经砸烂过宇宙的钢鞭。

  对他此类经常制造的幻术，我们早已深信不疑，也不以为异。

刘：徒子徒孙们，尔等还记得我的那位祖先，唐初凌烟阁第七功臣鄂国公尉迟敬德吗？在真夜那团不可一世的幻境中，他曾骑着时间奔驰，从万古之无一直冲到前一秒钟。不错，其实前一秒钟就是最近距离的万古。东风与暴风雨横扫原野，血统的愤怒在他心中呼啸。尉迟敬德本是鲜卑人，野蛮、鲁莽而色情。他不能理解自己为何也会有这种旷古的怯懦。他鹤颈猿背，面目漆黑，擅使矛与长刀，双手还提着两根通体呈塔形六棱状的水磨精铁竹节钢鞭。这奇异的钢鞭虽然不重，却是他消灭一切物理，痛打基本粒子、云朵、意识与农业的武器。他剿灭过突厥，又暗自钦佩突厥们的"圣主可汗"即唐太宗李世民。他要消灭的是唐人，可后来却投降了唐人。这真是我鲜卑的耻辱呀。他于玄武门之变射杀李元吉，浑身都是在历次战争中的箭头与金疮留下的疤痕，与秦叔宝并称，却仍被怀疑要谋反。他曾娶过黑白二夫人，后因鞭打禁门，钢鞭折断，思念其师曾有"鞭在人在，鞭亡人亡"之语，于是撞柱而死。不过，这只是演义传闻。尉迟敬德晚年笃信丹道，研磨金属矿，吞服云母粉，穿白纹大氅，奏清商雅乐，不与任何人交往达十六年之久，就像我在这座山里一样封闭。你们追随我读书与焚书，也就如跟随门神遁世一样光荣。

众：姓刘的，你就是个巴蜀袍哥家的杂种，就别冒充游牧民族了。

刘：你们这是在怀疑我的哲学吗？

众：（冷笑）哼，哲学？人贵有自知之明。

刘：我当然有。哲学总是招人嫉恨，人性不容异己。人通常只喜欢比自己愚笨的事物，喜欢那些伪造窘境的喜剧、傀儡、街头勾栏的小把戏，与大众争夺轻松、比赛肤浅。人会被自己不懂的东西所激怒。我经常有种直觉，会不会你们这群徒弟，也是一帮猪脸人？

众：他妈的，你这个不知好歹的王八蛋。信不信我们集体冲上去，把你和给你打伞的家伙全都撕成碎片？

刘：你们可以试试。

众：读书人什么做不出来？你可别后悔。

　　众人开始集体朝露台究竟顶上空扔酒瓶子、烟头和鸡蛋，大声咒骂。很多人开始准备顺着漈楼边缘的充气管道和旋梯爬上去。——

这时，只见尉迟敬德忽然纵马跳入月光，站在了究竟顶的避雷针上。他坐骑的枣红马个头本身也很大，它在露台上盘旋奔驰，脚踏闪电，分秒之间，咫尺万里。没人知道它是怎么能在这么狭窄的空间里运动的。

　　猿鹤山房大宗师骑在马上，足蹬镶花边的黑色战靴，背插八杆护卫旗，猛地将手中钢鞭往空中一扔。钢鞭迅速变粗，大如巨塔，在飞快的以太中旋转，然后重重地砸落到地上，化作了狻猊庙后山上一显一隐的两座瀿楼。

　　剧烈震动之下，爬楼的众人纷纷从半空中掉下来，摔得遍体鳞伤。

刘：（在空中笑道）实话跟你们说吧，瀿楼塔就像我一个人的宁古塔_{清代北寒之地，常为充军发配之所，满语称六为宁古，个为塔，宁古塔即指"六个"}，我也是被"古赤公"发配到这里来受苦的。后来办焚书会，也不过就是为了消解它一生以来对我进行的压迫，遮蔽月光对我的折磨。引导你们读书，倾听我的修辞，追随我，也只是为了让你们能理解这场万古不易的痛苦。爱是恐怖的。你们根本就不懂什么才是我真正的痛苦。从来就没有一本书能描述我对爱的理解，我也懒得跟你们这些笨蛋解释。我是准备向黑暗投降的。我骨子里就是个只关心性欲和哲学的野蛮人，根本不喜欢读书。苦难面前，书一文不值。徒儿们，伙伴们，我要教你们焚书。

众：你这个骗子、恶棍、口是心非的老骚棒。既然你如此卑鄙，满心算计，那谁还会信你上课时说的那些鬼话，谁还会相信什么裂缝？

刘：唉，裂缝倒是真的有。

众：在哪里？

刘：在醒道里。

众：醒道在哪里呢？

刘：倒影里。

众：那倒影呢？

刘：当然在摄心机器里。

众：呸，胡诌，哪里来的什么他妈的摄心机器？

刘：尔等少见多怪。岂不闻旧诗有云："握奇花蕊美人阴，坐驰香艳转红车_{车音居}。可怜璇玑藏腹诽，耽误山阿烧舍利。"

众：就算如此，那机器你放在哪里呢？

刘：一直藏在地库里。

众：放在那个破地方作甚？

刘：光线越黑越好。

众：黑有啥好？

刘：古言"五色皆备于黑"。有何不好？

众：那地库里还有什么？

刘：有地下水。

众：水能做什么？

刘：随波逐流，冲决壮志。

众：王八蛋，装腔作势。地下恐怕只有臭水沟吧？

刘：再小的沟壑也是大水。

众：有多大？

刘：横渡尔等。

众：渡到哪里去？

刘：舍筏登岸，去了便知。

众：又开始诡辩了，你这个不要脸的家伙。

刘：我没必要骗你们。

众：说来说去，你还是没说清真夜的真相。

刘：熟睡万卷假书，醒来便在镜中。

众：什么，镜中？

刘：真夜就在镜中。

众：镜中又是个啥玩意？

刘：喊，尔等撒泡尿自己照照呗。

众：獨獠子，又开始讨打了。

刘：（笑）你们都在假夜里，如何能打得到我？

众：那我们砸了你的镜子。

刘：境（镜）从脚下起，界分人畜心。镜子本是一地闪光的碎渣，如何还能再砸？

众：从脚下起？

刘：对头。

众：（集体哄笑）真是屎莫名堂，你是说的足底涌泉穴么？

刘：涓涓幽澜，足以镜鉴万古风流。可惜，你们只是一群短暂的蠢货。

请看，这就是那个擅长空翻的刘遇迟。诸如此类无聊的渔樵闲话，每日都会发生。可他骨子里就是一条巴蛇。没准，他就是他早年自己杀的那条巨蟒。他仿佛总是在吞噬了无数往事之后，又把很多歪理的骸骨吐出来。所有关于"真夜"的话，我们这些观念的走狗，后来也都曾一代代地对人重复，费尽唇舌。可惜绝不会有人听。无论何事，人群最需要的只是盲从。尽管"人就是一种语言的存在"，但更多的人天生就反对语言，歧视语言，乃至与一切语言为敌。而猿鹤山房的生活特点，从来就是不断地得罪别人，杜撰新的语言，冒犯世俗的宁静。

奇怪的是，刘遇迟对宿敌猪脸人的进攻，倒是从不焦虑，仿佛他知道他的门徒们以后都会处处碰壁，并不能抵达他指定的高度。他知道，只要你追随过他，可能会有知己，但永远不会得到猪脸人的尊重，搞不好只能遭遇其疯狂的反噬。

似乎唯有放弃才是第一奥秘。也未可知。奇异的昆虫、偏僻的怪兽、巧取豪夺的知识与独立观念的恶霸，都只能属于丛林。

就在露台究竟顶上的大宗师因飘浮而眉飞色舞时，猪脸人组成的"猪魇军"对灏楼的进攻也开始了。"旁逸十二年"冬，有数不清的猪脸人扑来，其数目与规模，就像刘遇迟描述的当年在南川巨蟒腹中所见到的一样。他们分别骑着摩托车、飞行器、汽艇、汗血宝马、风筝与鹞鹰，戴着与刘遇迟一模一样的前朝头盔，还背着氧气瓶，慢慢地朝狻猊庙后山围拢。他们先冲过迷桥，烧断了桥身。为首的浑蛋是个鼻子长得超过了大象的猪脸人。他们很多人都提着尖刀与改锥，还有拿着绣花针的，不断地朝充气灏楼的气泡上扎。整个塔身到处都是破开的窟窿眼，不断地泄气、爆炸或变软。当时，我们这帮终日在集成电路般的灏楼上游手好闲、修炼光差的门徒，被这轰鸣的喧嚣吓坏了，于是集体溃散。

一群群赤身裸体、正在用尿液喷射敌人的粉色女门徒，刘遇迟的"醒军"们，因本身是被绳索绑在柱子上的，无法逃脱，便不断从灏楼究竟顶上或被猪脸人击落，或绳子烧断后自己从楼上跳下来。开始还有不少猪脸人扑上去亲吻她们、猥亵她们或强奸她们。后来见她们人太多了，猪脸人便索性大开杀戒。狻猊庙后山坝子上，一时间乳房与骸骨齐飞，花容与血污四溅。我看见这些末日丫头肚破肠流，脑浆迸裂。我看见很多女子粉色的屁股、阴唇的碎片与她们的鲜血与粪便混在一起，犹如绽开的黑色花朵。当然。我是在"真夜"里看见这一切的。

元森、吴毛孔、叶宛虞、蒋凤凰等也不得不大难临头各自飞。

灪楼崩塌时，名叫"韩獹"的猫也从空中掉了下来，但旋即不见踪影。只有那数不清的漫山遍野的峨眉猴子与野生动物们，能迅速跳出火焰，幸免于难。

我则收了我的雨伞，赶紧与其他读书人、焚书者们一起，纷纷跳到井盖下去。大宗师不知何时，早已遁入了"真夜"，难觅踪迹。猪脸人迅速冲入了每一层的办公室、管道与夹层，开始纵火。他们也冲上了露台、究竟顶、走廊、定间、卧室与厨房，搜遍了整座狻猊庙的后山。可除了鞭打并抓住了很多焚书会的拥趸外，哪里也找不到我们那位夜的导师。

我怀疑，大宗师本人才是这场毁灭的纵火犯，而非别人。

因在刘遇迟常年盘踞的遁窟里，除了那幅写着"仰望明月心激奋"的狂草卷轴书法，以及一片被钉死在墙上的月光，猪脸人什么也没发现。

记得那日——我，丁渡，猿鹤山房最后一个心怀大恨的废物，为虎作伥的打伞人——就为了躲避搜捕，正把自己锁在一间地下井盖的夹层里，探索"真夜"。我躲在我的雨伞里，比我的导师更阴险，更黑暗。我目不转睛地盯着一枚钨丝忽闪忽灭的电灯泡，企图从中苦练光差。我的光速刚要穿过一粒夸克之时，夹层被打开了。一群猪脸人发现了我，并把我带回到人间来，接受质询或批判。

他们问我的问题只有一个："地面上阳光灿烂，人间烟火，天气也那么好，你为何要一个人藏在定间的黑暗里撞墙？"

我不知该如何回答。这也是我现在写这些东西的原因。

我能说什么呢？万古以来，我始终就是个半成品。我从未理解摄心机器。我更不能为自己都尚未认识的"真夜"或"古赤公"作辩护。我就是个被观念打烂了的擦边球。一根狻猊庙后山荒谬的野草。一个帮凶。一把破伞。我本从不赞成焚书。可为了找到思维的自由,我又不得不认同焚书可能是唯一的办法。人性越激烈,书籍的围剿就越盲目。不知不觉,我就成了抵御"假夜"与猪脸人的敌人。当那些背着氧气瓶的猪脸飞行者,把我架在黑暗的天穹中带走时,我感觉简直就像在潜水。晚霞绚丽,却使我窒息。我感到万物都会被这场庸俗的反速度所改变。山林、脑髓与数学,都会被重新编辑。我失败了。云伴耳旁生。他们拖着我离开时,我还依依不舍地回头朝狻猊庙望了望。只见无数火舌正从瀽楼的复眼灵龛与蜂房般密集的小窗口中飞出,犹如亿万根燃烧着的鬃毛。宇宙原子塔已被烤得焦煳滚烫。无数曾藏在猿鹤山房里的图书、经卷、文献、档案与纸片,无数我们平时里熟读的作品、教义、经学与法典、小说与诗,还有辞海、戏剧、杂文、哲学、历史、经济学、医学、物理、化学、菜谱、植物图谱、琴谱、律书、针灸图、色情画册、禁毁传奇、妖怪博物志、收藏的手稿、类书、尺牍、日记与一切分类的百科全书等,正漫山遍野如暴风雪般飘落。那一显一隐两座瀽楼,两座承载着我们几代人矛盾的巨塔,宛如一头被射杀的雄狮,正从世界的怀疑中沉重地倒下,与其倒影融合为漆黑的齑粉。

的确,当"真夜"被搅乱之时,也只有倒影还在。

只是无论猪脸人与我们,谁都未能进入过。为此,我与很多人,也准备从定间那片死去的月光中挣扎着站起来。我们懂得,无论真假,人都总得苟且地活下去。

下
素 蒲 团

关于诡辩、博物、时空与观念的飞行器

金刚手板阔
波斯鼻孔粗
驴踢常懊悔
魇梦羡拱猪
十方是非是
八千秃瓢秃
苍生多疾苦
大虫不读书

灭 火

按照刘遇迟在空中不断翻滚时的断言："古赤公"就是一道裂缝。

问题是"旁逸时刻"真的发生过吗？记得上世纪末，也就是在我第一次随着刘遇迟进入地库那年，当我站在大宗师身后，打着雨伞，见缝插针地与猿鹤山房焚书会的同窗们集体探讨"人的封闭观念就是人的一切观念"这个问题时，刘作为颐指气使的超级骗子，就曾在众多密集的复眼灵龛之下告诉我："你不要以为我说的都是幻觉。'旁逸时刻'是真实存在的时间简史。这不仅是物理，还是心理。因你们还不懂，全部世界史、物质流变与大时间在未来的加速度中，会因过于激烈、仓促而骤停，然后大拐弯。当前的世界太快了，万有引力便会散了簧，开始掉头往回旋转。这就是'旁逸时刻'的出现。瞧，你今天认识我时，不是也领教地面的灼热滚烫了吗？以后的时间，也可能会从定间的正中心开始分裂。譬如当'古赤公'出现时，时间与空间（甚至包括定间）就都会立刻进入一场急转弯，一次观念革命的猛回头。那时，一切都会戛然而止，然后倒过来继续发展。这有点像马拉松运动员跑到转折点时，便一百八十度大掉头，开始全速往回跑去。"

"那怎么可能呢？"我在雨伞下一贯唯唯诺诺，却也冒险般地怀疑道。

"怎么又不可能呢？你想，完全自然便应该是完全自由的。可时间竟然是全封闭的，不能分岔，也没有旁逸斜出。空间也没有缝隙，全部事物都连在一起，像团死疙瘩。这完全就是某种设计出来的单行道嘛。是造化的别有用心。是人的错觉。任何事都只能发生一次，落子无悔，或者说无法选择。唉，可生活与爱都不应该像这样。"

"那有什么办法呢，这就是时间。"

"这只是封闭观念中的时间，是人发明的时间。"

"难道还有什么别的时间吗？"

"不，应该倒过来说，即时间本来就是别的。"

"譬如呢？"

"譬如我曾经写过一篇小说。"

"您还写小说？"

"是呀，其实一直在写，秘密地写。全部图书里，只有小说是对世界最大的否定。因只有小说的虚构，可以抵消世界的虚假。可惜，我那篇小说因在电脑保存时，不小心被同名文件所覆盖，所以原文丢失了。不过，我记得标题叫《灭火器》，其中阐述时间观念的内容，我也还隐约记得一些。"

"那小说写了些什么呢？"

"写了时间极有可能只是一场有中缝的对折。"

"对折？"

"嗯。因我们目前的时间观，大多是指自然科学或物理化的延续，即无头无尾，天体运行，人只是时间中的一粒尘土等。这无限就是人的局限。"

"不然呢？"

"事实上这是狭隘的。"

"无限是狭隘的？"

"对。无限本身也是人的自洽与设计。"

"可除了有限或无限，还能有什么？"

"还有定间。"

"您总说'定间'，那是与一切无关的某种存在吗？"

"也不能这么说。"

"听起来好像就是逃避。就像你总喜欢藏在我的雨伞下，表现得很有身份似的。可这恰恰说明你很自卑。"

"你完全理解反了。逃避是主观的。我的定间则是客观的、意外的、一动不动而自然形成的某种'态'。同时它又是运动的。它能与世俗时间并行而不悖，但又并非大家幻想的什么平行宇宙之类。定间是完全独立的，不可复制的，只属于它自己的全封闭高速螺旋体系。不过要达到它，必须通过一条伟大而隐秘的岔道。这条岔道只有'古赤公'能引领我们进入。岔道的入口，也就是我常说的'旁逸时刻'。人一旦进入后，就可以切断那岔道，再与现在这整个世俗时间、肉体知觉与物理宇宙等都无关了，成了定间中的生命与思维体。只是并不是谁都能有机会进入那岔道，你们跟着我，算是幸运者。"

"可您还是没说《灭火器》到底写了些什么。"

"哦，那只是小说，大意是在十字路口，一位背着灭火器的大都督_{这个称谓其实是我对全部暴力创造的历史与丛林法则必须受制于某种权威的隐喻}在浪涛般的大街上疾驰，速度宛如潜水者。我甚至还在小说里，将毁灭之前的世界称为'赤壁'。大都督背上的灭火器就像一个氧气瓶，很容易让人混淆。那是在不久的未来_{譬如在3072—3145年之间的某个夏天，具体时间尚无法确定，因我们眼前的时间观念本身也是虚构的}。我只能说，就是在那个未来将著名的'末日之夏'，我们现在这种有逻辑的时空，因长期以来的加速度发展与斜行繁衍，逐渐熄灭了。世界会渐渐停滞、震荡、沉沦、掉头，并朝着我们难以理解的角度倾斜出一个侧面。在中心，在整个六维空间与定间思维体之间，出现了一条漆黑巨大的可怕裂缝。那裂缝的狭窄，就像我蟒袍侧面的衣缝一样纤细。全宇宙运动中的基本粒子、量子或任意子都会停下来，开始折返。大都督也在裂缝中转身：他发现自己的左手变成右手，左脚变成右脚，上下换位，前后掉了个儿，人也渐渐变得年轻起来。为了完成千年前的那场举世闻名的纵火案，毁掉已约定俗成的这场世界史，大都督是从地铁的防火箱里盗窃来了一枚灭火器，然后随着倒流的世界，奔向壮丽的过去。"

"听起来也没什么稀罕的，因诸如此类伪造的传奇故事，多如牛毛。"

"不，我说的并非传奇。我说的是观念，以及即将发生在焚书会地面上的现实。"

"什么现实？"

"世界会产生一道裂缝。"

"我可感觉不到。"

"你们当然还感觉不到。因你们连那岔道的门还没摸着呢。"

"就算有裂缝，那又能如何？一切都会倒退？"

"是的。但用倒退二字来理解裂缝，太浅薄了。"

"除了倒退，还有什么？"

"在裂缝中，全部正在发生的事，会开始凹陷与坍缩，并急速退化，如每个人与动物刚吃下去的食物，会瞬间从肚子里呕吐出来，完整地回到餐桌上。猪肉重新变成猪。因无数次做爱而互相厌倦的情侣们，会回到他们的相识与初吻，乃至互为陌路，完全忘记了后来的悲痛、麻木与矛盾。死者从坟墓、骨灰盒或焚尸炉中走出来，重现生机。疾病、皱纹与记忆都消失了，耄耋老人开始变得年轻。一个人射出的精液会回到睾丸里。少年回到婴儿,而婴儿则重返娘胎,甚至重新分裂为精子、卵子、体液、基因序列或一滴水,乃至完全化为虚无,走向中阴与灵魂。此灵魂会与历代亡灵此起彼伏,连绵不绝,形成锯齿一般的生死链。当然,地球也会倒过来旋转及反方向自转。就像'六鹢退飞',先有冬与秋,然后才是夏与春。蟒蛇放松了被它缠住的青蛙,已消化的血淋淋的羊肉从狮子大嘴里挣扎着爬出来。太阳西出而东落,雨水回到天上,前人说过的话全都作废,已发现的各个定理也从现代回到蒙昧与未知。落叶飞回树枝,茂盛的丛林缩进土里,伟大的建筑材料也各自重新变回石头与粉末,甚至再回到山林岩层之中。我也会重新变成少年时代的刘渐耳……不过这些倒都不重要,重要的是大都督也将通过裂缝的对折,重新回到毁灭之前的赤壁前,忘记了他的愤怒与阴谋。只是在赤壁下,在大街与战船上,没一个人会相信他。"

"为何不相信他?"

"因他虽来自裂缝,可他背着一枚谁都没见过的灭火器。"

"的确,按照您说的全部时间大掉头的逻辑,那过去时间中的任何人与事物,也应该在裂缝产生时,同时也掉头。赤壁时代,灭火器尚未发明,最起码也应该在掉头之时,迅速被裂缝分解并回到铁皮、硫酸氢钠、硫酸铝、干粉与二氧化碳等才对呀。还有,既然大时间都已掉头,那过去的一切也应该往回走。地铁里可能并没有灭火器,赤壁下也应该早已没有古人与战船才对吧?难道全部世界史都暂停了,就等大都督一个人回去吗?"

"这就是如你们这种从未进入过定间的小喽啰的理解。你只配打伞。"

"你先别忙着嘲讽我。难道我说得不对吗?"

"定间没有对与错,只有懂与不懂,意会或误会。任何逻辑皆无效,世界的掉头终究也不是舌辩之士能决定的。对裂缝中的人而言,全部过去世界与未来世界,都是可以暂停的。"

"那来自3072年的灭火器又怎么解释?"

"这只是我在小说里的一种代称。"

"灭火器到底指什么?"

"历史。"

"可你的历史已经结束了,或者说被旁逸了。"

"龟儿憨皮,你晓得个锤子。"刘遇迟忽然嘲笑道,"历史都是假的。历史只能是在正着发生之后,然后又倒着去理解,或者斜着去观察的某种东西的镜像而已。你们看到的历史都是错位的、弯曲的、被从某个角度改变过的。"

"那也总要尊重已发生过的历史吧?"

"历史没有发生与否,只有被解释与否。"

"这是诡辩。历史是既成事实。"

"不,历史可以重新发明。"

"就算你用你编造的那些词语重新发明之后,历史不也还是那些事吗?"

"词语不同,定间里的历史就完全是两码事。"

"譬如?"

"譬如灭火器。"

"那一年还没有发明灭火器,怎么解释?"

"在大裂缝里,没有'年'与'时间'之类的概念。"

"怎么讲?"

"在小说里,当裂缝中的大都督背着灭火器,来到赤壁之下,望着已经烧成灰烬的世界史时,也对站在船头火焰中那个被烧成浑身腐烂的猪脸丞相问了和你同样的话。"

"什么话?"

"'总要尊重已发生过的历史吧?'"

"哦，那个腐烂的猪脸丞相又是怎么回答的呢？"

"猪脸丞相冷笑道：'你以为你背着一枚从未发明过的灭火器，就可以扑灭这场早已闻名于世界史与大时间的火灾吗？你好幼稚。'"

"好吧，就算你的伪命题成立，但你的论据不能充分说明命题。"

"怎么不能充分说明？"

"因为这只是你的一篇小说，一些词语。"

"不，如果我的词语改变了你的观念，那就是真的了。"

"这又是什么浑话呢？"

"不是吗，丁渡，人生在世，你根本无法说出任何一件没有词语的事，或哪怕一个没有词语的念头来。否则你连你手里的伞是什么都说不出来。就连沉默、漏、寂静、忘记与伟大的无，也都是由词语构成的。人间所有的事与念头，都是被语言与文字洗劫过的破烂，是被词语修改过的假面。人脑子里什么词语都没有之时，也就是人完全不存在之时。可就连无眼耳鼻舌身意，也是词语罢了。在这个火灾一般不断燃烧的世界史与滚烫生活的赤壁之下，从来就没有一人、一物或一事，是能纯粹独立于词语之外的，无论是否发生过，也无论善恶对错。这也是我们在猿鹤山房焚书会，以及瀿楼中探索摄心机器时，需要不断地去领悟、去撞击的那个残酷的道理。时间是可以旁逸斜出的。那时，你就是由你自己的一堆念头组成的词语。我也是。除了'古赤公'，我们的全部存在都只是语言而已。"

"'古赤公'不也就是个词语吗？你的话真是自相矛盾。"

"不，'古赤公'可不是词语。我们有机会证明。因当猪脸人来临时，我们的人生必将另起炉灶，重新发明。'古赤公'的终极意义，就是能从那道大裂缝里带领我们走出去，摆脱一切旧的词语，走向新的事实。"

罐 头

有一次，刘遇迟让人给山中潆楼送来了几卡车的罐头与压缩饼干，罐头包括午餐肉、沙丁鱼、水果或鱼子酱等，都是我们童年熟悉的味道。

但连续数月只吃罐头，也会让不少人作呕。

"为何总让我们吃罐头？坚守阵地吗？"张灶等人笑道。

"也差不多吧。狻猊庙这山头也算是一块哲学的无名高地。"刘遇迟也笑答说。

"那敌人在哪里？"

"敌人就是猪脸人，以及你们的感知。宏观与微观的'无限'都是被虚构的骗局。这个世界非常有限，就是个装满油腻、煤炭与泥沙，以及一点真空的午餐肉罐头。"刘遇迟很肯定地说，"当然，'真空'的有或无，也是被他们虚构出来的。就像以太。根本就没真空这个东西。真空是有，也就是无——但一个完全不存在的东西——一个无，怎么可能呈现呢？可真空竟然大摇大摆地停在我们的宇宙里，这种伟大的有，明显又是假的。以太只是预言，是基本粒子的推背图。而真空是罐头里很实在的部分，只是我们尚未命名。"

"那罐头外面又是什么？"我打着雨伞问。

"瞧你，就是个弱智。罐头没有内与外，只有是或不是。"刘说，"我空翻时，难道你手里的雨伞会有内与外吗？"

"好吧，就算您强词夺理说得对，那你的纯粹真空又在哪里呢？"

"这无法说得出来，'无'没有语言，只能感知。"

"照您这逻辑，'无'也没有感知。"

"说得对。"

"那到底有没有感知？"

"当人真正麻木，无法感知时，你就知道了。"

"您说的不就是死吗？世界就是一场又一场巨大的死。"

"不，没有生死。我说的只是罐头。"

大　象

　　早在我进入猿鹤山房焚书会之初，那位曾窥见过恶棍刘遇迟早年隐私的罗铁先生，就曾对我说过："集体的蒙昧也不该导致个人被遗弃。发明摄心机器的意义之一，或许还在于尊重个人的秘密吧。搞不好，这就是你们焚书会最重要的意义。再烂的圈子，也有几个无辜的个人。譬如你就是个小人物。你是卑贱而渺小的普通人。你是妇女。你是孩子。你被大潮流裹挟，旁观者当然也无能为力，只感到可耻和无奈。你将为一个坏人打伞。不过也不该因此就忘记，你还是一个完全与别人无关的个人。摄心机器面前，你的大与小都完全等于零。就像历史上一切人作为个人时，不也是一样被误解和忘记吗？各行各业都一样，你做不好就会遭人笑，做得好又遭人恨。譬如那个刘瀯，刘渐耳——哦，对不起，叫习惯了，我是说刘遇迟——他活着时不会有人真正关心他。只有他死了或失踪了，大家才会蜂拥而至，假惺惺地表达同情与熟悉，以表示自己也是他的知己，甚至是和他一样厉害的家伙。所以，他极有可能伪装自己的死，或故意让自己失踪，以成全他那一套故弄玄虚、刻意伪造的哲学。唉，我们就是生活在一群丧尽天良的乌合之众之中。说实话，你们焚书会的人都没我了解他。我跟他是发小。这头大象就是当年我和他一起豢养的。"

他说着，指了指他腿下的坐骑。那是一头獠牙很长的大象。

罗铁先生是谁？抱歉，我也不知道。我只是刚开始在为猿鹤山房焚书会工作时，十字路口偶然碰到过这个人。

那天，我正站在大街的墙角贴关于研究"摄心机器"的海报，一个额头上有伤疤、骑着大象的家伙走过时，停下来在墙边看。他坐在大象上，往下俯瞰了很久，忽然像屠夫杀猪一般放声大笑起来。我问他为何发笑，是否对海报内容有意见，还是也愿意入会来试试？他便自我介绍说，他叫罗铁，曾是刘遇迟早年一位秘密的挚友，因名字与"烙铁"谐音，所以他还有个绰号叫"罗熨斗"。他知道刘遇迟小时候很多尿裤子的笑话、糗事、恶作剧、嫖娼、犯花案，甚至被人捉奸在床，打得头破血流与偷鸡摸狗等见不得人的烂事。年轻时，他就曾与刘遇迟一起，进山捉巨蟒，还号称已制造出了一台可以随时计算历代巴蜀人缺点的"摄心机器"。那台机器一发明出来，就立刻开始被复制、监视与跟踪，甚至还曾有人想入室盗窃它。关于这段历史，他胯下这头大象都可以做证。它是两个挚友之间友谊的见证。

后来，在对机器的不同用途上，两人因意见不合，最终分道扬镳了。大象归罗铁，摄心机器则留给了刘遇迟。罗铁意外看见海报上刘的名字，便停下来跟我说了这番话。

"既然都是老朋友了，那您可以跟我回焚书会去，和刘老师再叙叙旧嘛。"我客气地邀请他道。

"那我可不能去。"那个叫罗铁的说。

"为什么？"

"因为刘渐耳……抱歉，是刘遇迟，可能并不想再见到我。他恨我。"

"恨您，怎么会呢？"

"会的，只有我知道他的底细。"他说，"你还年轻，不懂人都是自己记忆的叛徒。人都是不愿意面对过去的。"

"你们到底有怎样的过去？"

"这个无可奉告。"

"再误会，也没到不能见面的地步吧？"

"当然，若非要见面，也不是不可以。但在'旁逸时刻'这样的多事之秋，我宁愿与大象相依为伴，也不想再交什么朋友了。友谊石光火，忌恨永流传。"

额上有疤的人说完笑了笑，便骑着大象转身消失在人群里。

那天大街上尘土飞扬。我与他和大象擦肩而过，以后再也没见过罗铁。我只记得那大象很可能就是刘遇迟当年在南川巨蟒的腹内见到过的，其中坐着少女的那头大象。我看见罗铁与大象的阴影在街的尽头拐弯时，与一座巨大建筑的影子融为了一体。

后来，为了罗熨斗之事，我还专门问过刘遇迟。不过刘否认道："什么罗铁，我哪有这样的朋友？我在巴蜀腹地生活过多年，我的学说在年轻时就影响过不少素昧平生的拥趸，其中有奸佞之徒，也结过一些梁子，有人把可能只是曾暗中私淑于我，幻想成认识我，说是什么我的发小。肯定会有一些人会说与我一起制造过摄心机器，冒充某个知情人，甚至会说摄心机器是我剽窃他们的某种发明才制造出来的。这可能吗？也的确有人知道，我早年因追杀巨蟒作鼓皮的事，曾用过'刘渐耳'或'刘霻'作为化名。那不过是想斩妖除魔而已。我的一切思想，都来自'古赤公'的教诲与引导。我的哲学是有尊严的。当然，我也理解早年那些难兄难弟。谁都有点卑贱的难处。真是人心叵测。你可千万别信什么罗熨斗，根本就没这号人。再说，巴蜀腹地内没有任何人曾见过我当年杀死的那头大象。也没有任何人见过我的飞碟。你看走眼了，都是你的幻觉。我看你还是好好打你的伞吧。"

刘遇迟为这事竟能如此大为光火，我很意外。

而且，我第一次看到他说这些话时，脸都急红了，红得连雨伞的阴影也挡不住，就像一块用樟树叶子烤过的腊猪脸，或一个初吻时低头的女孩子。

逆 旅

刘遇迟的确有一间办公室，设在公交车上。他自任司机。他曾开着车，从地库里带着我们所有门徒在黑暗里到处兜风、漫游、横冲直撞。当然，即便他坐在方向盘前，也忘不了让我为他撑着伞。我们去的地方也远不止地库。据说，这辆公交车就是焚书会里我们这一代人的"浮槎"，而刘大宗师则是能"带领我们进行逆旅的艄公、舵手与船主"。

"你说的逆旅是什么？"公交车上的同窗门徒们集体发难道，"该不会又是在抄袭什么'天地者光阴之逆旅'吧？"

"当然不是。你们对逆旅的理解太狭隘了。"刘遇迟说。

"既然我们狭隘，那就请刘老师解释一下吧。"

"要理解逆旅，首先得理解失踪。"刘得意地说，"你们也许都发现了，到猿鹤山房焚书会来求学的人，大多是虎头蛇尾，不了了之。开头似乎很热情，后来却消失了。"

"是啊，为何总有一些过去的同窗忽然就不见了呢？"我们追问道。

"其实也不算失踪，只是被我带入'真夜'后，断维处理了。"刘遇迟说。

"什么处理？"

"断维处理。"

"抱歉,我听不懂。断维是什么?"

"就是断开维度后的一种存在,也可以叫'断境'或'断定'。简单而言,也就是他们进入了我说的'逆旅'。"

"你说的处理或逆旅,难道不也是发生在三维空间里的事吗?"

"当然不是。不过能被我断维处理的人,也不算普通人了。起码他们已在逆旅中得以入门,窥见了'真夜',而你们至今都还没见到过那门呢。"

"您说的断维,也是指某个维度吗?"

"不错。我常出入于你们不能进入的维度里,譬如第五维、第七或第八维,去处决一些对我、对狻猊庙或猿鹤山房不忠的门徒,一些不懂事的外道和敌人,或者一些糟糕的姘头。究竟在哪个维度,这要看当时的具体情况而定。"

刘遇迟得意地说着,像是对我的某种威胁。

"可我们并不相信除了三维空间之上的维度空间。"

"你当然不能相信,因我尚未向你们传递。"

"我们都在三维空间里,还用传递什么吗?"

"丁渡、元森,还有张灶,你们这些崽儿可真是些白痴。你们所知道的那些维度,不过只是假夜里人类发明的修辞。譬如最初的皮亚诺曲线 Peano curve,其实有点像书法或篆刻的九叠篆,只是一维的线,因不断弯曲而变成面的迷宫或马蹄映射 horseshoe map,譬如康托尔集 Cantor set 或点集拓扑空间 Point Set Topology,你知道我曾用它们设计了瀿楼。当然还有科赫雪花 Koch curve,以及后来的曼特勃罗集 Benoit B. Mandelbrot,我从来不会浪费可以无限叠加而又不占用空间的理论。假夜里的人们自以为在万物的相似性中,发现过所谓菜花状图案、血管神经的分布方式、肺容量、树枝、六芒星、卍、基因序列、山脉的不规则图形、微循环系统、血压的变化、苔藓、海岸线、多巴胺、螺旋体、肠道细菌与微生物、上帝的指纹、混沌学、蘑菇云、密集恐惧症、正负反馈，或可以被电脑演绎编织的分形几何学 Fractal Geometry 等，但假夜里的人却忘了夜本身是虚构的。尽管你还可以设想一切传说中的妖魔、恶鬼与灵界，它们的样子或许还可以超越分形几何，而达到无形几何。但说到底，即便真有妖魔，也都来自人类对能提高维度的愿望罢了。我告诉你，其实一切维度都是假夜里的数学，是科学的谎言。历代不少学者曾认为，宇宙的奥秘并不在于无限大，或无限小。在我看来，大与小并不重要，就像内与外、虚与实、美与丑或长寿与短命。有维度，就有局限。真正重要的是如何出入。重要的是真与假。如果我们眼前这个宇宙的基本规则，仅仅就是在一百三十八亿年前已设计好的，是那种可以无限分岔的颗粒、弯曲与纤维的样子，那实际上你在哪里生活都是一样的。你一钱不值，因你的爱与恨只是被不断复制的昆虫。你已没有真假可言，只是略有不同的重复，就像每个人的脸与器官。甚至可以说，你就是假的。你的生命不过就是一个随机燃烧，渐渐被耗干的马尔科夫过程 Markov process，早在地球诞生之时，便已毫无意义。你的父母只是一对把你带到这假夜里来的臭皮囊。但你会相信这样的维度就是我们存在的基础吗？不，我绝不相信。维度真正的元素是分身，就像分形几何。我们的心也是可以无限弯曲、无限分岔，不占用空间与时间，却可以无限占用意识的。就拿文学来打个比方吧。在西方小说里，对维度空间最好的（也是最愚蠢的）世俗描写，或许便是英国作家埃德温·A·艾勃特的《平面国》Flatland: A Romance of Many Dimensions。其中所言的维度，是一种不可传递的递进思维方式。实际上无论佛性的（物理时空与绝对速度相乘的六维空间）还是量子论、磁场、AI技术、网络、灵商、脑机以及任何后现代的哲学思辨（即便理论上或许可以抵达十维以上），都仍是可以传递的。如果甲不能传递,只是因乙暂时还没有接受的能力。如果真正的维度一旦提升,就像艾勃特的描写一样,刚到第四维点、线、面、体之后,就已经不可传递、不可理解了,那思维就只能停滞。如果人类大脑只能到"立体"、崇拜、爱、宽恕、宇宙无限性与边缘性悖论或波粒二象性等为止,那剩下的都是伟大的思想假设。而我说的'逆旅',就像一切哲学或科学,都可以依赖某种无限假设,并将其假设尽量艺术化,语言逻辑缜密化,以此变成一种思想救赎。这也是我能带领你们,在猿鹤山房中修行的不幸中之幸。人都是狭隘的。过去子曰'其恕乎',唐俟却说什么'一个也不宽恕'。事实上,人局限在维度里,哪个极端也不能苛求,因世间每个人心里都从未真正宽恕过别人,只会争分夺秒地原谅自己。何况势利与明哲都是人性的缺陷、天生的短处。好在人有记忆在,有些事就能更清晰一点,有了可供怀疑的空间。也好在这宇宙终究还是会毁灭的,大家都是溟涬微尘,只能随他去。人不过是有记忆自限性的一种亚原始生物,即便未来真的能通过人脑联机,实现了'意识云储存',也没有超越'选择性记忆'这种狭隘的生物属性。与扩展空间的概念恰恰相反,只要还有记忆,人的维度进化就是有局限的,而且是可传递的。不,我们不要传递。我们追求的是一步到位,是另起炉灶。在真正的超维度空间里,根本没有什么记忆。记忆或爱都只是一些很小的事,善恶也是很小的事。在'真夜'里,我们的存在维度将是无限可能的、多元结构的一场时空感知。可那是怎样的维度意识呢,你们这帮杂皮崽儿,在'真夜'面前还连一粒灰尘都不算的小屁孩,目前自然很难想象。为了进入'真夜'的维度,我们必须用特殊的状态。嗯,那难以想象的状态,便是我说的'逆旅'。至于究竟这'逆旅'是否真的能成就你们,你们现在也只能在这个蠢猪一样的三维空间里进行猜想。因除了有某种'情',

你们或许与众不同（实际上也并非独有），整体上你们还是一种较低级的依赖知识与历史记忆的生物。你们靠偶然形成的地球环境得以延续，并充满了各种不同文明的自限性，以及互相不能兼容的毁灭性。你们就像一台最落后的计算器，只有二进制。你们全部的知识与感知，在本导师的复杂性面前，就是一头蚯蚓的脑髓罢了。而我呢？我则是整座原始森林。我在定间里，有十七个维度以上的空间，可以自由穿行。当然，作为一个肉体，我有时也是三维的，或六维的。但大多数时候则是十七维以上的。我是在无差别的'逆旅'中行走的狂狷之徒。就算'逆旅'的维度本身也是我的一种假设，但在这假设尚未被验证面前，你们的任何怀疑，都只能是一系列渺小的喜剧和可悲的叹息。"

刘遇迟说着，踩满了公交车的油门，在地库里胡乱穿梭。我手里的雨伞都险些被飙风给吹掉。有好几次，我们看见他都险些撞到黑暗中的柱子，但最终却又巧妙地避开。

有时，他甚至会忽然把车停下来，莫名其妙地趴到方向盘上哭泣。

但迫于其强大的诡辩力与师徒之礼，我们当年从没人敢问这位"夔门第一伤心人"究竟是在为何事而流泪。他在我的雨伞下，有时至尊无上，完全是暴君；有时又儿女情长，简直是个白痴。

禁 闭

记得最初入会时,我提着我的黑色雨伞,是被元森用一块黑布罩着脑袋,然后牵着手,引着我进入瀿楼焚书会的禁闭室的。用元森介绍的话来说,就是"史上凡入焚书会者,第一件事即要学会封闭自己。这里的每个门徒,无论男女,在去观看摄心机器之前,并非要读过多少刘老师推荐的书,而是都要先在这里独自被关上七天左右禁闭。对资质愚钝者可能还会关更久。因只有在这屋子里,一个人才可以将自己入会之前的很多东西洗涤干净,然后专心探索'古赤公'与摄心机器的哲学"。

那是一间四壁都用黑色油漆刷过的屋子,屋子中央只有一张床,一盏灯。角落里有一个很狭窄的厕所,是蹲坑。每天晌午之前,元森或张灶会来给我送上一顿饭,以及一大壶水,过午不食。而且,整个屋子里并没有一本书。

"焚书会里一本书都没有,怎么读书和烧书?"元森第一次离开时,我就紧张地趴在禁闭室的窗口冲他喊道。

"兄弟,你都入会了,这还重要吗?"元森笑道。

"可如果不读书,也不烧书,我在这里关着能做什么?每天得多无聊。"

"实在无聊,你可以先研究一下那笼子。"

元森一边说着，一边朝屋子深处的天花板上抬了抬下巴。我往那边一看才发现，在黑色房梁的角落里，悬挂着一只黑色的铁笼子。笼子里似乎蹲着一团黑色的庞然大物，不知是什么东西。

"那是什么？"我问。

"无可奉告，也许就是一种观念吧。"元森说。

"可我还是更想靠读书来打发时间。"

"书都是人写的，你也可以写。"

"我要能写，还用进什么焚书会吗？"

可我的话音未落，元森的身影已消失在走廊尽头了，以后也没有再回答过我。我不得不走到床边坐下，借着昏暗的灯光，转头再看向那个铁笼子。笼子里的黑影毛茸茸的，似乎像是一棵树，也像是一头熊。会不会就是刘遇迟在黑山共和国栖居时，总是出现在他早餐的饭桌前与"中国山林"里的那头熊？不清楚。因我既没闻到植物的潮湿味儿，也没嗅到什么兽腥味儿。整个屋子里始终弥漫着檀香。我想走近笼子，但却被一面玻璃幕墙挡住了。整整五六天，我都只能对着玻璃内那庞然大物般的黑影，自言自语。

据元森解释，这种自言自语或沉默，就算是入会办手续，或者叫"报名"。

不过，在这场漫长的黑暗与喃喃自语中，我偶然看见有一根塑料管子，好像一头插在那玻璃墙中巨大黑影的腰部，另一头则穿出了玻璃幕墙，插在墙角上。出于好奇，我顺着微弱的灯光爬过去，拔掉了那管子。墙上瞬间露出了一个闪亮耀眼的窟窿。显然，是有光线从窟窿眼里透过来。隔壁应该是灇楼的另一间屋子。我把脸凑近窟窿，从这个小洞口里，便可以看见隔壁房间里的很多景象。那房间中央放着一张办公桌，一个剃光了头、穿着袈裟、戴着防毒面具，但双手白皙的年轻人，正在办公桌上用电脑处理着什么文件。房间四周堆满了文件夹、图书、档案与一些奇怪的化装面具。

最关键的是,那房间也和濲楼其他的走廊与屋子一样,四面墙上密集地开凿出蜂房般的凹陷区,密集地排满了昆虫复眼般的大约上千个空龛位。

正在我发愣时,忽然看见那光头在桌面上打印了一张表格似的东西,卷成一小条,然后朝着窟窿与我的瞳孔走了过来。

"既已经到时间了,就把你的名字也写在表格上吧。"光头对窟窿这边的我说,然后便把那纸卷从小洞里塞了过来。

我打开一看,那纸果然是一张表格。表格前面写的,我想应该是在我之前,曾经到过这禁闭室里的人的名字。这些名字应该都属于历年来,所有意外被刘遇迟诱惑或误导而加入过焚书会的成员,也就是刘遇迟早期的门徒或拥趸吧?也未可知。除了其中第二个人名字,因不知何故,被人特意用"□"与"×"删除,后面的说明,又再次用黑墨涂抹掉了(为何不修完删除,然后重新整理出一个干净的文件呢?难道一定要保留这个位置吗?),故完全看不清楚之外,其他约四十个人的名字基本都在。这些名字与我后来在"涂毒鼓"网站上看到的焚书会前半截名单大致相同。为方便以后调查,故暂将此名单抄录如下:

猿鹤山房焚书会禁闭室成员

罗铁(男,焚书会创始人之一,已故或失踪)

<u>□□□,□□□□□□□□□□□□□</u>××××××

刘萱龄(养母,丫鬟,失踪)

沈八叉(女,巨人症患者,职业不详)

邢胡子(男,酱铺老板,已故)

吴毛孔(男,商人)

元森（男，建筑师）

薛雯婕（女，职业不详）

张灶（男，养蜂人、杀猪匠）

叶宛虞（女，新闻编辑）

夏景浮（男，历史学家，诗人）

秦先生（男，具体姓名不详，法医）

李元（男，狱卒）

李山川（男，修自行车的，刑满释放犯）

魏屿（男，流亡作家）

崔明伦（女，物理学家）

吴雨葭（女，媒体记者）

唐越（男，厨师）

罗鉴（男，职业不详）

张开山（男，大学教授）

陈影（男，裁缝）

徐一成（男，中医药剂师）

杜宇（男，出版社编辑）

铁客（男，古琴师）

王晓刚（男，中学生，已故）

巴糠（男，民间思想家）

梁尔南（男，音乐家，早逝）

蒋凤凰（女，厨娘）

李娅萍（女，杂志社编辑）

吴乐（女，艺术学院钢琴教授）

周蓉（女，画家）

段维森（男，退休法警）

罗明（男，某寺庙看门人之子）

王菊（女，职业骗子，后自杀）
霍丽（女，中学生）
李卫星（男，农民）
顾韶光（男，巴蜀县长，失踪）
赵焉知（男，官员、学者）
上田月照（女，铁壶匠人世家）
Brook querida 锦儿（女，保姆）
周南（女，职业不详）

于是我在末尾加上了我自己的名字：丁渡，打伞员。算第四十二个吧。

而且，我还在其中发现了一些久违的、似曾相识的名字。譬如周南、吴乐与霍丽等，会不会就是我过去迷恋过的几位中学女同窗呢？尽管同名同姓的人很多，但毕竟令人生疑。莫非她们也都先后成了刘遇迟的拥趸与崇拜者吗？人是会变的，我已完全不能理解我自己的过去，何况别人？而且，表格里的这些人，除了我身边的几个，其他的我在灪楼里也从未遇到过。他们都去哪里了？他们是陆续来了又走、背叛了、死了，还是先后发现了刘遇迟的焚书会骗局，然后反目了？因往事中的人很难联系，我至今也没有得到过准确的消息。当然，还有没有这种可能，即凡是进入过焚书会或灪楼的人，研究"古赤公"与摄心机器的人，因怕他们泄密，最终都会秘密地被刘遇迟搞成集体失踪？他妈的，刘遇迟这老畜生，就像一位巴蜀腹地的"花衣魔笛手"Rattenfanger，即欧洲中世纪传奇中带着老鼠与孩子失踪的"捕鼠男"或一位完全无法验明正身的微缩版的"朱三太子"？更有一种可能，即连这份名单也是伪造的。这些人根本就没入过焚书会。伪造名单只是为了一种廉价的宣传，就像广告，以便令不知底细的人觉得猿鹤山房焚书会人丁兴旺，人人趋之若鹜？这些都无法定论。这个卑鄙猥琐、老奸巨猾的学林败类，其存在也许就是为了制造谜语与幻境，疯狂收取财物，从而满足他一个人的某种隐秘的欲望与罪恶的心绪吧。就像作家的写作，最终也都是为了一场纯粹的编造——因任何真实事件从来就不重要。重要的只有人的"认识"。

当我七天后走出禁闭室时，刘遇迟就问我："怎么样，第一次读书有收获吗？"

"什么收获……没有读到任何书啊？"我在禁闭中憋得几乎都不会说话了。

"怎么会。你这几天不是一直在自言自语吗？一切书都不过是自言自语而已。"

"我那是闲得无聊，说胡话，混时间嘛。"

"不，这几天的时间，大概是你一生中唯一不算混的。"

"为什么？我在禁闭室什么也没做。"

"你对那黑影说了很多吧？"

"我都忘了自己说了什么了。总之，都是废话。"

"还有沉默呢。"

"那倒是，大多数时间，我只能沉默。"

"沉默时想到了什么？"

"什么也没想。顶多想那黑影是不是一头熊。或者发呆，困了就睡觉。"

"嗯，那最好，这也算是一种'识'。"

"我不懂。您说的是对什么的识？"

"也许就是对那黑影。"

"对了，您能告诉我吗，那玻璃里的大黑影到底是什么，是什么大型野兽吗，或者那就是您常说的'古赤公'？"

"哈哈，"刘遇迟忽然大笑起来，"怎么会，你才刚入会几天，怎么能见到'古赤公'？焚书会里很多你的同窗前辈，数十年在我身边，也没机会见到。"

"那莫非就是摄心机器？"

"当然更不是了。"

"那是什么？"

"可以告诉你，那就是一大堆被刷了黑漆的粗糙的大石头，堆砌起来，中间插了一根塑料管子。如果你注视石头时，它在蠕动，你就会觉得那是野兽。你自言自语时，它就是你读到的第一本书。总之，你想它是什么，它就是什么。"

"这算什么搞法？"我有点生气地问。

"这就是我说的'识'。"刘遇迟轻松地笑道。

但后来的事实证明，即便对这个黑影的解释与杜撰，也根本不是像他说的那样。那黑影的确是他的一项罪过。不过相比起他别的荒谬之罪来，算是尚在大家的理解范围之内罢了。

"那还有一件事，我想问问。"我说。

"还有什么？"他问。

"表格上的第二个人是谁？"

"被划掉的人？"

"对。"

"这个不能告诉你。"

"那又为什么？你怎么有那么多事怕人知道？你是骗子吧？既然你不想让人知道，为什么还要在表格上保留一个名字的位置？为什么又说读书，又要办这个什么焚书会？直接烧书不就行了？"

"唉，也许因为那是一种无法划掉的痛苦吧。只有永远保留其位置，才能面对那个名字制造的全部困境，以及对生活的绝望。至于焚书，你现在是不会懂的。因你还完全没有进入过'古赤公'的观念，还没有真正读过我的书。你先给我打伞，当我的随从吧。你就暂且作一个我的影子，我的贴身喽啰。等时间长了，你就会理解我的哲学。"

"我凭什么要相信你的什么哲学？"

"任何哲学，都从来不是拿来相信的。"

"那拿来做什么的？"

"否定一切。"

灰 烬

进入焚书会后山,还有一件事,便是让我与其他门徒们一起,到狻猊庙后山的一座空山去扫山。山上并无一物,可扫山却能令众山点头。不过这首先需要学会沉默。观林间鸟啼,懵懂之中能一句顶一万句。而街头人语,唯有不可一世的叽叽喳喳。

空山太干净,也令人毛骨悚然。大家都在传言有个专门制造灰烬的家伙会来。

往事唏嘘,自被隔绝在狻猊庙中潜心扫山以来,连我这个曾经不畏肮脏的人,也有三十六年没有见过任何一粒尘土或沙粒了。尤其没见过"我的灰烬"。据说,每个人都有"我的灰烬",但并非每个人都能得到。山干净得至高无上。山人的脾气也大。为了保持此后山绝对无尘,不产生哪怕一星半点的炭灰,我与焚书会同窗门徒们在相当一段岁月里,甚至都没有烧火做过饭,没有焚过香。这也是一种焚书会的不成文法。为了不为任何人洗尘,禁绝远方的土腥味,我记得山里也没有同窗去过什么别的地方。这里人人有尊严,你可以独坐雄峰,心怀野蛮,以读书为最大的耻辱,但就是不许下山去。不过,听闻制造灰烬的家伙要来,这山上狂狷的同仁们又都谦卑起来。大家手里拿着各自的鸡毛掸子、抹布、拖把、笤帚、簸箕与吸尘器,像蜈蚣的双脚一样,整齐地在山门石阶上排成了两排。

很多年来,灰烬已成了所有门徒一个颠倒的梦。

很多年来,我们每日喝凉水、吃松子,起床混天黑,似乎只是为了寻找自己的灰烬。可干净通透乾坤,灰烬则越来越罕见了。在这座山上,即便下雨天,一个人想要把鞋弄上泥,从指甲缝里抠出污垢,都是绝无可能的事。山上的水都至清到无鱼。就算你赤裸着全身在岩石上满地打滚,也顶多会在皮肤上留下痛苦的血痕,身体则一尘不染。悬崖油光锃亮。羊肠小径干净得可用舌头去舔。树枝有塑料的气味。满地水银与玻璃。瀑布只是一束飞泻而下的不锈钢。后山的花果从不会腐烂,花瓣比剃须刀还锋利。

就这么一个地方,万事俱备,只缺灰烬。哪怕一粒灰烬也行。

但很多年来,就是没有一粒灰烬出现。必须说明:我们并没有洁癖。扫山只是在焚书会无聊的生活中产生的集体惯性。当初,谁也不知道会扫得这么彻底。而且,为了思考卫生、细菌、龌龊与一百二十多种不干不净的层次之间,到底哪一种才最符合此山之本色,符合焚书会伟大的原则,我们还经常在打扫时争得面红耳赤,乃至大打出手。

吸尘器的绝望已味同嚼蜡。笤帚的悲愤在于自以为是。抹布的批判、拖把的犹豫、簸箕的宽容与鸡毛掸子的残酷等,最终也都会令人厌倦。

好在那个制造灰烬的家伙终于要来了。

灰烬一钱不值。但在狻猊庙后山上,却成了无价之宝。

尽管我们也是刚知道,原来人间的灰烬是可以由人专门制造出来的。尘土不一定要靠风沙才能带来。可那有什么关系?物以稀为贵。此刻谁拥有灰烬,谁就是王。

大家在石阶上等了很久。终于,一个瘦骨嶙峋、脏兮兮的秃顶老头，才从山下摇摇晃晃地走了上来。原来是刘遇迟，我们的导师。他紧握的右手攥成拳头。走到山门下时，他才朝大家伸开手掌。

每个人都惊讶地、惶恐地、垂涎三尺地看着他的手掌。

在集体发疯般的欢呼声中，虽隔得很远，但我也能看见，刘遇迟的手掌里的确有一把黑得发亮的灰烬。他的灰烬。

可几乎就在伸开手掌的同时，一阵风从山顶吹来。灰烬旋即迎风飞散。

"我带的灰烬不多，一人只有一粒。"秃顶刘遇迟说，"谁知今天会有大风？尘土飞扬，你们每个人能不能找到自己那一粒，就看各自的运气了。"

"难道就不能再给我们一些吗？"我身边的一个拿笤帚的问。

"是啊，这风一吹，让我们上哪里去找？"另一个拿拖把的说。

"灰烬也不是说有就有的。"秃顶答道。

"可既然你是专门制造灰烬的人，手里应该还有很多吧。"

"不，我的灰烬都是通过燃烧得来的，尤其是烧书。今天只有这么多。"

"怎么可能。灰烬又不是什么值钱的玩意。除了这座山，你随便上哪里去，都可以再烧点什么，再抓一把来送给我们呀。"

"问题就在于没有'哪里'，只有'这里'。"

"为什么？"

"也没有'为什么'，只有'就这样'。"

"原来你是个这么不讲理的家伙。那我们也自己烧点什么，灰烬不就都有了？后山瀿楼里有很多书，都可以用来烧。"

"哼，真是些孩子话。你们以为自己是谁？在这座干净了很多年的山里，可以随便乱烧东西吗？就凭你们这点悟性，也敢妄言烧书？玩火者必自焚。"

说完，制造灰烬的秃顶干笑了一声，头也不回，便转身又向山下走去。

这下我们可乱了。大家像要下山抢劫一样，倾巢出动，四面八方，朝刚才那灰烬飞散的方向奔去。我也试图去追逐"我的灰烬"。尽管我不能确定，我的那一粒灰烬在哪个方向。但这有什么关系？重要的是：我必须有"我的灰烬"。"我的灰烬"也是我的梦。我经常在灰烬与梦之间徘徊，分不清哪一个更好。尽管我偶尔也会觉得，整座山似乎哪里总有点不对劲。可在"我的灰烬"这样一件人生大事面前，那些莫名的感觉大多可以忽略不计。就算暂时找不到那一粒属于"我的灰烬"，为了多年的尊严，也得把这种寻找进行下去吧？否则，三十六年来——不，也许我入会才仅仅三年零六个月，而时间被感觉无限拉长了——打扫山林之苦，洁净精微之痛，可就要前功尽弃了。

我记得，大宗师刘遇迟走后，所有人都和我一样焦急。平时寂静的山上，忽然间喧哗起来。为了找到"自己的灰烬"，有人猛地砍倒了一棵树。有人攀岩去追杀老鹰。有人跳入池塘潜水，连续很多天都没浮上来。有人站在桥上放声大哭，还扬言说要炸掉这座桥。可这么大的山，谁能知道自己那一粒灰烬被吹到哪里去了呢？即便如此，也没人愿意放弃这无望的希望。我还记得，有个抱着吸尘器的女子（好像就是那个厨娘蒋凤凰，但不敢确定），先是拿着粗大的吸管，在漫山的岩缝里乱扫乱捅，然后又像野狗一般，撅着屁股，在山麓间爬来爬去地找她的那一粒。

遗憾的是，听说她最终也没有找到。她最后一点渴望肮脏的念头幻灭了。一年后，她从后山上一座光滑得可以照见她影子的万丈悬崖上跳了下去。

而我呢？"我的灰烬"至今也没找到。我压根就没有看见它被吹散的方向。三年零六个月或三十六年来，在还没有为刘遇迟打伞之前，我经常独自抱着我的黑伞，坐在山头，仰望天空，伸开手掌，就像在看有没有下雨。

　　我期待我的那一粒灰烬能从天而降，自动落到我的眼里。

打 孔

从"旁逸零年"开始,每年都有一个手提电钻的人,在那座实心大楼中走来走去。他见哪面墙空着,便在上面打孔。孔上楔入一枚钉子,钉子上挂木牌,木牌上写编号。

"因灪楼是实心的,所以需要打很多孔。这些孔的位置,以后就是灵龛的位置。"灪楼的负责人之一、大师兄吴毛孔曾对他说。

整栋楼的人都曾在他的电钻声中颤抖,如有钢筋楔入脑中。尽管手提电钻的人本来也是喜欢寂静的,但他无法拒绝"猿鹤山房焚书会"这样一个闻名已久的公司的诱惑。偶尔,他对自己制造的噪音也感到有些抱歉。不过,每次一想到整座楼的人都会因电钻而发抖,他的情绪便好了起来,乃至还会显得有风骨的样子。他十分认真地打孔。他甚至一边大口吃着午餐肉,一边打孔,废寝忘食。他平时与成箱的午餐肉罐头住在一起,早已学会了什么叫密封、整齐与规矩。所有孔直径都打得一样深浅,即进入墙的一半,不会碰到埋在墙里的电线或管道。所有孔都晶莹浑圆,排列整齐,如制服上密集的纽扣,或深夜海边堤坝上的路灯。

只有一面墙上的一个孔,因用力过猛,不小心被打穿了。

透过硕大的破洞,可以看见另一间屋里漏出的光,有点刺目。

他紧张地急忙把那窟窿眼堵起来，再另选了一个位置重新打孔。

他必须保证每个孔都精确到既不能插进去一根绣花针，又可同时钻入十头大象。

孔的边缘与直径都是头儿规定好的，怎能忽大忽小呢？这问题把他难倒了。可每想到他是在为一座举世闻名的实心大楼打孔——这是多么伟大的设计，而且整栋楼都会在他的电钻声中颤抖——这又是多么了不起的荣耀，他也就管不了绣花针与大象的差异了。何况噪音与震动作为一种哲学，就是两个词而已。实在不行，便换两个别的词，譬如"密不透风，疏可走马"之类，以表示空间是某种不确定的几何原理，不以人的观念为转移。当然，风与马，也只是另外两个词。

唯独令他担忧的，是打穿了又堵上的那个窟窿，会不会再次漏了？说不好。在窟窿那边屋里的人暂时还没有发现这个破绽。因打孔的人在填塞时，听到过那边有人在说话，在窃窃私语，或在怒吼呼号。他趴到孔上去窥视，发现那屋子里有很多人，正排好队在操练。他们稍息立正，向右看齐，正步在房间里走过。不过走了一段，便有人开始喊叫、挣扎、哭泣与撕扯。有人忽然互相殴打起来，有人开始以头撞墙。有人让别的人张嘴、拔牙、检查舌头与喉咙，旋即又用毛巾忽然塞住别人的嘴。甚至还有人在满地乱滚，甩着头发撒泼，就为了不站起来，不想走路。有人在墙根下煮茶吃饭，饮酒下棋，并转头随地吐痰。有人带着从乡下来的老婆孩子，正在当众表演如何解剖一头猪。有人混在人群里冒充洋人说话，但手里拿着一卷盲文书，手势也是用的哑语。那屋子黑压压的，大约只有八九个平方米，却竟然人山人海，喧哗骚动，鸡飞狗跳。大家集体簇拥在一起，完全忘记了空间。一盏煤油灯前挤满了蝙蝠。桌子底下塞满了无名者的尸体。屋里满地是生活垃圾，有数不清的塑料袋、图书、文件、西瓜皮、粪便、烟头、血渍、肉食者吃剩的肉酱与残骸。关键是，门外似乎还有无数人，正在不断地拼命拥进来，仿佛要把这房间像一听午餐肉罐头般挤压得更实。

从窟窿里可以看见房间的门，狭窄的门扇半掩着，因门上挤着一头正准备闯入的大象。大象的耳朵卡在了门框上，但鼻子卷住了房梁，一只脚也已经踏进来。大象背上坐着一个人，样子有点面熟，他正挥舞鞭子往里驱赶那大象。而门里的人则集体从里往外推，怒目喝斥，试图阻止那人与大象的入侵。

"别让那家伙进来。他就是罗铁。"一个躺在地上，正在缝嫁衣的女子喊道。

"妈的，罗铁是谁？"另一个趴在墙边喝醉的光头男人问。

"我怎么知道？我只知道不能让他和大象进来。"

"进来了又能怎么样？"

"恐怕装不下。"

"胡说，这屋子辽阔无边，处在裂缝里，多头大象算什么。"

"可罗铁是个坏人。"

"怎么，你认识他？"

"不认识。"

"那怎么知道好坏？"

"是听头儿刘遇迟说的。"

"你也认识头儿？"

"不认识。"

"那谁知道是不是你胡说？搞不好，连头儿这个人也是你编出来的，大楼里根本就没刘遇迟这号人，我们屋子里也从来就没有什么头儿。"

"我有什么必要骗你们？"

"那说不好。都住这实心楼里，又随时可能遭遇突然出现的旁逸时刻，世界毁灭，每个人都朝不保夕，总得有一套自己的生存方式。"

"生存方式是什么？"

"就是语言模式。"

"你是说我在撒谎吗？"

"也许撒谎的就是你说的头儿刘遇迟。"

"说什么呢？"躺在地上的女子忽然站了起来，顺手抄起卷在裤腿里的绣花针，指着对方生气地嚷道，"就算让罗铁和大象进来，你们也没必要侮辱头儿吧。"

"侮辱又怎样？"喝醉的光头也生气了，猛地从怀里抽出两把生锈的菜刀与剪刀，冷笑并挑衅道，"看你这着急的样子，难道你也是他的姘头吗，他的洞主和赤兔？"

谁知俩人刚要动手，那个坐在大象上的罗铁却忍不住大笑了起来。因他的大象上明显还架着一挺锃光油亮的、人见人怕的老式马可沁重机枪。

他忽然打开重机枪，不分敌我，朝着屋子里胡乱扫射起来。

屋子的面积与人群都是折叠的，其整体并不大于那个打破的窟窿。打孔的人趴在窟窿上惊讶得合不拢嘴。因屋里本来恶臭熏天，蝇附蚁聚，成百上千素不相识的人之间，为了争论电钻声的意义，正打得头破血流。现在又有罗铁与大象的闯入，血腥味扑鼻而来，简直乱成了一锅粥。难道这实心大楼里的房间与房间是能相通的吗？楼里的每个房间里，都会有这么多人群、这么多莫名的矛盾吗？他无法理解。他只是刘遇迟请到猿鹤山房瀿楼里来的一位专业打孔的技术人员。

不过，既然对一座实心建筑而言，绣花针与大象并存都不算什么怪事，一孔之见的房间里的人多一点少一点，生或者死，又有什么关系呢？

想到这里,打孔的人为了捍卫自己的情绪与风骨,便立刻把打漏的窟窿堵死了。光线瞬间被遮住了。刚才那些喧哗,也立刻与实心大楼的墙融为一体。他在窟窿里糊上水泥,并重新抹上了墙灰,还专门找来了一张带裸体美人的午餐肉广告海报贴上。美人站在海边,用不锈钢叉子举着一块切好的粉色午餐肉,放在红唇边,伸出舌头舔食。她的大腿间有一轮正好在海上沉沦的夕阳。一般人走到这里,只会想到爱情的虚妄与色情的壮丽,根本看不出来这位置曾打过孔。即便头儿刘遇迟走到这里也看不出来吧。打孔的人记得,他在那窟窿里最后看到的景象,是很多人正在重机枪的扫射下缓慢地站起来,或静静地倒下,或肉体腾空飞起化为一阵阵呛人的尘埃。房间的门已被撑破,犹如分娩者血红的产道。那头大象的獠牙正刺向拿绣花针的女子,象脚正准备踩向一个无辜婴儿的襁褓。打孔的人吓坏了,不敢再往下看。他提着电钻,背着一箱子午餐肉,从那面墙下仓皇逃开了。他从没胆量向任何人打听罗铁是谁,只希望那张海报能永远帮他挡住所看见的一切。

　　现在我可以说实话了,当年这个打孔的人,就是我。他妈的,刘遇迟那个老王八蛋在我进焚书会后,在没为他打伞之前,除了扫山,让我干的第二件杂事就是打孔。

　　最令我沮丧的是,我发现我的电钻虽能威震大楼,可有时还不如一张纸强大。

空 袭

　　为了影响我们的思维，招纳各自信徒入会，话痨教唆犯刘遇迟曾通过其伪造的某种哲学语言，杜撰的故事错觉，制造过很多"幻象"。但在当时，从未有人会怀疑那是幻觉。最典型的说法是，刘遇迟曾常在大街上对路人说："'旁逸时刻'到来时，会有一场'空袭'。尽管那空袭总是即将发生，却又从不发生，只是每个人已习惯性地称其为空袭而已。"

　　如按照瀺楼灵龛管理员、我的同窗前辈师兄吴毛孔的说法：很多年前，巴蜀本镇上确是有个秃顶的、卖手提式空袭警报器的人走在大街上，一边东张西望，一边转动着警报器上的曲铁棍，就像旧时剃头匠在摇着老式挑子，或一只小小的绞叶咖啡机。他是在寻找产生恐惧的人吗？据说是如此。手提式空袭警报器的鸣笛声异常刺耳，但大街上并没人会惊慌失措，更没有人会恐惧到躲起来。相反，大家还会偶尔跑出来听一听这尖锐的呼啸，或习惯性地仰头看一看。除了一朵停留已长达二三年的云之外，天上空荡荡的，什么也没有。甚至都没有一只鸟，更遑论敌机。

　　无边的天空只是一团虚无的、蓝色的紧张。

　　已经历过了好几个朝代与纪年，空袭每次都一触即发，却又隐忍不发。唯有卖空袭警报器的人仍然很执着。他相信危险并不远。他拼命地摇着那个玲珑、锃亮且喇叭功能巨大的发声器四处行走，虔诚而焦虑，就宛如一个赶去做移植手术的医生，捧着一颗铁铸的器官在城里飞奔。

"反正没人买，你没必要整天一直摇它吧？真吵死人了。"路边一家油蜡铺的店员忍不住了，终于远远地对他喊道。

"没人买，这很重要吗？"秃顶说。

"瞧你说的，那什么才重要？"

"危险。"

"这么多年了，好像并没有危险。根本没什么空袭。"

"危险跟时间没关系。"

"那跟啥才有关系？"

"危险不属于任何关系。危险只分有与无。"

"好了，不跟你争了。我看你也怪可怜的。这样吧，既然没人买你那玩意，不如我拿一只火腿跟你换，如何？"

"你不是说没危险吗，为啥你还要换？"

"刚才说了，我是看你可怜。当然也是因那东西太吵人。花点钱，图个清静呗。"

"我完全不能认同你的看法。"

"为什么？"

"危险是无法交换的。"

"可你也无法证明真的有危险。"

"空袭不需要任何证明，它都始终存在。"

"你总这么说。可敌机呢？炸弹呢？"

"伙计，你们对危险的理解总是这么肤浅吗？"

"我是肤浅，但我相信常识。"

"什么常识？"

"根本就没有空袭。"

"只因为没遇到过,就说没有?"

"这难道不是明摆着的吗?"

"那你觉得我整天到处摇动警报器,是在做什么呢?"

"你只是想卖这东西。空袭是你编造的。"

"你完全理解反了。"

"怎么呢?"

"空袭是真的,但警报器却未必。"

"那不可能,你手里的东西的确能发出巨大的轰响,全城的人都听得见。"

"你怎么知道那轰响声肯定是从我手里发出来的?也许我只是常年在做一个摇这曲铁棍的动作而已。你听说过有手提式空袭警报器这种东西吗?"

"这么一说,倒是好像没怎么听过。"

"你过去听过空袭警报吗?"

"我没有,但我们的父辈或上一代人比较熟悉。"

"你见过真正的敌机、真正的炸弹吗?"

"好像也没有。电视新闻里常看。"

"你见过集体的恐惧吗?"

"书本里看过。"

"你见过末日吗?"

"这怎么说呢……"

"瞧,你的经验全都是些间接经验,第二经验。"

"那又如何?"

"只有你此刻听到的我说的话里,才有第一经验。"

"那又如何?"

"一切真正的危险都属于第一经验。"

"那又如何?"

"没有第一经验的人，等于不懂危险。"

"那又如何？"

"那场伟大的空袭迟早会来的，你如果早作打算，也许还来得及。"卖警报器的人对店员得意地说着这些话时，咧嘴笑了起来。他的笑声大得几乎遮蔽了警报声。

"我还是不明白你的话。"年轻的店员有点发愣地说。

"空袭也许并不一定来自敌机和炸弹，"卖警报器的人说，"也有可能来自时空即将转变时产生的巨大裂缝，来自'旁逸时刻'的降临，就像来自末日。"

"越说我越不明白了。"

"你当然不会明白，除非你跟我走。"

"去哪里？"

"去潆楼。"

"那是什么地方？"

"一个可以让你理解空袭的地方。"

"这话更难理解。不管怎么说，火腿你还换吗？"

"也可以换。其实我拿着火腿还是空袭警报器走路，性质都差不多。"说着，卖警报器的人将那个小机器放到了油蜡铺的柜台上，并接过店员手里的火腿。

"这火腿可不比你的警报器便宜。"店员强调说。

"以物易物是为了目的，我不关心剩余价值。"卖警报器的人应道，又顺便问了一句，"对了，你叫什么名字？"

"我叫吴毛孔。"

"这名字稀奇，想必有故事。"

"见笑了。也忘了问你贵姓大名了。"店员又说。

"免贵，我叫刘渐耳。你就叫我刘老师吧。"他说。

"我们这样一交换，会不会你以后也就无所事事了呢？"

"那倒还不至于。"

"毕竟你在这条街上来来回回都吆喝好几年了。虽然一个警报器也没卖出去,可看样子你也没有别的职业呀。"

"这不用费心。只要危险还在,我就有事可做。"

"刘老师是焚书会的教授吗,教什么的?"

"我教哲学、玄学、建筑、爱情、性心理学、比较宗教学以及一个人该如何躲避空袭带来的裂缝,逃避灾难,免于末日的毁灭。"

"听起来这好像是完全无关的几件事呀。"

"你又说反了。"

"什么?"

"事物没有数量,甚至也没有质量。"

"你这些话更难以理解了。"

"数与质也都是人设计的。空袭发生时,根本没这些东西。等这个世界在空袭中毁灭以后,你就懂了。"

刘渐耳说完,提着火腿摇摇晃晃地走了。大街上尘土飞扬。的确,城里的空袭警报声并未因警报器的搁置而停止,继续震耳欲聋地响彻在空中。而且,不知为何,这个卖警报器之人的背影在消失的瞬间,似乎产生了某种强大的吸引力,令年轻的店员吴毛孔有了一种立刻追随他而去的伟大的冲动。他后来成了我们的大师兄。

降 落

当年,有人曾拿着一只巨大的彩色降落伞,想换我的黑雨伞。他是下雨天时,直接从天上跳下来的,准确地落在了我面前。对他,降落伞没用了,雨伞还有用。尽管用途不同,而且降落伞看上去还非常壮观,可我始终在犹豫。我知道,他在空中时忽起忽落,也飘了很久。他从天上往下看,大街上有很多人都打着伞。最终能选定落在我的眼前,想必他也是看中了我的这把黑伞。我的黑伞有什么特别之处吗?不清楚。好像只有一点:阳光斜射之下,我黑伞下覆盖的阴影面积会非常大。不,简直可以说是广阔。这让我所到之处,完全淋不到一滴雨。

但目前还在下雨,并没有阳光出现时的那种斜射。带降落伞的人高大魁梧,留着络腮胡,浑身肌肉虬结,胸毛也很多。与他一起降落的还有一口提在手里的木箱子。他很重,但他降落时,却轻盈得像落叶、像雪花、像野猫。除了如涟漪般向四周扩散振荡的一阵风,没发出一点声音。

"怎么,你不愿意换吗?"他问我。降落伞仍在他头顶飘动,如一朵蘑菇云。

"我的确有点犹豫。"我低头答道,紧握着我的伞。

"是因降落伞不实用了吗?"

"倒也不完全是。"

"那就是看不起我喽?"

"我们素不相识,哪里谈得上看得起看不起?"

"那是为什么?"

"我只是很意外。"

"对什么?"

"对您的选择……为何一定是我?"

"也许是因你这把雨伞覆盖的面积比较大吧。"

"现在又没阳光,你怎么知道?"

"我很熟悉你这种人。"

"咦,你怎么知道我是哪种人?连我自己都不知道呢。"

"你就是一个喜欢在下雨天里躲在雨伞中测量阳光斜射时雨伞阴影面积的家伙。"

"唉,听起来好复杂。有证据吗?"

"这是哲学,不需要证据。"

"那也太蛮不讲理了吧。"

"兄弟,现在雨下得这么大,且还会下多久,也不好说。我们两个素昧平生的人,为了这么一件小事还站在大街上讲理,你觉得有意义吗?"

"可人都有局限。再说,我就是个打着伞过路的,大街上那么多人都有雨伞,您何必非跟我过不去?"

"如果你实在不愿意,我可以再拿些额外的东西跟你换。"

说着,他打开木箱,向我展示其中的空运物资。我看见里面有大衣、午餐肉罐头、酒、香烟、水果、避孕套、打火机、笔记本电脑及没见过的一些杂志和书。

"你到底是从哪里来的?"我问。

"我也是过路的。我坐的飞机……算了,反正这事不重要。

我就是想换把雨伞。"

"可雨伞是我现在必须要用的。"

"理解。不过,降落伞和雨伞也没有什么太大的不同,只不过一个是经常有用,一个是偶尔有用而已。你怎么知道你以后就不会用到降落伞呢?"

"可能性很小。我从不坐飞机。"

"也不是坐飞机才需要吧。从高山上、悬崖上或高楼上往下跳时,也会需要。很多看起来暂时没用的东西,关键时刻能救你一命。"

"那只是您个人的理解。"

"你就不能为别人着想一次吗?"

"这话我也想对您说。"

"好吧,那我问个更简单一点的问题。"

"什么?"

"雨什么时候停?"

"我怎么知道。"

"如果雨一直不停,你的这把伞及你所测量出的举世罕见的在阳光斜射之下的辽阔无边的阴影覆盖面积,又有什么用?你的伞和大街上别人的伞又有什么区别?"

"我不知道,也不关心。我只知道这伞是我的。"

"人得学会为自己留点余地。"

"您这是在威胁我吗?"

"哈,怎么会。我从来不做那种下三滥的事。"

"什么叫留点余地?"

"就是与人共享。虽然这说起来有点俗,就像有些地摊小说里讲的那样:你过去和恋人在一起时,难道就没有过共用一把伞的难忘时刻吗?何况我也不白拿你的。"

"可我对你的降落伞不感兴趣。"

"兴趣是可以培养的。"

"唉，你真啰嗦。雨太大，我可要走了。"说着，我打着伞，冒雨转身朝大街对面的一家商店走去。我本来就是出门买东西的。

"世事无常，生活不易。你一个人一把伞，走不了多远的。"他说着，忽然从箱子里的那堆午餐肉罐头底下，抽出了一把手枪，对准了我的后脑勺。

"难道我就不能拒绝一件这么点的小概率事件吗？"我有些惊讶道。

"你可以拒绝。但你总不能一直拒绝吧。"

"什么，一直？"

"因为今天像这样找你换雨伞的人，恐怕远不止我一个。在这个流行空袭的年头，你总得跟着某个相对信任的，或比你重要的人混吧。不是我，也会有别人。不是每个人都像我这么有耐心。而且，看样子你就是个失败者。如果没有我的观念先入为主，空袭之下，你的雨伞就算在阳光斜射时阴影覆盖面积再大，你也会很孤独，很难生存。"

"瞎说。什么流行空袭，哪来的空袭？"我有点急躁地嘲讽道。

"唉，说实话，我也不喜欢我那些艰巨的降落任务。不过，像你这种整天站在地上生活的人，也理解不了我们飘在空中的人的焦虑，理解不了我们来无影去无踪的痛苦。我们没有缺点，只是有很多话说不出来。而你这种固执的人却都有一个缺点，就是你们知道的通常都很有坐标，很有道理。答案也很标准，很文艺。可你们不知道的却总是太多了。"

说着，他指了指天空，清了清嗓子，并朝地上吐了口唾沫。

我顺着他的手指抬头望了望，那蘑菇云般的彩色降落伞停在他头顶，似乎也并没什么特别之处。令我意外的是，降落伞的上方竟忽然出现了几排雁阵般的轰炸机。我看见有不计其数的与这个人一样的跳伞者，带着木箱与枪，正如大海中的水母群般密密麻麻地朝我所在的镇子飘了下来。

此刻，空袭警报声骤然响起。蝙蝠、麻雀与燕子吓得漫天乱飞。另外还有不少疯狂黑点也在空中飞，因速度太快，我已分不清那是雨珠，还是子弹。

"你到底是什么人？"我不得不再次朝带降落伞的人惊问道。

"我姓刘。我不是入侵者。我只是来自一场名叫'真夜'的预言者。"他解掉背后的降落伞，把蘑菇云扔到身边的垃圾箱里，然后又对我说，"不久之后，时间将会旁逸斜出，这个物理世界将会出现一道中折线般可怕的大裂缝。这座巴蜀小镇，也恐将被烧成比你手中的黑伞更漆黑的一团灰烬。不过，你别紧张。既然能遇到我，就说明你还有救。而且，在瓢泼大雨中说了这么久的话，我们也算互相已有所了解吧。你看，我并没有恶意。我本来只是个读书人。关于书，我可以做你的导师。因我创办过一个读书会，现在则在创办焚书会。世道太乱，我也是迫不得已才降落到这里的，只为了给像你这样无处躲避'真夜'子弹与大裂缝的人，开辟一条新的思维之路。兄弟，如果你愿意相信我，你可以打着这把在阳光斜射时阴影覆盖面积广阔无边的伞，先跟我来。我带你找到一个井盖，下到地库里去，逃过这场灾难。因所有地库都是防空洞，都能通向一座宁静的家园，通向我们的伟大的猿鹤山房。这就像所有的井底之水都能抵达东海龙宫一样。对了，你知道'古赤公'吗？"

头 盔

另据很多经历过"空袭"谎言的人回忆，刘釜（刘遇迟逃亡时期的化名之一）年轻时曾是个脖子上挂着半导体收音机，即便坐在屋子里时也喜欢戴一顶结构复杂的前朝头盔而不嫌热的怪家伙。对，就是他后来在公交车上犯猥亵罪时戴的那种用来遮蔽其秃顶的头盔。我记得这个莫名其妙的恶习，直到他建立猿鹤山房焚书会后，也仍然保持过一段时间。我还记得他常读的书，只有哲学辞典、菜谱、人造卫星发展史、火车时刻表以及一本关于各种蛇类生活的彩图摄影集。有人跟他一谈起别的书，尤其他没看过的，他就会生气。另外，他还按照古人的"筷子占"，每天坐在定间里，点燃一个蜂窝煤炉子，然后把一根筷子放在一口煮着开水的铁锅里，看着不断转圈的筷子，冰冷地对我们这帮门徒说："天旋地转，这个世界早就已进入倒计时了，速度就跟这根筷子同步。"

当然，我们没人会把他的话太当回事。

朋友钦佩他的怪。邻居觉得他有病。我们则怀疑他完全是在杜撰一门玄学。

的确，本镇曾经有过一道所谓的《戴头盔令》，那是从十年前刘遇迟伪造"空袭"时就颁布过的。那时，巴蜀天上的确密密麻麻地飞过不少轰炸机，不知从哪里来的。好像战争就要爆发了。有人看见有些飞机正准备往下俯冲，发出刺耳的呼啸。为安全起见，人人都搞来一顶头盔戴上。大家走在路上，随时都看看天空，生怕有炸弹掉下来砸到自己身上。后来证明这纯属虚惊一场。但戴头盔的事，却一度成了命令、成了习惯、成了生活方式乃至风俗。无论有没有飞机，大家都喜欢戴头盔，否则便觉得没有安全感。为此，当空袭警报与误会解除后，本镇不得不又发布一条《去头盔令》，即除了参加特殊仪式，譬如婚礼或葬礼，人人都可以不再戴那种笨重的、插着三根雄鸡羽毛的不锈钢前朝头盔。市井上，无论长发还是短发，梳辫子的妇人还是秃顶的僧侣，皆可抛头露面，出行自由。

从此，街上黑压压人头攒动，大家都披头散发，又没人戴头盔了。

只有刘遇迟一个人例外。他后来还站在瀿楼究竟顶上，戴着头盔，特别向我展示了他那顶头盔的与众不同之处：防弹、双层花纹钢、正面还镶嵌了一枚钻石。他说三根羽毛都是他从活雄鸡尾巴上生生拔下来的，斑斓如霞。据说他为挑选羽毛，曾到猰貐庙后山，亲手射过上百头雄鸡。头盔顶部的红缨也精神，茂盛得像大海上的鲸鱼喷水。另外还有一条天线，从头盔后的缝隙里伸出来，他说这可以接收来自"空袭"或"真夜"的信号。只是这信号与他脖子上半导体收音机天线的信号经常被混淆，让他是非莫辨。

"可这还是一顶前朝头盔，有啥区别吗？"我们问。

"你们总喜欢关心区别，"刘釜笑道，"都是前朝头盔，当然没有区别。但我认为最关键的并不是区别，而是戴上以后每个人自己脑袋的感觉。"

"那你有什么感觉？"

"我感觉头盔给了我一种定力。光着脑袋时就没有。"

"定力是干什么用的?"

"可以让我执行我的哲学。"

"你的哲学是什么?"

"这一两句话可说不清楚呀。"

"简单点说呗。"

"简单说,就是头盔和筷子的哲学。头盔是我的思维,筷子是我的方向。"

"抱歉,我们听不懂。不客气地讲,我们也认为你是一个病人。"

"没关系,你们的这种见解,其实并没有超过我的邻居,包括你们自己的邻居。我不能为了这世界上平庸的邻居们就改变我自己。"

"当然。不过,我们还是希望你能解下头盔,好好领着大家读书和焚书。"

虽然强颜欢笑,但我们也的确暗自替刘老师焦虑。因我们觉得,世间唯一能包容他的,大概就只有那顶头盔了。无论在家还是出门,他与头盔都形影不离。他把他自己隐藏在头盔的黑暗里纵横,就像一个不要脸的泼皮无赖。他尤其热衷于在头盔中研究各种末日理论。为了反对我们的劝告,他或矗立在灂楼究竟顶,或对着穿衣镜挺起胸脯,高昂着头自言自语地说起过一件小事。他说:"朋友们、小兔崽子们、徒弟们,你们对头盔有偏见,是因你们不了解我的过去。反正我的过去也失败了,就像那场悲惨的空袭。妈的,我的过去被埋在黑暗里。伟大的头盔是唯一可以延续我的过去的托勒密天文体系。我本来想用一根筷子,就能支起我新发明的浑天仪,推翻盖天说,乃至把宣夜论与混沌学也一分为二,好反对那场浪费了我们青春的空袭。但真没想到,面对一锅滚烫的开水,我昔日的恋人竟然说她再也不爱我了。她也讨厌我戴头盔。这真是遗憾。世界的倒计时与我的痛苦同步。如果我的哲学不能战胜我的爱情,那所有人都可以去死了。你们这帮徒子徒孙也都可以去死。头盔外的事跟我有什么关系?宇宙也可以毁灭。"

"怎么没关系?世间每一件事,都和我们有关系,甚至危及自身性命。"当即在我们人群里就有人表示对他这种恶意的抗议。

"那只是对你们这些朋友、邻居或门徒而言。你们根本不懂倒计时。"

"你总说倒计时。你的倒计时的终点是什么,末日毁灭吗?空袭早过去了。这世界不好好的吗,哪里来的什么倒计时?"

"那是你们的世界。世界并不是只有一个。末日与时间更是不计其数。"

"世界当然只有一个,而且也不会是你那根快煮烂的筷子。"

"你们这么说,我很失望。不过没关系,你们再聪明,也只是众多朋友、邻居与门徒中的一个。我就想问,难道朋友、邻居与门徒里,也只有你们这一种吗?别人呢,别人呢,那些在'假夜'历史中不计其数,死去活来的别人呢?!"

刘遇迟说着,忽然猛地脱下了头盔。他秃顶周围残存的几缕长发丝,胡乱飞散。他从镜中转过脸来,或从楼顶上向我们怒目而视。他那前朝过来人的头上满是汗与泪。我从未见过世间还会有一张比他更悲愤的脸。

骑 气

记得暴风刮来之前,所有门徒都曾按照刘遇迟的要求,集体剃光了脑袋(有人说,这也是他为了遮蔽自己的丑态,故意让大家与他的秃顶保持一致),手执酒瓶,大踏步走过狻猊庙前广阔的操场,或在焚书会理发馆前横冲直撞,互相攀比头颅的锃亮度。一秃领众秃,如一盲引众盲。他们从不问自己在哪里,自己是谁。他们是一种主观存在吗?这也不清楚。反正他们很坚强。他们硬了。他们是尖的。他们崇拜冷酷。他们总是带着鞭子与勺子,集体去否定一朵根本不认识的小花。他们旋转。他们还会空翻。他们总是在原地冲锋,却因不能确定自己的肚脐是否处在宇宙的中心而陷入苦闷。时时刻刻,在街上、在山上、在楼上、在床上,他们都会弯曲自己,有时呈四十五度、九十度乃至三百六十一度。不,他们从不鞠躬,而是向后扬起头。那阵奇异的暴风刮来之前,他们会在脊椎反弓形穹隆中甩头发。可甩了很久,才发现自己是个光头。光头并不可耻。为了抵御暴风,光头们还经常在院子里用棍棒、蒲扇、雨伞、大衣与墨镜等,练习攻守之术。那大风会滴水不漏吗?这是个问题。就像他们是第三人称复数,但同时也是一个一个的。

这会孤独吗?好在没人关心这些。

他们是一面又一面独立存在又连成一片的墙。他们是墙上的洞,但不一定是洞主。他们还互相称对方的洞为"你们"。他们还常常可以从"你们"中钻过去,再钻回来,变成"我们"。其实,早在他们陆续出现的那年,那场著名的风就在猥亵山林,强奸构成物理世界的密集原子了。风远早于这个平静的、一丝不动的世界。因运动都是先验的,来自一场无人知晓的力。的确,这宇宙本身没有力学,也没有力。力是人发明的。力是盲目的揣测。力是一种虚构的,对万物为何互相会被消灭的不理解。力是狭隘的反噬。残暴的风曾歪着英武的雄姿,像个旁逸斜出的家伙,没用多久便把道路、建筑、寺庙与荒草都给侮辱了。瞧,风力猛烈,大块噫气,乱吻振海,万象对流,并狠狠地把每一个单独的他们的头都按得很低,低到了地上。月亮被裹挟而去,留下个黑窟窿。风会抽打着光头们的脸,封锁了他们对它的研究与观察。风雅颂中的风以及风力本身,会肢解着他们的触觉,令他们遍体鳞伤。只是他们从不承认,这个集体所有人都是一堆被风绷紧的气球。

　　风太大了,寒冷彻骨。如何对待从巴蜀腹地山里刮向狻猊庙与瀿楼的暴风,站在黑塔楼顶露台上的刘遇迟,曾对我们解释说:"这应是'古赤公'在侮辱我们,因大家长久不去祭祀那道伟大的裂缝了,'古赤公'可能生气了。"

　　不过这种话,起初大家也是不信的。直到一阵阵莫名的地、水、火、风,常把瀿楼下走正步的那些光头假僧侣吹得晕头转向。

　　"难道我们都得老老实实向那个裂缝磕头,才算是对它的祭祀吗?"气喘吁吁爬上究竟顶的吴毛孔,带着怨气问道。

　　"那倒也不必,"刘遇迟说,"但只要有风时,你们最起码得读我的书,听我的话,按我的哲学办事,然后再烧掉我的书,忘掉我的话。我的全部思想,也都藏在那缝隙里。我的肉体也是它的供品。"

"就算如此，可树欲静而风不止怎么办？"

"那是你们的命。人得认命。"

"我就想知道，风会停吗？"

"不会。"

"风从哪里来的？"

"来历不明。我只知道，从'旁逸时刻'一开始就有这风。"

"'旁逸时刻'发生后呢？"

"也不会停。不过风可能会换个方向。"

"果真如此，那还有什么希望？"

"本来就没有'希望'这种东西。所有的希望都是换个方向的回忆。"

"我就没有回忆。我只有现在。我厌恶回忆。"

"每个人都是回忆的产物。"

"不，他们是，但我不是。我是个例外。我从来就不属于任何集体。我之所以要加入你的这个万恶的什么焚书会，就是不想成为他们。我也根本就不相信什么他们，只相信死亡和金钱。"吴毛孔对刘遇迟怒吼道。

"老弟，你别激动。你放心，其实在我的世界里，就像从来就没有高度，其实也从来没有什么他们。没有人，只有风。"刘遇迟冷冷地回答吴毛孔，并凌空做了一个后空翻，身轻如燕，从瀿楼究竟顶一百多米高的露台上轻松地跳了下去。

当然，刘的那些话也是说给楼下其他门徒听的。

焚书会的群氓们都知道，在那场令无风世间闻风丧胆的风暴刮来之前，只要你还属于这个群体的第三人称复数，便总会有些来自第一人称的自卑。

那就是"我的自卑"。

好在无论一、二、三，也都是次要的。人不必有人称。三也并不会生万物。因万物根本不是数字的交叉，而是感而遂通的一场痛苦杂糅。三是恶的设计。作为一种意外的、有鼻毛与智齿的、直立行走但并不了解月球与地核之构成公式的哺乳动物，实际上人类在反力学、无数字、基因可编辑等缺陷里，在爱、敌、友、梦与繁殖等局限里，以及在被暴风旋转拖入的宇宙太阳系中之地位，是极端卑贱的。全部尊严，仅仅来自他们的恐惧，与他们对自己的比喻。全部尊严都来自语言，而这语言也仅仅属于他们自己发明的理解系统，昆虫的系统。全部尊严都来自对风的躲避，细胞的躲避。他们有时会被暴风摧残得在地上乱爬，叽喳乱叫，就像瞎眼的老妪，在漆黑深夜里寻找一枚被失落的绣花针。即便找到了，也并不能使用。他们有时会长久地凝视半空中风暴的噼啪声，甚至集体反抗空中那场壮丽的吹拂、凶猛的撞击，但最终仍不过是捕风捉影罢了。风只需轻轻抚摸一下他们，便会像火焰抚摸了火灾现场。当然，生命之可贵，便在于学会尊重失败，哪怕是最小的失败。故令我欣慰的是，这帮骑气的光头们从不愿认输。他们会按照刘遇迟的语言教唆，屡教不改地去与风搏斗，与横行环宇的气流互相碾轧。刘遇迟最擅于把弯的说成直的，把已被吹断的事物再用谎言连接上。而他们则会前赴后继地跟随这个流氓及催眠术导师在风中读书，又在读书的岁月中陆续被吹飞、翻倒、昏厥、沉睡乃至远远飘走，直到每一个第三人称复数，都变成一场行云流水的过程，一阵风。

古 鲸

最初元森作为前辈，为了诱导我理解灪楼的哲学，也曾在电话里告诉我，他要先送我一头罕见的古鲸，据说其形状酷似"古赤公"，可以用来观想。那天送鲸来的人，据说已走到了大门口。但他没有上楼，也不打电话，只是在铁门前徘徊，并远远地冲着我的窗户叫喊。送鲸人的意思是，他拖着这么一个庞然大物给我送来，我怎么也该出去迎一下，或者搭把手吧，否则也太不仗义。

"可我并没看见下面有什么鲸呀。"我趴在窗口上也冲他喊道，"你瞧，大门口和大街上都空荡荡的，你的鲸呢？"

"古鲸就在我后面，是你家的墙挡住了吧。要不就是你的视野不够开阔。鲸肚子在这一路上都蹭着地走，摩擦声震耳欲聋，把城里的很多建筑都给碰坏了。这种巨大的破坏力，谁都看得见。"他远远地继续对我嚷道。

"撒谎，我看你两手空空，你身后只有人群，你说的都是空话。"

"你要是不信，到大门口来看看就知道了。"

"我可不想去。"

"为什么呢？"

"我不相信你后面有鲸。"

"那你总相信这根绳头吧?"他说着,举起握在手里的一截绳头,远远地挥舞着。巴蜀镇子里的人都知道,那是一截著名的绳头,是捕鲸枪上连接飞矢的绳子。绳子很结实,用柔软的钢丝缠绕编织而成。用它牵着鲸,可以直接给需要的人拖送到家里去。

"武器并不能说明什么。"我仍固执地坚持道。

"好吧,那我就把鲸拴在大门口。我先走了。"说完,他将绳头直接系在了身边的一根电线杆上,转身离开。

他走后,大街上仍有很多人围观那绳头,但不知道在看什么。

等到夜深以后,我才带着我的雨伞,独自摸到了大门口。电线杆上绳头系了一个活扣。我解下绳子,往大街的远处看,无论左边还是右边,都没看到有什么鲸。不得已,我便摸着绳子,打着伞往前走。绳子在黑夜里隐没在黑暗深处,似乎没有尽头。好在钢绳上有金属元素,我便靠着月亮投在钢绳上的反光,大概走了有一二里路。路上很多地方,都有鲸的血迹。穿过了森林、高速公路和一座我常经过的菜市场,我看见那绳子沿途七弯八拐地蔓延着,最后好像是缩进了一座庞大写字楼的旋转门里。

难道古鲸跑进大楼里去了?这实在令人费解。

大楼门口站着一位让我眼熟的侏儒门童,穿着有领章的蓝色制服。他朝我很有礼貌地点点头,并示意我可以进去。我将信将疑。既然都来了,为了获得鲸的尊严与秘密,便只好收了雨伞走进去。我看见绳子在大楼的走廊的地上也是弯弯曲曲的,有时绷直,有时又拖沓着,宛如一条没有首尾的、带血的长蛇。我跟着绳子的方向与血迹,不断上下楼梯,穿过了好几个过道,才看见它从一个门缝底下进了某个房间。

房间没有号码,但有门铃。我用雨伞尖按了按门铃,门自动打开了。

走进房间,能看见这是一间很宽敞的大卧室,但只有一张床。屋子里铺着带有复杂螺旋云纹的波斯地毯,很多绳子带来的血迹都被地毯的纤维吸收了,与其中的红色对称花卉与赤蛇连环图案融为一体。床上躺着一个老头,正抽着烟,并看着我冷笑。床上堆满了很多记录鲸鱼与海洋生物的画册、史书或小说。不过那绳子并不在老头手里,而是越过了他的床,好像从房间的窗户缝爬了出去。窗外一片黑暗。

"你就是那个来收鲸鱼的家伙吧?"老头问道。

"是。"我忐忑地答道,把雨伞尖杵在地上。

"古鲸呢?"

"还没看到。也许在绳子的那一头吧。"

"可那一头在窗外。"

"所以……我是应该从这窗户翻出去继续找吗?"

"你可以去窗户那边看看。"

"可外面黑得什么也看不见呀。"

"黑暗也是可以看的。"

"看什么?"

"那是你们喽啰的事。"

"老实说,我现在倒是更关心,那么大的一头鲸,到底是怎么从这幢大楼,以及这房间里穿过去的。"

"那是古鲸的事。"

"难道您真的没看见鲸吗?"

"我没看见。但我的确有事要问你。"

"什么?"

"你认识元森吗?"

"不认识。"

"那你怎么会接收他送来的鲸?"

"我只想收到鲸,哪管谁送的呢。"

"年轻人做事总不计后果，"老头又冷笑了一声，接着问，"你认识元森吗？"

"不认识。"

"那是谁在窗口叫的你？"

"我怎么知道，送鲸的人呗。"

"送鲸的人就是元森。你认识元森吗？"

"我说了我不认识。"

"那你怎么会平白无故跟着他给的绳子头走？这很危险。你真的不认识元森？"

"我真不认识呀。谁是元森？"

"谁是元森不重要，重要的是你是否认识元森。如果你认识，就要承认。很多人都是因为不承认认识他，所以结局不太好。"

"认识又怎么样？不认识又怎么样？"

"唉，像'又怎么样'这种话，都是焚书会那些读书人的狡辩。你人到中年，也算过来人了，怎么会遇到问题，还这么执拗呢？还是告诉我吧，你到底认不认识元森？"

"不仅不认识，我连他是谁都不知道。我只关心古鲸。"

"鲸对你并不是最重要的。"

"那什么最重要？"

"一个谜底。"

"谜底，什么谜底？"

"当然是那根绳子的谜底喽。"

"那根绳子不就是拴鲸鱼用的吗？"

"哼，你也太小看元森了。你的书也全都白读了。"

"我对他妈的什么元森完全不感兴趣。我就想知道鲸在哪里。我就想知道为什么鲸会从这大楼里穿过去。我就想知道……"

"好了，你也不用激动。等搞清元森的下落后，这些就都能迎刃而解。人这辈子，总有一些事情是没有头绪的。但没头绪也不要紧，要紧的是遭遇。铭心刻骨的遭遇。我们都在那种让人望而生畏的岁月里生活过。别看我躺在床上，其实我与你，与你们的大宗师刘遇迟与大师兄吴毛孔等人一样，都很被动。看面相就可以相信，你一定也是个有过特殊遭遇的人。你肯定也能理解任何别人的遭遇。不对吗？如果你不把你的遭遇说清楚——譬如你是何时遇到元森的，你们关于送鲸与接鲸的事，都说了些什么，他现在去了哪里等等——那你恐怕很难走出现在的困境。"

"可我完全莫名其妙。元森到底做什么了，让你这么紧张？"

"知道得太多了，不好。你只需要告诉我，你认识元森吗？"

"不认识。"

"你确定？"

"确定。"

"那你就别怪我了。"

老头说着，在床单上掐灭了烟头。我感到在卧室里，时间也似乎立刻被他按烟头的力量压缩了。这样高度严密逻辑思维式的谈话，持续了很久。好像每句话之间，都经过了漫长的沉默，而且一句比一句慢，反反复复都是同一句车轱辘话。天渐渐亮了。我也能感到那老头好像有点越来越不耐烦。他忽然生气地拍了拍枕头。枕头上尘土飞扬。与此同时，我意外看见从他的床底下忽然钻出了四个魁梧的猪脸人。听老头喊他们的名字，好像是叫什么李维谈、张吉利、陈年以及王川之类。他们都穿着那种带破洞的海魂衫，背着氧气瓶，其中三个人各自戴着不同的斗笠、盘帽与头巾，只有一个披头散发，还留着长辫子；他们手里分别拿着捕鲸枪、皮鞭、药片和铁棍，但脚上带马刺的长筒黑色大皮靴，则是统一的样式。可以肯定，这四个人里面并没有给我送鲸的那个人，当然没有元森。老头又是一声咳嗽，四个猪脸人便不由分说，一拥而上，把我的雨伞一把夺走，扔到窗外，然后将我打倒在地，五花大绑起来，还把我的头按在了潮湿的窗台上。

老头一声令下，其中叫王川的那个，便用皮鞭狠狠地抽打我的脊背。

"大家都是在焚书会混过的，再问一次，你认识元森吗？"老头继续说。

"我日你妈元森。"我喊道。

但接下来便是更多的皮鞭，甚至铁棍伺候。我扭曲着、挣扎着抬起头，看见窗外黑暗的天穹隐约有些鱼肚白了。那窗外原来是一片大海。透过初生黎明血腥的曙光，我看见那绳子从窗口垂下去后，仍在地上继续向远方蔓延，并穿过了沙滩，远远地伸入到了千万层折叠的海浪之中，消失在惊涛骇浪的大海深处。

——的确，我告诉你们，这一切就真实地发生在我的脑海之上。多少年了，我每日都隐约能听见一头古鲸发出悠长的哀号，但我却不知它在哪里。古鲸存在，影响着我们每一个人的命运，却又根本看不见，这一点倒是与"古赤公"完全一样。唯有鲸的哀号与我挣扎时的痛苦呻吟混在了一起，壮丽得催人泪下，又令人无比焦虑。

中　爪

我始终未曾看到那头古鲸，也不知那床上的老者是谁。罗铁？不像。

整个猿鹤山房时代，我都处在梦魇之中。或许我看到的都是假象？折磨我或欺骗我的人都是刘遇迟虚构出来的，或是他过去结过的梁子，也未可知。

不过，后来元森曾告诉我，也许那天给我送的不是古鲸，而是那个人类按照进化论、世俗动物学及远古传说发明的中爪兽（Mesonyx）。此物本是一种或小如豺狼、或大如熊罴的野兽，爪子像狼，但顶端分开，如爪状的蹄。此兽大约生存于古新世时期距今约6500万—5300万年前后，属于踝节目（condylarthra）中的一科。属于中爪兽科的动物不少，仅分布在中国境内的就有十五种（另有传说称"彪"与"猰"，都是中爪兽之一种）。但随着地质变化或不可知因素，它们后来都如恐龙一样逐渐灭绝了。中爪兽牙锋爪利，其中有一些生来爱吃鱼，称为鱼中兽（Ichthyolestes）。它们因酷爱吃鱼，长年潜水游泳捕鱼，流线型的身体毛皮便在数万年中渐渐进化（或蜕化）成了鱼皮，牙还依旧，只是头变圆了，爪子都往里缩回身体，但依然需要定期上到陆地空气中来呼吸：据说这就是鲸的来历。

鲸鱼的寿命可达一百岁左右，中爪兽更是长寿，据说可以活三百多岁，故刘遇迟对此物尤其迷恋。

可在我们这一代门徒心里，"古赤公"哲学就像头盲目的巨鲸，庞大沉重，但基本已失去了中爪兽时代的攻击性。它怀念大地，但已再也不能脱离现在这个核均势、物理、捕杀与布满航母及导弹的大海。鲸始终都处于濒临灭绝的状态。我们常常听见深海里的长鲸在发出撕心裂肺的哀号——正如哲学虽然充满理性、思辨与科学，却常使人感到一种来自观念的悲痛欲绝。因在被工业与核技术之光辐射的世界上，"思想"这头怪兽的胃口或许还在，哲学牙齿还可以进行言说、吞噬与批判，但它的爪子则渐渐退化了，变成了无用的东西，既不像翅膀，也不像爪子，偶尔还会推着我们前进，宛如只能划水的鳍。

茅 屋

狻猊庙山上有一座茅屋,在离灪楼大约几里地的森林里。茅屋全按古时隐修者的方式建造,铺满茅草。屋前有二三棵桃树,一株石榴,窗台还放着几盆刘遇迟亲自种植的椰榆、紫檀与兰草,艳异怒放。茅屋的厨房里,放满了粮食、蔬菜、猪肉与柴火。刘遇迟经常对我们说:"不要小看这茅屋,这是我专门用来拯救你们这样的年轻人的屋子。"的确,我们曾看见他带来过不少受伤的,或昏迷的年轻人,住进屋里。但茅屋中的被救者醒来之前,刘遇迟又常常是佯装看不见他们的。无论植物、炊烟或苏醒的被救者,对他都只是一些形状而已。不过山下的很多人,都希望自己能成为被救者。不过,只有很少人有机会被救上山,进入茅屋,并剃了光头,在一枚古老油腻的蒲团上靠静坐打瞌睡。

他们的睡眠必须不分昼夜。只有实在饥饿难忍时,才去厨房吃点东西,然后再迅速回到神圣的昏昏然里。

很多年来,"被救上山去打瞌睡"就是最幸运者的一种标志。

据说,刘遇迟盖这茅屋,为了展现其所发明的幸运之意义,还留下了一些可资睡眠的东西,诸如瓷器、酒、几何与数学书、一大瓶豆子、堆积如山的砖头、没有故事的录像带、红泥小火炉、充满异体字的经文、瘸腿鹦鹉、梅花桩、铁棍、沙袋、手榴弹、螺旋桨、发条座钟或一座玲珑斑斓的游乐园旋转木马等。

当然，这些东西，有时盖茅屋的刘遇迟自己也会享用。

若一个被救上山的年轻人，不能在大多数时间做到在茅屋里酣然打瞌睡——毕竟有时人很难入眠——就会被赶出茅屋，重新回到悲惨的山下，重返蒙昧的人群，与大家一起泥沙堆里频哮吼。年轻人会忍受常年不间断的巨大噪音，以及一段又一段世袭的、漫长的、反反复复的惊醒。他会每秒钟都不得不清楚地去注视哐当哐当作响的人与事，并因眼球的过度疲劳而痛苦不堪。尽管痛苦是独辟蹊径的，而幸运则是毫无个性的，但那毫无个性，依然会充满平庸的魔力。谁都知道，盖茅屋者是一位异人。那些被刘遇迟赶回去的人，若不小心透露了打瞌睡的奥秘，便会遭到其惩罚，即一生都不许再进入任何建筑物，只能在露天生活，每夜都无法入睡。山下有不少人因此会疲劳过度，猝死在田间路边。

"人都害怕惊醒，不是吗？"偶尔会站在茅屋前的梅花桩上，不断挪动步伐、变幻姿势的盖茅屋的刘遇迟如是说。

"那倒也是。但为何一定要发明露天的惩罚呢？"一个被他救上山的年轻人问。

"没有惩罚的世界，也没啥意思。"

"可你这么做，我也分不清上山进茅屋，究竟是被救了，还是被绑架了。"

"当然是被救了。'绑架'只是你个人对茅屋的解读。我的茅屋一直都很传统，并不是每个人都会像你看问题这么扭曲。"

"这个解释并不能说服我。"

"我没必要说服你。"

"难道就不能换个方式吗？"

"茅屋的吸引力与露天的危险性是成反比的，就像植物与噪音,怎么换?"

"这两者听起来好像并没有逻辑关系。"

"年轻人,生活从来就不能靠推理,得靠愿望。"

"有没有这种可能,为了表达对你救赎之力的尊重,我们每个人就在山下打瞌睡,不必上山去到茅屋里?毕竟打瞌睡的位置并不重要。"

"没有。如果那样,救赎就不可贵了。静坐打瞌睡只属于极少数人。"

"那你如何确定我就是极少数之一呢?"

"这也不是你我说了算的,要看打瞌睡的长度。"

刘遇迟说着,猛地转身从梅花桩上跳下来,又迅速地骑到旁边一座旋转木马上去,并开始朝着一个无限循环的方向飞速前进。为了表示坚定,盖茅屋者刘遇迟还举起一只拳头,仿佛是在叱咤风云。年轻人碰了钉子,无话可说,可好像对梅花桩与旋转木马之间巨大的文化差异性又都没什么兴趣,只好进到茅屋里睡起觉来。年轻人坐在蒲团上点头、流口水、打呼噜,有时还眼泪鼻涕一大堆地说梦话,或忽然瞳孔流血,怒眼圆睁,辗转反侧。可为了避免以后受到露天的惩罚,他大概率也相信自己就是那个能睡很久的极少数。

鹿 柴

刘遇迟还曾无耻地将他所居住的狻猊庙山林，称为"鹿柴"_{王摩诘诗}，直接剽窃古人。但他从不认为这有何不妥。我们质问他，这么一座充满腐烂垃圾的破山头，凭什么叫鹿柴？他并不正面回答，只站在灏楼究竟顶上，站在我的雨伞的阴影下，用他自己发明的语言对底下的门徒们演绎道：

奇异的不是空山是否有人，而是空山本身是一团虚构的圆形。并无月光，哪来的返影？石头上也没有青苔，只有一堆死去的原子在叫喊，以及早已消失的风、虎与力。

天上并无一物，却发出轰响，频率超过472赫兹。空气窸窸窣窣地振动，并非猿啸，亦非鹿鸣，更非来自狡诈的鹰隼。那震耳欲聋的究竟是什么呢？

春色血腥，一位佩戴弯刀的少女正踽踽独行，只为秘密靠近我的色欲。

太阳从幽涧中蓝移。恶在虹吸。伟大的蚁群疲于奔命。

你们瞧,奇异的不是这狻猊空山之坚硬、漆黑与博大,比铁的密度更高,而是一场雨可以在山上留下无数残忍的弹孔,却不能留下水渍。奇异的不是如何冶炼璀璨的诳语,而是为那场诳语,山下竟然有那么多沉默者甘愿为我——以及这个世界去赴死。

文字封锁了事物,使其失去自由意志。

晚霞扣押悬崖。吻追击恋人。鲨鱼表达出了一种导弹般的愿景。

此刻,我知道一位癫僧正骑着新的诳语扫荡物理,其心则堪受胯下之辱。他用钢筋编织脑髓与植物,他用公式折叠大街与苍穹。我们曾擦肩而过,又视而不见,并否定此处有人。

孩子们,旷古之愚昧必是斑斓的,世袭之野蛮必是威严的。那主张撒尿占地盘者,高悬傅科摆于《辋川图》之上者,万勿接近它。

即便世间什么都没有,我也是与每一粒种子同时埋在宇宙中飞快旋转的"不规则十七边形超稳定思维体"。我们的出于无有,共同构成了我们的入于无间。但我们不是我。

航母驶入隐士的穴位，幽兰仍不语斋、战、疾么？

若海上有逐臭之夫，那世袭的爱与痛苦呢？

瞧，多么寂静，多么悲惨，难道这就是我们梦寐以求的伟大真夜吗？这夜把空山与群山缝在了一起，无法分辨。而夜的制造者与夜的诠释者并驾齐驱，夜的残骸则正踩踏着夜的灰烬盲目前进。

他说的时候，仍会像巴蜀街头耍把式的峨眉猴子一样空翻着。怎么说呢？我们这一代同窗师兄弟们，从未有谁相信过他的话，却又从未有谁在当时能摆脱他的影响，能不被他巨大的魅力所感召。我们对他荒谬的诡辩五体投地。

褶皱

为了锻炼一种伟大的体能，刘遇迟每日都会穿着蟒袍，沿着狻猊庙后山与大街长跑。算我倒霉，我也只能打着伞，跟着他乱跑。山与大街很粗糙，但他的奔跑却是细腻的，因他甚至能看见一位飞快路过者衣服上的褶皱，不过只在一瞬间。譬如，在满是泥泞的林荫道里，一个徘徊的陌生女子的旗袍，因昨夜的幽会与挤压，未能熨平，奇异的褶皱便出现在靠近臀部的下摆上。奔跑的刘遇迟碰巧与她擦肩而过。他看到那褶皱虽小，但扭曲、深奥、漆黑、僵硬，如一根尖锐的吴钩。随后，奔跑者便迷路了，还险些摔倒。他后来的跑步也漫无目的，经过了不少难堪的岁月。但在时间上，漫长的奔跑也远远短于对那褶皱的惊鸿一瞥。由此，刘遇迟一度还对速度与方向都失去了兴趣。

"不，从来就没什么小小的褶皱，能影响到我的判断力。"迷路的刘遇迟经常坐在后山路边，或野树林中一些门徒开的茶摊上，一边喝着盖碗茶、乘凉、抽水烟、吐火、炼金、摆龙门阵或摇着破蒲扇读一本古籍，一边这样对我和路人解释他半途而废的一生。

"那是什么让你自暴自弃的呢，那女子吗？"乘凉喝茶的路人问道。他们大多数并不认识这位占山为王的思维怪物。

"完全错了。影响我的，或许是对之前那场残酷幽会的分析。可惜，我这个人并不擅长分析。我最擅长的只是走神、发愣、开小差。我并不能确定，那是道普通的褶皱，还是用毛笔涂在卑贱群体衣服上的标记？是鞭子殴打后留下的血渍，还是被一条狗袭击后，撕开的旗袍裂口？是否只是路灯、蝙蝠或树枝偶然投在她身上的疏影？是否只是因我奔跑时踩到了什么路边脏水，飞溅到她身上的一点泥浆？无人能补充褶皱留给我的伟大空白。那空白日积月累，造成的褶皱好像也有几千层了。而且，由于迷路的岁月已太久，我甚至都不能确定那条林荫道在哪里，是否早已因要修一些著名的大楼而被夷平。"刘遇迟诡辩道。而我只是个为他打伞的助理，自然不好当场拆穿他的这套把戏。

"可能毕竟你也算是见过褶皱的一代人。"

"'一代人'，什么意思？我一直认为我是唯一的一个。"

"不，是你的记忆出了问题，小题大做了。"

"可能吧，在这个完全不能证实细节是否存在的世界上，我也是因自己的过分特殊，所以才对自己感到绝望的。"

"特殊？那你可就想多了。兄弟，像你这样的废物多如牛毛，其实每个路口都有。褶皱可能是个不解之谜，但你的选择，就像你的迷路，真的一钱不值。"

路人们说完，扔下茶碗、硬币、我和雨伞下的导师，集体哄笑着扬长而去。

蒲 团

在后山子夜的定间,取下头盔,满头大汗坐在一枚自编蒲团上的光头刘遇迟,有时是很不耐烦的。他之所以要无限忍受这独坐,只不过是为了发明一句烈火般的箴言。

制造箴言很难,因不仅须是前人从未说过、从未做过的,还须是不能被人理解的。一句完全不能被理解的话,还能算是箴言吗?这困惑让坐在蒲团上的光头刘遇迟常生放弃之念。可为了凌空说出一句具有毁灭性的金子般的语言,除了自愿跟随他进入假夜的门徒们外,他几乎与过去所有的朋友或亲人都断了交。这并非因光头不珍惜友谊,而是他想尽量回避生活习惯的影响。

绣满海棠图案的蒲团,斑斓得如一座柔软的困境,在慢慢地将光头吞掉。

"问题并不在于你的箴言是什么,而是你发明这箴言,究竟有何用呢?"天黑时,一个前来借蒲团打坐的邻居(后来也成了他的门徒),擅自闯了进来,向刘发问道。

"箴言本来无用。但它必须存在,否则我就不能理解这个世界。"刘说,同时身体正瑟瑟发抖,缩成了卑鄙的一团。

"可你又说,你发明的箴言还必须是不能被人理解的。一句完全听不懂的话,怎么可能表达这个世界呢?"

"理解与否,得看能不能发生智力上的意外。"

"再意外,不仍属于这个世界吗?"

"不,箴言与世界,两者虽完全相等,但箴言总是会比世界多出一句话。"

"那是什么话呢?"邻居很好奇地追问。

"如果能说出来,你就能理解了,也就不是我的箴言了。"坐在蒲团上的刘遇迟忽然站了起来,并弯腰掀开了蒲团表面的海棠图案。图案下,露出一个类似夹层的口袋。口袋里显得深不可测,蒲草编织的圆形深渊中,澎湃着一圈圈黑色的波澜。口袋如张开的嘴在呼吸,吹拂着一股死老鼠般的腐烂臭味,还能听见似乎有叽叽喳喳的鸟叫声从里面传来。口袋漆黑的尽头像是有间屋子,隐约透着一丝忽闪忽灭的灯光。屋子里放着办公桌、电脑、酒瓶、地球仪、档案柜、糖、梅花与一尊巨人雕塑,还有几个戴鸭舌帽的人在下盲棋。而整个蒲团的表面,则小如通往一座地窖的入口。

"怎么样,有兴趣跟我一起进夹层里去看看吗?"他得意地问邻居。

"小小蒲团,如何能进出?"邻居惊道。

"进出不看成败,要看胆识。"

"什么,胆识?难道你这是可以毁灭人的肉蒲团吗?"

"恰恰相反,我这只是一枚素蒲团。"

"您这是在戏弄我吧?"

"绝无戏言。"

"那我是头朝下栽进去,还是脚踩进去?"

"头也可,脚也可,头脚并用、五体投地亦可。"

听刘遇迟说得如此斩钉截铁,邻居便下意识地对着地上的蒲团比画起来。他带着怀疑,一会抬脚,一会倒立,一会转身,有时还想腾空跳起往口袋里冲,像个蹩脚的跳水运动员。他的每个动作,都引起了口袋里那些鸭舌帽者的注意。他们不时会回头看一看他,然后又在喧哗与嘲笑中转过脸去,继续下盲棋。轮番对弈的气氛很紧张,邻居不断改变动作的时间也延续得很长。也只有输了棋的某个鸭舌帽,才有时间一直朝蒲团之外看。

不过邻居最终还是放弃了。他有些尴尬与客套,还有些恐惧。

"我看还是算了吧。我只是来借蒲团的,并不想为这种不可能的小事情冒险。万一不小心摔伤了怎么办?"邻居悻悻地絮叨着,结束了一系列的姿势。

"怎么,你不是对那箴言很好奇吗?"

"那只是我这样的平庸之辈,一时不能理解你的想法嘛。可对这个夹层、这个洞、这个莫名其妙的入口,我可不敢太好奇了。"

"你这是话里有话呀。怎么,你是对我不满吗?"

"没有,只有一点最粗鄙的怀疑。"

"怀疑什么呢?"

"难道那口袋里面会有另一个世界吗?"

"我说过了,世界与箴言,两者完全相等。世界也包括任何一种'另一个世界'。世界可以并排有无数种、无数个,但那多出来的箴言则只会有一句。"

"看来这蒲团夹层里,就是多出来的那句话喽?"

"不,夹层也是这个世界。至于多出来的那一句箴言,就在我们刚才的对话里。只是因你这个打酱油的家伙有太多的尴尬、客套与恐惧,又不敢进出,故始终不能发现而已。"

"刚才的对话里……哪一句?"

"哼,素蒲团你可以拿走。反正你的世界也不过如此,借来借去。但那句话我可不能告诉你。如果告诉了你,就说明我的箴言还是可以被人理解的,不具备什么毁灭性。那将会比完全表达这个浅薄的世界更加让我丢脸。"说着,刘遇迟将斑斓漆黑的夹层合上,然后拿起蒲团来,慷慨地向邻居投了过去,砸到了对方脸上。望着邻居最后夹着油腻的蒲团,灰溜溜如逃亡者般仓皇离去的背影,这光头残忍的嘴角上挂着一丝著名的冷笑。

乒 乓

我记得在漈楼的巨大如操场般的露台究竟顶上,刘遇迟用的写字台是一张巨大的、废弃的、满是裂缝的旧乒乓球桌。据他说,这写字台是巴蜀腹地乒乓球淘汰赛终结那年,他从废品站拖回来的。多年来,前来探访他的人与门徒,都知道他有一心两用的本事,即能一边在露台上写推理小说或作哲学笔记,一边打乒乓球。

他的对手有时是来访者,有时则干脆把球打到屋里的墙上,再弹回来。

他可以让我在一边打着雨伞,他戴着前朝头盔,右手写字,左手挥拍。球跳来跳去,他则在头盔的黑暗中目不斜视。他知道,读他小说的人,或是迷恋事件,或是倾心修辞,有的会因其叙事结构之诡谲而生欢喜,有的则徒爱为其文章中有某种孤绝之态度,求得一丝短暂的共振。但这些对他都是次要的。他始终都在乒乓球中锻炼瞳孔与双手之间的配合,如是否能在乒乓球飞出去又飞回来的那一瞬间,便完成一篇推理小说的全部词语与细节。这须集中精神于快与慢——这完全相反,又同时并驾齐驱的两件事。他必须高度概括,在二三秒之中迅速表达出多年里发生的悖论,一心二用。

我也因此练就了一身即便打着伞，也能跟着乒乓球东躲西闪的奇怪本领。

当然，刘遇迟也遇到过一些擅打弧旋球的，在这城里潜伏多年的乒乓球高手，他们可令球体绕桌而行，形成狡猾的、能够引起海啸的曲线。还有一些球被对方高高抛起后，很久都不落下来，就像彗星，几乎让刘遇迟忘记了自己刚才要写什么。

好在他从未失败过。因刘遇迟自诩的本质是"一位愤怒的运动员"。故即便有时面对屋里那面墙的反弹，刘也会生气，猛地胡乱挥拍，把球狠狠打出去。有些球被抽得满地乱蹦，像一只惊慌的白色飞蛾。有些球被扇破了，在角落里堆积如山，仿佛工厂里废弃的灯泡。有些球因其用力过猛而飞出了露台，飘如一只滑翔的折纸飞机，直接碰到远方的树枝与麻雀，甚至砸到过路的人。有些球则狠狠地滚过走廊，滚下楼梯，甚至滚到了大街上、地铁中、公园里。混乱的球宛如无数诱人的鸡蛋，还令一些过路的警察、老妪或孩子，纷纷跑去追赶它们。但乒乓球通常都会越追就越蹦，飞快地跳跃在大家的前面，消失在房屋拐角处或黑暗的下水道口里。

对此，露台上的光头导师可是不负责的。对一个在全城淘汰赛停止的那年就已被遗忘的推理小说运动员而言，这倒也不重要。只是他一心二用时，偶尔会有不速之客来敲门。

譬如有一天，刘遇迟打开门，便看见门外站着一位身穿黑雨衣、拿着手电筒的陌生人，其人之脸沦陷在黑雨衣的头罩里，眼窝与鼻孔也都黑咕隆咚的。黑雨衣走起路来一瘸一拐，另一只手里还拿着一枚沾满污泥的乒乓球。他的样子总会让我想起刘遇迟的某些早年绝交的老友，譬如罗铁。不过我无法证实，也不能证伪。

"先生，这球是你打出去的吗？"那来客会当面问道。

"是我打的,怎么了?"运动员刘遇迟反问。

"它把我绊倒了,还摔伤了我的腿。我需要你做出解释。"

"解释什么?"

"你把这些球打得到处都是,有什么意思?"

"没什么意思,我只是在一心二用。"

"那你也不能污染环境吧。世界又不是只有你这张写字台。"

"抱歉,我心无旁骛,每天忙得左右开弓,很多时候挥手的确比较粗鄙。至于那些球乱七八糟地飞到哪里去了,我真的不知道。"

"你知道得太少了。"

"也许吧。大概正因为我知道得太少,所以反而能一心二用。那些知道得太多的人则做不到。一个乒乓球就足以浪费他们的一生。"

"哼,强词夺理。"

"推理都是强词夺理。"

"做人最好谦虚一些。你确定打球就一定是对的吗?别忘了,巴蜀腹地和本镇淘汰赛停止那年,我也曾经进入过决赛,还差一点……"

"差一点就等于差一万点。就等于是零。"这位自诩会写推理小说的运动员抢过话头说,"有兴趣,你也可以跟我打一场,高下立判。"

说着,刘遇迟回到露台上的球桌边,站在我的雨伞下,忽然朝门口又发了一个球。

"我对打球早已没兴趣,但也不能就此认输。"长得像罗铁的黑雨衣反应极快地掏出了随身携带的乒乓球拍,并打开手电筒照亮对方来球的方向,瘸着腿迅速跳到露台上接球,并冷漠地答道。两个人一边打球,一边交谈起来。

"那你找我做什么？"发球的人挥拍时仍在写作。

"我只想为摔伤的腿讨个公道。"黑雨衣带着怨气回敬道。

"你说的公道是什么？"一心二用的人边打球边写作，如闲庭信步。

"人总要为自己的行为负责，哪怕是无意的。"黑雨衣狠狠地把球打回去。

"难道我要给你道歉吗？"

"道歉是最起码的。"

"如果不呢？"

"那恐怕会有不愉快的事发生。"

"威胁我？"

"不信你试试。"

"你知道这些乒乓球是谁制造的吗？"

"不知道。"

"你知道我为何要一心二用吗？"

"不知道。"

"那有没有这样一种可能：今天你一出门，就遇到下雨、泥泞、乱球，然后不小心摔伤了腿，然后又拿着对我充满侮辱的手电筒晃来晃去，以及让你滑倒的乒乓球——其实受到那枚球的羁绊也只是你个人的看法——翻山越岭来找我这个写推理小说的，却得不到我的道歉等等——所有这一切，都是别人早为我们设计好的生活方式？"

"这些就更不知道了，也不想知道。我只关心公道。"

"公道很重要吗？"

"那还用说？"

"公道能治好你的腿吗？"

"不能。但能还我尊严。"

"你觉得你的尊严和腿更像这个世界,还是我的一心二用?"

"不知道。但此刻我必须赢你一球。"

"你的输赢重要,还是我挥洒乒乓与推理的秘密重要?"

"愿赌服输。不过,只有赢家才会知道秘密。"

"你说反了。"

"什么意思?"

"知道秘密的人通常都会输。"

"我不信。怎么会?"

"秘密即负担。想赢,就得轻装上阵。"

"未必吧。你同时做两件事,不也一样轻松自如吗?"

"从全城淘汰赛停止那年以来,我一直就是个快乐的输家。"

"说得好听,我看你并不关心输赢,尽管你自诩有秘密。"

"这很难为外人道破。"

"等我赢了,你就会从实招来。"

"你真觉得你能赢吗?"

"不知道。"

"你赢了我就会道歉吗?"

"不知道。"

"我道歉了,你就有尊严,就能理解那些我都不理解的秘密吗?"

"也不知道。"

"瞧,那你知道也太少了。"

说着,写推理小说的运动员兼猿鹤山房大宗师刘遇迟,在即将完成结构、词语与细节的同时,猛地一转身,从写字台的侧面发出了一个残忍且毫无道理的反手扣球。当疯狂的天空敞开给分裂的露台,雨水弯曲,手电筒忽闪忽灭之时,这枚与其他千万枚被胡乱飞散出露台的乒乓一样的球,来势凶猛,劲道十足。它带着滚烫的螺旋形电波,向黑雨衣的黑脸窟窿飞去,宛如一颗燃烧的白矮星射入宇宙。可扣球发生得太突然、太快,角度太刁,故几乎是不可能被接住的。它就像一首单刀直入的诗,为两个互相误解且无意间互相伤害过的人,制造出了一道没有输赢的、绝望的弧线。

抱　歉

假夜无事时，亘古一念中。据说，在我们长满蒲草的狻猊山下，在刘遇迟过去生活的这座巴蜀镇子上，人与人之间最通行的一个词便是"抱歉"。

因无论何时遇到何事，所有本地人，都会用这个词来表明自己突发的决定。即便在发生严重冲突的环境里，如在激烈愤怒之时，甚至在世代冤仇、充满憎恨的人之间，也都会先说一声"抱歉"，同时互相认真地、缓慢地弯下腰，鞠个躬，然后才会开始心狠手辣地攻击对方——或诀怪话（骂脏话），或当面一拳，或背后下黑手，或杜撰谎言，或打得头破血流，闹得家破人亡。两个人面对面地说一声"抱歉"，就像喊"开始"一样，简直成了个表示转折点的符号，一句世间最短的隽语、警句或格言。

抱歉，老子很早就认识你。

抱歉，妈卖×，现在就立刻砍掉你的双手。

抱歉，我爱上了你，故必然会在今后十年霸占你。

抱歉，再也不想见到你龟儿子了……

抱歉的传统是何年开始的？不太清楚。巴蜀镇子上的人，也多是些厚道人。他们似乎天生就带着一种奇特的歉意，一种痛苦的愧疚之心。每个人生来就腼腆，觉得不如别人，配不上在别人面前大言不惭地说话。可即便再谦恭之人，有时也会在说一声"抱歉"之后，突然就变得气急败坏、暴跳如雷起来。有人会在一夜之间把别人看得猪狗不如，充满偏见。有人会在一秒钟之内便决定肆意侮辱或毁灭他多年的朋友。

因我们镇子上没有人识字，故也从没谁能去查阅典籍，探赜溯源，看看大家如此爱说"抱歉"究竟是不是发自内心，抑或是误读了什么外来的词，以讹传讹？

刘遇迟说过，他土生土长在这座历史没有记载过的小镇子上，故也经常会主动说"抱歉"，并听到别人对他说"抱歉"。往往同一天里，他就要说很多次，听很多次。他伟大的歉意可以随时张嘴就来，宛如呼吸一般挥霍无度，就像我们渺小的、无端端的那些埋怨。有时，我们似乎真的还能听见狻猊山下大街上的人群，远方的集体，一起发出如"抱歉、抱歉，真的很抱歉呀"之类的轰鸣，响彻苍穹，这也司空见惯了。唯独奇怪的是，在镇上人的生活中，谁要是真的做错了一件什么小事，他们倒反而不会说"抱歉"了。因镇子上的人，都觉得犯错就如人会摔跤、生病、吃亏、衰老或水至清则无鱼一样，是理所应当的。既然理所当然，哪来什么对不起？于是这固执的习惯便这样成了坚硬的、无法解释的风俗，即谁如果在做事或行动时，不提前对别人说一声"抱歉"，大家都会谴责他卑鄙无耻和岂有此理；而谁如果犯了错、闯了祸，伤害了别人、制造了灾难，如在盗窃、纵火、欺骗乃至杀人之后，只顾解释自己的苦衷，但绝不说一句"抱歉"，甚至一言不发，则没有任何人会责怪他的毫无悔意与他的沉默。

"这会不会是我们从一开始就把时间的顺序弄颠倒了呢？"有一年夏日乘凉时，我曾向路口大树下一位齿缺的老光头问道，"我们可能是把结果当成了不可救药的开始，反正已经结束的误会，物理上已不可改变，所以也就无须抱歉？"

"抱歉，你说这话真的很愚蠢。"当时，老光头正在疯狂地抽打一头为他拉磨的驴。听说他是最早一批跟着刘遇迟读书的门徒，却至今大字不识一个，这也真是怪事。老光头露着漏风的牙对我一边笑道："语言这东西，在人年轻时看来才是有次序的。等你上了年纪就会发现，一切做错的事都是按照结果发展的。能倒过来看的，只有你对语言的理解，而不是对错事的理解。人间先有语言，后有错事。"

"是吗，比如呢？"

"比如，你觉得什么才是寂静？"

"寂静……抱歉，您说这话是什么意思，和我们的问题有关系吗？"

"怎么没关系，我和你又没什么仇，何必抬杠？"

"好吧，我只能说，声音起源于物理振动，寂静则是一种物理不再振动时的环境。当然这不包括内心的寂静。"

"你只说对了一小部分。"

"一小部分？"

"嗯，其实寂静只是无数喧嚣之间的一小部分。就像'抱歉'，只是无数已发生的事实之中的一个词。"

"抱歉，我还是不明白。"

"就拿我们这座无历史记载的镇子来说吧。刘老师肯定没对你们说过，这镇子之所以无人识字，无任何记录，是因在很久以前，这里爆发过一场战争，人都差点死光尿了。镇子起源于沙场。我记得那之前，我们这里还有很多的马。战马。镇子里的人与镇子外的人，都骑着马比武，互相杀来杀去。你知道，实际上并没有一匹马的速度，在物理上是可以超过斩首之快的。唯有沙场上最快的战马，总是在主人还没有手起刀落之前，便跑在了敌人的死亡之前。可武功、兵器或坐骑，皆并不以其能力之高低而被镇子内外的人敬佩。大家敬佩的东西,必须要能超越大家对常识的理解力。譬如弓箭很快,刀却比弓箭快,马却比刀还快,而气势则会比马更快。这怎么可能呢?可事情就这样发生了:镇子内的人与镇子外的人,两阵对垒时,这边刚刚喊了一声,百米之外的敌军便纷纷肝胆俱裂,乃至人头落地,如狂风令花瓣飘散一般。待你纵马挥刀赶过去砍杀时,则不过是一种修辞与后话而已。我说这些是你能理解的吗?"

"不,我不能理解。"

"那你佩服那种气势吗?"

"怎么说呢?如果这都是真的,那就算佩服吧。可我还是不懂,您说这些和寂静有什么关系?"

"你的问题在于,你并不理解寂静。龟儿憨皮崽儿,你仅仅理解寂静这个词。想当年,镇子外的那些敌人也有马、刀与弓箭,也有喊声与气势。我们在物理密度或精神高度中,共同构成了某种无差别环境。可最终,那镇子内的人全被镇子外的人消灭了,一个都没留下。"

"那是为什么呢,是什么导致了他们的失败?"

"抱歉,刘遇迟老师说的也只是祖上的结果,所以我也不晓得原因。我只晓得,当年镇子内的人,都喜欢说'抱歉',而镇子外来的杀戮者,则从来不会说这个词。他们只关心武器与寂静。他们大获全胜。"

"可您说镇子内的人一个也没留下,那我们是从哪里来的?"

"我们都不是这犭㹻庙后山镇子本地人。我们从祖上开始,就是镇子外来的人。可能你猜对了,我们大概就是当年的那些完全超越了常识、令人敬佩,并最终获得这座镇子的外来者、杀戮者、掠夺者与野蛮人的后代。我们的光荣就是我们的凶残。我们本就是为抢劫而来的,故从不理解什么叫'抱歉''惭愧'或

'对不起'。为了保证我们存在的合理性，所有这镇子上识字之人，都被我们祖上那些善于骑马与呐喊的人斩首了。我们在这里住下来，成了这座镇子里的主人。我们是曾用快如闪电般的呐喊声，就可以制敌之人的后裔。你知道为什么当年我们能够超越常识吗？因在沙场上，人的命与运是两个东西。命乃运之根本，运为命之变易。镇内的人只有命，镇外的人只有运。当两军阵前的人都在喊叫时，我们的命运交叉，都是不确定的。任何思维方式也都是多余的。马的喧嚣、刀的碰撞、头坠落的速度与呐喊声的规模等，震耳欲聋。可这些东西被无限叠加在一起时，却反而会演变成一种寂静。恐怖的寂静。你死我活的寂静。无善无恶的寂静。这寂静是活人所不能理解的。因谁理解了，便意味着谁正在死去。最终，运代替了命。镇外之人霸占了这里。我们成为了我们。我们只是为了证明自己就是本地人，于是便沿用了说'抱歉'的风俗，并把这个词用在了做事的前面，而不是犯错的后面。而且，我们至今也并不知道这个无聊的词，对悲惨的事实到底有什么意义。为何过去镇内的人会将语言奉为圭臬，而不是像我们一样，敢于将世界推上祭台？往事去矣，没人还记得有过什么镇内之人。连'内与外'，大概率也都是后来发明的词。刘遇迟老师说，太阳下的所有事都是愚蠢的，这叫'万劫系驴橛'。老子也不晓得他这句话是啥尿意思。可能是我们镇外之人的祖上觉得有点对不起他们，于是凡事说声'抱歉'，就算是对当年镇内之人表达一点歉意吧。"

老光头说完，继续疯狂地鞭打他的驴。驴遍体鳞伤，围着磨与木桩哀鸣。

我不能断定这个猿猴山房第一代老光头门徒的话是真是假，因我也不能论证自己属于什么血统。"抱歉"，就像巴蜀镇子上极简的传奇，只有标题，毫无逻辑。不过有一点比较肯定，即我们镇子上——乃至整个我们这个世界的人，从未觉得自己做过什么对不起别人的事，可每个人又都天生地觉得别人对不起自己。语言与事实，到底哪一个先发生？我们是已被消灭的存在，还是正在延续的杀戮？我们不是我们吗？难道这镇上真的发生过一场让所有人都暗自敬佩的恐怖，又都无法理解的寂静吗？连这么一件小事都说不清楚，我也真是感到十分抱歉呀。

黑　话

　　记得在瀠楼密集的复眼蜂龛之深处,第一次听到其他门徒面对面说黑话时,并不觉得陌生。似乎那只是些巴蜀普通的俚语,或同门之间的术语,其中甚至都算不得有什么脏字,顶多只是语气上显得生硬、古怪或冷漠了一些。久而久之,这种话还会显得亲切起来。因我们焚书会里的人经常都是在瀠楼后山上大声说话,只要碰到彼此,便不得不互相按照对方说的黑话做。即便对方不说什么话,只静静地看着你,摆出一系列介乎于广播体操、武术、杂技与导引术之间的姿势——诸如倒立、蹦跳、扎马步、团身抱膝、侧弯腰或高抬腿等——无论如何奇异或艰难,你都得点头称是,并用类似的姿势与对方进行交流。据有些已去世的老光头说,其实那些姿势才是我们这座瀠楼乃至巴蜀镇上真正的街头黑话。只是其中含义很多,必须经过一定的训练才能理解其语言。遗憾的是,多少年了,早已没人还记得那些训练。而且,甚至是谁发明了这套黑话,也已无从考察。反正在这儿混的每个人,都认为自己早已学会说这套只有动作,却没有一句春点、隐喻或廋词,也没有一个脏字的黑话。只不过仅限于在后山或大街上说。一旦回到了各自的家中,所有门徒便只能当一个隔着窗户窥视世界与山林,只配默默点头的倾听者了。

猪 油

狷介之士也会入室杀人吗？难说。巴蜀腹地一度也有传闻，说失踪的刘遇迟有可能就是死于他最喜欢、最寄予厚望并倾囊相授的那位爱徒元森之手。

元森生于上世纪浙江一个知识分子家庭，曾考入某学院建筑系，又因愤怒而辍学。为了生计，他独自去巴蜀腹地贩卖猪皮，误入狻猊庙，意外认识了正在广招门徒的刘遇迟。当年他曾是焚书会中最年轻、优雅、睿智且知书达理的一个门徒，得到刘遇迟的信赖，甚至成为他的心腹与帮手。两人亦师亦友，经常长谈至深夜，一起研究摄心机器。据刘遇迟说，元森是他口传心授，亲自引领进入定间，并得以窥见"古赤公"的第一个徒弟。

"别信他那些鬼话，什么古赤公，根本就没这东西。"元森后来曾朝我吼道。

谁都没想到，就在一个下雨天，元森在飞满苍蝇、蜻蜓与蝙蝠的黄昏，忽然抑制不住满腔怨恨，提着一把军刺破门而入，将正在书斋里制造摄心机器的刘遇迟当场按住，在其胸口上捅出了二三个可怕的血窟窿。然后，元森便畏罪潜逃了，变成了本镇上继他的导师之后第二个危险的通缉犯。当然，我从不相信此类谣言。元森是我的兄弟，我的挚友，我知道他的痛苦、他的异能，也知道他的难言之隐与性格局限。当年他初来猿鹤山房焚书会时，还是一个二十几岁的孩子。刘遇迟的存在对元森而言就像一位知识高度密集的父亲，让他敬畏。两人师徒情深，哪里来的什么不得了的怨恨？况且，我始终在为刘遇迟打伞，他几乎从未离开过我的雨伞之下。

可这件事的确发生了，真令我感到惊讶。

在我的印象中，元森虽有无数恋人，却又是一个不快乐的人。

用元森自己的话说："我之所以愿意入会，就是因刘遇迟告诉我，他发明的摄心机器可以解决我身上的秘密痛苦。我是一个有痼疾的人。"

"你年纪轻轻，能有什么痼疾呢？"我问他。

"我从来没有激情。"他说。

"什么激情？"

"什么激情都没有，哪怕是最生理上的，无论食欲还是性欲。"

我在同窗之间，只是偶尔听闻过，元森曾经失去过一位恋人。后来，哪怕是清茶的涩味也能令他想起多年前在恋人唇间闻到过的气息。如今这气息远了，恋人也没了踪影。在对待恋人的观念上，他与导师刘遇迟也不完全不同。元森没有激情，但心里满是无端端的爱情：有纯心理的、有虐恋的，也有柴米油盐式的世俗式的。尽管最初元森本质上并不太相信刘遇迟经常挂在嘴边的那些词，诸如摄心机器、古赤公、性力派、定间哲学或幽媾等，不太相信设计的悬念与物理的冲动，但他相信"岂有此理"这四个字，有时会别具含义。

刘遇迟曾对元森说："往事、杂念与随想就像作家的什么灵感，其实十分不可靠。需要灵感的作家，往往都是些二三流的写字匠。一本伟大的书，就像'古赤公'附体以后变成了人的本能，天生就有，从来就不需要灵感，而是来自观念与身体的无缝衔接。"

"可我没有那种本能，怎么办？"元森问他。

"那只能说明你是个麻木的家伙，更需要进入定间去修炼了，"刘遇迟说，"你也并不是完全的特例，'古赤公'对你这种人的情况曾说过一个形容，叫臭破袜综合征患者。"

"什么，它这是在骂我们吗？"

"无知之徒，这不是骂人。'臭破袜'本是禅宗术语，指人的臭皮囊之丑身，就像一只破袜子般，本来早就应该扔掉。可因贪生怕死，又只能寄生在其中，终日忍受恶臭的包裹，知道难受，又舍不得放弃。"

对"臭破袜综合征患者"这个说法，元森也算是有些私人感受的。譬如一个极具诱惑力的女子若无端来到他面前，便会如一场骚乱或革命般，无端端地爆发，他也会无端端地爱上她。然后又无端端地抛弃她，似乎为的只是以后能再无端端地去回忆她，把她在回忆中推向极致。说到底，这些什么理由都不需要的无端之情绪，便如那架被刘遇迟吹嘘得似乎已痛入骨髓的摄心机器一样，经常会让元森彻夜难眠，辗转反侧。是他知道自己受不了诱惑，因恋人对他具有强烈的毁灭性，所以才故意让自己麻木的吗？并非如此。因他的确也有不计其数的无激情时期。现在他人到中年了，似乎正在老。颓唐人生失败的光辉照耀着元森狡黠的前额，阴囊在萎缩的肚皮下悬挂，像两只已烧光了蜡烛的黑暗灯笼。他有时觉得自己跟刘遇迟一样令人恶心。他记得刘遇迟曾套用陀思妥耶夫斯基与钱玄同杂糅的观念对他恶狠狠地说过："别灰心，憨皮，其实四十二岁是一个人最下流的年纪。有多下流？不可限量，只可思量。"

"只可思量"，元森似乎也有些认同这个说法。

因他每次在遭遇一位致命的少女之恋时，都会有个念头闪现:"如果这次还不能找到那种紧张感,那我就死了算了。"

可他每次就是找不到紧张感,也没有为此而去死。尽管他对导师刘遇迟的狂野传闻与色情行为曾一次次地刻意模仿,又一次次地以失败告终。

的确,多少年来,无论是亲吻、拥抱或抚摸,哪怕是在与女人最激烈地做爱时,任何异端狂怪的动作与行为,都从未让元森有过一丝紧张感。他只是无限量地爱着那些恋人,在肉体上也可以无限量地性交、抓挠、撕咬甚至鞭打,与他睡过的女子都异常陶醉于他男性的力和流线型的胴体。唯有他自己无感。他经常觉得自己是个已沉沦的人。这种沉沦是别人看不见的。说沉沦都轻了,简直就是一头死猪。因即便是那最令人亢奋的射精之瞬间,对他而言,也不过就像是在抛弃一点猪油。每次射精时,他的心都充满了虚无感。他知道自己很可怜。他满腹的爱得不到释放。他就是一只充盈着伟大性欲的臭破袜。

洞 主

　　刘遇迟曾秘密地封叶宛虞为他在灪楼的"洞主",他说她是目前在灪楼与焚书会里除了"古赤公"之外,唯一能真正影响他的人,是他"最亲密的伙伴"。他不断地对我们灌输类似多角恋人关系的伪哲学,可说到叶宛虞之恋时,他有时也会改变方式。

　　"洞主"一词,就来自他的某种意淫与杜撰。

　　因刘遇迟说:"你们对'洞主'这个词不要有偏见。洞主就是一切恋人中那个最有尊严的恋人。你们首先要理解,譬如当'旁逸时刻'发生时,也许暴风雪会横扫机场。这时,一切穿长袍的美艳洞主——我们的恋人与亲密的伙伴——正提着行李箱、笼子与一束罂粟花,不得不从滚烫的地面仓皇逃窜。"

　　然后,他又以一位现代传奇小说家的方式,对我们讲述了他对"洞主"一词的理解与荒谬的演绎,大意如下:

　　　　洞主都是迟到美人,但有时也是时间裂缝勇敢的开辟者。"旁逸时刻"发生时,巨大的裂缝从中间把天空分开。这时,只有一架飞机可以从裂缝中穿越。但庞大的机舱里已挤满了各种企图逃离时间大转弯的人。洞主来晚了,不得不跳到机翼之上,伸开了她那与螺旋桨同样巨大的肉翅,朝着西方怒吼。为了令这怒吼显得含蓄一些,她还把笼子挂在脸上。西域山林一带很多洞主,大唐东土过往行脚僧常因她们伟大的肉体美而受到性欲的羁绊。但"洞主的真实含义是指女性生理结构,并非指任何妖魔",这句话也曾在西域风靡一时,并被看作对高加索与波斯高原一切婚姻之谜的注解。但洞主们并不认同这种说法。自从时间被破坏之后,也并非每个洞主都愿意留在洞中,等待传奇中的菩萨、导弹、夜视仪、强奸、游击队员或什么古今通用的爱情。洞主都是躲在长袍里叙事的恋人。故现实生活并不重要,不过是一种暴露癖。变幻莫测的面罩下才有真面目。而且,自上世纪混战发生以来,被侵略过的洞主们都听说过克雷洛夫寓言:"当蚊子战败狮子后,阿喀琉斯便突然变成了荷马。"洞主当然愿意用长袍中的叙事学去代替没有山鲁佐德的世界,以便冲出那只每天挂在她脸上的笼子。

"我本也是可以飞的。我的羽毛、法宝、火焰和色情,历代僧人们都见过。只是今天的起飞必须借用这架铁的机翼。"站在机翼顶上的洞主说。

"那何必呢?"一群站在机场跑道上的人问,充满了嫉妒。

"因为路太远了,我又太懒。"

"可你站在上面,飞机起飞后也会摔下来的。"

"看来你们的观念有缺陷。"

"不是吗?高空风大,谁都站不住。"

"那是因你们还没有被'旁逸时刻'拯救过。从裂缝中摔下来的只会是你们。"

"可笑,真是妇人之见。住在西域山林里的人,谁没被大时间破坏过?我们奉劝你还是好自为之,不要再冒险了。对历史上的任何错误,你都没有我们熟悉。"

"恋人没有历史。故我的历史没有危险,也没有错误。"

"历史怎么会没有错误?若没有,那我们这些人是什么?"

"我不关心你们是什么。"

"那你总得关心自己的安全吧?"

"安全不是去与留,而是一个大与小的技术问题。"

"什么?"

洞主笑了笑,并未回答。只见她忽然伸手把脸上的笼子摘下来,放进长袍里。然后她又撩起长袍的下摆,一条腿站在飞机顶上踮着脚尖旋转,宛如舞蹈。然后她用手猛地将下摆向四周一甩,那罩袍便如巨大的黑灯笼般,将整个飞机从头至尾都笼罩了起来。下摆的边缘还在飞快地呈圆形扩散,就像一圈火舌。跑道上惊恐的人群纷纷散开、躲闪,却因洞主旋转时的吸力太大,又被长袍的下摆迅速追上,便都卷了进去。随着被卷进去的还有几条跑道上的指示灯、悬梯、警察与暴风雪。待一切都收拢于黑暗后,洞主便抓起她的罩袍来,用手攥紧拧了拧,扔进了身边一方只有三尺来宽的泥筑洗衣池里。这法力奇异的洞主,从十二岁时便开始在西域的一座洞口的洗衣池边生活。她的美貌本可占山为王,但她却被嫁给了一名常年驻扎在山洞中的游击队员为妻,并曾被其皮鞭破坏过贞操与观念。她终日沉默地干活。她经常在洗长袍时,把那些世代被她卷入袍中的乱七八糟的城市、飞机、人群、僧侣、鸦片、士兵、坦克与绵延的断壁残垣等,像拧脏水一样从长袍中拧出来,倾洒到沙地上,又看着它们在阳光照射下蒸发干净。她从不露脸,故整个西域山林中,只有她自己知道,她是一位伟大的恋人。只有她的爱情能秘密地跟随"旁逸时刻",彻底改变这个世界。因在她那每日因劳苦窒息而被捂出了一身恶臭的长袍里,具有可以裹挟整个宇宙的叙事学与足够改变大时间的变量。

下　流

　　刘遇迟经常说叶宛虞也是他的洞主，他的赤兔，他亲密的伙伴。而在被封为"洞主"之前，叶本是元森的恋人。她长得美貌白皙，在一家新闻公司做编导撰稿。据说他们的床笫之欢亦宛如例行公事般麻木。在叶宛虞看来，元森的生活就是上午先跑步，路过菜市场时，顺便买点菜和肉回家。九点后，他开始坐下来读书、听收音机、上网查资料。中午吃饭一小时，是在家自己烧饭。下午，他就坐车去镇子西郊一个叫"法郎吉文化无限公司"的地方上班。路上他大约须用两个多小时。连从地铁到公交车转车，需要步行十七分钟，也都计算好了。晚上八点回到家，吃饭。九点到十二点基本在看电视。从早到晚，无聊的元森把时间安排得像一块集成电路板，严丝合缝。除非做爱，子夜之前元森肯定会先睡。若没睡，那就是内分泌紊乱，或因神经衰弱引起的失眠，或晚上吃了什么不能消化的食物。

　　没人知道他在那个奇怪的法郎吉公司是做什么的。

　　他也从来不说公司的事，守口如瓶。即便叶宛虞问起来，他也拒绝回答。"反正每月给你拿回来的薪金够用就行了，问那么多干啥子？"

　　元森素日里沉默寡言。和他说话最多的，倒不是他的恋人叶宛虞，甚至不是我，而是他的忘年交，即那个早在前朝元年便臭名昭著，后来又销声匿迹的色鬼导师刘遇迟。有人说他曾是元森在大学时的建筑系客座教授，不过毕业后没什么联系。但我认识元森后，他们已成为焚书会里关系最密切的师徒，前面的关系便成了谜。

很多人都记得，数十年前，在巴蜀腹地坊间有一批写书编书的人，很容易便成了名。因那时娱乐方式少，西方书籍、杂志、奇异的刊物与报纸也少，更没有电脑或如今互联网上碎片化的信息。连偶然发现的古籍也大多是纸张粗糙、油墨模糊的影印本，没有电子下载的形式，更谈不上云储存和网盘。有些内地文人为了谋生，便将古代文献或旧小说中的一些言情部分，抄袭过来，变为离当下白话更近的现代故事集。这些"假书"与地摊读物一样，一时便在中小城镇成了某种畅销书。在巴蜀腹地那些整日间只能坐办公室的、上夜班的，还有闲得无聊的家庭妇女乃至中学生里，可谓人手一册。然而好景不长，无须几年，这些书便又会被淡忘。刘遇迟当时是大学教授，犯案被开除之前，生活上也是捉襟见肘，入不敷出。传说有一年，他忽然发奋埋头苦写，攒出了一本讲古代传奇与鬼怪之恋的，标题叫《古今幽媾考》的小说，卖给书商后，给他带来一笔可观的资本。不过有些知情者说，那只是一篇研究关于古代传奇志怪中，人与各种妖魔之间如何发生爱情的考证，是晦涩枯燥的学术论文而已，看标题也不像是小说。而且该书稿交给出版社后，便因"语涉淫秽"而被退了稿。可是关于这手稿的传闻却让刘遇迟出了一些恶名。之所以如此，乃是因这书虽是一部小说，却在末尾附录了一篇以主人公的名义拟写的好几万字的，类似"幽会方式与注意事项"的东西。这些规则大约有几千甚至上万条之多，且结构复杂精细。其中主要论述一个人如何与已婚妇女、名花有主者或家教严格的少女交往，如何勾引、诱惑、偷情、约会、通信、保密、欺骗知情者、轻度性接触、如何用羊肠子自制避孕套、床笫上的注意事项，乃至得手之后如何保持警觉，滴水不漏，不留痕迹，万一出了意外又如何逃跑、如何善后等具体手段。《古今幽媾考》的编撰方式是按照字母从 A 到 Z，就像古代类书或百科全书。所选资料颇详尽，取材也都是汉语古籍、成语、学术名词或过去旧新闻报刊中的一些真实历史事件。最后，为了诱惑读者，引发某种本不存在的恶趣，刘遇迟甚至于将幽会手段详细到如何具体运用地理环境，在家中或在街头、店铺、角落的藏匿，或在工作单位与职场如何掩人耳目地做爱方法、掩人耳目的对话暗号与密码等。这对当年处于长期某种封闭中的内地人，无疑非常具有刺激性。于是有不少民间手闲之人，便延续了手抄本的办法，开始传抄那本带有伪学术意味的小说，或带有小说意味的学术论文。

当然这也引起了警方注意与误判。直到"旁逸零年"后，大家才看到那份残存的手稿局部被发表在海外汉学杂志上。

奇怪的是，当初每有人问起教授刘遇迟编书之灵感来源时，他会得意地说："那不过是我对晚清民国文人姚灵犀笔记小说《髓芳髓》（又名《艳海》）的现代演绎而已。"

但有人去找鸳鸯蝴蝶派早期作家姚灵犀的那本书来对比看，却看不出刘的书与之有何相似之处。不过有人因偶然读到刘的书，结果还闹出刑事案件来。如有个被群众"捉奸在床"的犯罪嫌疑人，在被捕前曾招供说，自己就是先看了《古今幽媾考》手抄本，才有了勾引良家妇女的犯罪动机。还有人招认，自己只不过模仿那书中的写信方式，是给一个有夫之妇写了一封露骨的情书，就被抓起来了，罪魁祸首应该是刘遇迟。最后，受害的陌生人众口同声地给刘遇迟下了定义："这些教授都是些骗子，大骗子，流氓教唆犯。"可是，这些指责对刘遇迟来说，根本就是过眼云烟，完全没有意义。因他的心思完全在"古赤公"身上，早把写那书的事忘了。

称 王

不可一世的骗子刘遇迟在狻猊庙中秘密"称王"的事，大概也是他后来遭到众叛亲离的原因之一。因他甚至无耻地自诩为漈楼焚书会的"公王"。尽管只是内部说法，但这对那些从读书中期待保持理性主义的门徒而言，无疑是太过狂妄了。"王"就像皇帝，是绝对不能自封的，这也有悖于知识分子的精神。何况在寺庙里，会遭报应。但刘遇迟不管这些。据大师兄吴毛孔后来揣测，刘遇迟之所以急着叫自己什么"公王"，或是受了从巴蜀腹地到江南这些年来很多"民间思想蠢货"的影响。不少拥趸曾对刘遇迟说，只要能称王，有弟子供奉拥戴，便能轻松地移山倒海，呼风唤雨，食山珍海味，并随时可与任何女子性交。这对刘遇迟那样的少年孤儿与流氓教授，无疑具有强烈的诱惑性。关于那些蠢货的事迹，吴毛孔还曾为此收集过十来个相关证据资料，简略罗列如下：

一、湖南醴陵石头陀国，"先主"叫石定无，曾用一块石头当街砸人，图谋"叛乱"。他曾说："用石头砸死一个人，就可以在其鲜血中登基。"未遂，被捕死于狱中。"后主"叫石金星，即石定无之子。他们父子还拉拢了一个石匠叫李丕睿，作为丞相，辅佐其登基。石头陀国只存在了三年，便被剿灭。

二、大别山道德金门教皇帝丁行来，盲人，但善于跳高，可于山头作旱地拔葱，腾空而起数十米。丁在空中停留时，创教称自己为金门帝，并封了当地的妍头为正宫娘娘、西宫娘娘，有宰相、将军等二十一人，还制作了"仙印"四十一枚，自得其乐。山里信息闭塞，直到称帝后十年，未被发现。后丁于悬崖演示跳高时坠落而亡，教众解散。

三、巴山皇清国正皇帝章安，曾在大巴山里自称正皇帝，刻有玉玺，以皇清为年号，设有后宫。副皇帝为拜把子兄弟廖贵唐。两人因读《五公经》，预言本年七月有大灾，引起乡民信奉。皇清国朝廷也设有丞相及文武百官，颁布有《天律森吏》《五律归亲》《四祖异想天开》《三秉九品》等官文。赐封廖等五人为元帅，刘某为武侯王，杨某为西蜀王，廖某为巡府，何某为通天师等。又分批赐封雷氏、易氏等为一品夫人，总计约封有五十来人。章安本打算定都巴蜀某县，并把某川剧团大楼作为皇宫，甚至要御驾亲征。但坐汽车还没出师，便被抓获。章帝与廖帝判刑数年后回家务农，其余臣下人等则经劝说后无罪释放。但章帝之妻仍始终以皇后自居，被视作精神病患者。

四、巴山圣朝国皇帝林咏，仪陇山人，本为一个业余游方术士，喜欢算命，读过赝本《五公经》，早年与巴县"豆腐神女"张峻花同居，自称金童玉女。林登基时，称自己能"撒豆成兵，一夜成功。因额头有胎记，故天下归我"。林有"无字天书"一册，全书其实为一打自己装订的空白宣纸,但他经常照书对人宣读各类奇异的想法。其手下设有宰相林高、丞相林熊,还有总司令、参谋长、军师、元帅、皇后与国父等职。某日,林说因读到天书中最特殊的一章,不能理解,必须升天去寻求解答,顺便向天圣述职,遂坐地咬舌而死。死时,他的手仍指着一张翻开的空白宣纸。

五、巴蜀玉皇大帝曹家元,本是大巴山中砍柴的樵夫,但秘密娶了村中妻妾十数人,自己上山砍树,建造了一座"柴宫"。仅数月,遇山火,宫焚人死,旋灭。

六、巴蜀一切国皇帝朱仕强,自称"一切帝",喜欢命令水、火、土、风听从他的号令,无视任何人的话。"一切国"仅七日即灭亡。

七、山东大圣王朝晁正坤,女,地处胶东半岛,自称"女皇"。但她行巫术、招童男与面首为其丞相,建了个"干后宫",后被作为"女流氓"遭到唾弃。

八、豫西万顺天国皇帝李成福,自建万李起义军,自称唐朝后裔,妄图以农村包围城市的方式复辟唐朝,定都西安。义军数十人,却是乌合之众,三个人就将他们消灭了。后又有山民又立李成福之子李欲明为帝。李成福之妻为太后,垂帘听政,兵拥八人,立有丞相,修皇宫,后因资金问题,改为盖一个瓦房。遇地震时,房屋坍塌,全员死亡。

九、西蜀大有国皇帝曾应龙,自称大有帝,历史约五年。据说他是在月明之夜,听到一条从乌江中游爬上来的会说话的娃娃鱼言:"假龙沉,真龙升;河之南,降太平。"后又有童谣,于是决定称帝。他曾解释国号云:"大有者,你有,我有,大家有也。有地大家种,有钱大家花,娃儿随便生。"此语在巴蜀广为传颂。曾皇帝调动"大军"数百人,杀入县城,攻陷县医院,俘全部医生、女护士,将所有成人避孕用品搜出并销毁,史称"县城销套事件"。

十、苏北黄坛国皇帝朱良美,在苏北阜宁县称帝,供五公菩萨与黄坛佛,建三官六院,收百余少女入教,其中最大的十九岁,最小的十六岁。朱的父亲本为会道门弟子,残疾。朱自幼见识过父亲显赫声名,故效法布道,诱奸妇女若干。朱先为"神仙",后又自称皇帝,终被破获剿灭。

当然,这些乱七八糟的资料在当初只是一个笑话。难道那个在巴蜀山林中办猿鹤山房焚书会的怪杰刘遇迟,那位百科全书般的幻觉制造师,会是一个精神病患者吗?他能有什么具体的野心?这没有任何证据。刘遇迟的"公王",就像他发明的那些"古赤公"观念,都是他的哲学修辞罢了。除了装满漾楼的灵龛、几个被他骗进会里的姘头或女徒弟,以及一堆堆油渣般的旧籍藏书,他更没有任何国土或版图,可以用来造反。我与同窗们心里都清楚,他就是个自言自语的空架子,一个热衷于意淫原子与宇宙物理的冒牌思想家。我们之所以追随他,也是因其幻想具有冒险性,值得尝试与验证。

但我们最终还是失败了。失败令"公王"这个词也变成了对我们的羞辱。

所谓"鸟声争劝酒,梅花笑杀人"_{隋炀帝诗},大概一切自诩为王之人,等待他的都将是绚丽的灭亡、被遗忘的酷刑与信徒们的抛弃。

狻猊

　　据巴蜀腹地某县志记载，此狻猊庙所在遗址，原先并非佛寺，而是当地一座残破的很小的"山神庙"，荒草萋萋，罕有人至。传闻很久以前，或许是唐代吧，这地方经常有一头奇怪的狮子出没，还吃过人。早先华夏并无狮子。据说这狮子是一个西域头陀带来的，故名狻猊。后头陀被巴蜀强盗所杀，狮子便流落到山林里，靠捕食附近村的猪羊野狗，乃至偶尔出没，袭击旅人过客为生。唐人不熟悉狮子，闻听佛经里称此物为"狻猊"，便也拿来胡乱用了，且传言为"山神"，自欺欺人。为了镇妖避邪，为了安慰被吃的恐惧，也为了图腾或吉利，山民们便索性修了一座狻猊庙，还请石匠雕了一座高约一二丈的巨大的狻猊像，金漆刷身，鬃毛虬结，张牙舞爪，试图以其威严与凶残的模样来护佑这一山林之安全。可此庙早在元代战乱时便已被毁了。山前地下，只剩下一片黑色腐烂的庙基，以及一面满是杂草与窟窿的断垣残壁。那座狻猊塑像，自然早已不知所终。刘遇迟带人改庙建寺时，有人曾在那破败的、孤零零的土墙上，不知何年何月，题写过一首唐代僧人贯休的诗：

　　霜锋掰石鸟雀聚，帆冻阴飙吹不举。芬陀利香释骝

> 虎，幡幢冒雪争迎取。春光主，芙蓉堂窄堆花乳，手提
> 金桴打金鼓。天花娉婷下如雨，狻猊座上师子语。苦却
> 乐，乐却苦，卢至黄金忽如土。《送颢雅禅师》

后来这诗也因建寺推墙而被铲掉了。不过元森和吴毛孔等师兄们都还记得。因焚书会的确就像一场"鸟雀聚"。过去"师"通"狮"，盲从的门徒乌烟瘴气地活着，似乎只为了听导师刘遇迟一个人的那些弥天大谎般的"狮子语"。这连元森也不例外。

大约是因在狻猊庙居住太久了，"古赤公"这个词听得太多了，于是从"旁逸三年"之前开始，在凄惶月色下，每与恋人叶宛虞如行尸走肉般地做爱并沉沉睡去之后，我的同窗挚友元森，都会非常清晰地感到，自己在梦中被体内一头浑身是金色斑斓绒毛的、既不像狮子又不像猛虎的奇怪"狻猊"（极可能是对"古赤公"一词在梦境中的误读产生的形象混淆）用爪牙从中撕开，分成了三个肉身：第一个肉身很盲目，只在下身与双腿间运动，沉浸在射精的快感之中；第二个是残暴的，控制着他的脑袋与手，而且总想用拳头不断地去砸墙；第三个则是他平时躺在床上，陷入麻木的那个"本我"，这个本我只想到死。睡到后半夜，三头狻猊还会在他身体里互相攻讦，如中年的阴虚让腰略微有点疼。元森愈发对自己的性欲感到厌倦。他发现自己的身体似乎"每况愈下"，不是功能降低，而是厌倦。记得十五岁时，他一天可以做四五次，而且每天做；二十五岁时，每天只能做一两次，后来是一天一次；如今他快三十五岁了，也就是隔天一次，而且有疲劳感。关于这个问题，元森羞于问别人，但问过"肥皂"。张灶说："据联合国教科文组织研究报告，男子的精液是有数的。无论高矮胖瘦，一辈子分泌的雄性激素，总量加起来，大概也就一个大可乐瓶那么多。这一大瓶子的腥臭糨糊，你要么早用，要

么晚用。如果你从小就爱耍流氓，用得太多，那四十岁以后恐怕也就没有了。如果省着点用，估计还能坚持到六七十岁。也就是说，当咱们这一群兄弟都已经白发苍苍的时候，你还有资格被人叫成老流氓。"

"不，我不是流氓。我就是一头狻猊。"元森阴冷地答道。

"你怎么可能是狻猊？你就是一个凡夫俗子。你甚至连刘老师的空翻都没学会。"张灶嘲讽地说。

"空翻？谁跟你说空翻就一定是个身体动作？"

"难道不是吗？"

"不是。"

元森死要面子，硬着头皮抵赖说道。其实他知道自己无能。

恋人叶宛虞身材丰腴，曲线就像鹅的脖子，且很通风情。她有时感觉到元森在射精前后的无聊与绝望，便会俯身慰藉。元森也知道她知道。两个人心照不宣。她常把手伸向他的腰部，仿佛那里确有一个她很熟悉的秘密。然而不仅没起作用，还引起元森的反感。元森在她火焰一样变幻夺目的姿势中，脑子里却想的是别的事。他有时会立刻推开她的手，或干脆扭过头，去看窗外。夜空"海岛冰轮初转腾"，那明月开始还如少女的臀部般干净，瞬间竟又可怖如一张满是皱纹的老妇的脸。似乎很久以来，这张脸始终都存在。当他如阴魂般沉沉睡去，有时也会感到恋人在吻他的鬓角。可那亲吻的芳唇，也会在他感动的瞬间，化为一头撕咬他的狻猊的獠牙。他会猛然惊醒，抱着赤裸的叶宛虞温润的肉体无端端地哭泣。才刚满四十二岁，元森的鬓角已有几丝白发了。他佯作不知，只把自己这一截麻木的躯干，暂时地托付给了盲目的色情，以及那位他也从未见过，却因刘遇迟的诓骗与描述而充满了狂热期待，秘密地霸占着他激情的"古赤公"。

为了理解"古赤公"，元森鞍前马后地追随刘遇迟，为他充当策士，以及灜楼灵龛、地宫与倒影的建筑设计师与施工者。元森希望，他用毕生见识所创造的那座悬浮的巨塔——灜楼，本身就是一团凝固的空翻。

疤　痕

刘遇迟早就对我们说过："可以读书，但不要再关心文学。文学已是夕阳艺术，而且与我说的'古赤公'完全没关系。文学甚至连摄心机器都不是。我让你们在灪楼里刻苦读书，从某种意义上讲，恰恰是为了远离文学，忘掉文学。文学一文不值。"

极端文学作品中常有某些雕琢痕迹，如用绚丽的修辞渲染自杀。实际上自杀者的心境是很浑浊的、淡然的，甚至是寂静的。刘遇迟发妻谢世之后，周围人里最能理解那种凄苦之感的，却是叶宛虞。因有一种情绪，也是大多数女性（尤其美人）人到中年所共有。南唐中主所谓"菡萏香销翠叶残，西风愁起绿波间。还与韶光共憔悴，不堪看"；袁寒云词云："莫遣柔思随絮乱，教人长忆红妆面。"说的都是这感受。作为元森的师尊，叶宛虞也曾随元森去刘遇迟家做过客。刘遇迟给她的印象，就是个学霸式的老油条，身上有既得利益者的恶俗，也有机会主义者的敏感。文思狡黠，但城府太深。酒过三巡之后，见有美妇人在场，刘遇迟更是口若悬河地纵横畅谈，说得唾沫四溅。激动处，追忆插队的往事时，他甚至流起泪来。这倒是让叶宛虞和元森都吓了一跳。

"如果当初她没有为了返城做人流，我们的孩子都该上大学了。"刘遇迟摘下眼镜，用一张餐巾纸擦了擦眼角，说，"而且也不会落下这些病根。"

叶宛虞环视屋里,四周除了书,就是各类药瓶子。

空气中还飘着一点点煮中药后残留的药香,发出如枯树腐烂的气味。

本来,一开始是谈恋人的药物过敏,由此谈到中国的医疗制度。刘遇迟就说:"劳动、疾病与死亡,这一直是我们近代史最普遍的现象,索尔仁尼琴专门对此做过研究。他发现,在集权制度下,无论是古罗马,还是尼古拉一世的西伯利亚苦役犯,暴君通常都认为体力劳动能改变人的信仰,一种泛亚细亚生产模式下的劳动改造。后来,物质环境变差了,疾病便又开始改变人的信仰。譬如得了绝症的人,往往会突然选择某个宗教。但在中国,改变人格的是药。如古人服用石髓,后来是胎盘、人粪、太岁(地下菌类)、冬虫夏草、鸦片、血馒头,然后还有打鸡血、吃蟑螂、辟谷食气、注射柴胡或干脆被四环素坏了牙齿。现在的孩子则是大麻、摇头丸与冰毒的信徒。可在医院吃西药的病人往往都后悔,副作用大,价钱又贵。而改吃中药的,最后又都会变成一群相信玄学的人。瘟神疫鬼,从来没退出过舞台,而很多人的病却能不治而愈,大约也是因本草中的巫气太重了。你们应该都知道宋元志怪小说里就有不少'说药'的传统吧。不瞒你说,我的左手被'古赤公'咬掉时,伤口血流不止,骨头都露出来了。乡下根本没药。于是,我通过光差从疼痛中进入到了'真夜',在数字共产主义、碘酒消毒、按穴位止血法、X光与《穷乡便方》明崇祯十七年所成医方书,不著撰人,其中多朴素的民间方剂与草药,便于穷苦人治病之间,我索性选择了抓一把泥土,然后烧了一本印有志怪明版古籍,把烧成黑灰的宣纸书页和泥土搅拌均匀,吞服一半,另一半敷在了伤口上。泥土与文字是可以消炎的。后来我的左手就不疼了。"

刘遇迟说着,很自然地把对恋人的关心,变成了谈药的话题。他的姘头则满身红斑,正躺在床上呻吟,他则视而不见。

"你就不能带她去医院吗?"叶宛虞实在忍不住了,干脆问道。

"她这是过敏引起的皮炎,不需要去医院。休息几天就好。"他说。

回家途中,叶宛虞出于同性相怜,便对元森发牢骚道:"你这个教授怎么那么残忍,简直就是个畜生。"

元森只能苦笑。他了解叶宛虞的脾气,眼里不揉沙子。作为职业女性,在当下这个资本经济气氛浓郁的信息时代,过去传统意义上的恋人关系,即便俩人愿意,也很难坚持下去。何况叶宛虞本科学的是新闻,最经常遇到的就是各类最新的价值观。元森尽量只看恋人好的地方,譬如她有很好的家教、素养、性感,也从来不干涉元森的行踪。唯一给他的压力,就是希望换房子。的确,他们住得太小了,本来都窝在只有三十多平米的一套房子里。学建筑的自己却没房子住,这似乎让人笑话。叶宛虞常敦促当时还在研究所上班的元森,尽早想办法。也是出于同样原因,于是元森辞职出来,变成了刘遇迟焚书会"灪楼"的设计师。可元森去修造"灪楼"后,与叶宛虞相处的时间少了。或因疲劳,夫妻间做爱的频率也逐月递减。从两周一次,变成一月一次,又从一月一次变为了两三月一次。到最近几个月,元森甚至夜不归宿。叶宛虞也曾想去狻猊庙,看看元森究竟在做些什么。但不久她就打消了这念头。毕竟不能让元森太没面子。尽管她不喜欢刘遇迟,甚至略微觉得有点恶心,可为了排解疑惑,她也暗自去找过刘遇迟,希望得知点什么。

为了避嫌,叶宛虞约刘遇迟到一家路边茶座见面。

"我也完全不知元森在做什么,"刘遇迟说,"应该是做设计顾问吧。"

"顾问需要天天往那边跑吗？而且还上夜班？"

"他守口如瓶，我也无奈。总不能去监视他吧？"

"我就是觉得……"

"我也觉得他应该多陪陪你。"刘遇迟说到此处，目光与叶宛虞有了一点碰触。他坚持了几秒钟，直到最终还是叶宛虞自己把目光转开。

"我其实不需要人陪。"叶宛虞说。

"是吗，我不这么看。老实讲，我知道你不太喜欢我，但人往往因不喜欢的人，才会发生改变。过去有句话，叫'人是由他的敌人塑造的'。当然我们还谈不上敌人。没准以后你会发现，我才是你的朋友。你也会成为'古赤公'的朋友。"

"您客气了。不过我对什么'古赤公'可不感兴趣。"叶宛虞除了说"客气"这个词，一时不知该怎么回答。

"你根本就不了解'古赤公'，何来兴趣与否？"

"很特别吗？"

"特别……嗯，也可以这么说。"

"哪儿特别？就是一种您设计的观念？"

"观念只是一方面。重要的是，'古赤公'是别人没有的阅历。那是一件伤心事。"

"伤心事，什么伤心事呀？"

"除了真夜中的爱情，天底下还能有什么伤心事。"

刘遇迟说到这里，忍不住嘴角有一丝冷笑。但他很快收敛了，似乎怕是露出什么不恰当的表情。他赶紧抽了几口烟，话锋一转道："先不提'古赤公'的事了，虽然我喜欢文学，但我本身是搞建筑的，"刘遇迟尽量轻松地说，"建筑最重要的不是结构，结构不过是基础。高屋建瓴，一座楼，最重要的是它要表现出的光影细节。在我这样的人看来，判断一个人的历史，或者情感形式，主要也是看他的行为细节。就像恋情这种东西，都是两个人心里的悸动，其他都是表面现象。恋情就跟案情一样。我可以给你举一个古书里的例子。元代有部法医学著作，叫《无冤录》，作者王与。他在书里谈到因性爱而死的案件时说：'男子作过太多，精气耗尽，脱死与妇人身上者，真伪不可不察。真则阳不衰，伪者则痿'。什么意思？也就是说：如果是真的纵欲脱阳而死的男人，他的生殖器会依然坚硬，处于勃起的状态。如果不是，那这个男子可能就是被谋杀的，就不是因为性交或过度荒淫而死。但是我们常人看男女之间的事，往往只看表面。譬如说，一个男子如果碰巧死在了一个有夫之妇的床上，就说他们是奸夫淫妇。其实未必。两人分开就一定是因为失恋吗？也未必。"

"您到底想说什么？"

"我是想说，你也许并不了解元森。"

叶宛虞是第一次，与不熟的男人在一起时，直接从对方嘴里听到"性交"或"勃起"这样的词，好像对方就是故意在用词语猥亵她。不能肯定，刘遇迟这样说话，似乎故意带着某种目的，是不是在诱惑她。但她下意识地觉得两腮发热。加上与人在背后议论元森，忽然让叶宛虞觉得有些不自在。

为了掩饰，叶宛虞用手使劲挠了挠脖子，说："这儿好像有蚊子。"

"怎么，你被咬了？"

"也许吧。没关系。"她摇了摇头。

刘遇迟虽然没有明说元森的什么事，但叶宛虞直觉，元森或许的确有某种对自己隐瞒的过去。而且，她在刘遇迟的眼里，还看到了更多的、某种赤裸裸的东西。

"你以后有事，随时可以来找我。"刘遇迟给她专门留了电话。

"我想，我不会来了。这次只是例外。"

"你会来的。"

"你怎么这么肯定?"

"恐怕只有我能帮你弄清楚元森的事情。"

"就因你是他的老师?"

"不,因为只有'古赤公'可以解惑。"

叶宛虞再次觉得有些反胃,又有些心慌意乱。她赶紧起身告辞。

回到家后,当晚她独自躺在床上,脑子里闪现着刘遇迟的表情、词语和烟雾。迷糊中自然又想起元森腰部的秘密来。

那是一块相当大的疤痕,约有小向日葵那么大,霸占了半个腰身。很多零碎的小刀口,呈团扇状围成一个不规则的圆形。圆形的中间是一块光滑平整的皮肤,没有毛孔。因为太光滑了,看上去像是一面用肉做的镜子,有些可怖。

这块疤痕怎么来的?叶宛虞记得第一次与元森赤身拥抱时,便问过他。后来也问过多次,但元森都不说。不想说。

"你是做过什么内脏手术吗?"

"没有,我五脏俱全。"元森说完,会赶紧提上裤子。

后来俩人做爱,每次见元森有不舒服的样子,叶宛虞就会弯下身来,亲吻那一朵由密集的肉疤组成的向日葵,好像算是一种补偿。

这些身体上的隐秘,并没有影响叶宛虞对元森的爱。真正让叶宛虞绝望的,是到秋天之后的一个深夜,元森突然打电话说:"我最近不回家了。每天要见很多人,晚上也很忙。"

"哦。我倒没什么……"

"你当然没什么,也不会有什么。"

电话里,元森纤细的声音忽然变得有些暴躁。他因不善修辞,反而不能控制自己。挂了电话之后,叶宛虞试图再打,但元森已关机了。

果 匙

当所有人决定推翻"古赤公"假设,集体叛离焚书会时,穿着铠甲的刘遇迟,也像犀牛般地在大街上横冲直撞。他说他最终也没有找到一把能打开坚果的钥匙。他是一个爱吃坚果的家伙,诸如杏仁、胡桃、瓜子、松子等,都是他常咀嚼之物。记得过去赴宴时,他坚果与钥匙都是随身配套带好的。他喜欢那种丁字形的三叉钥匙。可"旁逸零年"以来,一座铸造钥匙的铝矿被禁止开发。新的钥匙必须自己发明。不知为何,刘遇迟对任何"自己发明"这种事,都充满了怨恨——除了他自己发明的那个"古赤公"哲学体系或摄心机器。在他博学的脑子里,关于坚果与钥匙的知识早已多如牛毛了,对整个世界的解答方式也都是现成的。

"世界是一枚没有缝隙的果核,从来就没有什么东西还需要重新发明。"他说。

"但工具过时了、坏了或丢失了,就只好重新做一个。"宴会上的人与瀼楼里我们这些门徒都曾笑他道,"再说,用锤子、螺丝刀、钢镢以及任何一把别的钥匙,也都可以打开你的坚果呀。何必执着?"

"那样一来,很多东西可就变了。"

"金属钥匙会变吗?"

"那倒不会。"

"难道是坚果会变?"

"也不是。"

"那是什么?"

"当然是我的哲学。"

"哲学也得按照新的宴会来随机应变,甚至重新改写吧?"

"不需要。"

"怎么不需要,难道哲学就是一堆固定的词语吗?"

"不,哲学是一堆固定的我。"

"什么叫固定的你?"

"就是坚硬的我、顽固的我、痛苦的我、不能被你们那些愚昧的钥匙打开的我。我就是晶体。我就是集成电路。解释我就等于瓦解晶体,拆掉集成电路。你们何时才能明白,从来就是先有我的哲学,然后才有这场被你们称作'世界'的宴会。"

愚　蠢

　　叶宛虞父母都是邮递员出身，娘家住在巴蜀镇子西街的一条满是吊脚楼的陋巷里。每次回家，路过一片铁栅栏、角楼与池塘时，她都会提前下车，然后沿墙一直走回去。因巷道与小溪的交汇处，有一座古老的木质卯榫角楼。她有时还会停下来，看看水，或在路边石头上坐一会。这里荒草凄迷，断垣残壁犹存，也是她与元森曾恋爱与激吻的地方。元森曾在此，不止一次地给她讲解过吊脚楼作为建筑的构造，以此作为男子在所爱女人面前的一种炫耀。叶宛虞去过很多地方，从北欧到南美，从印度支那、吴哥到刚果的沙漠，看过无数的建筑街道。但只有角楼这段路，她愿意来回地走，从不厌倦。那楼也像一头镇守往事的狻猊，飞檐的獠牙刺入天空。儿时，叶宛虞就常在这一带玩耍。附近的道观、栀子花、夹竹桃与石桥，路边的爆米花、油茶、卖糖人、斗蛐蛐的声音与苍蝇馆子，都是她再熟悉不过的巴蜀腹地风物。在巷道深处，还有一座废弃的袍哥人家祠堂，因破败偏僻，早已无人修缮。少女时代，叶宛虞若逢心情不好时，便会在附近地摊上买两三个卤鸭翅，或一包五香豆腐干，带着一瓶啤酒，独自躲到祠堂里面荒草丛生的林子里去，边吃边发呆。那里有一棵倒下多年的半截枯树。甚至连乌鸦、鼠洞与蜂窝，都可以说是伴着她长大的。

元森并非巴蜀本土人,但他是围绕她的、始终愿意保护她的一段最传统的风水。哪怕在隆冬,这围绕都不会变。元森的静气、谨慎和细腻,让她虽然每日在乌烟瘴气的新闻职场中周旋,但也能如这古代斑驳的吊脚楼一样,有一派独立的自尊,用来对抗世俗的喧嚣,令她心境卓然。

但那个电话之后,这种心境仿佛正在遭受空前的威胁。

她还是应该主动去找他谈谈?

巴蜀腹地现在镇子上的生活已几乎完全物化了。潮湿的空气即便什么事没有,也会人心惶惶。平时,叶宛虞到处都看得到的旧日的景物也都被汽车、公司写字楼、商业街、酒吧、地铁拥挤的人群和手机噪音填满,异化的海浪无孔不入。制度的偏见与落后,夹杂着不计其数的文化管制、假新闻、伪国学、犯罪率"鳗鱼上升线"、文艺作品恶俗化、暗娼的普遍、信仰迷失、股市崩溃与价值观混乱,让人无处可逃。前天,就在公司书架上,她一边喝着红茶,一边翻阅新一期的《三联生活周刊》,便读到美国埃默里大学教授马克·鲍尔莱因 Mark Bauerlein 写的一篇文章,其中就说"我们正进入另一个黑暗和无知的时代",就像一个新的中世纪。因所谓的知识,在人类历史上从未这么普及过,什么图书馆、博物馆、大学、电视频道、维基百科、MSN、Facebook、腾讯、互联网搜索、Kindle 阅读器、手机短信或微信等,反正你想知道任何东西,只需要点一点鼠标。《四库全书》或者《大英百科全书》,也不过就是一个电子文件。鲍尔莱因因此将这种知识称为"最愚蠢的一代"。

因这种知识传播方式,说到底,也只是电脑面前的僵化思维,就像中国人常说的"躲进小楼成一统"。这将是只有文化与信息,却没有成就与悟性的一代。我们甚至连如何面对良知,如何清晰地思考哪怕只属于自己的死、性、爱情与家庭伦理都不会了。不是没有时间，就是干脆遗忘了时间。所有知识与信息，说到底都不过是一种现代魔障罢了。巴蜀因经济一体化的趋势，当然也会被裹进这场大紊乱中，不能自拔。这种焦虑显然不是靠世界观与博学，或什么古籍中的理论能解决的。叶宛虞更担心的是，在混乱不堪的环境中，难道像元森就没有什么意外的改变吗？他躲在狻猊庙，是不是也在做着什么见不得人的事？她不敢往深里想。她失眠的眼睛盯着窗外，有点发红。

　　什么都变了。人的生活正在被解构。她和元森的爱情当然也正在被解构。她自己会不会也早已成了"最愚蠢的一代"中最愚蠢的一个呢？也未可知。只有窗外那月升月落还是巴蜀儿时之月，也只有巴蜀的经纬度，还算是儿时的巴蜀。

蜀 葵

曾几何时，刘遇迟作为一位来历不明的人，始终站在一朵怒放的蜀葵前，试图通过拆开花瓣的卯榫结构，咬住那个他跟踪了很久的"时刻"。其实，他心里认为世间也并无什么时刻，就像根本就没有什么过去现在未来。可撕咬是他改不了的恶习，啃啮是他的嗜好。多年来，他在很多东西上都曾想满足自己这种凶猛的嗜好，诸如钟表、抽屉、恋人、废墟、军火、砖头、猪肉或洞穴等，但都失败了。失败的原因，绝不仅限于那些东西都有某种缺乏逻辑自洽的坚硬漏洞，还在于这些东西都没有运动的过程。蜀葵也没有。因他第一次遇到蜀葵时，此花便是这副凝固的样子。而且他对准任何一件路边之物，纵横捭阖，折断揉碎，甚至龇牙咧嘴，也只是因他暂时还未遇到别的。

人生实在不易，因全部时空皆为严密连接，中间没有半点缝隙，根本无法设计、分割或加塞进去哪怕万分之一根头发丝。

世界看似运动自如，其实就是个实心球。

这真令人焦虑。除非能干掉那个时刻。很多人认为，这大概也是他发明"旁逸时刻"的原因。因发明就是一种消灭。

那天，在密不透风的铁的大街上，不断被往事折磨的刘遇迟，居然有机会能再次利用这种"三维时间＋三维空间×绝对速度"之嗜好,来抓住一个时刻,纯属意外。因他当时是从狻猊庙里出来,正要赶赴一场与某个女子(不能确定是不是叶宛虞)的约会。他断定,自己的过去、现在或未来,都从未抵达过那位秘密反对过他的女子。他们的关系仅限于从两端向中间走,尽量无限靠近被他们否定过的无时无刻。为了抛弃时刻,他们都在当下的笼子里绕圈子。可万没想到,一朵蜀葵如拦路抢劫者一样,从路边忽然跳出来,横在了他与目的地之间。蜀葵表情狰狞,犹如哲学的汽油。这强盗般的花朵,对植物爱好者刘遇迟而言,自然具有无法抗拒的诱惑。他独自站在蜀葵面前,陷入沉思。他不敢过于靠近。花即植物的生殖器,必须敬畏。而且据说,寄生于万有引力与任何物理存在中的一切时刻,通常都是非常烫的。这头狡黠的、用密集的刹那与四十七次阿僧祇劫武装起来的单向度野兽,对人的态度从来都非常残酷,充满歧视。时刻是野蛮的。时刻是坏的。同时,它还是尖的、凶的、臭的、反的。现在它就蹲在蜀葵的中心,像一堆恶的集合,气味刺鼻。时刻没有皮毛,没有形状,却有一肚皮不义的齿轮,乃至一脑门子油腻的虎牙。时刻是硫酸。时刻是蝗虫。它可能是一系列飞快发生的念头、微妙的麻木感、最小的死、生物体腐烂的起源、习惯的突变、莫名的心动、愤怒、忘记、发呆或沉默。它也可能是你在经历长久的大压抑岁月之后,面对惊人的少女,轻轻倒吸的一口凉气。时刻可以通过死缠烂打来攫取,也可以通过发脾气、制造新的修辞或虚构空间简史等方式,来缓冲它的危险性。但刘遇迟有强迫症,最终还是选择了追忆。不是追忆某个时刻,而是追忆无时无刻。或者,干脆去追忆无。这能令他感到自己还不算是个太没良知的人。站在路边,他张开嘴,把脸慢慢凑到了蜀葵前。脸立刻就被那闻名巴蜀的兔唇般的花瓣吞没了。他能肯定,自己这次或许是真的狠狠咬住了时刻。时刻已受了重伤，血溅花蕊。他要与之角斗，决一雌雄。但又不能否认，他自己好像同时也被那无时无刻不在飞逝的时刻所俘虏，变成了一位面目全非的人。

获 麟

"还记得旁逸二年四月八日你在做什么吗?"师兄问我。

"不记得了。"我摇了摇头。

"旁逸七年五月十二日呢?"

"也不记得了。"

"那旁逸十二年的十一月三十日晚九点多,你第一次来到这座城市,那一夜总应该记得点什么吧?"

"抱歉,还是不记得了。发生什么事了?"

"如果你连元年十月二十八日或十七年后的七月三日早晨的事都不记得了,最起码也该记得上周三下午两点四十七分你在做些什么。如果这些都不记得,那你的确应该感到惭愧。说明你的人生基本上算是全被浪费掉了。"

"可我就是不记得你说的这些日子的事了。时间对我来说从来就无足轻重。而且,人在大部分时候总会忘掉大部分生活的。全部有效的记忆,如果能压缩起来,我想恐怕也不会超过一个下午吧。"

"可那些时刻你应该印象很深呀。"

"那些时刻,到底是什么时刻?"

"譬如,你小时候曾经看见过一只鸡过马路,对吧?"

"鸡……不敢说完全没有,也许吧。但这有什么关系吗?我们镇上人多车乱,在大街上养鸡养鸭的也不少。有时满地都是鸡屎,臭气熏天。也许我还看见过一个瞎子、一头奶牛、一只流浪狗或野猫过马路呢。"

"不,我就是想问,当年那鸡为什么要过马路?" 按:"鸡为什么要过马路"本是一则美国的经典冷笑话,答句是:"因为要去马路另一边"。据理查德·布劳提根言,此冷笑话"在美国家喻户晓,并衍生出诸多版本",有时用来"表示笑话之老掉牙的程度"。

"我怎么知道。"

"真不知道?"

"不知道。"

"所以你是个没良心的家伙。"

"不知者不怪嘛。何况鸡……"

"算了,根本不是鸡的问题。我们都知道,你是那天镇上有人开车撞死麒麟这著名历史疑案的唯一目击者。从那以后你一生都活在麒麟之死的阴影里。"

"胡说,我活得很快乐,没有阴影。"

"如果真没有,只能说明你对麒麟没有同情心。"

"那又怎么样呢?"

"还说明你是一个冷酷的人。"

"就算是吧。因没人会相信那鸡会是麒麟。"

"你为何这么肯定?"

"我俩观点不同,但我们却同是镇上最后一代还知道这件事的人。往后恐怕不会有人再关心麒麟之死了。反正世间本来也没这动物。就算听说过以前什么交通事故,大家还是更相信那不过是一只冒失过马路的鸡。鸡肉不值钱。"

"那获麟这个词呢?" 编按:获麟,指孔子作《春秋》至"获麟"而辍笔,一般隐喻历史到此为止。

"词都是杜撰的,可以另外再发明一个。"

"另外发明。譬如呢?"

"譬如……古尊。"

"那过去就这么算了吗?"

"嗯,算了吧。"

"那怎么行?没有麒麟,这起交通事故没法写结尾呀。"

"写不写是你的事,我们只是聊天。"

"可你总可以告诉我,当时那鸡为什么要过马路吧?"

"你怎么总是纠缠这件事?那也许就是一只公鸡。它看见马路对面有一只母鸡,羽毛斑斓绚丽,令它不能克制自己。结果它贸然冲了过去,于是被飞驰的汽车撞死了。当时现场的确有点血腥,鸡身被轧成了肉饼,鸡头飞出去很远,搞得大街上一地鸡毛。很多饥饿的人与野狗闻着味匆匆赶来,疯抢鸡肉,分割死尸。有些人抢急了,又去打杀那些争夺食物的野狗,然后再互相疯抢狗肉。后来人群之间为了狗肉也打了起来,互相骑牛驾猪,拉帮结派。反正一来二去,镇上死的人与动物越来越多。而最初那块鸡肉,则被从未见过鸡的人,说成了某种大家从未见过的神圣的肉。譬如麒麟的肉。当然,我的话你也别太当真,因我说的可并不是麒麟的事。也许麒麟就是'古赤公'。"

"这个说法好像太幼稚了,没啥说服力。"

"是幼稚了一点,但你拿来写交通事故够用了。另外还有一种说法,即麒麟最爱吃鸡,而巴蜀腹地镇上那只鸡,就是被一头刚从山中下来的凶猛麒麟所追杀,四处乱窜,最后才跑到镇子马路上来的。鸡情急之下,无路可逃,只好贸然横穿马路。麒麟也追了过去。可麒麟刚咬住鸡,汽车也到了,于是它们双双被撞死,两种肉混在一起。总之,实际情况很复杂,但也可能就是一件很荒唐的小事。甚至是镇上人人都知道，又都羞于启齿的那种小事。"

"你见过麒麟吗？"

"没有。"

"那见过'古赤公'吗？"

"这更不能说了。"

"为什么不能？"

"每个人都有自己独特的经验，无法言说。一说出来就假了。"

"假了？"

"对，我说的都是假的。"

"有什么是真的吗？"

"没有。"

"一点都没有？"

"非要说的话，大概只有发生那事的时间算是真的。"

"那是什么时间发生的呢？"

"抱歉，元森兄弟，这我是真的不记得了。"

读 碑

狻猊庙后山下，矗立着一块残缺的石碑。

有一天，我打着雨伞去参观，见石碑上几乎没剩几个字，而且是模糊的。大多数字都已因岁月风化而被磨损掉了。其碑铭（残文暂以"□"代替）大致如下：

御□狻猊庙碑

天地间万物有成坏，惟□理为无成坏。宁直万物，即天地一大劫。劫坏时火灾将起，天久不雨，所种不生，依水泉源四大□河悉竭。□□□□，后有大黑气暴。经无量久劫，欲成时，火自灭时起黑云，大如猪脸。元魂自天而下，注大洪雨，尸多如鼠。复经无量时雨止，水聚从下轮空翻，水沸从上漂浸腾。人间骤停，色鬼遍满梵天，四风住持后，水渐退下尔。时四大风起，飙然飘击，吹彼水聚，混乱石停，水中生大沫，聚大风，吹沫置空中。今从上造□天宫，水更退，复造须弥山，又吹沫造四大洲，八万小洲。尔时，□□有黑气吹，大水聚底，漂出日月，绕□□山，洞照四方，炙退火湿，又大风吹掘大地，为四大海，是故风界吹起，火界蒸炼,地界坚实,当天地劫尽,人物毁灭时,狻猊诞生,古猊奔腾,赤兔并起,□氏何从而知见,盖修显隐色空二塔,以震慑一切阴阳,诸妄妄尽真存,能超浩劫之外。故造此庙,树此碑,以为四方灵界及香火归宿。

□□□□拾六年九月二十日立

这是一块不知何年安放在此的旧碑。看来,这个地方原来的确是有一座狻猊庙。后不知什么缘故,寺庙倾颓,狻猊塑像被毁。或因年久失修,无人管理,香火冷了,连一间看守者的僧房都没留下,只作为一处类似土地庙的文物遗址而保留。唯一剩下的就是这石碑。石碑长期埋在杂草里,又因雨水渗透,长满青苔,字迹残破不全。到了秋天,青苔枯萎发红,有时会红得发紫。所以巴蜀当地人称其为"紫碑"。再往后,有了一些从巴蜀腹地西郊迁来的居民,于是干脆被叫成紫碑镇。

"肥皂"是两年前入住猿鹤山房的,不知他为何要让公司在这里租房。说到底,连肥皂这样的人怎么会进入焚书会,也都一直是个谜。我们只知道肥皂本名叫张灶,本是巴蜀腹地一个蜂农的儿子。据说他出生时,其母正在灶边吹火做饭。忽然肚子一阵绞痛,他就在灶边呱呱坠地了,便取名为灶。张灶食量惊人,三岁时能吃两三个馒头,五岁便能吃七八个馒头了,吃起东西来六亲不认。他的食量一度让父母头疼。本来就不富裕的家,因生了他便更穷了。父母越来越瘦,他却越长越胖。到了十七八岁时,张灶平白落得个脑满肠肥的恶霸模样,令人发笑。他的日常习惯,就是没事还会拿着一罐子蜂蜜,用一根手指挖着,空口舔着吃。因"灶"与"皂"同音,周围亲友索性就给他来了个"肥皂"的绰号。说起来是在笑话他太肥,其实也想图个吉利,就是希望他能和肥皂一样,越用越瘦,最好别再长了。但是肥皂一点都没有瘦。他长得五大三粗。后来他认识了刘遇迟,整个青年时代都在跟着这位大宗师鬼混。他儿时曾随父母攀岩,摘取野蜂蜜。后来父母死于巴蜀蜜霸的陷害。他为此找到仇家,砍掉了人家一只胳膊(这会不会也是刘遇迟断臂的原因?不得而知)。张灶到处浪迹,去过很多家公司打工,搬行李、抬砖头、扛大包,但时间都不长。他在建筑工地打夯、挖坑、砸墙,也到过餐馆洗碗,在超市扫厕所。他还想伙同几个人抢银行,但计划失败了,被判刑三年。他出狱后挣的钱还不够在南城租一间六平米的平房度日。除了攀岩摘野蜂蜜之外,肥皂没有别的手艺。进入焚书会之前,张灶的哲学就是蜂农的哲学。他说过:"老子本是北川养蜂人家出身。我从小就懂一个道理,即工蜂就是劳碌的命,蜂王则是享受的命。工蜂们住在最拥挤的地方,劳动了一辈子,才积攒下一点蜂蜜,这时会突然走来一个蜂农,将你所有的蜜,往桶里轻轻地那么一磕,于是之前的一切辛苦就全都没有了。然后,蜂蜜被送往工厂,过滤、包装、制作半天。一直到被运输到商店。最后,这些蜂蜜却会被一个有钱人家的孩子大大咧咧地买走,然后往嘴里一送。千万工蜂毕生的血汗,不过是一个完全与那蜜蜂无关的孩子嘴里懒洋洋的一大勺而已。就像我的父母和祖上,都是贫苦的蜂农。他们含辛茹苦养我,可我从小也没吃过几次蜂蜜。所以,自离开家乡后我就发誓,老子这一辈子绝不再当工蜂,而是要当吃蜂蜜的人。老子要当蜂王。老子要吃蜂蜜。吃不到,就得靠自己抢。你们明白吗?"

说着,张灶还会继续把手指伸进蜜罐里,挖着蜂蜜舔食。

当蜂农的路被蜜霸断掉之后,张灶唯一算是会一点的本事,就是过年时曾经帮着同村人杀猪吹鼓。所谓吹鼓,即往猪肚子里吹气。因杀猪都要燂毛。为了燂得干净,把猪杀死后,就在四个猪腿上割开小口子,然后用嘴往里吹气。整个猪会吹得鼓鼓的像鼓鼓的船帆，毛孔张开，这样无论燂毛还是剥皮都很方便。

"你哪年进的杀猪场呢？"元森曾问肥皂。

"应该是'旁逸零年'之前。我当时在一家餐馆后厨当采购员，有一次老板嫌国营肉联厂的猪肉太贵了，让我去北郊的一家民营杀猪场买肉。他给了我地址，我蹬着三轮车，骑了他妈的两三个小时，才在一个破败的废砖窑里找到那个杀猪场。满地血腥，都是猪下水，猪肠子和猪头或断胳膊断腿，臭气熏天。一帮人刚把一头黑猪杀掉，有个崽儿，眼巴巴地死盯着刚开膛破肚的屠夫，等着他把猪尿泡摘下来。孩子都不怕腥臊，想把尿泡吹成气球，扎上线绳当气球踢着耍。我看见有人在给整头猪吹鼓。但说实话，吹鼓那人太业余了，人瘦小，半天吹不起来。我为了买肉能讲点价，自己就能拿点回扣，就说可以帮忙给吹一下。他们看我个子大，让我上嘴。没花几分钟，我就把那猪吹得油光锃亮的，像个大卵泡。结果，我这一手被焚书会大师兄吴毛孔和刘遇迟老师他们看上了。吴毛孔让我留下来，说薪水从优。于是我就进了杀猪场。反正在哪儿干都是干。"

"这新狻猊庙也是刘遇迟他们开的？"

"当然。我们都是打工的。"

"也就是说，大师兄一边开杀猪场，一边却在盖寺庙和搞焚书会？"

"可不是。有钱就行，管他个锤子。"

"我能否见见吴毛孔？"

"你们不是见过吗？"

"焚书会有很多同窗，互相之间不一定见过。"

"或许等倒影修好了后，他就会现身。"

"他平时都在杀猪场吗？"

"行踪不定。"

"他为啥要修庙？"

"这个问题我也问过，他没说。"

"只是为了赚檀越的香火钱？有几个人信狻猊？"

"香火钱也不少。你关心那么多干啥子？"

"我就是好奇嘛。"

"反正，据我所知，吴毛孔为了这个项目，已经投了不少钱。包括修建这座新庙。我这个人没啥文化，但有时候我觉得，刘遇迟让他搞这个庙，也跟老子杀猪吹鼓一样。"

"什么意思？"

"先掏空，然后做大呗。"

肥皂说着又咧开大嘴笑起来。他的话，元森听不太懂。但他能隐约预感到刘遇迟在幕后操作的力量。因这段时期，吴毛孔这个人虽从不现身，却仿佛无处不在。

元森自从不回家后，几乎每天都住在狻猊庙里。瀿楼修好后，他干脆把自己的办公室从大雄宝殿边搬到了瀿楼塔里，住在第三层。为何第三层？因为太低了，小山上的湿气重。太高了，又爬起来麻烦。每天，由一个无限公司业务助理或焚书会的人给他送盒饭。作为新修的狻猊庙建筑群，庙里一般的三殿和僧房等，其实已经在元森入会之前就修好了。卖门票的亭子、牌匾、幡、壁画、放生池、功德箱、罗汉像、药师殿、长廊和藏经楼等，凡是普通寺庙有的，都一应俱全，而且都已做旧包浆。这建筑群整体占地面积约三千多平方米，不算小也不算大，但看上去像个庙了。现在瀿楼也快修好了，真是一个完美的古建筑群。似乎这里所有的东西都是本来就有的。唯有一尊泥塑金身佛像，看上去太新了，油光锃亮，还散发着新金粉的气味。

"庙就得有老味，"肥皂说，"快让人找些樟树叶子来，点着了，给我满屋子满墙地熏。"

"樟树叶子？那不是有气味吗？"一个会员问。

"你懂个锤子。在巴蜀腹地，吃樟茶鸭子，就是这么用烟熏的。那个味道和香火混在一起，简直香得很。"

"樟茶鸭子？狻猊虽不是佛，但也是佛陀身边享受地方香火的灵物吧？否则为何历代都要把狻猊塑像雕在香炉上呢？"

"对头，是灵物。那你就把狻猊塑像当个大鸭子，把烧樟树叶当烧香，熏得这里黑黢黢的才好看。"

"肥皂哥，这么做是不是有点不吉利哟？"

"不吉利个锤子。这个庙盖得跟个新脸盆一样，到时候信众不来，香火不好，兄弟伙们都赚不到钱，那才不吉利。你们几个只要注意防火就行了。"

在肥皂的命令下，公司的人也只好照办了。

深夜，元森靠在木塔的窗前，连续很多天，都能看见狻猊庙里烟熏火燎。滚滚黑烟像乌龙一样在建筑群里穿梭飘散。虽然这种做旧的方法，的确让这些楼群看上去真的越来越像个老火神庙了，但往下鸟瞰时，他还是觉得少了点什么。想来想去，这庙什么都有，唯一没有的东西，就是某种"出家人"，或者说是狻猊庙的看庙人。

"狻猊庙的看庙人怎么办？"几天前，吴毛孔就在手机里问肥皂。

"现在管得太严了，实在不好搞到度牒。"肥皂说。

"那就另外想办法呀。时间不等人。"

"我晓得。我正在找人。"

"还需要多久？"

"再给我一个月吧。一个月肯定找到人。"

"好吧，这是最后期限。实在不够，也可以通过'涂毒鼓社'网站招募嘛。一个月后，狻猊庙就正式开张了。刘老师说，再找不到人,我们几个龟儿子脑袋反正都剃光了的,可以天天吃素。"吴毛孔说完,没等肥皂回答,就挂断了电话。

狻猊庙早就是一座荡然无存的庙宇,这一带更不可能有僧道来挂单。不得已,灖楼里的光头同窗师兄们,便穿上了长衫、军大衣或袈裟,轮番当起了狻猊庙的看庙人。

对元森而言,他只关心隐塔是否能顺利完工,"倒影"能否真的成立。无论如何,自己过去在大学与当研究员时所学的知识,曾经都派不上用场,现在似乎都能施展了。研究所里的人全是纸上谈兵,就算偶尔有个什么工程,也轮不到他来做。记得他每天坐在小山上抽烟时,看着灖楼一点点越修越高,倒也惬意。他完全不信任何宗教,对修塔还是造房子,本质上并无所谓。他只相信刘遇迟对"古赤公"的描述,能拯救他的麻木。

每天,只有在极度疲倦时,元森才能忘记自己那团来自性欲的隐忧。有一次,他梦见自己的肉体就是一幢麻木的巨塔,九窍就像门窗,四肢则如廊桥。人到中年,从肚子一直到脖子,层层的赘肉,就像层层的浮屠。在梦里,他往自己的两腿和胯下看,却看不见阴茎。不知为何,他只看见那里有一个奇怪的黑窟窿。深不见底。借着月光,他顺着那窟窿走进去,走了很远,也没有找到自己的阴茎。恍惚间,他又觉得自己想撒尿。小便把膀胱胀得酸疼,可自己的腿间却没有尿道。他急得在那窟窿里跑来跑去。他终于跑到一个小门前,看起来像是厕所。他赶紧推门进去,里面却没有马桶,也没有小便池,只有一个坑。但坑上立着庙前那块残破的紫碑。他想把那石碑搬开,而碑上的一行字却在闪耀,尤其让他恐惧:

> 欲成时,火自灭时起黑云,大如猪脸。元魂自天而下,注大洪雨,尸多如鼠。复经无量时雨止,水聚从下

轮空翻，水沸从上漂浸腾。人间骤停，色鬼遍满梵天。

四风住持后，水渐退下尔。

这到底是什么意思？在黑暗的焦虑中，他被吓得猛然从梦中醒过来，惊坐而起，一身大汗淋漓。他觉得下身潮湿，拉开被子一看，发现自己竟然遗精了。

都四十二岁的人了，居然还会遗精？这是很久没有过的事，也是他从不敢对叶宛虞或任何人提起的事。

元森的羞涩、窘迫、欲望与压抑，全都和那塔与梦混在了一起。

他更难以想象，其实自己进入焚书会以来参与修庙、造塔与"倒影"等，都是在做一件巨大的荒谬之事。这荒谬的真实连接着人性、宇宙、犯罪与虚无，但其全貌只有刘遇迟最清楚。无论吴毛孔、他、张灶或焚书会所有门徒与姘头等，都是盲人摸象。

盲　绳

记得在最后那些日子里，猿鹤山房焚书会常会来一个奇怪的盲人，也剃光了头，站在坝子中心疯狂地跳绳，像个精神分裂症患者。

光头盲人双眼浑如琥珀，双手垂在腰间，攥着绳柄愤怒地挥舞，激烈得像一个旧时在街头耍把式表演钻火圈的人。绳子从他脚下飞快穿行，又从他头顶如闪电般掠过。盲人是不关心频率的。跳绳最重要的问题，仅在于双脚离地悬空那一瞬间的时长，而不是绳子循环的次数，更不是跳的耐力。他每次蹦跳只在瞬间。盲人认为：每次跳跃的时长是不同的。最初时间会很短，约数百分之一秒。可年深月久，他发现了一种所谓"倒悬之时"，即他每次蹦跳离地的时间，可以渐渐从一秒、几秒、几分钟到几个时辰不等。据说有一次，他双脚腾空而起，虽脚尖离地只有三四厘米，可在绳子上下翻飞的刹那，他便进入到了他人生中最重要的一个漫游与冒险时期，连续几十天都没有落地。

"你不过是一个瞎子，就算漫游与冒险，又能去哪里呢？"我问道。

"这你就不懂了。我哪里也不去，也是在四处游荡，过着惊险的生活。"盲人一边跳着一边说，"正因我是个瞎子，所以我既不在此时此地,也不在他时他方。我不相信此处会有什么存在,也不相信什么'生活在别处'。跳跃就是一个凶猛的过程,从不会为善与恶停留。"

"不在此地也不在别处,那你在哪里呢?"

"我不在我跳跃之处,也不在我不跳跃之处。"

"我是问你在哪儿,别跟我扯芝诺那一套。"

"我在跳跃。"

"诡辩。文字游戏。简直一派胡言。谁都能看见,你每跳一下,瞬间就会落回到原处。跳绳不过是一下一下地跳起来,又一下一下落回去而已,哪里来的什么无所在之处?何况就算你悬空时间长一点,不也是停留在空中吗?"

"唉,这就是你们这些视力生活者的肉眼局限性。我的倒悬之时一片虚无,根本不存在什么起与落。没有起与落,哪里来的停留?"

"若真是那样,那你应该一直悬在空中,为何还要用绳子呢?"

"绳子只是一个偶然的工具罢了,并非只用来跳绳。"盲人说着,忽然把绳子弯曲折叠成一个圆圈,再系上活扣,提在手里笑道,"它也可以用来上吊,或执行绞刑。"

"你这是什么意思?"我对他的话更觉得奇怪了。

"我的意思是,绳子与我的观念并没有什么直接关系。跳绳只是一个谎言。"他说,"我还可以用绳子来当裤腰带、作抹额、拔河、绳枪、射弋、绊马索,或去鞭挞一条狗、绑一个人、捆一摞书、勒住一匹发疯的骡子、挂只吊桶去井里打水、拴在拖车上去拉垮一堵墙……或者干脆,就像结绳时代的酋长一样,在绳子上打一个一个的结,代表我的记忆与忘却。多少年后还可以拿出绳子来看,即便什么都忘了,却还有一串疙瘩。"

盲人一边辩解着,一边如魔术师一般摆弄着绳子,在我面前熟练地将绳子变幻出各种用途所需的形状与疙瘩。

"可这些不也都是要你先停下跳绳,才能做到的吗?"我说。

"你错了。刚才说的这些,都是事物的数学而已。而再大的数,也都可以在跳跃的一瞬间完成,就像时间。"盲人说完,这才落回到地上。我根本没注意到,他说话时的双脚竟然是一直悬空的。

"你怎么做到的?"

"当然是跟你们那位刘大宗师学的。"

"刘老师可不会跳大绳。"

"嗯,他也不读书。"

"不,他读过很多书。"

"我只知道他烧过很多书。"

"你也是来焚书会学读书和烧书的吗?"

"我是个盲人,本就不读书,也就不需要焚书。就连盲文我也拒绝。我进入猿鹤山房焚书会,就是因我与读书或焚书都是个悖论。盲绳,就像下盲棋、开盲车、打盲球,或两个散手运动员蒙着眼睛盲打一样,讲究的仍是对'有人若无人,无人若有人'的理解。而越深的理解,就越接近伟大的误解。不过,我相信我跳绳与静止,要高于你们这些读书或不读书的传统。一系列连续的无,也必然高于一系列不确定的量子吧。再说,我的跳跃频率甚至可以达到439赫兹/秒,就像古琴上一个黑暗的音。在世界的灾难、时代的幸福或人群的痛苦面前,我是与自己相反的存在这种说法类似物理上的马约拉纳费米子(Majorana fermion)或自旋半数的任意子,它的反粒子即它本身。因意大利理论物理学家马约拉纳对狄拉克方程式的改写而得,他认为以后可用于拓扑量子计算机。"

"与自己相反的存在,那是什么?"

"目不见庄子语,无见睹元代禅师。"

"你是说自欺欺人吗？"

"在这世界上，我们都是早已被欺骗的人，何必认真？"

"你不仅是个瞎子，还是个浑蛋。"

"哼，你们这帮焚书会的读书人是真他妈讨厌。字、纸与火遮住了你们的一切，就像猪圈挡住了猪群。其实你们与我都不在这残酷的现实里，可你们却比我更自以为是地觉得自己看到了什么。别看我有眼无珠，可我真的歧视你们。"

"你就是个睁眼瞎，不也一样得靠你的盲目来遮蔽自己吗？"

"不，我的人生如零，故负负得正。"

光头盲人说完，在空中连续做高速的超稳定跳跃。我看见绳子与盲人像被拨动的弹簧片般在光差中剧烈振荡起来，正如我看不见的它们已变成一团静止的棱镜。

遗憾的是，焚书会被毁灭后，没人再知道这盲人的下落。

绝 色

记得有一次,我们围坐在灂楼灵龛千万只复眼下读书时,刘遇迟还曾对张灶说过以下这些话:"你们可别觉得《营造法式》《考工记》或《木经》就是中国建筑的奥秘,古代烽火台或舍利塔就无懈可击,也别以为只有豹房、个园、Santiago Calatrava、金字塔、堪舆中的环境景观或故弄玄虚,就能涵盖人的全部精神。我们的'灂楼'本没有形式,只是不得已,才借用了浮屠的结构而已。从某种意义上来说,被烧掉的寺庙与残存的瓦砾,也可以是建筑形式。被拆掉的城墙也是一种城墙。废墟也是空间。广而言之,从窑洞、地窖、阁楼、耳房、悬空寺、哭墙、斜塔、高速公路、飞机场到迪拜弯曲的贸易中心,从鹰巢到蚁穴,没有一种建筑设计或者城市,能永远矗立在这个由基本粒子构成的世界上。建筑之根本,还在于你图纸上空白的地方。这就好比两个人结婚了。婚姻或家庭最重要的是什么?肯定不是孩子、存款和家具,而是由孩子、存款和家具,以及柴米油盐酱醋茶、锅碗瓢盆、缝缝补补和生活方式所围绕起来的那个东西。那不是爱,而是爱与爱之间的空隙。也不是伦理,而是伦理与伦理之间的自由。你还没结婚,现在我跟你说这个,也许你还体会不到。建筑就是一堆石头、木柱、玻璃和钢筋水泥的结构力学吗?不,建筑是这些玩意对光与影的遮蔽，以及折叠。别以为只有立体才是固体，房间才是空间。有时，建筑甚至是那一团从房间到房间的空气，从楼层到楼层的飞跃。如果以后有人请你帮他设计一幢建筑，那个人对房屋、塔楼、地下室、廊桥与露台的外形与功能要求，其实都是次要的。你们必须知道他的动机。"

"哪方面的动机呢？"元森当年带着学生气问。他尤其想去把刘遇迟提到过的那本波里索夫斯基的书，找来看看。可当时在图书馆里没找到，不知被谁借走了。过了些日子，他便把此事淡忘了。

"动机就是对方的根本目的。"刘遇迟说，"每个人都有目的。就像有人结婚为生孩子，有人属于政治联姻或交易，有人是为了能互相有个照应，有人为了家族，有人为了性欲，有人则为了忠于愚蠢的爱情。结婚本身只是表象。一叶障目，不见泰山的道理，你肯定懂吧。建筑就是那一片叶子。"

"您还是没说，究竟何为动机？"

"这得问摄心机器。"

"什么机器，御兔吗？"

"不，是御敌。女人即是敌人。但我爱我的敌人。敌人都是我亲密的伙伴。"

刘遇迟多年前的这番话，元森最近又想了起来。的确，在粉色的猿鹤山房，在果核一样静止的定间，有无数的女人曾与魁梧的巴蜀大宗师刘遇迟秘密相恋，或被其梦幻般的语言哲学所勾引。在所谓的"真夜"里进入潆楼与其幽会的外来陌生姑娘，也不在少数。据说，不少女子都是自愿进入刘遇迟的群芳谱，或为"古赤公"而死的。刘说，在"真夜"与光差里所有女子，即便是在世俗人眼里最丑的、最老的、生病的，甚至残疾的或破相的，无论是家庭妇女、娼妓、精神病患者还是脏兮兮的农妇，在他眼里也都是"绝色"。

到底他是说的"绝色"还是"角色",会不会是我们误听了?不太清楚。

我只记得,我与我们这一群光头门徒常见到有三三两两的妇女,带着各种图书,进入定间与刘遇迟盘坐闲聊,吞云吐雾,挽着胳膊在后山坡上散步。我因长期为刘遇迟打伞,故常常看见其中有些女子是焚书会拥趸,有些则不知从哪里来的。有一次,还真有一个真正堪称绝色的少女,一个愤怒的穿花边连衣裙的美人,忽然带着一根斑竹教鞭,冲到瀠楼里来。她披头散发,像疯子一样满楼乱窜,举着教鞭寻找刘遇迟。她踢开办公室与定间的门,破口大骂。待发现我黑色雨伞下的大宗师后,她便抡起斑竹教鞭劈头盖脸乱抽下去。刘被她打得鼻青脸肿,狼狈地在各层走廊里到处乱跑。连我的雨伞也被打落在地。而她则紧追不舍,如一个正在冲锋的旗手。她冲过去打呀,打呀,教鞭还差点戳瞎了对方的眼睛。可即便刘被打得抱着脑袋满地乱滚,她也一直不停手,直到自己也累得再没了力气,才大笑着,流着泪,悻悻地离开。其他门徒与光头们,倒是对此类事司空见惯似的,并不去管他们。

"这姑娘是谁,这么野?"我抱着被打裂的雨伞忙问。

"她也是我的敌人。一位太年轻的,十七岁的敌人。"刘遇迟唉声叹气地说。

"她为何要打你?"

"也许是因她一直不能进入'真夜'吧。"

"怎么,恼羞成怒了吗?"

"不,羞愧的人应该是我。"

"是你教不会她?"

"不,是她没教会我。"

"她教你?她一个小姑娘,能教你这大宗师什么?"

"她一直在教我如何爱我的敌人。"

"你的敌人到底是谁？"

"就是这个少女，以及很多的少女。"

"呀，我看你是自讨苦吃吧。"

"没关系，实在不行，我还可以遁入'真夜'，把她们忘了。好在对于'醒道'我早已是轻车熟路了。"

"那你今天为何不躲避她的教鞭呢？"

"你知道，有时教育是反的。我愿意她打我，这能让我想起很多事。"

"嘿，你可真是个老贱货。"

"谁说不是呢。也许她就是我的摄心机器。"

"那你的摄心机器也太多了。"

"唉，不多呀，其实只有一个。"

"只有一个？"

"嗯，所有少女对我都是一个。"

"你龟儿老骚棒，该遭挨打。"

我举着破雨伞，阴险地嘲笑着坐在墙角里擦额头血迹的刘遇迟，又满腹疑问地望着走远的少女。这样残酷的绝色少女，在狻猊庙灂楼里的确出现得太多了。仅我记得的，就有诸如拿皮鞭的、拿渔网的、拿棍棒的、拿镰刀的、拿手枪的、拿手榴弹的。她们时而提着一桶血水奋战，时而带着一条凶猛的恶犬奔驰。她们时而大张旗鼓，骑着大象，率领几十个穿黑衣的家丁爪牙，顶着黄罗伞盖而来，大象背上架着望远镜、电脑与重机枪，时而又衣衫褴褛，戴着眼镜，面容清苦，宛如偏僻乡野里的女书生。她们有些留着齐腰的长辫子，有些穿得花枝招展，有些身着袈裟，有些戴防毒面具。有些满胳膊与脊背都是绚丽的刺青，文着"唐狮子牡丹"或"烈焰桃花关公与吕布赤兔貂蝉"等复杂的图案，有些浓妆艳抹，走过灜楼之后，雪白的脂粉会落满走廊，犹如隆冬之积雪。有些少女披着铠甲，有些则又赤身露体。有些来时，四下里所有人都紧张得一语不发，有些来时满山禽兽都会发出奇怪的轰响。她们或游泳潜水而来，或驾驶直升机而至，或长跑了几个月才抵达巴蜀腹地与灜楼，或从一场可怕的梦魇中惊醒，遂扑向了灜楼。据我所知，绝色少女们都是来找刘遇迟批判、斗嘴、咒骂或报复的。可她们每次要将他置于死地，最终又都放过了他。她们怀着不为人知的痛苦，无法对人倾诉。她们每次到来，总能让刘遇迟挨打受伤，有时还得当众跪在她们面前，给她们鞠躬磕头道歉，好几天内只能躲躲闪闪地夹着尾巴做人。刘遇迟身强体壮，平时在后山上散打摔跤课，他的蛮力都能以一当十。若加上他的催眠修辞、心狠手黑与古怪的虚招，打起架来，几十个猿鹤山房里的光头门徒小伙子也近不得身。可在少女面前，他则完全是个废物。有时，一个脸颊绯红的吊眼梢姑娘，提着一把扫帚出现在山下时，刘便立刻双腿发软，面如土灰了。她们朝他不断扇耳光、吐唾沫时，他脸肿得就像猪脸人，但也尽量一声不吭。当然，绝色少女们的愤怒与她们的沉默，往往也是一码事。她们飞来飞去，宛如粉红的战斗机驰过，横扫灜楼中的苦闷压抑之气，妩媚而惨烈的美貌足令一切男子闻风丧胆。而我只能秘密地怀疑着她们中的大多数，又秘密地羡慕着她们中的极少数。

反正进入焚书会多年，我从未搞清刘遇迟的动机是什么，就像也搞不懂他是怎样去爱或抵抗那些绝色的少女敌人，那些赤兔与洞主的。

每次抬头，灜楼巨塔的影子，都会凌空遮住他诡辩的奥义。

书 信

夏日暑气蒸腾,叶宛虞脖子上汗流如雨。她把手机打开,又关上,已经很多次了。在她决定去狻猊庙找元森谈之前,总在为自己的多疑而羞愧。

她想起与元森初识相恋之时,几乎没怎么犹豫,便跟他先上了床。那是夏天,当时是元森先吻了她,还是她主动投的怀?有点想不起来了。她印象最深的,还是元森滚烫的下体与猛烈碰撞的速度。两个人纠缠在一起,屋子里因酷暑闷热,加上两人汗水,散发着阴毛与体液混合的气味。叶宛虞从未像那一次那般感到刺激和紧张。

新闻公司办公室的电脑里、书桌上和黑板上,用字条或图片,贴满了近期要整理的各地发来的通讯稿,充分表达了我们生活的这个世界。如银行抢劫案嫌疑人露面、奶粉案、某中学生跳楼自杀、风水学骗局、巴蜀河流正在枯竭、美人整形毁容后变成了"电风扇脸"、股市动向,乃至铺天盖地的关于电影、娱乐、藏密、狗、普洱茶、古琴馆、狗仔队偷拍的明星、保健药品广告、航空母舰、恐怖分子等乱七八糟的东西。这种混乱,令叶宛虞想起早年在邮局所见过的那些信件和包裹。传统邮政时代,所有信息都是密封的,只能从地址上判断来源。那时,甚至她的初恋也是跟父亲在街道邮局的一个徒弟之间产生的。

叶宛虞的父亲叶昼,出身于巴蜀镇子边上一个乡绅家庭,据说当地姓"叶"的人有一支流来自异族,前朝灭亡后改汉姓叶。叶昼大学时读的是测量系。因家庭出身可疑,一直找不到工作。后来,他娶了在邮局工作的叶宛虞之母,借此进了邮政系统,当了一个分信员。叶昼之所以对元森有好感,也因他过去的大学是"建筑老八校"之一。他自己虽没搞专业,但对学建筑的女婿,还算满意。这种满意一直延续到他们俩即便没要孩子,他也没提出任何异议。叶宛虞家境清贫。儿时,她长期跟父母同起同睡,成了习惯。可父母经常被派到两个不同的邮局去上夜班。到十五岁时,她仍十分胆小,料理生活能力差,从不敢一个人在黑灯瞎火的屋子里睡觉。无奈,每次遇到有双夜班,她便有时陪母亲去上夜班,有时陪父亲上夜班,就睡在邮局里。在父亲分发信件的大分检厅里,到了夜深人静,当父亲困得躺在一架大型磅秤上打盹时,他的徒弟——一个比叶宛虞仅大三岁的男孩,就会因无聊主动与叶宛虞搭讪聊天。那年冬天,她和他是躺在堆满了信件的大麻袋上,有了初吻。她记得,那男孩的脸总是红扑扑的,手指也红扑扑的,好像有冻疮,整个就像一根胡萝卜。她第一次见到了男子的下身,也是红红的。俩人春情窦初开。癫狂的迷乱和本能的激情,令他们浑身发抖,互相撕咬般地吮吸着对方。

他们俩第一次做爱,也是在午夜,在塞满各种信件的大麻袋上。男孩因急躁与激动,动作很快,射精也很快。叶宛虞那时完全不懂,觉得所谓男女做爱,也就是几分钟的事。她感到浑身麻醉。辛辣的抚摸、笨拙的亲吻与慌乱的碰撞,让她几乎来不及捕捉快感。她只感觉到一直荒唐的力。匆匆完事之后,各种五颜六色的信全都散落出来,撒了一地。于是,两个人又慌忙提着裤子一封一封地捡。麻烦的是,其中有几封弄脏了。

不知是那徒弟恋人的精斑，还是叶宛虞自己的体液，沾到了二三个信封上。甚至还有几丝她的血。她紧张而羞涩地用手胡乱去擦，结果是越擦越花，惨不忍睹。

叶宛虞怕父亲发现，便偷偷将那几封信藏到了自己的书包里。

早晨，她离开邮局去上学。半路上，她把那些信连信封带信瓤，全撕得粉碎，趁没人看见时，一股脑都扔到了几站地外的果皮箱里。

这件事在很长时间内，都让叶宛虞有负罪感。那些信的主人收不到信怎么办？她经常会秘密地责问自己，又秘密地哭泣。

"万一人家有什么急事呢？万一是谁的父母病了，快死了呢？万一……"叶宛虞流着泪对男孩絮叨。她撕信扔掉的事，他是唯一知情的。

"别乱想了。邮局那么多信，怎么可能就一定是这种信。"他安慰着她。

"都怪你。要是你小心点，也不会……"叶宛虞不断地埋怨。

他不再说话，只是抱着她，不断地吻。吻得疼痛，吻得嘴唇出血。

可是他俩的爱情稍纵即逝。冬天下雪时，男孩忽然得了急性心脏病，死在了骑自行车下夜班的路上。抢救时，医生对他们说，像这种总是脸发红，手指乃至身上哪儿都发红的人，就是先天性心脏病的兆头。

在医院太平间里，叶宛虞看见，他的脸还是那么红，手指上冻疮也仍然那么红。就像他俩第一次做爱时一样地红，也像被污染的信封一样红。

叶宛虞伤心了很多年，也没有勇气再和谁恋爱。

她甚至从来不给人写信。连在外地读书时，也不给父母写信。

大学毕业后，她遇到了元森。他是含蓄的，即便激情也是理性的。这种理性似乎让叶宛虞有了一点安全感，仿佛理性就是男性的成熟。结婚初期，做爱时，元森有满是冲动的节奏和加速度，时间也特别长。叶宛虞这才领悟到男性耐力的魅力。她总是在波浪般的推送中感到快意，发出失去知觉般的尖叫和兴奋。只是到了最后，她会下意识地夹紧双腿，双手狠狠地抱着他，指甲抠进了元森后背的肉里，死活也不让他在体外射精。即便为了避孕，她宁愿事后吃药，也不愿意放开双手。她似乎仍在怕"弄脏"什么。

那场弄脏信件的少女梦魇，如那初恋者尸体泛起的红，始终没能退出她的记忆。而刻意不让任何体液流出来的这个"习惯"，无论怎么样也没被元森改变。甚至他们第二个孩子的来临，也与此有关。

恋爱时，她一进门就开始忙活：买菜做饭，跪在地上擦地板，收拾抽屉里的零碎，洗厕所，擦玻璃，整理乱书。总之，房间里的一切犄角旮旯儿她都瞄准了。她不能允许屋里有一星灰尘。这一点后来在狻猊庙"扫山"时期，算是派上了用场。她汗流浃背地干活，还随时朝元森这边微笑。就是在她最累的时候，也不会反对和元森做爱。如果谁家找了这么一个媳妇，那可真是烧高香了。但紧接着就变了。元森曾对她说，她之所以这样勤劳，并不是因为她勤劳，而是因为洁癖。

"什么叫洁癖？"元森曾对"肥皂"张灶发牢骚地说，"爱干净并不是洁癖。甚至每天不停地洗衣服、打扫卫生，都不算洁癖。洁癖是他妈的一种与世界势不两立的反动情绪。就说叶宛虞吧，她会因为桌子上有一粒米饭而大怒，会因衣服上有洗衣粉的味，干脆把衣服撕掉。如果她发现有一滴油污落在地板上，怎么擦也擦不掉了，那她就恨不得要这整个房子必须重新装修一遍。谁不同意她跟谁急。"

张灶附和道:"估计有洁癖的人,内心里装的全都是垃圾的问题。因为他看什么都像垃圾。最后人是垃圾,世界是垃圾箱。"

谈恋爱时,元森不小心把床单弄脏了。她就拿着床单(其实是举着床单上那一块有精液的斑点)在灯底下看来看去,一会又跑到卫生间里洗来洗去,最后索性还是把床单给扔了。

元森说:"你什么意思?你是嫌我脏还是嫌你自己脏?"

叶宛虞也说:"床单又不是子宫,你还留着等它给你生儿子吗?"

"叶宛虞,你就不能不洗吗?就是洗,就不能不这么极端吗?你看看你的那些衣服,都不是穿烂的,是洗烂的。这叫浪费。"

"宁愿穿烂的,也不能穿脏的。"

"怎么就是脏的呢?不就刚穿了一天,上了趟街吗,连一滴汗都没有。"

"上街了还了得吗,街上多少细菌?你是看不见。知道我为什么喜欢你这儿吗?就因为你这楼层高,能远离尘嚣,不是大街。"

但叶宛虞总想跟元森结婚,不断催促,说:"你想玩到何时?"

元森说:"我三十四岁了,还什么都没做呢,你着什么急。"

叶宛虞说:"你是不着急,你又不是女的。混到四十五十岁,你照样能勃起。可我们女的就不一样了,三十五岁以后生孩子就算高龄产妇,多危险。"

"你想和我结婚,那你还嫌我脏?"元森有一次被她的指甲抓得生疼,完事后曾生气地问她。他后背上出现好几条血痕。

"我也不知道。我只是不想……"

"不想弄脏床单吗?"

"我真的不知道。"叶宛虞带着歉意,一边说着,去吻他后背的血痕,又看看他腰上奇怪的疤。两个人会因此有一丝小小的不愉快。但很快,又被恋爱的幸福遮蔽了。

在相恋后的很多年里,他们虽不结婚,但仍同居。在元森让人琢磨不透的几件事里,有一件是叶宛虞的心结,即他每年清明节前后,总会消失两三天。去哪儿了?叶宛虞不问,他也不说。问了,他仍然不说。叶宛虞发牢骚道:"如果你是去给你父母,或者给亲戚上坟烧纸,干啥子不带上我呢?我也是儿媳妇呀。"

"我不是去上坟。"元森每次都这么敷衍。多一个字也不想说。

"那到底是去哪里了?"叶宛虞还会追问。

"我就是自己出去走走。你问这么多干啥子,难道我连一点自己的空间都没有吗?"元森在瞬间,脾气甚至会开始烦躁起来。大家只好沉默。

其实叶宛虞知道,元森的父母,早在十多年前就过世了。二老的骨灰也一直放在火葬场的万人楼里,根本没有下葬到墓地。再说他也买不起墓地。清明节期间失踪,不是扫墓,那能去哪里?总不能一个人在火葬场待好几天吧。但是时间过得越久,询问秘密的可能性就越少。过度窥探对方的心,容易激起反感。

当元森住进猿鹤山房焚书会瀿楼后,叶宛虞则完全陷入孤独。

"会不会就因为我在做爱时,有那个坏习惯,所以元森越来越冷漠呢?"她近来这样问自己。但她不能回答。有时,恋人隐秘的矛盾就是恋爱的魅力。叶宛虞因时常有所思,她忧戚的样子,便会流露在工作中、在路上,也在与朋友或如刘遇迟等人交谈之时。但她的表情并不是烦恼,而更像是因思念某个人而陷入痴情的状态,令人顿生怜爱之心。但坐在新闻公司卫生间的马桶上,望着盥洗池上的镜子,叶宛虞则觉得自己已人老珠黄。她努力追忆新婚初期元森的表现:那时,他看她的目光虽然很热烈,可的确也带着一丝冷漠吧?莫非他从来就没爱过我?刘遇迟那些诡异的话究竟什么意思?她想埋怨元森,骂他或恨他,但所有这些情绪最终都不过是演变成对他的思念而已。

她的思念比世界更大，即便世界的大是无限的、荒谬的大。她也曾听元森说起当初刘遇迟那本《幽会辞典》，她也从未想去读。相反，她只喜欢读过去中国人写的闲书。

而且，每天各类新闻给她的百科式信息，已经够多了。她厌倦了复杂的东西，总是希望生活能更简单一些，安静一些。读书也能如此。

她嫁给了元森，就是因为当初觉得他很简单、安静。

现在这种简单和安静，却被自己无意间给元森的压力打破了。叶宛虞拿着一叠稿子，久久地坐在马桶上发呆。她下意识地、不断地去撕一根无名指指甲边的倒刺。倒刺很深，撕时，把皮也带了一些下来。她把无名指放到嘴里，想用嘴的温度和舌头的湿润抑制那一点疼。忽然间，她却又张开牙齿去咬自己的无名指。咬的疼痛似乎并不能转移撕倒刺的疼痛。她看了看自己手指，已红得就像当年冬天那初恋男孩的冻疮。她气得哭了起来。

露 台

在镜子的另一边,在狻猊庙,元森对她的思念则完全不同了。张灶曾见过叶宛虞,很羡慕他能娶这么美貌的女子。

"怎么不带你太太来这边玩?"肥皂问他。

"她也忙。搞新闻的,每天不着家。"元森应酬道。其实他从没想过要带叶宛虞来焚书会与瀿楼里看看。他从未忘记自己腰上的疤痕。

光阴荏苒,很快就过了一个月。张灶到处找人,也没找到能充当和尚的人。不得已,在吴毛孔的要求下,他和几个公司业务助理,全都剃光了脑袋。

元森是公司里唯一可以不剃头的。

吴毛孔说:"他是负责'倒影'的工程师,这关系到'古赤公'的存在环境,我们必须尊重。尊重元森,就是尊重刘老师与'古赤公',尊重一台可以改变这个世界的摄心机器。"

没有人提出异议。相反,是元森自己觉得尴尬。偌大一个公司兼庙宇,就他一个人留着偏分头,类似个道貌岸然的家伙。他想来想去,为了不引起大家的反感,还是应该也把头剃了。至于这帮人,如果在白天穿个袈裟,半夜穿个军大衣,下山时再换身西服之类,他就管不了了。之后,他果然去瀿楼理发馆,给自己推了一个秃瓢。

让他意外的是,吴毛孔听说元森也剃了头,很惊讶。他专门打电话给"肥皂",说要找元森私下里好好聊聊。

"我跟他有什么可聊的?我剃头,只是为了不引起大家反感。既然这里是个庙,我也不想太特立独行了。我干活都是为了焚书会,为了对得起刘老师的摄心机器和'古赤公',两不相欠。"元森说。

"不,兄弟,这可是你的幸运呀,"张灶说,"你太不了解吴毛孔了。在我看来,除了刘老师,他算是第二个能真正做大事的人。而且他已经在做了。"

"不就是开了个假庙吗,算什么大事。"元森冷笑道。

"肥皂"也笑了笑,诡异地说:"假庙?兄弟,话别说那么绝对。我相信,只要你见到他,你就会对焚书会有新的认识。吴毛孔的设想也许也能改变你的观念。"

"改变我?除非'古赤公'。"

"话不要说那么绝对。"

"能有多少改变?"

"彻底的改变。"

"为什么要彻底地改变?"

"人人都需要改变,但程度不同,得到的幸福也不同。"

"我不需要幸福。我只需要能得到'古赤公'的帮助和护佑。"

"真不需要吗?不一定吧。也许你不了解你自己。"

"我知道自己什么样,也知道自己几斤几两。"

"我原来也这么想。可是吴毛孔却能从我会给猪吹鼓上,意外发掘出我的领导能力。我因此而变成了另外一个人。你知道,我过去只是个粗人,在巴蜀腹地漂了很多年都吃不饱肚子。进杀猪场后,我发现遇到贵人了。吴毛孔大师兄可不仅只会做这一两家企业或寺庙。他的眼线、人脉、资产、管理方式和经验，都是超级的。我只透露一点吧：吴毛孔曾在十几年前，就靠办银行卡攫取了第一桶金。后来在刘老师的支持与启发下，他还曾涉足过机场楼、公路、隧道立交桥项目，甚至如白酒业、水电业、屠宰业、医疗器材批发、艺术品收藏等各种生意，也让他积累了大量资金。狻猊庙灂楼的投资，对他不过九牛一毛。不过，我也不知为什么，修这塔与庙，却是他这两年最重视的一件事。当然，这离不开刘老师的指导。反正我觉得吴毛孔真的是个伟大的师兄，高屋建瓴，无中生有，简直可以改变一切。你见了他就知道了。"

"瞧你，把他吹得跟伟大领袖似的。让我给隐塔造露台，就凭这个，就知道他是个多么莫名其妙的家伙。对了，他最初进焚书会的原因是什么，也是为了读书和烧书？"

"这我怎么知道，也许和你我一样，都是为了'古赤公'呗。"

"肥皂"说完，又咧开大嘴笑了起来。脑袋剃光后，他的笑看起来有些可怖，就像一团可以发出喊叫声的腊肉。

可令焚书会所有人没想到的是，几天之后，这位专门负责监造灂楼露台与究竟顶的，肥头大耳的张灶，竟意外地死在了纤细的隐塔露台之下。有人说是一根悬挂在空中，本用来制露台横梁的木头，从上往下掉下来，正砸中了他的脑袋。而查看出事现场的警察与法医验尸都证明，这并不是意外。张灶是从灂楼或隐塔露台上跳下来自杀的。尸体呢？有些人说看见了，但我和元森并没看见。大家有些紧张。张灶为何要自杀？没理由，也没任何征兆。张灶本是一个很快乐的人。

刘遇迟对大家说："这事你们先不要管。露台本是个空间悖论，有违灵界。所以张灶的死，也许正是'古赤公'的某种意思。"

"那隐塔和究竟顶怎么办？还继续修吗？"元森问。

"当然得继续修。"

"可出事后，现场都用绳子围起来了。"

"很快会解除的。"

"这可是塔，是庙。还没修好就死人，也太不吉祥了。"

"又瞎操心了吧。"刘遇迟嘲笑着说，"这世界哪有什么吉祥不吉祥。只要你能找到一片属于自己的'定间'，进入'真夜'，就万事大吉了。"

是啊，类似的话，元森记得自己也说过。有一天他在刘遇迟家喝酒，多灌了几杯，便开始牢骚起来。因刘遇迟说："其实我们俩虽然亦师亦友，但归根结底还是有差异，毕竟还是两代人嘛。"

元森反讽道："那当然了。你活得多明白呀。在你眼里，大概我们这一代人根本就是些迷惘的浑蛋。你们那一代人有主义，下一代人有电脑；上上一代人还有西学东渐、驱逐鞑虏和皇帝万岁，下下一代人则有数字化生存方式、性自由和地球村。我们这代人有什么？我们他妈的什么也没有，只能读读小说、空谈愤怒、批判蜀葵和意淫'古赤公'。我们只能颓唐萎靡，人到中年后，因儿女的叛逆而焦虑，为逝去的青春叹息。信仰？别跟我谈那些，肾虚不腰疼。信仰是要行动的。行动是要空间的。我们有空间吗？所有的空间都挤满了人，像血肉堆砌的石头，穿着衣服的幽魂。我们不过是在'泥沙堆里频哮吼'，在广场、地铁、公司、机场、寺庙或大街上鱼贯而入，在婚姻、爱情和友谊中进进出出，以为找到了空间，其实不过是找到了另外一些人而已。"

"所以我才让你们修露台嘛，"刘遇迟笑道，"露台就是一种自由，尤其适合空翻。"

造塔的时候，元森每天脑子里也都是如何利用这锥形结构，安排出更多空间。自从提出了奇怪的露台要求，就有些搁浅。在他熬夜画出的一系列图纸中，那挂了露台的塔身，看上去就像个史前怪物，丑陋无比。

虽然喝酒时能抬杠，可遇到专业问题，他还是会打电话给刘遇迟虚心求教，希望能得到一点建议。刘遇迟没有直接回答。过了几天，他寄来了在某文学期刊上发表的一篇文章。文章标题是《露台之恶》，署名为"飞卫"。但我们都知道，猿鹤山房大宗师从来述而不作，哪里来的什么文章？

虽然是一篇不知刘从哪里抄袭来的杂文，倒也给了元森不少启发。内容如下：

> 乘凉是一个愈发远去的词了。儿时，我家住在大院子里，每到夏日，成群的大人便会走到坝子里乘凉，搭上凉席、凉板或凉棍，摇着蒲扇，喝着浓茶，看月下草长莺飞，孩子们坐得满地都是。有吃西瓜的，有溜旱冰的，有打仗的或讲鬼故事互相吓唬着玩的。那夜色下南方人的"喧哗与骚动"，真是要印一辈子了。不仅院子里有乘凉的，露台上、天台上也都有。只要哪座屋顶上能爬上去，也少不了会有人在上面去搭上一张凉床，或搬去一把凉椅，享受一点伏日子夜里那比银子更贵的微风。屋顶上的亭子，南方叫飞檐。飞檐边便是一片较大的天台（即露台）。暑假时，孩子们就睡在上面乘凉。点了蚊香，便可一觉睡到天亮，八月天里裹着被子，竟还觉得丝丝寒意呢。
>
> 如今高楼空调遍野，露台密集，也没了大院子可去。乘凉是个什么情景，再过若干年，恐怕得跟我们的孩子们去解释了。
>
> 说到露台，读书人也总会有些感慨的。即便在过去，中国人还没有几户人家有露台，大家还全都住在胡

同、杂院或筒子楼里时，"露台"这个词也是具有刻骨魔力的。尤其在道听途说的书或诗中，无论是东坡诗"月上九门开，星河绕露台"，让·热内的戏剧《阳台》或波德莱尔的诗《露台》，都容易引人"瞎想"。

所谓露天台榭，自唐时便有，或称天台、仙台、戏台（因演戏时搭的棚也是露天的土台子）。纯粹之露台，在古代是宫苑里修来给皇帝家眷乘凉，或用于占卜者"夜观乾象"之用的。近代西方建筑东渐后，露台便普及开来，似成了一种日常生活场所。但大约由于过去东方建筑（尤其中国与日本）多为封闭式，而江南之私家园林、庭院或庙堂也非一般庶民所能居住，故露台也成了今人眺望与扩展生存空间之奢侈品。

现代建筑学中，露台（Balcony）象征着开放的、地上的空间。而与之相反的便是地下的空间，如地下室、地铁、地牢，或下水道系统。准确提出这一观念的应该是日本建筑学家饭岛洋一的著作《从三岛到奥姆：三岛由纪夫与近代》(《〈ミシマ〉から〈オウム〉——三岛由纪夫と近代》)。在饭岛看来，露台是日本明治维新后最风靡的西化建筑形式。而作家三岛剖腹事件的内因，竟是从他私邸露台之写作，走到市谷自卫队驻地的露台上去演讲的全过程。该书中曾言："三岛将自己最后显现于人前的身姿，选在了露台这一地点，他在露台上做了最后演讲。因为三岛事件完全是以露台为中心而发生的。他剖腹时，也就是告别了露台，背对露台而进到了屋里。"三岛的演讲也是想通过露台的美，向大家呼吁回归日本传统空间。饭岛洋一的见解，打通了文学与建筑，或曰心灵空间与物质空间之间的通道。而且他还认为,著名的"奥姆真理教东京地铁沙林杀人事件",则是因当代日本人在失去了传统的双重空间后,转入无地上、无空间的一种秘密行为和寓意。

而地铁正是这样一个笼子。地铁的拥挤、速度和封闭性,即是我们当代人最狭隘的一种心理象征与实际环境。

饭岛洋一言:"奥姆教徒认为,'露台'实际上是向'地下'空间的反馈。说地铁沙林事件只是奥姆追求的心理恐惧,那显然是肤浅的。奥姆从露台转向地铁(地下)行为,其实正是三岛当年在露台上呼喊东方的传统消失之后,便只得转生为用恐怖毒气去反对现实。'地下'其实是近代残存的一种反语。"并且,这种"转生＝反复"的时间轮回和传统反刍现象,被设定为二十五年:即日本战败到三岛自杀为二十五年,从三岛自杀到奥姆事件,也是二十五年。

用了半个世纪,露台上的英雄竟蜕变成了地铁里的心魔。

无疑,对于中国人来说,这些学说有点异端,不置可否。但每天当看到地铁高峰期汹涌的人流时,我便会想,难道这其中就全无道理吗?过去,中国人的生活是接近自然的。哪怕是平房、吊脚楼或弄堂,邻里之间总还算是互相敞开的。虽然世俗街坊的空气也有"窥视他人隐私"之嫌,但终归不似今日社区这般形同陌路,互不往来。在特殊时期,地下空间往往也只属于那些不认同现实的隐秘圈子,甚或押解运输线。如索尔仁尼琴所谓的古拉格犯人之流量、斯托雷平列车罐装的囚徒或"我国的下水道历史"。露台所意味着的阳光与空气,则自然只属于那些把疗养所修在海边的屠夫或佯装麻木的人。

但至少,大院子和飞檐上还有一部分人在乘凉。

象征终归只是现实里的象征。钉子一旦钉入桌子里后,人们便会不再关心钉子的渺小存在了,而把桌子和钉子一起都唤作"桌子"。

在现代人异化的空间里,机械化复制的露台,也已从传统农业社会的凌空处突兀出来,状若一个个漂浮的器官。从露台上跳楼自杀也是最常见的自杀方式之一。况且,大家住得越来越高,即便有露台,也是不太爱晒太阳的。更没人会去引用"君子登高必赋"的古训。那里只是房地产商的额外面积,或者猫、花盆和晾衣服的家庭主妇们的天空之城。

我个人记忆中最好的露台,是旧时一些仿巴洛克的建筑。中国很多老房子的西式露台尤为讲究。当然,若说中国传统也有"露台",那便是古代城楼了。皇帝或守城的士兵站在上面,主要也是为了宣谕圣旨,或与城下之人对话。但他们下去后,总是要回到自己家的后花园中去的。故从建筑心理学的本质上讲,城楼式的露台与地下室的封闭是一样的。如今所有人都刻骨的,既不是为了乘凉,也不是为了饮酒的露台,恐怕要数皇家城楼了吧。当年无数的皇帝都曾登上过宫殿第一的大 Balcony,为的只是向数千万赶来瞻仰的人挥手,看万众雀跃、哭泣、喊叫、沉醉与癫狂。论演讲现场之震撼度,任何露台与皇宫的城楼相比,只算是小巫见大巫了。而这种看似人性正处于大释放(开放)的空间内,其根源却又来自于极度封闭的制度化建筑。若用饭岛洋一的学说来论证:从那时起,那座大露台,也的确能把当时所有的国人都秘密"转生"成了地下的人。他们从此再没有属于私人的语言露台和空间。甚至他们至今都仍生活在一列已没有传统可靠站、全程密封了心灵,且环境黑暗而依旧甘愿加速度前行的"地铁"之中。

毫无疑问,刘遇迟的语言和思维方式,始终让元森自愧不如。但出于谨慎的心态,元森就是不愿意告诉刘遇迟,他自己始终对究竟顶露台的建筑意义有些存疑。

黑 白

灜楼即将竣工，但究竟顶与露台还无法修造时，大师兄吴毛孔终于说要见面了。见面不是在寺里，而是让我与元森带着几个建筑师与图纸，去镇子里唯一的酒店里见他。元森不知为何一定要在外面见。难道刚修好的灜楼，吴毛孔就不想看看吗？

"他只需要看那带露台的图纸就行了。你画好没有？"我问。

"画是画好了。不过，他能看得懂建筑图纸吗？"

元森苦笑着，心里觉得对这种资本时代的腌臜狗腿子，实在不可理喻。迫于自己是给人当差，又是刘遇迟和焚书会的活儿，他也只好听命。

去那家本镇上的酒店，并非要走出猰貐庙后山之外。而是在张灶的带领下，我们穿过后山，进入刘遇迟黑黢黢的定间。再穿过定间的走廊，走廊下有个狗洞一样的隧道。张灶让我们几个人只能跪着爬进去。他说："这里就是去酒店的最近捷径。"

无奈之下，我们只能照办。好在隧道不算太长。大约爬了几分钟，就到了一条宽阔的长廊里。长廊灯光昏暗，有不少房间。一间标着"总统套房"几个字的门口，还站着两个瘦高个的助理。助理们都叼着香烟，留着类似关羽或谢灵运那样的美髯，一个身着猩红长袍，一个身着貂皮大衣。张灶与元森跟他们点了个头,其中一个助理看我带着雨伞,准备用雨伞尖按门铃,便立刻阻止了我。另一个助理进去通报,一会出来了,说大师兄让我们进去。

"总统套房"里只有十来个平方,狭窄漆黑,就像镇子街头的公用卫生间。我把雨伞撑开后,屋子里灯光更昏暗了。一张办公案后面的旋转皮椅上,坐着一个人,也在阴影里。旋转皮椅的座位下,直接就连着一个抽水马桶。他显然是在一边蹲马桶,一边接待来访的所有人。专门为"总统套房"服务的人里还有一名半裸上身的女服务员,正谨慎地在沏茶。服务员身边还拴着一只峨眉猴子,龇牙咧嘴地在冲我们笑。猴子背后的窗外,并没有拉窗帘,能隐约望见下面不远处,在我们镇子河边的桥头,有一座古观象台。台上放着仿制的浑象、简仪、星晷定时仪、立运仪、日月食仪和玲珑仪等古代天文仪器。不过因隔得远,这些东西凝缩成一团复杂的形状,就像奇怪的情绪。

元森走在软软的地毯上,闻到屋子里有一股怪味,大约就是那猴子的臊腥味。那个皮椅上的人好像有鼻炎,他每抽一口烟,都是为了遮蔽这种气味。他抽烟时,还总伴随着从鼻腔里发出的轻微的擤鼻声。擤鼻声听起来很难受,又像是细若游丝的冷笑。

当然他并没有笑。他看见元森进来,脸便移到了灯光下。

他显然也是一个很清瘦的人,只是比外面那两个看门的矮很多,大约只有一米七。他也剃了个光头,好像是为了赶上焚书会和狻猊庙潆楼最近流行的剃头风气。他脸上的肉很松弛、浮肿、眼袋下坠,像两个金鱼眼泡。圆圆的鼻子有点发红,似乎在上火。说他有四十多岁,都说年轻了。"肥皂"张灶曾说他多么富有,但从这个人的面相上,元森根本看不出哪怕一点点金主的霸气,更不像是拥有那么多产业的人。他的模样简直就像个肉肆的伙计,浑浊、庸俗又似乎带着一点痞气。

"大师兄，元森他们来了。"一个美髯公助理毕恭毕敬地说。

"嗯，坐。"他说。没有多余的字。只是喉咙里像有痰一般。

"那我们坐这边？"我用雨伞尖指了指角落里的沙发。

"不，让他坐。你们先忙去吧。"他对我和张灶说。

我先一愣，但很快反应过来。说："好，你们谈，你们谈。"

说着，我和张灶点了点头，转身走出去并静静地把门带上。屋子里只剩下元森、吴毛孔与女服务员三个人。

"不好意思啊，"他见张灶关上门后，才缓缓说道，"最近太忙，吴某一直没机会到瀠楼去拜望一下元森兄弟。杂事缠身，拖到今天才见面。"他带痰的嗓音，让元森觉得自己的嗓子眼也卡着什么东西似的，难受。

"您别客气。"元森说。一时不知怎么回答。

"你坐，倒茶。"吴毛孔对那半裸的女服务员说。女服务员静静地走到元森身边，手里捧着一只景泰蓝花纹的精美的瓷壶，然后用优雅的姿势，往茶几上早已备好的瓷杯里倒了一杯茶。元森下意识地说了声"谢谢"，并看见她脖子上挂着一枚用金属镶嵌的碎瓷片，乳头则是粉色的，就像个处女。

"怎么样，图纸带来了吗？"他问。

"带来了。"元森打开图纸筒，想把图取出来。

"哦，这个不急。一会再看。我们先聊聊。"

"好的，您请说。"

"先生家是哪里人？"

"本镇人。"

"家里还有老人吗？"

"已经没有了。"

"一个人在这个镇子上？"

"不，我有个恋人。其实也算结婚了，不过……"

"哦……算了,我们不谈这些没意思的。说说吧,你有什么要求?我可以尽快满足你的愿望。我是说,钱。"

"瀠楼还没修好呢。目前资金够用。"

"我听'肥皂'说,你家住的地方不太大?"

"是。"

"多大的房子?"

"没具体想过……反正一家人够住吧。"

"我可以先给你一套房子。"

"大师兄不用客气。虽然我一直在焚书会工作,但无功不受禄。"

"受禄是迟早的。都是刘老师门下,我们还要更多地合作呢,先交个朋友。"

"更多合作?难道还要修什么'倒影'吗?"

"哈,瞧你,怎么满脑子都是倒影。"

"那您的意思是?"

"元兄可能对我修露台究竟顶的这种外行想法,始终存在异议吧?不瞒您说,我也始终拿不定主意,但最后还是刘老师决定要修。我知道你觉得奇怪,哪有给塔造露台的?但我如果把我的想法和盘托出,你能暂时替我保密吗?"

"焚书会和无限公司的事,当然应该保密。何况我至今也从未对外说过。"

"谢谢。那好,我可以跟你说说我们的计划。"

"您别误会。我只是觉得露台太别扭了。这个塔是作为猰㺄庙建筑群,供人参观的一种传统建筑,是景观旅游项目。修得这么大,已经很不合理了。再修露台,岂不太过分?"

"参观?哈。"吴毛孔猛吸了一口烟,大笑起来道,"谁告诉你,我们修塔只是为了用来供香客们参观的?"

"不是参观,那是什么?"

"我问你,有想过为什么我要把两座塔,做成一粗一细、一黑一白吗?"

"大约是想给人视觉上的差异感吧?"

"都不对。那只是表面现象。"

"那是为什么?"

"知道'黑白无常'吗?"

"听说过,但我不信佛。"

"我知道你不信。我也不信。在一个没有价值观的时代,更不会有什么东西真的值得我们相信。我不信宗教,不信科学,也不信任何哲学思想。但是,有人信。"

"我不太明白您的意思。"

"我是说,黑白无常,有人信。"

"那只是传说吧。"

"传说?在我看来,传说都是真事的变形。譬如说,在'黑白无常'传说中,谢必安和范无救这俩人,一高一矮,俗称七爷和八爷,原来可能真是在衙门里当差的,就像现在的警察。但是他们很仗义。有一次,因押解的犯人在途中逃走,二人便分头去找,约定在桥下会合。不料天下大雨,谢必安因雨而耽搁,无法赶到桥下;范无救呢,他一个人在桥底下苦等。这时忽然河水暴涨。范为了守约,死活不愿离去。但他身材矮小,水越涨越高,最后漫过了他的脖子。他就在桥下溺水死了。谢赶到后,痛不欲生。但谢却因身材太高,无法投河,于是就上吊自尽。所以你看,白无常的样子,是把舌头伸出口外的吊死鬼。二人归天后,玉皇大帝感念他俩的情义,就册封七爷和八爷为冥界神,专门捉拿恶鬼和带走人命。他们一个帽子上写着'天下太平',一个帽子上写'一见生财'。兄弟,像他们这样仗义的例子,过去其实也很多吧。我这个人,最看重的就是仗义。"

元森听着吴毛孔这些奇怪的话,越听越糊涂。

"黑白无常应该是道教的,可这塔……"他支吾了一句。

"这有什么关系,"吴毛孔说,"五教合一嘛。无常,就是死。人生自古谁无死?本来我们刘老师贷款造这两座塔,就是为了装死人用的。它们就是我这个项目的黑白无常,能给我太平,当然也能让我生财。"

"什么,装死人用?"

"对头撒。看你骇得哟,批娃子该不是怕鬼吧?"

"不,不怕。"

"那不就行了。你又不信佛呀道呀的,自然就不信鬼了。龟儿子的,你我两个算是乌龟看上了鳖亲家,反正大家都是无神论者,都是靠'古赤公'观念武装起来的,兄弟伙之间就是要扎起。生在一堆,死在一坨嘛。"吴毛孔说着,又大笑起来。但他忽然觉得嗓子里有痰要出,便赶快转过头,猛吸一口气,叉开双腿,狠狠地将带烟味和尼古丁色的浓痰,吐在了旋转皮椅下的抽水马桶里。然后他扭头示意半裸女服务员,女服务员赶紧走过来,带着那只峨眉猴子。猴子在他身后按了一下马桶的水箱按钮,把琥珀一样恶臭的浓痰冲走了。

连 体

"你是说，他腰上有一块疤？"

"是，是圆的疤。很大。"

我随着刘遇迟第二次约叶宛虞见面时，打着雨伞，听见叶说出了元森兄弟的这个只有她一个人知道的隐私。她用手势大概地比画着疤的大小。刘遇迟戴着前朝头盔，把他的秃顶与脸都藏在我雨伞的黑暗里，一边听着，一边喝酒，似乎并不觉得有什么价值。这次是刘遇迟主动约的她。她没有拒绝。或许也有一种欲望在吸引她。而且，她发现除了这个有语言谵妄症、怪癖而猥亵的教授之外，能窥见元森秘密的人，世间也许根本没有。

刘遇迟把她请到家里吃饭，特意亲自下厨，烧了一条鱼、两个素菜。

桌上摆了一瓶米酒，叶宛虞也腼腆地喝了一盅，腮颊便红若年画中的蟠桃。她知道私下见刘遇迟是不对的。但寂寞和难过无处排遣，唯有秘密的反抗能带给她一点希望。

"我可以问点你们夫妻间的事吗？"刘遇迟从漆黑的头盔里忽然张嘴说。他的犀利就像他的无耻，似乎是与生俱来的恶习。

"什么？"叶宛虞有些眩晕。她尽量在忍受这种无耻。

"他在房事方面怎么样？"

"嗯……这个,还可以吧。"

"还可以是什么意思?"

"你问'怎么样',是什么意思?"

"有激情吗?时间够长吗?"

"还可以吧。"

"又是还可以。"

"那你让我怎么说。什么叫激情?多长算是长?"

"一般而言,四十分钟以上算正常,四十分钟以下……"

"你怎么总是关心这种事?"

"这种事怎么了?食色性也。"

"可我不想谈。"

"因为害羞?"

"反正我不想谈。"

"那好吧。我们先换个话题。你说他腰侧面这个位置上有一块疤,而且是圆的,很大。这一点都不奇怪。他可能出生时,就不是一个人。"

"什么,什么不是一个人?"

"就是说,元森没准曾经有个孪生兄弟。这样说太他妈小说了。"

"没听说过。再说,这和疤又有什么关系?"

"两个人曾经是长在一起的。"

"什么?"

"也就是俗话说的,连体婴。"

"怎么可能。"

"怎么不可能?这又不是什么怪事。当然了,也许另一个已经死了。譬如说,在母亲分娩后,其中一个比较弱而另一个比较强,于是医生在做分离手术时,就牺牲了弱者。还有一种可能,就是两个婴儿有一个肾脏是共享的。两个人,三个肾。分离手术之后,其中一个是正常人,有两个肾,而另外一个则只有一个肾。"

"难以想象。我可不相信你这些鬼话。"

"这有什么难以想象的。自古有之啊。你读过晋人干宝《搜神记》吗?其中就有记载。在西汉平帝元始元年时,中国就有连体婴的事存在。我还记得几句,书里说的'长安有女子生儿,两头、两颈,面俱相向,四臂,共胸,俱前向,尻上有目,长二寸所'。毫无疑问,这就是十六世纪后西医也记载过的连体婴,也叫作连体双胞胎。当然,这种孩子,最早会被看作妖魔,或者什么不祥的征兆,往往被父母遗弃或者杀掉,或者受到极端非人的待遇,譬如送给走街串巷的马戏团,用来当怪物展出,供人取笑。虽然早在十七世纪,西方人给连体婴做分离手术就曾获得过成功,但直到二十世纪末,中国医院的分离手术大多数都是失败的。连体婴出生时有两个的,也有多个的。有些是心脏连在一起,有些是肾脏、肠子甚至头部连在一起。西医学认为,这是因为受精卵在第十二天到十四天分裂不完全,所以才出现这种情况。不过发生概率,大约只有二十万分之一。想要把他们分割开,并让婴儿存活,非常之难。因为连体婴的切割,牵涉到全身器官的重组,以及全身血液流向的重新分配。分离手术一直是医学界最高难度的手术之一。"

"你说这些我不懂。"

"你不需要懂。但你说元森对你的情感有变化,或者如果我没猜错的话,他在房事上历来就有一种冷漠的感觉,我想跟这事有一定关系。"

"你是说,他只有一个肾,所以功能有障碍?"

"一个肾并不影响性功能。"

"那……"

"但会影响情绪。"

"情绪？"

"他或许因这个隐私，心理会有点问题。"

"心理什么问题？"

"慢性欲。"

"慢性欲？是谁发明了这么个肉麻的词儿？你自己发明的吧？"

"也不完全是。我们不是常说有慢性子、慢热型吗？像元森这样的麻木的，就可以叫慢性欲。他有正常性功能，但没有正常的兴奋。如果某个时候运气好，也许他能兴奋一次。但那始终是小概率。你相信小概率吗？我还可以给你举一个我家的例子。譬如说，慢性子是很多人与生俱来的天性，其实没法改。在生物科学上，这属于神经系统的基因。我父亲就是个慢性子。有多慢？动作简直跟树懒一样。如果别人插秧插了一亩地，他只插了一两行。可是到了秋天，大家都以快为荣。如果你一个人慢了，拖累了集体，就会遭致群众的鄙视和白眼。可我父亲在田里干活，该慢还是慢，并因太慢而被惩罚，就是给他插了一面小白旗在脖子后面。小白旗就是用一尺白布，裹在木棍上。木棍削得很尖，通过领口，插在脖子后的赘肉里。不是勉强别上，而是直接戳进人的肉里。我父亲被戳得鲜血淋漓，流了一脖子一背。他被勒令站在田垄边的一棵大树下示众。他因'慢'而犯了不可饶恕的罪。到了晚上，他躺在床上，越想越害怕，便踩着凳子上吊了。"

"真有这样的事吗？"

"当然是真的。我说的可是我的父亲。"

"你父亲不是被枪毙了吗？"

"你怎么知道？"

"我记得元森跟我说起过。"

"唔，被枪毙的是一个姓尉迟的，不是我父亲。"刘遇迟或因撒谎略有些尴尬，却在黑暗头盔中仍摆出一副无所谓的样子，咬了咬烟蒂又解释道，"我说的是我的亲生父亲。这些枝节问题你就别问了。总之，现在虽然也有普遍的快，但都是自愿的。这是和过去非常大的不同。如果你慢，也不会有人来管你，甚至惩罚你。相反，今天那些强调什么'慢生活'的人，往往是些相对富裕的人。过去的'罪'已变成了利益阶层的特征。"

"那这些到底和元森有什么关系？"

"当然有。慢性欲并不是性冷淡，只是一种情结。就像恋尸癖。中国古代有不少人就有恋尸癖。这一点在古籍里就能看到。譬如范晔在《后汉书》里就说：'赤眉发掘诸陵，取宝货，侮辱吕后。凡有玉匣者皆如生，故赤眉多行淫秽。'赤眉军并不像我们过去宣传教育的那样，是一支充满政治道德的农民起义军，而不过是一群变态的暴民罢了。再譬如，你读过冯梦龙《醒世恒言》吗，里面那个因盗墓而对死亡少女进行奸尸的朱真，其实也是如此。慈禧太后的尸体据说也被孙殿英盗墓时的士兵侮辱过。总之，自古就有一种人，只有在爱的对象变得冰冷时，他们才反而会产生某种激情。否则，他们好像就对这种事不太感兴趣。这真的很奇怪。这是怪癖还是疾病，我们先不用管。反正是一种客观存在。如果用这种现象来看我们的文化，其实也可以找到对应点。譬如很多学者喜欢钻故纸堆，而对现实问题缺乏热情。有时候，他们还真不一定是害怕现实，譬如害怕某个集权制度、文字狱或社会势力的干涉。他们就是打心眼里真的不喜欢现实，而喜欢过去。所谓'人情好古而恶今'。譬如历史学就是一种光明正大的文化恋尸癖。宗教则是将此种东西神圣化。慢性欲，则是这种东西的人性化、生理化。我这么说并没有讽刺历史学或宗教学的意思，我只是说的客观存在。西哲马尔库塞在《爱欲与文明》中，也曾经比较深刻地表达了这种关于'爱欲与死欲'的观点，他说：'在非压抑性条件下，性欲将成长为爱欲'，而这种爱欲通过对性压抑的解放，将得到加强。最后，'这种被加强了的爱欲，又会同化为死欲'，或者说与人的死本能交织在一起。爱情就像革命，性交就像毁灭。这就像在做爱高潮时，人的表情和呻吟都显得像是很痛苦，仿佛是即将死去一样。你见过元森在射精时有那种样子吗？"

"你真是一个十足的疯子、变态。我拒绝回答你这种问题。"

"不，我是最理智的。因为我最真实。"

"可元森他很爱我，我又不是什么尸体。"

"我没说你是。元森的情况正好相反。"

"相反……怎么相反？"

"就是他是冷漠的，因为他自己觉得自己是一具尸体。"

"他不是尸体，他有他的痛苦。"

"他是激情的尸体。只要别人有激情，他就会麻木。因为他有情结。一个谁也没法现在就解开的谜。"

"我不许你这么说他。"

"他就是慢性欲。或者干脆叫作反性欲。你对他越有欲望，他就会越觉得自己是一个有残缺的人，一个只有一只肾的怪物。完整的性欲在连体婴的另一半那边。"

"住嘴。真是荒谬绝伦。"叶宛虞用手捂住耳朵。

"其实你还根本不知道，什么是男人完整的激情。"刘遇迟猛地取下头盔，露出狰狞的胡人脸、鹰钩鼻子与秃顶，抓住她的手说。

"你放开我。"叶宛虞想挣扎。

"我的赤兔，我的洞主，我亲密的伙伴！放松点吧。本师为了让你理解'古赤公'和元人的力量，我想我们可以一起验证一下。"刘遇迟说到这里，才转头示意我，让我带着雨伞到门外去等他。当年我无法反对他。

  我后来知道,他等我和我的雨伞一消失,便立刻向叶宛虞身边坐了过去,并猛地搂住了她的腰,然后迅速而猛烈地亲吻她的嘴唇。叶宛虞本来喝了酒,身上发软,一时也不知怎么反抗。但当刘遇迟的舌头触及她的灵魂时,她也感到了自己的变化。元森从未这样吻过她。这是一种令叶宛虞觉得狂暴的、热烈的,却又从未经历过的疯狂的吻。火焰迅速点燃了她浑身的血热,乳房也迅速发胀起来。她嗅到对方蟒袍里有一股奇怪而凶猛的臭味,那气味从焚书会大宗师身上散发出来,尤其令人作呕。可那气味是她从未闻过的,仿佛倾盆而泻的一段纯男性的烟霞,姹紫嫣红,立刻洞穿了她的呼吸。她本能地对刘遇迟的厌恶,在某个瞬间竟突然化为了一种卑鄙的渴求。她的脖子上感觉到一阵阵来自男性胡楂的刺疼。她忽然有了少女时代,在邮局麻袋上的那种紧张感。这是久违的紧张感。久违的眩晕和刺激。元森似乎从未让她有过。刘遇迟一只手解开自己的蟒袍,另一只手则迅速解开了她的上衣,并撩开了她的裙子,伸进了她矜持多年的裂缝里。

  那一瞬间,裂缝也变成了两个,她分不清哪一个是刘遇迟所言"旁逸时刻"里的那个。

  她只感到似乎是传闻中的"古赤公",带着难以理解的强大和弹性进入了下身,并将他们的罪愆、性欲与初恋的记忆,在两个裂缝中混为一体。

蟒 袍

当然，刘遇迟做此类事，远不只对叶宛虞一个。

除非是在后山的瀑布下洗澡，刘遇迟素日里无论是在上课时、走路时、睡觉时甚至是与他的姘头性交时，其内衣中都始终裹着他的那件蜀锦蟒袍。其袍缝制精细，纯手工，一条通体斑斓鳞片的巨大赤蟒，从肚腹处开始升起，盘绕过肩膀与脊背，在胸膛处吐出它的芯子与獠牙。巨蟒下是大海、松林与落日，以及一座青绿的茅屋。蜀锦丝线泛着金黄，图案密集紧凑如文身。刘遇迟爱袍如命。他在空翻时、吃饭时、站在究竟顶演讲时、漫山奔跑时、下山诈骗与抢劫时，都会穿着蟒袍。而且，蜀锦蟒袍只此一件，他也从未脱下来清洗，以至于袍中缝隙里藏满了泥垢、体味或虱子，他也浑然不觉。刘遇迟走到哪里，他的蟒袍都会终日散发着奇怪的臭汗味。他却大言不惭地，还喜欢与人谈论这种油腻的臭汗味。

有人说，刘遇迟冬夏一衲，穿着蟒袍，大概是为了证明尉迟家族过去是"袍哥"吧，或是对这个词的反讽？蟒袍就是官袍甚至龙袍，也许这只巴蜀的苍蝇是个做着哲学王的黄粱梦且有野心的家伙？不过此类说法大都是牵强附会。刘大宗师自己也从来没有解释过那件蟒袍的来历。他只是对一个从乡下来焚书会做厨娘的、名叫蒋凤凰的姘头说过:"蟒袍只是我对早年捕蛇时期的一点纪念而已,不足为外人道。"

因刘遇迟素日里就是个饕餮的馋鬼,常常自己打牙祭。他当时因演讲得饿了,便抛开我和我雨伞的庇护,独自一人摸到了厨房里,本想偷吃点东西,却意外发现此处竟然有个看上去还有几分姿色的村姑。他顿时食欲暂停,性欲顿起,于是穿着蟒袍,从身后发动突然袭击,把灶边正为大家做饭的蒋凤凰拦腰抱住,然后又像摔跤一样,压到了身下。

"呀,你这是做什么?"颇具风情的蒋凤凰似乎早已有所准备,挣扎了一阵。她气喘吁吁地扭捏,发现确是灉楼的大宗师时,便又逢迎着,仿佛是打岔似的说:"抱歉刘老师,您不能把这件臭烘烘的袍子脱了?"

"怎么,这么好的机会,你不愿意进入'旁逸时刻'与裂缝吗?"
"不是……我是觉得有点怪头怪脑的。"
"那有什么关系。"刘遇迟掀开蟒袍一角,露出下身急切地呻吟道,"蟒就是龙,而你是凤,龙凤呈祥嘛。再说,蟒袍又没有正邪善恶。就像我们可以尝试各种有趣的姿势一样。从房中术的角度来说,内行只关心技术,外行才关心道德。而真正的当事人,其实技术与道德都不关心,只有一种快感。你说不是吗,我的洞主,我的赤兔?"

平时,刘遇迟死皮赖脸地猥亵谁,焚书会里从没人会过问。蒋凤凰不过是他数不清的野合姘头们中的一个。那天,他们搞得锅碗瓢盆与菜肉食材散了一地,混乱狼藉。那天,有个在厨房里帮工的火奴传言说,他偷窥看到了刘老师与蒋厨娘在厨房的空中互相追逐,完全像是两个妖怪。在厨房的烟火气与海椒花椒的刺鼻味中,"龙"与"凤凰"天上地下翻滚交战在一起。从裂缝里到裂缝外,俩人打得缠绵惊叫,刀光剑影,金黄的蜀锦与丰满的肉体都被对方踩躏抓挠得全是伤痕与褶皱。刘遇迟太下流了，是个不怕任何肮脏的畜生。以至于他们行房结束时，各种佐料、肉汤、动物的血、绿菜汁、潲水、口红、汗唾、凤凰的分泌物与龙奔涌的精斑等，把蟒袍都污染了。等那些液体干了后，形状各异，气味亦随之绽开，像一朵朵飞过巨蟒头顶的卍字祥云。

火奴最后还笑道："我觉得最好耍的是，他们两个人都像精神分裂一样。蒋凤凰最初似乎很反抗，后来倒像个老练的妍头，她主动带着刘遇迟在墙上、在房梁上、在灶边地上翻云覆雨。而刘老师开头好像很凶，疯狂地抱着蒋凤凰又啃又咬的。可等完事后，他竟然趴在蒋凤凰的身上哭起来了。他还一边哭，一边吃刚才撒落在地上的食物，眼泪鼻涕的，简直像个小娃儿一样。你们说怪不怪？"

俯 冲

住在瀿楼这样一座塔里真是悲壮的事。这一点，已被张灶的痛苦证实了。连他这样整天挖着蜂蜜罐子吃甜食的家伙，也最终会从塔上跳下去，我不知道自己还能坚持多久。

好在我——丁渡，也有一个恋人——一个用刘遇迟的哲学塑造起来的恋人。

她也是我进入狻猊庙、瀿楼与猿鹤山房焚书会后遇到的唯一的"个人"。遗憾的是，我至今不知道她的名字。有些人叫她"叶宛虞"，但我知道那只是个"假夜"中的名字。

我们是因"我绝不能属于任何集体"这个概念而在一起的，所以我们渴望在一起，又曾本能地反对在一起。我们本是热恋的反对者，却又不得不沉湎于热恋。她是刘遇迟的赤兔与洞主，而我只是为刘遇迟打伞的喽啰。我们是进入了一种陌生的、素不相识的、只有情绪与观念而没有任何社会关系的热恋。我们经常相约在上入定课时，进行一系列的秘密行动，譬如潜行、砍伐、跳跃、空翻、俯冲等，只是根本没人能看得见我们那些冒险的动作。这种特殊的训练，唯有对刘遇迟发明的摄心机器完全信任，才有可能完成。

我们残忍地拒绝彼此，又不可抑止地爱上了彼此。

譬如有一年入冬时，约好一起进行俯冲的恋人来敲门了。我刚一开门，叶宛虞便牵着我的手与我的雨伞，飞速下坠，朝十字路口一座高楼上的海滩冲了上去。那高楼也许就是瀿楼这座塔吧，我不能确定。既是俯冲，她当然并未张开双臂。她不像鸟，而是像一块投向人群的石头那样，脚朝上，头朝下，比秒针更尖、更快、更准地冲入高悬在我们头顶的大海。情急之下，我只能紧抓住她的连衣裙下摆，跟她一起俯冲。青春的肉身也只是冒着滚滚黑烟的两架被击落的轰炸机，没有方向，也不知道谁是敌人。我们互相轰炸。我们互相毁灭。我记得在瀿楼定间盘旋的那些岁月里，我们的脖子、乳房、臀部、阴毛与大腿上，只留下一堆堆不规则的、尖得扎心的透明碎片。事实上，我们并不能适应这样的作用力与反作用力。任何力都会因人的固定动作而失败，剩下的只有海浪会露出白牙般的嘲笑。

"为什么非要这么做呢？"我焦虑地问她。

"约好的吧？"她在坠落中懒洋洋地回答。

"可海里什么也没有。"

"冲进去就有了。"

"是吗，那危险呢？"

"危险只是在俯冲之前被虚构的幻觉。"

"可大海也不会在瀿楼上吧？"

"何必计较，我们俯冲也不是为了大海。"

"那是为什么呢？"

"当然是为了能尽量快乐一点。"

"快乐？什么快乐？"

"嗯，大概是一种可以否定方向、密度与引力的快乐吧。"

"世上哪有这样的快乐？"

"会有的，就在旁逸时刻发生后的裂缝之中。"

"可我越发怀疑那个时刻了。我更怀疑刘遇迟这个人。"

"但你无法怀疑快乐。"

"他是你什么人,你这么信他?"

"别提他了,他并没有摄心机器中的快乐重要呀。"

她说着,同时在我面前缓缓地打开了她粉色的大腿,引领我继续向上俯冲。

我们在我举起的黑色雨伞中一起堕落。

唉,我的恋人真是个奇怪的动物,眉毛修长,鼻腻鹅脂,形销骨立,不会以任何物理的荒谬性而忽略我们之间开的任何一个芬芳的玩笑。她可以为了一块虚构的高空而摔得粉身碎骨。她甚至为了出入定间而抛头颅、洒热血。但若为了地面上一扇哪怕是最真实的门,她则绝对不会。我总是在入定后的第一时间应酬她,迁就她的癖好,随声附和并满足她的一些无理要求。这并非因她性格多好,她俯冲时的姿势多美,或是多具有什么现实批判性。这些她一样都不占。我承认,我从未真正理解她,只能探索她。她是我的丛林法则。我答应一起俯冲,乃因她那多年来一以贯之的羞涩、胆识与宁静,总是会令我心生强大的善意,并尽量保持一点对爱情的最后眷恋。因这些东西,在巴蜀大街上是凤毛麟角,甚至荡然无存了。大街上人人都很厉害,身怀绝技、武器、语言与哲学,似乎互相之间看一眼便可以让对方化为灰烬。大街上人人都很沉重,犹如罗铁的大象。到处都是他们走过时留下的坑。坑里积水。水里滋生着浮游微生物、蓝藻、蚊蚋、倒影、寺庙与城市,可能还藏着我这个打伞之人一生恶的镜像。而且,从瀛楼上看下去,大街上的人密密麻麻,多如渺小的蝼蚁,他们那种在泛亚细亚生产方式下的尊严、尊重与自尊等,基本就是面子上过得去,内心里则互相不买账。有意思的人不舒服,舒服的人又没意思。总之,他们坚硬而荣耀,但大都不招人喜欢。

我自己也不招人喜欢。

  为此，我对伴随恋人向上去俯冲这件事，才会勉强产生柔软的焦虑。我宁愿为她颠倒自己，收了我罪恶的雨伞，并抱有一丝毁灭式的希望。

猛 将

　　万古长夜，唯有一道裂缝在闪耀。刘遇迟的祖先、猛将尉迟敬德是子夜决定投降的。据说那年，黑暗在尉迟面前四腿跪地。他打开城门，放下吊桥，骑着黑暗走了出去。他左手举着一面白旗，如托着一朵凶残的云。右手夹着皮鞭、玉玺与图书。白旗有时会完整地吞掉他的脸，又完整地吐出来。城门外万里漆黑，早已没有一个敌人。城门外是个大窟窿，只有引力、气压、紫外线、熵、臭味，以及月光打击山水时发出的一团团轰鸣。城门外是意志与表象的世界。城门外根本没有内与外，只有一种进与出的观念。敌人呢？没有敌人，投降这件事又是从哪里来的？这是个问题。没有敌人，多年来的鏖战、火攻、尸体与箭阵，都成了他一厢情愿的幻觉。这可真是冤枉。

　　护城河空荡荡的，漂满了死老鼠。一只比他更孤独的、幸存的老鼠，一瘸一拐地趴在河边饮水，见有人出来，便又迅速缩回了吊桥下的洞里。

　　战争萎缩了，可"投降"作为一套已发布的严密逻辑思维体系，却很难回收。

　　骷髅艳异，析骨流霞，爱是伪造的传奇。早在人群、士卒、猪、蝗虫与群兽奔腾并同时成批死去的数十万年之前，以及尸横遍野的昨天,他就知道迟早会有"投降"这一天。"数十万年"全都是昨天的复制品。难道投降也是吗?他不能理解。他只是隐约地,为自己的懦弱而骄傲。他很惊讶,自己竟然是第一位创造胆怯的人。因当年敌军攻城时,遍地愤怒的喧嚣极有可能只是从众而已。至于那深不可测的死——从史前史、野蛮史、文明史到未来史中全部生物的死,从鸟残、兽骸、虫冢、浮游生物、细菌的裂变到人的坟墓,都只是为了测试一下生命的活跃方式,而非为了定义朝代的胜败,更非是为了文化或某个大自在者的梦。人从来不知自己为何物。条条正义与理性,皆通往漆黑的偏见。在这一漫长的测试中,只有敢于"投降"的人,或能测量出其中的伟大与渺小。白旗是一架随风飘动的测量仪。白旗是包扎他脑髓的药纱。怀着一点微妙的敬畏,他骑着那头浑身上下没有一根杂毛,却沾染着历代敌军首级之污秽与血腥的巨大黑暗,站在吊桥上哭泣。他偶尔会犹豫,是继续走入城门外,还是原路返回,去重新守卫自己早已丢掉的尊严,一位著名猛将的尊严。尉迟敬德,他本属于过去,但他投降了唐人。他必须为自己曾守护的这座门负责。他将成为"门神"。为了这一尊严,尉迟敬德曾付出过无数伤口、疼痛、血、精液、大饥荒、断肢、燃烧与肚破肠流的代价。如今,他发现自己可能是被敌人抛弃了,甚至忘记了。何去何从?猛将一生无暇看花,渴饮刀头血,睡卧马鞍桥,可前提是必须有敌人。敌人一消失,那尊严与屈辱还有何区别?这些年屠戮了那么多精通暴力的敌军、异人、侠、强盗、娼妓、教授、物理公式、化学分子结构、基因序列、芯片、脑机、静、色情与阿拉伯数字,可谓辛苦。但哪里才有恋人的臂弯、大腿、香舌与粉颈来供他休息?在四万八千岁不与秦塞通人烟的巴蜀时间全史中,谁将成为他的后裔,子孙会不会来模仿他?为何城门的内与外,无论万军混战或空无一物时,都没有人诠释过爱?爱如此卑贱，会不会就是投降的悖论与暴力流行的原因？

每次一想到这些，从数十万年前一直到昨天，他都用皮鞭狠狠抽打着那黑暗，令铁蹄在原子中盘旋，任玉玺与图书都掉入护城河里，化为光荣的腐烂。

但极速黑暗与缓慢白旗，依旧在互相纠缠，争夺他的脸。它们你追我打，就像反馈、湍流、Chaos 混沌学与第 26 号宇宙中互相吞噬的鼠群，龇牙咧嘴，此起彼伏。猛将只不过是其中的漏网者。一个旁逸斜出的家伙。好在尊严自古靠的就是冷漠、轻蔑与屠戮。如果偶尔犯错，也大都是被玉玺或图书害的。现在决定投降，那便不该再陶醉于单向度的愤怒了吧？一介匹夫，最后悔之事，莫过于勇气、饮酒与识字。坏事莫过忘，好事不如无。猛将最希望的是自己还是当初那个绝不投降的孩子。可惜，此类希望也是平庸的。已再也无人攻城了，守城便失去了意义。决定投降，城外又没了敌人。孩子，这可如何是好？

下雨了，每一滴雨都在打造一粒红尘，又消灭一个原子。润物细无声。

雨中白旗把整个世界的夸克与胜利都吞进去，过一会，又完整地吐出来。

吊桥下，骑着黑暗的猛将尉迟敬德，奔驰在他旷古未遇的迷惘中，但依旧肆无忌惮地挥霍着他对武器的厌倦。因他确信，从数十万年前一直到昨天，在不计其数的猛将全集里，他将成为唯一缔造过投降，并发明了大失败的人。

刘遇迟向我们吹嘘过，他自己也是这样的人。

望 菜

  猿鹤山房灪楼的门下走狗们都知道,刘遇迟的饕餮食欲是颇有名的。他每日里满脑子除了对色情与性交不厌其烦的语言谵妄症,便是对各种美酒佳肴的垂涎欲滴。这种贪食,不仅体现在他常去后厨偷吃东西,顺便猥亵厨娘这类日常小事上,还体现在据说他模仿古人写食单之法,撰有三卷所谓的"异端菜谱",名曰《望菜》,目的除了显摆他自己经常吃的那些普通菜市场的鸡鸭鱼肉,以及他个人对烹饪的癖好之外,就是为他杜撰的哲学体系做伪证。可张灶说,其实《望菜》只是刘遇迟写的一篇很短的小说,里面部分或许来自川菜,大多数则都是刘遇迟抄袭古籍食谱或志怪,或自己对某些重口味的、非人的、荒谬的食物作出的虚构想象,其中一些甚至听起来会令人感到恶心。灪楼毁灭后,小说版《望菜》被张灶遗弃在地下室里,好在篇幅很短,现抄录如下:

  那位绝望的土耳其苏丹患有厌食症,但他认为"望菜"这一充满希望的东方传统则绝不能丢。苏丹的餐桌上珍馐密集。为了望菜,各类奇异菜肴皆从中国、波斯、印度以及土耳其各地山林里送来,沙漠行旅络绎不绝，香透奥斯曼帝国。很多菜尚未有机会进入宫里，便因发馊或变硬，而被扔进了伊斯坦布尔城外的一条阴沟里，喂了老鼠。那里也曾是苏丹处决囚犯、叛徒或女人的地方。伟大的血污与奢侈的腐烂混在一起，没有人会觉得可惜。因对于任何菜肴的野心，也与对伊斯坦布尔图书馆的全部藏书、对帝国马厩里的全部汗血宝马，对兵器库的全部弯刀，或对一千二百零四十三名后宫的嫔妃们的性欲等一样——即历代苏丹常说的那句口头禅："虽然我不一定全部享用，但我必须全部占有。"

遗憾的是，绝望的苏丹老了。在挂满枝形吊灯、蜡烛与丝绸纱帐的餐厅中，看着摆满一桌的菜，宦官与嫔妃们在喧嚣饕餮，而他则一口都不想吃。有时不小心吃了，他也会迅速再吐出来。他经常看着菜发呆。连他过去最爱用的一把雕花手柄银叉子，以及镶嵌着阿拉伯钻石的餐刀，也都氧化了，呈现出神圣而锋利的黑色。

他秘密地仇恨着菜肴，还把一切菜肴称为"是植物、动物与矿物交会的尸体，是通过舌头制造的另一种没有单词的谎言"。

谁都知道，与别的亚细亚皇帝不同，土耳其苏丹的餐桌上有两枚著名的镜子。一枚是显微镜，用来观察今日所食之菜肴是否有毒，这通常由身边的宦官掌管，随时为用膳的苏丹提供危险数据。另一枚则为一只来自葡萄牙公主馈赠的全金属单筒望远镜，这是苏丹用来亲自远眺各类菜肴的唯一工具。据说那公主曾因他的拒绝而殉情。宫廷每日的食物太多了，诸如高加索鹿茸、高丽国牛黄、蒙古狐肝、地中海鲸鳍、塞北驼蹄、黑海胆、锡金孔雀舌、非洲猩唇、兕鞭、金丝猴脑、麝香煨熊掌、孟加拉国虎胎盘、去骨大雁蹼、锦鸡凤爪汤、沙蚺蛇羹、不丹牛羞、狳猁耳、老鼋蛋、玉石髓、清炖灵芝、雪莲烧珊瑚、琉球太岁菌、处女采珍珠蚌、红焖电鳐翅等，其余普通的羔羊、牛排、龙虾、蟹黄、鸡鸭之醢与四季瓜果，更是不计其数。在苏丹饕餮而健壮的青年时代，有时仅晚餐的前菜与点心，就会超过一千二百多道。餐厅杯盏碗碟堆积如山，盘旋环绕于走廊尽头，乃至延伸至宫殿外的操场上。很多菜在刚运送到餐厅门口时，便因拥堵而停住了。苏丹又坐得太远，肉眼根本无法判断想吃还是不想吃，所以必须借助这望远镜来眺望。

苏丹说："菜的数学≈奥斯曼生活中的力学。"

而据古代突厥人说，"望菜"的传统应该是从康熙御膳房里传到西域去的。可中国人都知道，康熙虽精通西学，无论自鸣钟、放大镜、地球仪、景教、火铳与中亚植物学等，但他可从不会在餐桌上使用什么望远镜。康熙从不相信距离的存在。

食欲消失，好奇心仍在。在十七世纪奥斯曼最后的岁月里，颓废、饥饿而昏聩的苏丹坐在餐椅上，绝望地举着单筒望远镜，忽左忽右，东摇西照。望菜对他是一场高贵的享受。或许他是在借此怀念那位公主？这无法证实。有一次，他努力想看清最远的一道菜。只因那菜及其浇汁放在一只直径十尺左右的翡翠圆盘上，滚烫冒气，高耸若楼阁，壮观得像一座云雾缭绕的枯山水。

"那是什么？"他问身边的膳食官。

"大约……应该是一种罕见的飞禽肝脏吧。"膳食官答道，但也不敢确定。

"哼,又不是凤凰,更不会是翼龙,什么飞禽的肝脏会有这么大?"

"我想肯定不是一只,而是一群鸟的肝脏。"

"既是罕见的,怎么会轻易搞到那么多?可见你们在骗我。"

"卑职不敢。"

膳食官闻言,吓得脸色发白,立刻跪下来。

苏丹则微笑了一下,又把单筒望远镜朝向另外一边说:"瞧你,紧张什么?反正我现在又不能吃。"

"请陛下明鉴,御膳食材是绝不敢有假的。"

"别担心。我只关心菜的造型和菜的距离,不关心真假。除了那鸟肝,你说说,今天还有些什么我没看见的菜。"

"回禀陛下,御膳房之肴,广纳肉蔬,虽不敢妄称绝美,也还算匠心独具,想必不辜负陛下的观察。据卑职所知,今日御膳房还会陆续为您送来恒河蝉鸣之稻、灵鹫山豹之胎、红海水灌之禾、尸林鹰聚之酒;还有红豚献尾、紫獭送心、支那燕唾、敦煌火橘;素备巴国腌笋、荤切波兰鹅羹、野获暹罗锦鲤刺身、常煮南越食蚁甲粥;更有玄岭寒蚕炖白梨,可润肺滋阴,其性堪比远东良药;战地红枣烧鸿鹄,或瘦身美颜,不让夜练轻身异功;数不清的林檎蓝鲨、蒲藜董肉、雪油猫背、金花牦腿,道不尽的细碎豌豆尖、河东盐焗系、香樟腊鼻耳、家常酱豆蔻;餐后醒酒汤有阿拉伯斑鸠煨吐蕃雪菊,祖传小火慢炖;甜点配叙利亚鹞鹰蛋烘焙黑米糕,偏方绚丽如花。如此种种,沙奔海立,掌勺舌短,难以尽唱。唯愿吾宫春秋远眺司炉造化,祈祷真国传世刀俎一品罴炭之功。"

"嗯,辞藻可嘉,你说得倒是比唱得还好听。"苏丹并未放下望远镜,又笑道,"可我为何一口都不想吃呢?"

"这个……大概是微臣手艺拙劣,未能烹饪天地至味,恳请陛下恕罪。"

"不,我看不是你的问题。"

"请陛下明示。"

"你每日煞费苦心,做了这么多佳肴。可惜,迄今为止,好像还没有一道菜,是我无法眺望到的。"

"您的意思是?"

"也许我需要一道极遥远的菜。"

"极遥远的菜?"

"对,一道能令我充满食欲,却又无法吃到的菜。就像梦中的菜。"

"但凡世间至味,卑职或可手到擒来。可陛下梦中之菜,我等怎能得知?"

"也未必。只是需要一点勇气。你愿意吗?"

"卑职愿为陛下赴汤蹈火。只是……"

"怎么,你不愿意吗?"

"卑职不敢。"

"我记得在患厌食症之前,曾梦到远望一盘佳肴,其远如沙漠,白如浮云,软如处女,腥如狼心,食之如烈火烧喉,吞咽后却瞬间变得雨降甘霖,沁人心脾。可以说,那是我儿时第一次吃到中国家常豆腐时的感觉。但自那天醒来后,我就从此对一切菜肴都再也没有任何食欲了。只是我始终不知,梦中之菜究竟为何菜,也不知用什么食材所制。据伊斯坦布尔郊区的一个占梦家说,梦中望菜,须死者烹饪,再于托梦时送来品尝,我这厌食症方可为之缓解。我对别人都信不过,故想烦请你走一趟,为我做个豆腐,你意下如何?"

"哎哟,请陛下宽恕呀。若是御膳房的食物都不合陛下口味,卑职会再努力发明新的便是。这梦中望菜,远近不知,卑职也实在不会呀。"

膳食官心里已猜到情况不妙,不断地磕头求饶。

"脑髓近在眼前,梦中望菜却可望不可即,这很难理解吗?"

苏丹的表情似乎很冷漠。那后宫餐厅里堆积如山的菜肴,肉山酒海,就像图书、马匹、弯刀与嫔妃一样,早已多到让他厌倦了。为了"只有远距离能产生的爱",为了缓解自己的恶心与呕吐,他现在更相信"带有一点淡泊的恐怖"。总之,也是为了恢复童年那一点最普通的味觉,为了给衰老的舌头复仇,绝望的苏丹摇晃着站起身来。他迈着因关节炎而浮肿的腿,越过满地杯盘狼藉,推开嫔妃与宦官,举起手里的金属单筒望远镜,朝着那膳食官的后脑勺狠狠地砸下去。掌勺的鲜血与地上的残羹剩菜、鱼刺骨头混在一起,令后宫餐厅变得也像伊斯坦布尔城外那道伟大的阴沟一样恶臭和壮丽。

刘遇迟在烹饪闲暇与猥亵蒋凤凰那样的乡下厨娘之余,为何要写这么一篇小说,无人知晓。大概因童年的遭遇、大历史环境、浸淫古籍与生活阅历等之变迁吧,刘遇迟在饮食方面经常是混乱的,且混淆了很多真实与虚幻的食物。对一般嗜好各类食物的吃货,巴蜀俚语称作"好吃狗"。但这个词根本不能表现刘遇迟的贪吃。事实上他当初那几卷食谱,更多是对志怪的研究笔记。我仅能就自己所记得的某些段落，以及看过此书的同窗们口述的零星内容，勉强记得他还有些如谈论童年食物的《打牙祭》、阐述魏晋风度与饮食的《五石散》（此篇有抄袭余嘉锡先生著作之嫌，但一说刘遇迟这篇是小说，非学术研究），谈志怪、本草人部以及各种妖魔食物的《从唐僧肉、紫河车到飞头獠的粪便》、谈论古代吃人问题的《易牙想肉记》、与魔术与戏曲有关的《论吃火》，以及研究饥荒时期代食品的《观音土、树皮与狗尿苔的消化史》等。

为了满足口腹之欲，我记得刘遇迟每年腊月二十三（南方为二十四）都会按传统在灪楼厨房中，在我的雨伞下，带领他的门徒与姘头们集体祭灶，并大摆筵席。他还说过，他在闲暇时写那些文饭小品、食单或菜谱，也是为了在精神中祭灶。可惜这些文章都在灪楼毁灭时消失了。《望菜》是幸免于难的唯一一篇。其他文章找不到原文，故在此存目，仅供管窥全豹之一斑。在宴席上，刘遇迟最爱吃兔子肉，尤其是一道菜，类似川菜之陈皮兔丁，但又不是。那菜是用菜籽油、芝麻、陈皮、偷油婆海椒、青花椒、罂粟壳、蒜瓣与白酒浸泡熬制，麻中带辣。菜中的兔肉红得像牛肉，且带有一种奇异的酸味，不知还加了什么不可告人的佐料。总之，那肉让饮酒的人吃一口，便觉心急如焚，汗如雨下，如骑马在星夜中疾驰。

"兔肉里加什么了，怎么有点腥？"元森问。

"那可是秘密，只有我和厨娘蒋凤凰知道，"刘尉迟在雨伞下笑道，"而且只做这一次，以后你们也没机会吃到了，因为佐料难搞。"

"那这道菜名字叫什么？"我从他身后悄悄地附耳询问。

"也叫'赤兔'。"他说。

明　龛

　　刘遇迟撰写的莫名其妙的东西委实不少。如瀠楼中那么多蜂窝般的龛位，其尺寸是怎么来的？关于这件事，刘遇迟并未明说，只是在猿鹤山房内部讲义的手稿中，写有一则他自己杜撰的所谓传奇，名曰《古猇元人记》。从这个标题来看，似乎一部分明显出自他对"古赤公"一词之演变。但"元人"又是指什么，难道是指元朝人、蒙古人吗？还是道教术语中的元神或元魂？几者之间有什么关系？我们当年很难揣测。

　　好在这篇夹在讲义中的手稿还算完整，也许与龛位的设计有关。现引用如下：

　　　　黄昏山下，麻雀满天，古猇元人站在我的心中，望着手中火把，露出了一丝微笑。世间一切皆规律可循，这常令古猇元人扫兴。而对那些不能分析的东西，譬如火，他倒会很陶醉。在横扫我内心的沙漠多年之后，古猇元人举着火把，骑在一匹黑马上，对着山下的万古黑暗东摇西照，仿佛是在为远方什么人传递信号，也像是在对虚无宣战。火光抹平了他的满脸皱纹，如夕阳的熨斗熨平了起伏的群山。这个卑微的世界还会发生什么？

无人知晓。但沙漠里连蛇与鹰都知道，古猇元人具有无人匹敌的力量与谋略。他常使一柄镔铁三股托天叉，手段残忍，身形则消瘦得像一棵胡杨的影子。他武功卓绝，从未遇到过敌手。以至于后来他只能与无、光与炁交战，且所向披靡。从来没人知道元人为何还会忧愁。因威严、荣耀、智力与地位等，他在沙漠中早已应有尽有了，也享尽了他人的敬畏。大概因自己实在太强大了，强大到无所事事，所以莫名的忧愁才会对古猇元人进行反噬。有时，为了排遣这无法释放的苦闷，古猇元人不得不独自对着一粒流沙说话，或发出没有任何内容的干笑声。

当然这并不能解决问题。流沙会流走，并把他说的话都埋入沙中。

为了表达"卑微的自己"对"强大的自己"之厌倦，古猇元人决定，以后也不再与任何天体物理、传统玄学、基本粒子或世俗之人交战了。因任何作战的结果，从未能超出他的意料之外——即他会获胜，而他无论如何都无法为胜利感到陶醉。胜利味同嚼蜡。与其交战，还不如目不转睛地盯着手里的火把发呆。火就没有胜败。

为了救赎"卑微的自己"，元人卖掉了他的黑马、铠甲与三股托天叉，从西域换来了一张昂贵的床。

那床是一张结构复杂的大型中国烟榻。床的结构像个六角形大盒子，十二根床柱与纱帐宛如一朵倒扣的曼陀罗花。床的里外有好几层，每一层都有小门。门里是套间，然后套间里还有套间，层层都用黄花梨卯榫，镶嵌着云纹螺钿。每个套间都被大大小小折叠的画屏包裹着。在最中心的套间里，只有一张雕花小象牙床，玲珑剔透。元人躺在牙床上，觉得自己似乎有了一丝久违的陶醉。这有点像琥珀中，一只被松油凝固的小昆虫那样的陶醉。为了维持这罕见的感知，元人把烟榻放在了沙漠中心，并宣布，自己从此哪里也不去了。床边插着他心爱的火把，昼夜燃烧。元人最初看上这张烟榻，便是因其结构复杂迷人，能将自己封闭在其中，再也不用关心世间的胜负。当然，他也可以躺在榻上，尽情接待一切从沙漠里前来拜访他的宿敌、企图收买他的富翁、路过此地的行旅、爱慕他的西域女子、找他复仇的冤家刺客等，甚至还能遇到过去在战场上被他杀掉的某些孤魂野鬼。有时，他会与两三个不知高低的家伙在烟榻上比武（没有了托天叉，古猇元人就靠挥舞火把，也能对付任何人）。有时，他还会留下一位脾气倔强的美人过夜，与香艳肉身周旋于折叠的帷幄，或如抽屉般可以里外抽拉的无数门缝之间，让自己野蛮的性欲与烟榻的几何模型合而为一。

在元人眼里，这床的空间比沙漠还要广阔。

不过大多数时候，古猇元人还是最爱独自一人在烟榻牙床上睡觉。甚至沙漠上刮起沙暴，飞沙走石之时，他也能裹挟着遮天蔽日的黑沙，一起进入疯狂的黑甜乡。

大概做梦时，古猇元人倒可以暂时忘掉那些对胜利的厌倦吧。

记得在久远的少年时代，古猇元人学武时，有一次在与满天秃鹫争夺一头大象的腐尸时，也曾不小心受过伤。那天，三十七只凶猛的西域秃鹫，从悬崖俯冲而下，集体围攻少年元人青春的身体，张开利爪扑打啄食他黑色的眼珠与绛红的肌肉。元人挥舞托天叉,左冲右突,戳死了一半秃鹫,自己也险些死在了悬崖边上。好在敏捷的他意外失足掉进了一处岩洞,反让他逃过一劫。但他遍体鳞伤。可他第一次望着自己胳膊、脊背、大腿与脑门上众多伤口那晚霞般绽开的血肉,感到陶醉。沙漠里自古流传着一句谚语:"全尸并非豪杰华美之战袍,伤口才是英雄最好的文身。"此语是元人从少年时便熟悉的强者愿景,始终秘密地影响着他的观念。遗憾,那场秃鹫之战已是久远的往事了。自从真的成为强大的元人之后,他便再也没有因交战流过一滴血。他连一根头发丝都没伤到过。哪怕是与森林暴风雨、山涧的兽群、南蛮的诡计或什么不平常的超自然力交战,哪怕是与潮汐、紫外线、阴影、磁场、流沙、月蚀或太阳黑子遥远地打了个平手,对古猊元人而言,也都是扫兴的事。因他总是每战必胜,且从不会负伤。这一贯的强大廉价得令他垂头丧气。

他渴求某种能让他倾斜的壮烈,可胜利通常都是过于端正的。

"胜利皆平庸,唯创伤才能让我重返陶醉。"元人说。

"你已应有尽有,那陶醉对你能有什么用呢?"沙漠里的人问。

"陶醉本就没什么用。但它能让我快乐。"

"你那么强大,为何还不快乐?"

"强大过于完美,就像一朵假花。而真正的快乐来自缺陷。"

"缺陷,什么样的缺陷呢?"

"我也不清楚,好像就是一种诸如挫败感、鞭长莫及、求不得、束手无策、刚以为要得手时忽然又失手……抑或在对敌人长久的追击中却最终扑了个空的那种遗憾吧。"

"恕我们难以理解。"

"不用理解。缺陷本不足为外人道。"

"可难道你要在这烟榻上用睡觉浪费你的一生吗？"

"那也不是不可以。"

"你这可是对沙漠的反叛呀。"

"沙漠哪有正与反。再说正与反也都没有缺陷，都不能让我快乐。"

古猊元人冷笑着说，从此便放下了武器、往事与胆识，成年累月躺在烟榻上睡觉。他忘掉了锻炼与运动，肌肉萎缩，武功也差不多快废了，唯有心情则从未这么好过。他每天用"卑微的自己"抛弃"强大的自己"，并为此心生欢喜。不过沙漠里始终还有很多膜拜他的人，对他的颓废选择表示不满，甚至愤怒。无论敌友，大家都不认同他这种逃避哲学。不管他杜撰出多少关于"快乐与缺陷"的悖论，都不能说服那些只相信完胜或完败的人。不过因大家仍忌惮元人的事迹余威，对他昔日的狂暴手段与残忍历史记忆犹新，故即便在其熟睡时，也从没人敢去偷袭他，取而代之。古猊元人的没落亦是庄严的。他后半生就一直住在抽屉般的六角形中国烟榻里，白昼辗转反侧，长夜翻云覆雨，在这个大盒子中不断地来回踱步，像走遍沙漠一样走遍了所有套间的每一道缝隙。他仿佛成了世间最小的流浪者，就在一块纵横方圆只有八步的大盒子里颠沛流离。他认为八步之外，宇宙只是一堆分文不值的沙子而已。他常年躺在牙床上骑气、哭泣、静坐、生病、恋爱，栽种植物或杀猪炒菜，后来还与一位丑陋不堪的残疾色目女子结了婚，并生儿育女。那女子脾气古怪，每日用语言的暴力折磨元人，用皮鞭抽打他，令他像陶醉于伤口一样受尽了爱的羞辱。但他从不反抗。他早已忘记了自己的武功，也鄙视自己过去熟练的技艺。他让身体弱到连自己的儿子甚至孙子都打不过了，但却无比快乐。据说，晚年的古猇元人是抚摸着"卑微的自己"满嘴残缺的牙齿，最终望着"强大的自己"在牙床上挣扎，并大笑着死去的。他死后，一场巨大沙暴便将烟榻吹成了碎片，埋入沙中。火把被吹熄了。他的家族与后裔四散而去，并努力想将这个固执的老家伙忘掉，谁也不提他的往事。唯有沙漠里那些曾经被他打败过的敌人，或曾被他爱过的露水女子，为了思念他的神武，便凭着记忆把那中国烟榻按大概尺寸缩小，制成一个折叠的六角形小木盒子。盒子四周也有几扇小门，最中心的门内放着一尊他的塑像，再点上蜡烛代替他著名的火把，并把盒子挂在墙上，作为对他的祭祀。因蜡烛必须昼夜长明，或因他在西域死去时，发明烟榻的中国那边正进入明朝，所以沙漠里的人便把这盒子称为"明龛"。

（以下手稿残缺）

当然，"明龛"的说法与这篇残稿，并不能说明瀠楼中龛位的实际问题，直到吴毛孔师兄为我们揭开关于龛位与灵位的经济学谜底。可那也只是刘遇迟对金钱的贪婪，依然不能说明"古猇元人"的涵义。唯一能让我暗自默默相信的，就是"元人"一定是刘遇迟心中的某个强者，或具有某种强大力量的、近于荒谬的存在。是的，那一定是个战无不胜的东西，就像鞑靼人的火焰、扎撒与暴力，不讲任何道理，只有至高无上的毁灭。

肥 遁

究竟什么是控制我们的那古赤公,我们的"元人"?

记得刘谒识讽说过:"踏遍山野与城市,哪里都找不到像它这样的物种。此物无名(古赤公也是我勉强为它取的绰号),没有嘴,仅仅长着一双大脚,常空荡荡地站在我面前,如一个重大的缺陷。它的膝盖以上高耸入云。早晨起来,我就目不转睛地盯着窗外的它看,可什么也看不清楚,更说不出来。它倒是常对我发出振动之声。每天出门,我都会对它紧躲慢躲。但有时能躲开,有时则会直接撞上。路边很多人都在赞美这缺陷,说它有种世袭的美——就像凹槽、女墙、创伤、闲暇或疏影之类——还说除了这里,世间别的任何地方都没有如此稀罕的物种。文字是狭隘的,我不知道该怎么形容它。大概所有物种都是恶的,而恶只会发生,却不能诠释。恶没有对与错,也没有正与反,只有迎面相遇或背道而驰。我当然希望能与之背道而驰。可常常事与愿违,无论往哪里走,都有可能遇到它。至于它是一个豁口、一团雾、一个著名的漏洞还是一座被拆毁的建筑废墟,这并不重要。重要的是,即便万有毁灭,它也还是会站在大街上,颤颤悠悠,油腻庞大,叉着它的大脚对行人颐指气使,像一块飘在半空中的不朽肥肉。古赤公有时能把人群囫囵吞进去,又连皮带毛完整地吐出来，而且从来不是用嘴。那被吐出来的人群，并无变化，仅仅会发现自己与被吞之前似乎哪里有点不一样了。究竟哪里不一样？说不清楚。好像有些人群肚皮上的赘肉被吹起来了，而有些人群则缩得骸骨毕露。当物种偶尔隐身时，被吐出来的人群为了能理解这种不一样，便会互相模仿着去吞别的人群，又再完整地吐出来，且不厌其烦地重复。因大家都有嘴，人群便叽叽喳喳地一边争论，一边吞吐，在相濡以沫中相互残害，在完全类似中完全反对。缺陷依旧，一样的人群则始终被'不知道哪里有点不一样了'的谜所浪费。泥沙堆里频哮吼，多少年来，我也只是裹挟在此类大浪淘沙般吞吐史中最渺小的一粒渣滓。好在我的赘肉与我的骸骨之间，尚有一个无形的我。好在我已麻木。好在那无嘴的、恶的、只有一双大脚的物种始终在天行健，世界在肥遁。好在因吞来吐去的事重复得也太多，故今天的我已感觉不到自己与被浪费的人群有什么不同。"

复 眼

在逼仄漆黑的"总统套房"里，元森将一卷画有隐塔的图纸，缓缓在茶几上摊开。隐塔因加了露台，显得很肥。瀿楼当然是漆黑的，像一团深夜。纤细的隐塔则充满了绚丽的螺旋柱。究竟顶则盘绕在瀿楼巨塔的上边，如一个已经融化了的蛋卷冰激凌。

"了不起。到底是建筑家。"大师兄吴毛孔蹲在二合一的旋转皮椅与抽水马桶上说。

"谢谢。"元森说。

"看得出来，你是费了心思的。来，给我们倒点红酒。"

女服务员立刻开了一瓶红酒，拿出两只高脚杯，给他们一人倒上浅浅的一杯。吴毛孔把玻璃杯举到鼻子下，闻了闻，然后微微尝了一口。

"您还有什么要求吗？"

"嗯，的确还有。"

"请说吧。我会尽力的。"

"好，我就喜欢你这样的人，又有本事，又有技术，而且非常愿意配合。我们这个世界最麻烦的事就是，有本事的人，往往不喜欢配合，脾气大。而那些愿意配合的人，又没啥本事，只能当狗腿子。你这样的人,能做大事。"

"您夸奖了。对了……有件事,我一直想问问。"

"你说。"

"我觉得大家都叫您大师兄吴毛孔,很别扭。您能告诉我,这是真姓名吗?"

吴毛孔说:"好吧,看在咱俩有缘,我可以告诉你。不过你最好不要外传。我不希望太多的人知道我的名字。知道得太多也没什么好处。我本来姓吴,本名吴演。毛孔这个名字有点奇怪吧?你看我,身高1.7米,体重63公斤,是个和你一样的正常人。为什么取这么个怪名?据说那年父母生我时,正赶上有人跟他说孔子不好,就干脆给我取了这个乳名。我的毛发小时候就比较重,眉毛粗黑,头发硬如铁丝,皮肤上的毛囊也比较大。我要是每天不刮脸,就是个大络腮胡子了。你猜对了,我和刘老师一样,都有些西域人、色目人或鲜卑人的血统。到了青春期,我胸毛茂密,连他妈的阴毛都长到了大腿根,上面则像一道黑线,穿过肚脐,和胸毛连成一片。毛孔太多,性征极其明显。看来这名字还真是对号入座。不过我不喜欢别人直呼我的本名。所以大家干脆就叫我吴毛孔。"

"原来如此啊。"元森也觉得好笑,但尽量忍住了,"我就是觉得有点怪。尤其这是在焚书会里。"

"名字就是个符号,不重要。"

"对了,您刚才说对瀲楼还有要求?"

"是,我有一个新的想法。"

吴毛孔说着,指了指图纸道:"我想在这两座塔下面,再修一个连接它们的地宫。就是这样的。"他顺手拿起茶几上的一支笔,在两座塔之间,沿着地基,从左到右,粗粗地画出几道黑色的连接线。

"地宫?的确,过去很多佛塔都有地宫。一般用来藏经、佛像,埋葬高僧遗骨或者舍利子之类。"

"对,可我不是用来干这些的。我们这狻猊庙又没有和尚。"

"那用来做什么?"

"既然话都说开了,我不妨把造这项目之事告诉你吧。你知道,焚书会为了贷款修庙,已经花了很多钱。具体多少,我就不用说了。但是资金都必须回笼,为了'古赤公'。"

"就通过观塔和烧香?"

"当然不是。"

"那这两尊塔,怎么能有这么大的利润?"

"兄弟对死亡怎么看?"吴毛孔忽然这么一问。

"死亡?"元森也一愣。

"我说的不是一个人的死,而是集体的死,甚至是普遍的死。"

"您说的那种死,我还没经历过。"

"不。其实我们每个人,随时都在经历。"

"是吗?请您再说明白些好吗?"

"你看,据'旁逸零年'人口普查局国际项目中心统计,'旁逸时刻'发生后,全球人口还将增长到九十多亿。所有活人都会经过那道巨大的裂缝。不过,或许那时我们都已经死了,所以可以不去想它。起码从'旁逸零年'以来,人的出生率,远高出死亡率。每秒钟都有四个左右的人诞生,而死掉的则不到两个。可是始终有人在死。因出生的越多,死亡的自然也会越多。在战争地区、瘟疫流行地区,在北欧、印度、南美、极地国家或第三世界的廉价劳动力市场,或许需要有更多的人出生。但在我们这里,需要的却是死亡。仅仅是死亡。"

"需要死亡?"

"对。瀠楼不是用来参观的,是用来存放灵龛的。"

"存放什么？"

"就是你看到的那些昆虫复眼般的灵龛，那些密集的小窟窿。那是放骨灰盒的洞。现在巴蜀腹地乃至全球的墓地，寸土寸金。一般人已经买不起了。也许你有耳闻，近郊的墓园有十几个，每一个单价都在四五万，甚至十几万以上。况且从现代性而言，社会上越来越不支持土葬占用耕地，更不提倡修墓园。现在的墓园，迟早是要被刨掉的。退一步说，即便买了墓地的人，若干年后也还得继续付费。如果子孙后代不孝，不愿意为祖宗继续花钱了，那么骨灰盒就会被取出来，送回给家属。任何朝代都不敢保证你死后的阴宅永远存在。时代更迭最容易产生契约变化的，就是土地，因会打乱前朝安排的事。但是，濩楼就不一样了。塔是宗教。灵龛是世间最小的宇宙时空虫洞，刘老师会带领我们穿过去。"

"我不明白。如果发生土地变更，那狻猊庙或者濩楼，不一样也都保不住吗？"

"当然有区别，很大的区别。巴蜀本土无宗教，但有'祖先崇拜'之思维模式。大多数时候，祖先或死去父母的在天之灵，会与佛道儒之类融为一体。如果是一片普通墓园，保不准哪天也会被推平了。但这是寺庙，文化遗址。除非遇到极端的社会动荡，否则一般不会被推平。即便推平，也会将遗址完整地搬迁。濩楼以及'倒影'地宫，从上往下，由小变大。每一座每一层中，都有十来个房间。每个房间都可以放下约三百到五百个骨灰盒。对，就是留着苍蝇复眼一般凹陷空灵龛那些位置，蜂房一样密集的龛位。上下十八层里，就约可以放下一万个左右的骨灰龛位。濩楼是正塔，'倒影'在地下，也照样存放，只不过是完全颠倒的结构和形状，是地下室式的塔楼。总之，加起来就是两万来个。每一只灵龛，譬如我们只收约一万元的骨灰盒永久存放费,并每天二十四小时都请僧人(当然是灜楼焚书会的光头兄弟们)来不断地坚持唱经,或超度亡灵。我还请了本会一个叫铁客的同窗,每日坐在地下室里抚琴。此人曾是琴师,据说他可用440赫兹的声波不断镇压那些缥缈的幽魂,比刘老师在究竟顶上的击鼓频率,还要深邃一个赫兹呢。再说,一万元的两万倍是多少?两亿。这两个亿,还不包括露台究竟顶与'倒影',以及灜楼其他因每一层浮屠的奢华装饰程度、房间的方向、阴阳面、念经僧人的级别、琴曲的时间长度、经文的选择、离'古赤公'与摄心机器的距离(特殊待遇)、丧葬广告的植入等所产生的额外费用。我们可以细微到每一只骨灰盒的搁置方式、材料规格与超度时间等,这些都会因性质不同而产生金额差异。据我了解,仅巴蜀腹地每年的死亡人口,大约是在七万人左右。也就是说,这座巴蜀镇子及城市,每天至少有一百九十到二百来个人,会被送到殡仪馆火化。火化完之后,就会把骨灰盒要么领走放在家里,要么放在火葬场的万人楼寄存,要么就去买一块墓地。但墓地已太贵。大家死不起呀。灜楼灵龛之塔,至尊的死亡象征,安全的灵魂港湾。当肉体化为尘土后,还有什么地方比这里更合适呢?我们在塔里的死亡抽屉,最低一万块钱一个。这只是保守数字。也可以提高到一万五或两万左右。那也比普通墓地的价格便宜太多了。一年之内,难道从这七万人里,还找不出区区两万人进无常塔吗?而且塔是永久性的,不需要家属在未来续费。花这么一点钱,就能为自己的亲人找到这么完美的空中彼岸,同时具有宗教传统、经济价值和人文关怀,仅凭这一点,我相信,会有太多的死者家属选择我们的灜楼复眼灵龛,作为他们亲人骨灰的最后归宿。到时,恐怕为了进塔,死者家属之间还会产生竞争呢。我粗略估算了一下,灜楼的总利润额,大约会在两亿到五六亿之间。"

"原来有这么庞大的一个计划。"

"这计划庞大吗?"

"不庞大吗?"

"一点也不庞大。因为狻猊庙也只是一个样板间而已。"

"样板间?"

"对。刘老师的猿鹤山房焚书会是创立者,'古赤公'是一切计划的护佑者,而灪楼只是我的一块试验田。如果这个模式开发成功了,我们就可以向全国各地推广。以后很多的城市或乡镇,都可能会修建这样的塔,收容买不起墓地的骨灰盒。如果一切都顺利,我们便会向港台地区,向日本、韩国、越南、印度支那地区以及东南亚去推广。包括大洋洲、非洲、巴西或者美国,也不是完全不可能。宇宙是平的,而我的塔是尖的。在道教地区我修三清观。在基督教地区我就改修教堂。但造塔的方式是一样的,建筑结构则可以换为各自的历史风格。你再想想,那将会带来多少利润?"

"的确,是个天文数字。"

"所以,你的设计是成败的关键。如果你造得好,我第一笔会先给你百分之五的回扣作为报酬。我是说灪楼里最初五六亿收入的百分之五。"

"那应该是?"

"最起码两三千万吧。然后我会再给你百分之一的总公司股份,确保你每年都有相当的一笔收入,足够你开销。怎么样?"

"谢谢,不过……"

"不过我也是有要求的,我需要你的配合。"

"怎么配合?"

"就是在竣工之前,尤其是在塔底下的地宫修好前,你不能离开焚书会和灪楼。恐怕一天也不行,一个小时也不行。"吴毛孔说着，用手又指了指图纸上刚才画出来的线条。

"那是为什么？"元森诧异地问。他心里这两天还在想，自己对恋人叶宛虞是否做得有些太过分，应该回家去看看。

"你别多心。只是因为，这毕竟是我们无限责任公司的无限机密呀，也是我和刘老师近期的最大计划。这也是我们能顺利进入'真夜'的必要条件。现在你都知道了，所以在这个项目正式公开之前，我必须以防万一嘛。"

吴毛孔激动热烈，如广场演讲般地说完这些，举起两只大手停在空中，就像一个刚演讲完的政客。他的额头、鼻尖和上唇都微微渗出了一层细汗，被灯光倒映得闪光。

元森听着，他也不得不承认这个计划出乎他意料之外，也不得不承认，那第一笔报酬的许诺，对他具有太大的诱惑力。而且，这个吴毛孔确有一种别人难以理解的力量。他又低头看了看图纸。一粗一细两座不规则的塔楼，似乎与他来之前的感觉也有点不一样了。它们被大师兄画的粗暴的线条连在了一起，凶猛而雄浑，如一朵奇怪的并蒂莲。不，它们更像是两个没有四肢的连体婴，两个地狱里的旱魃，一个肥硕，一个消瘦。

凹 陷

为了表达自己是"一位万古与真夜之间的过街人",刘遇迟曾在迭桥与灏楼之间,画过一道漫长的人行横道,斑马线。由于巴蜀多雨,猰㺄庙后山也泥泞,故地面常有凹陷下去的地方。但猿鹤山房大宗师从不许人修缮填坑。

他似乎对一切凹地、缺口、漏洞、女墙等都有特殊异常的癖好。

那道斑马线上也有一块凹地。尽管并不明显。人行横道地面凹陷的弧度虽大,倒也并不像个坑。多年来,凹地越来越深,好像随时要陷落下去。只因其边缘呈柔和的斜面,看上去便如一座低于地面的缓慢的斜坡,或一处深邃的浅滩而已。如当焚书会独自过马路的大师兄吴毛孔,顺着斜坡走到凹地的中心时,会一步一步陷下去,就像进入地铁站的人,在往下走阶梯。最后,吴毛孔的头就与地面一样高了。从大街远处看,他像是被活埋的人,仅露出一颗脑袋。而丁渡从凹地里看斑马线与道路时,四周全是快速碾过的汽车轮、过路光头同窗们纷乱的鞋、烟头、废纸片、枯叶、落花、被踩扁的罐头皮、飞溅的泥浆、赤裸奔跑着的疯癫淫妇、峨眉猴子与赤兔胭脂兽们,或一条曾被铁链勒进过脖子的,嘴角缺牙还带着骨渣、血渍与涎沫的流浪狗等。整个世界都高于吴毛孔，且都在尽量绕开他而旋转。世界仿佛把他看作凹地陷落的坐标参照，避之唯恐不及。好在由于斜面太柔和，以至于他走进凹地时，并不觉得自己就低人一等。而等他从凹地里再慢慢走上来时，也不会觉得又与世界恢复了平等。吴毛孔大概是在模仿刘遇迟，想要去赶赴恋人的幽会，心无旁骛。答应与他进行猥亵与交媾的某个有夫之妇，高悬在街尽头灏楼的一座阁楼窗口上，手里正拿着一面古老的凹透镜，晃来晃去，开玩笑似的朝他不断照射，犹如死去的太阳。

他过斑马线的时间很短，很着急，眨眼蹉过，就像他的人生。

他知道的事太多，唯独不知道那地面凹地是因修"倒影"造成的塌陷。刘遇迟对吴毛孔就像对"罗铁"这名字一样，随时都很警惕，也从不愿与人提及他们之间的合作关系。

巴蜀腹地的大街是起伏不定的。人行横道、焚书会、狻猊庙与后山上的路灯也都是事先被设计好的。唯一看到吴毛孔的确像个被活埋着，且只能看见一颗脑袋的人的，是些沿着马路边拼命爬行，与人行横道地面平行的蚂蚁。巴蜀的蚂蚁个大而黑，会咬脚后跟。吴毛孔也看见路边有一双穿着锃亮黑皮靴的脚，有点像猪蹄，常在凹透镜的闪光下徘徊，似乎想故意去踩那些蚂蚁。

当然，蚂蚁们看了吴毛孔一眼，也都纷纷转头绕着凹地而过。

要下雨了，蚂蚁们正急着搬家，它们不能理解那猪蹄黑皮靴的踱步频率，也不关心吴毛孔的生死存亡，但它们害怕那片凹地即将变成大海。

处 女

早在"旁逸时刻"发生之前,恋爱中令叶宛虞觉得印象最深的,是她每次想起男人,便会想起疤痕。元森的疤痕是那团谜一样的圆形。而刘遇迟在脱掉他自己的上衣后,假手胳膊上也有一道疤痕。那显然是被什么东西划伤的。因那伤疤很长,而且弯弯曲曲,很不规则。那疤痕从脖子根流下来,穿过左手的二头肌,从腋下绕过去,又绕上来,最后一直延伸过胳膊肘和小臂,快到那机械手腕才结束。猛一看去,简直像一条凶残的肉色恶龙,盘绕在刘遇迟的整个手臂上。这个人的精神底细,在叶宛虞眼里越来越奇怪。她从最初对他的厌恶,发展为一种略带有恶心的好奇心,然后又发展为对一个男子往事的窥视欲。

她很早时就听元森说过,刘遇迟在学院的名声一直不太好。其中最多的流言,便是传闻他总是秘密勾引女子。这一方面是来自过去他出过的那本《幽会辞典》所带来的影响,另一方面也似乎确有其事。教授不足为奇。绯闻从不会因教授的专业差异而减少数量。而刘遇迟胳膊上的疤痕,他自己的说法,与沈八叉当年的说法就完全不同了。刘说:这是早年在乡下打架时留下的。那时天寒地冻,粮食又太少,想要填饱肚子,除了偷鸡摸狗外,就得随时打野食。无论是抓鱼、麻雀、绿豆鸟、蝉、蚂蚱、野兔、蘑菇、荠菜、木耳还是苜蓿。能吃的就都不放过。有一次他意外抓到了一条很肥的白花蛇。烧蛇肉时，肉香飘了一里地，引来了附近的人。大家都要来分一杯羹。但蛇肉再肥，也不够多人分的。分配不均，他最后就和别人打起来。刘遇迟只有剐蛇时用的菜刀，而其他几个人用的是军刺，其中还有个人带着一把土火铳。寡不敌众之下，刘遇迟落荒而逃。一群人对他紧追不舍，把他追到了悬崖边。不得已，他便跳了下去。

那悬崖不高，但足以摔死人。好在悬崖底部还有几棵枯树。刘遇迟滚落时，四肢乱舞，胳膊一下从一棵树的枝丫间划过。这也算救了他一命。

据刘遇迟说：树枝在阻挡他的同时，便也沿着他的脖子一直划到了手腕。以至于整只胳膊都被树枝拉断了，挂在树上，就像战争中被炸飞的手掌。鲜血淋漓中，他竟然没有疼得昏厥，而是一路仓皇，一瘸一拐地继续逃跑。山野四周黑灯瞎火。路过一家农舍时，他见一只母鸡未回笼，便忍住胳膊的伤痛，用另一只手将鸡抓住，窝在肋下猛地拧断了鸡脖子，裹在大衣里，消失在夜色中。后来，他就是靠这只鸡的汤，养好了断手的伤。

当然，这些话和我们之前听到的关于断手的历史大相径庭。

关于刘遇迟的手的奥秘，几乎每一次的传闻都不一样。我们也习惯了。

叶宛虞自然是茫然地听着。此刻，墙上的液晶宽屏电视里，滚动播放着俄罗斯宣布出兵克里米亚，镇压乌克兰的新闻。一会又是某地火车站发生了恐怖袭击事件：十余名黑衣人，提着刀一路砍过去，不分男女老幼，见人就杀。幻境般的屏幕里满地狼藉，一片血腥，有人在街头放声哭泣或尖声惊叫。这一切世界的痛苦与叶宛虞快感中的呻吟，在同一个世界里交叉并存，但两者之间又毫无关系。

叶宛虞躺在刘遇迟那盘绕着疤痕的断手臂弯里，有些纠结，又有些羞涩。"你是不是早就想好了要对我下手？"她带着怨气问。

"还真没有。"刘遇迟说，"我这个人从来都是即兴的。"

"你是说，随心所欲？"

"可以这么说。当然要看情况。"

"你就不怕有报应？"

"我没有信仰，哪里来的报应。"

"那你到底喜欢我什么？"

"你这样的女人，一直是我的软肋。"

"什么叫软肋？"

"就是致命的诱惑。"

"我哪里诱惑你了？明明是你……"

"你的存在就是诱惑。别激动嘛。其实每个人都有软肋，软肋就是摄心机器。譬如一些暴徒在杀人放火时残忍无比，但却对一个人或一件小事很在意，经不起诱惑。'古赤公'霸占了我之后，我也觉得自己再也不会被任何女人诱惑。除非她是我的克星。我似乎只会对如魏晋志怪、唐宋传奇和明清话本中某个苍古的女异人、妖精或妓女充满敬畏。只佩服浩瀚的大自然、历史大变革或种族大迁徙那种壮丽的美。对现实中的女人，全都无所谓。你可以对漫山遍野的野兽呼啸，可以一个人独战千军万马，火海刀斧地砍杀，但畏惧起源于爱。一个人越接近肆无忌惮，感情其实就越脆弱。越是激扬飞翔的人，就越是需要有一个降服他的人，成为他的定海神针。执其软肋，控制呼吸，使他不至于走火入魔。一切最可怕、最恐怖的东西，其内心中往往却是最无助的。就像暴君、恶人或流氓，往往最需要柔情。没有柔情，绝望可能将吞噬你整个的人性。摄心机器的绰号有很多，如宿疾、敏感区、底细、隐私或色情的怪癖等。摄心机器是有生命的动物，它所涉及的禁区，也不喜被人碰到。摄心机器是我的痛处。伤疤谁都有，但别揭。我也是一头动物。我最喜欢的就是你这样的女人。"

"说了半天，我还是没听懂，你到底喜欢我什么？我是你什么怪癖，或者宿疾？"

"不，我喜欢你，只因你身上有一种颠倒的幻象。这么说吧，虽然你和元森相恋同居多年了，但我觉得你还是一个充满了性欲的处女。"

"荒唐，什么叫充满了性欲的处女？"

"就是身体早已成熟，却从没被真正唤醒过。"

"我还是不懂。"

"现在你当然不懂。等'旁逸时刻'发生，裂缝出现时，你就都懂了。"

"那时会怎样？"

"那时我们都活在'过去的光'里。"

"你的话总是莫名其妙，难以理解。"

"没关系。等我打开你粉色的摄心机器，你就理解了。"

刘遇迟说着，再次用他的机械手撩开叶宛虞的裙摆，冰冷地按住了她的小腹。叶宛虞忽然想到刚才刘遇迟每次下身猛烈动作时，她便感受到的近于癫狂的激荡。这奇怪的男子变得像个少年，甚至像个幼稚的孩子似的莽撞、天真而放肆。刘遇迟从蟒袍里伸出假手来，毒蛇一般抚摸着她的乳房，又用激吻把她带向一个从未达到过的高度，再直线坠落下来。但他自己好像也在暗自流泪，像一个疯狂的白痴。与他做爱就像置身于山涧悬崖，当你还不知如何选择时，便被他一把抓住推了下去。他也与你一起跳了下去，并一边快速坠落，一边在空中狂喜般地哭泣。

移 境

为了令自己褊狭离奇的哲学与宇宙观形成体系,刘遇迟在灤楼中制造了很多外人难以读懂的字与词语。正如王观堂先生所言"词有写境,有造境",刘遇迟制造的观念,除了"古赤公"与摄心机器、定间、旁逸时刻等上述词语之外,还有"移境"。所谓移境,就是只有在意识不断移动变化的过程中,人心能抵达的某种"超稳定结构心境"。这是一般处于正常逻辑思维与意识的人,完全感受不到的。

刘遇迟之移动,准确地说是"不断的徘徊",是类似纠结、矛盾与反复否定的意识。这种意识通常只被认为是从一个判断到另一个判断之间的过程而已,并非什么结果。但刘遇迟完全不这么看。

更多的时候,他似乎都是一个强调"过程与关系"的家伙。他甚至说过这样的话:"生命并非是人,也不是世间万物,两者都是孤阳不生,孤阴不长。生命是人与世间万物互相抵消的过程与互相发生矛盾的关系。生命即须不断移境,才有意识。有些愚昧的生命就是无意识,故失去生命就是没有了意识。不过据我研究,生命本身也不存在,就像死亡也是假的一样。因它们都是固定的结果,是被设计出来的。只有生命与死亡两者之间的关系,在生与死之间的徘徊，那种不厌其烦的微妙而细腻的移动，或许才算是真的。"

"那到底是谁设计了我们呢？"我问。

"你的思维方式太呆板了，我都不屑于回答，"刘遇迟铁青着脸说，"因你问的这个问题可能也是它设计出来的。哪里有什么'谁'，追求结论，这本身就是人类脑髓的缺陷。宇宙没有结论，只是一系列从一个怀疑到另一个怀疑的过程。"

陀 螺

正午，在瀠楼与狻猊庙后山坝子的中心，我们经常能看见一个孩子在抽打陀螺。太阳会把他的影子与陀螺的影子合二为一，变成一个灼热的点。

没有人认识这个孩子是谁家的，元森说他是刘遇迟捡来的一个孤儿。但有些人认为是刘遇迟与某个姘头的私生子，譬如厨娘蒋凤凰。

世间孩子大多都喜欢抽打。陀螺高速旋转时，倒圆锥体纹丝不动。动就是快倒了。没有什么生物能像陀螺那样，活着，就一直站在一个点上，并不断地渴望着鞭笞。一生漫步中，人大概率总会遇到某个孩子在大街上抽打陀螺吧，鞭子的频率或快或慢，宛如酷刑。有时孩子会走神，用鞭子去抽打别的东西，诸如瀠楼的门、赤兔、韩獹、山上的电线杆、花草、车轮、一头死去的大象、一条路过庙前的流浪狗，或另一个孩子的陀螺。这枚被遗忘的陀螺则会摇摇晃晃，歪歪扭扭，渐渐地缓缓倒下，如一只累死在风车中的老鼠。没有人会在意陀螺的疲倦。那孩子回来继续发动新的旋转时，他也并不知道那陀螺是已死过一次的。在孩子眼里，陀螺是没有生命的，旋转是物理的，那个唯一的点也是在不断移动时才能立足的。

近朱者赤。孩子的面相与刘遇迟的性格也越来越像。焚书会似乎有了接班人。

为了让陀螺重新塑造一场纹丝不动的尖锐舞蹈，孩子会继续抽打它，表现得比前一次更加亢奋，也更加凶残。

○ 课

　　猿鹤山房焚书会教唆犯刘遇迟当然并不反对读书，但却的确嘲笑过读书。他曾列举过笛卡尔《谈谈方法》之言，所谓："我自幼读书，接受了全部经院书本教育，认为读书可以得到明白可靠的全部知识，懂得人生的道理。我如饥似渴地学习。一切稀奇古怪的学问，只要捞得到的书，我统统读了。但读完之后，看法就完全变了。我发现自己陷于疑惑和谬误的重重包围，越发无知。我们的时代人才辈出，俊杰如云，不亚于任何时代，我可以自由地对所有人作出判断。我认为世界上没有任何一种学说真正可靠，就像从前人们让我希望的那样。"然后刘遇迟又说："《朱子语类》里言'读书是学者第二事'，这与笛卡尔的话是相似的吗？是一码事，但又完全不是一码事。一个是为了追求极致，一个则只是为了仕途。如今时代，我们的世界在'旁逸时刻'发生之后的知识、条件、物理观察与精神分析，我们生活中的各种工具与经验等，都比笛卡尔或朱子时代不知复杂多少倍，实验探索与新的发现也远远超过一切前人。宗教与玄学还更喜欢用许多反文化的东西、反智的逻辑，来否定读书，认为文字障，觉得可以解决这种笛卡尔规律。但无论怎样，'无知论'恐怕还是一样的。那到底该不该读书呢？知识分子始终只能对知识分子们自说自话，而真实世界则苦难依旧，从不会以知识分子的意志为转移。文化是一团可怕的火。火到底能不能摸，试一试才知道。反正无论摸或不摸，人最终都会后悔。"

"您这么一说，我们更糊涂了。那到底该不该读书呢？"大家集体问。

"与其读书，不如跟我上课。"刘遇迟站在瀯楼露台究竟顶上嚷道。

记得"旁逸零年"之后，除了站在瀯楼究竟顶和我的雨伞下演讲，刘遇迟的确还在各种房间里，给我们上过很多不同的小课。他所谓的上课，并非读书的课。这些课没有课本，但又似乎都涉及他所谓的某种"读书"。大家经常看不到任何一本书、一个字。他称此为"课"，原意大概只是想强调他的导师身份吧。

这些课包括如：

沉默课

沉默课也称"哑课"，即刘老师让所有人坐在山涧里，练习不说话，不对任何一件事物表达看法，一声不吭。无论对方说什么、做什么，甚至动手打了自己，也完全不说话。

静 课

静课是听觉的课，如"鸡嘶晨，犬守夜"，每个人都要练习如何能听见"无声"。不过这个判断标准比较复杂。因若还能听见什么，便说明仍是有声。静可以不断地去听，但却又不能被听见。为此有几个同窗失去了耐心，离开了瀯楼。还有几个发了疯，用铁锥刺破了自己的耳膜。

独立课

顾名思义,并非指精神独立,而是练习用一条腿站在山里生活,晨昏之间不换腿。

大灭亡课

也叫"末日课",即大家坐在后山悬崖边,一起观想末日之景观:全部灾难降临,所有人与动物都将死去。那因恐惧而欲从悬崖上跳下去的,便算是得了此课之真髓。

抚摸课

所有男女门徒坐在山涧里,互相抚摸。所有行为都只能通过轻微的触觉来表达。但如果触摸中发生了猥亵行为,则又会被罚。

撞 课

让大家练习互相用头部、胳膊等大力侧身撞击对方,以及撞击山石草木与墙壁,可以翻滚倒地,但不得受伤。

吻 课

不是人与人之间的吻,而是让大家与树、草、矿物、器具甚至粪便进行亲吻。只有刘遇迟才能亲吻某个女门徒,不过他解释说:"在我眼里,所有人都是物质,并非女子。所有女子又都是运动的粉色基本粒子。而吻则是反物质。"

焚毁随身卷子课

刘遇迟先给每个光头门徒发一册空白笔记本，名曰"随身卷子"此语来自日僧空海《文静秘府论》所载唐人王昌龄之《诗格》，后杨典亦写过同名笔记体杂文集，以为一切抄书、写作、记忆与发兴之代称。然后他也令人在笔记本上抄所读之书。抄完后，再将所抄之书与抄写的笔记本全部焚毁。焚毁后，又令门徒重新靠记忆，互相默写或抄写其他人抄过的书，交叉记忆。能记住多少，便写多少。写完后，再烧。如是三番五次地抄写、焚烧、再抄写，直到最后能写出来的，只剩下大家都能记住的那些内容。然后，刘遇迟又当众宣布，这些内容都毫无用处。那有用的呢？刘遇迟指着一堆堆黑色的笔记本灰烬说："有用的都在火焰里。你们去问它。"

炼山课

炼山即烧山，刘遇迟常带领我们在狻猊庙后山烧荒，并勒令所有门徒坐在火焰与烟雾周围，不许说话，甚至纹丝不动。他说："旁逸时刻发生时，世界也会是如此这般滚烫。能不能坚持走到地库中去，全靠今天的练习。"

断水课

连续几日绝水，一口也不许喝。有一位名叫杜润的同窗因此而死。

半句话课

即每个人与别人交流说话时,都只说半句,后半句靠猜。如果在交流中发生了误会,都只能自己承担后果。

铁 课

刘遇迟让大家先各自去山下收集一块黑铁,然后终日在身上都揣着黑铁。每日晨昏乃至睡觉都跟铁悄悄地说话,直到听见铁的回答。

艳 课

(存目,因禁止泄露此课内容)

啸 课

表面说是啸课,实际则为尖叫课。刘遇迟先让我们熟读唐人孙广的《啸旨》,努力模仿其中的方法,但谁也不能真正做到。因"啸"是完全失传的一门技艺。于是,此课就变成了焚书会门徒集体向着山涧深处嘶喊、尖叫、咆哮或吹口哨(包括用一片树叶含在嘴里来吹口哨的所谓"叶啸")。

猪头课

烈日下众人围坐山涧,吃猪头肉,并分成两群人,集体龇牙咧嘴地扮演猪头。刘常以天空日球为大猪头(不过,我始终怀疑这一课是刘对《蝇王》的剽窃),或互相指责对方为猪脸。有时,我们摸着自己的嘴鼻,真的会感到在逐渐变长,变成了猪脸人。因猪头肉香味飘散,山涧里到处飞满了苍蝇。

一　课

先用树枝徒手在泥沙地上画一条直线，不得有弯曲，有弯曲则止。然后用树枝，将直线分成若干段，最少不得少于一百二十段。分得越多的，越接近此课的要求。门徒对此一字直线不论短长粗细，只能论局部的数量。但因树枝画泥沙，断点模糊，很难有人超过一百二十段。刘遇迟自己则常是将直线从中间切开，一分为二，敷衍了事。

〇　课

令大家围坐成一个圆圈，默默等待。刘遇迟则在地上，或一人悬挂在山崖峭壁上，用铁锥凿画出一个巨大的〇，然后每个人排队，走到〇的面前，如照明镜般，用行为阐释自己所看见的东西。据说此法来自陈抟老祖，后为刘遇迟所沿袭。

假设一切皆假课

刘遇迟认为一切都是假的、被设计的，也包括正在履行其哲学的猿鹤山房焚书会，狻猊庙与瀿楼，都是被"古赤公"虚构的。那什么是真的呢？无论谁，无论怎么回答，他都会说那是假的。当大家不得不沉默时，他也会说："这沉默是假的。"

"那如何修习这门课呢？"大家问。

"若假设一切皆假，那这门课当然也是假的。"他说。

"那总得有个真实的入口，才能继续修习吧？"

"的确,请继续假设那入口。"

万山点头课

此课全凭心性,即独坐山涧,若于观想时,见万山点头便点头,摇头便摇头。但奇怪的是,每次有人默默点头时,刘遇迟便会失望地摇头。

毋庸赘述,此类课多不胜数。可因刘遇迟上课时太过苛刻,出言荒谬,也引起了很多人的猜疑与不满。在猿鹤山房地库的那些野生动物发生破笼之前,就有不少同窗密谋,试图推翻刘遇迟的教义与引导,用罢课重新定义焚书会的意义,但他们未能实行,因刘的课总是具有一种难以抗拒的、消磨时光的魅力。

午 梦

除了那些莫名其妙的大课，刘遇迟也是个很懒惰的家伙。或因沉湎于色欲，他的身体在后来的岁月里日趋萎靡，整日昏昏欲睡。他尤其爱午睡，而且每次都会睡很长时间。为了掩饰他的无聊，他还会带领我们大家集体学习午睡，美其名曰"午梦课"。在课上，我们大多会睡得迷迷糊糊，流口水，且梦呓不断。醒来后也不知身在何处。好在瀿楼劳作、打坐苦闷，能睡个午觉，我们也能趁机在他那些满是诡辩的课与课之间休息一下。而刘遇迟呢，醒来后，他则常会独自站在大露台究竟顶上，满眼血丝，充满绝望地凌空俯瞰着在下面操场上正步徘徊的我们这些光头们冷笑。

我记得即便醒了，他也常闭着双眼，让我打着雨伞，随着他在露台栏杆的边缘上来回地走，像一个梦游者在回味午梦的奥秘，又像是马上要跳下去，摆出一副即将跳跃的姿势。

我们都知道，这个浑蛋其实从来就没有过自杀的勇气。

但如果此刻你问他站在高处做什么，他会说他是在为空翻预热。他说他是一位当代列御寇。他从来就没有恐高症。他甚至还能御风《庄子》言"夫列子御风而行，泠然善也"。

"列御寇也会像您这样午睡吗？"门徒们也在楼下集体笑道。

"什么叫'也会'？列御寇是一头午睡中的利维坦，他的梦比所有的梦都要庞大。不过这方面的事你们还不懂。因你们根本不懂梦。"刘遇迟说。

"什么叫午睡中的利维坦？"我们对这个说法忽然有些好奇。

"你们可以设想，列御寇并非一个古人，而是一个怪物。"

"抱歉，我们很难像您那样去无中生有地设想。您能不能说得完整一些？譬如，请用一个列御寇故事来说明您的观点。"

"尽开黄腔。老子只讲观念，从不会讲什么故事。"

"好吧，那就请您说说列御寇午睡的观念吧。"

"嗯，你们可以这样设想：在一个前无古人的午后，浑身逆鳞的怪兽列御寇在血腥的桃园醒来，发现自己的獠牙已缩到三尺，身体长度还比不过一头大象。他知道他已变成了利维坦。他的'无边'变小了，只能算是'庞大'。大也是一种小。而桃园已成了他盘踞哲学的宝座。只是利维坦再也不想重返山林与大海了。午睡令他想到了自杀的必要性，尽管伟大的人也不一定要自杀，只是认同自杀。这种糟糕的情绪，可是之前数百年从未有过的。他对域外沙漠再也不好奇。对昔日常饕餮的龙骨鲸肉味同嚼蜡。过去曾让他激动不已的那些知识、机器人、风、生化、初恋、不可抑止的超凡色欲，以及那些臭气熏天的帝王宫殿，此刻看起来也全都一个样。阳光是白的。空气如湿毛巾堵嘴。人群弥漫出一阵阵曲线形的卑鄙。山林最擅于藏污纳垢，满地都是野狗吃剩的残羹。那夺人魂魄的少女们，也终究会变成一堆堆的老妪、璀璨的腐肉。列御寇此刻似乎已闻到了她们臭鱼烂虾的气味。人老了，看什么大事都像狗尾续貂。午睡会改变一切。午睡会把史前史、草药、中国与原子世界都阻断在华胥梦的另一边。尽管桃园里始终飘荡着某段熟悉的音乐，列御寇的音乐，但他却想不起来音乐的标题了。世间一切皆是单一的，唯有音乐是并蒂莲。音乐与现实是两段平行的铁轨，始终相伴，却又从不交叉。在音乐里，什么都跟过去一样，什么都是双份的，包括爱与数学。音乐与现实两者之间似乎只差了一个绝望的午觉。列御寇的午梦，便是这绝望的晴雨表。看他是否还有生活的热情，是否还会关心鸟啼花落，就得看他是否还会午睡，每日会睡多久，如何辗转反侧，以及醒来后的脸是什么样子。有时，他会把脸埋入枕头里，瞪大双眼，去透视枕头中的黑暗，那同时也是因他自己无法面对午睡后浮肿的脸。唉，我就是这样。诅咒就一定要用脏字吗？痛苦就一定要号叫吗？语言皆喜剧。好在列御寇本身并不相信火与水，不相信力学，不相信精液、心、子宫与冲虚之境里杜撰的容积，也不相信任何维度与速度，故他从不会犯傻似的，去记录他在那些旷古罕见的午睡中，只有他一人才见过的巅峰。他与一切非他之物互为表里。但他不会为狂飙突进的海市蜃楼留下一粒沙子。好在他本来也不识字，故他从不会记录这座残酷桃园里，每天都会发生的那些屠戮、良知与诡计，还有无数围着尸体与符号，点燃篝火，载歌载舞的家伙。大概不记录似乎有忘恩负义之嫌，可记录则又会显得自己太肤浅。列御寇以迷惘为指南针前进。列御寇没有历史。瞧，你们这些兔崽子，我也没有历史。獦獠子独一无二。列御寇在一个午觉后醒来，惊讶地发现他并不需要任何语言的獠牙，身体也依然是雄伟的。他知道那从史前到午梦中的一切叙事，根本就是来用于忘记的，而不是拿来记忆的。正如真正深刻的人，从不会去写作，只会去行动。只有怀疑深刻、彷徨于深刻、忘记了深刻或为深刻狡辩的人，才会用写作的绳索不断地羁绊自己。你们看，我就不写作。我从来就是述而不作地带领你们去认识真夜。尽管写作是一切失去了午梦的午睡者最后的尊严。可那种匹夫的尊严，没有也罢。写作是为了阐释自己像梦中那样绝望。但阐释绝望也只是为了救赎被玷污的希望。这可真是可怜呀。午后桃园如毡,花蕊如针,当年两鬓花白的列御寇在一场著名的麻木中沉睡,瞬间又在另一场无名的敏感中醒来。此刻青春不再,爱的大失败却滋养了他的固执。反正最好的日子都已过去。万象一握之后,生活与思想便都没什么意思了。而且,列御寇早已厌倦表达,也蔑视表达。他并不想成为什么列子。午睡之后,是他最接近自杀的时刻。他曾不断地在午梦里自杀,但又不断从自杀的午睡中醒来。至于未来那些伪托列御寇之名而写书的人,很难说他们是些在史前的午梦中被惊醒的假寐者,抑或仅仅是为了醒来就会被忘掉的真恶棍,不值一提。"

"刘老师,你真的会自杀吗?"我看见一个少年门徒仰头问道。

"不,我怎么会自杀。不过,古人所谓'手倦抛书午梦长'宋人蔡确诗,又所谓'苦爱幽窗午梦长,此中与世暂相忘'宋人陆放翁句,因我与列御寇都做过同样漫长的人间午梦,而且都会在午睡醒来后,对世界与自己感到无比绝望,我倒也可以随时从这里跳下去。再说,下午最适合跳楼。我也是无畏的。"

"这么高跳下去,那不就等于是自杀吗?"光头集体中有人惊呼道。

可话音未落,我们便看见露台究竟顶上的刘遇迟竟忽然抢过我的雨伞,纵身一跃,直接从楼顶向着操场跳了下去。说来奇怪,我们所有人都看到他是头朝下,朝大家俯冲而来的,似乎速度极快。可就在他自由落体到了一半楼的高度时,却忽然变成了滑翔。他举着雨伞,伸开双手与双脚,身体宛如轻飘飘的一张纸,旋转着、摇曳着、不断空翻着,最后缓慢地落到了操场上。他的身体在接触地面的瞬间,也并未发出沉闷的摔打声,而是砸进到瀛楼的阴影里,与黑色融为一体。他是怎么做到的?谁也不知道。由于刘遇迟反对写作,也反对我们分析他的奇迹与命题,所以有时连我都记不清了,他当初从露台上跳下来这件事,究竟是他当时在上"午梦课"时真实发生的事，是一场有着什么物理骗局的空翻表演，是魔术，是列子御风，还是我们这帮浑浑噩噩的门徒在集体午睡时所做的荒谬的梦。

门　缝

　　巴蜀怪杰与教唆犯刘遇迟之思想看似特立独行，可惜，在"裂缝"发生那一年，他还是露馅了。他发明的那些课，没有一门管用。

　　当猪脸人在半空中出现时，他表现出来的依然是仓皇、无能与潜逃。

　　那时，整座瀿楼的光头与猿鹤山房的门徒们也开始了集体叛乱，同时导致狻猊庙地库动物园的崩溃。这是意料之外的事。很多刘遇迟豢养的大象、熊黑、峨眉猴子、野猪、金钱豹、虎、眼镜王蛇、金丝猴、蒙古马，与山房后厨内养殖并等待被宰杀饕餮的鸡鸭鹅等，也全都惊慌地跑出来了，满山都是。很多畜生还跑进了瀿楼里，进入到其中的每个房间，横冲直撞，搞得到处是泥浆与粪便。恐怖的号叫充斥在狻猊庙边的山涧里。

　　所有剃光了脑袋的门徒，观念的狗腿子，都吓得跑到了后山开阔的院坝里。

　　唯有刘遇迟，好像依旧藏在定间中，一声不吭。

　　那天，我还看见他竟骑着一头从地库跑出来的黑色骡子——不，应该是一匹枣红马，是他真正窝藏在定间的赤兔，带着他在狻猊庙无限公司里最爱的、那个叫周南的少女姘头，进入了定间最矮的那扇黑门里。但骡子那么大，如何能从狗洞那么小的门缝里钻进去呢？这没人能解释。

按：少女周南长相清瘦，但其绯红的脸颊，总能令我想起我自己早年的恋人。的确，很多年前上中学时，我也真的曾有过这样一位少女恋人。她是我一个人的赤兔。

那一年我刚满十五岁，沉迷于酒色。有一天，我因醉酒上学迟到了。我匆匆跑上几层楼梯。刚到教室门口，便听见里面有老师训话骂人的声音。我紧张地站在门口，犹豫该不该进去，便从门缝偷偷地往里看。门缝里阳光炫目，夺人心魄。因侧对着门坐着的，正是那个我私下秘密心仪多日的少女。她的座位离门仅有几尺。我几乎能看见她脸上的每一个毛孔。她的侧面在阳光下被勾勒出璀璨的弧线。她的头发太美，如黑色的瀑布遮蔽了我的窥视。她前额的曲线凸起如皎洁之月，睫毛密集，鼻梁也很小巧。教室闷热，连她微微冒着香汗的鼻翼，也在光下呈现出鸽子蛋般的透明。她的嘴角有一层细腻的胎毛，似乎尚未开情窦。她嘴边有一轮柔和的小酒窝，一旦微笑，便仿佛一滴雨打在窗户上留下的痕迹。

我就那样在门缝外站着看了她一整堂课，也没进去。反正已迟到，索性旷课吧。因平时很难这样近距离长久地观察她、窥视她、琢磨她。我就站在门口，点了一根烟抽。如果有猪脸人偶然出现在走廊里，我就赶紧转过身去，假装在徘徊，或因上课迟到被罚站。待寂静无人时，我便又趴到门缝上去继续看她。后来这样的行为陆续发生过无数次。每次，我都用旷课的方式换来与她的一次次"超凡脱俗的接触"与"深入骨髓的热恋"。这件铭心刻骨的少年旧事，至今也谁都不知道，包括那个少女。当年在我眼里，她的美堪称"亡国之貌"，仿佛随时都可以屠宰我初生的爱情与奔放的性欲。但少女之纯粹性太庄严了，以至于我从不敢跟她说一句话。整个读书时代，我们都像陌生人一样，关系等于零。我每日总是远远地看着她，秘密地尾随她。只要她出现在我附近，只要听到她的声音，我便又紧张得只能用左手默默地、狠狠地掐自己的右臂，大口呼吸，让指甲陷进肉里。

唉，我就是个懦夫、孬包，一头走廊里的少年困兽。只有那道洒满阳光的门缝，十五岁时耀眼的黑暗之光，是我一个人的真夜。

刘遇迟这头断子绝孙的骡子，会不会也有类似的阅历呢？他那道能够容纳他与他的枣红马，带着他的少女姘头一起钻过去的门缝，究竟是如何制造的？所谓大与小的观念，是否同时就是过去（通常会很小，只是一些零星的记忆）与现在（通常很大，以至于眼前的整个世界）的时间造成的？如果是，那望着漫山遍野被火焰驱赶出来的飞禽走兽，为何无所不能的刘遇迟，却又只能用潜逃来回答我们的追问呢？

就在此时此刻，我忽然便想起，我是与刘遇迟有着世袭之冤仇的。我绝不能让这家伙跑掉。为了报仇，我抢了一把枪，也带着我那柄疯狂的黑色雨伞，赶紧纵身从狗洞一样的矮门钻了进去。我看见里面已不是上次那个走廊，也没有了酒店和吴毛孔的"总统套房"，而是完全无光的一座管道。管道里隐约会传来骡蹄敲打地道之声，忽近忽远。为了追踪刘遇迟，我也顺着那漆黑的、斜着下坡的管道往前走。我打着我的雨伞，像蝙蝠一样远远地靠那骡蹄或马蹄声，判断仇人潜逃的方向。

终于，在一面地下墙的尽头，我赶上了刘遇迟。他正用蟒袍裹住了他的"赤兔"少女周南，抱在怀里，骑在骡子上飞快地进入墙中。但因感到后面有人出现，他忽然拽住缰绳，吁了一声，让骡子停了下来。

少女周南看见我手里拿着枪和雨伞，似乎很紧张。刘遇迟从头盔里伸出脸来，用一个深深的吻安慰了她。然后他回过头来，慢吞吞地、脸色沉重而阴郁地问我道："怎么是你，丁渡，你为何要跟踪我？你一个打伞的，我待你也不薄，难道我们师徒俩会有仇吗？"

"当然有。"我直截了当地说。

"是什么仇呢？"

"这个我一时也说不太清……"

"说不清？"

"也可能是我忘了。反正我恨你。"

"忘了，你老年痴呆了吗？"

"先别骂人。我想我们之间的确有仇，甚至是一段血海深仇。只是我现在暂时无法对那空前的仇恨正本溯源。我只知道我与你不共戴天。"

"还有这种事？龟儿杂皮，你以为老子是谁？"

"你是我的仇人。"

"也许他的仇恨是为了我吧？"这时，那个一直躺在他怀里的少女周南，忽然微启樱桃小口笑了，轻轻说道。

"为你？"刘遇迟有些纳闷。

"是呀，我记得他。他是我的一个中学同学。过去总是趴在教室门口的窗户里偷偷窥视我，连跟我说一句话的勇气都没有。

他以为我不知道,其实我早就看见他了。他冒死尾随我们俩进到这里来,只是出于嫉妒而已。"少女周南又道。

"胡说,我压根就不认识她。"我对刘遇迟喊道,声音在地洞里嗡嗡作响。一股热血令我涨红了脸。好在定间的管道里一片漆黑,他们看不见。

"那你激动什么,脸红什么呢?"少女笑道,嗓音醉人得有如一头夜莺。

"你肯定是记错人了,"我辩解说,"如果我们是中学同学,如今我已人到中年,可你这样子怎么才只有十几岁,还是少女?"

"这只是光差效应吧,刘师通透一切中脑手段,有啥稀奇的?"她反唇相讥道,并转过脸去,继续骑在骡子上与刘遇迟接吻。

"是呀,你跟我都学了这么多年了,怎么连这都不懂?根器也太差。"刘遇迟得意地回吻着他最爱的少女,他的赤兔,一边冷笑着对我说。

"就算如此,我对你的仇恨,也并非为她。"我试图继续为自己辩护。

"这么说,你不爱我了?"少女问,忽然眼睛里又似乎含着泪。

"抱歉,我已记不清那爱是什么了。"我有点尴尬,甚至有点愧疚。

"那你尾随我们进来,是要审判我呢,还是想要杀掉我呢?"刘遇迟厉声道,然后又带着他恶臭的口水去吻那少女的芳唇。我看见他们俩粉色龌龊的舌头纠缠在一起,就像两条火焰般的毒蛇,似乎在报复我的追击,嘲讽我的遗忘。

"审判你是后人的事。我也从不会杀人。"我定了定神,勉强压住心头怒火,又假装愤怒地说道,"但猪脸人从天而降,灉楼倒塌,猿鹤山房焚书会、无限公司、狻猊庙与灵鼍全毁于大火,同道兄弟们都散了。可大家自始至终,谁也没看到你说的那个他妈的'古赤公'在哪儿,你自己却先跑掉了。这事怎么也说不过去吧?你总要给我们一个解释。"

"这么说,你是代表他们来追责的?"

"我代表我自己。"

"我看,你也代表不了你自己。你根本就不了解你自己。"

"我可不想再听你诡辩那一套了。"

"好吧,那我就顺着你恨我的逻辑回答你。"刘遇迟说,"人都不愿面对自己的无知。你越告诉他们,他们所不知的或不解的,他们便越恨你。这一点人性并非仅限于蒙昧者、偏见者与信息闭塞者,也包括不计其数的读书人和知识分子,乃至世间各种见多识广者。无知是悲剧,求知也是灾难。人是卑微的,世界是坚硬的,恰如'蚊子叮铁牛'禅宗语。知识与爱,通常都是短暂的、缺环的、会中途断裂的。就像我们深爱过一个少女之后,往往很难再去爱下一个,或另外一个。即便此生一直爱某个女人,在你死后,也难以将这爱传递给孩子或后代。可恨就不一样。恨是传世的。恨可以在两代人、三代人甚至好几代人中绵延不绝。这莫名的复仇心理,有点像'九世犹可复仇乎?虽百世可也'语出《公羊春秋·庄公四年》。仇恨与爱一样,都并不一定有什么具体的原因、具体的事或具体的人。爱不能超越现世时间。但璀璨的仇恨一旦产生,就能代代铭记,变成一种哲学基因。瞧,我的爱早已在我的早年就中断了。我在这位少女周南身上找到的,也不过是我过去的一点残存的激情。所以只要活着,我走到哪里,都不忘带着她。她是我的赤兔,我的洞主,我亲密的伙伴。但我的恨,以及我在这恨中创造的'古赤公'与摄心机器,我对整个'假夜'世界的恨,包括未来历史中你们对我的恨,那从古今万有的'真夜'中旁逸斜出的、不断被延续的伟大的恨,则会万世不绝。因我已经把恨,通过我的哲学传递给你们了。即便最后一切懵懂、无辜、知识与事实,都会被你们无耻地忘记,甚至连我也会被你们这些拥趸全盘否定。只有仅剩下的那个恨,会始终令你们眷恋、痛苦与激动。"

"说了半天,你还是没说'古赤公'在哪里、在哪里、在哪里?!"我紧追不放地说。这次,我觉得我终于能屏蔽这家伙的各种歪理邪说与修辞,抓住重点了。

"还是那句话,你们继续顺着这地道往'裂缝'里走,就能看到了。"

"抱歉,我也早已不相信你所谓的'裂缝'了。"

"'裂缝'可能就像你当初偷窥周南的那个门缝。就像这座地道,或许就是你中学教室门口的那条走廊。爱与恨,从不存在什么信或不信,只有记得还是不记得。"

说着,满脸色情的刘遇迟将少女周南紧紧地拥抱在怀里。然后,两人在巨大的蟒袍中越抱越紧,犹如一团黑漆漆的包袱,淹没在枣红马(或骡子)背上弧线的鞍桥上。接着,那马或骡子一声嘶鸣,撩开四蹄,猛朝地道里两面墙之间的夹角冲了过去。

那畜生的速度太快了,就像赤兔。我大惊,赶紧上前一把抓住了那畜生的尾巴,使劲往外拽。但根本没用。那黑骡子似的枣红马,力气似乎比驴、马或牛都大。尾巴很快就从我的指间滑脱了。我拽得浑身大汗。我猛地向墙中又跨出一步,扔掉枪,用雨伞顶住墙壁,并越过骡子,抓住了刘遇迟的手。我以为我终于抓住他了。但他与他的赤兔、他的洞主周南却并没有停止缩入墙中。他们与他们周围的所有景象都坍缩得非常快,真的就像他每次在他的定间"海底"洗完澡后拔开浴缸的塞子放水似的,所有水都从小黑洞里盘旋着急速流走,并形成了一个轰响的漩涡。

我眼睁睁地看着刘遇迟、少女与黑骡红马,都缩进了那夹角里。

两面墙关闭，就像一本被合上的书，而我手里仍然抓着那只手。

我立刻明白了，那手只是刘遇迟的机械假手。是他在缩入墙中的同时，便如蜥蜴断尾一样，将自己的假手从断臂上卸了下来，扔给了执着的我。

正当我拿着这只假机械手臂发愣时，又听见身后有很多人的脚步声赶来。回头一看，却是元森与一群拥趸，跟着一个叛变的猪脸人，也从矮洞进入，一路下到了这里。

"这人是谁？你们怎么会跟猪脸人搅在一起的？"我转身质问元森。

"是我呀，张灶。"那猪脸人打着呼噜般，对我笑着说。

"张灶，你不是死了吗？"我惊道，"怎么会变成这样的？"

"死也是有光差的。"

"他妈的，又是光差。生命就是个骗局。"

"唉，这些都不重要了。生与死，大概都是书本里的玩意，我们先不去管它。当务之急是，我们只能顺着刘遇迟说的方向继续走下去，才能找到'古赤公'。"张灶说。我们看见他的鼻、嘴与脸虽有变化，猪脸膨胀如斗笠，且仍然在抱着一只蜜罐，用手指挖着蜂蜜舔食，但"肥皂"这绰号，现在似乎已不太合适。

魇 军

  我还记得,大概因早年杀蟒时见到"猪魇军"的那些痛苦记忆,刘遇迟曾将所有拜在他门下的徒弟拥趸、迷恋他的荡妇与妍头,还有狻猊庙、瀿楼、焚书会与无限公司中的那些光头,以及一切在丛林里追随他的社会闲杂人等,一概都称为他的"魇军"。这当然是一个缩写的词,一个被删节过的名词。全名应为"隐藏于中脑梦魇中的万军"。

  甚至还有一次,他从外面开来过一台奇异的"摄心机器"。不过说是摄心机器,仔细一看,竟不过就是一架巨大的老式履带拖拉机而已。他把拖拉机停在瀿楼下的院子里,坐在上面狂傲地说:"瞧,当年我就经常驾驭着这台摄心机器,带领着我的魇军,驰骋于马鞍形的色空之间的。那是我最值得回忆的中脑时代,是能让世界为之弯曲的时代。"

  "你的摄心机器就是这台拖拉机?"大家集体哄笑起来。

  "差不多吧,反正履带是一样的。"他回答说。

  "履带有什么用?"

  "当然有用。它可以收割,还可以碾轧。"

  "你什么意思,把我们这些徒弟当麦子吗?"

  "别误会,我把你们当土地。徒弟就是'土地'嘛。"

看，我们的恶棍教唆犯刘老师就是如此无聊。他从年届不惑，到七十多岁——有人说他不过刚满六十岁，有人说他其实已经九十，他则刻意隐瞒年龄，还打诳语说自己已二百六十七岁等，都只是不想让大家误解他的宇宙观，或是他想规避他所经历过的那些悲惨往事与历史之间的矛盾——他始终爱当众追忆自己青年时代曾有过某个壮举。那大概是他一生最光荣的时刻，譬如杀蟒之事，或漫游西域等。他说他在那大裂缝出现之前，就曾带领"魔军"对这个世俗世界有过一次真正的反抗，为此险些丧命。不过，他从不说那是什么壮举。反正自壮举之后，他的生活便一直走下坡路了。人生失去了激情。

他说他曾经在巴尔干半岛拥有甚至使用过一把自动冲锋枪。

但枪在哪里？从未有人见过。

对此，元森不屑一顾地说："别信他那一套，枪？做梦吧。哪有什么枪。他大概是早年间打群架时，自己制造过一杆能打铁砂子的土火铳罢了。"

而刘遇迟则笑道："元森，你晓得个锤子。冲锋枪是一个猪脸人送给我的。"

"哪个猪脸人？"我问。

"这个可不能随便乱说。很危险。"

"危险？"

"是的，观念都是危险的。"

"猪脸人不是敌人吗？"

"敌人也有好人。"

"他为啥要送你冲锋枪？"

"敌人也是兄弟，一个小礼物而已。"

"冲锋枪能有啥用吗？"

"对在光差中进入'真夜'的人而言，当然也没啥用。因子弹的射击目标，都会错位到别的语境和时空里。枪就是个摆设。"

"那我们可以看看那冲锋枪吗？"

"当然。不过还是那句话，等你们见到'古赤公'时，就什么都能看到了。一把冲锋枪算什么，你们能看到的是猿鹤山房焚书会成员们在中脑梦魇的万军。"

"既然枪就是个摆设，你的魔军呢，会不会也没啥用？"

"那可不同。魔军是可以抵抗猪脸人的进攻，横扫一切'假夜'的。"

说着，我们看见刘遇迟这家伙从那拖拉机上跳下来，然后面对着驾驶室下的履带，倾斜着躺了进去。他整个人横在拖拉机履带的下面。

"来吧，你。"他用机械手指着那个曾跟随他进入门缝的、他最爱的少女周南说，"你上去开动拖拉机，然后从我身上碾过去。"

"这我怎么敢？"周南紧张得脸一下就红了。

"有啥不敢，你是怕我会被你碾成一团肉酱吗？"

"难道不会吗？"我们集体问。

"当然不会。"

"怎么不会？"

"肉酱只是你们的一个经验，而你们要学会的是反经验。"

"可拖拉机会把你轧死的。"

"唉，无论你们接受不接受我的观念，我都不会变成肉酱。所有的一切都来自你们自己的选择。我只展示摄心机器，从来不会强迫。何况从我身上轧过去的，将是她，周南，一位这些年来可以掌握我心跳的少女。"

"所以呢？"

"所以，我是自愿的。"

"那我也不敢轧。"周南说。

"这说明你们还远不懂摄心机器。"刘遇迟不无遗憾地说,"你们真的以为这只是一台拖拉机。你们还活在这个卑鄙漆黑的'假夜'里。这让你们的话与思维也变得很假。"

蝾 螈

猪脸人进攻灪楼那年,猿鹤山房外的植物园,也同时被烧毁。望着满目发黑的花草,我的挚友,我绝望而潦倒的兄弟元森还曾写过一首小诗,如下:

今日残花昨日开
昨日呢?昨日即恋人用砖
站在床的另一边
砌墙

墙外可能真的有一头猛虎
也可能只有猛虎吃剩下的骸骨
只有我们自己:
是一听被打开的罐头

骸骨逐渐堆积
砖在向上疯长
床从广场上飘走
伟大的恋人则没有了面目

> 人生真的要从五十岁开始吗？
> 睡觉也须接受坤舆万国全图的考验
> 宇宙、器官与"古赤公"都是被设计出来的
> 我想"从深深的悲哀中起来反抗"

为了更亲切有效地揣摩刘遇迟的观念，元森偶尔用写诗的方式记录自己的思绪。这也算能在焚书会的迷局中打发一点时间。

"人生从五十岁开始"本为琉球谚语。"从深深的悲哀中起来反抗"则为曼杰斯塔姆之名句。至于第一句，其实见于唐人崔惠童（一说元友让）诗《宴城东庄》，全诗为："一月主人笑几回，相逢相识且衔杯。眼看春色如流水，今日残花昨日开。"

但这里的残花、反抗等，应该是有所指的。我猜他可能已发现了刘遇迟的"古赤公"是在欺骗大家。只是他还不敢明言。

"残花都是昨日才开的，而不会是在未来。"刘遇迟说过。

"那可能只是因你自己恋旧吧。你别总想把我们大家都带到你过去的阴沟里去。我们可不希望成为你的过去。"元森说。

"那是因为你没蹲过智利的监狱，任何监狱。"

"监狱和残花有啥关系？"

"监狱就是一切过去记忆的入口。我在圣卢西亚监狱时就曾想到过，在俄罗斯的监狱史上，如从理论上说，当初大多数泽克族（即犯人）之所以犯禁违法，原本也是想为自己塑造一个未来吧？譬如他们是去追求黄金、美人、权力、武器，甚或为了一本危险的书籍等。可在他们服刑期间，仅需饿他们几天肚子，便让他们失去了时间，也不再关心未来了。他们很快就会意外抵达一种久远的过去。据说，他们曾在科雷马河的冰层中，挖掘数万年前的蝾螈来充当食物参见索尔仁尼琴《古拉格群岛》之前言。蝾螈（也可

能是肺鱼、蜥蜴或蝙蝠）的干肉，其实已接近半化石状。不过也可以通过烧烤融化，聊以充饥。关键的是，这些干肉能让犯人感到一切人类对未来的争夺及整体的文明、集体的苦难等，恐怕对地球而言都是些小事。蝾螈纯属野生物，分布很广，一般只生活在丘陵、沼泽地、水坑、池塘或稻田附近，靠吃蚯蚓与昆虫为生。蝾螈完全不能改变地球与世界的结构。但它们却意外地反哺了泽克族，这些看似来自文明的、伦理的、底层的、本来试图想改变世界结构的人类。于是，在无未来的犯人们与唯过去的蝾螈们之间，通过本并无机会构成的一条'真夜'的食物链，便形成了一种完全与文明无关的圆环衔接。可见，哪怕是最懵懂的一种存在，亦可大于理性、法律或对善恶的认知。大于道德与荣耀。蝾螈与犯人，本质上都无法选择自己的存在方式。史前史、当下史与未来史，都像是被虚构的。只有饥饿是真实的。那些'已死亡了数万年的非生物'与'活下去就算是一个生物'的生物，终于在此合而为一了。他们成了不需要历史的一种观念。那些今日吃的蝾螈，就是昨日开的残花。时间在此被消灭了。"

每当刘遇迟对焚书会门徒说出他的这些靠剽窃书本而得来的超时空谬论时，总是像刚在床上用他的色情羞辱了某赤兔的肉体一样，那么洋洋得意，自以为是。我看见他那蜡黄的脸色与满嘴的坏牙，也像是一只腐朽的蝾螈。

倒　影

早在狻猊庙潆楼究竟顶建造后的第二年，刘遇迟家中那个传说已四十五岁的恋人（一说为其隐婚之发妻）薛雯婕，忽然因药物过敏，不堪忍受生理痛苦而自杀了。她自杀有一些疑点，譬如有人还说她也是死在迭桥上的，是很多"第八个"中的一个。可始终也没人找到过他杀的证据，更别说是被刘遇迟杀害的证据。

只能说，"所有自杀本质上都是没有物理他杀的另一种形式"。

尽管并无公开的婚姻关系，但刘遇迟的形象也似乎一夜之间成了"鳏夫"。只是人们在他脸上看不出丝毫悲伤来。他自己也始终否认薛雯婕是其发妻，仅仅说她不过是长期同居的姘头而且，从来没有任何有关薛的轶闻或记录，故本书也无法再现她的历史之一，赤兔与洞主之一。元森也没发现他为丧妻有多难过。也许因长期当教授的职业病，刘遇迟的嘴似乎没有沉默的功能。家中无人后，他更是爱不断地絮叨，变本加厉。尤其谈到历史、哲学、玄学与文学，刘遇迟从来都显得胸罗万卷。他从来就不爱藏书，不少钱都用在吃喝上，焚书会里的藏书，也都是尉迟家传那些早已翻烂的旧籍，以及早年摆书摊时剩下的各种油渣书、带插图与拼音的普及本、非正式印刷品与街头时尚读物。可一面对诸如我、元森、吴毛孔或张灶等这样比他年轻，却又不算太年轻，且各怀心事的人,他就习惯性地开始滔滔不绝了。譬如,他可以连续几个小时内,喝着二锅头,抽着劣质香烟,一口气从孟森先生的明史讲义、清代禁毁话本、推背图、烧饼歌、徐枕亚或喻血轮的一时之荣与汉语最后的失败、黄秋岳、郑孝胥或陈寅恪诗中的政治密码,以及张爱玲在东瀛失踪的那段时光之谜等,一直谈到伪造的亨利·米勒日记、塞利纳反犹主义、拉什迪被追杀时的地下流亡路线图、罗伯特议事规则里的悖论、越南汉籍中的妖怪、苏联地下文学刊物《萨米兹达特》Samizdat、托马斯·品钦虚伪的隐居与其导弹与性交交汇点的巧妙设计、天球运行论、宣夜说,还有斯塔普雷顿受到 H·J·韦尔斯《世界史纲》、火星小说或凡尔纳式百科全书之启发,从而胡乱设计的几种人类时间,以及《折狱龟鉴》与布扎蒂的监狱寓言之比较等。他爱从这些乱七八糟的东西中,梳理出中西文化之差异,或与当下中国人生活方式有关的谈资。最关键的是,他最后能把这些八竿子打不着的话题,全都引到"古赤公"上去。毫无疑问,这也是一种拼凑能力。只是他不知道,元森对这种能力其实不感兴趣。而刘遇迟似乎很喜欢看到元森这种"性欲的死猪"在面对他那种博学时的颓唐表情。好像元森的痛苦也是他的痛苦。就像是俗话说的什么"我们一代人的爱与痛"之类,他好像总是感同身受。这种好为人师、句句话都像正确无比的样子,尤其令人厌恶。他总是一厢情愿地给元森做心理剖析,问这问那,好像一个怪物发现了另一个怪物。

的确,元森对一切知识都是冷漠的。因"知识不能改变、不能攫取的东西也太多了,譬如性格,譬如恋人",他说。

"那你觉得什么能改变性格?"猪脸人张灶曾用手指挖着蜂蜜舔食,一边问他。

"只有重大的遭遇、命运或岁月,或许能改变一点人的性格。这还得看是怎样的性格。对秉性难移的人而言,知识完全是无用功。"

"可我们入焚书会,进瀍楼,不就是想获取刘遇迟传递的某种具有强大能力的,能攫取一些平时得不到,甚至可以改变性格的知识吗?"

"不,我觉得他根本没这个意思。"

"为什么?"

"因为'古赤公'并不是知识。"

"那你认为是什么呢?"

"可能就是他制造的一个词语而已。"

"是假的?"

"嗯,全是假的。"

"何以见得?"

"因根本无法验证有这么个东西。"

"但的确有。"

"难道你见过?"

"我是见到过一部分。"

"一部分,在哪里?"

"就在定间。"

"可我连定间究竟是什么都很怀疑,我不相信有这么个地方。"

"定间是有的,就在倒影里。"

"那倒影又在哪里呢?"

"在瀍楼下面。"

"可笑,瀍楼哪里来的倒影?就算有倒影,楼下也应该有个什么池塘之类的吧?"

"倒影只是一个说法。其实你也去过倒影。"

"什么,我去过?"

"是的,就是地下。不过你只去过第一层。"

当然，那时诸如元森或我，都不能对张灶的话完全信任。按照我们后来的研究、追踪与探寻，"倒影"的确只是瀍楼下的地下室。说起来，那地下室也并不神秘，并不大。最起码开始的七八层，小得简直就像一系列盘旋向下的楼梯。从定间墙上的黑门进入后，地上就有一个类似井盖的入口。打开入口的门，跳下去，可以看见一条通道，以及电梯门。那应该就是通往最初刘遇迟带我来时的地库的电梯。在电梯侧面，还有一个夹层门，有点像海上巨型货轮底舱的那种铁门。打开铁门，便是旋转楼梯。楼梯一层一层地犹如蛋卷冰激凌般往下延伸，呈颠倒的多边体锥形，一层比一层窄。每一层的四周，是大约面积有一丈左右的六边形空房间，而且都有防弹玻璃罩着。最接近地面的是第九层。

第九层"倒影"的房间中，有一张铺着黑色床单、黑色枕头、黑色被褥，带有床柱、帷幄与折叠屏风的雕花八步中国床，形状完全就像当年刘遇迟写《古猊元人记》中的那种"明龛"床一样。这八步床也是套间里还有套间，层层如抽屉。抽屉最核心的内部，则只是一张小型的折叠单人床。或许，刘遇迟曾在这张小床上与许多被他诓骗的女子或门徒秘密幽会过吧？第九层房间四面的墙上，与瀍楼一样，布满了复眼般的小龛位和小窟窿眼，形状也都像是这八步床的一个个缩影。

我们走到最核心的单人床边，元森猛地揭开被褥，却发现折叠单人床的底板竟然是可以打开的。翻开床板，床底下又出现一个黑窟窿，窟窿里还有盘旋狭窄的楼梯。我们便从这窟窿与旋梯跳进去，继续往下走。不一会，便可以看见第八层的房间灯光了。从此开始，各层的中心都有窟窿与旋梯，"倒影"房间大约情况如下：

第九层：除了雕花八步中国床，周围堆满了密集的

图书

  第八层：堆满了石头、瓦砾、沙子与玻璃

  第七层：房间中心放着一把生锈的手枪，地上有污水，隐约有苍蝇飞来飞去

  第六层：放着一些发臭的动物骸骨，譬如鹰隼的标本、虎爪或野猪獠牙等

  第五层：人工玻璃温室，里面温度高达四十多度，种植着沙漠植物

  第四层：放着一台说不出名字的庞大机器，零件、铁丝网与电线交叉，令人眩晕

  第三层：这一层比较特殊，房间是一团完全实心的石疙瘩，无法进入，只能用斧头砸开一个洞，再钻进去，继续往下走

  第二层：密布着一些生锈的地下管道，但旋转楼梯却戛然而止

  到了第二层，没有路了，只剩下一面生硬的、冰冷的石墙。墙上也没有任何窗口，没有开关，更没有门。墙下面有一个裂口，隐约能听到似乎有地下水或泉水的声音。但趴在裂口上往下看，漆黑一片，什么也看不见。

  刘遇迟修造这个又耗电、又浪费空间的所谓"倒影"，到底是做什么用的？我们那时完全无法理解。

  每当元森问到此事时，刘遇迟则避而不答，令人十分恼怒。

  毕竟，元森之所以颓唐得经常酗酒，并非无聊。他最初的确是想找到像刘遇迟这样的博学之人，期望能用某种异端的观念与罕见的学识，将他的"臭破袜综合征"一斧头劈开。他的痛苦是庸俗的，即性欲为何会与麻木交织，无法排解？四十二岁了，一

个人身体消沉,为什么下流的念头却又越来越多?还有,如果"旁逸时刻"真的已经发生,那我们每日分秒必争地生活,究竟目的何在?可他没想到,这一切都会被刘遇迟用"古赤公"一词来打发掉,或者用摄心机器以及他的那些混乱的话痨知识,敷衍了事。即便元森已发现了"倒影"之所在,可仍被拒之门外。刘敛财无算,还享受了门徒与拥趸那么多膜拜,就拿一些个毫无真实意义的观念来解决所有追问,应付每个人的求知诉求,真是令元森忍无可忍,恶向胆边生。他不得不决定对刘下手,一吐心中块垒之气。

当然,从背后推着元森下手的,还是刘遇迟自己发明的哲学。

遁窟

"旁逸时刻"发生后的若干年，我记得巴蜀腹地与猿鹤山房焚书会最后一代读者们坐在磁悬浮列车、直升机、宇宙飞船、个人飞行器、全封闭超音速轿车、地铁与公交车上，还在阅读作者署名为"王卫"即刘遇迟的一本书：《大剥离论》。说他们是读者，其实并不准确。他们也只是偶尔通过"新感知"读到的这本书，但很快便抛弃了，并陷入对一切传统叙述的迷惘与背叛。的确，阅读早已是最后的，甚至是已毁灭的习惯。此时的人，不再需要阅读，而仅仅只需要通过光纤传感、信息体会、刹那感知与瞬间输入法等，便可以了解万有与虚无中的全部知识与生活的奥义了。这是因"旁逸时刻"已解决了全部困惑。

我隐约记得《大剥离论》的主要内容，写的是关于自由意志与寄存世界的脱离关系，以及完全剥离的方法，包括与文字。因一切以文字为载体的东西，无论图书、电脑、媒介还是数字仓库等，就像那些传统的艺术、音乐、建筑、电影或绘画一样，在"旁逸时刻"后，都已沦落为某种夕阳产业，或夕阳工具。通过个人的努力去攫取学识与技术，已完全过时。尤其是所谓"刹那感知"——这是刘遇迟通过其摄心机器研究所发明的词语——的出现，完全解决了人脑汲取知识时的障碍问题、记忆问题或道德问题。感知先行，每个人从一生下来便已是设计好的。人不再需要任何知识，也不需要伦理，只是一团可以行走的"刹那间综合性神经判断与全方位感知"的个体，简称"刹那感知"或"新感知"。按刘遇迟的说法，新感知是以定间为核心，向万有空间放射的。在这种状态里，从来就没有什么基本粒子，也没有虚无、物理、太空或平行宇宙。当然更没有细菌、昆虫、藻类、化石、种子与生物学意义上的任何生命，只有一团柔软的、飘浮在生活中的思维体。它完全剥离于全部世界与观念，没有什么未来或过去，没有食欲或性欲，当然也没有"无一物"之类庸俗的观念。一旦成为这种思维体，全部存在都可以被重新洗牌。

刘遇迟自己是成为过的。而且，他曾完全依靠所谓的新感知生活，并在定间中沉思。简单而言，诸如以下几则：

一、世间从未发生过任何事。所有历史都是未参与历史之人设计的。

二、世间的每一件事都会被重复、二次重复、三次重复乃至无数次重复，或被颠倒、模仿或修改。只有定间历史是一元的，并可以完全剥离一切人与生物历史，也包括剥离"旁逸时刻"，独立存在。

三、世间与定间之间，是绝对真空。裂缝在真空里，但只能被感知，不能被看到。万有就是虚无（并且连这观念也是否定的）。定间与定间中的人之间，唯一的可参照物只有"明月"。但此明月也并非天体物理上的那个月球，而仅仅是刘遇迟挂在定间墙上的，一幅宋式装裱且宣纸已发黄的卷轴狂草："仰望明月心激奋"。

四、意外的是，为了表示不立文字的决绝之心，连这挂轴草书，后来也被刘遇迟取下来烧毁了。子夜，墙上只剩下一片从定间小窗外偶尔照进来的月光。

五、最后,刘遇迟把那小窗也封上了。他每夜只对着黑墙哭泣。

但《大剥离论》只印了几百册,后来也被刘遇迟全面回收,然后亲手销毁了,一本都没有留。连手稿、笔记与卡片也全部焚烧。电子版完全删除。原因仍是他一贯的看法,即文字都是误导。他还是希望能口传心授,述而不作地阐释自己的想法。

他说:"真正与世界的剥离,就不应该用世界的文字。"

大约也是从那时开始,他还把写在瀿楼定间门口的牌匾,改成了"遁窟"。

"难道'遁窟'就不是文字了吗?"我与元森等人嘲笑道。

"王韬还写过《遁窟谰言》呢,别以为我们不知道。"吴毛孔冷不丁地还给补了一句。

谁知刘遇迟听见后,并未生气,两眼反而一亮。

第二天一大早,我们发现有人用一把生锈的铁凿子将"遁窟"二字从牌匾上挖掉了,只剩下两团凹陷、残破、划伤与漆黑的坑,状如□□。

"这牌匾是什么意思,字呢?"后来有新入会的人问刘遇迟。

"□□。"——他笑了笑,也不再回答,只是连续两次张了张他牙齿漆黑的大嘴,像个散发着烟酒与唾沫恶臭的大黑窟窿,一座用遁词诠释莫须有观念的渣滓洞。

光 差

最初，猪脸人究竟会不会从光速中向我们发动空袭，在瀿楼是有争议的。因更多的人选择相信光差——即当我们的观念能超越光速时，空袭就没有目标，失去了意义。就算猪脸人动用地毯式轰炸，乃至导弹，都不可能击中我们。因在光差中，坐标已旁逸斜出，导弹无论落在任何一个位置，都只是"过去的位置"或"未来的位置"。

我们都是过去的我们，或未来的我们。我们从来就不在原处。我们对我们这运动的人生之怀疑，正如芝诺 Zeno of Elea, 约前 490—前 425 所言："移动的物体不存在。因它从不在它所在的地方，也不在它所不在的地方。"

如此一来，我们在哪里呢？只能在光差里。

很多人还认为，刘遇迟所言之光差，或许也是抄袭，本义指"天体的光行进到达地面所需的时间"，其术语原文不过就是现代天文学意义上的"光偏差"deviation of light。实际上这是完全不同的两个概念。在猿鹤山房中所炼的光差，主要来自超越光速的一种态度，一场移位的记忆。夜的向导曾说过："在常识里，人不可能对同一件事，同时拥有两种记忆。但在达到超越光速之后的光差意识中，则是可以的。有时，人的记忆会呈放射状，何止两种、即便三种、五种、百种乃至上千种，也都是可能的。"

不过，山房里的另一派门徒则认为：光差虽然有，但记忆则不会分割，只有一种。我们的存在也只有一个经纬度。

当然，我与元森、吴毛孔等人，对这个平庸的常识派是嗤之以鼻的。

譬如对地库里那个传说中的怪物"古赤公"这件事上，我们的意见就不同，所见到的异象也不同。

我们所见到的，并非他们所见到的。

因我们始终在记忆中移动，在刘遇迟冶炼的观念中移动，在我们自己愿意看到的光差与情绪中移动，在"真夜"与"假夜"的交叉中移动，也在文学的自鉴中移动。也许正因为有了光差，我与我们才能在猪脸人摧毁灏楼后，旁逸斜出，掀开井盖，并抵达地库。

冰 轮

　　万有如棱镜，唯有光差可令黑暗弯曲，产生漏洞。

　　猪脸人攻克瀿楼，刘遇迟化装与少女周南潜入墙中后不久，大师兄吴毛孔、他的两个美髯公助理、"总统套房"的半裸女服务员与不少拥趸们，也都死在了这场大混乱之中。而我只能打着我孤独的黑雨伞，随着一群迷惘的光头门徒，跟着绝望的元森与叛变的猪脸人张灶，一起走上了定间里的电梯。我终于得以第一次进入了瀿楼里一条狭窄、全封闭的甬道——即"倒影"最底部的第一层。在甬道另一端，在"倒影"里，那个倒过来的塔尖上，可能就端坐着令我们这一代同窗仰慕已久的那位"古赤公"了吧？我很难想象它到底什么样，是身躯如雕像般魁梧的一个怪物吗，还是在一块磐石上跏趺而坐的野兽？

　　据说这甬道也是"醒道"。道内漆黑昏暗，隐约还散发着某种令人神经焦灼的臭味，似乎来自腐烂的尸首，或什么发霉的食物，隐约有点令人作呕。

　　可我明明记得刘遇迟说过："'倒影'内必须完全干净、整洁、无菌，绝对不允许有任何世俗的生物或食物，更别提什么古人的尸首了。"

　　尽管他的话都是可疑的，但我相信他这句话应该不算骗人。

"倒影"地宫结构与地面灪楼黑塔正好完全相反——那就是一个倒过来的"塔",一层层地向下螺旋,所以在地面上完全看不见。

在倒影的尽头,有一间屋子。

屋子里有一个洞。洞里有个大铁笼子,笼子角边放着一只马桶。

我看见马桶边坐着一团巨大的黑影。这便是"古赤公"吗?

我忽然发现,我最初就来过这里。这最后的目的地,应该就是最初的报名处。这就像时间回到了过去一样。不,应该说,时间本来就没有过去与未来,是同一个场。伟大的"古赤公"身长大概能有两米多吧,还是当年那个黑影的样子,头大如盆,肤若冻脂,筋肉虬结,却躺在一架生锈的木板床上,穿着一个全是破洞的大裤衩,基本上算是赤身裸体,散发着一股类似常年没洗过澡的刺鼻异味。透过栅栏,我能看见它裸身背对着人,闭着双眼侧卧着。在一只电灯泡的侧光下,它的脊背、脖子、胸脯、肚腹、阴囊到脚趾上,似乎都长满了细密的汗毛、黑毛或白毛。它听见我们的声音,转过身来时,我与元森都有些惊恐,因它连脸上也都是花白的毛。满头的白发与腮帮子上的白胡须混在一起。

是的,这人应该就是我最初入会填表时,见到的那个巨大的黑影。

这个臭烘烘的家伙宛如一大团被囚禁的暴风雪,令人胆寒。

记忆被光差混淆后,我还看见一个长相酷似刘遇迟的家伙(不能确定是不是他,因这个人更年轻,就像刘的少年时代),就站在铁笼子边上,手里拿着一柄竹枝扫帚,正在清扫铁笼子边的灰尘。与焚书会大宗师形象比起来,这个刘遇迟谦恭卑微,好像只是个为笼子里的怪物打杂的仆人。这个人会不会是大宗师专门找来的替身呢?

光差中没有答案，只有意识，故完全无法知晓。

——（此处因光差忽然间断，故留空白一页）——

整个焚书会其实并无人知道，"古赤公"到底是一头被刘遇迟豢养在地库的怪物，还是如白猿、犀牛、熊、大猩猩或多毛野人之类的家伙。因它几乎从不说话。从身材上看，它与正常人类无异，绝非猿猴或野兽之类。它之所以发出咆哮，或是不安，或是惊恐，或是在表达不满，声震地下。

"你就是'古赤公'吗？"我在地下室里打着雨伞，望着它沉默良久，轻轻地问。

"也是，也不是。也许偶尔能算半个吧。"那白茸茸、黑漆漆的庞然大物转头说道，声音黏稠而憋屈，就像喉咙里有痰似的。

"你到底是什么？"

"说实话，我自己也不清楚。"

"什么意思，你连自己是什么都不知道吗？"

"我过去还算是人。"

"过去?"

"是啊,过去。在伶牙活着时……"它说到这里,忽然沉默了。

"伶牙?"这个名字忽然又冒出来,让我一惊,便顺势问道,"这么说,你也认识那个叫伶牙的少女?"

"何止认识。"

"你是她什么人?"

"我有时是她父亲,有时是她恋人。但更多的时候,我只是刘遇迟。"

"什么,你是刘遇迟?那瀿楼里的导师是谁?"

"那个人其实是罗铁。我才是刘遇迟。"

"你把我说晕了。"

"不懂光差,自然会眩晕。"

"你到底是谁?"

"也许我还是伶牙的父亲。"

"她父亲,那个叫什么开酱铺的胡子吗?"

"嗯,我就是邢胡子。算报名表上的第一个人。第二个划掉的就是伶牙。"

"你们当时不是都死了吗?"我更惊讶了。

"死?那只是光差之外的历史。你们都走到这里了,怎么还会说这种孩子话?罗铁那家伙恨我,是一种无穷无尽、绵绵不绝的恨。但他也不会在物理世界杀我。"

"那你这是?"

"就像你看到的这样,我是被他软禁起来了。我们之间是孽缘。我被他一直设私狱式地秘密地关到了现在,活得就像个畜生。"

"什么,从那时一直关到现在,那得多少年了,怎么可能?"

"光差中没有纪年,只有真假。在罗铁——也就是上面那个假刘遇迟的哲学中,一切时间是虚构的、假的。只有我们俩的不自由才是真实的。"

"你是说,他是罗铁,而你才是刘遇迟。他是在意识中故意关着你,养着你,然后冒充你,逐渐把你变成了他口头上经常絮叨的那个'古赤公',把你变成一个符号,再用一个不存在的你的词语幻影来蒙骗大家吗?"

"不,我并不是'古赤公'。我和他,其实都是他的'古赤公'的奴隶。"

"抱歉,我无法理解你们三者之间的关系。"

"以后等你也有了仇人与恋人,心里同时有了爱与恨,就能理解了。"

"恐怕很难。"

"为啥呢?"

"我也有仇人呀。我的仇人就是刘遇迟,不,也许就是罗铁。但我还是不理解。"

"那是因为你还不够恨他。"

"您恨他吗?"

"当然,就像他可能也恨我。"

"到底是一种怎样的恨,才能让他秘密关了你这么多年?"

"这个怎么说呢,最早罗铁关押我时,只是每天从地面走下来折磨我。有时他会把我捆绑起来,用棍棒和皮带抽打我,罚我吃发馊的食物,甚至说话时还朝我脸上吐唾沫。他完全把这'倒影'变成了我的监狱。那时我当然恨他。"

"后来呢?"

"随着年深月久,后来不知为啥,罗铁那家伙好像也对折磨我疲倦了,麻木了。他甚至开始'伺候'起我来。他每天从他那个隐蔽在狻猊庙灪楼中的'定间'里走出来,顺着专门修建的螺旋楼梯下到这里,给我送饭,还以假的'刘遇迟'为名,跟我聊天，命令我跟他回忆并讲述伶牙童年时的生活。他还主动帮我翻身、擦洗下体、洗脚、按摩、剪指甲甚至倒马桶。若感到我后背、屁股与大腿上长了褥疮，他还会亲自用碘酒与药物为我治疗。他每天都是自己一个人来，仔细地打扫这间秘密的地下室的卫生，从洗碗扫地到修理水管或换电灯泡，事无巨细，就像我的一个卑贱的仆役。老实讲，我能苟活到今天，还真得多亏了他的照顾。他说他已发现了一整套新的哲学——其实都是我过去的发明——也窥见了即将爆发的'旁逸时刻'，只要相信'古赤公'，就足以抵抗伶牙之死带给我们的痛苦。"

"你们俩的痛苦？"

"对，我们俩。"

"伶牙是你们俩的恋人吗？"

"也可以这么说。"

"那刘遇迟，不，是罗铁，为何对你的态度变了呢，没作过解释吗？"

"基本没有解释。他只是说，因我们与伶牙身上有着同样的痛苦。他还说，正因为我们有同一种基因序列，等'旁逸时刻'一发生，我们就能更顺利地从裂缝中回到过去，在光差里，也能再次与伶牙团聚。"

"这么说也有道理。伶牙是乳名吧，大名是什么？"

"对，因她小时候乳牙略长，所以才取那个乳名。邢胡子说过，她大名叫邢冰轮。唉，这个名字，几十年来罗铁从不让我提。"

"邢……冰轮？"这个名字令我又有些惊讶。

"对。怎么了？"黑影有点诧异。

"我算明白为何刘遇迟在定间里始终挂着那幅字了。"

"什么字？"

"就是'仰望明月心激奋'呀。看来，是'冰轮'始终在照耀着他定间里那一扇黑暗的门和摄心机器吧。"

"哦,字的事,我不太清楚。我从没有机会上去定间。"

"而且刘遇迟曾说过,'旁逸时刻'的整个大裂缝里,一切都会反过来转,只有明月不会倒转,而是朝着地球自转的相反方向顺行。"

"但并没有出现什么'旁逸时刻',更没有什么裂缝。"

"可这些我在地面上时都见到了,还险些丧命。"

"那都是你们在光差之外造成的错觉。他的哲学就是他制造的错觉。"

"不……我不认为是错觉。"

"那你们可真的是一群笨猪。"

"为何?"

"因我们的世界从来都只能在不断毁灭中维持现状,如超稳定结构,宽容求理想,批判见哲学,自由为本能,懊悔觉有情。物理时空早已被世袭的野蛮霸占满了。在宇宙这枚蓝色的鸡蛋里,如果还有一点空气,一丝缝隙,也只能留给恋人与错觉。实在不能留,砸了,也没办法。尽管再大的火焰下,也会有一点残存的良心。可良心也是人的发明,等于零。"

"我不明白您的话。"

"你当然不明白。因你不了解'罗铁',就是那个假刘遇迟与我的过去。我们早年可真是一对野蛮的臭小子。他脾气坏得像豺狼,我脾气恶得像野狗。为了点腐肉,我们就能到处跟人打架。邢家酱铺那可怜的小女儿邢冰轮,是我们共同的好朋友。她也性格倔强,从来不会受任何男孩的欺负。从童年开始——不,准确地讲,是从罗铁早年在我家开的油蜡铺边上摆书摊,靠租连环画为生时开始,我们三人就整天坐在一起读书。我与他都迷恋邢冰轮。可因年纪太小,我们互相需要友谊,又因邢冰轮的存在而在心里互相排斥。有时，哪怕为了一本小人书里的古人的恩怨，我们也谁都不愿低头。可若三天看不见谁，我们便又会着急得发狂。在戈壁荒野，在饥荒岁月，在巴蜀小镇，我们三人常坐在一起思索：'我们为何会活在这个世界上？我们为何会哭、会怒、会吻、会死？为何我如此胆大？为何她竟然是个女子，而罗铁与我唯唯诺诺，却是个脏男子？为何我们一日不见，就总是恨不得想狠狠地咬对方一口？'在那个什么都没有的年代，除了看连环画或玩玩花鸟虫鱼，我们会一起跑到附近森林最阴森危险的悬崖上，比赛谁的胆量更大，从高处往下跳。谁不跳，就会被对方大声嘲笑。跳下去了，又会因对方的脚踝扭伤而失声哭泣。'牛下水，你是不可能降服我的。'伶牙有时会笑着对我说。'我连野猪都能打，还不能降服你？'我也会反唇相讥。'我也见过巴蜀腹地和戈壁上很多男孩子，他们都喜欢我，但都必须向我投降。你们俩不过是他们中的两个而已。'伶牙说。但罗铁与我，会很不服气地回答：'我们可跟那些人不一样。'尤其是我刘遇迟，我始终认为，我又不是你们汉人，我是个野蛮人。这一点，也被罗铁剽窃了。伶牙问我，野蛮人又有什么了不起，有什么不同？我说：'野蛮人就是喜欢横刀夺爱、抢劫、耍赖和蛮不讲理的人。谁若惹得了我，老子就敢去杀了他全家。'但实际上我的这些话，都被罗铁学去了。那小子全是嘴里说狠话，心里却很虚。真面对伶牙时，他往往就胆怯得像个只能往地下钻的耗子。有一次伶牙说：'我就惹你了，怎么样？'说着，还故意拿出家里砍柴的刀，恶作剧似的顶在他脖子上。每到这时，那小子可就一句话都说不出来。伶牙看见他傻乎乎的样子，又笑道：'如果有人像这样欺负了我，你怎么办？'罗铁说：'那我希望这个世界毁灭，所有人都去给你陪葬好了。'伶牙更是嘲笑道：'我看你就是个耙耳朵，也就是吼得凶。世界怎么能给我陪葬？真是没出息的想法。'

的确，平时在饭桌上，伶牙只要朝罗铁和我看一眼，就等于抓住了我们俩的魂。本来，少女粉色的目光的确夺人心魄，可也不至于那么要命嘛。也不知为啥，一物降一物，我们俩就是不敢跟她对视。她一看罗铁，他就满脸浑身通红，像个酒鬼，像只刚被剥开的兔子。就像如果她朝我生气地娇声喊了一句，那可以让我一整天饭都不敢吃，还会紧张得直咳嗽。伶牙还小，从未爱过任何人。我与罗铁那时也还是个少年，更不懂爱为何物。可我们三人还总是无端端地烦躁，无端端地生气，没事摔盆砸碗的，还乐此不疲。我们是爱上了彼此吗？我也不清楚。我与罗铁情同手足，亲如兄弟，可我们总是在暗中较劲。因伶牙脾气有点随她父亲，浑不吝。她身体瘦弱，却充满了不知哪里来的一股傲气。她经常会刻意让对方注意自己，又努力地高昂着小小的脑袋，异常矜持。简直就是巴蜀腹地与荒原上的小妖精。罗铁为给她治病，可以独自爬到最漆黑的山崖上去采野蜂蜜、鲜花或灵芝。我也可以为她跟镇子里的任何群氓男孩打群架，常打得头破血流，满身伤口。你别说，罗铁这小子撒野时，还真有点尉迟袍哥人家或野蛮人的样子。这也许是他能冒充我的原因之一。他一个人曾缠着七八个人打架，也没见他犯怵。有一次，别人差点把他的腿都砍瘸了，但他也毫不畏惧，瘸着腿还去追砍人家。这家伙个子虽然没有我们真尉迟家族的人那么高过两米，但五大三粗，也算魁梧。他任何人的话都不听。唯有伶牙若偶尔发烧了，他会守在她床边，三天四夜不合眼，不吃东西，连我也不理。可邢冰轮醒来后，却对他连一句道谢的话都没有，倒是问我在哪里。罗铁倒也不在乎。她若稍微给他一点好脸色，他随时都愿意跟着她、乞求她的可怜。即便伶牙因身体难受时常犯浑，拿戈壁滩上最具侮辱性的脏话来糟践他与我的卑微出身时，我会生气，而罗铁却忍气吞声。他不愿意离开姑娘半步，比我更像一条最卑贱的野狗。邢胡子和我母亲刘萱龄,都为这两个情窦初开的懵懂小孩子着急,可又不好干预太多。那时大家都穷。我们无处可去,生活在世俗的黑暗里,人人都苦闷。只有我们三个孩子,脾气偶尔会像在滚滚烈焰中一样燃烧,互不让步,又常在明月下相对流泪,窃窃私语。"

"那后来你们怎么没在一起呢?"

"你们这一代门徒还太年轻,不知道早在'旁逸零年'五月二十五日,那天的午时二刻十一分二十二秒,巴蜀腹地就曾发生过一场著名的地裂吧?"

"这真不太清楚。"

"嗯,按照记忆与错觉,当时地裂的位置在北纬29°30′,东经100°30′。大地在晃悠。成千上万的耗儿(老鼠)、偷油婆(蟑螂)、檐老鼠(蝙蝠)、曲鳝(蚯蚓)、丁丁猫(蜻蜓)和癞疙宝(蟾蜍)从洞窟中仓皇跑出来,满街乱走,漫天飞舞。河流小溪里,到处漂浮着被淹死的猪。漫山都是到处乱跑的峨眉猴子。房屋、寺庙、山林、寨子和道路大多沦陷在黑暗里。在那场著名地震到来之前,巴蜀山涧的地上,忽然打开了一条大约七十二公里长的裂缝。主要的大裂缝有一两人多宽,不知深度,只是有大量冰冷的泉水和恶臭的泥沙奔涌出来。沿着大裂缝蔓延的,还有不计其数的小裂缝,其形犹如中枢神经与毛细血管,又像树的主干与枝条一般,向山麓四周的道路与斜坡无序地扩散。那天,罗铁、我与邢冰轮,我们三人正从山上打了些柴与猪草要回家。罗铁背着猪草,我扛着柴火,邢冰轮怀里还揣着在山中一棵枯树上掏喜鹊窝时获得的五六枚喜鹊蛋。我们是想着用这些鸟蛋,为患病的伶牙补补身体。那时罗铁这小子还很精瘦干练,脸颊皮肤黑里透红,筋肉虬结,浑身上下都紧实。他牵着伶牙小手奔跑,把我都扔在了后面。我们三人,虽然心里谁也不服谁,一路都在斗嘴。可这欢乐的争吵,却像发情的小鸟一样,叽叽喳喳地穿梭在山麓间倾斜的羊肠小径上。我们还在山里看见一只疯跑的野兔,于是一起去追那兔子。我们是两个正在恋爱的狂喜的少年,暗中互相比试着,谁能霸占那个在欲望中飞行的少女。这时,大地忽然猛烈震动起来。一条凶狠的黑色小地裂,从我们经过的悬崖边闪现,并且中途分岔,就像量子纠缠,像两条发疯的南川巨蟒一样迅速地游过来。裂缝飞快地抵达到了我们的脚下。为了躲避地裂的灾难,我们偶然拐弯,意外地跑进了一座山涧破败的小庙里。对,你没猜错,就是当年的狻猊庙。那时这座庙是很荒芜的,只是一幢黑暗肮脏的破茅草屋子,早已没了香火。庙里面放着一张已腐烂的旧香案,庙台上也没有任何狻猊雕像。当地人都忘了这里还有一座土庙。可裂缝也旋即迅速地冲入了庙里,就像在故意跟踪我们三人一样。大病初愈的邢冰轮,本来体虚,站立不稳。她从未见过这样的事。虽然有所警觉,意识到可能是发生了地裂,可当时也一时反应慢了些。罗铁刚要提醒恋人注意,谁知狻猊庙的地面就裂开了。两条巨蟒般的裂缝,完全撕开了狻猊庙的地面。顷刻间,我与罗铁都被裂缝绊倒。而邢冰轮像漏斗边上的一粒米般,一脚踩空,竟陷入到那裂缝里去了。我本能地闪开了半步,抱住了狻猊庙的柱子。罗铁则本能地紧紧拉着邢冰轮的一只手。他们两个人都惊恐万状地大叫起来。可怜这座野蛮的山林,方圆几里,除了这破庙,以及正到处奔跑的蟾蜍、老鼠与蝙蝠,根本没有一个人能听见我们的呼喊声。地缝裂开得越来越快,邢冰轮继续往下滑。罗铁趴在裂缝边上,用手指狠狠地抓着对方的手指,急得眼珠都快迸裂了。我也扑了过去,抓住我的兄弟罗铁的手。邢冰轮也只能死拽着罗铁的手。我们三人只有几根手指牵着。在巨大的引力下,我们的手指逐渐脱臼,产生撕裂般的剧痛。地裂处,缝隙内壁也都光秃秃的。地面几乎没有一根树枝，没有一棵草。裂开的地缝里，也没有任何可以攀缘或让邢冰轮脚踩的地方。这样坚持了大约几分钟后，我们三个人都渐渐失去了气力。而且，地缝还在继续扩大。汗水与泪水顺着我与罗铁的胳膊流到手指上，反而让我们的手更打滑了。罗铁喊道：'伶牙，你千万抓住我别放。你如果放了，我也会跟你一起掉下去。'而我也喊道：'我实在是抓不住你们了。'我看见双脚悬空、脸色苍白的邢冰轮在不断颤抖。她一点点地往下滑。我们都绝望了。最后，我听见她轻轻地对我们说：'……算了嘛，罗筿（这是她小时候对他的称呼），还有你，臭烘烘的牛下水，我如果滑下去了，你们要帮我照顾好我家老汉。否则我不放过你们两个。'"

据满脸泪痕的"真刘遇迟"说，这就是当年的情况。当时，这三个青梅竹马的孩子手指间满是汗水，越来越滑，并最终被强大的地心引力分开了。少女邢冰轮被漆黑的裂缝吞了进去。裂缝迅速吞掉了她洁白的身体，又迅速地用黑泥覆盖掉，几乎没有留下一点痕迹。而他们两个少年则没掉下去。

从那以后，罗铁与刘遇迟都陷入巨大的痛苦里。

罗铁责怪刘遇迟力气太小，刘遇迟骂罗铁动作太慢。他们两个自幼在一起的兄弟，为此经常拌嘴，互相伤害，几句话就打起来，而且下手都很重。他们的怨气与悔恨无处发泄。"假罗铁"刘遇迟经常一个人在山里发疯一般乱跑，或整夜坐在那庙里，对着那道吃掉了邢冰轮的可怕裂缝大喊大叫，放声大哭。"假刘遇迟"罗铁则更是憨痴，他越想越觉得，是自己的手太不争气，力量太小，没抓住伶牙，所以才失去了那位令他无限眷恋的少女。虽然他并没有真正获得过什么邢冰轮的默许与暗示，但他完全认为自己才是伶牙的恋人，而不是"真刘遇迟"那个兄弟。地裂结束后，他们还沿着裂缝，下到很深的地沟里，想去寻找邢冰轮留下的遗物或尸首。但什么也没找到。那裂缝里只有一汪奇异的地下清泉。

据黑影"真刘遇迟"说：一年后的一天，他们就坐在邢冰轮当初掉下去的大地缝边，一起祭奠他们的少女。而那时终日酗酒的少年罗铁，忽然当着刘遇迟的面，痛饮了一瓶酒，然后竟气急败坏拔出打猪草的镰刀，狠命地一刀砍掉了自己那只不争气的手。他忍住流血与剧痛，还把断手扔进了那裂缝里。"真刘遇迟"看罗铁太痛苦了，几近疯狂，不知还会做出什么事来。他的劝慰全都无效，于是他决定要远走他乡，暂时避开这位发了疯的兄弟。谁知罗铁竟然始终将怨恨系于他。有一次，罗铁以找他叙旧为名，痛饮一番。趁酒醉，罗铁将他捆绑在地库里，又把他囚禁在这"倒影"里。然后，罗铁便创办了所谓的猿鹤山房焚书会。

"照您这么说，假刘遇迟的手不是巨蟒咬断的。"我问。

"当然，那是他的杜撰。"他说。

"西域漫游与黑山时期呢？"

"也都是他伪造的历史。漫游西域的人是我，到处劳作、鬼混、当逃兵、蹲监狱、在黑山买'中国山林'与烧毁私人藏书室的人，也是我。是我当年为了忘记邢冰轮的痛苦，只身远渡重洋去谋生，是我受尽屈辱，九死一生，然后又因忘不了故乡，才带着所有的钱回到了巴蜀腹地。罗铁知道后，把我灌醉，不仅囚禁了我，还霸占了我所有的钱。他对外宣传我是个早已死去的亡友，或者失踪的人。"

"他是怎么做到的？他跟你明明是两个人。"

"也许光差是真的起了作用。"

"现在的瀛楼与焚书会，也都是建造在当年狻猊庙废弃的遗址上的？"

"你猜对了。这鬼地方就是当年地裂发生的地方。他要在这里永远守候伶牙。"

"没想到，大宗师的'真夜'能荒谬到这个地步，甚至连他自己都是假的。"

"假不假也不是最关键的谜。"

"那什么是谜？"

"是他为何会这样做。"

"嗯，我还听说过，当年是有个什么'一步登天道'。在地裂之前，对镇子上的人说劫难已到，巴蜀腹地将成汪洋大海，大家只能进入地下，靠水遁，等待神仙来救。据说有个道士曾以此诱惑腹地里的人集体投井，还死了几十个人。难道大宗师是在效仿会道门，要我们这群焚书会的门徒都去给邢冰轮陪葬吗？"我问这位"真刘遇迟"。

"也不能这么说。罗铁冒充我是一方面。而他搞什么焚书会，并不是会道门，而是他龟儿子自称在西域漫游后发明的什么哲学吧。"他冷嘲道。

"哲学不也是他自诩的说法吗？"

"也不完全是他自诩的。譬如关于裂缝的事。除了与伶牙之死有关，也可能还有些是抄袭自'抵巇'的思想先秦王禅先生（鬼谷子）所谓'巇者，罅也。罅者，涧也。涧者成大隙也。巇始有朕，可抵而塞，可抵而却，可抵而息，可抵而匿，可抵而得，此谓抵巇之理也'。简单而言，巇，就是山中的缝隙。这是剽窃还是巧合，随你怎么说。不过，因古人有这个说法，我揣测，他关于裂缝的说法，大概与此有关。只是他并没有对你们这些门徒明言过他的过去。在我看来，几十年来，罗铁东一套西一套地打诳语，冒充尉迟家人和我，无非就是想用自己发明制造的全部观念、催眠术、幻觉与不可告人的那些骗人的鬼话来遮蔽往事，抵住历史。他根本没去过任何西方。他一辈子都没离开过巴蜀。他想用他虚构出的一整套'旁逸时刻'，甚至外层空间宇宙体系和'真夜'来麻醉自己，来忘记初恋。或者说，是以此可以不断地、冠冕堂皇地回到初恋——他想成为我，只因为伶牙当年真正爱的人可能是我。他招揽你们这些门徒与追随者，乱搞妍头，发明什么赤兔与洞主的修辞，无非就是在以他自己这些新的行动，作为抵住自己当年失去伶牙的悲痛，或抵住初恋缺失这道大痛苦的工具。他想让你们都下到地下去，给他的伶牙陪葬，做他爱情的'人殉'，初恋的牺牲品。他其实最怕死。他与死不共戴天。可他又最想进入那场让他痛失少女恋人的死。这是他唯一的缝隙，他一生的缺憾。但无论如何，如果你们的意识超过了光速，在光差中，他便算是真的做到了。"

"那摄心机器是什么呢？"

"唉，那只是他为了宣泄自己性欲发明的一个词。无论什么心地性王，或性地心王，他的摄心机器都是指性器官。是女人的阴户。罗铁这个臭流氓，这个假刘遇迟，为了忘记初恋的悲痛，在后来的岁月里，便不断地冒充我的名字，发明各种笔名，伪造我的家族与历史传奇，漫游西域，乱搞女人。罗铁是汉人，我才是尉迟家的后裔。他就是个痴情的畜生。"

"我还是不懂'古赤公'是什么意思。"

"那纯属他杜撰的另一个词语。如果我没猜错，他满嘴说的'古赤公'，来源就是我们共同爱过的那个可怜的丫头，就是伶牙，邢冰轮。"

"可这完全是两个毫无关系的词。"

"词语貌似相反，就像恶与美，本质却一样。"

"什么本质？"

"崇拜。我的确也爱过伶牙，但只是单纯的爱，一个少年对一个少女的初恋之爱。而罗铁则不同，他崇拜她。"

骸 骨

这位"真刘遇迟"的话,我不知是否完全属实。不过,据我们在光羞中的观察,狻猊庙后山灪楼下,的确有一片古老的黑色地基。地基面积并不大,直径也就是"倒影"地宫一小半的宽度。据邢胡子说,"古赤公"就一直坐在那里,等待我们的相遇。故就在猪脸人攻击狻猊庙后山,导致灪楼轰然倒塌那天,我们集体排着队,揭开井盖,一个接一个地走了下去。我们集体穿行在人造的"醒道"中,期待能获得"古赤公"的庇护。

最初,我曾满怀怨恨地说:"所谓'醒道',也许其实就是一条文盲之路。"因我们这些同窗在很早以前,就曾揣测(或发现):刘遇迟在三十岁之前很可能根本就不识字。他青年时代就是一个满嘴谎言的文盲。地下那位"真刘遇迟"的很多话,也似乎想证明地上那位"假刘遇迟"全部的知识、异能、观念与幻想,大概都来自过去摆书摊时的小人书、连环画、谣言、互联网信息或在巴蜀街头茶馆听人讲的古代故事。他的那些论文,也是成年以后才慢慢识字后弥补的。

这疑问在我们进入"醒道"时,似乎更确定了。

"醒道"位于整个灪楼地下的中心,从此进入所谓的"倒影"。"倒影"不仅分层,而且每一层还有很多窗口:朝东面的有四排，每排十三扇，共五十二扇窗；左右侧面各二十一扇，共四十二扇窗；另外顶部还有四扇。这些窗口加在一起共有九十八扇。最后，再算上进入"倒影"的大门本身，总合正好是有九十九个洞孔。九是阳极之数，所谓正阳。但"醒道"里则一个窗户都没有，只是一条漫长的通道。而且，带我们进去的，竟是一个叛逃的猪脸人。我们虽然并不太信任他，但也没别的办法。

可"醒道"真的太长了，走了很多天都没出去，这超过了我们的预测。

"假刘遇迟"罗铁当初会不会是在剽窃那个著名的深达二百四十多米、长达四千多公里的美洲厄瓜多尔地洞 Underground cave in Ecuador，但有争议——那个居然能在六千多年前，就堆放着宽至两万多平米的地下大厅、雕塑、动物记录、金字塔、恐龙、宇航员、黄金图书与史前文明等方式，然后如山寨版一般建造这个乡巴佬大通道呢？也未可知。厄瓜多尔地洞是个未解之谜，或为伪造。但毕竟据"假刘遇迟"罗铁说，他早年漫游西域时，也曾在厄瓜多尔鬼混过。无论如何，狻猊庙后山灜楼下的这个"倒影"，实实在在地在摆在了我们眼前。

也可以说，这是一道被石化的、刻意制造的地下长廊。

因"醒道"太黑，当叛变的猪脸人张灶摸出手电筒打开，朝四墙与内穹隆照去时，光束划过，我们能隐约看到，就像宫殿长廊里密集的画梁一样，"醒道"两边穹顶沿途画着许多巴蜀孩子们从小便熟悉的，据古代传说、儿童连环画或典故而作的彩绘壁画。诸如什么耕莘钓渭、采薇、九头开明兽、豫让击衣、专诸刺僚、子见南子、竹溪六遗、云台二十八将、前后出师表、鱼腹浦、五胡乱华、竹林七贤、神光断臂、虎溪三笑、锁五龙、风波亭、燕王靖难、行痴禅位等。手电筒孤零零的光东摇西照，只能看到壁画的一小部分。从规模上揣测，此类壁画应该是密集地布满在内墙的整个穹隆上。我们一幅一幅地看下去。壁画并非按照历史时间排列的，而是互相混杂着呈螺旋形堆积在一起。瞧，这些内容，不是只有旧时不识字的小孩才会去关心的东西吗——诸如什么盗仙草、头触不周山、商山四皓、补天、抽肠、干将与莫邪、周髀算经、怀沙问天、伍员鞭尸、杨朱泣路歧、二桃杀三士、介子推挖肉啖君、白马非马、韦编三绝、头悬梁、华胥梦、支离疏、胯下之辱、聂政刺韩、火烧红莲寺、驺忌取相、烂柯山、会稽之耻、徐福渡海、浑天地动仪、圆周率、二十四孝图、进履得阴符、推背图、十殿阎罗、明烧栈道、单刀赴会、石点头、刑天、理水、眉间尺、霸王别姬、偷拳、桃花源记、小商河、李陵碑、水运仪象台、朱载堉吹灰候气、梅妻鹤子、人血馒头、三遂平妖传、降龙木大破天门阵、火烧赤壁、血滴子、阳羡书生鹅笼记、聂隐娘、虬髯客、三昧真火、枕中记、罗盘经、七步成诗、安乐窝、希夷画〇、骑鲸钓鳌捉月客、黄鹤楼、盘丝洞、西厢听琴、心猿意马、大手印、小周天、转河车、针灸明堂图、三英战吕布、八段锦、易筋经、指南车、陈桥驿兵变、饮中八仙、鹅湖之会、鸡毛信、曲水流觞、米癫、草圣、鬼才、情痴、三毛流浪记、柳本尊十炼图、雷震子、哪吒闹海、三打白骨精、锤震瓦岗寨、战成都、三鞭换两铜、鸿门宴、尉迟敬德征高丽、破楼兰、杯酒释兵权、元祐党人案、风雪山神庙、沙漏、佛图澄洗肠、七杀碑、八大锤大闹朱仙镇、忘川奈何桥、麻沸散、火烧花剌子模国、血吸虫病、程门立雪、学雷锋、徐渭击肾、寒山拾得、黄梨洲袖锥报父仇、敦煌藏经洞等；画的周围，还细腻地绘着作为衬托的兰草、牡丹、梅树、怪石、云朵、童子、扭曲的天空、变形的山水、模糊的题诗等。大大小小、不分年代、层出不穷的壁画，看得大家头晕目眩。长时间的仰头几乎使人的脖子失去了知觉。

这些乱七八糟的壁画，应都是来自刘遇迟童年摆地摊时的读物吧?他是请谁画的?他会不会在用这种方式纪念当初与他一起读连环画的伶牙呢?

最后,大家在一幅残破的"千手观音图"边停了下来。此图较大,占据了通道拐弯处三分之二的地方。据题辞说,此画绘有一千三百六十多只大小不一的手。手与手重叠、交叉、掩盖或互相纠葛缠绕,让人似乎永远无法数清到底有多少只。关键是,这些密密麻麻、纷繁复杂的手姿态各异,每一只还握着不同的法器,有纸扇、象牙、斧钺、玉如意、灯、钵、浮屠、铜铃、庙宇、佛头、琵琶、金刚杵、伞、古剑、经卷、火焰、莲花、金童玉女、龙蛇、麒麟、无花果、香炉、骷髅、婴儿、净瓶等,几乎没有重复。由于太密集,有些手隐藏在众多的手后面,无法猜测它究竟还握着什么。无数的手的手指呈放射状,向四面散开。

在千只手的中心,站着一尊被常年从石壁间流出的水渍抹掉了脸的无头观音画像。观音的右手也被抹掉了,并补画了一只刘遇迟那样的机械手臂。

——(因光差间断,此处空出一页)——

猪脸人张灶的手电即将熄灭前，我们意外看见千手中的一只，握着一柄小铜镜。这只手埋藏在众多的手之间。手中的小铜镜里，还画有半个月亮。当手电的光最后扫到那镜子时，镜子便将光反射到了通道尽头一个石头缝隙里。我们去摸了摸镜子，无意间碰到了机关。那石头缝隙打开了，竟然又是一道暗门。我们壮起胆子，向更深的地方走去。

暗门前一段是狭窄得像下水道管子一样的石窟窿，宛如十二指肠一般盘旋。我们所有人只能排成一条线，一个一个钻过去。路只有一条。有一点是可以肯定的：这条暗道绝对没有真正被使用过。我们排着队提心吊胆地往前钻着爬行。先是下坡，比较直。爬了几百米，路开始拐弯了。又走了几百米，弯曲的地方越来越多。但由于始终只有一条路，所以还不太担心迷失。不久，前方又出现了一个裂缝。我们只好一个接一个钻进裂缝里。因太狭窄，有些人额头、脖子与大腿都被裂缝口尖锐的石头剐伤。在"醒道"中行走，与其说是走，真的不如说是摸、撞或爬。我们太饿。我们冷得发抖。地洞内的湿气、滑脚的青苔、坚硬的石壁、命运的恐惧，这些倒没什么。关键是不一定有出口。我们靠对地下生物腐烂气味的嗅觉来判断附近的地形。

当空气沉闷恶臭时，表示目前只有一条路。空气略新鲜时，表示附近可能有岔口。如果吹来了微风，那说明前面不是有出口，便是有更深的陷阱。我们集体摔倒了无数次，也碰伤了无数次。我们在"倒影"里盘旋走了一天，遍体鳞伤。

路越来越窄，脚下的碎石越来越大，所谓的地下水也越来越多。空气逐渐变得无比潮湿，好像集体澡堂里的雾气。每个人除了听见越来越响的流水声外，只能听见自己焦虑的喘息声。我们浑身都湿透了。猪脸人张灶每次打开手电筒时，电光都比上一次微弱。有时，我感到有什么啮齿的鼠类、蜈蚣、蟾蜍或者蚂蟥等,正在悄悄向我靠近。在特别狭窄之处,大家几乎都是挤过去的,就像往一个细颈瓶口里塞肉馅。我们的脸摩擦着湿漉漉的石壁,能嗅到壁上微生物的凶恶腥味。我们被磨得满脸伤痕,血肉模糊,仿佛换了一个人。这样连摸带爬地走了两三天,也没有吃一粒粮食。口渴时,大家就集体趴到有地下水的地方,用嘴贴着墙根喝上一口。想撒尿时情况也差不多。

当叛变的猪脸人张灶最后一次打开手电筒的时候,我们发现身在无数参差的岩层怪石中间。面前不远处是一块石壁。已经没有路了。一条细细的地下水,向着石缝中流去。石壁下面,淤积着如井盖那么大的一方水潭。

接着,手电筒的光彻底熄灭了。

这人造"真夜"带给人的绝望,比黑色更黑。那黑已接近了湛蓝,宛如反方向的宇宙。我们已经不能再往回走了。黑色也会使人宁静。就如闭上眼睛,人便会看到很多眼皮内壁的毛细血管神经在跳动,呈现出斑斓的盲目。黑暗并不是完全单纯的黑色。黑暗有很多层次,正如书画墨分五彩,也有深浅、厚薄或硬软。黑可以一个比一个白,也可以一个比一个黑。天底下没有最黑的黑暗。要观想不同之黑,须在完全进入"真夜"之后。那时,因瞳孔缩小,反而就会有了一点视觉。我们看见一种神秘的、墨绿的、昏昏然的光晕出现在石壁上。那光是那么暗淡、压抑、低沉、封闭,可以说是一种黑光。可那的确也是光,而且是只有在完全无光的环境中才能见到的光。黑光在黑的石壁上不停地晃动,速度快得动如脱兔。过了一会,黑光又静止下来,停在石壁上,犹如这"真夜"的中心漏了一个洞。

"这一定是什么东西在反光吧。"我们大家都这么想。

这时,我们发现那反光处的下面,还有个水潭。

"水里一定有出口。或许那边就是'真夜'。"叛变的猪脸人张灶自以为是地说了一句，便第一个跳了进去。非常奇怪，他所表现出的对大宗师"假刘遇迟"谎言的信赖，似乎超过了我们这帮门徒和追随者。可事到如今，无奈之下，我们也只好长长地憋了一口气，然后依次跳进了水里。水潭中激流涌动。我们刚一开始潜水时，就有人被淹没、被漩涡卷入，然后沉沦下去。大部分同去的同窗、门徒、拥趸、姘头都死在了这水潭里。张灶失踪。当时我看到地下漆黑，伸手不见五指，唯有一股凌厉的喷泉，忽然奔涌了出来。

即便如此，不少追随"真夜"的人，还是依旧义无反顾地迎了上去，成了"古赤公"的陪葬品。但"古赤公"究竟是什么，至今也不能确定。

记得当年我们每个人坐在猿鹤山房玻璃罩般的斗室里自讼时，这个洗脑之问就总会在脑海中跳跃、闪耀、奔涌。若说灪楼是一棵须茎缭绕、盘根错节的大树，那么对"古赤公"的设想就是它的每一根不断分叉的枝条。这就像当我们坐火车外出，从飞逝的车窗外，会看到一些一闪而过的山涧小径、一个潦倒的过路人、一缕升起在小溪对岸茅屋上的炊烟，或者如一枚雪白的箭头般指着莫名方向的孤鹤，亦是如此。

难道"古赤公"就是一种倾向？

"花影忽生知月到，竹梢微响觉风来。"_{语出宋人真山民诗《夜饮赵园次徐君实韵》}风起之时，即便在离主干最远的一根枝条的摇曳上，也能看到这棵树的气息。

——（光差间断，此处空出两页）——

　　集体投水之事，可谓惨烈。当汹涌的地下水退潮之后，我们终于理解了"倒影"。那不过是瀠楼地宫下一块干涸的空地。只是在"倒影"中，我们还发现一个被油布包裹着的旧式铁皮箱子，不知为何物。

　　这也许就是刘遇迟（或罗铁）埋藏在这里多年的，所谓的"古赤公"吧？

　　或者，里面装的就是当年少女邢冰轮的骸骨？对此大家意见如下：

一、十五岁之少女邢冰轮（伶牙）的骨灰

二、养母刘萱龄的骨灰

三、伶牙与刘萱龄可能为同一个人，或两人共同的骨灰

四、刘遇迟（罗铁）早年失去的那只手的残骸

五、焚烧一部重要手稿后留下的残灰碎片

六、巨蟒头骨，或一块原始生物的化石

七、一把木质假冲锋枪，巴蜀孩子们童年时的玩具

八、所谓的摄心机器（御兔），或是一只雌兔（赤兔）的残骸

九、空匣子，其中并无一物

但那箱子里究竟是什么？几种可能性都有。我们几个幸存的挚友，以及叛变的猪脸人张灶，都各执一词。这也是我们几个后来只能作鸟兽散，无法再为了一个共同的观念走到一起的原因。友谊是短暂的。朋友这头生活中最珍贵的狮子，只会出现"人生的中途"，余皆地狱。只有一点可以肯定，即那里应该保存着一场"假刘遇迟"最在意的某种残酷记忆。其中是他全部谎言、恶趣与思维方式的发源之处，是他全部无耻骗局与催眠术哲学的总发动机，也是他心中爱的死结。

涂 毒

现在把刘遇迟（或罗铁）最后的行踪、有限的消息与现象再综合叙述一下吧。

光阴荏苒，泥沙翻滚，思想教唆犯刘遇迟（或罗铁）发明的猿鹤山房焚书会，其实前后经历过四次以上的蜕变、升级与进化，也是在不同时期，通过不同的组织形态完成的。第一次只是从巴蜀腹地的街头书摊，演变为一间镇子上的小型阅览室，然后他便借此机会在顾客与友人中搞了一个规模很小的读书会。第二次则是他成立了猿鹤山房焚书会及文化无限责任公司，开始正式地进行敛财，以维持他的哲学骗局。所谓"无限公司"（Unlimited liability company），当然是相对世间一般社会上那些不计其数的"有限公司"而做的无限责任公司是建立在成员相互信赖基础上的少数小的共同企业形式，其特点是组织手续比较简单，全靠个人信用，不要求具备最低的资本总额，公司经营的好坏，直接关系每个股东的全部财产利益，资不抵债时，每个合伙人都具有无限连带责任等圈套。可因无限公司在法律意义上必须具有两个以上的股东，但猿鹤山房的合伙人里，除了刘遇迟这个寡头董事长，另一个合伙人是谁呢？为了避嫌，刘遇迟曾说另一个股东就是罗铁。但整个焚书会同门中，除了我偶尔在街头遇到过，其他的人，谁也没有见过这个罗铁。显然，这也是他的谎言。搞不好这个无限责任公司到底是否正式注册过，都值得怀疑。第三次变化，即请元森主持设计焚书会的空中建筑，建造狻猊庙后山上那座布满千万空龛窟窿与房间的瀠楼、影塔、露台与究竟顶，其中既然具有复杂的傅立叶式公社生活，有灵龛、图书馆、各种房间、设施、地库与各类修炼场所等，当然也会完整地保留焚书会这样的核心项目，就像是一种企业文化的符号。第四次最隐蔽，是在灵龛计划失败，刘遇迟已经失踪之后的事。那是偶尔出现在翻墙软件上的一个隐身网站，叫作"击鼓社"。这个并不奇怪但有些费解的网站名，最初我是不在意的。前面说过，刘在早年逃亡时期，曾在巴蜀当过制鼓手。他的各类异见与观念在其拥趸与读者手中传递，亦如击鼓传花，也颇容易理解。而且从网页内容与设置上看，那应该就是一个专门招揽文化爱好者与用户们来学习哲学、宗教学、社会科学、文学乃至各种养生学，然后又教授大家如何忘记这一切，以期达到某种境界的所谓"云端焚书会"，然后借此推销各类图书以赢利的虚拟公益组织。

我是在网上搜索旧古籍漫游时，碰巧发现这个网站的。当时登录会员已多达数千人。登录之后，才发现"击鼓社"的内部已是一个比较大的空间，类似一个由许多会员共享的电子公社，其中储存着会员们各自收藏的各种文章、回忆录、老照片、异端文献、不确定作者的黑色资料、禁忌图片、视频、谈话音频或有侵权争议的文本等，供会员们互相分享。文件禁止粘贴复制。但只要你是会员，并确认为会员之后，一次性缴费，就能进入到空间网盘里，然后无限永久地免费下载（或删除）你想要的任何文件。

最初，我也是因对那些文件有攫取欲，也好奇，便进入了它的确认程序。

但没想到，在这些文件与链接的深处，在我因偶然手抖，鼠标碰了一个类似折耳猫的图案飘窗时，便瞬间跳出了一个叫"秘传花镜"的页面。这个标题令我立刻想起了刘遇迟过去那本书。此处页面提示会员还可以深度注册,用实名与银行卡登录,下载指定的软件链接后,便能再次进入到一个隐藏着的影子网站,类似翻墙,但又并非翻墙。我冒险之心顿起,索性又一次注册并登录。在每一个填写栏目的过程中,我发现每次需要确认时,都会反复出现一个提示词 The Influencing Machine。正是这熟悉的"摄心机器",让我预感到这影子网站,或许也是失踪的刘遇迟本人做的。尽管我完全不知道他人在哪里。

"秘传花镜"的页面并不复杂,但附带着很多广告语和链接。其中点击量最多的,是向会员们推荐"如何永久获取一个龛位"的那条,其带有很鲜明的刘遇迟语言特征,即:

  这里的位置永远等待着您。这里可以真正实现没有物质、没有基本粒子、没有宇宙也没有欲望,但有一颗旧心的记忆,与一种新思维的存在。

打开小窗,提示会问你:是否愿意继续?

在是与否的两个按钮选择项里,如果你选择了"是",就会又回到原初页面。这导致很多错觉,有些人会以为这是一个错误程序。而如果你选择了"否",才会出现一座电子虚拟的,具有与复眼灵龛计划性质相同的隐身网站,名叫"涂毒鼓同窗社"。这虚拟的复眼,其规模比真实的瀿楼要大无数倍,表面是由大约十二个电子虚拟的狻猊庙,还有一百零八个虚拟的瀿楼(这里已恢复了它的本义名,即"烦漏")究竟顶,以及一万二千五百四十七个折叠的"倒影"地下室构成。最初,我以为这又是刘遇迟或吴毛孔在建立某种流行的网络灵堂。如他们可能会设立了供会员进行网购的账户,进行电子烧香、无线祭祀。

而且"涂毒鼓同窗社"虚拟空间并没有任何数字限制，故其中所存在的数字龛位，完全无法统计。反正它们可以永远地云存在，表达云悲痛。如不仅檀香、香炉、纸钱、鲜花、供果、烟酒甚至眼泪与磕头，也都是作为电子产品可以直接网购的。"眼泪"可按每一滴若干元来计算，且细分为如两行清泪、轻声抽泣、放声痛哭、号啕大哭、悲恸欲绝以及送葬集体哭喊等若干级别，且有相应的声音播放，陪伴纪念者进入一系列悲伤的情绪，亦令电脑边的守墓人不再孤独；再如跪拜遗像的种类，也分为三叩首、九叩首、磕长头、守灵一夜、守灵二夜、守灵三夜等，以此类推。总之，会员的后裔世世代代都能到这里来祭祀，电子龛也永远不会风化。

但我又错了。大宗师刘遇迟根本不需要这些肤浅的表达，无论是真实的还是虚拟的。"涂毒鼓社"也只是一个表面上的网站。他要的还是他的哲学。

可为什么叫"涂毒鼓社"呢？我想不明白。开始以为是刘遇迟为了故弄玄虚，掩人耳目。后来发现远非如此。他是那种喜欢把自己的阴谋与目的完全体现在表面上来嘚瑟，然后让大家来猜谜的极其虚荣的一个人。涂毒鼓是什么鼓？

在"涂毒鼓同窗社"网站的首页上，只写着一句据说抄自《五灯会元》的话：

师曰：吾教意犹如涂毒鼓，击一声，远近闻者皆丧。

这本书到处都有。包括东瀛版的禅宗语录摘抄，亦名《涂毒鼓》，很方便就找得到。我找来书查了一下，这句话的确记载于《五灯会元》卷七"鄂州岩头全豁禅师"一则里。

但这只是一句空话。什么叫"闻者皆丧"？也太歹毒了。

禅师又在哪里？鼓隐喻了什么吗？涂毒呢？基本上是不知所云。

刘遇迟是否在利用这个网盘的下载量和会员，继续制造或更新他的"古赤公"理论，继续编织摄心机器等伪思想，推销他的"真夜"，让所有误入歧途的无辜者生灵涂炭呢？一开始我也只能揣测，直到有个注册名叫"黄侃书童"的匿名会员，上传了一篇关于刘遇迟当年曾在公交车上猥亵女性的文章，我才确定，对他的影响和跟踪他的人始终都是有的。我还想起刘遇迟说过的另一句很颓废的话："赞美令人鄙视，批判令人扫兴，说笑令人麻木，沉默令人憋屈。那如何是好呢？不如就让他们蒙在鼓里吧。"

这是否就是"涂毒鼓同窗社"名称的来源呢？也未可知。

只是如果继续这样发展下去，恶名昭彰的巴蜀骡子还不知道要荼毒多少人。在整个焚书会历史里，欺骗是一个谜，仇恨也是一个谜，爱与性也是一个谜。我们这一代猿鹤山房焚书会的光头门徒，对刘遇迟的博学与观念本来都充满了敬畏，乃至膜拜。谁也没想过他说的一切都是谎言。他可能就是一个有大恨的人。

"你是不是很恨某个过去的人呢？"元森也因同样的怀疑而直接问过他。

"没有。我从不恨任何人。"刘遇迟厚着脸皮说。

"是否有什么事，让你一生有怨恨呢？"

"抱歉，也没什么事。"

"那为何我们总能隐隐感觉到你有一股子怨气？"

"怨气是有的，但并没有埋怨的对象。"

"没有对象，那怎么可能呢？"

"是可能的。因童年的不幸，早年又有过伤心事之人，爱就会变成羞辱，愤怒与埋怨则会成为一场持续演习的本能，且与身俱存亡。"

"难以理解。"

"我们岁数不同。一代人有一代人的局限。你们只须理解我的哲学、我的观念、我的绝望与荒谬，但不必理解我的仇恨。"

尽管刘遇迟的口水话总是对答如流，否认任何与仇恨有关的人与事，也对历史与他过去的家族往事只字不提，但我们仍能清晰地感到他心中有某种秘密的幽愤。刘遇迟在生活中从不为小事生气，也不会为某个门徒或姘头的背叛发泄不满。当然，"涂毒鼓社"的出现也可能只是因电子虚拟世界对现代人的影响日益强大。刘遇迟逐渐发现，他自己伪造的某种不被理解，或遭到排斥的思想，若要真正构成传承系统，最终恐怕还是要回到可以让门徒或拥趸参与的关系上来。否则，谁还会有闲情为他的什么焚书会和牵强附会的假哲学击鼓传花？于是，他开启了"涂毒鼓社"这个延续"古赤公"骗局的准资本运作空间，只是为了在瀫楼被现实摧毁之后，做一番最后的挣扎。就像纪德发明的"伪币制造者"，不过是想探索现代人的某种"虚假的价值"，刘遇迟的复眼鼋，也是要制造一种"虚假的死"，其目的只是为了抵抗那个曾深刻影响过他、折磨过他，令他在数十年地下室般的痛苦中满地翻滚的真正的死，即初恋少女的死——伶牙的死。"涂毒鼓同窗社"中对生命的虚拟诅咒，是他的进化，也是他的退化；是他的延续，也是他的毁灭。我完全可以想象，这个脑满肠肥、满怀恶意、已至耄耋之年的知识分子老匹夫，或许就藏在境外某座破旧不堪的阁楼里，裹在一床散发着恶臭的被褥中，手捧键盘斑驳的旧笔记本电脑，运用可怜的网络与电子设备知识，是如何建造的这座子虚乌有的迷宫。

因"假刘遇迟"身边早已没有一个真实的人。无论他在哪里，都已是一坨由电子构成的行尸走肉，也是我们这些前门徒一生最可耻的不解之谜。

夹　层

记得灪楼毁灭的前一天,"假刘遇迟"站在露台的究竟顶上,转身对打伞的我说:"从究竟顶向下看,在狻猊庙后山,在元森亲自监工制造的一片庭院枯山水磁场上,有一块长满苔藓的石头。你去搬开它,下面就是这整个世界的夹层。"

这可能的吗?我立刻打着雨伞下楼,穿过枯山水虚构的波浪,迅速跑到了那块石头边上。刘遇迟则远远地在究竟顶上朝我挥动他的金属机械手臂,指点或左或右的方向,就像一个站在航空母舰上指示方向信号的挥旗手。

我按照他指的地方找到石头,并搬开石头,但并未有任何发现。

"什么也没有呀?"我向他喊道。

"那是你的问题。"他用遥远的鼻音说,像是有点感冒。

"你为什么总是强词夺理呢?还有没有点师德?"

"岂不闻'见与师齐,减师半德。见过于师,方堪传授'_{百丈怀海语}。何况道德从来就是胜利者的胭脂雪,失败者的安慰剂,全都是设计的。世界与自然本来没有道德,只有一次次悲剧的诞生,喜剧的收场,荒诞剧的创造。三国里就没有一个好人,只有曾经好过的。"

"为什么会有这结论?"

"不要问为什么,这个宇宙哪有那么多的'为什么',只有'就这样'。整个宇宙、世界与生活本身都是已过去的。只有'真夜'永存。只有夹层还在。"

"这不是睁着眼睛说瞎话吗?"

"怎么,你不相信吗?"

"相信不相信,总要有个底线吧?"

"你的底线是什么?"

"眼见为实。"

"可笑。读书人从来没见过什么真实的东西,不也照样信了书里的话吗?"

"那是另一码事。"

"'词语毁灭处,世界不复存'格奥尔格诗。读书焚书,都是一码事。"

"你也不用糊弄我。没有夹层就是没有夹层。这荒凉的后山坡,石头下也到处都是杂草和烂泥,哪里来的这个世界的夹层?难道是那些虚构的波浪吗?"

"夹层始终都在过去的世界底下,只是你不懂,你看不见。"

"既然世界真的如您所言,已经是'过去的宇宙'和'过去的光',那又何必再去找它呢?随它过去吧。反正它也不会再发生了。"我姑且按照他的逻辑答道。

"谁说不会再发生?"刘遇迟忽然在究竟顶上放声大笑道。

"不是你说的,世界都过去了吗?"

"过去的是这个世界,还会发生的则是悲痛,仅仅是悲痛。"

这个靠催眠与诡辩欺骗我们的导师,说罢一边笑,又一边流泪。我难以确定他到底是狂喜还是悲痛。也许我们俩之间的误解、未知与迷惘,也不过如此吧。

窟 窿

"旁逸时刻"发生(也就是消失)后的第十二年,在一个"春王正月"的日子里,有人看见失踪后的假刘遇迟(罗铁),在中亚某座雪山之下,正骑在一匹枣红马上赶路。他身边的少女周南早已失踪,但马后却始终紧跟着一位穿紧身衣的猪脸人,慢慢地跑着,像是他的跟班随从。只是不能确定那人是不是张灶。假刘遇迟(罗铁)似乎如愿以偿,成功地使用了尉迟家"非汉人"血统的某游牧血统与身份。除了骑马,他肩膀上还站着一头连着脑机的黑毛长臂转基因峨眉猴子,马前还跑着一条新买的机器导盲犬(有人说是一只智能折耳猫,仍名韩獹)。他们在核冬天末日般荒凉的西域大街上遛弯。

这家伙颅顶的头发已谢光了,但两鬓还留着几丝迎风飞散的卷毛白发,鹰钩鼻上架着墨镜,瞎了一只眼,还缺了一半牙齿。为了避免被人看见脸,加上"旁逸时刻"以来,全球空气在观念中已污染,他还特意戴上了一枚活性炭防毒面具。黑圆镜片、呼吸管与氧气瓶,加上他仍然戴着他的前朝头盔,带着一把与我的黑色雨伞截然不同的巨大的白色雨伞——或者说是降落伞——让他看上去就像一头金属野猪,一个新的猪脸人。不过,他还披着他的旧军大衣。大衣里仍一半裹着爬满油污与虱子的蟒袍,另一半则赤裸着。仔细端详,便能看见他右边的胸毛、右胳膊下腋毛与腹毛都已花白了。微风吹过马背,浑身汗水粘在他布满老人斑的皮肤上,宛如腐烂的花朵。他的下身穿着一条介于海魂衫、囚服与病号服之间的蓝色条纹裤,趿着一双破拖鞋。枣红马在雪地上一瘸一拐地走着,他也有点垂头丧气。他是生病了吗?不得而知。他好像完全不怕冷。他的头上还在冒热气。可以肯定的是,假刘遇迟(罗铁)本来就早已失去了他的左手,现在好像又缺了一条右腿,所以只能骑马。也不知他的腿是不是因当年的空难致残的、被仇人用刀砍的、炮弹炸掉的、地震时房梁砸的、得了什么病不得不做手术锯掉的、偶然在一场车祸中摔断的,还是被猛虎、鲸鲨或他自称的"古赤公"咬掉的。总之,他的右腿也安装了一根假肢,与左手的假肢相得益彰。他现在就是真正的半个人了。他骑着马,在生死之间驰骋。那假肢的金属齿轮与零件在阳光下闪着痛苦的光,与马的真脚并驾齐驱,在雪地上留下了深浅不一的脚印。

现在,无论有谁再说他是怪人、坏人、死人,或是流氓教授、花犯或骗子等,也都无所谓了。因境界是骗局,他也已是一个"境外之人"。

另外,就是他似乎仍在用谎言沿途制造贩卖他的哲学幻术。

西域大街上有很多人。据说,刘仍在无聊时,会跳下马来,指着一团什么空气,或一张巨大的白纸,对过路人说话。白纸通常挂在两棵树之间的一根铁丝上。他还会用电钻,在白纸上凿个小眼,假装是在打孔。然后,他会对某个陌生的过路人说道:"瞧,世间万物都是一个漏洞。只有'真夜'才能弥补。瞧,一切路边的空气与白纸里,都会有个大窟窿、大漏洞。因空气你们肉眼看不见,所以我才用白纸来代替。大窟窿的边缘会形成气浪。但你们只要从这窟窿里钻进去,穿过'真夜',就可以找到一头叫'古赤公'的灵物。谁骑上它,就可以避免任何灾难,也能忘掉在世界与生活中遇到的一切痛苦。"

"窟窿在哪里呢?"有一次,路边有一个好奇的孩子问道。

"就在这个小孔里呀。"他得意地说。然后忽然伸出一根食指,捅进白纸的小孔里,并将孔撕成稍微大点的一道小裂缝。

"那你能钻过去吗?"孩子有点惊讶。

"我当然能。我就是从那边来的。"

"那你钻一个看看呗。"

"可以。但我钻过去了,你也会跟着来吗?"

"不知道。而且,我也没看见你说的大窟窿在哪里呀。"

"你不去钻,怎么会知道在哪里呢?"

"这么说也对。你确定真的有大窟窿吗?"

"当然确定。"

"那你先钻给我看看。"

"没问题。但现在不行。"

"为什么?"

"我有点急事要办。"

"什么急事?"

"有一枚远程导弹,飘在空中很久,快掉下来了,正等着我去阻挡。否则我干啥子要骑着这匹马星夜赶路呢?"

"怎么阻挡,到天上去吗?"

"那倒也不必。空间本没有上与下。"

"你是个时空扳道工吗?"

"这可不敢当。"

"远程导弹那么大、那么重,你怎么阻止?"

"大小轻重,都是文字的虚构。"

"那导弹在哪里呢,我怎么看不见?"

"你不是已经相信有导弹了吗，看没看见又有什么关系。"

"我也都是听你说的。"

"我说之前，你早就知道导弹这个词了。"

"唉，你这人可真饶舌。"

"对孩子总得有点耐心嘛。"

"谁是孩子？你瞧不起人。我就想看看你怎么阻挡导弹。"

"这很重要吗？"

"不重要。但能证明你在撒谎。"

"我没撒谎。"

"那谁知道呢？"

"等空袭发生你就知道了。"

"什么空袭？"

"远程导弹的空袭呀。"

"瞎说。现在晴空万里，这块地方山林寂静，我们的生活也很快乐幸福。太平无事，哪里会有什么人对我们空袭？"

"有敌人。"

"我们没有敌人。"

"瞧，果然说的是孩子话。"

"怎么讲呢？"

"你怎么知道你没有敌人？"

"没有就是没有。"

"你还不懂什么是敌人。"

"什么是敌人？"

"这我不能告诉你。"

"为什么，难道有啥秘密？"

"当然，一切真正的仇恨都是秘密的。"

"我听不懂你这些弯弯绕。我就想看你怎么阻止导弹。"

"你真这么想看?"

"是的。"

"那你就进窟窿去吧。"

"不是说了吗,要钻也得你先钻。"

"可以,但我现在有一件急事要办。"

"要去阻止导弹?"

"是的。"

"怎么车轱辘话又绕回来了?"

"谁让你这么着急?"

"你这是找借口。什么窟窿,骗人的鬼把戏。"

"我没骗人。真的有个窟窿。"假刘遇迟(罗铁)说着,转身伸手又将白纸上的小缝隙撕得再大了一些,再把缝隙扩大为一个跟人差不多高的不规则的大窟窿,又说,"瞧,这不就是吗?"

"这白纸后面不是空气吗,怎么钻得进去?"孩子嘲笑道。

"钻就是一个词语而已。"

"你如果真能钻进去,我就相信你说的窟窿。"

"你应该相信导弹、敌人与仇恨。"

"照你的话说,那些也都是一些词语而已。"

"你还真是个较真的孩子。"

"嗯,孩子话就是真话。"

"好吧,看来我今天非得钻这张白纸了。"

"你休想打马虎眼。"

"你等着看吧。"

"我等着看你出丑。"

孩子说得很得意,还咧开大嘴,恶作剧似的笑了起来。而刘遇迟无奈,此时也不得不抬起腿,朝白纸上的窟窿里踏进去。大约因他的金属假肢很僵硬,头盔也大,弯曲挤压起来都非常费力，怎么也进不去。他尝试了几次，都失败了。后来他忽然发了脾气，干脆将手与腿的假肢都取下来，扔在路边，又尽量脱掉身上的一切穿着，浑身赤裸，迈着他唯一的那条真腿，才终于将一半身体跨入了白纸窟窿里。

然后，他转头对跟着他的那个无名猪脸人示意，让猪脸人就如上班去挤公交车时的人群那样，从身后拼命使劲地推他，把他从白纸上那道狭窄的窟窿里挤进去。

猪脸人朝他点头、立正、鞠躬后，遵命照办。

于是，孩子眼睁睁地看见，阳光打在白纸上，这个只有半边身体的丑老头，其在白纸上的黑影竟然渐渐地、完整地被那张巨大白纸的窟窿给一点点地吞了进去。

大街上万籁俱寂。所有过路的人都瞠目结舌。

就像导弹还没有来，空袭也没有发生，但始终会有一种恐惧。

孩子咬着自己的一根手指，瞪着眼等了很久，也再没看见秃顶的刘遇迟从白纸里退出来。只有他的金属假肢、零件、汽艇、防毒面具、头盔、降落伞、蟒袍、枣红马，还有他的随从猪脸人，以及连着脑机的黑毛峨眉猴子，被他留在了那大窟窿外面。

孩子惊讶地张着嘴，不知该不该也跟着他钻进去。可他伸出可爱的小手，凌空乱摸，也没找到那白纸窟窿眼的边缘在哪里。

他掀开白纸，后面也真的只是一团空气，什么也没有。

最奇怪的是，始终跟在刘遇迟身后的猪脸人，这时从铁丝上忽然摘下了白纸，抓在手里揉成了巨大的一团。然后，当着孩子的面，他愤怒地把那白纸撕得粉碎，再如花瓣一样撒在了人群熙攘的大街上。

猪脸人撕完了纸，收拾起地上的零碎，翻身骑上了枣红马，准备离去。他在马背上还撅着黑色鼻孔，冲那孩子笑了一下。从猪脸人弯曲的眼神与令人厌恶的表情可以看出，其实他才是刚才那个钻窟窿的人。而之前钻窟窿的人，大概只是猪脸人之前一直在控制的某具傀儡而已。他们到底谁是谁的主人，完全分不清了。

孩子顿时被这件难以理解的事吓得大哭了起来。

机械韩獹望着空墙，发出一阵阵春夜野猫叫春般的嘶喊。

其他的过路者、猪脸人与孩子的父母等，则从一开始就一起站在那白纸边，围观这场关于有与无的表演。为了让孩子能尽快平静下来，安慰他的恐惧，他们集体本能地望着满地的废纸片，仰头大笑起来。

附录

(伪)《幽澜辞典》残稿与笔记

关于"辞典"的说明

刘遇迟教授（此处暂且称他为教授）早年所撰那部关于幽会、古赤公、性与摄心机器等问题的笔记，原稿全名一说为"幽媾辞典"或"幽会辞典"，一说因与性欲有关而又并未写任何色情文字，除了摘录文献外，大多如初恋之人直抒胸臆，故又名"素蒲团"。该手稿分为四卷，其中很多来自抄书，但可能综合了理论、比较文学或读书笔记，只有最后一卷类似私人警句。笔记作者最初署名为"飞骡"，或是为了避嫌。后来，大约也是怕标题太露骨，刘便划去了在《说文》中表示"重婚"乃至交合的"媾"字，先改为"幽兰（蘭）"，用以掩人耳目。后似又觉得不妥，或想拟与地下之泉水有关之典故，便将明人古籍中一则颇有象征意味之志怪，摘抄在卷一里，谓之"幽澜辞典"。当然，其意思相对准确一些了。而"幽媾"一词，本出自汤显祖《牡丹亭还魂记》第二十八出之标题，取其"有根徘徊，无言窨约"之意，大约是刘遇迟为避嫌而用的隐喻或廋词。刘教授常对人津津乐道的所谓"窨学"一词，也来源于此，本来即指他的"幽会"经验吧。至于《鸳渚志余雪窗谈异》，完全是一个偶然。然而，这通常被认为是一篇关于他如何犯花案、勾搭女性、诱惑无知者或遮蔽其淫邪言行的辞典体文章，是一个教唆犯的罪证。第一次读到此稿时，我认为把如此不堪入目的肤浅之文叫"幽媾"，是因他想含蓄一点，或是为躲过批判者们的眼睛。后来才发现并非完全如此。"幽媾"或许是他给予幽会的一个自我贴金的象征符号。大概刘遇迟是为了用写作发泄什么孤愤之心情，他索性在修辞上更直接了。

此手稿目前存世的，只是一份整理过的、非常零散的手抄笔记，其中还夹杂着许多作者用胶水糊的废纸、粘贴的简报、从书上剪下或撕下来的纸片、照片与插图等，合成为一个臃肿的笔记簿。而且，他当年尚未来得及按照字母排列编辑。刘失踪后，我的挚友元森在定间的墙缝中搜到了这个笔记簿。笔记簿上，有刘亲笔写下的与辞典有关的文字。可以肯定，这只是一部分手稿札记。也许只是冰山一角、残羹剩饭，也未可知。因据说那部已完成的《幽澜（媾、会）辞典》有数十万字左右。按照其中涉及的文献出版时间来看，手稿的写作时间横跨了许多年，且是断断续续写成的。其中内容杂乱，且"语涉淫秽"处，都被他自己销毁了，剩下的算是九牛一毛。

"旁逸五年"秋，绝望的元森携带此残稿，即当年曾传闻以"手抄本"的形式在焚书会成员与刘的拥趸间流传多年的笔记本，去国东渡。"旁逸六年"春，元森便在琉球德岛意外遭遇车祸身亡，肇事司机从现场逃逸，至今未归案。我甚至怀疑，他的死会不会也与刘遇迟有关？是谋杀吗？好在元森死之前，曾将手抄本交付给了琉球图书馆里的东亚汉文化研究中心。次年，该中心编辑便以作者原名，刊发于汉语学报《新上林苑》（第07号）上。刊物发行稀少，故此事鲜为人知。巴蜀腹地也基本没什么人清楚实情。或因刘当年一直坚持他秘密的哲学骗局，又写这样的文字（尽管并无证据证明真的出自其手笔），而且还一直坚持打诳语了二十多年，大有一个学术败类顶风作案的狂妄，与臭名昭著的执拗。但资料可贵,无论对我们研究他当时的微妙处境,还是想追踪他那些危险的绯闻,或探讨一些这个怪物不着边际的想法之形成,也许都会有所帮助。

后经元森生前在镰仓的一位女性友人之协助,她将学报上这份残稿的文字,分几次影印了出来交给我。在此致谢。影印全文现抄录于本书之后,聊作赤兔之骥尾。

幽澜（媾、会）辞典（或手抄本"素蒲团"残稿）
——关于恋人之间幽会的考释及自由主义观察笔记

【中国】刘遇迟（飞骤） 撰

卷一：幽澜之恋

夜读明人钓鸳湖客所编《鸳渚志余雪窗谈异》
帙上末篇有《景德幽澜传》一则，颇引人入胜
其奇特事大体如下：
旧传宋景德寺，常有一女妖出没，或行吟于窗外
或独立于庭中。寺中僧人问之，女妖常作笑语，从容对答
后有一长身大眼、勇力绝人的胡僧路过此处
据说其法术能降魔伏鬼。众人请为之驱邪
胡僧夜坐，果见一女子来，媚质雅妆，对月长吁
胡僧咤曰："窗外谁家女？"
女静对曰："堂中何处僧？"
僧又曰："好敏捷佳人。"
女曰："真风流长老。"
胡僧见机锋不如，便破窗逐之，女逃入地下
遂掘地，无所得。又掘至五六尺深
方见石下"唯有清泉一泓，湛若停注，涓洁且甚可爱"

后人遂凿为井，立亭于上，扁曰"幽澜"

一时往观之人，相接于道，好事者更有诗咏之云云。

《景德幽澜传》的作者名号为钓鸳湖客，生卒年与真名不详，大约为明嘉靖、万历年间浙江嘉兴人。《鸳渚志余雪窗谈异》后有排印本（与宋人李献民《云斋广录》合订，中华书局，1997年），署名为"无名氏"，前言提到该书孤本原件藏于大连图书馆，我曾秘密专程去查阅过原本古籍。观其纸色苍古，想是"满洲国"时期某前清大臣之遗物。此书很多篇幅与明清人笔记如《情史》《万锦情林》《广艳异编》等书有重复，即互为抄录。又，此书原本卷首还有"卧雪幽士批句"与"奇奇狂叟赏阅"等，盖或为一人托名所作。我经年浸淫于古籍，多方搜寻各类幽会谭概，一般托身于草木精怪，妖狐野鬼之女身皆不足怪，唯此则"幽澜"二字，女子幽魂竟托身于清泉，最令我心醉。尤念及当年伶牙深陷裂缝之大悲恸，每读，便如与昔日恋人再次相聚，故以此为本篇名。

关于"幽澜"的跨物种理论：

鸭嘴兽、水熊虫、鲨、海兔、扁平虫、蓝藻、蚯蚓——皆为来自缺环的生物。我秘密的恋人，我的泉水，你也是来自缺环的吧？因你似乎也具有它们的特征：没有祖宗与血统、杂交、渺小、雌雄一体、被切割分成若干段也能在我心中存活……

以下缺（存目）

卷二：窨学类略

盟誓：此盟誓非指海誓山盟，而是指一般的约会之词。因男女欲约会，若无盟誓，无时间之限制和对心的信任，便无默契，也就谈不上实现幽会。

乱伦： 家庭近亲之间，如果出现幽会事件，则是最严重的禁忌。

私奔： 私奔，离家出走，即长期的幽会，将地下的幽会变成地上的恋爱关系。私奔到一个无人认识他们的地方，一切世俗的阻力便都消失了。

幽会： 广而言之，世间一切恋人之约会，都是幽会。因是只属于二人的，秘密的。是不可能为外人道的。

外室： 外室即包养，看似反道德，其实不过是传统娶妾制度的一种现代方式。

通奸： 与外室不同，通奸一般都指固定的，却又不能被周围人承认的不正常男女关系，我称之为"秘恋"。因不能为外人发现，故通奸者需要封闭的空间，譬如旅馆、野外或者无人打扰的家。

诱拐： 诱奸或诱拐，都是单方面的行为，是在对方没有清醒认识的情况下发生的，所以严格讲不能算是幽会，而是犯罪。但在诱拐者心中，或许已经实现了某种对幽会的期许和幻想，故亦暂可算作一种"有缺陷的幽会形式"。女性屈从于暴力时，心里虽偶尔对异性的诱惑力有某种默认，但这时的男性是卑鄙的。人们常常过度重视男子在幽会中的主动性，而忽略女性的本能。女性是反对诱拐的，她唯有在自由的情况下才会渴求诱惑。

霸占： 霸占（乃至一切发生在两性之间的强奸、轮奸、顺奸、关押、私刑和不平等之凌辱行为等）都完全不属于幽会。甚至不是幽会的镜像。纯粹的"无"是不存在的，真空也是因其"有"，所以才存在真空。大部分人都会将霸占和养妾传统、畸恋、SM或虐待狂等混淆，实际上完全不是一码事。因幽会的前提是自由。而霸占是反自由主义的，无论是旧时的淫婚制、买卖女奴、囚禁、抢婚、折磨以及任何事先未取得默契的肉体伤害，都是对幽会的反动。当然，不可否认，恋人都有占有欲。区别只在于程度。故最高境界之"霸占"，乃如孔子所言："从心所欲，不逾矩。"

露水：露水夫妻，也即今日之一夜情、闪婚、约炮等俗语之古称，盖出于《金刚经》"如电亦如露"之语，指这种夫妻关系快若隔夜露水，都是极短暂的，甚至一次性的。白香山所谓"花非花，雾非雾，夜半来，天明去。来如春梦不多时，去似朝露无觅处"。但一日夫妻百日恩，其本质仍是在幽会。

姘头：（存目）

——

（以下缺）

窨学之本义

窨，形声。从穴，音声。本义为地下室或地窖，又称地窨子。《说文》云："窨，地室也。"窨学有一种类似陀思妥耶夫斯基《地下室手记》的气息。另，东汉人称阉割太监的蚕室也叫窨室（见《后汉书·光武纪》）。窨亦同"熏"，用于窨茶叶。如把茉莉花等放在茶叶中，使茶叶染上花香。窨酒也如此。如"趁墟窨酒担，跳月竹枝声"（清人赵翼《送人赴黔》）。窨还有思忖与揣度之意。窨口则指沉默不言。从我出生以来，那些天赋本能和人故有的情感、欲望与爱，都会被环境所遮蔽。我不得不选择了这种方式来表达我的愤怒。这种地下的、被阉割的、香艳的、秘密的和暂时沉默的方式——仿佛也是我们这个时代唯一的思想出路——故被我称之为窨学,即世间一切幽会之美学。正如汤显祖《牡丹亭·幽媾》所言:"有恨徘徊,无言窨约。"因被压抑的爱情本质也是为了一种内在的革命。

编者朱批:原文卷二以下残缺,或被销毁,因笔记簿在这里有撕掉的痕迹。或另有原因,即被刘遇迟的同居者薛雯婕女史拿走,作为"手抄本"的证据报案使用了。

卷三:或为"辞典正文"残稿

阐幽

"阐幽"一词本出《周易·系辞下》,所谓"夫易,彰往而察来,而微显阐幽"。然天下女阴统称"幽门",可以为廋辞乎?

观社与尸女

先秦之"社稷尸女",即最原始的男女通淫,本指祭司与献祭少女的幽会。如《春秋左传·庄公》载:"二十三年夏,公如齐观社,非礼也。"《穀梁传》曰:"观,无事之词也,以为是尸女也","尸女"即私会或幽会,是先秦的一种民间野合风俗,士大夫不为,故名非礼也。因鲁庄公与孟任,如齐观社,私定终身,故有此说。在《周礼·地宫·媒氏》中甚至有所谓"仲春之月,令会男女,于是时也,奔者不。禁若无故而不用令者,罚之。司男女之无夫家者而会之"的记载,可以说是那时敦促男女以"群交"繁殖的风俗。另如郭鼎堂在《甲骨文字研究·释祖妣》亦言:观社之"社,男女通淫之所也"。

社会牡器：士且王土

牡器，即男性性器。牛雄为牡，牛雌为牝。士、且、王、土这几个字，在甲骨文时代都是生殖图腾的符号。如郭鼎堂在《甲骨文字研究·释祖妣》中云："士、且、王、土，同系牡器之象形，在初意本尊严，并无丝毫猥亵之义。"郭又说："古人本以牡器为神，或称之祖。祖妣者，牡牝之初字也。土为古'社'字。祀于内者为祖，祀于外者为社，祖与社，二而一者也。"也就是说，我等今日所言"社会"，其本质不过就是生殖之集会。以现代汉语论，广而言之：士，即知识分子；且，即祖宗传承；王，即政治领袖；土，即人间自然。所有一切之存在，其渊源无一不是为了性交、生殖与繁衍。

鹈鹕与鱼

记得《诗·曹风·侯人》云："彼侯人兮，何戈与祋。彼其之子，三百赤芾。维鹈在梁，不濡其翼。彼其之子，不称其服。维鹈在梁，不濡其咮。彼其之子，不遂其媾。荟兮蔚兮，南山朝隮。婉兮娈兮，季女斯饥。"闻一多先生在《高唐神女传说之分析》中说，此诗中季女的"饥"是指的情欲，而那条鹈鹕没有捕获到的鱼，即是男子性器的象征。如同此解，那么此处的"不遂其媾"，应该就是指的"未能达到男女交媾之目的"，而非一般意义上的宠爱。这也是最早的关于幽会的记录之一。

朝食

《诗经·陈风·株林》云："乘我乘驹，朝食于株。"朝食二字，即指通奸，通淫。这也是最早的关于幽会的记载，因古人以吃饭比喻性交。具体训诂，可参见闻一多《高唐神女传说之分析》。

对食

汉时宫廷中的太监或嫔妃之间,秘密做夫妇(或同性夫妇),称为对食。如《汉书·外戚传》云:"房与宫对食。"应劭曰:"宫人自相与为夫妇名对食。"这种关系是不能让皇帝知道的,故可以称为最古老的幽会关系。不过在这之前,实际上可将阴茎作为车轴令车轮旋转的"大阴人"嫪毐与赵姬的关系,也就是对食。

诸儿齐姜

齐襄公(诸儿)与文姜的兄妹乱伦通奸关系,也是最早的幽会史,事可见《诗经》《左传》《列女传》等书。如《史记·卷三十二·齐太公世家第二》所记载:"鲁桓公与夫人如齐。齐襄公故尝私通鲁夫人。鲁夫人者,襄公女弟也,自厘公时嫁为鲁桓公妇,及桓公来而襄公复通焉。鲁桓公知之,怒夫人,夫人以告齐襄公。齐襄公与鲁君饮,醉之,使力士彭生抱上鲁君车,因拉杀鲁桓公,桓公下车则死矣。鲁人以为让,而齐襄公杀彭生以谢鲁。"

三角形凤仪亭

吕布与貂蝉因中王允连环计,在"凤仪亭"幽会,然后吕布掷戟董卓反目为仇之事,最初见于元代讲史话本《三国志评话》。虽史上并无真事,但也隐喻了"三角"之奥义。因在历代"说三分"者后来演义出的故事中,除"大三角"魏蜀吴之外,还藏有很多"小三角"之模型,诸如刘关张(关羽封神后变成关公、关平与周仓)、约三事、三顾茅庐、三英战吕布、三让徐州、三气周瑜、东吴父子三孙、司马父子三人等,董、吕、貂之三角关系亦如是。因三角恋亦如三国,即互相之间不知对方与另外一人之关系，有二者显，必有一者隐，从而不断产生矛盾。当然这种对"三生万物"式的强迫症意识，后来也见于《西游记》（天庭地狱龙宫、凡间取经之途、西天极乐世界，还有所谓"唐三藏"等）、但丁《神曲》"用区区一个三层脚手架就支撑起了中世纪这座宏伟的工厂"（马尔克斯语）。埃及金字塔与中国唐宋建筑如《营造法式》中的穹顶、斗拱或藻井结构（无论变化为四角、八角、圆形还是扇形，其实都只是由更多三角形的立体叠加而成），也都是它最终极的表达，此亦自不待言。另如西医学记号即用三角形表示病情的"变化"。炼金术中三角形表示"硫酸"。占星术里表示"三分相"。国际象棋记号里表示"作战"等。大自然是圆的，但人的心脏呈三角形。它们加在一起，即有了那道几何定理："一切三角形的外角之和都是360度，内角之和都是180度，三点连接即为圆形。"但黄马骊牛三见《庄子》，第四维是幽会中的爱情。

赤眉皇帝的地下恋爱

历史上的确也存在胆敢与尸体幽会的怪人，如东汉赤眉军少年皇帝刘盆子，便颇有此童心（或淫心）。在其率领下，他的军队曾对古人陵寝掘墓奸尸。据范晔《后汉书·刘玄刘盆子列传》载："盆子乘王车，驾三马，从数百骑。乃自南山转掠城邑……至阳城、番须中，逢大雪，坑谷皆满，士多冻死，乃复还，发掘诸陵，取其宝货，遂污辱吕后尸，凡贼所发，有玉匣殓者率皆如生，故赤眉得多行淫秽。"明人冯梦龙《情史》也曾提及此事。因本为同宗刘族，刘秀称帝后，让刘盆子在叔父的赵王府中当了个郎官，管理车马门户的侍卫，最后刘盆子不知所终。

妇人哭

唐人李亢《独异志》及宋人郑克《折狱龟鉴》等书都记载了一条靠妇人哭声来判断奸情之事。略如下：

> 郑子产闻妇人哭，使执而问之，果手刃其夫者。或问何以知之，子产曰："夫人之于所亲也，有病则忧，临死则惧，即死则哀。今其夫已死，不哀而惧，是以知其有奸也。"

此事后来被演绎到各类笔记中，不过万变不离其宗。在这里也提醒了一点，就是仅仅靠哭声的真伪，也能判断出幽会者的行为。

装病与猎犬肉

《折狱龟鉴》还列举了一条"裴均察部民妻劾得奸者"，言裴均镇襄阳时，某部民之妻子与人私通幽会，她谎称自己有病，称大夫说需要吃猎犬肉才能好。然后唆使其夫偷杀邻居的狗。结果被邻居告状。裴均看出来其妻曾与之有幽会之事（奸情），是想陷害丈夫，于是将通奸的二人捕获归案。柳宗元的《河间妇人》大略也是如此，不过成功了，即云河间妇人想陷害其夫，假托患病，需要丈夫在夜里招鬼解除。待丈夫作法招鬼时，她便诬告其夫是在深夜祭祀，诅咒，大逆不道。结果丈夫便果真被官吏抓捕，后遭鞭刑而死。

中国古人的律法

关于通奸之罪，吾国早已有之。如宋人孙奭所撰《律附音义》

（上海古籍出版社，1978），此书原名《律文》，十二卷，自魏李悝、汉萧何，乃至三国六朝及隋唐长孙无忌等，皆有所参与论述，后为《唐律》。敦煌古写本多为斯坦因、伯希和等掠往英法西方，现多为残本。其中有几段关于古人对通奸者之刑罚，包括通奸涉及血亲、缌麻（及较为疏远的亲属）乱伦问题以及执法者本身者。略录几则如下：

> 诸以妻为妾，以婢为妻者，徒二年。以妾及客女为妻，以婢为妾者，徒一年半。
>
> 诸同姓为婚者，各徒二年。缌麻以上以奸论。
>
> 诸娶逃亡妇女为妻妾，知情者与同罪。
>
> 诸奸者，徒一年半。有夫者徒二年。部曲、杂户、官户奸良人者，各加一等。即奸官私婢者，杖九十（奴奸婢亦同），奸佗人、部曲妻、杂户官户妇女者，杖一百。强者各加一等。折伤者各加；斗折伤罪一等。
>
> 诸奸缌麻以上亲，及缌麻以上亲之妻，若妻前夫之女及同母异父姊妹者，徒三年。强者流二千里；折伤者绞；妾减一等。
>
> 诸奸从祖、祖母姑从祖，伯叔母姑从父，姊妹从母及兄弟妻、兄弟子妻者，流二千里。强者绞。
>
> 诸奸父祖妾、伯叔母、姑、姊妹子孙之妇、兄弟之女者，绞。即奸父祖所幸婢，减二等。
>
> 诸奴奸良人者，徒二年半，强者流，折伤者绞；其部曲及奴奸主及主人之期亲，若期亲之妻者，绞；妇女减一等；强者斩。即奸主之缌麻以上亲，及缌麻以上亲之妻者，流；强者，绞。
>
> 诸和奸本条无妇女罪名者，与男子同强者，妇女不

坐；其媒合奸通奸者，减罪一等。

诸监临主守，于所监守内奸者（谓犯良人）加奸罪一等。即居，父母及夫丧，若道士女官奸者，各又加一等。妇女以凡奸论。

男子作过太多

古代法医学中，宋人宋慈《洗冤集录》与元人王与《无冤录》，皆有"男子作过死"一则。所谓"作过"，即指男女性行为。作者曰："男子作过太多，精气耗尽，脱死与妇人身上者，真伪不可不察：真则阳不衰，伪者则痿。"即那时法医判断，凡是真"脱阳"死者，生殖器会依然坚硬。若不是，就一定是一件谋杀案，而非"脱阳"。不过这种判断存疑。因在性交中猝死者，是因过劳而死、冠心病发作还是因脱阳，情况并不一样。并非所有人都会导致阴茎血管痉挛，海绵体充血而不能恢复原状。这也是分辨其是否为奸情的依据之一。

捉奸

十八世纪法国杂文家、戏剧家与伦理学家尚福尔云："通奸是一种破产，所不同者，蒙受耻辱的反而是被人陷害以致破产之人。"按照这个逻辑，捉奸实际上是一种自毁家业的败家子行为。奈何吾国古人颇好此道。

摸×巷（Gropecuntlane）

这是1230年伦敦一条中古街道的名称，《牛津英文辞典》有记录，不知出自何人，也不知街上有什么情形。"但你八成能猜上一猜。"（记载见露丝·韦津利《脏话文化史》第64页）我以为当年那一定是一条各种秘密幽会者经常出入的街道。

偷人(出轨)

说到幽会,大多数中国人会总结为"偷人"二字。古谚所谓"妻不如妾,妾不如婢,婢不如偷,偷不如偷不着"。此潘驴邓小闲之论,不只针对男子,对女子亦如此。如老舍(他也曾出轨)在《热包子》一文中隐写女子出轨,并在开篇便说:"爱情自古时候就是好出轨的事。"而该文结尾处则云:"古时候的爱情出轨似乎也是神圣的。"

保密技术(保安措施)

凡与女子幽会,都有个技术问题。但关于夫妻(或情人之间)的保密技术,老巴尔扎克在其《婚姻生理学》(此书原名为《夫妻生活法典》)里有详细分析,他甚至将其论文分为了五个段落,即论圈套、论通信往来、论奸细、论禁书、论预算。巴尔扎克的这种思维,实际上乃将夫妻生活,也上升到了一种"幽会"的高度。他研究了妻子作为女子的全部花招和阴谋诡计,并得出一些惊人的结论,如"女人的道德问题也许只是一个体质问题"或"情人永远不会错"等。

床的空间研究

同上书,巴尔扎克还专门写有"床的理论"一节,并认为在特权阶级中,"只发现了三种放床(广义的床)的方式,即(1)两床分隔;(2)分开的卧室;(3)同睡一床"。然而巴尔扎克这项研究实际上并非广义的,而是狭义的。最起码,应该还有一种:别人的床。所谓的幽会行为,无论是在露天地带,还是在建筑物内,本质上都是睡在"别人的床"上。这是一种与素日情绪与睡眠完全不同的载体。而且,巴尔扎克显然从未见过中国的宁波千工拔步床（八步床）。旧时大家庭为千金小姐造闺房，以此床为最奢，因对缠足妇人而言，可迈着细碎的小步子，走一百步，故又名"百步床"。此床可大如房间，且是套间模型。外层有画屏、碧纱橱与帷幄等阻隔，有些须层层入内，门槛折叠，异常烦琐，如密室中还有密室。最里面的床雕栏画栋，而且也是全封闭的。故即便是夫妻，在里面同寝时，也具有幽会般的私密感。

豹子

巴尔扎克《沙漠中的爱情》写的是一个逃亡者在沙漠中与一只母豹子相遇，并产生畸恋乃至最后互相伤害的事。这件残酷的幽会事件令人想起中国的"豹房"和著名的豹妹，也想起所谓的恋兽癖 Zoosexuality, Bestiality 或 Animal sex。

选址与卜居（外室）

古时称为"外室"的，也即非正式迎娶之妾，类似当今情人或二奶。此事大多须懂堪舆之人相助卜居，以免不吉。

纸条

欲行幽会，先写纸条递给对方，是类似中学生早恋互传情书那样的幼稚行为。因幽会如兵家密谋起义，只能暗号约定，决不可留下片言只语做证据。若有来往书信、便条、卡片、照片或信物等，也须及时销毁，且不可注明日期。如演义"赤壁之战"时，阚泽过江与曹操下书密谋黄盖将举事，曹操问其为何不写明日期，可见为诈降，阚泽笑曰："岂不闻背主作窃，不可定期？倘今约定日期，急切下不得手，这里反来接应，事必泄露。但可觑便而行，岂可预期相订乎？"

匿名信

匿名信的写法过去一般都是从报纸上或废旧杂志里，将所需文字剪下来，按新的语言拼贴在一起。问题在于报纸或杂志也必须销毁，焚烧时也很容易引起别人注意。巴蜀就有人为了给阶级悬殊的恋人写匿名信，剪了一份报纸。用完后，他将那份满是窟窿的报纸扔进垃圾桶里，但却被人捡到并告发了，警察认为被剪的字可能是"密码"，后将其人逮捕。

邮筒

在传统书信时代，写信约会者通常不会去邮局寄信，因担心有熟人看见。一般是请心腹之人亲自送信，或者是投入邮筒。邮筒也是离家越远的越好。信封上没有地址，信里也通常不会有落款、地址或人名，只有关于约会的时间。知情者一看便懂，不知情者则无法查实。

抢人

明人董其昌强抢民女之事，少有研究者。事实上，针对原配夫君或原配妻子，幽会的恋人之间都有一种"抢与被抢"的情绪在。

圣人的野合与变异

据《史记·孔子世家》云："纥与颜氏女野合而生孔子。"此言充分说明，即便是圣人孔子，也不过是一场外遇与幽会的产物，从而间接证实了儒家（作为中国文化的渊源之一）或来自幽会。虽言"唯女子与小人难养"，但孔子删《诗经》，十去其九，仍以描写野合的爱情诗《关雎》为第一首，总揽三百篇，可谓用心良苦。

离家出走式怪癖

美国作家纳撒尼尔·霍桑有一篇小说名《威克菲尔德》（收于《故事与小品》中），讲述一个名威克菲尔德的乖癖男子，在一个平静的下雨天，假装出门办事，带着一把雨伞，朝窗户后注视他的妻子诡秘地一笑，旋即消失。连他自己都不知道，这一走，竟长达二十年。其妻子久等之不回，又无消息，徒增白发。而此男子当时其实就在家附近的一幢楼里租了间屋子住下。通过窗户，他还能随时窥视自己的家。他的目的只是为了能看见自己"消失"之后妻子的变化。本来想就走几天，结果时间越长，他就越不想回家。他的失踪计划达到怎样的境地？以至于十多年后，在大街上遇到时，他老婆都不认识他。而且，在二十年后的一个普通的下雨天，他带着那把雨伞，又悄悄地回到了家里。这个故事（据霍桑说是真事）到此便结束了。但在我看来，这种久远的失踪，真是最大的淫荡和色情。这个威克菲尔德先生是在去与时间、衰老和陌生幽会。他的性欲便是欺骗。他的快感，便是对遗忘的偷窥。

"后花园"（后庭花）之符号

《西厢记》《牡丹亭》等书中，皆有关于后花园幽会之描述，此妇孺皆知，无须赘言。而《金瓶梅》中的"醉闹葡萄架"，更是写得彻底。表面上，指古人经常在后花园中行苟且之事。而后花园其实也就是后庭花，本质都是对"肛交"之隐喻。词牌里，尤以汤显祖《牡丹亭·冥判·后庭花滚》中的对答之语最能体现，如："〔末〕合欢花。〔净〕头懒抬。〔末〕杨柳花。〔净〕腰怎摆。〔末〕凌霄花。〔净〕阳壮的哈。〔末〕辣椒花。〔净〕把阴热窄。

〔末〕含笑花。〔净〕情要来。〔末〕红葵花。〔净〕日得他爱。〔末〕女萝花。〔净〕缠的歪。〔末〕紫薇花。〔净〕痒的怪。〔末〕宜男花。〔净〕人美怀。〔末〕丁香花。〔净〕结半躧。〔末〕豆蔻花。〔净〕含着胎。〔末〕奶子花。〔净〕摸着奶。〔末〕栀子花。〔净〕知趣乖。〔末〕柰子花。〔净〕恣情奈。"

二潘

从恶趣、偏见与嗜好而言,"处女"或"良家妇女"往往才值得幽会,因其不谙秘戏之快乐,故若动之以情,开发其欲望,则往往有意想不到的激情。妓女则不必幽会,因其欲望是公开的交易。幽会之美,在《红字》《红与黑》《唐璜》中如是,在《悲惨世界》《呼啸山庄》或《洛丽塔》《人间失格》《女囚》或《色戒》中如是,在《水浒》中的二潘(原著人物关系重复套路,潘金莲、潘巧云,皆为叔杀嫂的故事,二潘实为一潘)之悲剧中亦如是。中国古代风俗里因男权的影响或歧视妇女,故对违反家庭尊严的幽会,自会极其憎恶。但《金瓶梅》之本质实为儒家伦理学、男性(同性恋)与良家妇女式自由主义性欲之间的叙事鏖战。这当然是危险的叙事。所谓"海阇黎和潘公女儿有染,每夜来往"。而脱胎于《水浒》的整部《金瓶梅》,更可以说是以"良家妇女"的面具来写的一部"公开的幽会"传奇而已。

挨光

《金瓶梅词话》中称偷情为"挨光",如第三回王婆言:"但凡挨光的,两个字最难。怎的是挨光?似如今俗呼偷情就是了。"挨指消磨、磨蹭时间;光指美色美景,如春光。旧时幽会也叫"偷光"。另如明代抱瓮老人《今古奇观》卷三十八里,亦有"前世里冤家,美貌佳人,挨光已有二三分,好温存"之句。对我而言，幽会就是一束照亮黑暗生活的光，而我是个只配膜拜它的阴影。

有染说

记得张爱玲在《红楼梦魇》里曾言："连紫鹃也不敢确定，宝玉与黛玉是否有染。"此"有染说"特指在二人幽会中发生过肉体关系的模糊性，因这是《石头记》作者完全隐写的。作者宁愿详写宝玉遗精后与袭人初试云雨情，写鸳鸯撞见司棋在假山后与表哥幽会，或宝玉撞见茗烟与卍儿幽会，都是要大概点明的。唯独写黛玉之性，却不着一个字，可谓文学第一洁癖。一般而言，完全没有肉体关系的恋人，不可能爱得那么铭心刻骨，玉石俱焚。但写黛玉竟然做到了，这是那么顺理成章，又是那么令人怀疑。

借书

以借书为名探幽约会，此事已因钱锺书《围城》之描写（所谓"一借一还，便有两次可以接触的机会"）而近于流俗。

一小时酒店

最方便的幽会地点之一，但毫无美感可言。唯有"性交仓促癖"患者（即易在急切之间行房，或因附近有人，或因马上有事而感到异常兴奋者）也许会喜欢此类场所。

幽会餐厅

为了避免被熟人撞见，幽会者的餐厅选择只有一个原则：一定要离家很远，最好是到另一个国家或另一座城市去见面。餐厅不必高档，最主要的是餐桌与餐位一定要狭小，以及两人的脚在拥挤的餐桌下假装不小心互相触碰时的动作。

绳子

幽会时可以带上一根绳子（最好是比较温柔的棉绳），此用途有二：恋人也许是一位有捆绑癖好者，以及如果需要从较高的幽会处（譬如楼上）逃逸时所用。

炮

"幽媾"的当代词语近于"约炮"，但这个词起源于互联网，指通过网络或其他通信方式秘密进行幽会或发生性关系。"炮"字最初来自粤语形容性交易之"打炮"，也可以包括明清或中世纪民间巫术之"厌炮术"。但约炮并非真正意义上的幽会，甚至是对幽会的语言歧视，因真正的幽会是充满尊严与敬重的，并不只是为性欲。幽会也可以是无性的。

私密即无罪

所谓"人在私下里的秘密犯罪，便不算是犯罪。只有公开的错误才是错误"。这话为莫里哀戏剧《伪君子》中达尔杜夫所言。当然我认为这话不能针对刑事犯罪。如杀人或盗窃，无论私下或公开，都永远是有罪的，因为那损害了别人。但如乱伦、诱惑或猥亵行为，则未必如此，因为那有时是两厢情愿的事，即世俗认为有罪，而当事人并不认为有罪。顶多认为自己有愧疚。

名教罪人

旧时常称有香艳之罪的人为"名教罪人"，因民间礼教认为色情即奸情，是一种罪。虽然圣人书上明明写着"饮食男女，人之大欲存焉"，但并不能缓解天朝国人对道德洁癖的膜拜。又，晚清香艳文人姚灵犀在《思无邪小记》中云："近见报载故宫印售书目，中列《名教罪人》一书，不知是否关于香艳之作，暇当函故宫友人询之。"可惜，连素以博学著称的姚灵犀也搞错了，此《名教罪人》应只是清康熙年间的探花、江左才子钱名世的诗集，与色情无关。钱因当年与年羹尧友善，曾写诗赞年，后坐年羹尧案，被雍正所迫害。雍正为了侮辱他的文名，还特意送了他一块匾额，题"名教罪人"四字，悬于门庭。后又找了三百八十五人，专门写诗骂钱，并令钱自己将这些诗编辑成书，名《名教罪人诗》，以上好宣纸印发全国，以为羞辱。史称"钱名世名教诗人案"。

勾引家

克尔凯郭尔的《勾引家日记》（又译《一个诱惑者的日记》），其秘诀在于整本书中并未出现任何猥亵淫秽的词语，而是纯粹哲学。这是克尔凯郭尔与萨德最大的不同，也是他与纳博科夫的最大不同。因《勾引家日记》其实是《洛丽塔》之祖本。

专横

"专横是隐秘的。"这句话见克尔凯郭尔《轮作制》。而情人之间不像夫妻，往往只有隐秘而没有专横。当然，性交时的个人癖好除外。

从红字到瓦雷金诺

关于霍桑《红字》中的幽会或哈代《德伯家的苔丝》之背叛研究，就像关于福楼拜《包法利夫人》一样，实在太多，令人已不想再作任何深入。此处我亦不想赘言。西方文学中，几乎每过一个时期，就会出现一位白兰或德伯家的苔丝，以及与之相应的亚力克或丁梅斯代尔牧师，甚至也会出现与之相应的克莱尔或冬妮娅。嫉妒（包括放弃嫉妒后的爱），是秘恋者最常见的天敌。但也有完全绕过别人的嫉妒，而依旧保持其纯洁性的偷情之作。譬如汉译本《日瓦戈医生》，其中尤里先是在尤梁津市图书馆发现了拉里萨的踪迹，却在一边故作觊觎，不动声色。然后过了几日，才假装在"带雕像的房子"附近，在拉里萨所居住的水井边与之邂逅，乃至后来两人重返瓦雷金诺偷情的实质性。这些往往也会被作者素雅的文笔和冬妮娅的宽容所遮蔽。二十世纪好的长篇小说很多，与秘密恋情有关的作品更是多如牛毛。但能堪称"伟大"二字的，不会超过二十部。《日瓦戈医生》毫无疑问是其中之一，而且是卡尔维诺所谓"哈姆雷特父亲的鬼魂"式的书，会不定期地显灵发声。它不仅是《圣经》写作模式与俄罗斯白银时代美学的结合，是与反乌托邦大历史最具直接关系的小说，也是现代人写下的具有《旧约》那种意象密集的个人主义作品，是俄罗斯现代诗歌、散文和小说的综合成就，更是对"幽会"之学的最高赞颂，西方独此一份。当年全世界一切被牵入革命、改朝换代、意识形态与冷战之争的国家，没有任何人能写出这样的大书，包括奥威尔、赫胥黎、索尔仁尼琴、库斯勒、扎米亚京等，也包括卡夫卡或纳博科夫（他对《日瓦戈医生》的嫉妒和批判，就像洛丽塔癖患者在嫉妒和批判拉里萨的"传统婚外情"，十分苍白无力）。他们都只能写现代性个人角度的时代批判，以及大历史的局部。只有《日瓦戈医生》是全面性的描绘和历史整理，是古典、浪漫、象征与现代一以贯之的小说，是对"秘恋"的百科全书式解剖与正名，甚至也包括我一生最渴求达到的高度，即人与大自然之间的"秘恋"。后来索尔仁尼琴写《红轮》也试图这样去做，但因流于过度冗长而失败。《日瓦戈医生》的价值是不可替代的，也是我们这一代最铭心刻骨的读物。正如帕斯捷尔纳克诗中所言"手的交叉,腿的交叉,命运的交叉",没有在东方国家和某种极端时代生活过的人,永远不会理解这种爱与痛苦的伟大交叉。唯帕诗始终缺了一种可令人产生误读与旁逸斜出的芯片。因诗一旦太端正了,便是遗憾。

死之幽幻

爱伦·坡的短篇小说《幽会》(亦名《梦幻者》)里对幽会的描述,则完全是以死与梦的虚构为空间的。在爱伦·坡心里,生之所恋若不能得逞,死后也要相聚,其执着就像蓝桥尾生。如在小说开篇便引用了齐切斯特主教亨利·金的一句诗,所谓"在那儿等我,我不会失约,我会在空谷幽兰之地与你相会",便直接说明了他的幽会幻象,那是一种走向冥府地狱的殉情者的幽会。在坡的笔下,陌生的无名男子与侯爵夫人的爱情是一座希望的坟墓。从此角度而言,与吾国古人之"幽媾"哲学,也有异曲同工之妙。

收集与抚摸

对一些患有恋尸癖的人而言,与死去的、想象中的人幽会,则是与性欲无关的。如涩泽龙彦在《怪奇人物博物馆·倒错的性》一文中的记载,那位法国恋尸癖者阿尔迪松 Victor Ardisson,职业曾是挖墓工,性格老实,后来被作为盗墓惯犯关押于精神病院。阿尔迪松的犯罪嗜好是发掘各个阶层的、从三岁到六十岁的女性尸体,一个个地往家里搬。但他无论收集什么样的尸体,都不会去玷污她们。他还非常珍惜一位十二三岁少女的已经风干的头颅,并把她称为他的"未婚妻",放在十字架、天使像、弥撒书和蜡烛这些奇妙的收藏品之间,小心翼翼地保存着。这是一种生与死的幽会。据说他"完全不会想用性器官去接触她们,只不过是不时地抚摸她们而已"。而且，似乎仅仅就靠这种秘密的收集与轻轻的抚摸，他便已经完成了他的爱情，以及对女性的崇拜。因他说："从三十岁到六十岁，无论是怎样的女人都会令我觉得满足。"

夫妇们

厄普代克的小说《夫妇们》讲述的是美国小镇换偶性游戏和道德问题。汉译本前言中提到了中国某小县城的真实新闻事件，说的是一名叫苏秀（化名）的女民警参与换偶，以及一个拥有七万会员的国内夫妻换偶网站。从某种意义上说，换偶即是一种"公开的幽会"，只是这种公开仅限于几个当事人之间。而似乎相当数量的夫妻，都具有此类倾向。

林中空地

树林或山林中的隐秘处，是传统的幽会地点，在英国文学尤其托马斯·哈代的小说中常见，如《林地居民》《远离尘嚣》等。同为英国人的乔治·奥威尔，在其《一九八四》中设计的女主裘丽娅与温斯顿的幽会，也是在一片全封闭的威权环境下的林中空地。温斯顿视那树林为爱欲的"黄金乡"。不过，温斯顿最终没有经受住在101房间被老鼠撕咬的恐吓，在惊慌中喊出："裘丽娅，去咬裘丽娅，去咬她吧，我不管你们怎么咬她。去把她的脸啃下来，剥掉她的肉，去咬她，别咬我。"这是绝望下的崩溃，因"他明白了这世界上只有一个人能承担他的惩罚，他可以把这个人拉到他和老鼠之间"。出卖裘丽娅，这也是人对幽会及林中空地（自然与性）的背叛。在无爱的恐惧中，他终于选择了"爱老大哥"。

无人的约定

坂口安吾在《盛开的樱花林下》所描述的山贼、人头与恶女之爱情,始终如谜一般令人惊艳。但这小说里最惊人的并非恶女对无数人头的癖好,也不是山贼与妖怪的畸恋,而是山贼在那片樱花林中的"无人约定"。如恶女问:"深山野岭,是谁和你有约定?"山贼说:"确实是没人。不过,俺就是有个约定。"与什么约定呢?仅仅与樱花吗?不对,那独坐漫山花瓣之间的"无人的约定",正是坂口自己对幽会、杀戮、恶女与秘密的理解,即幽会可以无人,甚至爱欲也都是次要的,只有抛弃文明(离开京都),回归野蛮与孤独的不可言说之美才是一切。坂口的理想是与"空"幽会。

且随色走

历代关于师徒之间偷情(通奸或性骚扰等)的小说太多,如田山花袋的《棉被》,或库切的《耻》中,都有关于师徒之间幽会的描述。这是一个敏感的课题,很难分析。不过我们可以换个角度来隐喻,即此情色之师徒,亦可作禅宗之师徒来看,《景德传灯录》所谓"且随色走"。

罗长官

明末清初人赵吉士所撰《寄园寄所寄》里,记载了一则妇人因偷情,而在淫心萌动时,便用一根胡萝卜自慰之事。因其之前的恋人是卫军中罗姓者,后两人分手,妇人每在快意之处,便继续叫此物为"罗长官"。后妇人被邻居中垂涎于她的恶少所误杀,邻里以为罗长官是凶手,官府也险些将其判罪。这里的工具(无论是酒瓶、发卡或胡萝卜),表面是一则罪案,实则为古人关于恋物癖（Fetishism，孤独者与器具的反道德幽会）的一种诠释。

爬杆

郭鼎堂在自传《少年时代》里写他早年偶然爬竹竿，不知这会令男子下身有酥麻的感觉，阴茎勃起。他发现这个秘密后，便经常一个人去与竹竿幽会。

鸟笼与坟墓

幽会者的自由，是鸟笼中的自由。看似两人也在颠鸾倒凤，飞翔于热恋的鸳帐内，实际上则被环境约束与巨大的秘密所困，不得解脱。《呼啸山庄》里恐怖阴森的希斯克利夫最后从坟墓中挖出凯瑟琳的尸骨，与骷髅拥抱，便是这种自由。《西厢记》所言"不恋豪杰，不羡骄奢，自愿地生则同衾，死则同穴"，也是说的这种自由。

虚拟幽会与不雅视频

现在经常传出各类所谓"不雅视频"。但色情镜头其实是次要的，本质上仍是人性对某种秘密幽会的好奇，乃至对封闭式隐私的窥视欲而已。人常因自己的没有，故而渴望看见他人的有，并嫉妒、嘲笑与批判这丑陋的有。不过，在不久的将来，由电子激光制造的智能光影恋人，必会如充气娃娃一样在民间普及。随之而诞生的，必然还有"虚拟幽会"，即真人与光纤智能恋人，通过虚拟的电子恋人形体在四维空间中进行幽会，以及根本没有真人出现的不雅视频。

小林一茶五十四岁时在《日记》中云：

八　晴　菊女回家，夜五交。

十二　晴　夜三交。

十五　晴　夫妇月见，三交。

十六　晴　三交。

十七　晴　墓谐，夜三交。

十八　晴　夜三交。

十九　晴　三交。

二十　晴　三交。

二十一　晴　四交。

——即十四天中共性交了三十次，日均2.14次。小林五十二岁新婚，妻子菊女二十六岁，这真是夫妻之间最密集的幽会。不过据说小林当时曾阳痿，因服食淫羊藿，便转了颓势。

在现代建筑中幽会时的注意事项（提纲）

1. 楼道：注意是否有墙壁拐角处可以藏身。拐角是一种黎曼几何障眼法。

2. 走廊或墙下：注意是否会常有人经过。但有人路过，本身也正是可以障眼的条件。癖好"邻近有人而更感兴奋"者除外。

3. 电梯：电梯是封闭空间，如果在此邂逅恋人，常会令人□□□。

4. 露台：这是一个非常经典的幽会场所，从罗密欧与朱丽叶的时代到让·热内的同名戏剧皆如此。波德莱尔《露台》有言："记忆中的母亲，恋人中的恋人。"

5. 阁楼：（此处涂改，笔迹不清）

6. 地下室：（此处涂改，笔迹不清）

7. 地下车库与后备箱：黑暗的所在，安全而隐秘。□□□□□□

8. 外置旋梯：（存目）

9. 夹层（管道间）：很好的地方，隐蔽，唯须注意管道散发的气体是否安全。

10. 自动扶梯：（存目）

11. 传达室：对电话的运用是一门艺术，直接关系到幽会的成败。

12. 公共厕所内：（存目）

13. 衣橱内：恋人在衣橱内密封空间，接触时，会有气味弥漫□□□□水□□腻□□感。

14. 电子云幽会或"电子暗箱与数字畸恋"：（存目）

15. 家中地窖或仓库：大与小、内与外、明与暗等，皆三维空间观念。一个人若能做到无观念之束缚，便能无大小、无内外、无明暗。恋人家中地窖或壁橱与仓库的运用，其实正如对子宫或女阴的□□□小□□□□，□□□□极其□□。

16. 未来充气建筑卫生间：（存目）

17. 水塔内：（存目）

18. 假山之中：（存目）

19. 防空洞里：（存目）

20. 地铁：主要看是否能下到隧道里的临时工作室□□□□，□□□□。

21. 立交桥下：立交桥下因灌木丛密集，也是经常幽会之处。但须防被□□□□发现。

22. 电线杆下：（存目）

23. 公园栅栏内：（存目）

24. 餐厅饭桌底下：（存目）

（——以下原稿尚有约数十条，但均被作者用黑墨水过度涂改遮蔽，笔迹不清，从略。）

编者注：卷三到此为止，以下笔记残缺不知下落，或被抄没，或已销毁。

卷四：乍入丛林

按：《乍入丛林》是猿鹤山房焚书会时期，刘遇迟的"伪偈语"残稿，由元森整理发表。据说这些带有"偈语"性质的笔记都是刘在其"定间"独坐时所写的，是关于他对"古赤公"的理解，本秘不示人。偈语分条，每条长不过数百字，短便二三句，投笔随解，莫以论其心态与形状。据元森说，这大概是刘因思自古学林如丛林，疏密无尽。风振落叶，穴深渊默之处，虽猛兽蛟龙亦难透彻究竟。其懵懂之余，展卷惆怅，阐幽存目，未免粗鄙。此卷标题，显然是抄袭赵州"学人乍入丛林，吃粥洗钵"之悟，其驴唇不对马嘴之气，也颇能与刘的心境相通，故暂名之罢。尽管杂乱，且行文伪善、孤僻、异常自恋，具有明显的欺骗性，但最重要的是从语气中似可看出"古赤公"与"伶牙"的关系，或就是同一人之形象而已。此伪偈语原稿上署名为"黑白卫"，日期不详，每条也无前后顺序。元森整理后共得一百四十八条。据说原文曾多达一千余条，灜楼焚毁后，十去其九。

1. 把火烧天，拨草寻蛇，从我最初进入定间时，便知这一生与古赤公的对峙，如与一座不动之高山角逐。我的观念若须"令三世弟子皆哑"，首先自己也要变哑。

2. 狡兔三窟：一窟是雨伞下的藏身，一窟为洞主们的行宫，还有一窟如定间之泪，不得为学人所道破。何谓三窟？恐怕就是"三角哲学"的盲区吧。

3. 伶牙，你少女的美臀是定间茶室里的第一果子，奈何怀纸小如掌心，如何能带走？

4. 古赤公说不清时如何？参话头。道不明时怎样？抡斧头。听不懂时咋办？龙抬头。看不见时呢？"晚岁为诗欠砍头"陈寅恪诗。

5. 有时，古赤公不能没有高于自己的东西，但的确找不到。只有人才会找存在感，如通过物化、宗教、文艺、家庭、荣耀、性或欲望。但古赤公从来不是能"找"出来的。它的存在是遭遇，是冲击，是意外，是细节。它的激情并非疯癫，而是有所思，是午后的发呆、静默的焦虑或子夜床头的辗转。是自言自语，而不是到街头去叫喊。也许伶牙即革命？因它们有内在的相似。不，简直就是一个东西。也正因如此，它们总是无法真正被完成。为何非要完成呢？不完成的，才是最好的。

6. 记得亨利·米勒书里说："休眠中的鲸鱼的阴茎有六英尺长。"伶牙，我感到自己大概就是那头鲸鱼吧，而定间则是我的大海。

7. 有门徒问我："在你一生中最大的一场遭遇是什么？"答曰："吃完了饭，便躺在定间的沙发上看墙。"又问："我们是想知道，你最危险、最残酷、最铭心刻骨那场遭遇是什么？"我答曰:"你们问对了,笨蛋们,就是吃完了饭躺在定间沙发上看墙。"墙上还能有什么呢?伶牙,当然只有对你的观想呀。

8. "花面金刚,玉体魔王,绮罗织就豺狼。法场斗帐,牢狱牙床,柳眉刀,星眼剑,绛唇枪口美香舌,蛇蝎心肠"词见明代不著撰人《张于湖误宿女贞观》。伶牙,对你的记忆与幻想,已在此化为一枚明代的琥珀。

9. 人都有遗憾。遗憾往往是最久远的,能在很多年后,还让人能想起、惦记并试图再去寻找对方。摄心机器亦如是。它甚至是一种齿轮般转动的遗憾,始终在心里控制我。

10. 古赤公骑着它的摄心机器,奔驰在广阔的黑暗里。旁逸时刻,古赤公在那道忽然打开的大裂缝里,别人是看不见的。唯有同在这一黑暗的裂缝里的人,能感到它的无处不在。裂缝是什么?或许就像我的平行线。我与这道伟大的伤口并驾齐驱,并行而不悖,就像一条痛苦的铁轨与另一条,同样坚硬,却永不会交叉。"理解"二字对我与古赤公来说,几乎是与"出轨"一样的奢侈品。铁轨必是孤独的。古赤公也许比我更孤独。我们在互相的轨道里平行,在黑暗的裂缝里互相争夺对方的意义、岁月与记忆。我不断在变老,它则不断地在变小,我们谁也不能霸占谁,又谁也不能摆脱谁。

11. 唉,我的伶牙,你出现得太早了,你耽误了我的一生。你创造的黑暗作为一种消耗我的基本粒子与波,从来没有离开过我的定间。往昔的爱情之火在最烈焰飞腾时,也从未能解决过这个昏暗无光的问题。

12. 我的伶牙，你的本质是慢的。你是闲情、静、呼吸的速度、茶的速度。

13. 饮食男女，饥渴之人的反应有时是完全相反的。如历史记载"一个饥饿的犯人甚至捞住刚拉出尚未落地的大便塞入嘴里"，或"劳动队里的一条母猪半夜里被人强奸，犯科者被当场抓获，母猪杀掉无人吃肉"。愚蠢的门徒们都对我的古赤公哲学充满了饥渴。伶牙，我这是要让所有人和我一起怀念你吗？当然不是。谁都没见过你。我只是希望他们对哲学的执着，能暂时遮蔽我对你的怀念，缓解我的悲痛。

14. 在猿鹤山房焚书会里，批判与谄媚是并蒂莲，是两头蛇，是连理枝，是茶杯内外两面。有无第三面？有，古赤公便是，唯饮者能见。

15. 据乔治·斯坦纳说：《尤利西斯》便是建构"整个世界"surnma mundi 的最后一次连贯努力。但我并不这么看。世界的本质是四维空间与时间吗？不，世界从来就不是空间和时间，或者不仅仅是目前这个空间与时间。世界是一条大裂缝。当旁逸时刻发生后，我的世界观与速度都需要重新界定。我会在我的定间中重新追上你，我的恋人，我的赤兔。

16. 在定间与姘头们饮茶，插花亦如交战：须兵击侧翼，横插一刀。

17. 花瓶宜肥，方有尊严。而你却是瘦的，伶牙，我在你面前从无尊严。

18. 伶牙,花瓶是摄心机器。花就是你。我只是躲在喽啰雨伞下的一株卑贱的野草。

19. 唯有砸碎一切花瓶,才能入"无力蔷薇卧晚枝"^{元好问句}之境么?也许吧。故我常在深夜里抱着一只古老的花瓶哭泣。但我并不是芍药。当年你把花瓶送给我,就像把命运交到我手中。现在,我则活在花瓶中。我只能破罐破摔吗?

20. 中世纪人云"恶魔是有灵魂的气体"^{托马斯·阿奎那《论万事》}。但在中国,"气"字可以诠释一切。如此,你会得出什么结论?

21. 吃肉事魔、饮酒落花、杀人放火——三者得其一,可以与古赤公同入竹林,对君哭泣。

22. 山下训导门徒:雨后蘑菇是大觉醒者。

23. 火、茶、花是定间内寂静的三叉戟:烧如起、饮如飞、观如落。所谓"红嘴飞超三界外,绿毛也解道煎茶"^{见《景德传灯录》卷二十三},伶牙,此语何解?

24. 抢学劫读,横刀夺爱,乃古赤公一代宗风。

25. 古赤公从哪里来,到哪里去?曰:"我在。"古赤公到底在哪里?空中打响指一声,如"霆击寒春灭下民"^{鲁迅诗},大如雷鸣。

26. 上游天柱，下息云峰？也不必。古赤公只在原点浪迹。伶牙，你是我在机器时代的绿野仙踪。你曾告诫我："离文学远点，方能真懂文学，懂真文学，直到忘记一切文学，只有一团纯真。"故我从不写作，我只会训导与教唆，让那些喜欢文字的喽啰们去搞文学。

27. 信你之人，是对"他人的血"最冷漠之人吗？未必。不信古赤公之人呢？未见山雨能灭火，得来团扇有凉风。

28. 何以解忧？看景德传灯录。何以解忧？粗茶淡饭。何以解忧？随波逐流。何以解忧？呵欠。何以解忧？下雨了。何以解忧？若再问一句，古赤公会消灭你。

29. 哲学非思想，思想本无学。它如古赤公庞大无比，高耸在灪楼定间之上，只一双拳头一双脚，便可举世莫敢望其项背。

30. 天鹅不如板鸭，玫瑰不如白菜，恶龙不如黄鳝，山林不如单枞。荤素搭配，中外通吃，乃是巴蜀老饕脾气，尉迟一代宗风。

31. 想起那个春天，伶牙愿以我这身臭皮囊为花瓶，而她还是鲜花，不禁放声大哭。

32. 欲望便是第一通透境，此外并无他境。何以言此？恰如在吃素者眼中总是有肉。这也是肉，那也是肉，正所谓肉眼凡胎，无非肉欲。在我眼里，则全都是菜，猪也是菜，牛也是菜，荤腥无不是好菜，此所谓太素。如"苏峰子曰：人无无欲者。或好色，或好名，或好学。要之无欲者，即如禅寂之徒，以槁木死灰自命。然终不免有槁木死灰之欲。浅见者流，往往谓彼多欲也。此无欲也，皆妄生差别相而已"。又或曰"贪夫徇财，烈士徇名，哲人徇道，其趋向不同，则其欲念之所主亦自不同耳。佛曰：'无名有爱，是如来种。'无明有爱者，多欲之谓也"。（见梁启超《饮冰室自由书·无欲与多欲》）

33. 见色便起心，见色又起心，见色再起心——如此故能色无执着，三心二意，然后心无旁骛。色鬼是儒家、川厨子、流氓、诗人以及每天准时看花的家伙。伶牙，我一生的全部始乱终弃，都是为了向我的初恋复仇。你毁了我的一生。

34. 有门徒问："推杯刀头血，骑虎唱巴歌。如此上上之人，门前有事却去不得，不知为何？"
黑白卫答："此山此水，三千年来无人管。如今则用航母打蚊蝇，谁敢过河？"

35. 想当年家慈有训："女人即病人。"我的恋人也是病人吗？

36. 世间大器重器，坛坛罐罐不计其数。看来看去，还是定间里的一把破壶最好。

37. 山水杀人以微风徐徐。我一见花便泪如泉涌。

38. 四十年前那个女流氓，真天下第一慈悲人也。可惜可惜。

39. 上品乔木皎洁如少女姘头，唯下关沱茶才有古赤公的脾气。

40. 偶尔读到敦敏《懋斋诗钞》言："忽漫相逢频把袂，年来聚散感浮云。"每个人都会从四十二岁之后，便开始一场告别友谊的漫长军演吧？所谓"终生的友谊"，也须在抵抗古赤公时才会偶尔闪现。

41. 唉，古赤公，我的知己，我的良心，一颗曾将我咬碎的最亲密的牙齿，你为什么会忘记我留下的血腥？我躲在雨伞的黑暗里。妈的，我从不需要黑暗的庇护，却仍然在黑暗里。

42. 独坐定间沉思，残酷地对待一切人，便是走在了叛逆的羊肠小径上。唯无情能让一切人铭心刻骨。可古赤公连无情都不是。

43. 肉食如哲学。酽茶刮油心自凉。巧克力是味蕾的子夜与甜蜜的黑暗，唯在一碗苦丁茶中闪耀的你，是我性欲的曙光。

44. 古赤公动辄怒吼，大宗师动辄睡觉。门徒动辄否定，山林动辄冷笑。

45. 一切思想皆为了诠释字。若得一无字之思想，便可作古赤公知己。

46. 酗酒喜见血，嗜茶有所思。但得一勺水，洗净贪嗔痴？真是说得轻巧，吃根灯草。茶是我的痛点，定间是我的给孤独园，真夜是我的幽会，而伶牙是我的正见。五十年后二百岁，再与茗战，舌尖老却无香韵。果然如此，不淡泊也得淡泊了罢？

47. "茶树也同样对茶一无所知"韦尔内·朗贝西《主人与茶屋》，此正如恋爱时对爱一无所知。

48. 狄德罗也有一颗东方定间的灵魂，因百科全书的真实目的，就是"进去之前您已在其中，出来之后您仍在里面"。

49. 昨日沏茶忘出水，晨观其色，黑若大厦将倾。

50. 记得儿时在巴蜀腹地，电影院门前的盐茶鸡蛋，其黑如铁、其圆如月、其香如花，其猛烈的魅力则"大有炸平庐山，停止地球转动之势"。好在我的性欲是一条小路。尽管"条条道路通向漆黑的腐烂"特拉克尔诗。

51. 定是老鬼家风，性即人间大同，端起一碗尊严，饮尽明前色空。门徒问："不知此茶味道如何？"古赤公答："只管添盏，啰唆什么。"

52. 听：水沸时是寂静的。古赤公愤怒时是寂静的。伶牙生气时也是寂静的。古谚"开水不响，响水不开"。

53. 三国亦"大旨谈情"。何故？猛将、阴谋、赤兔们与"三角恋教派"何其相似乃尔。

54. 镜照容，洞照心，少女伶牙的窟窿曾照得我满脸通红，三者都只能捧在手上不停地傻看。

55. 见鬓边生华发，门徒们已端坐在焚书会的中心烧书，便感白云苍狗，不觉有年。

56. 旁逸时刻，裂缝中的宇宙大约只有3.6平方公尺吧：一人坐、一炉火、一碗茶，世界大得像个实心球，不知还剩几许自由？

57. 消瘦的伶牙，可怕的少女，对你的"想"是天底下最漂亮的秘密。因"想"是存在而又可以完全不表达的。但你的想和我的想不一样。作为护佑我的古赤公，对你的"想"是扩散的波，旋即又会重返黑暗。嗯，记得当年，你粉色的肉体本身就是打开着的黑暗。恋人即打开着的黑暗，爱更是打开着的黑暗。好在我对你的这场"想"之黑暗，如无目的之愤怒，或纯粹念头中的怨恨。"想"因毫无实际意义，反而能保持平衡。观想是无害的，我也会因此少一些惭愧吧。不知这算不算我在为自己的罪愆开脱？对你的观想是一种透明的哲学，也在某种程度上抵消了我多年来面对存在的痛苦。这或许也提出了关于现在太多人普遍都有的危机问题，即人该不该信一个什么对象、镜像或愿景？如偶像崇拜、空、以太、主宰或抽象运行的某个真理、集体社团、权威、法、时间或自然规律。"想"如大海一般浩瀚，无数的念头，则像是遍布在海水里的盐。而你呢？你是我提炼出来的咸。

58. 怎见得吃素与拒绝性交便是高尚的？怎见得烧香就不是社会经济学？出门在外，所有的一切都令我厌倦：人、车、楼、事。在家也是一种在外：世界在内，我在世界之外。唯有古赤公无内无外。伶牙，人间世，最大的力量就是厌倦。但我对你从不

厌倦。我对你的好奇可力逾九象，如一头住在浴缸海底的无支祁
上古水怪，巨猿，事见《太平广记·李汤》，为孙悟空原型之一。

59. 高足、良马、桃李——唯高足（别人的弟子）最惬意，只恨古赤公门下都是些蠢货。

60. 独坐定间，恋人之琴忽发噍杀之音，如"怒臂螳螂竟悄向花间蹑步"见曹寅《续琵琶记笺注》第三出"却聘"。此出讲蔡邕对弹琴之理解，甚可参阅。

61. "见与师齐，减师半德。"同理：爱若与恋人相齐，便不算太爱。爱必须是一场僭越。我本配不上伶牙，但我却发明了古赤公。

62. 我有吕留良式的脾气：剃了光头逃禅，本质则是一个天盖遗民，意在秘密反抗。我有颓废、阴柔、机械、色欲、田园与山林之气，但并不是为了与世界妥协。反抗什么？伶牙，我的少女，当然是反抗你对我一生的压力与影响。

63. 疾风骤雨，纵奇才，未必能在潋楼倒影里烧好一碗回锅肉。

64. 你们不理解文学，文学是一切病句的总和。正如你们不理解少女，少女是一切错觉、畸恋与悖论的总和。整个物理世界都是人类的误解的总和。

65. 伶牙，救救我。只有你是我的幽澜，我的清泉。你总是

在洗劫我。

66. 默。

67. 再默。泪如泉涌。

68. 棒、喝、默、杀、话——若取其一,当取哪个?一个也不足取。

69. 平躺开山,翻身造楼,不如侧卧,辗转反侧。伶牙,我只能见你于倒影中么?为此我宁愿颠倒整个世界,绝不再与任何人讲道理。

70. 明末东渡僧独立性易之诗:"海山千里欣重面,把臂相看情悬悬。见来如渴正逢茶,别去哪堪忧劈箭。"今日读来吓我一跳。为何惊吓?古赤公呀,只因我此刻正在与君相看,正在对坐饮茶。

71. 伶牙,我的恋人,茶走舌香时,如你往昔的激吻,可令老朽潸然泪下。如此便是好茶。拜你所赐,茶好时,常脾气不好。脾气好,茶便不好。故脾气不好时须喝茶,茶不好时须有脾气。

72. 杜诗言"择木知幽鸟,潜波想巨鱼"。此语磅礴,堪比你的爱情与古赤公的奥义。

73. 今年花前,四十有二。孟东野言:"无子抄文字,老吟多飘零。有时吐向床，枕席不解听。"此语如大恨，忽从中来。我老了，还得陪伴你的骨灰，真乃人间第一残酷事也。

74. 生活在倒影里，静能杀心。静即大恨。我在巴蜀盘踞多年，又去西域漫游半生，而此生大憾，即未与你同到峨眉之巅去煮茶。当然，即便去了，恐怕仍会有大憾。因那不过是秃驴满地峨眉猿满山乱跑。本黑白卫遗世独立，一生如脱兔驴行，岂能与之同戴星月？

75. 古赤公是恨，我是后悔。但后悔是一种恨吗（所谓"悔恨当初"等)？未必。如"多情自古空余恨"（史清溪），便是说的后悔，与恨无关。悔恨的缘由往往是遗憾，而不是恨，如"遗恨失吞吴"（杜甫），或如"恨杀长江不向西"（李梦阳）。那么"此恨绵绵无绝期"（白居易）呢？表面是恨，说的主要也是遗憾（宛如比较轻一点的后悔），也不是恨。真正的恨，一定是具有暴力倾向的情绪。如杀父之仇，或情敌与恋人间的嫉恨。欲除之而后快，如"恨不得杀了他"等等。不过，后悔中也常会有一种恨，恨中也常会有一种后悔。大多数时候，人分不清两者，索性一同来发泄了吧。白香山《长恨歌》，尤其写的是遗憾、怀念和后悔，绝不是恨。正如那些说"我真恨我自己"如何如何的人，都是后悔而已。没有人会真正恨自己。当然，按陈寅恪先生在《元白诗笺证稿》中的论证，《长恨歌》中的很多东西，乃是白居易受汉武帝、李夫人之典故启发后虚构出的故事，并非史实。另，明人李梦阳诗《夏口夜泊别友人》全句为："黄鹤楼前日欲低，汉阳城树乱乌啼。孤舟夜泊东游客，恨杀长江不向西。"

76. 伶牙，我对你的爱（恨）是磨砖成镜的功夫，是一个老头儿揣在大衣兜里的东西，摸上去很尖，很硬，拳头大小，不知为何物。爱是多嘴的，恨是无言的。我的惆怅是"莫不饮恨而吞声"吗？是恨晨光之熹微吗？还是恨别鸟惊心？都不是。肝肠寸断，星沉电灭，闭影潜魂：我的惆怅并非源于1618年的七大恨_{努尔哈赤在1618年所发祭告，详述了七条怨恨，不承认满人是明朝附属，并起兵反明，}或许是来自3018年旁逸时刻后一纸猩红的檄文。

77. 很多人都有类似结论：道德是迟钝的_{涩泽龙彦说："文艺复兴时期的特征之一，就是灵魂的道德感患有迟钝症"。}伶牙，我对你充满了一切欲望，唯独没有道德。

78. 续《朱子语类》读书法之"读书乃学者第二事"，学者乃行动第二事，行动乃持心第二事，持心乃无心第二事……如此，伶牙，敢问何为第一事？

79. 假夜——我在这儿。我就是。住。真夜——我不在此。我不是。无。

80. 礼云"如恶恶臭，如好好色"，此亦是定间古赤公本来面目，其余皆伪装。

81. 伶牙，对姘头们而言，这世界就是一瓶醋。所谓"三人尝醋"，却无一人堪为古赤公，即便那横扫天下的"海绵"也难透彻。古赤公之醋，或在造化、恋人与童心之中。_{"三人尝醋"曾为冈仓天心《茶之书》引用，即孔丘、释迦与老聃同品世间一壶醋，孔丘说酸（现实主义），释迦说苦（理想主义），老聃说甜（存在主义）。但说到底，全都是浑话浑说而已。只忘了此事典出何处了。而最令我想起的则是另外一人，即拿撒勒的耶稣挂在十字架上处于弥留昏厥时，一个看守他的罗马士兵最后也是用一块海绵，蘸满了醋，然后用一枝芦苇}

秆子挑起来给他喝。他对醋的反应是什么？只见"耶稣大喊一声，就断气了"。

82. 在色道中阅人无数时也能深思熟虑，即是纯粹，"即便是女郎虚伪地对待自己时，也欣然接受"。如此，则"拜访者便会如飞鸟翔云，瀑布流水一般"而来。见藤本箕山《色道小镜》。

83. 读《去来抄》，依然万象森罗，十哲幽然，不禁一番感慨：何人已去，何人会来？此门曾向何人开？明月挂窗外，一袭猿蓑披世间，伶牙疏影真自在。松尾芭蕉的弟子向井去来（1651—1704），"蕉门十哲"之一，在俳句史上举足轻重。《去来抄》为其晚年的著作，其中收录芭蕉、去来以及其他蕉门俳人的通信、俳句与理论，是一部集大成之作。《猿蓑》也是去来所汇编的俳句集。"落柿舍"是去来当初在京都西部嵯峨山所建草庵之名。

84. 闲聚闲散，闲散闲聚。有酒，与徒把臂入林。无琴，念君沉吟至今。真见古赤公者必草木皆兵，在一朵花中亦能汹涌霸气。遗憾的是我只有一条胳膊，但我从不后悔为你断臂。你就是古赤公。如果你是一祖达摩，我就是二祖神光。伶牙，我一生都站在追忆你的雪地里。

85. 梅列日科夫斯基说："我看见的不是人脸，全是猪脸，全是猪脸。"我在定间中也常常看见满山满漷楼的门徒与拥趸们，亦都是密集的猪脸人，猪魇军。

86. 俄罗斯谚语云："高山生了个耗子。"多么奇妙。在古赤公面前，我就是个耗子。

87. 古赤公就是要从小众，乃至无众，最后只剩我自己一个人。我从不需要雨伞。

88. **古赤公以世间无驴处为一大驴背，童叟无欺** 据《全唐诗话》记载，人问郑綮："相国近来有何新诗？"答曰："诗思在灞桥风雪中驴子背上。"后以"灞桥驴背"或"骑驴叟"喻诗兴之处。如明人黎淳《画梅》云："避他灞岸骑驴叟，伴我孤山放鹤人。"但此灞桥风雪之事，版本众多，如明人张岱《夜航船》中说此事出自孟浩然，而宋人孙过庭《北梦琐言》则说出自郑綮。《随身卷子》甲本第三卷第一节"驴：黑白卫"，未引郑綮事，念之甚憾，特补之。

89. **万人敌也有限。** 因"异乎我者未必即非，同乎我者未必即是。今日众人之所是未必即是，而众人之所非未必真非"。古赤公何尝不如此？少女伶牙何尝不如此？

90. **鲁云如白马，黑气似江猪，古赤公来时如大雨倾盆。** 清人桂馥《札朴》云"望气者言鲁云如马"；又云"吾乡夏夜有黑气，如群豕渡河汉，谓之江猪过河，得雨之兆"。

91. **肉笑靥，甜食之谓耳，为何它竟会笑？因美人笑时，酒窝甜美故。古赤公也常在夜深人静时秘密地冲着我微笑。伶牙，你是我一生最迷恋的甜食，我的肉笑靥。** 明人姚旅《露书》卷九云："宋朝有'肉笑靥'，载在《桯史》，名亦不恶，今不识为何物，岂肉饼耶？"此物肯定不是肉饼。如宋人孟元老《东京梦华录·七夕》云："以油面糖蜜造为笑靥儿，谓之果食。"

92. **"人皆爱死"，还有什么比对这句话的误读，更让我想起古赤公？不，我要为她活着。** 语出《露书》卷六，全句云："人皆爱死，然以元气佐喜怒，以元神营无益，是以爱死之身而作催死之事。"爱死，此处原意应为易死，即生命之脆弱。但此句误读后，可以诠释一切宗教心理学。因怕死的人，便时常都爱想着死，关心死，除死无大事。

93. 色情书是最枯燥的文学，千篇一律，且已毫无扩展的可能。(美)乔治·斯坦纳《语言与沉默》云："黄色书籍雷同得令人发疯。"

94. 还有什么事可做？定间只剩下做饭扫地、对墙哭泣。

95. 通布图 Tombouctou，为非洲马里城市，一座神秘的图书馆城市，据说十六到十八世纪为非洲文化中心。史上最多时，这城市共有一百二十个图书馆。猿鹤山房焚书会、无限公司、狻猊庙的瀿楼与倒影也是一座通布图，我就是这图书馆的馆长。

96. 短书名好记，但长书名则更加令人记忆深刻，且精妙绝伦。如《想象白内障、书写狂热症泛滥、文学性呕吐、百科全书式出血与恶魔中的恶魔》艾柯说此书为四卷本，是1779年一个叫夏塞侬的人所写。伶牙的名字可以写成一本书那么长。

97. "打倒书，永远打倒书。"在猿鹤山房焚书会里喊这些话的人，往往手里正拿着书。我要教会他们焚书。焚书不必用火。

98. 无穷小（truti）是多小？是三万三千七百五十分之一秒此语见婆什伽罗（Bhaskaracharya, 1114—1185）《天文奇观计算》所载。但定间无大小，古赤公亦无秒。

99. 谁说古赤公与数学无关？
如摩陀伐诗曰：
神——33

眼睛——2

大象——8

蛇——8

火——3

三——3

品质——3

吠陀——4

衲珂——27

大象——8

手臂——2

伶牙曾站在戈壁上对我喊道："我是圆形的。"我知道，她的直径为 90,000,000,000 之圆的周长，"从右到左读这些数，即 2827433388233，然后除以直径，就可以得到精确到小数点后十一位的 π（圆周率）。此一方法来自摩陀伐，祖冲之只计算到第七。摩陀伐（1340—1425）为十四世纪印度耆那教徒，也是中世纪伟大的数学家、天文学家，有"球面大师"之称。

100. ○无正反，线无宽窄，点无大小，一无短长。四者加在一起，便是古赤公模样。

101. "宇宙是马鞍形的"吗？伶牙对我说过："寂静是弯曲的。"

102. 看一看涡轮机中的旋涡，也就明白了曼荼罗图。宗教也许是摄心机器，但伶牙才是神性，此正如史蒂文斯所云："猛烈的秩序是混乱，与巨大的混乱是秩序，这两者是一回事。"引诗见（美）J. 布里格斯《湍鉴》。

103. 数学进制是人为虚构的，如：中国古人是二进制（阴阳），巴比伦人是六十进制（时钟），月份是三十进制，年份是十二进制，日夜是二十四小时（或十二时辰）进制，五声音阶是五进制（宫商角徵羽），十二平均律是八进制（八度与半音），普通算术是十进制，但是代数、几何或三角函数呢？我们完全可以让一天变成三个小时（即早、中、晚各以八小时为一小时），或把音阶变成七度（如印度便有七平均律）等。罗素云："上帝并非万能，因他甚至还不能让一个三角形内角的和不等于两个直角。"可惜罗素不知黎曼几何在锅底的三角形内角，可以不等于两个直角。我在定间中的世界，也不是任何进制、代数、函数或几何，但却是它们的意外与总和。可伶牙，你却是我的减法。

104. 纯用符号、数字与字母为文学的有：卍、V、阿Q、K、O、S、1984、S\Z、2666、150000000等。可惜，都不是古赤公。古赤公是反对一切符号的。古赤公自己不是符号，而是体会。作者依次为谷崎润一郎、托马斯·品钦、鲁迅、卡夫卡、沃茨涅先斯基、J·J·亚伯拉罕与道格·道斯特、奥威尔、罗兰·巴尔特、波拉尼奥、马雅可夫斯基。

105. "盖天说"是为了集中，"浑天说"是为了逍遥。定间是盖天说，古赤公是浑天说。我的一生注定泡在古赤公之中，如鸡蛋里的蛋黄。

106. 驴桥（Ponsasinorum）定理：帕普斯≈黄承彦？这只能算是古赤公的一则逸闻。据说IBM公司的吉伦特，为一个证明等腰三角形两个底角是相等的定理设计了一个著名的程序，被称为"驴桥"。之所以取这个名，是为了讽刺头脑简单的人很难通过它。其实整个定理早在公元300年时，便由古希腊数学家帕普斯（Pappus）所论证（见侯世达《哥德尔、埃舍尔、巴赫》第 797 页）。帕普斯还曾为《几何原本》作过注释。但这个颇有魏晋气息的几何术语，却令我想起东汉末期诸葛孔明的岳父、据说也精通天文与数理的荆襄名士黄承彦所吟，伪托诸葛亮《梁甫吟》末句："骑驴过小桥，独叹梅花瘦"（《三国演义》第三十七回）。孔明之政治天赋在于未出茅庐而已知三分天下，虽为演义成分，也有一些实事。其后来所做之事倒没什么价值，不过是一个守旧派在圈地而已。只是因此忽然看到："三国"的结构不就是一个等边三角形吗？曹魏在最上方，而蜀汉和东吴，则如两个势力均等的直角。可惜黄承彦并无太详细的记载，裴注《三国志》也只引了《荆襄记》寥寥数语。伪托的诸葛亮《梁甫吟》究竟出于何处，也未可知，应是罗贯中对汉代乐府诗的抄袭。

107. 天道左旋，地道右旋，那年伶牙去世，只一呼一吸之瞬间，她的坐骑古赤公便引领着我走了八十余里。元人史伯璇（1299—1354）《论天地》云："天形苍然。南极入地下三十六度，北极出地上三十六度。犹如倚杆，其周则一昼一夜行九十余万公里。人一呼一吸为一息，一息之间，天已行八十余里。"

108. "一"其实是不存在的，它只是万物的弹簧。故一个人无论怎样乘以群众，这个人都不存在。古赤公则不同。古赤公无论怎样乘以群众，群众都不存在。古赤公就是弹簧，而我只是其中亘古绵延不绝的弹性。古希腊人曾肯定地说："一存在，但没有量。乘法性是数的弹簧：一几得几。这是哲学。"见（法）德尼·盖之《鹦鹉的定理》。

109. 无限小（无限减少），它们是什么？莱布尼茨认为是幻想，有用的幻想。可惜，古赤公从来不是小、少或幻想，而是一件完全无用的伤心事。

110. 记得纪德写了窄门，费马写了窄边。定间的门也很窄，我有时也只能爬行进入。我经常匍匐在难以望其项背的古赤公脚下，浑身发抖地对着它哭泣，渺小得就像一只史前原始森林中的浮游微生物。皮耶·德·费马（Pierre de Fermat）为十七世纪法国律师和数学家。1630年用拉丁文写了《平面与立体轨迹引论》，是对古希腊数学家阿波罗尼奥斯的解析。

111. 有人问毕达哥拉斯："朋友是什么？"他答："就是另一个我，好像220和284。"毕达哥拉斯是古赤公的朋友，也是古赤公的敌人。因伶牙从不知道世间还有数学这个东西。220和284是友好数，220的所有因子之和是284，反之亦然。6=2×3，2和3叫因子，或约数。

112. 古赤公是一？那是错觉。一不就是〇吗？当然也不是。否则俱胝为何竖起一指？古赤公也许仅仅是一与〇之间的关系。而且就这关系，也是暧昧模糊的。俱胝砍掉小僧的手指，是为了灭绝他的模仿或落于窠臼之心，领悟到"无"。因修身须独立思维。但孩子的模仿，就不是一种独立形式吗？未必。如在《机动车交通法》中，即便不是车祸肇事者，没有责任，但也需要承担案件调查和记录。因为"没有责任也是一种责任形式"。与其竖起一指，不如摊开双手，更有包容天下之气势。

113. 或许，在古赤公的威慑下，我总归期望被救赎。清晨，我坐在定间黑暗的角落里，看到墙上那一角阳光依然尖锐，真像是当年的伶牙你呀。你无处不在的光，能令我早已麻木的少年时代苏醒，并暗自喜悦。我好像又见到了你。我现在早已不是少年了，偶尔面对生活中意外的诱惑与激情舒展时，面对我发明的你——古赤公时——便仍然会觉得自己年轻。只有年轻会使人膜拜无谓的牺牲。不是真的去死，而是某种壮烈感。而人又不能总是壮烈。人不能总是站在山顶，夜晚总得回到家园，回到平静的大地上来。

114. 曾经是少女的人，必将永远是少女。少女是不会改变的。人生各阶段都会怕死，唯有年轻时不怕。伶牙，是你给了我面对裂缝的勇气。你消失之后，我一直是个懦夫。

115. 伶牙，我老了。牙掉了，腿也瘸了。肚皮与脖子上赘肉折叠，皱纹抹掉了我的脸。我经常闻到身上有一股臭味。少年香，老人臭。

116. 饭碗真是个大地方，半天搜不尽米粒。

117. "桃源之迹可寻，亦怕到如今已成器境"（华淑），更何况倒影？厨房即竹林。

118. 路遇野猫闪过，想起当年韩獹，落荒的良心便为之一振。

119. 静对花椒，礼赞麻木，谈什么"恢弘的宇宙观"？我那奇异的恋人与巨著已老，万事一概敷衍了事。

120. 烈日手段卑鄙，光线滚烫的皮鞭打在我的脸上，让我看起来尚有一丝羞愧。

121. 少出门，懒得理，不解释。这温酒斩华雄的天气，真荡气回肠。可惜我的雄心淡了，唯有古赤公的恶在演变。

122. 少女阴毛便是世间第一丛林。乍入丛林，她的器官便是我的摄心机器。

123. 可悲，可怜，性交也厌倦了，而厌倦竟也是刚需。

124. 年轻真好，可以转头就走。年纪一大，只有转头皆空。

125. 伶牙，何处才是本色鬼容身之草莽？立锥之地，万军出入。针孔指间，巨浪滔天。

126. 古赤公，我已白发苍苍，早已不能燃烧，可你为何还要来如狂风，还要化身为无数女子的姿色、香汗与眼泪来扑灭我？

127. 错觉成就我的哲学，偏见成就我的性欲，误解成就我的爱情。人生在世，意外如旁逸时刻，所有裂缝中的事最终也都会厌倦。若说还有什么真值得眷恋的，唯有伶牙。

128. 有时，古赤公就是为海市蜃楼活着的。古赤公不是为了住进蜃楼，更不是为了必须去蹈海，而是为了获得一些高于自己的某种东西，赐给它的平静。古赤公不能没有高于自己的东西，但的确找不到。它有时会因此变得迷惘和愚蠢。古赤公的存在，就是高于我的东西。这能令我发现，原来自己还未曾麻木。~~爱即革命，因它们有内在的相似。不，简直就是一个东西。也正因如此，它们总是无法真正被完成。为何非要完成？不完成的，或许才是最好的。~~（——此段与前文有重复，故删除，原稿如此）

129. 人都有遗憾。遗憾往往是最久远的，能在很多年后，还让人能想起、惦记并试图再去寻找对方。摄心机器亦如是。它甚至是一种齿轮般转动的遗憾，始终在心里控制我。

130. 在真夜，我骑着一台摄心机器，恋人的机器，奔驰在她肉体广阔的黑暗里。

131. 旁逸时刻，你就在那道忽然打开的大裂缝里，别人是看不见的。唯有同在这一黑暗的裂缝里的人，能感到你的无处不在。裂缝是什么？或许就像我的平行线。伶牙，我与你伟大的伤口并驾齐驱，并行而不悖，就像一条痛苦的铁轨与另一条，同样坚硬，却永不会交叉。铁轨必是孤独的。古赤公也许比我更孤独。我们在互相的轨道里平行，在黑暗的裂缝里互相争夺对方的意义、岁月与记忆。我不断在变老，你则不断地在变小。

132. 我们谁也不能霸占谁，又谁也不能摆脱谁。真与假在互相纠缠，变成一个无。

133. 伶牙，你出现得太早了，耽误了我的一生。你创造的黑暗，作为一种消耗我的基本粒子与波，从来没有离开过我的定间。我的定间就是我的时间。往昔的爱情之火在最烈焰飞腾时，也从未能解决这个昏暗无光的问题。你是慢的。你是闲情、静与呼吸。唉，你是最好的茶，但拒绝了我的痛饮。

134. 世界是不确定的，任何第一哲学都可以是假设的，抢劫的。就看谁更野蛮。

135. 众生在湍急的翻滚中浮游，犹如一个个不能判断存在与否的夸克。整体的人类似乎比个人更能澄清姿势究竟意味着什么。当我在"定间"中扫视一切已经静止的先驱们，他们密密麻麻，挤满在一团痛苦而巨大的"O"之中。我是一个不在时间中也不在空间中的人，闪现于超稳定结构之间且不确定的人。我是被压扁的人。我没有内与外。我没有历史。我没有文化。我只在我的性欲中反对我自己。我只在超我中不断叠加并因此又会逐渐减少，变得没有乘积、体积和容积。我是窟窿中的人。

136. 浑浊的众生，始终都在我洞主们的大窟窿中互相错过。从宇宙、山林、肉体到基本粒子，都是些小问题。定间一无所有，故饱满充盈。从定间看万物，所有的细节都不过是在不断离别。没有一个元素的位置是永久性的。就像悲惨的存在从没有庇护，生活就是一场高度密集的离别、离别与互相离别，如与自然、植物、房屋或街道的离别，或与恋人、亲友、思想乃至一个抽象符号的离别。没有古赤公的守护，我们的肉身都会死。死，始终在真夜的那边，对准我们发起秘密的袭击。唉，悲惨的爱别离之苦，有时竟比摄心机器更强大。如果我用这沉思默想能将这一切挽救，如果我能让这被设计的世界、雨雪及芸芸众生的不断离别，都随着我的入定停下来，让那曾经横扫我们的苦难、饥荒、暴力与风景都停下来，他人的血与摄心机器都停下来，停下来——也许，在我这凋谢的姿势中，定间就不再是无常与刹那的了。就让赤兔们载着我的思维、观想与肉身，在这窟窿中运行吧。我想这样了此一生：始终在移动，却又始终一动不动。

137. 流亡多年后，我终于恢复定性，拿到了我的冷艳锯。我的古赤公显灵了。

138. 古赤公，今天你又带我重返韶光，回到我们少年时代生活的太初。古赤公，我的恋人，我是你激情统治下的贱民，我是你残忍意志的奴仆。当年，在那场著名的大混乱中遇到你，是你缝补了我的伤口。你是我抵御恐惧的盾牌。每夜，我都会在你的灵龛前苏醒，暗自流泪。为此，我要让我的那些门徒专门为你制造灵龛，成千上万的灵龛，只为了能记住你。

139. 古赤公，你不是过期的偶像，更不是任何杜撰思维奥秘的哲学脂粉。你曾在我独坐的周围飞扬乱飘，如一把生活之沙。古赤公，全部基本粒子都是我们的玩具，更遑论那些曾在我们身边混沌一片的众生与人群。今天，他们依然混沌一片，不足挂齿。他们像卑贱的草莽，在现代的风暴中对着未知埋头鞠躬，而我与你，则是昏厥在历史父亲怀中的逆子，被千年的伪慈祥宽恕，被温暖的旧文明赦免。古赤公，你可曾想到今天的我会与往昔的我一样，守恒地坐在光天化日乃至大庭广众之下的定间？我在一动不动中走向纯粹的行动。我在伟大的麻木中为见到你——我观念的赤兔——而精进勇猛，头破血流。

140. 伶牙，我始终在众亡灵和众生旋转的中心等待你，而古赤公却宛如反螺旋体最尖锐的顶点上，一团没有消息的回忆。我回忆过众亡灵与众生曾居住过的亭台楼阁、山林湖泊或闲云野寺。我回忆过被耽搁的年代、被毁灭的建筑。我的回忆即我的究竟顶。

141. 伶牙，如果你还在，起码我不会让自己如此消沉。我不会整日整夜地坐在定间的黑门里。我向你投降吧。我的衣袂在夜风中缓缓飘动，像一面垂挂在倒影里的白旗。

142. 我确曾亲见过古赤公一面么？哪怕是它的一只手？我已

记不清了。

143. 消瘦的牙，闪亮的牙，对你的"想"是天底下最漂亮的秘密。因"想"是存在而又可以完全不表达的。但你的想和我的想不一样。作为护佑我的古赤公，对你的"想"是扩散的波，旋即又会重返黑暗。记得当年，你粉色的肉体本身就是打开着的黑暗。

144. 裂缝是打开的黑暗。怨恨与爱也是打开的黑暗。你藏在大腿间的那枚小小的、沉博绝丽的摄心机器，精巧、刺鼻、猩红、醉人——更是打开的黑暗。好在我能走入这散发着芬芳的黑暗器官。

145. 恋人，我老了。浑身皱纹，只是我青春时代大震荡后泛起的涟漪。

146. 伶牙，没有你，我就用虚构来屠宰这个世界，像杀一条狗。

147. 在古赤公的威慑下，我总归期望被救赎。~~只有年轻会使人膜拜无谓的牺牲。不是真的去死，而是某种无名的壮烈感。可人又不能总是壮烈。人不能总是站在究竟顶上，夜晚总得回到家园来。~~（——此段与前文有重复，故删除，原稿如此）

148. 曾是少女者，必永为少女。伶牙，人生各阶段都会怕死，唯年轻时不怕。只要你还在黑暗中爱我，我就愿瞒天过海，欺骗整个宇宙与"无"。尽管多年来，你驾驭着那个野蛮的古赤公,总是在压榨我。我知道,它就是你,但并非全部的你。它只是你最凶残的一面。如果我不计后果地投入与它的纠缠与搏斗,则甚至可能变成一个体;随着时间流逝,我又会变成一条线;最后再渐渐远了,不欢而散,我便只剩下一个点。伶牙,你始终都站在那个点之中。不,你从我观想的中心放射。你就是那个最痛苦的点。

(——以下文稿散失——)

(完)

图书在版编目（CIP）数据

赤兔博异馆 / 杨典著 . -- 北京：作家出版社，2023.10
ISBN 978-7-5212-2495-5

Ⅰ.①赤… Ⅱ.①杨… Ⅲ.①长篇小说 – 中国 – 当代
Ⅳ.①I247.5

中国国家版本馆CIP数据核字（2023）第167848号

赤兔博异馆

作　　者：杨　典
责任编辑：李宏伟
装帧设计：合和工作室
出版发行：作家出版社有限公司
社　　址：北京农展馆南里10号　　邮　　编：100125
电话传真：86-10-65067186（发行中心及邮购部）
　　　　　86-10-65004079（总编室）
E-mail: zuojia@zuojia.net.cn
http://www.zuojiachubanshe.com
印　　刷：三河市紫恒印装有限公司
成品尺寸：147×210
字　　数：479千
印　　张：19.25
版　　次：2023年10月第1版
印　　次：2023年10月第1次印刷
ISBN 978-7-5212-2495-5
定　　价：100.00元

作家版图书，版权所有，侵权必究。
作家版图书，印装错误可随时退换。